은총을 받은 사람의 우화

PARABLE OF THE TALENTS
by Octavia E. Butler

은총을 받은 사람의 우화

Parable of the Talents

I

옥타비아 버틀러 _ 장성주 옮김

비채

내 이모
어마 해리스와 헤이즐 루스 워커에게,
그리고 내 어머니
옥타비아 마거릿 버틀러를 기리며

• 본문 주는 옮긴이주입니다.
• 인명과 지명은 국립국어원 외래어표기법을 따르되 현지 발음을 고려해 표기했습니다.
• 성서 구절은 대한성서공회의 《성경전서 새번역》을 참고하여 편집 원칙에 맞게 표기했습니다.

PARABLE OF THE TALENTS

차례

프롤로그

이제 다 왔다.
에너지로,
질량으로,
생명으로,
생명을 빚으며,
정신으로,
정신을 빚으며,
하느님으로,
하느님을 빚으며.
명심하라.
우리는 사명이 아니라
가능성을 띠고
태어난다.

— 로런 오야 올라미나, 《지구종: 산 자들의 책》에서

사람들은 그녀를 신으로 떠받들 것이다.

그 사실을 알았다면 그녀도 기뻐했을 것이다. 설령 본인은 이의를 제기하고 부인했을지언정, 언제나 신실하고 순종적인 신봉자들을, 사도들을 필요로 했으니까. 자신에게 귀를 기울이고 자신이 하는 말은 뭐든 다 믿을 사람들 말이다. 그리고 뜻대로 조작할 커다란 사건 또한 필요했다. 모름지기 신에게는 이런 것들이 필요한 모양이다.

그녀의 법적 성명은 '로런 오야 올라미나 반콜레'다. 사랑하는 이들에게, 또는 증오하는 이들에게, 그녀는 그저 '올라미나'였다.

그녀는 나의 친어머니다.

그녀는 죽었다.

나는 어머니를 사랑하고 싶었고, 우리 사이에 있었던 일들은 어머니의 잘못이 아니라고 믿고 싶었다. 진심으로 그러기를 원했다. 하지만 그러기는커녕 나는 어머니를 미워했고, 두려워했고, 필요로 했다. 다만 어머니를 신뢰한 적은 한 번도 없고, 어떻게 그런 식으로 사는지 또한 끝내 이해하지 못했다. 그토록 집요하게, 그토록 현혹된 채로, 온 세상을 위해, 하지만 결코 나를 위하지는 않는 채로 살아갈 수가 있는지. 지금도 이해가 가지 않는다. 그리고 어머니가 죽은 지금, 그걸 이해할 날이 오기는 할지조차 확실치 않다. 하지만 이해하려고 애써야 하는 까닭은 내가 나 스스로를 이해해야 하기 때문이고, 어머니가 나의 일부이기 때문이다. 차라리 아니었으면 좋겠지만, 그래도 어머니는 나의 일부다. 스스로가 누구인지 이해하려면 나는 어머니가 누구였는지부터 이해해야 한다. 그것이 내가 이 책을 쓰고 엮는 까닭이다.

나는 원래부터 글을 쓰면서 감정을 가다듬었다. 그것은 어머니와 내가 공통적으로 지닌 습관이다. 어머니는 글을 쓰는 욕구와 더불어 그림을 그리는 욕구도 함께 발전시켰다. 만약 더 멀쩡한 시대에 태어났다면 나처럼 작가가 됐거나 화가가 됐을지도 모른다.

어머니는 살아생전에 자기 그림을 거의 다 사람들에게 나눠줬지만, 나는 그중 몇 점을 모았다. 그리고 어머니가 쓴 글 가운데 사라지지 않고 남은 것은 모두 사본으로 갖고 있다. 일찍이 종이 공책에 썼던 오래된 글도 기록용 디스크나 크리스털에 옮겨져 보관됐기 때문이다. 어렸을 적에 어머니는 식량과 돈, 무기 따위를 외딴곳에 감추거나 믿을 만한 사람들에게 맡기는 버릇이 있었는데, 그 덕분에 오랜 시간이 흐른 후에도 빠르게 되찾을 수 있었다. 그 습관 덕분에 어머니는 몇 번이나 목숨을 건졌고, 자신의 말과 일기, 메모, 내 아버지의 글도 함께 지켜냈다. 어머니가 끈덕지게 조른 끝에 아버지는 결국 글을 조금 썼다. 아버지는 글쓰기를 싫어했는데도 글을 잘 썼다. 어머니가 아버지를 졸라서 다행이다. 아버지가 쓴 글로나마 아버지를 알 수 있어서 다행이다. 어머니의 글로 어머니를 알았으면서도 다행이라는 생각이 안 드는 까닭이 뭔지는 나도 모르겠다.

'변화가 곧 하느님이다.' 어머니는 그렇게 믿었다. 《지구종: 산 자들의 책》에 실린 첫 번째 시에서 그렇게 말했다.

그대가 손대는 모든 것을
그대는 변화시킨다.

그대가 변화시킨 모든 것은
그대를 변화시킨다.

변치 않는 진리는 오로지
변화뿐.

변화가 곧
하느님이다.

악의 없는 말이고, 은유로서는 아마도 사실일 것이다. 어머니는 적어도 처음에는 모종의 진실에서 출발했다. 그리고 이제 마지막으로 딱 한 번 나에게 접촉했다. 자신의 기억으로, 삶으로, 그리고 그 망할 '지구종'으로.

2032년

우리는 죽은 자들을
과수원과
밭에 묻는다.
우리는 죽은 자들을
생명에게 내준다.

—《지구종: 산 자들의 책》에서

제1장

빛이
어둠을 빚듯이
어둠은
빛에 형상을 부여한다.
삶이
죽음을 빚듯이
죽음은
삶에 형상을 부여한다.
우주와
하느님은
그 총체를 공유하며,
저마다
상대를 정의한다.
우주가
하느님을 빚듯이
하느님은

우주에 형상을 부여한다.

—《지구종: 산 자들의 책》에서

테일러 프랭클린 반클레, 《다른 세상의 기억》에서

나는 언론인들이 '말세'로, 또는 더 흔하고 더 비통한 표현인 '역병기'로 일컫기 시작한 격변의 시기가 2015년부터 2030년까지 이어졌다는 글을 어디선가 읽었다. 십오 년에 걸친 혼돈의 시기였다는 것이다. 이는 사실이 아니다. 역병기는 훨씬 더 긴 환난이었다. 2015년보다 한참 전, 어쩌면 2000년대가 되기도 전에 이미 시작됐는지 모른다. 그리고 아직도 끝나지 않았다.

기후 위기와 경제 위기, 사회적 위기가 우연히 겹치는 바람에 역병기가 시작됐다는 글도 읽은 적이 있다. 그보다는 그러한 여러 영역에서 명백히 나타난 문제들을 우리 스스로 외면했기 때문이라고 말하는 편이 더 솔직할 것이다. 우리는 갖가지 문제를 일으켰다. 그러고는 문제가 위기로 악화되는 동안 가만히 앉아 지켜보기만 했다. 이 점을 부인하는 사람들의 의견도 들어봤지만, 나는 1970년에 태어났다. 이때껏 살면서 본 것만으로도 그게 사실이라는 것 정도는 안다는 말이다. 나는 문명사회 존속을 위해 기본적인 필수 조건이어야 하는 교육이 부자들의 특권으로 전락하는 꼴을 지켜봤다. 편리와 이익, 관성을 명분으로 내세워 환경을 더 큰 규모로 더 위험하게 악화시키는 꼴도 지켜봤다. 빈곤과 기아, 질병이 점점 더 많은 사람에게 피할 수 없는 운명이 되는 것도 지켜봤다.

전체적으로 역병기는 3차 세계대전을 할부로 구매하는 것과 같은 효과를 냈다. 사실, 역병기 동안에는 세계 곳곳에서 소규모의 잔혹한 전쟁이 벌어졌다. 어리석은 짓이었다. 인명과 재산을 낭비하는 짓이었으니까. 명목상으로는 악독한 외적에 맞서 싸우는 전쟁이었지만, 실제로는 무능한 지도자들이 달리 할 줄 아는 것이 없어서 싸우는 경우가 너무나 많았다. 그런 지도자들은 전쟁을 뒷받침할 애국심을 이끌어내려면 공포와 의심, 증오, 곤궁, 탐욕에 의지하면 된다는 것을 잘 알았다.

그러한 여러 나라들 가운데 미국은 어찌된 영문인지 심각한 비군사적 패배를 겪었다. 큰 전쟁에서 한 차례도 지지 않았으면서, 역병기를 이겨내지 못했던 것이다. 어쩌면 단순히 예전의 높았던 이상을 잃어버리고 목적 없이 더듬더듬 나아가다가, 끝내는 제풀에 기운이 다 빠져버렸는지도 모른다.

이제 미국의 무엇이 남아 있는지, 미국이 무엇이 됐는지, 나는 알지 못한다.

테일러 프랭클린 반콜레는 내 아버지다. 글로 추측하건대 아버지는 사려 깊고 조금은 격식을 따지는 남자 같은데, 결국에는 유별나고 고집 센 어머니를 아내로 맞았다. 거의 손녀뻘 정도일 만큼 어린 여자인데도 말이다.

어머니는 아버지를 사랑했던 것 같고, 아버지와 함께 살면서 행복했던 것도 같다. 아버지와 어머니는 역병기에 둘 다 집 없는 떠돌이로 살다가 만난 사이다. 하지만 아버지는 쉰일곱 살 먹은 의사, 정확히는 가정의학과 전문의였고, 어머니는 열여덟 살 소녀였다. 역병기는 두 사람에게 똑같이 끔찍한 기억을 남겼다. 둘 다 살던 동네가 파괴되는 것을 목격했다. 아버지는 샌디에이고에서, 어머니는 로스앤젤레스 근교의 로블리도에서. 두 사람은 그것만으로도 충분히 괴로웠던 모양이다. 2027년에 둘은 서로를 만나 사랑에 빠졌고, 결혼했다. 아버지가 남긴 글의 행간을 잘 읽어보면 아버지는 자신이 만난 그 이상한 소녀를 돌봐주고 싶었던 것 같다. 아버지는 어머니를 어지러운 시대로부터, 갱단으로부터, 마약과 노예제와 질병으로부터 안전하게 지켜주고 싶어 했다. 그리고 물론 어머니가 자신을 원한다는 사실에서 우쭐함을 느끼기도 했다. 아버지도 인간이었으니 분명 외톨이로 살기가 지겨웠을 것이다. 어머니를 만났을 때 아버지는 아내를 여윈 지 이 년이 다 된 참이었다.

당연히 아버지는 어머니를 안전하게 지키지 못했다. 아무도 그렇게 하지 못했을 것이다. 어머니는 아버지를 만나기 오래전에 이미 자신이 갈 길을 정했으니까. 어머니를 어린 여자애로

본 것이 아버지의 실수였다. 어머니는 이미 미사일이었다. 탄두를 장착하고 표적을 입력한 미사일.

《로런 오야 올라미나의 일기》에서

2032년 9월 26일 일요일

오늘은 '도착의 날'이다. 우리가 이곳 험볼트 카운티의 산속에 '에이콘(도토리)'이라는 공동체를 세운 지 오 년째 되는 기념일이다.

오늘을 비뚤어진 방식으로 축하할 작정인지, 나는 예전에 되풀이해서 꾸던 악몽을 또 꿨다. 지난 몇 년 동안은 그런 꿈을 거의 꾼 적이 없다. 악몽이라는 오래된 적들은 익숙하고 악독한 패턴이 있다. 나는 그들을 잘 안다. 처음에는 부드럽고 편안하게 시작한다. 이번에 꾼 꿈은 과거를 찾아가는 것으로 시작했다. 옛집을 찾아가는 여행으로, 내 사랑하는 유령들과 시간을 보낼 기회로.

내 고향 집은 잿더미에서 되살아나 멀쩡해진 상태다. 오래전에 그 집이 불타는 광경을 봤는데도, 어째선지 나는 놀라지 않는다. 그때 나는 집이 불타고 남은 잔해 사이를 걸어서 지나갔다. 그런데 그 집이 감쪽같이 복원되어 있고 안에 사람이 가득하다. 내가 자라면서 알았던 사람들이 모두 그곳에 있다. 그들은 우리 집 거실에 줄줄이 놓인 낡은 철제 접이식 의자와 나무로 된 간이 식탁 의자, 정찬용 의자, 차곡차곡 겹쳐 보관하는 플라스틱 의자에 저마다 앉아 있다. 뿔뿔이 흩어진 자들과 죽은 자들로 이루어진 침묵의 회중이다.

예배는 이미 시작됐고 설교는 당연히 우리 아버지 몫이다. 기다란 예복 차림인 아버지는 여느 때와 똑같아 보인다. 키가 크고, 체격이 우람하고, 근엄하고, 꼿꼿하다. 꽉 커다랗고 까만 벽처럼 보이는 아버지의 목소리는 귀에 들리기만 하는 정도가 아니라 살갗과 뼛속에까지 느껴진다. 예배를 드리는 공간에서 아버지의 목소리가 닿지 않는 구석은 한 군데도 없다. 우리는 마이크와 스피커를 마련한 적이 없다. 필요한 적이 없었으니까. 나는 오래전의 그 목소리를 다시 듣고 느낀다.

하지만 아버지가 실종되고 나서 몇 년이 흘렀을까? 또는, 아버지가 살해당하고 나서 몇 년이 지났을까? 아버지는 분명 살해당했을 것이다. 가족을, 공동체를, 교회를 버리고 홀연히 사라질 사람이 결코 아니었으니까. 아버지가 실종될 무렵에는 폭력 범죄로 목숨을 잃는 경우가 요즘보다 훨씬 더 흔했다. 그런 반면에 죽지 않고 목숨을 이어가기란 거의 불가능하다 싶을 만큼 어려운 일이었다.

아버지는 어느 날 대학교 사무실로 출근하려고 집을 나섰다. 컴퓨터로 강의를 했기 때문에 학교에는 일주일에 한 번만 가면 됐지만, 일주일에 한 번조차도 위험 앞에서는 지나치게 잦은 노출이었다. 그날 아버지는 평소처럼 학교에서 묵었다. 출퇴근하는 사람들에게는 이른 아침이 가장 안전한 시간대이기 때문이었다. 아버지는 이튿날 아침에 집을 향해 출발했다가 다시는 목격되지 않았다.

우리는 샅샅이 수색했다. 경찰에게 돈까지 주면서 수색해달라고 부탁했다. 아무런 소득도 없었다.

그 일은 우리 집이 불타고, 우리 동네가 파괴당하기 몇 달 전에 일어났다. 그때 나는 열일곱 살이었다. 지금 나는 스물세 살이고 그 죽음의 땅으로부터 수백 킬로미터 떨어진 곳에 산다.

그런데 느닷없이, 꿈속에서, 모든 것이 다시 좋아졌다. 나는 우리 집에 있고, 아버지는 설교를 하고 있다. 새어머니는 아버지 뒤편, 피아노에 조금 가까운 곳에 앉아 있다. 한동네 주민인 교회 신도들은 아버지 앞쪽의 넓지만 탁 트인 느낌은 별로 없는, 우리 집 거실과 식당, 응접실로 이루어진 공간에 앉아 있다. 평소 서른 명 내지 마흔 명이 모이는 이 널따란 엘L 자 모양 공간에 일요일 예배를 위해 여느 때보다 훨씬 많은 사람이 모여 있다. 이들은 침례교 신도치고는 지나치게 조용하다. 아니면 적어도 내가 자란 동네의 침례교 신도들이라기에는 지나치게 조용하다. 그들은 이곳에 있지만, 어찌된 까닭인지 이곳에 있지 않다. 그들은 그림자 인간이다. 유령들이다.

내게는 우리 식구들만이 진짜로 느껴진다. 식구들 또한 다른 사람들과 똑같이 죽었는데, 그런데 다들 살아 있지 않은가!

남동생들은 내가 열네 살 즈음이었을 때의 모습과 똑같아 보인다. 그중 내 바로 아래 동생인 키스는, 가장 버릇없고 가장 먼저 죽은 그 애는, 겨우 열한 살이다. 그 말은 곧 내가 가장 아끼던 동생이자 우리 집에서 가장 잘생긴 아이였던 마커스는 열 살이라는 뜻이다. 쌍둥이처럼 닮은 베넷과 그레고리는 여덟 살, 일곱 살이다. 우리는 모두 맨 앞줄에 앉아 있다. 새어머니가 우리를 지켜보도록, 가까운 자리에 앉아 있다. 나는 키스와 마커스 사이에 앉아 예배 시간 동안 그 애들이 다투다가 서로를 죽이지 않도록 막는 중이다.

부모님 중 아무도 이쪽을 보지 않을 때면 키스는 내 앞으로 팔을 뻗어 마커스의 허벅지를 세게 때린다. 마커스는 키스보다 더 어리고 덩치도 작지만 고집이 세고 강단이 있어서 날아온 주먹을 되갚아준다. 나는 두 아이의 주먹을 손으로 붙잡고 꽉 움켜쥔다. 나는 그 둘보다 덩치가 크고 힘도 더 세고, 아귀힘은 원래부터 좋았다. 아이들은 아파서 꿈틀대며 손을 빼려 한다. 잠시 후, 아이들의 손을 놔준다. 이렇게 아이들은 교훈을 얻었다. 적어도 잠깐 동안은 서로를 건드리지 않는다.

꿈속에서, 동생들이 느끼는 고통은 어렸을 때와 달리 내게 아픔으로 느껴지지 않는다. 어릴 적에 나는 맏이였기 때문에 동생들에게 버릇을 가르쳐줘야 했다. 동생들의 고통을 나 스스로도 어쩔 수 없이 느끼면서 그 애들에게 벌을 줘야 했던 것이다. 아버지와 새어머니는 나의 초공감증후군hyperempathy syndrome에 관한 한 사정을 봐주는 경우가 없다시피 했다. 두 사람은 내게 장애가 있다는 것을 좀처럼 감안해주지 않았다. 나는 집안의 맏이였고, 그것으로 끝이었다. 나에게는 지켜야 할 의무가 있었다.

그럼에도 내 동생들은 용케도 내 눈을 피해 멍들고 베이고 불에 데곤 했고, 그럴 때면 나는 그 지긋지긋한 고통들을 번번이 느끼곤 했다. 동생들이 다치는 광경을 볼 때마다 그 애들의 고통을 나 스스로가 다친 것처럼 공유했다. 동생들이 아픈 척만 해도 고통을 느꼈다. 그러니까 초공감증후군은, 기껏해야 망상장애인 것이다. 거기에 텔레파시나 마법, 심오한 영적 각성 같은 것은 전혀 없다. 단지 남들이 겪는 고통과 쾌락을 보며 나도 그것을 똑같이 겪는다고 느끼는, 신경 화학 물질이 일으킨 망상에 지나지 않는다. 쾌락은 드물고 고통은 흔한데, 망상이든 아니든 간에, 내가 느끼는 고통은 정말로 지독하다.

그런데 나는 왜 이제 와서 그걸 그리워할까?

그리워하는 대상치고는 너무 터무니없다. 그걸 느낄 일이 없어졌으니 치통이 사라진 것처럼 후련해야 마땅한데. 놀라워하고 기뻐해야 마땅한데. 그러기는커녕 두렵다. 나의 일부가 사라져버렸으니까. 내 동생들의 고통을 느끼지 못한다는 말은 곧 그 애들이 악을 쓸 때 듣지 못한다는 뜻이고, 그래서 두렵다.

꿈이 슬슬 악몽으로 바뀌기 시작한다.

미리 알려주지도 않고서, 키스가 사라진다. 그냥 사라져버린다. 그 애는 오래전에 맨 먼저 떠났다. 그러니까, 죽었다. 그랬던 그 애가 이제 다시 사라졌다. 내 옆의 그 애 자리에는 키가 크고 아름다운 여성이 있다. 암갈색 피부에 가냘픈 체격이고, 머리는 흑단처럼 까맣고 반들거린다. 여성이 입은 초록색 드레스는 비단처럼 보드라운 재질로, 몸의 굴곡을 따라 불룩하고 날씬하게 이어지며 정교한 주름 패턴으로 목에서부터 발까지 온몸을 감싸고 있다. 내가 모르는 사람이다.

그 여성은 내 어머니다.

아버지가 나에게 준 한 장뿐인 친어머니 사진 속에 있는, 바로 그 여성이다. 키스가 내 방에서 그 사진을 훔쳤을 때 그 애는 아홉 살이었고 나는 열두 살이었다. 키스는 그 사진을 낡은 비닐 테이블보 조각으로 싸서 우리 집 텃밭의 호박 이랑과 옥수수와 콩이 섞여 자란 이랑 사이에 묻었다. 나중에 키스는 그 사진이 물에 젖고 발에 밟혀 엉망이 된 것은 자기 탓이 아니라고 우겼다. 그냥 장난으로 숨겼을 뿐이라면서. 그 사진이 어떻게 될지 자신이 무슨 수로 알았겠느냐는 뜻이었다. 키스는 그런 애였다. 나는 키스를 흠씬 패줬다. 물론 나 스스로도 아팠지만, 그때는 때리는 보람이 있었다. 키스가 나한테 맞고도 부모님께 일러바치지 않은 적은 그때뿐이었다.

하지만 그래 봤자 엉망이 된 사진은 멀쩡해지지 않았다. 나에게 남은 거라곤 그 사진의 기억뿐이었다. 그런데 그 기억이 여기에 있다. 내 곁에 앉아 있다.

어머니는 키가 크다. 나보다 더 크고, 웬만한 사람들보다 더 크다. 그저 예쁜 정도가 아니다. 아름답다. 나는 어머니를 닮지 않았다. 아버지를 닮았다. 아버지는 그래서 아쉽다고 말하곤 했다. 나는 그래도 상관없다. 하지만 내 어머니는 굉장히 아름다운 여성이다.

나는 어머니를 빤히 보지만, 어머니는 나를 보려고 고개를 돌리지 않는다. 적어도 그것 하나는 사실과 일치한다. 어머니는 나를 본 적이 한 번도 없으니까. 어머니는 나를 낳다가 죽었다. 그보다 앞서 이 년 동안, 어머니는 당시에 인기를 끌던 '지능 향상 보조제'를 복용했다. 이름이 '파라세트코'인 그 최신 처방약은 알츠하이머병을 앓는 이들에게 놀라운 효과를 선사했다. 지적 기능이 악화되는 것을 멈춰주고 아직 남아 있는 기억력과 사고력을 남김없이 쓰도록 도와줬던 것이다. 건강한 젊은이가 그 약을 먹으면 두뇌 활동이 촉진됐다. 그 약을 먹은 사람은 글을 더 빨리 읽었고, 더 많이 기억했고, 남들보다 더 빠르고 정확하게 추론하고 계산하고 결론지었다. 그 결과 학생들 사이에서 파라세트코는 커피만큼이나 인기를 끌었고, 보수가 두둑한 직종에서 남들과 경쟁하고자 하는 사람에게는 컴퓨터 관련 지식과 마찬가지로 반드시 갖춰야 하는 무기였다.

어쩌면 약물 중독이 내 어머니의 죽음에 한몫했을지도 모른다. 나도 확실히 알지는 못한다. 잘 모르기는 아버지도 마찬가지였다. 하지만 어머니가 복용한 약이 나에게 명백한 흔적을 남겼다는 것은 똑똑히 안다. 그게 바로 초공감증후군이다. 파라세트코는 끊으려다 죽은 사람이 수천 명이나 될 정도로 중독성이 강한 약이었고, 이 때문에 한때는 나처럼 초공감증후군을 앓는 사람이 수십만 명이나 있었다.

우리는 초공감자, 초공감능력자, 또는 공감자로 불린다. 그 정도면 정중한 명칭이라고 할 만하다. 우리는 몸이 약하고 사망률도 높은데, 아직 상당히 많은 수가 살아 있다.

나는 어머니를 향해 손을 뻗는다. 살아생전에 무슨 짓을 했든 간에, 나는 어머니에 관해 알고 싶다. 하지만 어머니는 나를 보려 하지 않는다. 고개조차 돌리지 않는다. 어째선지, 나는 좀처럼 어머니에게 손이 닿지 않는다. 어머니를 만지지 못한다. 의자에서 일어나려고 해보지만 움직일 수가 없다. 몸이 말을 듣지 않는다. 그저 가만히 앉아 설교만 들을 뿐이다.

이제 아버지가 하는 말이 차츰 귀에 들어온다. 이때껏 아버지의 설교는 알아듣기 힘든 배경 소음이었지만, 이제는 〈마태복음〉 25장에 나오는 그리스도의 말씀을 인용해 설교하는 소리가 들린다. "'또 하늘나라는 이런 사정과 같다. 어떤 사람이 여행을 떠나면서, 자기 종들을 불러서, 자기의 재산을 그들에게 맡겼다. 그는 각 사람의 능력을 따라, 한 사람에게는 다섯 달란트를 주고, 또 한 사람에게는 두 달란트를 주고, 또 다른 한 사람에게는 한 달란트를 주고 떠났다.'"

아버지는 우화를 무척 좋아했다. 깨달음을 주는 이야기, 사람들의 머릿속에 그림이 떠오르게 하는 식으로 생각과 교훈을 전하는 이야기를 좋아했던 것이다. 아버지는 성서에서 읽은 우화와 역사나 민담에서 발췌한 우화를 설교에 써먹었고, 본인과 지인들이 살면서 겪은 이야기도 당연히 써먹었다. 주일 설교와 성서 강해, 심지어 컴퓨터로 진행하는 역사 강의에까지 우화를 섞어 넣었다. 이야기가 중요한 교육 수단이라고 굳게 믿었던 아버지 덕분에 나는 다른 아버지 밑에서 컸다면 덜했을 관심을 우화에 쏟아부었다. 지금 아버지가 읽는 '달란트 우화'는 나도 인용할 수 있다. 성서에 나오는 우화 몇 가지는 술술 외울 정도다. 어쩌면 그래서 지금 이만큼이나마 듣고 이해하는지도 모른다. 우화 구절 사이사이에 설교 내용이 섞여 있지만, 그 부분은 좀처럼 알아들을 수가 없다. 목소리의 높낮이가 오르락내리락하는 것, 같은 리듬이 반복되다가 변하는 것, 소리치다가 나직이 말하는 것 등은 내 귀에도 느껴진다. 그런 것들은 늘 들리던 대로 들리지만, 무슨 말인지는 알아들을 수가 없다. 다만 우화를 설명하는 말만 알아들을 뿐이다.

"'다섯 달란트를 받은 사람은 곧 가서, 그것으로 장사를 하여, 다섯 달란트를 더 벌었다. 두 달란트를 받은 사람도 그와 같이 하여, 두 달란트를 더 벌었다. 그러나 한 달란트 받은 사람은 가서, 땅을 파고, 주인의 돈을 숨겼다.'"

내 아버지는 교육과 근면, 자기 책임론의 열렬한 신봉자였다. "그것이 우리가 받은 달란트입니다." 아버지가 그렇게 말할 때면 동생들의 눈에 지루해하는 빛이 떠올랐고 나조차도 한숨을 참으려고 애써야 했다. "하느님께서는 우리에게 달란트를 주셨습니다. 그리고 우리가 그 달란트를 어떻게 쓰느냐에 따라 우리를 심판하실 것입니다."

우화는 계속 이어진다. 장사를 잘해서 주인을 위해 이익을 남긴 두 종에게 주인은 이렇게 말한다. "'잘했다! 착하고 신실한 종아. 네가 적은 일에 신실하였으니, 이제 내가 많은 일을 네게 맡기겠다. 와서, 주인과 함께 기쁨을 누려라.'"

그러나 달란트 은화를 안전하게 지키려고 땅에 묻어놓고 아무것도 하지 않은 종에게 주인은 모진 말을 내뱉는다. "'악하고 게으른 종아.'" 주인은 그렇게 말을 시작해 종들에게 지시한다. "'그에게서 그 한 달란트를 빼앗아서, 열 달란트 가진 사람에게 주어라. 가진 사람에게는 더 주어서 넘치게 하고, 갖지 못한 사람에게서는 있는 것마저 빼앗을 것이다.'"

아버지가 그렇게 말한 순간, 어머니가 사라진다. 아직 얼굴도 온전히 보지 못했건만, 어머니는 사라져버렸다.

나는 이 상황이 이해가 가지 않는다. 두려운 느낌이 든다. 이제 보니 다른 사람들도 사라지는 중이다. 대부분 이미 사라지고 없다. 내 사랑하는 유령들이…….

아버지가 사라졌다. 새어머니는 흥분했을 때 가끔 그랬듯이 에스파냐어로 아버지에게 뭐라고 외친다. "안 돼! 우린 이제 어떻게 살아? 사람들이 쳐들어올 거야. 우릴 다 죽일 거라고!

장벽을 더 높이 쌓아야 해!"

그러고는 새어머니도 사라진다. 동생들도 사라진다. 나는 혼자다. 오 년 전 그날 밤에 혼자였던 것처럼. 내 주위의 집은 잿더미와 잔해가 돼 있다. 불타지도 않았고 무너지지도 않았고 사그라져 재로 변하지도 않았건만, 어째선지 순식간에, 밤하늘을 향해 뻥 뚫린 폐허가 돼 있다. 별이 보이고, 반달도 보이고, 빛줄기도 보인다. 그 빛줄기는 어떤 생명력의 원천이 지구를 빠져나가는 것처럼, 하늘로 솟구치며 움직인다. 그 세 가지 빛이 함께 비추는 덕분에 그림자들이 보인다. 커다랗게 움직이는, 위협적인 그림자들이다. 나는 그 그림자들이 무섭지만 거기서 벗어나는 방법을 알지 못한다. 우리 동네를 둘러싼 장벽은 아직 그대로 남아 있고, 실제보다 훨씬 더 높이 솟은 채로 나를 굽어본다. 너무나 높은 그 장벽은…… 바깥에서 닥쳐오는 위험을 막을 목적으로 세워졌다. 몇 년 전에는 그 목적을 달성하지 못했다. 이제 장벽은 또다시 실패한다. 위험이 나를 둘러싸고 조여든다. 나는 달아나고 싶고, 탈출하고 싶고, 숨고 싶지만, 이제는 내 손과 발이 차츰 사라져간다. 천둥소리가 들린다. 빛줄기가 하늘 높이 솟아올라 점점 환해진다.

이윽고 나는 비명을 지른다. 추락한다. 내 몸은 너무 많이 사라져서 보이지 않는다. 똑바로 서 있을 수가 없고, 몸을 가눌 수도 없어서 그만 추락하고, 추락하고, 추락하다가…….

이곳 에이콘에 있는 내 오두막집 안에서, 이불을 몸에 둘둘 만 채로, 몸의 절반은 침대에 걸치고 절반은 바닥에 떨어진 상태로, 꿈에서 깨어났다. 내가 혹시 큰 소리로 비명을 질렀을까? 알 수가 없었다. 반콜레와 함께 잘 때는 이런 악몽을 꾼 적이 없는 것 같으니까, 그 사람도 내가 지르는 소리가 얼마나 큰지는 알지 못할 것이다. 당장은 그가 곁에 없어서 오히려 다행이었다. 그렇잖아도 환자를 보느라 잘 시간이 많이 부족한데, 오늘 밤은 평소보다 더욱 그랬을 것이기 때문이다.

아직 새벽 3시지만, 어제저녁 날이 캄캄해지기가 무섭게, 어떤 무리가, 아마도 갱단일 텐데, 우리 마을 바로 북쪽에 있는 도브트리 가족의 집을 습격했다. 그때 그 집에는 사람이 스물두 명이나 있었다. 집안 어른인 할아버지와 할머니, 가장 어린 딸 둘, 결혼한 아들 다섯과 며느리들, 그리고 손주들이었다. 그중 가장 어린 며느리 둘과 그 둘이 가까스로 데리고 달아난 아이 셋만 빼고 그 많은 사람이 모두 죽었다. 살아남은 아이들 가운데 둘은 다쳤고, 며느리 한 명은 하필이면 심장마비를 일으켰다. 반콜레는 전에 그 여성을 진찰한 적이 있었다. 그의 말에 따르면 그 여성의 심장에 있는 장애는 아기였을 적에 치료했어야 했다. 하지만 이제 겨우 스무 살인 그 여성이 태어났을 무렵에는 당시 사람들이 대부분 그랬듯이 부모의 형편이 어려웠다. 그 집의 부모는 본인들만 열심히 일한 것이 아니라 자식들 가운데 가장 튼튼한 아이에게도 여덟 살 아니면 열 살

때부터 이미 일을 시켰다. 그들에게 심장에 장애가 있는 딸은 죽어도 그만, 살아도 그만이었다. 반드시 낫게 해줘야 할 자식은 아니었다.

이제 그 심장 때문에 그 여성은 하마터면 죽을 뻔했다. 반콜레는 오늘 밤 학교에 있는 진료소에서 자면서 그 여성과 다친 아이 둘을 돌보기로 했지만, 십중팔구 깨어 있을 것이다. 내 초공감증후군 덕분에 우리 집에는 진료소를 만들지 못한다. 나는 다른 사람의 고통을 있는 그대로 감지하고, 반콜레는 그런 나 때문에 걱정이 많다. 그래서 나에게 공감을 방지하는 약을 주려고 하는데 그런 약을 먹으면 졸리고, 굼떠지고, 머리가 잘 안 돌아간다. 고맙기는 하지만, 사양이다!

그래서 나는 혼자 잠에서 깨어 땀에 흠뻑 젖은 채로, 다시 잠들지 못한다. 꿈에 이토록 강렬하게 반응하기는 몇 년 만인 듯싶다. 돌이켜보면 마지막으로 그랬던 때는 오 년 전 우리가 이곳에 정착한 직후였는데, 그때도 이 지긋지긋한 꿈을 똑같이 꿨다. 아마도 도브트리네가 습격당한 것 때문에 그 꿈이 다시 찾아온 모양이다.

그 습격은 애초에 일어나지 말았어야 했다. 지난 몇 년간 세상은 서서히 조용해졌다. 물론 범죄는 지금도 일어난다. 강도, 무단 침입, 몸값을 노리거나 노예로 팔기 위한 납치 같은 일들 말이다. 심지어 가난한 이들은 지금도 빚이나 부랑 행위, 할 일 없이 돌아다니는 짓 같은 '범죄' 때문에 체포당해 노역을 한다. 그러나 이번처럼 마을에 쳐들어가 사람을 죽이고 훔치지 않는 물건은 죄다 불태우는 짓은 이제 유행이 지난 것처럼 보인다. 이번의 도브트리 습격 사건 같은 일은 적어도 지난 삼 년 동안은 들어본 적이 없다.

도브트리 사람들이 집에서 증류한 위스키와 텃밭에서 몰래 키운 대마초를 이 일대에 공급한 것은 사실이지만, 그건 우리가 이곳에 도착하기 한참 전부터 해온 일이었다. 사실 그들은 이 일대에서 가장 철저하게 무장한 농가였는데, 그들의 사업이 불법일 뿐 아니라 이윤도 많이 남기 때문이었다. 그 집을 털려고 한 사람들은 예전에도 있었지만, 조금이나마 성공한 것은 재빠르고 조용한 절도범들뿐이었다. 적어도 어제까지는.

반콜레가 도브트리네 두 며느리 가운데 건강한 쪽인 오브리의 아들을 치료하는 동안, 나는 오브리에게 이것저것 물어봤다. 반콜레가 아들은 괜찮다고 오브리를 안심시키기도 했거니와, 나로서는 비록 아무리 경황이 없다 한들 오브리가 아는 사실들을 우리도 알아둬야겠다 싶어서 한 일이었다. 그러니까, 이곳 에이콘에서 오래된 벌목 도로를 따라 한 시간만 걸으면 도브트리네 집이 나오기 때문이다. 도브트리 가족을 습격한 자들이 누구든 간에, 다음번 표적은 우리일지도 모른다.

오브리는 습격자들의 옷차림이 기묘했다고 말했다. 우리는 학교의 큰 교실에서 이야기를 나눴다. 우리 앞의 책상에는 연기가 나는 기름 램프가 놓여 있었다. 그 책상을 사이에 두고 마주 앉아 있는 동안 오브리는 자꾸만 진료소 쪽을 흘긋거렸다. 그곳에서는 반콜레가 아이의 긁힌 상처와 화상과 멍을 깨끗이 닦고 약을 발라주는 중이었다. 오브리가 말하길 습격자들은 남자였지만, 허벅지까지 내려오는 검은 튜닉을 입고 허리에 벨트를 찼다고 했다. 오브리는 그 옷을 '검은 드레스'라고 했다. 그 옷 밑에는 평범한 바지를 받쳐 입었다고 했다. 청바지, 아니면 전에 군인들이 입은 것을 본 적이 있는 위장 무늬 바지라는 말이었다.

"군인들 같았어요." 오브리가 말했다. "그 사람들은 몰래 숨어들었어요, 소리도 안 내고요. 우린 그 사람들이 총을 쏘기 전까지 누가 있는 줄도 몰랐어요. 그러다가, 쾅! 느닷없이 시작됐어요. 그 사람들이 우리 집을 총으로 마구 쐈어요. 난 무슨 폭탄이 터진 줄 알았는데…… 한 스무 명, 아니면 서른 명, 어쩌면 그보다 더 많은 사람들이 동시에 총을 쐈어요."

그건 갱단이 움직이는 방식이 아니다. 갱단이라면 마구잡이로 총을 갈기지, 일제 사격을 하지는 않았을 것이다. 그렇게 총을 쏜 후에는 저마다 제 주머니를 챙기려고 나섰을 것이다. 동료들에게 선수를 빼앗기기 전에 제일 예쁜 여자를 붙잡거나, 가장 값나가는 물건을 훔치는 식으로.

"그자들은 우리를 두들겨 패고 총을 쐈고, 그러고 나서야 물건을 훔치고 불을 질렀어요. 그러고는 우리 기름을 들고 밭으로 가서 작물을 불태웠어요. 그다음엔 집하고 창고를 털었고요. 다들 가슴에 커다란 흰색 십자가가 있었어요. 교회에 있는 것 같은 십자가요. 그런데도 우릴 죽였어요. 애들한테까지 총을 쐈어요. 눈에 띄는 사람은 모조리 죽였어요. 내가 아이를 데리고 숨지 않았으면 우리도 쐈을 거예요."

또다시, 오브리의 눈길이 진료소 쪽으로 향했다.

아이들까지 죽이다니…… 너무 잔혹한 짓이다. 악당들은 대부분, 최악의 미치광이들을 빼면, 아이들은 살려뒀다가 강간하고 팔아넘긴다. 그리고 그 십자가는, 글쎄, 목에 십자가 목걸이를 걸고 다니는 갱단도 있겠지만, 습격당한 피해자가 그런 걸 알아볼 정도로 범인 가까이 다가가는 경우는 드물 것이다. 그리고 갱단이 가슴에 하얀 십자가가 붙은 똑같은 튜닉을 맞춰 입고 몰려다닐 성싶지는 않다. 이건 새로운 집단이다.

아니면 오래전부터 있었던 집단이거나.

나는 오브리를 아들 곁에 누워 잠들도록 진료소로 돌려보낸 후에야 비로소 그 집단의 정체가 무엇일지 생각해봤다. 반콜레는 아이에게 잠이 잘 오는 약을 줬다. 오브리도 같은 약을 받았으니까, 오늘 오전 느지막이 오브리가 일어나기 전까지는 아무것도 물어보지 못할 것이다. 다만 참을 수 없는 궁금증 한 가지는 가슴에 십자가가 붙은 그 습격자들이 내가 요즘 가장 께름칙하게 여기는 대통령 선거 후보인 텍사스 주 상원의원 앤드루 스틸 재럿과 무슨 관련이 있지 않을까 하는 것이다. 이야기를 들어보면 재럿의 지지자들이 할 만한 짓이기 때문이다. 과거의 추악한 행각을 되풀이하는 것 말이다. KKK도 가슴에 십자가를 붙이고 다녔을까? 십자가에 불을 붙여 태우기만 한 것이 아니라? 나치스가 달고 다닌 하켄크로이츠도 십자가의 일종이지만, 그걸 가슴에 붙이고 다녔을 것 같지는 않다. 종교재판 시대와 그 이전의 십자군 원정 시대에도 십자가는 온 사방에 널려 있었다. 그렇다면 이제 우리 앞에 십자가를 내세우며 학살을 저지르는 패거리가 또다시 등장한 셈이다. 그 배후에 재럿의 지지자들이 있는지도 모른다. 재럿은 세상을 예전의 '더 단순했던' 시대로 되돌리자고 역설하니까. 오늘날은 그와 어울리지 않는다. 종교적 관용도 그와 어울리지 않는다. 이 나라의 현재 모습 또한 그에게는 성에 차지 않는다. 재럿은 모두가 똑같은 하느님을 믿고, 그 하느님을 똑같은 방식으로 섬기고, 똑같은 종교 의식을 수행하는 한편으로, 그렇게 하지 않는 사람은 모조리 짓밟아야만 이 우주 안에서 안전을 누릴 수 있다고 여기던 황홀한 시대로 우리 모두를 데리고 돌아가고 싶어 한다. 이 나라에 그런 시대는 존재한 적이 없다. 그러나 미국 국민의 절반 이상이 문맹인 오늘날, 우리에게 역사란 또 하나의 거대한 미지의 영역일 뿐이다.

재럿의 지지자들은 이따금 폭도로 변해 사람들을 마녀로 몰아서 말뚝에 묶어놓고 불태워 죽인다고 알려졌다. 마녀라니! 2032년에! 그들이 생각하는 마녀는 이슬람교도이거나 유대교도, 힌두교도, 불교도인 경우가 많고, 어떤 지방에서는 모르몬교도나 여호와의 증인, 심지어 가톨릭 신자를 마녀로 몰기도 한다. 무신론자나 '사이비 종교 신자', 또는 부유한 괴짜가 마녀일 때도 있다. 부유한 괴짜들은 보호해주는 사람이 없거나 훔칠 만한 값나가는 물건을 많이 소유한 경우가 흔하다. 그리고 '사이비 종교 신자'는 주류 종교의 신자가 아니거나 재럿이 인정하는 크리스천의 상像에도 딱히 들어맞지 않는 사람이면 누구에게나 붙여도 되는 만능 꼬리표였다. 재럿의 추종자들은 크리스트교 일파인 유니테리언파 신자들까지 폭행하고 배척한다고 알려졌다. 맙소사. 재럿은 화형을 규탄하지만 규탄하는 말투가 어찌나 부드러운지, 지지자들은 자기네가 듣고 싶은 말만 들을 뿐이다. 폭행, 피해자의 몸에 타르를 칠하고 깃털을 붙이는 모욕 행위, '악마를 숭배하는 이교도의 집'을 파괴하는 행위에 대해, 재럿은 다음과 같이 간단하게 대답할 뿐이다. "우리에게 오십시오! 우리는 국적과 인종을 가리지 않고 모두에게 문을 열어놓고 있습니다. 죄로 얼룩진 과거를 버리고 우리와 하나가 되십시오. 우리와 힘을 합쳐 미국을 다시 위대하게 만듭시다." 재럿은 다음과 같은 '당근과 채찍' 전략으로 크게 성공했다. '우리와 함께 번영합시다, 그러지 않을 경우에 당신 자신의 죄 많은 고집 때문에 일어나는 일은 모두 당신이 알아서 할 문제입니다.' 재럿의 대선 맞상대인 에드워드 제이 스미스 부통령은 그를 가리켜 선동가, 바람잡이, 위선자라고 한다. 물론 스미스 부통령의 말이 옳지만, 스미스는 늙고 기운이 없어서 허깨비나 다름없다. 반면에 재럿은 체격이 우람하고 잘생겼고 머리도 새까만 데다, 우묵한 두 눈은 맑은 파란색이라서 사람들의 시선을 붙잡고 놔주지 않는다. 재럿의 목소리는 온몸으로 느껴질 만큼 우렁우렁하다. 내 아버지의 목소리가 그랬던 것처럼. 사실 이렇게 말하려니 유감이지만, 재럿은 한때 내 아버지와 마찬가지로 침례교 목사였다. 하지만 그는 오래전에 침례교를 떠나 자신이 만든 '크리스천 아메리카' 교파를 출범시켰다. 이제 그는 크리스천 아메리카 교회나 인터넷으로 중계되는 정식 예배에서 설교를 하지는 않지만, 그래도 여전히 교파의 우두머리로 여겨진다.

글을 모르는 사람들이 대선 후보의 됨됨이를 판단할 때 후보가 표명하는 가치보다 외모와 목소리에 더 끌리는 것은 어쩔 수 없는 일 같다. 교육을 받아서 글을 읽고 쓸 줄 아는 사람들조차도 걸핏하면 잘생긴 외모와 달콤한 거짓말에 필요 이상으로 많은 관심을 보이곤 하니까. 그러니 인터넷을 통한 새로운 사진 투표 방식은 틀림없이 재럿에게 훨씬 유리할 것이다.

재럿의 지지자들은 술과 마약을 사탄의 도구로 여긴다. 그 중 유난히 광적인 추종자들이 도브트리네를 파괴한 십자가 튜닉 패거리일 가능성은 아주 높다.

그리고 우리는 '지구종'이다. 우리는 '그 사이비 종교 집단'이고, '산에 사는 그 이상한 사람들'이며, '변화의 신인가 뭔가 하는 것에 기도를 드리는 미치광이 바보들'이다. 또한 내가 들은 소문에 따르면 우리는 이런 존재들이다. '산에 사는 그 악마 숭배 이교 집단은 아이들을 거둬들인다지. 그렇게 거둬들인 애들을 데리고 무슨 짓을 할 것 같아?' 유괴당한 아이들이나 고아가 된 아이들, 자포자기한 부모가 팔아넘긴 아이들은 전국 각지에서 거래되고 있고 누구나 그러한 현실을 알지만, 그런 것은 신경 쓸 필요 없다. 그건 중요하지 않다. 어떤 사람들은 사이비 종교 집단이 '미심쩍은 목적' 때문에 아이들을 거둔다는 암시만으로도 이성을 잃기 때문이다.

그런 소문을 들은 사람은 딱히 재럿의 지지자가 아니더라도 우리를 해치려 들지 모른다. 나는 그런 소문을 두어 번밖에 듣지 못했지만, 그래도 두렵기는 마찬가지다. 지금으로서는 도브트리네를 습격한 패거리가 새로운 갱단이기를, 훈련을 잘 받아서 가공할 힘을 지니기는 했어도 단지 돈만 노리는 갱단이기를 바랄 뿐이다. 부디 그랬으면 좋겠지만…….

하지만 그럴 성싶지는 않는다. 나는 재럿의 지지자들이 그 패거리와 관련이 있을 거라고 강력히 의심한다. 그리고 오늘 열릴 집회에서 그렇게 말해둬야겠다는 생각이 든다. 도브트리네 상황이 모두의 머릿속에 생생히 새겨진 이상 다들 기꺼이 협력하려 들 테고, 돈과 음식, 무기, 서류, 귀중품 따위를 자잘하게 나눠서 숨기는 훈련도 더 열심히 할 것이다. 우리는 갱단에 맞서 싸울 힘이 있다. 지금보다 대비가 훨씬 부족했던 과거에도 그렇게 했다. 하지만 재럿에 맞서 싸울 수는 없다. 재럿

'대통령'에게 맞서기란 더더욱 불가능하다. 재럿 대통령은, 만약 이 나라가 완전히 미쳐버린 나머지 그를 대통령으로 뽑는다면, 우리 존재조차 모르는 채로 우리를 없애버릴 것이다.

지금 우리는 쉰아홉 명이다. 도브트리네에서 온 여성들과 아이들이 우리와 함께 머문다면 예순네 명이다. 그 정도 머릿수면 빠듯하게나마 살아남는 데는 문제가 없다. 그래서 더욱 나의 꿈을 실현해야겠다는 생각이 든다.

성서의 그 우화를 다시 떠올려보면, 나의 '달란트'는 지구종이다. 비록 땅을 파고 묻은 것은 아니지만, 나는 그 달란트를 이곳, 바닷가의 산속에 묻었다. 우리가 심은 삼나무와 비슷한 속도로 자라나도록. 하지만 그것 말고 내가 뭘 할 수 있었을까? 만약 내가 재럿만큼 훌륭한 선동가였다면 지구종은 지금쯤 거대한 운동이 됐을 테고, 진짜 표적이 됐을 것이다. 차라리 그게 더 나았을까?

나는 지금 온갖 황당무계한 결론으로 비약하는 중이다. 적어도 그 결론들이 황당무계했으면 좋겠다. 도브트리에서 벌어진 사건에 대해 느끼는 공포와 내 동료들을 위해 품은 희망 및 두려움 사이에서, 나는 화가 나고, 어쩔 줄 몰라 망설이고, 그리고 어쩌면, 그저 이런저런 것들을 상상할 뿐이다.

제2장

혼돈은
하느님의 가장 위험한 얼굴로서
쉼 없이 변하고, 요동치며, 굶주려 있다.
혼돈을 빚어라.
곧 하느님을 빚는 것이다.
행동하라.

변화의 속도를
또는 방향을 전환하라.
변화의 폭을 조정하라.
변화의 씨앗들을 다시 조합하라.
변화가 끼치는 영향의 성질을 바꿔라.
변화를 붙잡아라.
활용하라.
적응하고 성장하라.

—《지구종: 산 자들의 책》에서

에이콘의 최초 정착자 열세 명, 즉 지구종 최초 구성원 13인에는 당연히 내 어머니가 포함되고, 어머니의 고향 동네인 로블리도에서 함께 피란 온 해리 볼터와 자라 모스도 포함된다. 트래비스 더글러스와 나티비다드, 도미니크는 젊은 부부와 아기로 이루어진 가족인데, 어머니가 고속도로에서 맨 처음 개종시킨 사람들이다. 어머니 일행과 그들 가족은 각각 캘리포니아 주의 샌타바버라를 걸어서 통과하는 길에 만났다. 어머니는 그들 가족을 괜찮은 사람들로 판단했고, 당시 태어난 지 고작 몇 개월째였던 도미니크 때문에 부부가 위험에 노출되기 십상인 것 또한 간파했다. 그래서 그들을 설득해 해리와 자라와 자신 곁에서 동행케 했다. 그렇게 모두가 더 나은 삶을 누리기를 바라며 북쪽을 향한 기나긴 여정에 나섰다.

그다음은 앨리슨 길크리스트와 질리언 길크리스트 자매……즉, 앨리와 질이었다. 하지만 질은 나중에 고속도로에서 살해당하고 만다. 거의 비슷한 무렵에 어머니는 아버지를 발견했고, 아버지는 어머니를 발견했다. 둘 중 누구도 수줍어하지 않았고, 둘 다 감정에 충실하게 행동했던 것 같다. 아버지는 점점 수가 불어가는 어머니 일행에 합류했다. 저스틴 로어는 죽은 어머니의 시신 곁에서 울고 있다가 일행에게 발견되어 저스틴 길크리스트가 됐다. 당시 세 살가량이었던 저스틴은 앨리를 잘 따른 끝에 결국 둘이서 또 하나의 작은 가족을 이뤘다. 마지막으로 합류한 노예 출신 두 가족은 하나로 합쳐져서 아이들이 딸린 초공감자 가족이 됐다. 그레이슨 모라와 딸 도, 그리고 에머리 솔리스와 딸 토리가 바로 그들이었다.

그게 다였다. 아이 넷, 남자 넷, 여자 다섯.

그들은 죽는 게 당연했다. 그런 그들이 역병기의 무자비한 세상에서 살아남았다는 사실 자체가 어엿한 기적이지만…… 물론, 지구종은 기적을 믿으라고 장려하지 않는다.

정착지의 외딴 입지 조건, 즉 마을과 포장도로에서 멀리 떨어진 점이 당대의 폭력을 피하는 데 도움이 된 것은 굳이 말할 필요도 없는 사실이다. 그들이 정착한 땅은 아버지의 소유였다. 일행이 도착했을 때 그 땅에는 안심하고 물을 마셔도 되는 우물과 반쯤 망가진 텃밭, 과일나무와 견과 나무 몇 그루, 참나무와 소나무, 삼나무 수풀이 있었다. 일행들은 돈을 모아 손수레와 씨앗, 작은 가축, 연장, 그 밖의 생필품을 장만했고, 이로써 거의 자급자족이 가능한 상태가 됐다. 그들은 산속으로 모습을 감춘 다음 아이를 낳고, 고아들을 입양하고, 형편이 궁한 어른들을 개종시켜 받아들이는 식으로 머릿수를 늘렸다. 그들은 버려진 농장과 마을을 돌며 쓸 만한 것을 챙겼고, 노점 시장에서 장사를 하거나 이웃과 거래를 했다. 그들이 서로 거래한 품목 가운데 가장 귀중한 것 한 가지는 지식이었다.

지구종의 모든 구성원은 글을 읽고 쓰는 법을 배웠고, 대부분은 적어도 두 가지 언어를 구사했다. 보통은 에스파냐어와 영어였는데, 그 두 가지가 가장 쓸모 있기 때문이었다. 집단에 합류하는 사람은 어린애든 어른이든 누구나 그 기본 소양을 배워야 했고, 직업도 찾아야 했다. 기술을 지닌 사람은 누구나 쉬지 않고 자기 기술을 다른 이에게 가르쳤다. 그건 어머니가 주장한 방식이었는데, 꽤나 합리적이었던 것 같다. 당시는 아이가 열 살만 돼도 일을 시키던 시절이다 보니 공립학교를 찾아보기가 힘들었다. 교육은 더 이상 공짜가 아니었지만, 그래도 법률상으로는 교육의 의무가 남아 있었다. 문제는 그 법률을 집행할 사람이 아무도 없다는 것이었다. 이는 아동 노동자들을 보호할 사람이 아무도 없는 것과 같은 이치였다.

아버지는 집단 안에서 가장 귀한 기술을 지닌 사람이었다. 어머니와 결혼했을 무렵, 아버지는 의사로 일한 지가 거의 삼십 년이었다. 그 일대에서는 여러모로 보기 드문 사람이기도 했다. 교육 수준이 높았고, 전문적인 직업에 종사했고, 흑인이었기 때문이다. 산속에는 흑인이 특히 드물었다. 사람들은 아버지에 관해 궁금해했다. 저 사람은 왜 이런 곳에 살까? 어딘가 다른 곳의 조그맣고 안정된 마을에 가면 더 편하게 살 수 있을 텐데. 이 일대에는 의사가 온다면 환영할 작은 마을이 잔뜩 널렸는데. 저 사람 실력은 괜찮을까? 정직한 사람일까? 지저분한 과거가 있지는 않을까? 믿고 아내와 딸을 봐달라고 해도 될까? 진짜 의사라고 믿을 근거가 있기는 할까? 아버지는 그런 것들에 관한 기록을 한 줄도 남기지 않았지만, 어머니는 온갖 것들에 관해 빠짐없이 적었다.

어머니는 이렇게 적기도 했다. "내가 여러 곳의 노점 시장이나 가끔 이웃들이 모이는 자리에서 듣는 귓속말과 소문을 반콜레도 똑같이 듣지만, 그 사람은 대수롭잖은 듯이 어깨만 으쓱한다. 그 사람은 우리가 건강을 유지하도록 챙겨주고 일하다가 얻은 상처를 치료해준다. 다른 사람들도 구급상자와 위성전화 통신망이 있고, 운이 좋은 사람들은 승용차나 트럭도 있다. 그런 차는 낡아서 믿음이 안 가는 경우가 많지만, 그래도 어떤 사람들은 그런 차를 소유하고 있다. 반콜레에게 왕진을 와달라고 부탁할지 말지는 그 사람들이 알아서 할 일이었다.

그러다가 다른 누군가의 불운 덕분에 사정이 바뀌었다. 진 홀리가 맹장염에 걸려 맹장이 터질 지경이 됐고, 그러자 우리 동쪽의 이웃인 홀리네 식구들이 반콜레를 믿어보기로 마음먹은 것이다.

반콜레는 먼저 진의 목숨을 구하고 나서 홀리네 식구들과 얘기를 나눴다. 그는 그토록 시간을 끌다가 연락한 것에 대해, 어린 자식을 다섯이나 둔 여성을 하마터면 죽게 내버려둘 뻔한 일에 대해 자신이 어떻게 생각하는지를 그들에게 숨김없이 들려줬다. 사람들은 진지하고 조용하고 정중하게 말하는 반콜레 앞에서 부끄러워 몸 둘 바를 몰랐다. 홀리네 식구들은 그의 말을 받아들였다. 그는 그 집의 주치의가 됐다.

그리고 홀리네 식구들은 반콜레를 친구인 설리번네에 소개했고, 설리번네는 가마 집안에 시집간 자기네 딸에게 반콜레 얘기를 했으며, 가마 가족은 도브트리네에 반콜레를 소개했는데 왜냐면 그 집 안주인인 도브트리 부인이 가마 집안 출신이기 때문이었다. 그 무렵 우리는 가장 가까운 이웃인 도브트리 가족과 슬슬 안면을 익히는 중이었다."

사람들을 알아가는 이야기가 나와서 말인데, 나는 아버지에 관해 알 수만 있다면 더 바랄 게 없겠다. 아버지는 멋진 사람이었던 것 같다. 그리고 어쩌면, 이 글을 쓸 당시의 어머니를 아는 것도 괜찮을 듯싶다. 살려고 몸부림치는, 목적의식이 뚜렷한, 그러면서도 아주 어리고, 아주 인간적이었던, 내 어머니를. 어쩌면 나는 그 두 사람을 좋아했을지도 모르겠다.

《로런 오야 올라미나의 일기》에서

2032년 9월 27일 월요일

오늘 일을 어떻게 얘기해야 할지 잘 모르겠다. 어제는 불쾌한 집회와 딱딱한 기념일 축하 행사가 있었던 만큼, 오늘 하루는 폐품을 줍고 작물을 수확하며 조용히 보낼 예정이었다. 보아하니 우리 가운데 몇몇은 어쩌면 재럿이야말로 이 나라에 필요한 사람인지도 모른다고 생각하는 모양이다. 종교 쪽으로 허튼소리를 하는 것만 제외하면 말이다. 문제는, 재럿과 '종교 쪽의 허튼소리'를 따로 떼놓기가 불가능하다는 점이다. 재럿을 뽑으면 폭행과 방화, 타르칠 및 깃털 붙이기가 따라온다.

다 합쳐서 한 묶음인 것이다. 그리고 그 묶음 속에는 훨씬 더 추악한 것이 있을지도 모른다. 재럿의 지지자들은 미국을 다시 위대하게 만들자는 구호에 적잖이 홀린 상태다. 재럿은 몇몇 국가를 혐오하는 것처럼 보인다. 자칫하면 전쟁이 벌어질 수도 있다. 사람들을 국기와 국가와 위대한 지도자 주위로 끌어모으기에는 전쟁만 한 것이 없으니까.

그러한 상황인데도 우리 가운데 일부는, 즉 페랄타 가족과 페어클로스 가족은 머잖아 우리를 떠날지도 모른다.

"난 살아남은 자식만 해도 넷이나 돼요." 어제 회의에서 라미로 페랄타가 한 말이다. "재럿같이 강력한 지도자가 나라를 운영하면, 그 애들은 앞으로도 계속 살아갈 수 있을 거예요."

라미로는 좋은 사람이지만, 질서와 안정을 이룩할 방법을 찾으려고 필사적이다. 심정은 나도 이해한다. 라미로에게는 원래 아내와 아이 일곱 명이 있었다. 그러다가 화재로 아이 셋과 아내를 잃었는데, 그 화재는 분노하고 겁먹은 무지한 폭도들이 로스앤젤레스에 만연한 전염성 콜레라를 없애버리겠다며 전염병의 근원지로 여겨지는 구역에 불을 놓으면서 시작됐다. 나는 그 사실을 염두에 두고 그에게 대꾸했다.

"잘 생각해요, 라미로. 재럿한테는 어떤 해답도 없어요! 사람들에게 린치를 가하고 교회를 불태우고 전쟁을 시작하는 게 당신 아이들이 살아가는 데에 무슨 도움이 되겠어요?"

라미로 페랄타는 화난 표정으로 나를 외면할 뿐이다. 그와 앨런 페어클로스는 회의실, 그러니까 교실을 가로질러 서로를 마주 봤다. 둘 다 겁에 질린 표정이었다. 둘은 저마다 자기 아이들을 돌아봤다. 앨런도 자식이 넷 있다. 둘은 겁에 질렸고, 스스로의 공포를 부끄러워하고, 스스로의 무력함을 부끄러워 한다. 또한 그들은 지쳤다. 그들 같은 사람이 수백만 명이나 된다. 겁에 질린 사람들, 이 모든 혼돈이 그저 지겹기만 한 사람들이다. 그들은 뭔가 해줄 사람을 원한다. 세상을 고쳐줄 사람을. 지금 당장!

아무튼, 우리는 열띤 회의와 뒤숭숭한 기념일 축하 행사를 마쳤다. 사람들이 어쩌면 무능할지도 모르는 에드워드 제이 스미스를 독재자가 될 것이 뻔한 재럿보다 더 께름칙해하는 건 흥미로운 일이다.

그리하여 오늘 아침, 나는 산책을 하고 사색을 하고 동료들과 함께 작물을 수확하며 하루를 보낼 준비가 돼 있었다. 우리는 지금도 에이콘 바깥에 나갈 때면 서너 명이 함께 움직이는데, 왜냐면 산속은 길이 있는 곳이든 없는 곳이든 위험이 도사리고 있기 때문이다. 하지만 우리는 폐품을 주우러 돌아다니면서도 거의 다섯 달째 어떤 위협에도 마주치지 않았다. 다만 그 사실 자체가 위험인지도 모른다. 슬픈 일이다. 습격을 벌이는 갱단은 대뜸 살인을 저지르기 때문에 위험하다. 그 반면에 평화는 안일함과 부주의를 부추기기 때문에 위험하다. 그런 것도 결국에는 사람이 죽는 이유니까.

도브트리 습격 사건이 일어났는데도, 솔직히 말해 우리는 잘 아는 장소에 간다는 이유로 평소보다 더 안일했다. 목적지는 불타서 버려진 농가였다. 도브트리네 집에서 멀리 떨어진 그곳에서 우리는 일찍이 쓸모 있는 식물을 몇 가지 발견했다. 그중에서도 특히 화상과 벌레에 물린 상처를 진정시키는 알로에가 눈에 띄었고, 용설란도 잔뜩 있었다. 용설란은 생김새가 멋지고 색깔이 얼룩덜룩했다. 청록색 잎의 가장자리가 연황색으로 물들어 있었다. 한때는 농가의 앞마당이었을 땅에서 분명 돌보는 손길도 없이 자라고 번식했을 터였다. 이곳의 용설란은 크기가 커다랗고 기세 좋게 자라는 품종으로, 딱딱하고 굵다란 섬유질 이파리들이 위쪽을 향해 뻗어 올라 장미 봉오리 모양으로 한 그루 한 그루를 이루고 있으며, 개중에는 커다란 모체에서 1미터가 넘게 자란 이파리도 있다. 각각의 이파리 끄트머리에는 기다랗고 단단한 단검 모양 가시가 달려 있고, 거기에 추가로 이파리 가장자리를 따라 잔가시가 나 있는데 이것 또한 사람의 살을 뚫을 만큼 단단하다. 우리는 용설란을 바로 그 용도로 쓰려고 했다.

전에 그곳을 처음 방문했을 때 우리는 가장 작은 식물들, 즉 가장 어린 것들을 챙겨왔다. 이번에는 남은 것들을 손수레에 최대한 차곡차곡 실어서 가져올 작정이었다. 손수레는 용설란이 자란 곳에서 3킬로미터쯤 떨어진 허물어져가는 창고에서 건진 물건들로 이미 절반 이상 차 있었다. 우리는 먼지 낀 냄비와 프라이팬, 양동이, 오래된 책과 잡지, 녹슨 수공구, 못, 쇠사슬, 철사 따위를 찾았다. 모두 습기와 세월에 손상된 상태지만 대부분 깨끗이 닦아서 수리하거나 분해해서 부품을 빼내는 데는 문제가 없고, 하다못해 복제품을 만드는 용도로 쓸 수도 있다. 우리는 무슨 일을 하든 그 일에서 배움을 얻는다. 그리하여 무척 뛰어난 수공구 제작자 겸 수리 기술자가 됐다. 우리가 이렇게 멀쩡하게 살아남은 것은 쉬지 않고 공부하기 때문이다. 고객들은 우리에게서 물건을 사면 돈이 아깝지 않다는 것을 경험으로 깨달았다.

버려진 정원과 밭에서 이것저것 채집하는 것도 유용한 일이다. 우리는 약초와 과일, 채소, 견과 나무 등 이미 쓸모 있다고 알려진 식물이나 쓸모 있어 보이는 식물을 뭐든 다 채집한다. 이곳 기후를 잘 견디는 사막 식물 가운데 가시가 많고 알아서 잘 자라는 종류는 특별한 용도가 있다. 그걸로 가시울타리를 만들기 때문이다.

선인장 옆에 선인장, 가시덤불 옆에 가시덤불을 심는 식으로, 우리는 에이콘 주위의 산비탈에 살아 있는 장벽을 세웠다. 물론 다칠 각오로 쳐들어오는 사람들까지 그 장벽이 막지는 못할 것이다. 그런 일은 어떤 장벽도 해내지 못한다. 승용차나 트럭을 소유한 사람은 차가 조금 망가지는 것을 감수한다면 장벽을 너끈히 뚫고 들어오겠지만, 산속에서도 멀쩡하게 굴러가는 자동차는 드물고 귀할뿐더러 보통은 기름값도 만만치 않게 든다.

걸어서 접근하는 침입자들도 고생할 각오가 되어 있다면 들어올 수 있을 것이다. 하지만 울타리는 그들을 방해하고 귀찮게 할 것이다. 침입자들은 울타리 때문에 화가 날 테고, 시끄러운 소리도 낼 것이다. 그렇게 울타리가 제 몫을 다해주면 사람들은 가장 편한 경로로 접근할 텐데, 그 경로는 우리가 24시간 내내 감시하고 있다.

외부인은 쉬지 않고 감시하는 것이 최선이다.

그래서 용설란을 채집하려 한 것이다.

우리는 폐허가 된 농가 쪽으로 향했다. 그 집은 밭과 정원을 내려다보는 낮은 언덕 위에 서 있었다. 원래는 우리가 에이콘으로 돌아가기 전에 마지막으로 들를 장소였다. 그런데 하마터면 우리의 마지막 종착역이 될 뻔했다. 그것도 영영.

폐가 근처에 낡은 회색 캠핑카가 세워져 있었다. 처음에는 그 차를 보지 못했다. 아직 남아 있는 굴뚝 두 개 가운데 높다란 굴뚝 뒤편에 숨겨져 있었기 때문이었다. 두 굴뚝은 불타버린 집을 추모하듯이, 마치 무덤의 양 끝에 세우는 묘비와 발끝돌처럼 서 있었다. 나는 호르헤 조에게 굴뚝이 어떻게 보이는지 얘기했다. 우리가 아직 어린애인 호르헤를 함께 데려온 까닭은 남들이 쓰레기 더미인 줄 알고 무시하는 곳에서 쓸모 있는 물건을 발견하는 재주가 있기 때문이다.

"'묘비와 발끝 돌'이 뭐예요?" 호르헤가 나에게 물었다.

정말로 몰라서 묻는 질문이었다. 열여덟 살인 호르헤는 나와 마찬가지로 로스앤젤레스에서 피란을 왔지만, 나하고는 완전히 딴판인 삶을 살았다. 나는 교육 수준이 높은 부모 밑에서 보살핌과 교육을 받았지만, 호르헤는 혼자 힘으로 살아왔다. 그 애는 에스파냐어를 할 줄 알고 한국어도 조금 기억하지만, 영어는 할 줄 모른다. 일곱 살에 어머니를 독감으로 잃었고 열두 살에는 지진으로 아버지가 죽었다. 가족이 무단으로 들어가 살던 낡은 벽돌 건물이 지진 때문에 무너졌던 것이다. 그래서 고작 열두 살 나이에 호르헤는 여동생과 남동생을 혼자 힘으로 책임져야 했다. 그 애는 어떻게든 동생들을 건사하는 한편으로 아는 부랑자에게 이따금 도움을 받아가며 혼자서 에스파냐어 읽기와 쓰기를 깨우쳤다. 그 애가 하는 일은 힘들고 위험했고, 불법인 경우가 많았다. 폐품을 수집했고, 필요하면 도둑질도 했다. 호르헤와 두 동생은 멕시코계와 중앙아메리카계 피란민들이 사는 가난한 동네에서 간신히 살아남은 한국계 아이들 세 명이었지만, 생존에 꼭 필요한 것이 아닌 지식은 배울 여유가 없었다. 이제 우리는 그 애들이 더 많은 이들과 소통하도록 영어로 읽고 쓰고 말하는 법을 가르치는 중이다. 역사와 농사, 목공, 그 밖의 부수적인 것들도 함께 가르친다. 이를테면 묘비와 발끝 돌의 의미 같은 것들을.

폐품 수집조의 나머지 두 사람은 나티비다드 더글러스와 마이클 카도스다. 호르헤와 나는 초공감자다. 마이크와 나티비다드는 그렇지 않다. 어떤 목적의 집단이든 초공감자를 다수로 만들어 내보내는 것은 너무 위험하다. 초공감자는 약점이 너무 많기 때문이다. 우리는 누가 다치든 그 사람의 고통을 똑같이 느끼니까. 하지만 2 대 2라면 양호한 조합이고, 우리 넷은 팀워크가 좋다. 우리 모두가 동시에 방심하는 것은 드문 일이지만, 오늘은 그 드문 일이 용케도 일어났다.

캠핑카를 우리의 시야로부터 감춘 벽난로와 굴뚝은 한때 널따란 응접실이었던 공간의 막다른 벽이었다. 벽난로는 소 한 마리를 통째로 구워도 될 만큼 커다랬다. 아예 그 벽 전체가 중형 캠핑카를 숨길 만큼 커다랬다.

우리가 캠핑카를 발견하자마자 그 차에 있던 사람들이 우리를 향해 총을 쏘기 시작했다.

우리는 평소처럼 자동 소총과 권총, 칼 따위로 무장한 상태였지만, 그 정도로는 고작 평범한 캠핑카의 방어력과 화력을 상대하는 것조차도 턱없이 역부족이었다.

우리가 땅에 납작 엎드린 사이에 주위의 땅바닥에 총알이 박히면서 흙먼지와 돌멩이가 자욱하게 흩날렸다. 우리는 정신없이 뒤로 물러나 폐가가 서 있는 언덕의 아래쪽으로 내려갔다. 우리를 가려주는 엄폐물은 언덕배기가 유일했다. 우리가 할 수 있는 거라곤 비탈 아래쪽에 엎드려 몸이 조금도 노출되지 않도록 기를 쓰고 숨는 것뿐이었다. 일어서기는커녕 몸을 일으켜 앉을 수도 없었다. 피할 곳은 한 군데도 보이지 않았다. 총알은 우리 앞의 땅바닥에, 뒤이어 우리 뒤쪽에, 언덕이 가려주지 않는 곳에 빗발치듯 쏟아졌다.

근처에는 나무가 한 그루도 없었다. 우리와 그 캠핑카 사이에는 큼지막한 덤불 하나 없었다. 우리가 있는 곳은 사막 같은 정원의 폐허 중에서도 가장 황량한 지점이었다. 용설란이 자란 곳까지는 아직 한참 더 가야 했는데…… 이제는 그곳에 도착할 방법이 없었다. 어차피 용설란은 총알을 막아주지 못했다. 우리 가운데 일부나마 엄폐물로 삼을 만한 것은 이리로 들어서는 길에 지나친 워싱턴야자나무가 유일했는데, 그 나무는 아직 어려서 작은 데다 방탄 효과도 기대할 수 없었다. 기다란 이파리가 주위에 넓게 펼쳐진 야자나무는 키가 작고 초록빛을 띠어서 꼭 커다란 덤불 같았지만, 그 나무가 있는 곳은 집의 북쪽 끄트머리였고 우리가 발이 묶인 곳은 남쪽 끄트머리였다. 캠핑카 역시 남쪽 끄트머리에 세워져 있었다. 그 나무는 우리에게 아무런 도움도 되지 않았다. 지척에 있는 식물은 알로에 몇 그루와 선인장 하나, 조그만 유카, 잡초와 잔디 몇 무더기가 전부였다.

그중 쓸 만한 것은 하나도 없었다. 만일 캠핑카에 있는 적들이 자신들의 차량을 적극적으로 이용했다면, 언덕배기도 우리를 전혀 가려주지 못했을 것이다. 우리는 이미 죽은 목숨이었을 것이다. 나는 그들이 어째서 우리가 도착했을 때 곧바로 눈치채지 못했는지 궁금했다. 그냥 겁만 줘서 우리를 쫓아낼 속

셈이었을까? 그랬을 것 같지는 않았다. 그렇다고 보기에는 총질이 너무 오랫동안 계속됐으니까.

그러다가 마침내, 총소리가 멈췄다.

우리는 가만히 엎드려 죽은 척하며 귀를 쫑긋 세웠다. 캠핑카 엔진이 부르릉거리는 소리, 발소리, 목소리, 그 밖에 우리를 노리는 자들이 있다고 알려주는 소리라면 무엇이든 들으려고…… 또는, 우리를 공격한 자들이 혹시 사라졌는지 감지하려고. 들리는 거라곤 나직이 윙윙거리는 바람 소리와 몇몇 식물이 바스락거리는 소리뿐이었다. 나는 납작 엎드린 채로, 집 뒤편 멀리 있는 높다란 능선 위의 소나무를 본 기억을 떠올렸다. 그 소나무들이 내 머릿속에 보였고, 그러자 어째선지 고개를 들어 그 나무들을 실제로 보고 싶은 충동을, 그 나무들이 내 생각만큼 멀리 있는지 확인하고 싶은 충동을 억누르느라 다른 일은 아무것도 할 수가 없었다. 집 뒤편의 비탈 위쪽에는 일찍이 농장이었던 잡초투성이 들판이 펼쳐져 있었다. 그 너머는 총알을 막아주고 적의 눈길을 가려줄 솔숲이었지만, 우리가 닿기에는 너무 먼 곳이었다. 나는 한숨이 나왔다.

뒤이어 어린애의 울음소리가 들려왔다.

우리 모두 그 소리를 들었다. 짧게 흐느끼는 소리가 몇 번 나다가, 뚝 끊겼다. 소리로 보아 아주 어린 아이였다. 아기는 아니었지만 많이 어리고, 기진맥진한, 어쩔 줄 모르는, 체념한 아이였다.

우리 넷은 서로를 돌아봤다. 우리 모두 아이를 좋아했다. 마이클은 애가 둘이고 나티비다드는 셋이다. 반콜레와 나도 이때껏 아이를 가지려고 애썼다. 호르헤는 다행히도 아직 아무도 임신시키지 않았지만, 동생들에게는 이미 육 년째 아버지나 다름없이 살아왔다. 그래서 보호받지 못하는 아이 앞에 어떤 위험이 기다리는지 우리만큼이나 잘 안다.

나는 캠핑카와 그 주변이 언뜻 보일 정도로만 살짝 고개를 들었다. 캠핑카, 심지어 무장과 방탄 설비를 갖춘, 문까지 꽉 닫은 캠핑카라면…… 그렇다면 어린애 울음소리가 새어나오기는 불가능했다. 게다가 그 소리는 평범한 울음소리였지, 자동차 스피커로 증폭되거나 변조된 소리가 아니었다.

그렇다면 캠핑카의 문 한 짝이 열려 있다는 뜻이었다. 그것도 활짝.

잡초와 잔디가 시야를 가린 탓에 보이는 것이 별로 없었지만, 그 이상은 고개를 들 엄두가 나지 않았다. 알아볼 수 있는 거라곤 햇볕에 물든 굴뚝과 그 곁의 캠핑카, 두 굴뚝과 차 뒤편의 들판을 뒤덮은 잡초, 멀찍이 있는 나무들, 그리고…….

뭔가 움직이는 기척?

잡초로 뒤덮인 들판 저 멀리서 뭔가 움직이더니, 점점 더 가까워졌다.

나티비다드가 나를 아래로 잡아당겼다.

"뭐 하는 짓이에요?" 나티비다드는 에스파냐어로 소곤거렸다. 호르헤를 생각하면 곤경에 처했을 때 에스파냐어로 얘기하는 게 최선이었다. "저 캠핑카에 있는 사람들은 제정신이 아니에요! 죽고 싶어서 그래요?"

"누군가 다른 사람이 이리 오고 있어요." 내가 말했다. "한 명이 아니에요. 들판을 지나서 다가오는 중이에요."

"그게 무슨 상관이에요! 고개나 숙이고 있어요!"

나티비다드는 나와 가장 친한 동료이지만, 같이 다니다 보면 가끔 엄마와 다니는 기분이 들 때가 있다.

"울음소리는 미끼인지도 몰라요." 마이클이 말했다. "전에도 어린애를 미끼로 쓴 작자들이 있었어요."

의심이 많은 사람이다, 마이클은. 그는 뭐든지 따지고 든다. 마이클네 가족은 우리와 함께한 지 이 년이 됐는데, 우리가 그의 아내나 쌍둥이 딸에게 사악한 의도를 품지 않았다고 그가 확신하기까지 반년은 걸렸던 것 같다. 심지어 우리가 그들을 받아줬는데도, 부부가 무단으로 들어가 살던 다 쓰러져가는 오두막에서 그의 아내가 혼자서 쌍둥이를 낳는 걸 우리가 발견하고 도와줬는데도 말이다. 그 오두막은 개울가에 있어서 마실 물은 충분했고, 냄비도 어디서 주워 온 것이 두 개 있었다. 하지만 그들이 지닌 무기는 낡고 탄창도 텅 빈 경기용 22구경 권총과 칼뿐이었다. 두 사람은 거의 쫄쫄 굶다시피 하면서 잣과 들풀, 또는 마이클이 덫을 놓거나 돌을 던져서 어쩌다 가끔 잡는 조그만 동물 따위로 연명했다. 사실, 마이클은 아내인 노리코의 진통이 시작됐을 때에도 식량을 구하러 집을 비운 참이었다.

마이클이 우리와 합류하겠다고 동의한 까닭은 가끔 구하는 삯일이나 구걸, 도둑질, 쓰레기 뒤지기 따위를 아무리 해봤자 아내와 아기들을 굶길지 모른다는 두려움 때문이었다. 우리는 그들에게 공동체를 유지하는 데 필요한 그들 몫의 노동을 할 것과 지구종을 존중하는 의미에서 다른 신앙 체계를 전파하지 말 것을 요구했을 뿐, 그 이상은 조금도 바라지 않았다. 하지만 마이클에게는 이러한 요구가 이타주의처럼 들렸는데, 마이클은 이타주의를 신뢰하지 않는 사람이었다. 그는 우리가 사람들을 노예로 팔거나 매춘을 시키는 현장을 적발하려고 눈에 불을 켜고 지켜봤다. 그러다가 우리가 정말로 말하는 대로 행하는 사람들인 것을 알고 나서 비로소 서서히 긴장을 풀었다. 전에도 지금도 우리에게 가장 중요한 것은 지구종이다. 마이클이 보기에 우리는 생활방식은 합리적이었던 반면에 목표, 즉 '숙명'은 터무니없었지만, 그래도 우리는 그의 가족에게 해를 끼칠 짓은 조금도 꾸미지 않았다. 그리고 마이클에게 가장 중요한 것은 가족이었다. 우리 요구를 받아들이기로 마음먹고 나서, 마이클은 아내 노리코와 쌍둥이 딸을 데리고 에이콘에 정착해 이곳을 집처럼 여기며 지내고 있다. 그들 가족은 착한 사람들이다. 마이클의 의심병조차도 쓸모가 있다. 보통은 우리가 경계심을 높이는 데 도움이 된다.

"우리를 유인하려고 낸 울음소리 같진 않아요." 내가 말했다. "하지만 여긴 뭔가 이상해요. 그거 하나는 분명해요. 저 캠핑카에 있는 사람들은 지금쯤 우리가 죽었는지 확인하든가, 아니면 여길 떠났어야 해요."

"그리고 저쪽의 소리가 여기까지 들리면 안 되죠." 호르헤였다. "저 애가 아무리 크게 울든 간에, 우리 귀에는 아무 소리도 들어오지 말아야 해요."

나티비다드가 입을 열었다. "저쪽에서 쏜 총이 우리를 빗맞힌 것도 말이 안 돼요. 저런 차에 장착된 총은 분명 컴퓨터로 제어할 거예요. 자동으로 조준한다고요. 그런 총으로 표적을 빗맞히는 방법은 사람이 직접 쏘는 것뿐이에요. 아니면 컴퓨터의 조준 기능을 켜는 걸 깜박했거나, 사람들한테 겁만 줄 생각으로 일부러 꺼놨을 수도 있어요. 하지만 진심으로 쏠 작정이라면 '계속' 빗맞히는 건 말이 안 된다고요."

나티비다드는 자기 아버지에게서 사격을 배운 덕분에 총이라면 공동체의 웬만한 사람보다 더 훤하다.

"우리를 일부러 빗맞힌 것 같진 않아요." 내가 말했다. "그랬을 거라는 느낌이 안 들어요."

"동감이에요." 마이클이 말했다. "그럼 저쪽에 무슨 문제가 생긴 걸까요?"

"어휴!" 호르헤가 나직이 중얼거렸다. "지금 문제는 우리가 까딱만 해도 저 망할 자식들한테 죽게 생겼다는 거잖아요!"

또다시 총이 발사됐다. 나는 땅바닥에 납작 엎드린 채 눈을 질끈 감고서, 꼼짝도 하지 않았다. 캠핑카의 멍청이들은 우리가 까딱하든 안 하든 우리를 죽일 작정이었고, 그들이 성공할 공산은 매우 컸다. 그러다가 퍼뜩 알아차린 사실은 그들이 우리 쪽을 향해 총을 쏘지 않는다는 것이었다.

누군가 비명을 질렀다. 쉬지 않고 드르륵거리는 캠핑카의 총소리를 뚫고, 누군가 괴로워서 지르는 비명이 내 귀에 들어왔다. 나는 움직이지 않았다. 누가 고통 때문에 비명을 지를 때 내가 그 고통을 공유하지 않고 피하는 길은 고통스러워하는 사람을 보지 않는 것뿐이니까.

호르헤는 그러면 안 된다는 것을 아는 아이였는데도, 고개를 들고 캠핑카 쪽을 바라봤다.

다음 순간 호르헤는 몸을 잔뜩 옹송그린 채로 다른 사람의 고통 때문에 몸부림치며 꿈틀댔다. 비명은 지르지 않았다. 오래도록 살아남는 초공감자는 고통을 받아들여 조용히 삭이는 법을 일찌감치 배운다. 우리는 스스로의 약점을 힘닿는 데까지 비밀로 감춘다. 때로는 용케 꼼짝도 않거나 어떤 내색도 하지 않고 넘어가기도 한다. 하지만 호르헤는 너무나 고통스러웠던 탓에 몸을 가만히 두지 못했다. 그 애는 두 팔로 배를 끌어안은 채 꽉 붙잡고 있었다. 그러자 곧바로 그 애가 느끼는 고통의 무딘 메아리가 내 배에까지 느껴졌다. 어떤 사람들은 초공감을 능력이나 힘으로, 그러니까 바람직한 것으로 여긴다는 사실이 나는 도무지 이해가 가지 않았다.

"바보 같으니."

나는 호르헤에게 그렇게 말하고는 그 애를 붙들고 우리 둘 모두에게서 고통이 가시기를 기다렸다. 내 몫의 고통은 있는 힘껏 감췄는데, 그래야 우리 같은 초공감자들끼리 일으킬 소지가 있는 고약한 고통의 순환 피드백이 성립되지 않기 때문이었다. 우리는 고통을 보고 공유하기는 해도 그것 때문에 죽지는 않는다. 가끔은 차라리 죽었으면 하고 바랄 때도 있고, 너무 큰 고통이나 너무 많은 이의 죽음을 공유하면 위험해지기도 한다. 이런 것들은 사람마다 다르게 나타난다. 오 년 전에 나는 서너 사람의 죽음을 빠르게, 연달아 공유했다. 그 어떤 고통도 그때 느꼈던 것보다 더 지독하지는 않을 것이다. 그때 나는 기절해버렸다. 정신을 차렸을 때는 공유할 고통이 이미 한참 전에 사라졌는데도 몸이 마비된 상태였고, 속이 울렁거리고 머리도 어지러웠다. 그보다 작은 고통은 눈만 돌려도 충분하다. 시간이 조금 지나면 우리가 느끼는 고통은 사라진다. 죽음을 극복하기까지는 그보다 훨씬 더 오래 걸린다.

고통을 공유하는 능력의 장점 한 가지는, 우리가 그 능력 덕분에 다른 사람에게 고통을 일으키기 전에 한참 망설인다는 것이다. 우리는 평범한 사람들보다 고통을 더 싫어하니까.

"난 괜찮아요." 잠시 후에 호르헤가 입을 열었다. 그러고는 이렇게 덧붙였다. "저쪽에 있는 사람들…… 죽은 것 같아요.

분명 죽었을 거예요."

"일단은 다들 쓰러져 있어요." 마이클은 호르헤가 봤던 곳을 바라보며 말했다. "굴뚝하고 캠핑카 너머의 들판에 적어도 세 사람이 보여요."

마이클은 꿈지럭거리며 뒤로 물러나 한숨 돌릴 만한 곳에 와 있었다. 거기서는 언덕 너머가 보이지 않았고 그 너머에 있는 사람의 눈에 띄지도 않았다. 나는 가끔 고통스러워하는 사람을 보고도 아무것도 느끼지 않는 기분이 어떨지 상상해본다. 내가 요즘 되풀이해서 꾸는 악몽이 바로 그런 종류의 자유에 가장 가까운 것일 텐데, 그래 봤자 그 꿈에서 자유로운 느낌이 나지는 않는다. 하지만 마이클로서는 고통스러워하는 사람을 봐도 아무 느낌도 안 드는 게…… 그러니까 그게…… 정상일 것이다.

온 세상이 조용해졌다. 캠핑카는 움직이지 않았다. 그쪽에는 어떤 움직임도 보이지 않았다.

"움직이는 표적이 있어야 총을 쏘나 봐요." 내가 말했다.

"안에 있는 사람들이 무슨 약에 취했는지도 모르죠." 나티비다드가 말했다. "아니면 그냥 제정신이 아니든가요. 호르헤, 너 정말 괜찮아?"

"예. 그냥 여기서 벗어나고 싶을 뿐이에요."

나는 고개를 저었다. "우린 여기서 꼼짝도 못 해. 적어도 캄캄해질 때까지는."

"만약 저 차에 아무리 싸구려라도 야시경 같은 장비가 있으면, 캄캄한 것도 별 도움이 안 될 거예요." 마이클이 말했다.

나는 그 말을 가만히 생각해보고 고개를 끄덕였다. "그건 그렇지만, 저쪽에선 우리한테 총을 쏘면서도 명중시키질 못했어요. 그리고 다른 데로 움직이지도 않았고요. 이미 두 패거리한테 은신처를 들켰는데도. 내가 보기엔 저 차나 차 안에 있는 사람들이 멀쩡한 상태가 아닌 것 같아요. 우린 캄캄해질 때까지 여기 있다가 달아나야 해요. 운이 좋으면 그때까지 아무도 우리 등 뒤로 어슬렁어슬렁 다가와서 문제를 일으키거나, 저 차의 관심을 이쪽으로 돌리지 않을 거예요. 하지만 무슨 일이 일어나도 그때까지는 기다려야 해요."

"세 명이 죽었다고요." 마이클이 말했다. "우리도 죽을 판이에요. 어쩌면 오늘 밤도 못 넘기고 죽을 거예요."

나는 한숨이 나왔다. "입 다물어요, 마이크."

우리는 선선한 가을날을 그냥 흘려보내며 멍하니 기다렸다. 다행히도 날씨는 이틀 전부터 선선해지기 시작했다. 비가 오지 않은 것도 다행이었다. 총을 든 미치광이들 때문에 발이 묶여 꼼짝도 못 하기에 손색없는 날씨였다.

캠핑카는 꼼짝도 하지 않았다. 우리에게 접근해 건드리거나 총을 쏘는 사람도 없었다. 우리는 점심 도시락 삼아 챙겨왔던 음식을 먹고 남아 있는 물을 마셨다. 우리는 감시자들이 우리가 죽은 줄 알 거라고 결론지었다. 뭐, 해가 질 때까지 죽은 척하는 것쯤은 일도 아니었다. 우리는 기다렸다.

그러다가 마침내 움직였다. 어둠 속에서, 우리는 엄폐물인 언덕배기의 북쪽 가장자리를 향해 포복으로 기어가기 시작했다. 그렇게 이동하면서 큰 굴뚝이 캠핑카의 시야를 대부분 가려주기를, 그래서 그 차에 있는 사람들이 우리 기척을 눈치채고 총을 쏘기 전에 작은 굴뚝 뒤에 도착해 더 단단히 엄폐할 수 있기를 바랐다. 일단 작은 굴뚝 뒤에 도착하고 나면, 움직이지 않는 캠핑카의 시야에서 굴뚝 두 개가 함께 가린 부분을 따라 이곳을 빠져나가기로 했다. 그 차가 꼼짝하지 않고 가만히 있기만 하면 문제될 것은 없었다. 만약 차가 움직이면, 우리는 죽은 목숨이었다. 설령 차가 움직이지 않는다고 해도 우리가 손쉬운 표적이 될 만한 순간은 있었다. 탁 트인 공터를 달려서 지나가야 할 때였다.

"맙소사, 맙소사, 맙소사."

호르헤는 앙다문 이 사이로 나직이 중얼거리며 기다랗게 이어진 공터를 바라봤다. 만약 캠핑카에서 쏜 총이 우리 중 누구에게 맞는 광경을 목격하면, 호르헤는 쓰러져버릴 것이다. 그리고 나도.

"두리번거리면 안 돼." 나는 호르헤에게 당부했다. "총소리가 들려도 앞만 봐, 그 상태로 달려!"

하지만 우리가 출발하기도 전에 또다시 울음소리가 들리기 시작했다. 잘못 들은 소리가 결코 아니었다. 어린애가, 문이 열린 공간에서, 달래는 사람도 없이 울고 있었고, 이번에는 울음소리가 그치지도 않았다.

우리는 달렸다. 울퉁불퉁한 땅바닥 위로 빠르게 달려가느라 나는 발소리는 울음소리가 가려줄지도 몰랐지만…… 어차피 우리는 큰 소리를 내지 않았다. 소리 없이 움직이는 법을 배웠으니까.

호르헤가 맨 먼저 작은 굴뚝 뒤에 도착했다. 그다음은 나였다. 뒤이어 마이클과 나티비다드가 도착했다. 마이클은 키가 작고 날씬해서 척 봐도 날렵해 보인다. 나티비다드는 몸집이 튼실하고 힘이 세서 전혀 날렵해 보이지 않지만, 남들의 허를 찌르는 구석이 있다.

우리 모두 해냈다. 총은 한 발도 발사되지 않았다. 그리고 작은 굴뚝까지 도착하는 동안, 나는 스스로도 모르는 사이에 상황을 다른 각도에서 보고 있었다.

울음소리는 그치기는커녕 잠깐 멈출 기미도 보이지 않았다. 작은 굴뚝 옆으로 캠핑카 쪽을 보니 불빛이 눈에 띄었다. 희끄무레한 청회색 불빛이 땅바닥을 널따랗게 비추고 있었다. 인기척은 없었지만, 우리가 제대로 짐작했다는 것은 분명했다. 캠핑카의 옆문이 활짝 열려 있었던 것이다.

우리는 다 함께 작은 굴뚝에 바짝 붙어 있었고, 나를 제외한 일행들은 우리 북쪽의 내리막 비탈을 가만히 바라보고 있었다. 우리 목적지는 여전히 그곳이었다. 별빛이 환해서 그리로

가는 길이 또렷이 보였고, 호르헤를 보니 달리기 시합이라도 할 것처럼 몸을 숙이고 양손으로 허벅지를 짚고 있었다.

아이는 이제 흐느끼는 정도가 아니라 엉엉 울고 있었다. 가느다란, 기진맥진한 울음소리였다. 그 울음이 그치기 전에 움직이는 것이 최선이었다. 또한 동료들이 내 의도를 알아채기 전에 움직이는 것이 최선이었다. 이제 나는 반드시 해야 할 일이 무엇인지 깨달은 참이었다. 만약 내가 서둘러 움직여서 동료들에게 생각하거나 따질 시간을 주지 않으면, 그들은 내 뒤를 따라와 나를 지원해줄 터였다.

"갑시다." 마이클이 말했다.

나는 그를 거들떠보지도 않았다. 문득 공기 중에 악취가, 저녁 미풍 속에 퍼져 나가며 옅어지는 고약한 냄새가 느껴졌다. 캠핑카 쪽에서 풍겨오는 듯싶었다.

"어서요." 마이클이 재촉했다.

"아뇨." 나는 그렇게 말하고서 세 사람이 모두 나를 돌아볼 때까지 기다렸다. 이제 얘기를 꺼낼 시간이었다. "난 저 애가 괜찮은지 보러 갈 거예요. 그리고 저 차도 차지할 거예요."

뒤이어 나는 움직였다. 동료들이 말과 손으로 나를 붙잡기 직전에.

나는 달렸다. 주검 같은 폐가를 지나 달리다가, 한순간 현실에서 내 꿈속으로 이동했다. 나는 뼈대가 다 보이도록 무너진 집을 지나서 그 집의 굴뚝을, 별빛 속에 간신히 보이는 아직 남은 시커먼 골조를 지나 달리는 중이었다.

찰나의 순간, 나는 꿈속의 캄캄한 형상들을 본 것 같았다. 그림자들이 일어서서, 움직이는 것처럼 보였는데…….

나는 그 느낌을 애써 떨쳐버리고 커다란 굴뚝 뒤에 도착해 멈춰 섰다. 그러고는 트럭에 있는 패거리가 나를 쏘지 못하도록 굴뚝에 붙어 살금살금 나아갔다. 그들이 나를 쏠까 봐 겁이 났지만, 그럼에도 서둘러 움직였다.

이제 청회색 빛이 더 환하게 보였고, 그 고약한 냄새는 내가 너무나 잘 아는 역한 부패의 악취로 바뀌어 있었다.

나는 캠핑카의 카메라에 포착되지 않기를 바라며 몸을 낮게 수그리고 차 앞을 가로질렀다. 심지어 손을 뻗으면 차체에 닿을 만큼 가깝게 지나갔다. 뒤이어 불빛이 새어 나오는 차 끄트머리에 도착했다. 틀림없이 문이 열려 있을 곳이었다.

그곳까지 가는 길에 나는 하마터면 울고 있는 아이에게 걸려 넘어질 뻔했다. 예닐곱 살 정도로 보이는 여자애였다. 아이는 이루 설명할 수 없을 정도로 지저분했다. 흙바닥에 앉아 울면서, 손으로 뺨의 눈물을 닦는 동시에 진흙 자국을 새롭게 그리는 중이었다.

내가 아이에게 걸려 넘어지기 직전에 가까스로 멈춰 섰을 때, 아이가 고개를 들고 나를 봤다. 그렇게 입을 헤 벌린 채 빤히 보고 있는 아이 옆을 빙 돌아서, 나는 청회색 빛이 새어 나오는 캠핑카 안쪽을 향해 라이플총을 겨눴다.

그때 내가 어떤 광경을 예상했는지는 잘 모르겠다. 술에 취해 널브러진 사람들? 여럿이서 알몸으로 뒹구는 광경? 그보다 더 추잡한 광경? 나에게 총을 겨눈 사람들? 시체?

근처에 시체가 있었다. 그건 분명했다. 그 냄새를 착각하기란 불가능하니까.

내가 청회색 불빛 속에서 실제로 본 것은 또 한 명의 어린애, 또 다른 여자애였다. 그 애는 캠핑카 안의 여러 모니터 가운데 한 대 앞에서 잠들어 있었다. 계기판 모서리에 머리를 기대고서, 살짝 코까지 골고 있었다. 청회색 불빛은 전원이 켜진 모니터 세 대에서 나오고 있었다. 세 대 모두 화면에 전자 '눈'이 내리는 것처럼 회색 입자만 꼬물거렸다.

차 안에는 죽은 사람들도 있었다.

그러니까, 내가 보기에는 틀림없이 죽은 사람들 같았다. 그들 모두 여러 곳에 부상을 입은 흔적이 뚜렷했는데 내 생각에는 총상 같았다. 사실, 총을 맞은 지 꽤 됐을 듯싶었다. 어쩌면 며칠은 지났을지도 몰랐다. 몸에 묻은 피가 말라서 시커멓게 변했으니까.

다행히도, 나는 기절한 사람이나 죽은 사람하고는 감각을 전혀 공유하지 않는다. 몰골이나 냄새가 어떻든 간에 차 안의 사람들은 내게 별다른 괴로움을 안기지 않았다. 시체는 이미 질릴 만큼 봤으니까.

나는 바깥에서 울고 있는 아이를 동료들에게 맡기고 차 안으로 올라갔다. 나티비다드가 아이에게 말을 거는 소리가 벌써부터 들려왔다. 나티비다드는 아이들을 좋아하고, 아이들 역시 나티비다드를 대번에 신뢰하는 것 같다.

호르헤와 마이클은 내 뒤를 따라 차 안으로 올라왔다. 두 사람 다 잠든 아이와 널브러진 시체들을 보고 그대로 얼어붙고 말았다. 이윽고 마이클이 내 곁을 지나 시체들을 살피러 갔다. 그와 나티비다드, 앨리 길크리스트, 자라 볼터는 반콜레에게서 의사 보조사로 일하는 법을 배웠다. 그들은 정식 의료 교육이나 간호사 교육은 전혀 받지 않았지만 반콜레에게서 훈련을 받았고 지금도 받는 중이며, 자신들의 일을 신중하고 진지하게 여긴다.

마이클이 시체들을 살펴본 결과 죽은 사람은 단 한 명, 즉 마른 체격에 머리가 검은색인 중년 남자뿐이었다. 남자는 가슴과 배에 총을 맞은 상태였다. 죽은 줄 알았던 다른 두 사람 중 한 명은 덩치가 큰 알몸의 금발 중년 여성이었는데 양다리와 허벅지에 총을 맞았고, 나머지 한 명은 열다섯 살쯤 되어 보이는 금발 소년으로 옷은 입고 있었고 양다리와 왼쪽 어깨에 총상을 입은 상태였다. 그 두 사람은 온몸이 마른 피로 뒤덮여 있었다. 그럼에도, 마이클은 여성과 소년의 맥박이 미약하게 뛰는 것을 놓치지 않았다.

"이 사람들, 반콜레한테 데려가야 해요." 마이클이 말했다. "내 실력으로는 못 살려요."

“어휴, 젠장.”

호르헤는 앓는 소리를 내더니 바깥으로 뛰어나가 속을 게웠다. 그 애를 탓할 수도 없는 노릇이었다. 남자의 눈과 입과 총상 부위에 들끓는 구더기가 방금 막 눈에 띄었으니까. 살아남은 두 사람의 총상 부위 또한 같은 상태였다. 나 역시 그 광경으로부터 눈길을 돌렸다. 우리 넷 모두 그런 광경을 참아 넘길 만큼 비위가 튼튼했지만, 좋아서 일부러 보는 사람은 아무도 없었다. 솔직히 말하면 나는 두 부상자 가운데 한 명이, 또는 두 명이 함께 정신을 차리면 어쩌나 하는 생각에 더 정신이 팔려 있었다. 그래서 두 사람의 모습이 눈에 들어오지 않도록 자세를 틀었다. 물론 두 사람은 우리를 공격할 여력이 없는 상태였지만, 의식을 회복하면 나를 자신들의 고통 속으로 끌어들일지도 몰랐다.

마이클과 그가 살피는 부상자들을 등진 채로, 나는 자고 있던 아이를 깨웠다. 그 여자애는 바깥에서 봤던 애보다는 덜 지저분했지만 그래도 당장 씻겨야 하는 몰골이었다.

아이는 몸도 제대로 가누지 못하면서 어안이 벙벙한 상태로, 눈을 가늘게 뜨고 나를 올려다봤다. 그러다가 조그맣게 꽥 소리를 내더니 잽싸게 내 곁을 지나 차 문 바깥으로 달아나려 했다.

나는 그 아이를 붙잡은 다음 아이가 버둥거리며 비명을 지르는 동안 꾹 붙들고 있었다. 그러면서 아이에게 말을, 귓속말을 했다. 아이를 안심시키려고, 아이의 히스테리를 가라앉히려고 내가 할 수 있는 일은 다 했다. "괜찮아, 얘야, 괜찮아. 울지 마. 넌 무사할 거야. 우리가 돌봐줄게, 걱정 마. 우리가 돌봐줄게……." 나는 훨씬 더 어린 아기에게 하는 것처럼 아이를 살살 흔들며 노래를 불러줬다.

죽은 사람과 다친 사람들은 보나마나 그 여자애의 가족이었다. 그 아이와 바깥의 아이는 그 꼴이 된 식구들과 이곳에…… 얼마나 오랫동안 함께 있었을까? 그런 아이들을 다독이려면 우리가 할 수 있는 일은 뭐든 다 해야 했다. 여자애는 한참 더 악을 쓰고 버둥거린 끝에 서서히 내 품에서 위안을 느꼈고, 벗어나려 기를 쓰는 짓은 그만두고 그 대신 내게 안겨왔다. 그렇게 내 품에 안긴 채 동그래진 눈으로 내 동료들을 가만히 바라봤다.

호르헤는 속을 가라앉힌 후에 모니터 앞에 서서 화면을 지켜봤다. 나티비다드는 바깥의 여자애를 달랜 후에 깨끗한 천과 약간의 물을 찾아냈다. 그러고는 그 두 가지를 이용해 아이의 얼굴과 손과 팔을 씻겼다. 마이클은 다친 여성과 소년을 놔두고 캠핑카의 계기판을 점검했다. 우리 넷 가운데 차를 운전할 줄 아는 사람은 마이클뿐이었다.

"무슨 문제라도 있나요?" 나는 마이클에게 물었다.

마이클은 고개를 가로저으며 말했다. "계기판에 함정을 설치한 낌새는 전혀 안 보여요. 이 차 주인은 아이들이 자기네한테 총을 쏠까 봐 걱정했던 것 같아요."

"운전할 수 있겠어요?"

"그건 일도 아니죠."

"운전해요, 그럼. 이제 우리 차니까요. 집에 갑시다."

캠핑카는 멀쩡했다. 배터리 잔량도 충분해서, 마이클은 야시경 장비를 찾아 수월하게 작동시켰다. 차에는 적외선 주변조명과 레이더 장비가 실려 있었다. 모두 품질이 훌륭했고 작동도 제대로 했다. 아이들은 차 운전법을 모르는 것과 마찬가지로 그런 장비의 사용법 또한 몰랐을 것이다. 아니면 모든 것의 사용법을 다 알았지만 차를 몰고 갈 목적지를 몰랐을 수도 있다. 저 어린애들이 결국에는 누구를 찾아가서 도움을 청할 수 있었을까? 만약 성인인 친척이 없다면 경찰조차도 아이들을 불법적으로 팔아넘기거나, 아니면 합법적인 고용 계약으로 노역을 시킬지도 몰랐다. 요즘은 빈민이라면 어린애든 노인이든 가리지 않고 노역을 시키는 짓이 한창 유행하는 중이다. 수정헌법 13조와 14조, 즉 노예제를 폐지하고 시민의 권리를 보장하는 조항은 지금도 어엿하게 존재하지만, 그 효력은 약해질 대로 약해졌다. 이는 관습 때문이고, 연방 의회 및 많은 주의 주 의회 때문이며, 그 수정헌법 조항들이 별로 중요하지 않다는 최근의 연방 대법원 판결 때문이기도 하다. 빈민 노역은 원래 가난한 이들에게 일자리를 제공하고, 기술을 가르치고,

숙식을 제공함으로써 그들을 위험으로부터 보호하는 것이 목적이었다. 그런데 실제로는 사람들에게 완전히 또는 거의 무상으로 일을 시키는 또 한 가지 방법에 지나지 않는다. 여자애들은 써먹을 곳이 많기 때문에 값을 후하게 받을뿐더러, 강제로 길들여서 잽싸고 고분고분한, 그래서 쓰다 버리면 그만인 노동자로 삼을 수도 있다.

이 차의 두 여자애는 말할 것도 없이 낯선 사람을 경계하라고 배웠을 것이다. 그러다가 부모와 오빠가 움직이지 못하는 상태가 되자 오로지 자신들의 손으로 가족과 집을 지켜야 하는 처지가 됐다. 걷잡을 수 없는 공포 속에서 두 아이는 우리에게, 또한 아무리 봐도 기껏해야 떠돌이이거나 폐품을 수집하는 중이었을 세 남자에게 총을 쐈다. 틀림없이 쐈을 것이다. 그곳을 떠나기에 앞서 나와 호르헤가 우리 손수레와 거기 실린 물건들을 캠핑카에 신는 동안, 마이클과 나티비다드는 바깥에 나가서 그 남자들의 상태를 확인했다.

세 남자는 숨이 끊어진 상태였다. 남자들이 지닌 경화硬貨*와 총집에 든 권총은 마이클과 나티비다드가 챙겼다. 우리는 그들의 주검 위에 돌을 쌓아주고 그 자리를 떠났다. 하지만 그 남자들은 캠핑카에 있는 사람들에게 우리보다도 덜 위험한 존

* 국제적으로 통화 가치를 인정받아 언제든 금이나 다른 나라 화폐와 교환할 수 있는 화폐. 현실에서는 미국 달러나 스위스 프랑 등이 이에 해당하지만, 이 책에서 미국 달러는 가치 없는 돈의 대명사로 통한다.

재였다. 그들은 설령 캠핑카 앞까지 다가갔다고 해도 닫힌 문 앞에서 돌아서야 했을 것이다. 남자들이 휴대한 낡은 9밀리미터 구경 자동 권총으로는 그 차의 외벽에 흠집조차 내지 못했을 테니까. 하지만 아이들은 그런 사실을 알지 못했다.

우리는 그 애들을 에이콘에 있는 우리 집으로 데려왔다. 그 애들은 씻고 먹고 편히 잘 것이다. 아이들 엄마와 오빠는 반콜레가 치료하는 중이다. 그는 환자가 늘어서 언짢아했다. 우리 병원에 환자가 이렇게 많이 몰리기는 처음이라서, 그는 자기가 가르치는 학생들을 모조리 동원하고 치료를 도와줄 자원봉사자까지 받았다. 새로 도착한 어머니와 아들은 치료할 수 있을지 어떨지 모르겠다고 한다. 그에게는 오 년 전 샌디에이고의 집을 떠날 때 챙긴 단순한 진료 도구 몇 가지와 작고 정교한 진단장치가 하나 있다. 그리고 약도 몇 가지 있다. 통증을 가라앉히는 약, 감염을 막는 약, 그 밖에 우리 건강을 지켜주는 약 같은 것들이다.

반콜레 말에 따르면 아이들 오빠는 살아난다고 해도 다시 걸을 수 있을지 어떨지 확실치 않다고 한다.

반콜레는 최선을 다해 그들을 치료할 것이다. 그리고 여자 애들은 앨리 길크리스트와 메이가 돌보는 중이다. 그 애들은 그나마 우리 눈에 띄어서 다행이었다. 우리와 함께 머물면 안전할 것이다.

그리고 마침내, 우리는 오래전부터 필요했던 것을 얻었다.

차가 생긴 것이다.

2032년 9월 29일 수요일

반콜레는 총상을 입은 모자와 다친 도브트리네 식구들을 치료하느라 바빴기 때문에, 어젯밤이 돼서야 비로소 캠핑카 사건으로 나에게 소리를 지를 시간이 났다. 물론, 그가 나에게 실제로 소리를 지른 것은 아니다. 그는 평소에 언성을 높이지 않고 참는 경향이 있다. 딱하게도. 차라리 짧게 큰 소리로 불만을 터뜨리면 견디기가 쉬울 텐데. 그의 반응은 평소처럼 조용하고 강렬했다.

"넌 안 해도 되는 모험을 그렇게 많이 하는데 정작 결과는 그렇게 좋으니, 참 얄궂단 말이야." 어젯밤 침대에 함께 누워 있을 때 반콜레가 한 말이었다. "너는 말이지, 바보야. 자기가 무슨 불사신인 줄 알잖아. 참 나, 이제 그 정도는 분간할 나이도 됐으면서."

"그 캠핑카가 탐나서 그랬어." 내가 말했다. "잘하면 손에 넣을 수 있다는 것도 알았고. 그리고 아이들도 구할 수 있을 것 같았어. 둘 중 한 아이가 우는 소리가 계속 들렸으니까."

반콜레는 고개를 돌려 잠깐 동안 나를 응시했다. 입을 꼭 다물고서. "넌 죄수의 표시인 목줄이나 사슬에 묶인 채 길에서 줄줄이 끌려가는 아이들도 본 적이 있잖아. 매춘 업소 앞에 미끼 상품으로 전시된 아이들을 보고 그냥 지나간 적도 있고. 그런데 그런 모험을 한 핑계가 고작 어린애 하나가 우는 소리를 들었기 때문이라는 거야?"

"난 그냥 내 힘으로 할 수 있는 일을 할 뿐이야. 더 많은 일을 할 능력이 있다면, 그렇게 할 거고. 당신도 알잖아."

반콜레는 나를 가만히 볼 뿐이었다. 만약 그를 사랑하지 않았다면, 나는 이런 순간에는 그가 꽤 싫어졌을지도 모른다. 나는 그의 손을 잡고 입을 맞춘 다음, 그 손을 꼭 쥐었다.

"난 할 수 있는 일을 할 뿐이야." 나는 앞서 한 말을 되풀이했다. "그리고 그땐 그 캠핑카가 갖고 싶었어."

"너뿐 아니라 너희 조 전체가 위험해질 판이었는데도? 무려 네 명이나?"

"위험하기로 치면 빈손으로 달아나는 것도 그 캠핑카를 차지하러 가는 것만큼이나 심각했다고."

반콜레는 넌더리가 난 듯 코웃음을 치며 손을 빼내더니 중얼거렸다. "그래서 이제 고물 캠핑카가 생겼다, 이거로군."

나는 고개를 끄덕였다. "그래서 이제 차가 생겼어. 우리한테 필요했던 거야. 당신도 알잖아. 이제 시작이야."

"사람 목숨을 걸 만큼 중요한 건 아니잖아!"

"그것 때문에 누가 죽은 것도 아니잖아!"

나는 몸을 일으켜 앉아서 반콜레를 내려다봤다. 창문으로 비치는 희끄무레한 빛 속에서, 그의 눈에 최대한 잘 띄어야 했다. 내가 하는 말이 진심인 것을 그에게 알려주고 싶었으니까.

"기왕 죽을 거라면." 내가 말했다. "기왕 모르는 사람들 총에 맞아 죽을 거라면, 차라리 공동체를 위해 애쓰다가 죽어야 하지 않겠어? 냅다 도망치다가 죽을 게 아니라?"

반콜레는 양손을 들더니 비꼬는 의미의 박수를 쳤다. "네가 그런 소릴 할 줄은 이미 알고 있었어. 뭐, 난 네가 어리석다고 생각한 적은 없으니까. 집착이 심할지는 몰라도, 어리석진 않지. 그래서 말인데, 너한테 한 가지 제안할 게 있어."

반콜레가 일어나서 앉자 나는 그의 곁에 다가가서 이불을 끌어당겨 우리 둘의 몸을 함께 감쌌다. 그러고는 그에게 몸을 기대고 그의 이야기를 기다렸다. 그가 하려는 제안이 무엇이든 간에, 나의 뜻은 이미 이해시켰다는 느낌이 들었다. 그가 내 생각을 집착으로 여긴다고 해도 나는 상관없었다.

"난 지금껏 이 일대의 마을 몇 군데를 눈여겨봤어." 반콜레가 말했다. "세일러빌, 핼스테드, 코이…… 큰 도로에서 몇 킬로미터 떨어진 마을들이지. 당장은 그중 어떤 곳도 의사가 필요하지 않지만, 조만간 필요한 곳이 한 군데는 생길 거야. 그런 마을에 가서 살면 어떨 것 같아?"

나는 놀란 나머지 앉은 자세 그대로 굳어버렸다. 반콜레의 말은 진심이었다. 세일러빌? 핼스테드? 코이? 너무 작은 공동체이다 보니 마을로 쳐도 될지 어떨지조차 확신이 안 서는 곳들이다. 고작 몇 집밖에 안 되는 인구와 상점 몇 개가 101번

국도와 바다 사이에 제각각 옹기종기 모여 있을 뿐이니까. 우리도 그런 곳의 노점 시장에 장사를 하러 가지만, 그런 마을은 폐쇄적이다. 그곳 주민들은 '외지' 손님이 들어오는 것은 허용하지만, 우리를 좋아하지는 않는다. 마을을 지나가는 이방인들에게 화를 입은 적이 너무나 많기 때문이다. 알고 보니 도둑인 패거리들, 또는 그보다 더 지독한 패거리들에게. 그곳 주민들은 오로지 같은 마을 사람들만, 또한 오랫동안 알고 지낸 이웃 농부들만 신뢰한다. 반콜레는 그곳 주민들이 우리를 반길 거라고 생각했을까? '프라타'라는 조금 큰 마을 한 곳을 제외하면 이 일대의 마을들은 거의 모두 백인만 산다. 프라타에는 백인과 라틴계가 많고 아시아계도 조금 산다. 우리는 어떤 인종이든 다 있다. 흑인, 백인, 라틴계, 아시아계, 그리고 혼혈 또한 안 섞인 인종이 없을 정도로 다양하다. 이런 인종 구성은 도시에나 가야 볼 수 있다. 우리가 입양한 아이들과 우리 공동체에서 태어난 아이들은 그렇게 섞이고 합쳐진 인종을 모두 정상으로 받아들인다. 그 광경을 한번 상상해보라.

반콜레와 나는 둘 다 흑인이지만, 나이 면에서는 차이를 섞는 데 성공한 셈이다. 그는 늘 내 아버지라는 오해를 받는다. 그가 틀렸다고 바로잡아주면 사람들은 눈을 찡긋하거나 표정을 찡그리거나 씩 웃는다. 이곳 에이콘에서는 우리 사이를 이해하지 못하는 사람들도 최소한 우리를 인정하기는 한다.

"난 여기가 마음에 들어." 내가 말했다. "이 땅은 당신 거잖

아. 이 공동체는 우리 거고. 우리가 땀 흘린 덕분에, 또 지구종이 인도한 덕분에, 우린 여기서 좋은 성과를 내고 있어. 그 성과는 더 자라서 멀리 퍼질 거야. 그렇게 되는 걸 우리 눈으로 확인할 거야. 하지만 지금 당장은, 그 마을들 가운데 어디에도 우리 자리는 없어."

"있을 수도 있어. 넌 외딴 마을에 의사가 얼마나 소중한 존재인지 몰라서 그러는 거야."

"하, 내가 그걸 모를 것 같아? 난 당신이 우리한테 얼마나 소중한지 잘 알아."

반콜레는 고개를 돌려 나를 마주 보면서 물었다. "캠핑카보다 더 소중해?"

"바보같이. 칭찬이 듣고 싶어서 그래? 좋아. 이 말을 칭찬이라고 생각해. 당신이 우리 가운데 몇 명의 목숨을 살렸는지는 당신도 알 거야. 나까지 포함해서 말이야."

반콜레는 그 말을 잠시 곱씹는 것처럼 보였다.

"이곳 사람들은 건강하고 나이도 젊어. 도브트리에서 피신온 여자분은 예외지만, 네가 가장 최근에 데려온 애들만 해도 부상을 입었다뿐이지 건강한 애들이야. 원래부터 아팠던 게 아니란 말이야. 여기엔 나이 든 사람이 한 명도 없어." 반콜레는 씩 웃고 나서 말을 이었다. "물론 나는 빼고 하는 말이지만. 카트리나 도브트리의 심장 문제를 빼면 만성 질환도 없어. 임신 관련 문제나 기생충으로 고생하는 어린애조차도 없단 말이야. 의사가 필요한 걸로 따지면 이 일대의 어떤 마을도 에이콘보다는 더 간절할걸."

"그곳 사람들은 누가 의사든 상관없잖아. 우리한테는 당신이 있어야 해. 게다가, 그 사람들은 필요한 걸 이미 가졌어."

"내가 방금 말했잖아, 앞으로도 계속 갖지는 못할 거라고."

"난 관심 없어." 나는 그에게 가까이 다가갔다. "당신은 이곳에 속해 있어. 떠날 생각은 하지도 마."

"당장은 할 수 있는 게 생각밖에 없어. 그래서 난 우리가 안전하게 살 곳이 어딘지 생각하는 중이야. 내가 죽은 후에 네가 안전하게 살 곳 말이야."

나는 그 말에 놀라 움찔했다.

"난 노인이야, 이 아가씨야. 이런 얘길 농담으로 할 나이가 아니라고."

"반콜레……."

"난 그 생각을 안 하려야 안 할 수가 없어. 너도 같이 생각해줬으면 해. 나를 위해 그렇게 해줘. 그냥 생각만이라도."

제3장

변화가 곧 하느님이고,
결국에는,
하느님이 승리한다.
그러나 한편으로……
상냥함이 깃들면 변화가 수월해진다.
사랑은 두려움을 가라앉힌다.
다정하고 강력하며
긍정적인 집착은
고통을 무디게 하고,
분노의 방향을 틀며,
우리 한 사람 한 사람을
가장 거대하고
가장 치열한,
스스로 택한 싸움으로 몰아넣는다.

—《지구종: 산 자들의 책》에서

테일러 프랭클린 반콜레, 《다른 세상의 기억》에서

올라미나의 꿈과 분투와 확신이 결국에는 모두 어떻게 끝날지, 나로서는 도무지 알 수가 없다. 그 애가 지구종에 대해 품은 것처럼 강력한 확신을 내가 그 어떤 것에 대해서든 한 번이라도 느껴본 적이 있는지, 기억이 나질 않는다. 지구종은 그 애가 스스로 창시한 신앙 체계다. 또는 그 애 말마따나, 그 애가 발견했을 뿐인 진리의 연결망이다. 나는 종교라면 원래부터 의심하는 사람이었다. 그랬는데 광신자와 사랑에 빠지다니, 나라는 인간은 얼마나 비이성적인지. 하지만 생각해보면 사랑도 광신도 비이성적인 정신 상태다.

올라미나는 자신을 털끝만큼도 사랑하지 않는 신을 믿는다. 사실 그 애의 신은 하나의 과정 또는 여러 과정의 조합이지, 하나의 독립체가 아니다. 그것은 올라미나를 또렷이 인식하지 않는다. 또는 그 무엇도 인식하지 않는다. 아예 의식 자체가 없다. "변화가 곧 하느님이다." 올라미나는 진심으로 그렇게 말한다. 그 애의 신이 지닌 얼굴들 가운데 몇 가지는 생물학적 진화, 카오스 이론, 상대성 이론, 불확실성 이론이고, 물론 열역학 제2법칙도 끼어 있다. "변화가 곧 하느님이고, 결국에는, 하느님이 승리한다."

하지만 지구종은 숙명론적 신앙 체계가 아니다. 지구종의 신은 경로를 틀고, 힘을 집중시키고, 속도를 높이고, 속도를 늦추고, 모습을 빚는 일도 가능하다. 모든 것이 변하지만, 모든 것이 모든 방식으로 변할 필요는 없다. 그 신은 변치 않는 동시에 유연하게 변한다. 이상하다. 종교라고 할 만한 구석이 거의 없다. '지구종의 숙명'조차도 종교와 별 상관이 없는 것처럼 보인다.

"우리는 지구종이야." 올라미나는 말한다. "우주의 모든 부분이 하느님의 아이들이듯이, 우리도 하느님의 아이들이야. 그러나 더 직접적으로는, 우리는 지구라는 특정한 별의 아이들이지."

그리고 바로 이 말속에 숙명의 기원이 도사리고 있다. 인류 가운데 깨달음을 얻은 일부, 즉 스스로가 지구종인 것을 알고 그 숙명을 받아들이는 이들은 오로지 지구라는 자궁을 벗어나려고, 그리하여 모든 어린 존재가 궁극적으로 해야 하는 일인 탄생을 해내려고 애쓸 뿐이다.

올라미나는 인류뿐 아니라 모든 생물 종이 '분화-확장-멸망'이라는 진화 주기에 직면했고, 이를 피하려면, 하다못해 그 주기를 연장하기라도 하려면 인류라는 종 전체가 애써야 한다고 생각했다. 지구종은 여기에 대한 그 애 나름의 공헌이다.

"우리는 장기적으로 성공을 거둘 거고, 우리 스스로가 새로운 인간들과 새로운 종들의 다양한 집합체를 낳는 부모가 될 거야." 올라미나는 말한다. "아니면 우리는 또 한 번의 낙태로 끝날지도 몰라. 우리는 지구 생명의 정수, 그러니까 인간과 동식물을 태양계 바깥의 별들로 퍼뜨릴 거고, 반드시 그렇게 해야 해. '지구종의 숙명은 별들 사이에 뿌리내리는 것'이니까."

거창한 말들이다.

올라미나는 바라고, 꿈꾸고, 글을 쓰고, 믿음을 지킨다. 아마도 세상은 한동안 그 애가 살아가도록 내버려둘 테고, 그 애를 악의 없는 괴짜로 여기고 봐줄 것이다. 부디 그랬으면 좋겠다. 나는 세상이 그러지 않을까 봐 두렵다.

아버지는 이 글에서 지구종을 매우 잘 정의했는데, 나로서는 그토록 간략한 말로 정의하기가 사실상 불가능했을 것이다. 어머니는 어렸을 적에, 그러니까 고향 동네의 장벽에 보호받는 한편으로 그 안에 갇혀 지내던 시절에, 별에 가겠다는 꿈을 품었다. 밤이면 말 그대로 별이 나오는 꿈을 꿨다. 그리고 허공을 날아다니는 꿈도 꿨다. 나는 어머니가 초기에 쓴 글에서 날아다니는 꿈 이야기가 나오는 대목을 본 적이 있다. 어머니는 깨어 있을 때와 잠들었을 때를 가리지 않고 그런 꿈을 꿨다. 내가 아는 한 어머니는 지구종의 숙명을 창안하고 지구종 시를 쓸 때에도 바로 그 일을 했다. 꿈을 꿨던 것이다. 힘든 시절을 버텨내려면 누구나 꿈이, 환상이 필요하다. 어머니가 그랬던 것처럼 현실과 혼동하지만 않으면 환상 자체는 조금도 해롭지 않다. 어머니는 가끔 스스로를 의심했던 것 같지만 그 꿈만은 한 번도 의심하지 않았고, 지구종도 결코 의심하지 않았다. 아버지와 마찬가지로 나 역시 어떤 종교에도 그 정도의 확신은 느끼지 못한다. 내가 어떻게 자랐는지 생각해보면 이상한 일이지만, 그래도 사실이다.

그래도 나는 남들의 종교적 열정을 목격한 적은 있다. 긍휼히 여기는 하느님에 대한 사랑, 분노하는 하느님에 대한 두려움, 상과 벌을 내리는 하느님에 대한 지나친 찬양과 절박한 애원 등이었다. 그런 것들을 보며 나는 지구종 같은 신앙 체계가, 그러니까 너무도 철저하게 무심한 하느님이 많은 것을 요구할 뿐 위안은 거의 주지 않는 종교가 어떻게 일말의 신심이나마 이끌어낼 수 있는지, 궁금해질 뿐이었다.

지구종에는 약속된 내세가 존재하지 않는다. 지구종의 천국은 현실적이고, 실체가 있다. 다른 별의 주위를 회전하는 다른 행성인 것이다. 지구종은 신자들에게 오로지 자녀와 노동과 기억을 통해서만 영생을 허락한다. 인류에게 영생이란 지구종을 다른 세상에 심어야만 얻을 수 있는 상이다. 영생은 들어가서 살 널따란 집이나 목을 축여줄 젖과 꿀, 또는 어떤 광대한 열반 속에서 영원한 망각에 빠져 있는 상태를 약속하지 않는다. 영생이 약속하는 것은 고된 노동과 새로운 가능성, 문제, 도전, 변화다. 가만히 보면 어떤 이들에게는 그런 영생이 기막히게 매력적으로 비치기도 한다. 내 어머니는 기막히게 매력적인 사람이었다.

지구종 시편에는 다음과 같은 시가 있다.

변화가 곧 하느님이다.
하느님은 무한하고,
무적이고,
무자비하고,
무심하다.
하느님은 사기꾼이고,
스승이며,
혼돈이고,
진흙이다.
변화가 곧 하느님이다.
조심하라.
하느님은 빚기 위해
또한 빚어지기 위해 존재한다.

이것은 무서운 하느님, 바뀌지 않고, 정체를 알 수 없는, 그러면서도 유연하고 극히 역동적인 하느님이다. 내 생각에 그 하느님은 조만간 내 어머니의 얼굴을 뒤집어쓸 것 같다. 어머니의 가운데 이름은 '오야'였다. 침례교 목사였던 외할아버지가 뭐에 씌어서 딸에게 그런 이름을 지어줬을지 궁금하다. 외할아버지는 어머니에게서 뭘 봤을까? '오야'는 나이지리아의 요루바족이 섬기던 오리샤, 즉 여신의 이름이다. 사실, 오야는 원래 나이저강의 여신으로서 활동적이고 위험한 신이었다. 또한 오야는 거대한 변화를 불러오는 다른 요인들, 즉 바람과 불, 죽음의 신이기도 했다.

《로런 오야 올라미나의 일기》에서

2032년 10월 4일 월요일

오늘 크리스타 노이어가 죽었다.

그것이 그 여성의 이름이었다. 크리스타 코슬로 노이어. 크리스타는 끝내 의식을 되찾지 못했다. 폭행당하고, 강간당하고, 총상을 입고, 그 상태로 벌거벗은 채 자기 가족의 캠핑카 안에서 의식을 잃었고, 우리에게 발견됐을 때는 이미 깊은 혼수상태에 빠져 있었다. 우리는 크리스타와 그 집의 다친 아들을 진료소에 함께 묵게 했다. 도브트리네 다섯 식구는 제프 킹과 아이들이 사는 집으로 거처를 옮겼지만, 크리스타와 그 아들은 진료소에 계속 두는 게 좋을 듯싶었다.

자라 볼터와 앨리 길크리스트는 두 사람의 몸을 씻겨줬고, 반콜레가 두 사람의 몸에서 총알 다섯 개를 제거하는 동안 곁에서 수술을 도와줬다. 총알 두 개는 어머니에게서, 세 개는 아들에게서 나왔다. 자라와 앨리는 마이크와 나티비다드보다 더 오래 반콜레와 함께 일했다. 물론 그 둘은 의사가 아니지만, 그래도 의학에 관해 아는 것이 많다. 반콜레가 보기에 둘은 이제 의사의 진료 업무를 상당 부분 소화하는 임상 간호사로 활약할 수준이다.

반콜레와 그의 조수 네 명 모두, 그리고 간호사로 자원한 다른 사람들까지도 노이어 가족을 위해 최선을 다했다. 크리스타 노이어의 수술이 끝난 후에 자라와 나티비다드, 앨리, 노리코 카도스, 섀너 라이언, 테리사 린은 차례로 크리스타 곁을 지키며 간호했다. 반콜레 말로는 크리스타가 의식을 회복할 경우에 대비해 일부러 여성이 곁을 지키게 했다고 한다. 모르는 남자가 눈에 띄었다가는 공황 상태에 빠질 거라고 생각했다는 것이다.

아마도 반콜레 생각이 옳았을 것이다. 가엾은 여자.

그나마 아들이 임종을 지키기는 했다. 그 애는 엄마 옆의 침대에 누워서 이따금 엄마를 만지려고 손을 뻗었다. 모자의 사이를 막는 것은 둘 중 한 사람의 사적인 용무를 처리할 때 쓰려고 우리가 손수 만든 사생활 보호용 커튼뿐이었다. 크리스타가 숨을 거둘 때에는 둘 사이에 커튼이 쳐져 있지 않았다.

소년의 이름은 댄턴 노이어 주니어다. 본인은 댄으로 불러 달라고 한다. 우리는 그 애 아버지인 댄턴 노이어 시니어의 시신을 에이콘으로 데려오자마자 화장했다. 이제는 그의 아내를 화장해야 한다. 댄이 장례식에 참석할 만큼 몸 상태가 좋아지면 두 사람의 장례식을 함께 치러야겠다.

2032년 10월 17일 일요일

오늘 댄턴 노이어 시니어와 그의 아내 크리스타를 위해 합동 장례식을 치렀다.

반콜레가 돌봐주는 덕분에 댄 노이어는 건강을 회복하고 있다. 다리와 어깨의 상처가 점점 나아져서 조금이나마 걸어 다니기도 한다. 반콜레 말에 따르면 그건 다 구더기 덕분이다. 그 징그럽고 조그만 것들은 죽은 조직을 먹어치워 댄의 상처를 깨끗하게 청소했을 뿐, 해로운 영향은 전혀 미치지 않았다. 그 특정한 종의 구더기들은 살아 있는 건강한 조직은 아예 먹으려 들지도 않는다. 그것들은 부패해서 괴저를 일으킬 물질만 먹어치운 다음, 사람 손에 제거되지 않으면 알아서 우화한 후에 날아가버린다.

여자애들, 즉 캐시아와 머시는 처음에는 달아나지 못하도록 실내에 가둬놔야 했다. 갈 곳이라곤 아무 데도 없건만, 그 애들은 너무나 두렵고 혼란스러웠던 나머지 자꾸만 이곳을 탈출하려고 했다. 그러던 아이들이 오빠를 보러 가도 좋다는 허락을 받았을 때, 우리는 댄이 다치지 않게끔 아이들을 말려야 했다. 오빠를 보고 달려가는 두 아이를 메이와 앨리가 막지 않았다면, 그 애들은 오빠에게서 안심과 위안을 얻으려고 병상으로 냉큼 뛰어 올라갔을 것이다. 그 애들한테 가장 잘 다가가는 사람은 메이인 것 같다. 아이들은 메이와 앨리, 두 사람 모두에게 마음을 연 것 같고 이는 두 사람도 마찬가지인 듯하지만, 그래도 아이들은 메이를 유독 좋아하는 것 같다.

메이는 수수께끼 같은 사람이다. 나는 메이가 언젠가 우리에게 자기 이야기를 들려줄 수 있도록 글쓰기를 가르치는 중이다. 메이는 라틴계처럼 보이지만 에스파냐어를 할 줄 모른다. 영어는 할 줄 알지만 남들이 잘 알아듣게 술술 하지는 못한다. 우리와 합류하기 전의 어느 시점에, 누군가 메이의 혀를 잘랐기 때문이다.

누구의 소행인지는 모른다. 나는 종교에 심하게 치우친 일부 도시에서는 여성에 대한 억압이 점점 더 극단으로 치달았다는 소문을 들은 적이 있다. 여성이 자기 의견을 밝히거나 '바가지를 긁거나' 남편의 말을 거역할 경우, 또는 '자신의 여성스러움을 무시'하고 '남자처럼 행동'할 경우에는 삭발을 당하거나 이마에 불도장이 찍히거나 혀가 잘리는 수가 있고, 더 심하게는 돌에 맞아 죽거나 화형을 당해 죽기도 한다는 것이다. 나는 그런 일을 소문으로만 들었다. 직접 목격한 사례는 메이가 처음이다. 만약 메이가 그런 일을 실제로 겪었다면 말이다. 메이는 우리와 합류할 무렵에는 다행히 그 끔찍한 상처가 다 나은 상태였다. 우리는 메이가 본명인지 아닌지조차 알지 못한다. 하지만 본인이 '메이'라는 이름을 어렵지 않게 발음할뿐더러, 우리에게도 그렇게 불러달라고 했다.

메이는 처음부터 아이들을 무척 좋아했고 아이들과 어울려 노는 데도 능했다. 이제 어린 노이어 자매와 함께 있는 메이를 보면 꼭 가족이 생긴 것 같다. 메이는 앨리 길크리스트와 앨리가 입양한 아들 저스틴과 함께 일 년 가까이 한 오두막집에서 살았다. 이제 앨리네 집을 더 넓게 확장하든가, 아니면 새집을 하나 지어야 할 것 같다. 사실 새집을 두세 채는 더 지어야 한다. 우선 스콜라리 가족에게 한 채가 돌아갈 것이다. 그 집 사람들은 피게로아 가족과 너무 오래 부대끼며 살았다. 다음은 도브트리 가족, 그다음은 노이어 가족과 메이 차례다.

댄 노이어는 해리 볼터와 자라 볼터 부부가 아이들을 데리고 사는 집에 함께 머무는데, 지금은 조금이나마 혼자 거동할 정도로 몸 상태가 좋아졌다. 어머니인 크리스타가 죽은 이상, 댄을 진료소에서 조금이나마 일찍 데리고 나오는 것이 좋을 듯싶었다. 메이는 자신의 단칸방에서 이미 두 여자애를 데리고 지내고 있었기 때문에 반콜레는 댄이 머물 다른 집을 찾아봤다. 그때 볼터네가 자원했다. 애초에 메이는 초공감자였고, 댄은 여전히 가끔씩 고통에 몸부림치곤 했으니까. 아프다고 툴툴대는 일은 없었지만 메이라면 댄의 고통을 눈치챌 터였다. 댄 곁에 있을 때면 나도 그렇기 때문이다. 볼터네에는 초공감자가 없으니 자신들이 고통스러워하는 일 없이 다친 사람을 돌봐주는 일이 가능하다.

지난 몇 주 동안은 바쁘게 지냈다. 우리는 캠핑카를 몰고 나간 덕분에 전에는 엄두도 못 냈을 만큼 많은 양의 폐품을 몇 차례 수집했다. 먼 곳의 폐허와 도브트리 농장에서 건진 통나무, 석재, 벽돌, 모르타르, 시멘트, 배관 부품, 가구, 파이프 따위였다. 모두 쓸모가 있을 것이다. 이제 노이어 삼남매까지 합류했으니 우리는 예순일곱 명이다. 공동체가 커지는 속도가 너무 빠르다.

그런데 다른 관점에서 보면, 우리는 고작 기어가는 속도로 성장하는 중이다. 우리는 에이콘일 뿐 아니라 지구종이기도 하건만, 지금껏 이룬 거라곤 고작 몇 채 안 되는 오두막집에 옹기종기 모여 사는 조그만 산촌 마을 하나뿐이고, 공유하는 생활방식은 19세기와 다를 바 없다. 캠핑카 덕분에 편해지기는 하겠지만…… 그 정도로는 부족하다. 그러니까, 에이콘에는 충분할지 몰라도 지구종에는 부족하다.

뭐가 있어야 충분한지 내가 안다는 말은 아니다. 내가 만들고 싶은 건 정말이지 더럽게 새로운 것이고, 일단 너무나 거대하다! 그걸 어떻게 만들기는커녕 다 만들고 나면 어떤 모양일지조차 아직은 모른다. 나는 그저 더듬더듬 나아갈 뿐이다. 한 걸음 더 나아가기 위해 할 수 있는 건 뭐든 다, 배울 수 있는 건 뭐든 다 이용하면서.

아직 걸음마 단계인 지구종 기록 보관소를 위해, 노이어 가족에게 일어난 일에 관해 내가 지금껏 알아낸 것들을 여기에 기록해두고자 한다. 나는 캐시아와 머시를 데리고 몇 차례 이야기를 나눴다. 그리고 지난 사흘 동안 댄은 자신이 기억하는 것들을 내게 얘기해줬다. 댄은 통증에 시달리는 와중에도 얘기를 나눠야 속이 후련할 것처럼 보였고, 내가 곁에 있으면서 자기 대신 반콜레에게 아프다고 항의해주고 진통제가 필요할 때 제대로 받는지 확인도 해준 덕분에 그나마 덜 고통스러워했다. 혼자 놔두면 그 애는 자진해서 가만히 누워 고통을 참는 것처럼 보인다. 글쎄, 꼭 필요할 때 극기심을 발휘하는 건 조금도 잘못이 아니지만, 세상에는 피치 못할 고통이 충분히 존재한다. 꼭 참아야 할 상황도 아닌데 굳이 그래야 할 필요가 있을까?

노이어 가족이 캠핑카를 몰고 출발한 애리조나 주 피닉스는 식량과 물이 로스앤젤레스 지역보다 더 비싸다. 그들 가족은 자기네 소유였던 집 두 채와 약간의 토지, 가구, 거기에 크리스타 노이어의 보석까지 모조리 팔아서 마련한 돈으로 일곱 명이 지내도 될 만큼 커다란 캠핑카를 사서 무기와 방탄 설비를 갖췄다. 그 차는 노이어 가족이 알래스카까지 타고 갈 운송 수단이자, 그곳에 도착한 후에는 부모가 일자리를 구해 더 좋은 집을 빌리거나 구매할 때까지 가족이 살 집이 될 예정이었다. 요즘 들어 알래스카는 전에 없이 인기 있는 목적지다. 내가 캘리포니아 남부를 떠날 무렵에도 알래스카는 많은 이들에게 꿈같은 곳이었다. 거의 천국으로 여겨질 정도로. 사람들은 그곳을 향해 힘겹게 나아갔다. 아직 문명이 살아 있는 그곳에는 일자리와 평화로운 삶과 아이들을 안전하게 키울 공간이 남아 있을 거라는, 신화 속 황금시대인 20세기 중반의 세계로 다시 돌아갈 수 있다는 희망을 품고서. 사람들은 그 땅에 갱단도 없고, 노예제도 없고, 주변 땅을 암 덩어리처럼 집어삼키며 커지는 무허가 빈민촌도 없고, 혼돈도 없을 거라고 기대했다.

그곳은 누구에게나 널따란 땅이 주어지고, 기후는 점점 더 따뜻해지고, 물값은 싸고, 민영화된 도시와 자유 도시, 오래된 도시와 새로운 도시 모두가 근면한 새 전입자들을 앞다퉈 맞아들일 터였다. 앞서 말했듯이, 천국인 것이다.

여행자들에게서 들은 얘기가 사실이라면, 가까스로 알래스카에 도착한 얼마 안 되는 사람들, 그러니까 간신히 배표나 비행기표를 산 사람들, 아니면 수백 킬로미터 또는 수천 킬로미터를 걷거나 운전한 후에 폐쇄된 캐나다 국경을 몰래 넘고 또 다시 폐쇄된 캐나다와 알래스카 국경을 넘은 사람들이 마주한 현실은, 기대보다 훨씬 덜 우호적이었다. 그리고 지난해, 알래스카는 멀리 떨어진 수도 워싱턴의 규제와 제약에 지친 나머지, 또한 기대에 들떠 몰려드는 거지 떼에게는 그보다 더 심하게 지친 나머지, 스스로 독립국임을 선포했다. 미합중국에서 분리 독립을 한 것이다. 하나의 주가 그렇게 한 경우는 남북전쟁 이후 처음이었다. 나는 도너 대통령과 알래스카 주지사, 아니, 알래스카 대통령인 레온티에프가 서로 비방하는 광경을 보고 이 때문에 또다시 내전이 일어날 거라고 생각했다. 그러나 도너는 본토의 문제만으로도 충분히 정신이 없었고, 이때껏 미국에 식량과 돈을 지원한 캐나다와 러시아 모두 자기네 코앞에서 전쟁이 일어나기를 바라지 않았다. 실질적인 내전의 위협은 단 하나, 앤드루 스틸 재럿이다. 만약 그가 다음 달의 대선에서 승리한다면.

아무튼 이런저런 위험이 있는데도 노이어 가족처럼 희망을 품고 필사적으로 발버둥치는 사람들은, 지금도 여전히 알래스카로 향한다.

우리가 캠핑카를 발견하기 며칠 전만 해도 노이어 가족은 일곱 명이었다. 크리스타와 댄턴 시니어 부부, 이제 고아가 되어 우리가 거둔 여덟 살 캐시아와 일곱 살 머시, 열두 살 폴라와 열세 살 니나, 그리고 맏이인 댄이 있었다. 댄은 내가 처음 봤을 때 짐작했던 대로 열다섯 살이다. 그 애는 덩치가 크고 앳된 얼굴에 머리는 금발이다. 그 애 아버지는 체격이 작고 머리가 검은색이었다. 댄은 체격이 크고 금발이었던 어머니에게서 외모와 덩치를 물려받은 반면, 여자애들은 아버지인 댄턴 시니어를 닮아 체격이 작고 머리도 검은색이다. 댄은 벌써부터 키가 거의 2미터나 된다. 여동생들에게 맏이 특유의 강한 책임감을 보이는 어린 거인인 것이다. 하지만 그런 댄조차 자기 아버지와 마찬가지로 우리가 캠핑카를 발견하기 사흘 전에 니나와 폴라가 강간당하고 납치당하는 사태를 막지는 못했다.

노이어 가족은 그 불탄 농가의 남쪽 면처럼 볕이 잘 드는 외딴곳에 캠핑카를 주차하는 습관이 있었다. 그런 곳에서는 차 안을 청소하고 환기시키는 동안 아이들을 바깥에 내보내 놀게 해도 괜찮기 때문이었다. 차의 날개 모양 태양광 집광판을 펴서 널따랗게 펼치면 태양이 배터리를 재충전시켰다. 그들 가족은 돈을 아끼려고 태양 에너지를 최대한 활용했다. 즉, 밤에 차를 몰아 이동하고 낮에는 배터리를 재충전했다. 고속도로를 따라 걷는 사람들은 보통 낮에 이동하기 때문에 그렇게 해도 상관없었다. 캘리포니아에서는 고속도로에서 걷는 것이 불법이지만, 이는 누구나 하는 일이다. 이제는 마치 관습처럼 도보로 이동하는 사람들은 대부분 낮에 도로를 걷고, 승용차와 트럭은 대부분 밤에 도로를 달린다. 자동차들은 차가 부서질 만한 것이 아니면 뭐든 멈추지 않고 그대로 치고 간다. 나는 차를 탈취하려다가 치여 죽은 사람들을 본 적이 있다. 아무도 도로에 차를 세우지 않는다.

하지만 낮이 되면, 사람들은 휴식을 취하고 연료를 채우기 위해 차를 세운다.

댄턴 노이어 시니어와 크리스타 부부는 아이들에게 멀리 가지 말라고 당부하기는 했지만, 당번을 정해 지켜보지는 않았다. 외딴곳인 데다 다들 평소에 경계하는 습관이 있으니 별일 없을 거라 생각했던 것이다. 그 생각은 착각이었다. 부부가 집안일을 하느라 정신이 없는 틈을 타 남자 몇 명이 그들의 사각, 즉 북쪽에서 접근했다. 이 때문에 폐가의 굴뚝은 정작 은폐물 노릇은 제대로 하지 못하고 오히려 가족의 시야를 가렸다. 그 남자들이 산의 어느 능선에서 캠핑카를 목격하고 멀리 빙 돌아서 노이어 가족을 덮치러 왔을 가능성도 있었다. 댄은 그랬을 거라고 생각했다.

침입자들은 폐가의 벽을 돌아 모습을 드러내기가 무섭게 노이어 가족에게 총을 갈겼다. 차 바깥에 나와 있던 식구들 일곱 명이 고스란히 표적이 됐다. 침입자들이 쏜 총알은 댄턴 시니어와 크리스타, 댄에게 명중했다. 캠핑카에 가장 가까이 있었던 머시는 냉큼 차 안으로 뛰어들어 책과 시디가 든 상자 뒤에 숨었고, 침입자들은 나머지 여자애 셋을 붙잡았다. 그중 나이가 제일 많은 니나는 악착같이 상대를 발로 차고 물어뜯고 눈을 후비고 버둥거린 끝에 풀려났다가 다시 붙잡히고 말았다. 한편 캐시아는 몸이 잠깐 자유로워진 틈을 타 납치범의 손아귀에서 미끄러지듯 빠져나가서는 부리나케 차 안으로 뛰어들었다. 뒤이어 캐시아는 머시가 하지 못한 일을 해냈다. 차 문을 세게 닫고 잠근 다음, 차의 모든 출입문을 잠가버린 것이다.

일단 그 일을 해낸 캐시아는 스스로 생각하는 것보다 더 안전해졌다. 침입자들은 캠핑카의 방탄 차체와 타이어에 총을 쐈다. 양쪽 다 흠집은 났지만 구멍은 뚫리지 않았고, 크게 망가진 곳도 전혀 없었다. 침입자들은 차 옆면에 불까지 질렀지만 이 또한 별 피해를 입히지 못하고 꺼져버렸다.

몇 시간쯤 흐른 후에 남자들은 그곳을 떠났다.

두 여자애는 차 안의 모니터를 켜고 주위를 둘러봤다고 한다. 침입자들은 보이지 않았지만 그래도 여전히 겁먹은 상태였다. 그래서 더 기다렸다. 하지만 차 안에서 단둘이 기다리기란, 모니터에 비치는 범위 바로 바깥에서 어떤 일이 벌어지는지 모르는 채로 그렇게 하기란, 끔찍했다. 어쩌면 굴뚝이 있는 벽 바로 뒤에서 무슨 일이 일어나는 중인지도 몰랐다. 게다가 차 안에는 아이들을 돌봐줄 사람이 없었고, 아이들이 의지할 사람도 없었다. 결국 아이들은 차 안에서 자기들끼리 기다리는 데 지치고 말았다. 그래서 부모와 오빠의 시신이 널브러져 있는 곳과 가장 가까운 문을 열었다.

침입자들은 사라지고 없었다. 캐시아와 머시의 두 언니는 그들에게 끌려갔다. 차 바깥에서 아이들은 오빠 댄과 부모님밖에 찾지 못했다. 이미 정신을 차린 댄은 땅바닥에 앉아 무릎으로 어머니의 머리를 받친 채로, 어머니의 얼굴을 쓰다듬으며 울고 있었다.

댄은 침입자들이 그곳에 머무는 동안 죽은 척을 했다. 살아 있는 기척은 전혀, 심지어 침입자 한 명이 걷어찼을 때조차도 내지 않았다. 그야말로 극기심을 발휘한 것이다. 침입자들이 캠핑카에 들어가려고 발악하는 소리가 댄의 귀에 들려왔다. 그들이 욕하고 웃고 악을 쓰는 소리도 들렸고, 생전 어떤 사람에게서도 들어본 적 없는 비명 또한 두 여동생의 목소리를 타고 들려왔다. 자신의 심장이 거세게 뛰는 소리도 함께 들렸다. 이대로 죽는구나 하는 생각이 들었다. 식구들이 살해당하는 동안 이 흙바닥에서 피를 흘리다가 죽는다는 생각이.

하지만 댄은 죽지 않았다. 댄은 의식을 잃었다가 회복하기를 두 번 이상 되풀이했다. 그러다가 시간 감각을 잃었다. 침입자들은 그곳에 있었다가 없어졌다. 그들의 소리가 들리다가 들리지 않았다. 동생들은 비명을 지르고 울부짖고 신음하다가 조용해졌다.

댄은 몸을 꿈틀거렸다. 그러다가 숨을 헐떡이고 고통에 신음하면서 가까스로 몸을 일으켜 앉았다. 일어서려고 해봤지만 다리가 너무 아파서 비명을 지르며 쓰러지고 말았다. 고통과 출혈과 두려움 때문에 머릿속이 흐릿해진 채로, 댄은 식구들을 찾아 주변을 두리번거렸다. 댄의 다리 옆에, 그가 흘린 피와 본인이 흘린 피로 흥건히 젖은 채 쓰러져 있는 어머니가 보였다.

댄은 어머니 곁으로 다가간 다음, 어머니의 머리를 무릎으로 받쳤다. 거의 정신이 나간 상태로 얼마나 오랫동안 그렇게 앉아 있었는지 알지 못했다. 그러다가 어린 동생들이 댄을 흔들어 깨우고 말을 걸었다.

댄은 동생들을 물끄러미 바라봤다. 그 애들이 정말로 눈앞에, 정말로 살아 있다는 것을 깨닫기까지 한참이 걸렸고, 이내 그 애들 뒤로 다시금 문이 열려 있는 트럭이 눈에 들어왔다. 뒤이어 부모님을 안으로 옮겨야 한다는 생각이 떠올랐다. 차를 몰고 다시 고속도로로 나가서 병원이 있는 마을로, 아니면 적어도 의사가 있는 마을로 부모님을 데리고 가야 했다. 아버지는 죽었을지도 모른다는 생각이 들었지만 확신은 서지 않았다. 어머니가 살아 있다는 것은 확실했다. 숨소리가 들렸다. 목에는 맥박도 느껴졌다. 어머니를 의사에게 데려가야 했다.

댄은 어찌어찌해서 두 사람 모두를 차에 실었다. 그것은 오래 걸리는, 느릿느릿 움직여야 하는, 소름 끼치는 일이었다. 다리가 너무나 아팠다. 너무나 약해진 느낌이 들었다. 성장이 빨랐던 댄은 어른의 체격과 힘을 지닌 것이 자랑스러웠다. 그런데 이제는 아기처럼 약해진 기분이 들었고, 막상 부모님을 차에 싣고 보니 너무 지쳐서 운전석에 앉아 운전할 기운이 남아 있지 않았다. 부모님을 병원에 데려갈 수도, 사라진 두 여동생을 찾아 나설 수도 없었다. 그렇게 해야 했지만 그럴 수 없었다. 댄은 차 바닥에 쓰러져 꼼짝도 못 하고 누워 있었다. 의식이 흐릿해졌다. 그다음은 무無였다.

익숙한 사연이었다. 끔찍하고 평범했다. 에이콘에 있는 사람은 거의 모두가 남에게 들려줄 끔찍하고 평범한 사연을 지니고 있다.

오늘, 우리는 노이어 가족 아이들에게 참나무 묘목을 주고 부모의 뼛가루가 묻힌 땅에 심도록 했다. 이는 우리가 죽은 가족을 추모하는 방식으로, 시신이 있든 없든 마찬가지다. 이곳에는 내 가족 가운데 누구의 유골도 없지만, 오 년 전 이곳에 정착하기로 결정했을 때 나는 식구들을 추모하는 뜻에서 나무를 심었다. 다른 사람들도 자기 가족을 위해 그렇게 했다. 니나와 폴라 노이어의 유골은 당연히 이곳에 없다. 니나와 폴라는 아예 죽지 않았는지도 모른다. 하지만 그 둘은 이곳에서 부모와 함께 기억될 것이다. 댄은 그 의식의 의미를 이해하고 나서 아버지와 어머니뿐 아니라 니나와 폴라의 몫까지 나무를 달라고 했다.

댄은 이렇게 말했다. "어떤 날은 밤에 자다가 깼는데도 그 애들의 비명이 들리고, 그놈들의 웃음소리가 들려요. 아아, 정말…… 그 애들은 죽었을 거예요. 하지만 안 죽었을지도 몰라요. 저도 모르겠어요. 가끔은 차라리 제가 죽고 싶어요. 아아, 제발."

우리는 인근 마을의 이웃과 친구들에게 전화를 돌려 니나와 폴라 노이어의 행방을 수소문했다. 두 아이의 이름과 인상착의(댄에게서 들은 내용을 토대로)를 사람들에게 일러준 다음, 아이들을 우리에게 넘기면 그 대가로 경화를 주겠다고 했다. 그것도 캐나다 달러를. 그런다고 무슨 소용이 있을 것 같지는 않지만, 그래도 시도는 해봐야 한다. 우리는 경화를 마음껏 뿌릴 만큼 많이 갖지는 못했지만, 그래도 지출에 유의한 덕분에 조금은 보유하고 있다. 캠핑카가 생겼으니 조만간 돈을 더 많이 벌 것이다. 솔직히 말하면, 나는 차가 생기지 않았다고 해도 돈을 주고 그 애들을 사오려고 했을 것이다. 남의 쾌락을 위해 강제로 고통받는 처지가 된 아이들이 도로 위와 여러 마을에 존재한다는 사실은 알면서도 그러려니 하고 넘어갈 수 있다.

하지만 내가 알 뿐 아니라 좋아하는 아이들의 자매 둘이 그렇게 고통받는 처지가 됐다는 것을 알면 사정은 달라진다. 게다가 캠핑카도 있다. 그 차 때문에라도 우리는 더더욱 노이어 가족의 두 아이를 힘닿는 데까지 도와야 한다.

우리는 간이침대를 들것으로 삼아 댄을 장례식에 데리고 갔다. 댄은 일어서서 걸을 수도 있다. 반콜레는 그 애에게 매일 일어서서 걸으라고 시킨다. 하지만 아직은 오랫동안 서 있거나 앉아 있지 못한다. 우리가 댄을 내려놓은 자리 옆에는 반콜레가 오 년 전 우리보다 앞서 이 땅에 살았던 자기 여동생 가족을 추모하려고 심은 어린나무들이 가느다랗게 자라 있었다. 그들은 우리가 도착하기 전에 살해당했다. 시신은 집과 함께 불태워졌다. 우리가 찾은 거라곤 불에 그을린 해골과 반지 두어 개뿐이었다. 그것들은 댄이 장례식 동안 누워 있었던 자리의 그 나무들 밑에 묻어뒀다.

캐시아와 머시 자매는 우리가 가르쳐준 대로 묘목을 심었다. 우리에게 도움을 받지 않고 자기들 손으로 그 일을 해냈다. 뼛가루가 섞인 흙에 조그만 나무를 심는 일이 지금은 별것 아닌 것처럼 보일지 몰라도, 아이들은 부모의 유해가 이곳에 있다는 것과 그 유해에서 살아 있는 나무가 자란다는 것을, 또한 오늘 이 공동체가 자신들의 집이 됐다는 것을 머릿속에 새긴 채 자랄 것이다.

우리는 댄이 모종삽과 물뿌리개를 쓸 수 있도록 간이침대를 옮겨줬고, 이로써 댄도 자기 몫의 묘목을 심었다. 그 애 역시 다른 사람의 도움 없이 혼자 해냈다. 그 의식은 이미 그 애에게 중요한 의미를 지녔다. 동생들과 부모님을 위해 자기 힘으로 할 수 있는 일이기 때문이었다. 그 애가 그들을 위해 할 수 있는 전부였다.

묘목을 다 심고 나서 댄은 주기도문을 외웠다. 그 애가 유일하게 아는 격식 있는 기도문이었다. 노이어 가족은 허울뿐인 크리스천이었다. 어머니는 가톨릭 신자였고 아버지는 성공회 신자였으며, 아이들은 교회 안이 어떻게 생겼는지조차 본 적이 없었다.

댄은 동생들을 설득해 폴란드어 노래를 부르게 했다. 애들 어머니가 가르쳐준 노래였다. 그 애들이 폴란드어를 할 줄 모르는 게 아쉽다. 나는 새로운 언어를 배우는 게 늘 즐거우니까. 그 애들 가족 중에 폴란드어를 하는 사람은 어머니인 크리스타뿐이었는데, 크리스타는 유럽의 전쟁과 혼란을 피해 부모를 따라 폴란드에서 미국으로 건너왔다. 그런데 그 가여운 여자가 들어선 길이 어떤 비극으로 끝났는지 보라.

아이들은 자신들이 배운 노래를 불렀다. 아직 어린데도 목소리가 맑고 고왔다. 듣고 있으면 즐거워지는 목소리였다. 그 애들의 어머니는 분명 좋은 스승이었을 것이다. 아이들의 노래가 끝나고 묘목에 물 뿌리기까지 다 마치고 나서, 우리 공동체의 구성원 몇 명이 일어서서 지구종 시와《성서》《성공회

기도서》《바가바드기타》의 구절, 그리고 존 던*의 시구를 인용했다. 보통은 친구와 가족이 고인에게 바치는 추도사를 그러한 경전의 인용문들이 대신했다.

뒤이어 나는 우리가 장례식 때나 고인을 추모할 때 자주 사용하게 된 지구종 시를 낭송했다.

"변화가 곧 하느님이다." 나는 그렇게 시작했다.

다른 이들도 조그마한 목소리로 따라 했다. "변화가 곧 하느님이다. 하느님을 빚어라."

반복과 복창은 딱히 누가 주창한 적도 없건만 이미 우리의 습관이 됐다. 안타까운 얘기지만, 우리는 공동체의 짧은 역사에 비해 너무나 많은 장례를 치른 탓에 이 의식이 유독 익숙했다. 바로 지난주만 해도 도브트리 가족을 위해 나무를 심고 추도사를 읽었으니까. 나는 낭송을 계속했다.

"우리는 죽은 자들을
과수원과
밭에 묻는다.
우리는 죽은 자들을
생명에게 내준다."

* 영국의 시인 겸 성직자.

나는 잠시 멈추고 숨을 깊이 들이쉰 다음, 느리고 신중한 말투로 뒤이어 낭송했다.

"죽음은
거대한 변화,
삶의 가장 큰 변화다.
우리는 사랑해 마지않는 고인을 기린다.
그들의 본질을 흙에 섞으며
그들을 기억하고,
이로써 우리 안에서
그들은 살아간다."

"우리는 기억하고." 다른 이들이 나직이 따라 했다. "그들은 살아간다."

나는 잠시 말없이 서서 키 큰 감나무와 아보카도 나무, 감귤류 나무가 있는 쪽을 가만히 바라봤다. 반콜레의 동생과 매제가 심은 나무들이었다. 그들은 캘리포니아 남부에서 어린 묘목을 가져오며 이곳의 서늘한 기후에서 나무가 시들어 죽을 거라고 반쯤 예상했을 것이다. 반콜레 말로는 실제로 죽은 나무가 많지만, 그중 일부는 이곳 기후가 따뜻하게 변한 덕분에 살아남았다고 한다. 이웃한 마을의 토박이 주민들은 안개와 비, 서늘한 기운이 사라졌다며 불평한다. 우리로서는 억지로 떠나온 고향보다 살짝 더 온화한 기후대에 도착한 느낌이

다. 이곳에는 아직 물이 있고, 넓은 공간이 있고, 사람을 너무 진 빠지게 하지 않는 더위가 있고, 약간의 평온함이 있다. 이곳에서는 아직 과수원과 밭을 가꿀 수 있다. 이곳에서는, 죽음이 삶을 낳는 일이 아직 가능하다.

여자애들은 메이 곁으로 돌아가 앉았다. 메이는 아이들을 안아줬다. 검은 머리에 체격이 조그만 두 아이를 한 팔에 한 명씩. 그렇게 셋이 함께 가만히 앉아서 나의 낭송에 엄숙하게 귀를 기울였다.

나는 새로운 시를 낭송하기 시작했다. 찬송가나 다름없는 시였다.

"빛이
어둠을 빚듯이
어둠은
빛에 형상을 부여한다.
삶이
죽음을 빚듯이
죽음은
삶에 형상을 부여한다.
우주와
하느님은
그 총체를 공유하며,
저마다
상대를 정의한다.

우주가
하느님을 빚듯이
하느님은
우주에 형상을 부여한다."

여기까지 낭송하고 잠시 입을 다물었다가, 이윽고 끝부분을 마무리했다.

"우리는 전에도 살았고
앞으로도 살지니
비단이 되고,
돌이 되고,
정신이 되고,
별이 될 것이며,
흩어지고,
모이고,
틀에 부어지고,
샅샅이 살펴질 것이다.
우리는 살아갈 테고,
이로써 생명을 섬길 것이다.
우리는 하느님을 빚을 테고
하느님은 우리를 빚을지니
이는 되풀이되고,
늘 되풀이될 것이다

영원토록."

어떤 이들은 마지막 말을 나직이 읊조렸다. 그 말을 메아리처럼 반복했다.

자라는 거의 들리지도 않을 만큼 조그마한 목소리로 시를 낭송했다.

"변화가 곧 하느님이고,
결국에는,
하느님이 승리한다."

자라의 남편인 해리가 자라의 어깨를 한 팔로 안았고, 나는 자라의 눈에 그렁그렁 맺힌 눈물이 반짝이는 것을 봤다. 자라와 해리는 우리 공동체를 가장 아끼는 한편으로 신앙심이 가장 약한 사람들일 테지만, 사람들은 가끔 무엇보다도 종교가 필요한 때가 있게 마련이다. 자라와 해리 같은 사람들조차도.

제4장

지혜와 예지로써
하느님을 빚으려면,
그대의 세계와
그대의 백성과
그대의 삶을 이롭게 하려면,
행동이 낳을 결과를 생각하고,
피해를 최소화하며,
질문을 던지고
답을 찾고
배우고
가르쳐라.

—《지구종: 산 자들의 책》에서

테일러 프랭클린 반콜레, 《다른 세상의 기억》에서

미국삼나무들이 죽어간다.

모든 나무를 통틀어 키가 가장 큰 그 나무의 학명인 '세쿼이아 셈페르비렌스sequoia sempervirens'는 라틴어로 '늘 푸른 세쿼이아'라는 뜻이지만, 이제는 상록수가 아닌 나무가 많다. 그런 나무들은 우듬지부터 시작해 아래로 내려오면서 조금씩 갈색으로 변해 시들어 죽는다.

나는 그 나무들이 더위 때문에 죽어간다고 믿지 않는다. 돌이켜보면 로스앤젤레스 일대에는 미국삼나무가 자라는 곳이 많았다. 패서디나, 앨터디나, 샌마리노 같은 곳이었다. 나는 어릴 적에 그런 곳에서 그 나무를 봤다. 외가 친척들이 패서디나에 살았는데 어머니가 그 댁에 갈 때 나도 데려가곤 했기 때문이다. 그렇게 먼 남쪽에서 자라는 미국삼나무는 북쪽인 이곳의 동족들하고는 비교도 못 할 만큼 키가 작았지만, 그래도 꿋꿋이 살아남았다. 나중에 기후가 변하면서 그 나무들은 아마도 남쪽의 다른 여러 나무와 마찬가지로 시들어 죽었을 것이다. 아니면 베여서 대피소를 짓는 목재로 쓰였거나, 노숙인의 취사용 땔감이 됐을 것이다.

그런데 이제 우리 땅의 어린 나무들이 하나둘 죽어간다. 험볼트 카운티의 해안을 따라 펼쳐진 고지대에 자리 잡은 이 땅을 토박이 주민들은 '산골'로 부르는데, 내가 아이였을 적에 이곳 기후는 지금보다 더 서늘했다. 안개가 자주 끼었고 비도 많이 내렸다. 온화한 초록 기후, 땅에서 자라는 것들 대부분에게 우호적인 기후였다. 돌이켜보면 내가 나중에 에이콘이 되는 땅을 샀던 약 삼십 년 전에 이미 기후가 변하는 중이었던 것 같다. 이곳 기후는 그리 머지않은 미래에 수십 년 전의 캘리포니아 남부 해안 기후와 비슷해질 것이다. 무덥고, 반건조 기후에 가까운, 일 년 내내 초록색보다 갈색이 더 많이 보이는 기후가 될 것이다. 지금 우리는 변화의 한복판에 있다. 지금도 해마다 가을과 겨울이면 상당히 큰 태풍이 이곳을 덮치고, 봄과 초여름에는 아침 안개가 끼곤 한다.

그럼에도 어린 미국삼나무들은 시들어간다. 수령이 고작 백 년밖에 안 된, 아직 성숙하지도 않은 나무들이 말이다. 이곳에서 남북으로 몇 킬로미터 거리에 있는 예전의 국립공원과 주립공원에는 지금도 태곳적부터 살아온 거대한 미국삼나무들이 숲을 이루고 서 있다. 곳곳에 있는 수십만 제곱미터 넓이의 숲들이 정부에 의해 보호 조치가 해제됐고, 자금력이 풍부하고 대개는 외국계인 이익 집단에 매각됐으며, 그러고 나면 벌목됐다. 무허가 정착촌의 주민들 또한 그런 나무를 한 그루씩 자르고 불태워서 늘 그랬던 것처럼 집을 짓고 취사용 땔감으로 활용했지만, 나이가 수천 년이나 되는 보호림의 나무들 상당수는 병해와 산불, 기후 변화 등을 이기고 지금도 꿋꿋이 서 있다. 사람들이 건드리지 않고 놔두면 그 나무들은 계속 살아갈 것이다. 후손도 남기지 않고, 시대와 어울리지도 않을 테지만, 그래도 살아남을 테고, 하늘을 향해 쓸모없는 가지를 꿋꿋이 뻗을 것이다.

아마도 나이가 들어서 그랬겠지만, 아버지는 정이 많은 비관론자였던 모양이다. 아버지는 우리 미래에 별 가망이 없다고 보았다. 아버지가 쓴 글을 읽어보면 우리가 하나의 국가로서 이룬 위대함은, 어쩌면 우리 인류가 이룬 위대함조차도, 이미 지나간 일이었다. 아버지의 가장 큰 욕망은 줄곧 내 어머니를 보호하는 것, 그리고 나중에는 나를 보호하는 것이었던 모양이다. 어떻게든 우리를 안전하게 지키고 싶었던 것이다.

반면에 어머니는, 약간 주저하는 낙관론자였다. 어머니가 생각하는 위대함, 지구종과 인류의 위대함은 늘 어머니의 앞에서 달려가는 것처럼 보였다. 그것은 오로지 어머니에게만 보였지만 그 정도면 어머니를 유인하기에 충분했다. 어머니가 남들을 유혹한 것처럼 어머니를 유혹하기에 모자람이 없었다.

어머니는 사람들을 유혹하는 일에 열심이었다. 이를 위해 처음에는 힘없고 궁핍한 사람들을 공동체에 받아들였고, 나중에는 갖가지 방법을 고안해 그 사람들에게 지구종의 일원이 되고 싶은 마음을 불러일으켰다. '별들 사이의 숙명' 같은 말은 틀림없이 우습게 들렸을 테지만, 그럼에도 지구종은 즉각적인 보상을 제공했다. 이곳에는 진짜 공동체가 있었다. 적어도 안전과 비슷한 상태는 누릴 수 있었다. 이곳에는 의례와 반복되는 일상이 주는 안락함이 있었고, 시련이 닥쳤을 때 다 함께 그 시련과 맞서는 '집단'에 소속됐다는 정서적 만족감이 있었다. 그리고 가족들에게 이곳은 아이를 기를 장소이자 다른 곳에서는 배우지 못할 기초적인 기술을 가르칠 장소였고, 바깥세상의 모질고 추악한 교훈으로부터 아이들을 최대한 안전하게 보호할 장소이기도 했다.

고등학교에 다닐 때 조너선 에드워즈 목사가 1741년에 쓴 〈진노한 하나님의 손에 붙들린 죄인들〉이라는 제목의 설교문을 읽은 적이 있다. 그 글의 첫머리에는 수많은 아이들이 에이콘 바깥의 세상에서 억지로 배워야 했던 교훈들이 요약되어 있다. 에드워즈 목사는 이렇게 말했다. "거미나 다른 역겨운 벌레를 불 위에 들고 있는 사람처럼 당신을 손에 쥐고 지옥 구덩이 위에 들고 계신 하나님은 당신을 혐오하시고, 당신 때문에 끔찍이도 화가 나셨습니다. 당신을 향한 그분의 분노는 불처럼 타오릅니다. 그분께서 보시기에 당신은 오로지 불에 던져 넣을 땔감 정도의 쓸모밖에 없습니다." 너는 쓸모없는 존재다. 하나님은 너를 미워한다. 네가 누려 마땅한 거라곤 고통과 죽음뿐이다. 역병기의 아이들이 보기에는 더없이 그럴듯한 신학 이론이다. 그 아이들 가운데 일부가 내 어머니의 하느님에게서 위안을 얻은 것도 당연하다. 그 하느님은 아이들을 사랑하지 않았을지는 몰라도 약간의 살아갈 기회는 제공했으니까.

만약 내 어머니가 오로지 에이콘만 세웠다면, 노숙인과 고아를 위한 그 피난처만 세웠다면…… 만약 에이콘만 세우고 지구종은 창시하지 않았다면, 어머니는 전적으로 존경할 만한 사람이었을 것이다.

《로런 오야 올라미나의 일기》에서

2032년 10월 24일 일요일

댄은 몸 상태가 많이 좋아졌다. 아직 다리를 절기는 하지만 치유 속도가 빠르다. 오늘 그 애는 처음으로 집회에 참석했다. 어제부터 이틀째 비가 내리는 바람에 오늘 집회는 학교 건물 안에서 열렸다. 서늘한 빗줄기가 쉬지 않고 굵게 퍼부었다.

댄은 환영식에 이어 자기 가족의 캠핑카 때문에 토론이 벌어지는 동안 내내 집회에 앉아 있었다. 환영식의 주인공은 아델라 오르티스의 아기 하비에르 베르두고 오르티스였다. 하비에르는 고속도로에서 벌어진 잔인한 집단 강간으로 잉태된 아기였고, 고작 일곱 달 전에 임신한 몸으로 이곳에 합류한 아기 엄마 아델라는 당시 우리가 자기 아기를 환영해주기를 바라기는커녕, 자기 자신이 그 아기를 키우고 싶은지 어떤지조차 제대로 알지 못하는 상태였다. 그러다가 하비에르가 태어났고, 아델라는 아기가 오래전에 죽은 자기 동생을 닮았다고, 그래서 금세 사랑하게 됐노라고 말했으며, 그 아기를 버리는 것은 상상도 못 할 일이니 부디 우리가 아기를 환영해줄 수 있겠느냐고 물었다. 이제 우리는 아기 하비에르의 환영식으로 그 대답을 대신했다.

아델라에게는 살아 있는 가족이 한 명도 없기 때문에 우리 가운데 몇 명이 하비에르를 위해 소소한 선물을 준비했다. 나는 아기를 업고 다닐 포대기를 만들어서 줬다. 나티비다드가 자기 아기들을 그런 식으로 한 명씩 데리고 다니며 키운 덕분에, 이곳 에이콘에서 처음 엄마가 된 여성들 사이에서는 아기를 업고 다니는 것이 관습이 됐다.

아델라는 자신과 함께 서 있을 사람으로 마이클과 노리코를 골랐다. 두 사람은 잠든 아기를 품에 안은 아델라의 양편에 서 있었고, 우리는 줄지어 그 앞을 지나면서 저마다 아기 하비에르를 내려다보며 자그마한 양손과 까만 머리카락이 난 머리를 부드럽게, 환영의 뜻을 담아 만져줬다. 하비에르는 갓난아기인데도 나이가 훨씬 더 많은 아이들처럼 머리카락이 머리 전체를 덮고 자라 있었다. 아델라 말로는 자기 동생의 머리도 그랬다고 한다. 아델라는 동생이 아기였을 때 돌보는 일을 거들었는데, 이제 하느님이 그 애를 다시 돌려준 것 같다고 한다. 나는 아델라가 얘기하는 하느님이 내가 말하는 하느님과 다르다는 것을 안다. 그게 중요한 문제인지는 잘 모르겠다. 아델라가 우리와 함께 살고, 우리 규칙을 따르고, 우리와 함께 기뻐하고 슬퍼하고 축하하고, 우리와 더불어 일한다면 그런 건 중요하지 않다. 그리고 장차 아델라의 아들이 '하느님'을 말할 때, 그 애가 뜻하는 하느님은 내가 뜻하는 하느님일 것이다.

환영의 인사는 다음과 같다.

"하비에르 베르두고 오르티스
우리는 그대의 동료로서
그대를 환영한다.

우리는 지구종이다.

그대는 지구종이다.
여럿 가운데 하나이자
특별한 하나,
조그만 씨앗 하나,
커다란 약속 하나다.
끈질긴 생명이자,
신을 빚는 자이고,
물이자,
불이며,
조각가이자,
찰흙인,
그대는 지구종이다!
그리고 그대의 숙명은,
지구종의 숙명은,
별들 사이에
뿌리내리는 것이다."

좋은 말이다. 한 아기를 세상과 공동체에 맞아들이는 인사로는 부족하지만 말이다. 그런 인사는 어떤 말로 표현해도 충분하지 않을 테지만, 그럼에도 어떻게든 인사는 해야 한다. 하나의 의식이 필요한 것이다. 내가 그 인사말을 낭송하는 동안 사람들은 나직이 노래를 불렀다. 트래비스 더글러스와 그레이슨 모라가 지구종 시 몇 편으로 곡을 만들었다. 트래비스는 작곡을 할 줄 안다. 초공감자인 그레이슨은 트래비스가 떠올린 음을 파악해 노래로 불러준다.

낭송과 노래, 머리 쓰다듬기가 끝나고 나서, 카도스 부부가 아델라를 자신들의 동생으로, 하비에르를 조카로 받아들이고 아델라 또한 그들을 받아들였다. 그들 셋 모두가 공동체 앞에서 가족이 됐음을 굳게 맹세하고 나서, 하비에르가 잠에서 깨어 젖을 달라고 울었고, 그 바람에 아델라는 아기를 데리고 자기 자리로 돌아가야 했다. 절묘한 타이밍이었다.

우리 공동체에는 혼자서 또는 어린 아이들만 데리고 합류한 사람이 너무 많았기 때문에, 내가 보기에는 보통의 '대부모'와 '대자녀' 관계보다 더 포괄적인 가족적 유대 관계를 만드는 것이 최선일 듯싶었다. 그런 관계는 예전 로블리도의 내 고향 동네에서는 너무나 흔해서 관계라고 할 수조차 없었다. 이따금 선물을 주는 것을 빼면 사람들은 그런 관계를 진지하게 여기지 않았다. 이곳에서는 그 관계가 진지하게 받아들여지기를 바랐다. 구성원 모두에게도 그 점을 명확히 밝혔다. 그런 식으로 다른 가족과 결합하는 책임을 반드시 져야 하는 사람은 아무도 없었지만, 그 책임을 지기로 한 사람은 누구나 진정한 헌신을 보여줬다. 그런 식의 가족 관계는 새로 얻은 아이뿐 아니라 그 아이의 부모에게도 똑같이 적용된다. 우리 공동체는 역사가 너무 짧아서 그 가족 관계가 장차 얼마나 잘 유지될지는 아직은 장담하기 힘들지만, 그래도 다들 잘 받아들이는 것처럼 보인다. 우리는 서로에게 의지하는 데에 익숙하다.

환영식이 끝나고 나서 우리는 매주 하는 토론으로 넘어갔다. 우리가 하는 집회는 결혼식과 장례식, 환영식, 축일 기념식을 제외하면 모두 토론이다. 이는 문제를 해결하는 모임이자, 계획과 치유, 학습, 창조의 시간이며, 우리 자신에게 더욱 집중해 스스로를 다시 빚는 시간이기도 하다. 이 시간에는 지구종이나 에이콘, 과거, 현재, 미래에 관해 무엇이든 다뤄도 되고 누구나 발언해도 된다.

매월 첫 번째 집회에서 나는 '회고와 전망' 토론을 이끄는데, 그렇게 하는 목적은 우리가 이미 한 일은 무엇이고 앞으로 해야 할 일은 무엇인지, 받아들여야 할 변화가 있다면 무엇인지, 이용할 만한 기회가 있다면 무엇인지 등을 모두에게 알리기 위해서다. 또한 나는 사람들에게 우리가 하는 일들이 사명을 지닌 종교 공동체를 유지하는 데 어떤 도움이 되는지 생각해보라고 장려하기도 한다.

오늘 아침 집회에서는 트래비스 더글러스가 우리 공동체의 사업을 확장시키는 문제에 관해 이야기하고 싶어 했는데, 이는 나 역시 중요하게 생각하는 문제다. 트래비스는 먼저 자신이 고른 지구종 텍스트를 읽었다. 좋은 텍스트가 다 그렇듯이, 그 글 또한 갖가지 상이한 토론 주제 가운데 어떤 것의 소개문으로도 손색이 없었다.

“개인에게 지성이 있듯이 집단에는 문명이 있다.
문명은 연속적인 집단 적응을 성취하기 위해
정보와 경험과 다수의 창의력을 결합하는
방식들을 제공한다.”

그다음은 이러했다.

무릇 변화에는 은혜의 씨앗이 묻혀 있다.
그 씨앗을 찾으라.
무릇 변화에는 재앙의 씨앗이 묻혀 있다.
조심하라.
하느님은 끝없이 유연하다.
변화가 곧 하느님이다.

“우리가 놓치지 말고 이용해야 하는 기회가 있습니다.” 트래비스가 말했다. “우리에게는 캠핑카가 생겼고, 사실상 경쟁

상대도 없습니다. 제가 그 차를 살펴봤는데, 겉보기와 다르게 상태가 무척 좋습니다. 태양광 집광판은 햇빛을 그냥 들이마시는 수준이에요. 정말로 효율적입니다. 그걸로 낮에 배터리를 충전해놓으면 기름이 아주 많이 절약될 겁니다. 가까운 거리는 심지어 배터리 동력만으로도 충분히 다녀올 수 있습니다. 우리에게 이 일대에서 제일 좋은 차가 생긴 겁니다. 우리는 작은 규모의 전문 운송업을 할 수도 있습니다. 이웃들한테서 사들인 상품을 도시와 다른 마을에 갖다 파는 것도 가능합니다. 만약 상품을 시장까지 실어 나르는 일을 우리가 맡으면, 사람들은 기꺼이 조금 싼값에 우리에게 물건을 넘기려고 할 겁니다. 유리카나 아카타에 있는 상점들, 잘하면 더 먼 가버빌에 있는 상점들하고도 작물을 길러 공급하는 계약을 맺을 수 있을 겁니다."

전에도 우리 가운데 몇몇은 그 이야기를 가끔 나눈 적이 있지만, 이날의 집회는 캠핑카가 생긴 후에 처음으로 그 주제를 다루는 자리였다. 트래비스는 우리 가운데 가장 적극적으로 위험을 무릅쓰고 이웃 마을과 더 많이 교류하고자 했다. 우리는 그들과 계약을 맺고 특정한 수공예품이나 연장, 그들이 잘 기르는 작물을 구입할 수도 있었다. 이제 우리는 그들 중 누가 어떤 일을 잘하는지, 누가 믿음직한지, 누가 정직하고 또한 대체로 취한 상태가 아닌지까지도 속속들이 알았다.

트래비스와 나는 요즘 들어 유리카에 더 자주 다녀오는 김에 그 일대를 돌며 우리와 계약을 맺고 특정한 작물을 사들일 만한 상점이 있을지 이미 알아본 참이었다.

트래비스는 헛기침을 하고 나서 다시 집회에 모인 사람들에게 말했다. "저 차는, 만약 우리 사업이 잘되면 저것 말고 다른 차도 생길 텐데요, 우리에게 저 차는 도매업을 시작할 발판입니다. 일단 시작하면 우리가 직접 기른 작물에만 의존하거나 가까운 이웃 마을과 물물교환만 하는 데 그치지 않고, 공동체와 운동뿐 아니라 사업 또한 키워나갈 수 있습니다. 우리는 자급자족하는 경제 주체가 되지 않으면 19세기 식의 삶에서 절대로 벗어나지 못합니다!"

좋은 말이었지만, 사람들의 반응은 그리 좋지 않았다. 우리는 '변화가 곧 하느님이다'라고 말하지만, 실은 우리 또한 다른 이들과 마찬가지로 변화를 두려워한다. 우리가 집회에서 변화에 관해 이야기하는 까닭은 두려움을 누그러뜨리고, 스스로를 태연한 상태로 이끌고, 변화가 불러올 결과를 생각하기 위해서다.

"우린 지금도 잘하고 있어요." 앨리 길크리스트가 말했다. "뭐 때문에 더 큰 위험을 무릅써야 해요? 그리고 그 재럿인가 하는 사람이 대통령이 될 판인데, 우리가 굳이 남들의 이목을 끌 이유가 있어요?"

앨리는 일찍이 태어난 지 몇 달 안 된 아들과 언니를 잃은 경험이 있다. 이제 앨리에게는 입양한 아들 저스틴밖에 없었고, 그 애를 지키기 위해서라면 무슨 일이든 할 것이다.

그런데 나로서는 마이클의 반응이 의외였다.

"내가 보기엔 우리가 할 수 있을 것 같아요." 마이클이 말했고, 나는 그의 입에서 '하지만'이 나오기를 기다렸다. 그 말은 마이클의 입버릇이니까. 이번에도 그는 예상을 비껴가지 않았다. "하지만 재럿에 대해서는 앨리 말이 옳아요. 만약 그 사람이 대통령이 되면 우리로서는 남들 눈에 잘 띄는 게 최악의 상황이 될 거예요."

"재럿은 여론 조사 지지율이 낮아요!" 호르헤가 말했다. "그 인간의 지지자들이 교회를 불태우고 사람도 불태우면서 모두를 겁에 질려 벌벌 떨게 하니까요. 어쩌면 그 인간이 선거에서 못 이길지도 몰라요."

"요즘 같은 시절에 도대체 누구를 상대로 여론 조사를 하는 걸까요?" 마이클은 고개를 절레절레 흔들며 물었다. 그러고는 이렇게 덧붙였다. "어쨌거나 재럿은 계속 지켜보는 게 좋을 거예요. 대통령이 되든 안 되든, 그 사람이 거느린 수많은 지지자들은 희생양을 찾으려고 눈을 희번덕거리니까요."

해리가 큰 소리로 말했다. "우린 지금도 투명 인간은 아니에요. 이 근처 주민들은 우리를 알고, 우리가 어떤 집단인지도 알아요…… 아니면 자기들 멋대로 안다고 짐작하든가요. 난 우리 애들이 번듯하게 살 기회가 생기면 좋겠어요. 어쩌면 이 도매업이라는 아이디어가 그 기회의 씨앗인지도 몰라요."

해리 곁에 있던 그의 아내 자라가 고개를 끄덕이고 말했다. "나도 찬성이에요. 우리는 오두막집에 살면서 땅이나 파먹으려고 여기 정착한 게 아니에요. 우리는 지금보다 더 잘살 수 있어요."

"이웃 마을 사람들과 함께 어울리면 우리 손으로 상황을 개선할 수도 있을 겁니다." 트래비스가 말했다. "만약 이 일대에 우리를 아는 사람이 더 많아진다면, 또 우리를 신뢰해도 된다는 게 알려지면, 그러면 재럿 같은 선동꾼이나 재럿 흉내를 내는 이 지역 토박이들이 우리를 괴롭히기가 조금 힘들어질 테니까요."

내가 보기에는 정말로 그렇게 될지 미심쩍었다. 적어도 아주 많은 사람들이 그럴 것 같지는 않았다. 우리는 사람들을 더 만날 테고 친구도 더 늘 테고, 그중 일부는 우리를 진심으로 대할 것이다. 다만 나머지는…… 글쎄, 그들에게서 바랄 거라곤 우리가 곤경에 처했을 때 모르는 척해주는 정도가 최선이다. 그것이 그들이 발휘할 수 있는 최선의 친절일 것이다. 우리에게 등을 돌리고 폭도들에게 가담하지 않는 것 말이다. 다른 이들은, 우리가 친구로 여겼든 그렇지 않았든 간에, 다들 기꺼이 폭도들에게 가담해 우리를 짓밟고 약탈할 것이다. 만약 짓밟고 약탈하는 짓이 용기의 시험대가 된다면, 또는 국가나 종교나 인종에 대한 충성의 시험대가 된다면.

반면에 제대로 된 부류의 친구들을 더 사귀어두면 손해 볼

일이 없다. 우리에게는 이미 나의 신뢰를 얻은 친구들이 몇몇 있다. 가까운 이웃들, 프라타 마을의 주민 두세 명, 그리고 유리카 외곽의 커다란 무허가 빈민촌인 조지타운에도 몇 명이 더 있다. 그리고 좋은 친구를 더 많이 사귀는 방법은 오로지 어떤 친구든 더 많이 사귀는 것, 그것 말고는 없다.

아델라 오르티스가 특유의 어린애처럼 가느다란 목소리로 빠르게 말했다. 아델라는 고작 열여섯 살이다. "사람들이 우리를 사기꾼으로 여기면 어떡해요? 사람들은 항상 그렇잖아요. 그러니까, 사람들은 우리가 친절하게 굴 때도 자기들만 빼고 다 사기꾼에 도둑이라고 생각하는걸요."

나는 마침 아델라 가까이에 앉은 김에 그 애의 질문에 대답했다. "사람들은 뭐든 자기 멋대로 생각하게 마련이에요. 우리가 할 일은 우리가 도둑도, 바보도 아니라는 걸 행동으로 증명하는 거예요. 우리는 이때껏 좋은 평판을 유지해왔어요. 사람들은 우리가 도둑질을 안 한다는 걸 알아요. 우리를 상대로 도둑질하는 게 어리석은 짓이라는 것도 알고요. 그리고 우리가 살가운 이웃이라는 것도 알죠. 위급한 상황에서 우리는 도움의 손길을 내미니까요. 우리 학교는 수업료로 얼마 안 되는 경화만 내면 이웃 마을 아이들도 받아줘요. 그리고 그 애들은 이곳에 있는 한 안전하고요." 나는 별일 아니라는 듯이 어깨를 으쓱했다. "이 정도면 첫걸음은 잘 내디딘 셈이죠."

"그럼 당신이 보기에는 그 도매업이라는 게 우리의 살길 같아요?" 그레이슨 모라가 물었다.

나는 놀라서 그레이슨을 바라봤다. 그는 용케 한마디도 하지 않은 채 집회를 끝마칠 때가 가끔 있었다. 숫기가 없는 성격은 결코 아니었지만, 말수가 적었다. 그들 부부는 서로를 알기 전에 둘 다 노예로 살았다. 저마다 노예제에 이용당하고 방치된 탓에 식구들을 잃은 처지이기도 했다. 이제 둘 사이에는 딸 둘과 아들 둘이 있었다. 그들 부부는 아이들을 지키기 위해서라면 물불을 가리지 않았고, 아이들에게 영향을 끼칠 만한 것은 뭐든 일단 의심부터 했다.

"그래요." 나는 그렇게 대답하고 잠시 입을 다문 채로, 앨리가 만든 커다랗고 멋진 참나무 연설대 앞에 서 있는 트래비스를 올려다봤다. 그러다가 다시 입을 열었다. "그 차가 버텨주기만 하면 우린 해낼 수 있을 거예요. 트래비스, 자동차에 관해서는 당신이 전문가잖아요. 아까 차의 상태가 좋다고 했지만, 우리가 저 차를 유지할 수 있겠어요? 얼마 못 가서 비싼 새 부품이 필요해지기라도 하면 어떡하죠?"

"비싼 부품이 필요할 때가 되면 우린 지금보다 돈을 더 잘 벌 겁니다. 지금 당장은 타이어까지 죄다 멀쩡한 상태인데, 이런 차는 흔치 않아요." 연설대 위로 몸을 숙인 트래비스는 표정이 자신만만하고 진지했다. "우리는 할 수 있습니다. 처음에는 조그맣게 시작해야 합니다. 가능성을 탐구하면서 사업을 어떻게 키울지 궁리하는 겁니다. 잘만 하면 일이 년 후에는 트력을 한 대 더 살 수 있을 겁니다. 우리 공동체는 사람이 점점 늘고 있습니다. 이건 반드시 해야 하는 일입니다."

내 곁에 앉은 반콜레가 한숨을 쉬었다. "우리처럼 여럿이서 풍족하게 사는 공동체는 조심하지 않으면 언덕 위의 성처럼 보일 위험이 있어요. 이 일대 사람들 모두의 보호자 같은 존재로 말이에요. 내 생각에 그건 현명한 짓이 아니에요."

나는 진심으로 현명한 짓이라고 생각했지만, 그 생각을 입 밖에 꺼내지는 않았다. 반콜레는 지금도 이곳을 '진짜' 마을, 그러니까 이미 자리를 잡은 마을의 '진짜' 집으로 가는 길에 있는 임시 정거장 정도로밖에 여기지 않는다. 세워진 지 일이백 년 된 마을에서 그가 무엇을 보든 우리가 만들어가는 이곳이 그곳과 다름없이 진짜라는 것을, 하다못해 똑같이 중요하다는 것을 그가 깨달으려면 시간이 얼마나 더 걸릴지, 나로서는 알 수가 없다.

나는 우리 정착지가 '언덕 위의 성'이 되는 날뿐만 아니라 우리와 이웃한 여러 마을이 거의 모두 우리와 합류하는 날이 오리라고 예상한다. 그들이 설령 지구종의 모든 면모를 좋아하지는 않더라도, 부디 우리가 그들 곁에 없는 것보다 있는 것이 자신들에게 더 이롭다는 사실을 깨달을 만큼은 좋아해줬으면 좋겠다. 나는 그들이 아군이자 구성원이기를 바라지, 단순한 '친구'이기를 바라지는 않는다. 또한 나는 그들을 받아들이면서 우리 도매업의 거래처가 될 상점과 식당, 호텔도 함께 받아들일 생각이다. 아니면 우리가 직접 상점과 식당과 호텔을 차리든가. 특히 학교를 겸한 집회소는 유리카와 아카타를 비롯한 인근의 큰 마을 몇 군데에 반드시 차례로 열고 싶다. 나는 그렇게 자연스럽고 자족적인 방식으로 우리가 도시이자 마을로 자라나기를 바란다.

우리가 그 일들을 다 해낼지 어떨지는 알 수 없지만, 그래도 시도는 해봐야 한다고 생각한다. 나에게는 그것이 지구종의 진정한 시작처럼 보인다.

어떻게 할지는 나도 모른다. 가끔은 그 사실 때문에 죽도록 두렵다. 어떻게 하는지도 모르는 일을 하게끔 내몰리는 기분에 늘 시달리기 때문이다. 하지만 나는 계속 해나가면서 배우는 중이다. 또한 이 모든 사정에 관해 이야기할 때에는, 심지어 에이콘 사람들에게조차도, 말을 가려가며 해야 한다는 것을 배웠다. 일찍이 남이 하는 것을 본 적이 없는 일이라면 아예 가능하다는 상상조차 못 하는 사람이 우리 가운데 반콜레 한 명만 있는 것은 아니기 때문이다. 그리고…… 비록 스스로는 절대 인정하지 않겠지만, 내가 보기에 반콜레는 크고 중요한 일들은 오로지 이곳에서 멀리 떨어진 곳의 지체 높고 권세 있는 사람들이 이뤄낸다고 마음속 한구석으로 믿는 것 같다. 그러므로 우리가 하는 일은 그가 보기에 당연히 보잘것없고 하찮다. 이 점이 왜 이상하냐면, 반콜레가 다른 면에서는 건강한 자아의 소유자이기 때문이다. 그는 자기 자신에게 품은 의심이나 가족이 품은 의심, 또는 친구들의 조롱을 이겨내고 대학에 입학했고, 졸업 후에는 의대에 진학했으며, 그러는 동안 장학금과 아르바이트와 거액의 학자금 대출을 이렇게 저렇게 조합해 살아남았다. 그는 어릴 적에는 딱히 두드러지지 않는 말수 적고 건방진 흑인 소년이었다가 나중에는 의사가 됐다.

하지만 어찌 보면 그게 정상인 것 같기도 하다. 그러니까, 전에도 그런 사람은 있었다는 말이다. 반콜레도 아이였을 적에 흑인 여성 소아과 의사에게 진료를 받았다고 하니까.

그 반면에 내가 하려는 일은 그리 정상적이지 않다. 전에도 그런 일이 있기는 했다. 새로운 신앙 체계를 세상에 선보이는 일 말이다. 하지만 신앙을 선보이는 데에는 정해진 방식이 없다. 제대로 통할 거라고 믿고 의지할 방식이 없다는 말이다. 내가 하려는 것은 아쉽게도 황당하고, 까다롭고, 위험한 일이다. 한번에 아주 조금씩만 얘기하는 것이 최선이다.

마이클의 아내인 노리코가 발언했다. "저는 우리가 그 새 사업에 손을 대는 게 두렵지만, 그래도 해야 한다고 생각해요. 이곳이 훌륭한 공동체라고는 하지만, 먹을 게 떨어질 때까지 얼마나 오래 버티겠어요? 그런 날이 올 때까지 얼마만큼 커지겠어요?"

사람들은 고개를 끄덕였다. 노리코는 본인이 생각하는 것보다 더 용감하다. 설령 겁이 나서 덜덜 떨지언정 스스로 해야 한다고 믿는 일은 해내는 사람이다.

"우리는 더 크게 자라든가 말라비틀어지든가, 둘 중 하나예요." 나는 노리코의 말에 맞장구쳤다. "크게 보면 지구종의 주제가 결국 그거죠."

"차라리 그게 아니면 좋을 텐데." 에머리 모라가 말했다. "저는 그냥 우리가 여기 숨어서 세상 모든 걸 다 피하면 좋겠어요. 그럴 수 없다는 건 저도 알아요, 하지만…… 저는 이때껏 여기서 사는 게 정말 좋았어요." 노예 생활에서 탈출하기 전에 에머리는 어린 두 아들을 빼앗겼고, 그 애들은 다른 곳으로 팔려갔다. 그리고 에머리는 초공감자였다. 에머리와 남편인 그레이슨, 그레이슨이 데려온 딸 도, 에머리가 데려온 딸 토리, 두 사람 사이에 태어난 두 아들 카를로스와 안토니오까지…… 식구들 모두가 초공감자였다. 다른 어느 가족도 그들만큼 심하게 고생하지 않았다. 다른 어느 가족도 그들만큼 간절히 숨고 싶어 하지 않았다.

우리는 한동안 이야기를 나눴다. 트래비스는 사람들의 반론을 가만히 듣고는 자신이 직접 답변하거나 다른 사람들이 답변하도록 했다. 그러고 나서 그는 표결을 요청했다. 안건은 '우리가 사업을 확장해야 할까?'였다. 열다섯 살이 넘은 구성원들은 모두 참가했고, 결과는 '찬성'이었다. '반대'에 표를 던진 사람은 앨리 길크리스트와 앨런 페어클로스, 라미로 페랄타, 라미로의 맏딸인 필라르뿐이었다. 아직 우리 구성원이 아니라서 표결에 참가하지 못한 오브리 도브트리는 할 수만 있으면 '반대'에 표를 던졌으리라는 뜻을 명확히 밝혔다. "우리가 무슨 꼴을 당했는지 명심해요!" 오브리의 말이었다.

우리 모두 명심하고 있었다. 하지만 우리는 불법 상품을 취급할 생각은 전혀 없었다. 우리는 고속도로에서 볼 때 도브트리 가족보다 더 먼 곳에 살았고, 단지 도브트리네가 당했다는 이유만으로 이런 기회를 포기할 수는 없는 처지였다.

이렇게 된 이상, 우리는 사업을 확장할 것이다. 트래비스가 팀을 꾸릴 테고, 그 팀은 이웃 마을 주민들, 그중에서도 승용차나 트럭이 없는 사람들과 접촉한 다음 크고 작은 마을의 상인들과 접촉할 것이다. 이제 우리가 할 수 있는 일이 뭐가 있는지 알아야 한다. 캠핑카가 생겼으니 더 많은 노점 시장에 가서 더 많은 상품을 팔 수 있다는 것은 이미 아는 사실이다. 그러니 설령 바로 계약을 따내지 못한다 해도 이웃들에게서 사들인 물건을 다른 곳에 내다 팔 수는 있을 것이다. 우리는 이미 사업을 시작한 셈이다.

집회가 끝나고 나서는 '집회일 식사'를 함께했다. 우리는 학교의 커다란 교실 두 곳에 넓게 자리를 잡고 음식과 실내 놀이, 담소, 음악을 즐겼다. 교실 앞쪽에 있는 연설대 옆에서는 돌로레스 피게로아 카스트로가 조그만 아이들을 발치에 앉히고 책을 읽어주려고 하는 중이었다. 돌로레스는 루시오의 조카이자 마르타의 딸이다. 고작 열두 살이지만 자기보다 더 어린 아이들에게 책 읽어주기를 좋아하는 돌로레스는 낭독 실력이 훌륭하고 목소리도 듣기 좋아서 아이들이 즐겁게 귀를 기울인다. 어른과 머리가 조금 굵어진 아이들을 위해서는 창작 연극을 공연하기로 했는데 대본을 쓴 작가는 하고많은 사람 중에 하필이면 에머리 모라였다. 에머리는 숫기가 너무 없어서 연기는 못하지만 글쓰기는 좋아하고 연극 관람도 좋아한다. 루시오 피게로아는 자신이 연극 감독이 되어 가상의 세계에 형상을 부여하는 일을 즐긴다는 것을 깨달았다. 호르헤와 다른 몇몇은 서툰 배우로 연극에 참여해 연기하기를 몹시 좋아한다. 음악이 필요하면 트래비스와 그레이슨이 만들어준다. 나머지 사람들은 즐겁게 관람한다. 그렇게 모두가 서로의 갈망을 채워준다.

댄 노이어가 내 쪽으로 다가왔을 때 나는 토끼 고기 튀김과 구운 감자, 매운 소스를 뿌린 찐 채소 모음에 염소젖 치즈를 조금 곁들여 신나게 집어먹는 중이었다. 잣을 넣은 쿠키와 도토리빵, 고구마 파이도 있었다. 우리 손으로 기른 재료를 우리 손으로 조리한 음식만 먹는 것, 그것이 집회일의 규칙이다. 한때는 그렇게 하는 것 자체가 고역이던 시절도 있었다. 우리가 필요한 만큼 충분히 가꾸거나 기르지 않는다는 것을 깨닫게 해준 경험이었다. 이제는 일이 곧 기쁨이다. 우리는 잘 해내는 중이다.

"옆에 앉아도 돼요?" 댄이 물었다.

"그럼."

나는 그렇게 대답했고, 이 때문에 나와 함께 식사하고 싶어 하는 사람 몇 명을 돌려보내야 했다. 댄의 표정을 보니 우리 공동체에 새로 들어오는 모든 사람과 결국 나누게 되는 이야기를 조금 바꿔서 그 애와 나눌 때가 됐다는 생각이 들었다. 나는 거기에 '지구종의 정체는 무엇이고 반드시 거기에 가입해야 하는가에 관한 대화'라는 이름을 붙였다.

그 생각을 하기가 무섭게 댄이 입을 열었다. "볼터 가족한테 들었는데, 제가 동생들하고 같이 여기 머물러도 좋다던데요. 내키지 않으면 이곳의 종교에 가입하지 않아도 좋다는 말도 했고요."

"지구종에 꼭 가입하지 않아도 괜찮아." 내가 말했다. "너랑 동생들은 얼마든지 여기 머물러도 돼. 언젠가 네가 우리에게 가입하기로 마음먹으면, 우린 그때 널 환영할 거야."

"저희가 뭘 하면 되나요? 그러니까, 여기서 사는 대가로요."

나는 빙그레 웃었다. "우선 몸부터 추슬러. 충분히 회복하고 나면 우리하고 같이 일하자. 여기선 애, 어른 가릴 것 없이 모두 일을 해. 넌 밭일을 거들고, 가축 돌보는 일을 거들고, 학교와 운동장 관리하는 일을 거들고, 집 짓는 일도 조금 거들 거야. 여기선 집을 지을 때 모두가 힘을 합치거든. 다른 일도 있어. 가구 만들기, 연장 만들기, 노점 시장에서 장사하기, 폐품 수집하기. 네가 좋아하는 일을 마음대로 고르면 돼. 학교도 가게 될 거야. 전에 학교에 다닌 적 있니?"

"공부는 부모님이 가르쳐주셨어요."

나는 고개를 끄덕였다. 요즘 들어 교육을 웬만큼 받은 빈곤층이나 중산층은 자기 아이들을 직접 가르치거나 내 고향에서 하던 방식대로 가르친다. 즉, 가정집에 비공식 학교를 차린다. 구식 공립학교 같은 교육 기관이 지금도 남아 있는 곳은 아주 작은 마을뿐이다.

"넌 어쩌면 새삼스레 발견할지도 몰라." 내가 말했다. "네가 너보다 더 어린 아이들한테 가르쳐줄 만큼 잘 아는 게 있다는 사실을 말이야. 지구종의 첫째 의무는 배우고 가르치는 것이거든."

"이것도요? 이 집회도 의무예요?"

"맞아, 집회에는 매주 참석해야 해."

"저도 투표권을 갖나요?"

"투표권은 없지만, 작물을 팔아서 번 돈의 일부를 나눠 가질 거야. 다른 사업이 잘되면 그 이익도 나눠 가질 테고. 그 자격은 네가 여기서 일 년을 보낸 후에 생길 거야. 의사 결정권이 있는 직책을 맡으려면 지구종에 가입해야 해. 가입한 후에는 이익 분배율도 더 높아지고 투표권도 생겨."

"그렇게 종교적이진 않네요…… 여기서 하는 예배 말이에요. 여기 사람들은 하느님도, 아무것도 믿질 않아요."

나는 고개를 돌려 댄을 봤다. "댄, 우리도 당연히 믿어."

댄은 말없이 나를 바라볼 뿐이었다. 불신하는 빛이 또렷한 표정으로.

“아마 네 부모님이 믿었던 방식하고는 다르겠지만, 우리도 분명히 믿어.”

“변화가 곧 하느님이라고요?”

“그래.”

“전 그게 무슨 말인지조차 모르겠어요.”

“그건 변화가 우주에 하나뿐인 필연적이고, 불가항력적이고, 지속적인 현실이라는 말이야. 그래서 우리에게는 변화가 가장 강력한 현실이자 하느님의 다른 이름이기도 해.”

“하지만…… 그런 하느님으로 무엇을 할 수 있는데요? 제 말은…… 그건 심지어 존재조차도 아니잖아요. 우릴 사랑하거나 지켜주지 않잖아요. 뭘 알지도 못하고요. 그런 게 무슨 의미가 있어요?”

“의미는 그게 진리라는 데에 있어.” 내가 말했다. “그건 엄연한 진리야. 너무 엄연해서 어떤 사람들은 받아들이지 못하지만, 설령 그렇다고 해도 그 진리는 조금도 훼손되지 않아.”

나는 음식을 내려놓고 일어서서 책장 앞으로 갔다. 그러고는 책장에 몇 부 꽂혀 있는《지구종: 산 자들의 책 1》가운데 한 부를 꺼냈다. 내가 이 년 전에 자비 출판 형식으로 펴낸 첫 번째 책이었다. 반콜레는 내가 완성한 원고를 훑어보고는 나 자신을 지키려면 그 글에 저작권을 설정하고 책으로 펴내야 한다고 했다. 당시에는 괜한 짓처럼 보였다. 이미 미쳐버린 세상에서 그런 짓을 해봤자 우스꽝스러울 뿐이니까. 나중에, 나는 그의 말이 옳았다는 믿음에 이르렀다. 미래를 위해, 또 반콜레가 언급하지 않은 현재의 이유 때문에.

"언젠가는 세상이 정상으로 돌아갈 거야." 반콜레는 말했다. "우리가 정부에 계속 세금을 내는 것처럼, 넌 이 책의 저작권을 손에 넣어야 해."

세상은 그가 말하는 정상으로는 돌아가지 않을 것이다. 우리는 언젠가 어떤 새로운 기준에 정착할 것이다. 당분간은 거기에 정착할 것이다. 그 새 기준이 우리가 낸 세금이나 내 저작권을 인정할지 어떨지 나로서는 알 길이 없다. 하지만 책을 펴냄으로써 우리가 누릴 수 있는 더 즉각적인 이익이 있다.

사람들은 제본이 돼서 진짜 같은 느낌이 드는 책을 보면 지금도 감동하고, 심지어 겁을 먹기도 한다. 낱장인 종이에 손으로 적거나 인쇄한 시는 책만큼 단단하게 사람들을 휘어잡지 못한다. 심지어는 글을 못 읽는 사람들조차 책을 보면 감명을 받는다. 그 아래에 깔린 생각은 '만약 책에 적혀 있다면 아마도 진실일 것이다'이거나, 심지어는 '만약 책에 적혀 있다면 분명히 진실이다'인 것처럼 보인다.

나는 댄에게 돌아가 책을 펼치고 아래 대목을 읽어줬다.

"하느님을 떠받들지 마라.

무자비한 하느님은
그대의 숭배를
필요로 하지 않고 바라지도 않는다.
하느님을 떠받들지 말고,
하느님을 인정하고 따르며,
하느님에게서 배우고,
예지와 지성으로써,
상상력과 수고로써,
하느님의 모습을 빚어라.
피치 못할 상황이 오면,
하느님을 따르라.
적응하고 인내하라.
그대는 지구종이고,
변화가 곧 하느님이므로."

나는 잠시 뜸을 들이다가 말했다. "이게 우리가 믿는 거야, 댄. 한편으로는 우리가 이루려고 애쓰는 것이기도 해…… 우리가 이루려고 애쓰는 것의 일부야, 적어도."

댄은 가만히 듣고 나서 인상을 찌푸렸다. "전 그게 다 무슨 말인지 지금도 모르겠어요."

"학교에서 더 배우게 될 거야. 우리는 교육을 하느님에게 가장 똑바로 다가가는 통로로 여기니까. 당장은 이 시가 하느님에게 아첨하거나 구걸해봤자 소용없다는 의미인 것만 알아도 충분해. 먼저 하느님이 무엇을 하는지 배우도록 해. 그런 다음

하느님을 너의 필요에 맞도록 변형시키는 법을 배우는 거야. 하느님을 사용하는 법, 아니면 적어도 하느님에게 적응하는 법을 배워야 해. 그래야 하느님에게 짓뭉개지지 않으니까. 그건 쓸모 있는 지식이야."

"그러니까 기도는 해봤자 소용이 없다는 말이군요."

"아, 아니야. 기도는 효과가 있어. 기도는 너 스스로에게 말을 걸 때 아주 효과적인 방법이야. 스스로를 설득해서 이런저런 것들을 시킬 때, 네가 무엇을 하고 싶든 거기에 너의 주의를 집중시킬 때 효과적이지. 기도를 하면 통제력이 생기는 느낌이 들고, 자신이 생각했던 한계 너머로 스스로를 더 쉽게 확장시킬 수도 있어."

나는 말을 하다가 멈칫한 채, 댄이 자기 부모님을 구하려고 애썼을 때 내가 말한 바로 그 일이 과연 얼마나 수월했을지 생각했다.

"기도가 언제나 우리가 바라는 효과를 내는 건 아니야." 내가 말했다. "그래도 언제나 애써볼 가치는 있어."

"저는 기도할 때 하느님께 도와달라고 부탁드리는데도요?"

"설령 그렇다고 해도 네가 한 말이 닿아서 힘을 불어넣는 건 바로 너 자신이야. 그러니까 네 안에 있는 하느님의 일부에게 기도하는 거라고 생각해도 돼."

댄은 그 말을 잠시 생각하다가, 꼭 뭔가 거창한 질문이 있는데 어떤 식으로 말을 꺼낼지 결정하지 못한 사람처럼 나를 바라봤다. 그러다가 책을 내려다봤다.

"스스로가 옳다는 걸 어떻게 아세요?" 마침내 댄이 물었다. "그러니까, 대통령이 되려고 하는 사람, 그 재럿이라는 사람 있잖아요. 그 사람은 여기 계신 분들 모두 불신자니, 이교도니, 뭐 그런 이름으로 부를 거예요."

재럿이라면 정말로 그럴 것이다. "맞아. 그 사람은 남들을 그런 식으로 부르길 좋아하는 것 같으니까. 그 사람은 일단 자기와 비슷한 구석이 없는 사람들을 모조리 악당처럼 보이게 만들 거야. 그러면 속으로는 누명이란 걸 알면서도 그 사람들에게 전혀 상관없는 문제의 책임을 물을 수 있거든. 문제를 해결하려고 애쓰는 것보다는 그렇게 하는 게 더 편하니까."

"우리 아빠는……." 소년은 입을 다물고 침을 꿀꺽 삼켰다. "우리 아빠는 재럿이 멍청이라고 했어요."

"나도 네 아빠랑 같은 의견이야."

"하지만 스스로가 옳다는 걸 어떻게 알죠?" 댄은 끈질기게 물었다. "지구종이 진리란 걸 어떻게 아느냐고요. 누가 그게 진리라고 했어요?"

"바로 너야, 댄." 나는 댄이 그 말을 곱씹어보도록 잠시 내버려둔 다음, 다시 말을 이어갔다. "너는 배우고, 생각하고, 질문을 던져. 우리에게 질문을 던지고 너 스스로에게도 질문을 던지지. 그러다가 지구종이 진리라는 걸 깨달으면, 넌 우리와 합류할 거야. 우리를 도와 남들을 가르칠 거야. 우리가 너와 네 동생들을 도운 것과 같은 방식으로 남들을 도울 거야." 나는 또 한 번 말을 쉬어갔다. "짬을 내서 이 책을 읽어봐. 이 책에 있는 시들은 길이도 짧고 의미도 적혀 있는 내용 그대로지만, 어쩌면 그 의미가 전부가 아닐 수도 있어. 읽으면서 거기에 관해 생각해봐. 그러면 질문을 시작할 수 있을 거야."

"책은 여태껏 읽었어요. 이 책 말고 다른 책들을요. 몸을 거의 못 움직이는 동안 할 게 책 읽기밖에 없었거든요. 볼터 씨네 식구들이 소설 같은 걸 갖다줬어요. 그리고…… 쭉 생각했어요. 여기 있으면 안 된다는 생각, 편하게 살면서, 맛있는 음식을 먹으면서, 책이나 읽고 있으면 안 된다는 생각을요. 저 바깥에 나가서 동생인 니나와 폴라를 찾아야 한다는 생각을 쭉 해왔어요. 난 우리 집의 맏이고, 동생들은 행방불명 상태니까요. 이제 내가 우리 가족을 책임질 남자잖아요. 전 동생들을 찾으러 다녀야 해요."

그때껏 댄의 입에서 나온 말 중에 가장 충격적인 말이었다. "댄, 우린 그 애들이 어떻게 됐는지 알 방법이……."

"예. 그 애들이 살아 있는지, 어디에 있는지, 지금도 둘이 같이 있는지, 아무도 모르죠……. 그건 저도 알아요. 제 머릿속엔 온통 그 생각뿐이거든요. 하지만 그 애들은 제 동생이에요. 아빠랑 엄마는 저한테 동생들을 돌보라는 말을 입버릇처럼 하셨어요." 댄은 고개를 절레절레 흔들었다. "그런데 웬걸요, 전 캐시아랑 머시도 제대로 돌보지 못했어요. 그 애들이 알아서 살아남지 않았다면, 아마 우리 모두 죽었을 거예요."

댄은 자기혐오에 사로잡힌 나머지 식사가 담긴 접시를 손으로 휙 밀었다. 음식은 이미 거의 다 먹은 참이었다. 하지만 우리가 앉은 곳은 식탁이 아니라 벤치였기 때문에, 물건을 밀 만한 공간이 없었다. 그 애의 접시는 바닥에 떨어져 부서졌다.

접시를 물끄러미 내려다보는 댄의 눈에 눈물이 그렁그렁했다. 깨진 접시 때문에 맺힌 눈물은 결코 아니었다.

나는 손을 뻗어 댄의 손을 잡았다. 댄은 움찔하며 손을 피했고, 이내 접시에서 눈을 들어 눈물 너머로 나를 바라봤다. 나는 다시 댄의 손을 잡고 그 애를 마주 봤다.

"근처 마을 몇 군데에 우리 친구들이 있어. 그 친구들한테 이미 네 동생들 얘기를 해뒀어. 그 애들을 데려오거나 애들을 찾을 단서를 알려주면 사례하겠다는 말도 했고. 할 수만 있으면 우린 네 동생들을 구출할 거야. 꼭 해야 한다면, 돈을 주고 사올 거고." 내 입에서 한숨이 흘러나왔다. "댄, 내가 약속할 수 있는 건 아무것도 없지만, 우린 할 수 있는 한 최선을 다할 거야. 그리고 너도 우릴 도와줘야 해. 우리랑 같이 근처 마을의 노점 시장과 상점, 공방 같은 곳을 돌아다니는 거야. 같이 힘을 합쳐 네 동생들을 찾도록."

댄은 내 얼굴을 물끄러미 볼 뿐이었다. 마치 내가 거짓말이라도 하는 것처럼, 내 얼굴을 뚫어져라 보기만 하면 거기에 진실이 보이기라도 하는 것처럼.

"왜요? 왜 그런 일을 하시는 건데요?"

나는 머뭇거리다가, 이내 숨을 깊이 들이쉬고 댄에게 말했다. "우리 모두 누군가를 잃었으니까. 여기 사람들은 모두 가족을 잃었어. 화재 때문에, 살해당해서, 습격을 당해서……. 나는 아버지하고 새어머니, 남동생 넷이 있었어. 모두 죽었어. 모두 다. 구할 수 있는 생명이라면…… 우리는 구해. 그러지 않고서는 못 견디니까."

그러고 나서도 댄은 나를 물끄러미 봤다. 하지만 이제는 몸을 부들부들 떨고 있었다. 댄을 보며 나는 수정으로 만든 물건이 떠올랐다. 흔들리며 짤랑대는 소리를 내는, 이제 곧 부서질 물건이. 나는 댄을 끌어당겨 안아줬다. 그 커다란 아이를, 나보다 더 큰 아이를. 나는 그 애가 흘린 눈물에 어깨가 축축해지는 것을 느꼈고, 그 애의 두 팔이 나를 마주 안는 것을 느꼈다. 여전히 떨면서, 소리 없이, 절박하게, 매달리는 것을.

제5장

조심하라.
전쟁 때나
평화로울 때나,
다른 어떤 질병보다
무지한 사리사욕 때문에
가장 많은 사람이 죽는다.

— 《지구종: 산 자들의 책》에서

내가 어머니의 일기에서 발췌해 여기에 제시한 부분들을 보면 어머니는 비록 19세기 사람과 비슷하게 살았을지언정 더 넓은 세상에 관심을 가졌다는 것이 명확히 드러난다. 정치와 전쟁은 매우 중요했다. 과학과 기술도 중요했다. 범죄와 약물 중독의 유행, 인종 및 소수 민족, 종교, 계급 등에 대한 관용의 유행 또한 중요했다. 여담이지만 어머니는 정말로 그런 것들을 유행으로 여겼다. 실용적인 이유부터 정서적 이유, 생물학적 이유까지, 갖가지 이유 때문에 인기를 끌기도 하고 사람들의 눈 밖에 나기도 하는 행동으로 여겼던 것이다. 유독 끔찍한 억압이 유행할 때 그 근원에 인간의 경쟁심과 영역 투쟁 본성이 있는 경우는 흔했다. 우리 인간은 늘 누군가 내려다볼 사람이 있어야 마음이 편해지는 모양이다. 매우 연약한데도 어째선지 모든 문제에 대해, 또는 어떠한 문제에 대해서도 비난하고 처벌할 수 있는 밑바닥 서열의 동료 인간 말이다. 우리에게는 같은 편이 되거나 맞서서 경쟁할 동등한 계급, 그리고 나아갈 방향 및 도움을 구할 우월한 계급이 필요한 것과 마찬가지로, 가장 낮은 계급도 함께 필요하다.

어머니는 언제나 그런 것들을 간파하고 언급해뒀다. 가끔은 그런 논평을 지구종 시로 승화시키기도 했다. 2032년 11월, 어머니는 여느 때보다 더욱 중요한 이유 때문에 바깥세상에 주의를 기울였다.

《로런 오야 올라미나의 일기》에서

2032년 11월 7일 일요일

뉴스.

에이콘처럼 한적한 곳에 꼭꼭 숨어 살다 보니, 우리는 특별한 노력을 기울여야 바깥세상의 뉴스를 들을 수 있다. 그러니까, 진짜 뉴스 말이다. 소문이 아닌, 우리에게 반드시 알아야 하는 유명인들의 모든 것을 현란한 사진과 재치가 번득이는 언어의 원투 펀치로 전해준다고 주장하는 '뉴스 총알'도 아닌, 진짜 뉴스. 전쟁이든 보기 드문 크리스마스 장식 조명이든 스물다섯 단어에서 서른 단어로 너끈히 설명하는 것이 뉴스 총알의 방식이다. 총알은 값이 저렴할뿐더러 커다랗고 극적인 사진들이 가득하다. 어떤 총알은 진짜 가상 현실이라서 사람들로 하여금 태풍과 전염병, 화재, 대량 학살 등을 안전하게 체험하도록 해준다. 정말이지 끝내주는 자극이다.

반면에 잘 만든 뉴스디스크나 질 좋은 위성 뉴스 서비스는 가격이 더 비싸다. 그레이슨 모라와 에머리 모라 부부를 비롯한 두세 가족은 뉴스 총알만으로도 충분하다고 말한다. 상세한 뉴스 따위는 없어도 그만이라는 것이다. 우리 힘으로는 권력자들이 저지르는 어리석고 탐욕스럽고 악독한 짓들을 바꾸지 못한다는 이유로, 그들은 우리가 그런 짓들을 애써 무시해야 한다고 생각한다. 우리가 감쪽같이 숨지 못한다는 것을 인정해야 하는 경우가 아무리 여러 번 반복돼도, 우리 가운데 일부는 그렇게 여전히 숨을 방법을 찾으려고 한다.

정말이지, 우리는 숨을 방법이 없다. 그러므로 무슨 일이 벌어지는지 관심을 기울이는 것이 최선이다. 우리는 더 많이 알

수록 더 잘 살아남을 것이다. 그래서 우리는 양질의 전화 뉴스 서비스를 구독하고 가끔은 상세한 해외 뉴스가 담긴 디스크도 산다. 뉴스 사업 전반을 보며 나는 어릴 적에 듣던 공짜 라디오 방송이 간절히 그리워지지만, 이 지역에는 그런 방송이 없다시피 하다. 우리는 큰 마을에 들를 때나 아직 남은 몇 안 되는 라디오 방송을 들을 수 있다. 캠핑카의 라디오는 우리가 지닌 조그만 휴대용 라디오보다 더 많은 주파수를 수신하니까, 이제 들을 수 있는 방송이 더 많아졌다.

그래서 지난 한 주 동안의 가장 중요한 뉴스 가운데 몇 건을 여기에 기록해둔다. 그중 일부는 오늘 집회가 끝난 후에 월드 디스크에서 들었다.

알래스카는 지금도 독립 국가를 표방하는 중이고, 이제는 캐나다, 러시아와 전보다 훨씬 더 가깝고 더 공식적인 동맹을 맺은 것처럼 보인다. 아무래도 북쪽 나라들이 서로 뭉치려는 모양이다. 반콜레는 내 말을 듣고 어깨를 으쓱하더니 고개를 절레절레 흔들었다.

"왜 아니겠어? 돈은 그 나라들이 다 가졌는데."

기후 변화 덕분에 부의 대부분은 실제로 그 세 나라가 차지한다. 기후는 지금도 변하는 중이고, 더 따뜻해지는 중이다. 언젠가는 새로운 안정 상태에 머물 것이다. 그때까지 우리는 세계 곳곳에서 격렬하고 변덕스러운 날씨를 수없이 많이 경험할 것이다. 해수면은 지금도 상승하면서 해안가 저지대를 잠식하는 중인데, 우리 땅 바로 북쪽의 험볼트 만과 아카타 만을 보호하는 모래언덕이 바로 그런 곳이다. 중서부와 남부에서는 지금도 농작물의 절반이 더위에 시들거나 홍수에 잠기거나 돌풍에 날아가기 때문에, 식량 물가는 여전히 높기만 하다. 온난화 탓에 말라리아나 뎅기열 같은 열대병은 덥고 습한 멕시코만 인근과 대서양에 면한 남부의 여러 주에서 일상의 한 부분이 됐다. 그러나 사람들은 조금씩 적응해간다. 예컨대 콜레라 환자는 전보다 줄었고, 간염 환자도 줄었다. 열악한 위생 시설과 상한 음식, 영양 부족 같은 이유로 발생하는 갖가지 질병도 그 종류가 줄었다. 식수 문제를 겪는 도시의 주민들이나 덮개 없는 하수도, 즉 하수 개천이 있는 무허가 빈민촌의 주민들은 끓인 물을 마셨다. 텃밭도 더 생겼고, 음식을 보존하는 오래된 기술들도 새롭게 유행하는 중이다. 현금이 귀한 곳에서는 물건과 서비스를 교환한다. 연료를 구할 돈이 없거나 전동 장비가 없는 곳에 사는 사람들은 수공구와 운송용 가축을 이용한다. 사람들의 삶은 점점 더 나아지는 중이지만, 그래 봤자 정치가와 사업가가 전쟁을 돈벌이로 여기는 한 종전의 날은 영영 오지 않을 것이다.

지금은 세계 곳곳에서 전쟁이 잔뜩 벌어지고 있다. 케냐와 탄자니아가 서로 싸우는 중이다. 왜 싸우는지는 아직 알려지지 않았다. 볼리비아와 페루는 또다시 국경 분쟁을 겪는 중이다. 파키스탄과 아프가니스탄은 한편이 돼 인도를 상대로 종교 전쟁을 벌이고 있다. 에스파냐는 일부 지역들 사이에 내전이 벌어졌다. 그리스와 터키는 일촉즉발의 상황이고, 이집트와 리비아는 서로를 학살하는 중이다. 중국도 에스파냐와 마찬가지로 안에서부터 무너지고 있다. 요즘은 전쟁이 큰 인기를 누린다.

내가 보기에는 '상호 핵 공격'이 또다시 일어나지 않은 것만 해도 감사할 일 같다. 삼 년 전 이란과 이라크 사이에 그 일이 벌어지면서 모두가 단단히 겁을 먹었다. 그러고 나서 한 석 달 동안은 온 세계에 평화가 깃들었던 것 같다. 몇 대에 걸쳐 서로 증오하던 사람들이 방법을 찾아 평화를 이야기했다. 그러나 모욕에 모욕이, 편법에 편법이, 발포 중지 위반에 발포 중지 위반이 잇따르면서 거의 모든 평화 회담이 와해됐다. 평화를 지키기보다는 전쟁을 일으키기가 언제나 훨씬 더 쉽기 때문이었다.

한편 이 나라에서는 텍사스 주 댈러스에 사는 미련한 부잣집 남자애 하나가 커다란 무허가 빈민촌의 자유로운 빈민들 사이에서 살아가는 모험을 감행했다. 그 애는 결국 최신형 전자 죄수 통제 장치를 착용하는 꼴을 당했다. 노예 목줄, 개 목줄, 올가미 목줄 같은 별명으로도 알려진 장치였다. 그리고 자신을 부추기는 목줄 덕분에 그 애는 자기 몸을 이용해 현지의 포주에게 쏠쏠한 돈벌이가 되는 방법을 터득했다. 내가 듣기로 신형 목줄은 굉장히 정교하다고 한다. 줄을 묶는 용도로 목에 채우는 경우가 더 많았던 예전 목줄은 고통을 주는 것이 고작이었다. 그런 목줄로 착용자에게 전기 충격을 가하면 장애를 입거나 아예 죽는 경우도 가끔 있었다. 반면에 신형 목줄은 살상력이 없고 한 번에 몇 달 또는 몇 년씩 계속 착용할 수도 있어서, 징벌을 가하는 용도로 쓰는 경우도 많다. 목줄은 착용자가 벗거나 망가뜨리려고 하면 고통스러운 충격을 가하도록 설정되는데, 이 경우 전류가 너무 강해서 의식을 잃기도 한다. 듣자하니 착용자가 말을 잘 들으면 뇌의 화학 물질에 변화를 일으켜 말초적이고 짜릿한 쾌락으로 보상하는 목줄도 있다고 한다. 착용자의 뇌를 자극해 엔도르핀을 분비시킨다는 말이다. 그 얘기가 사실인지는 모르겠지만, 만약 사실이라면 목줄을 차는 것은 전반적으로 초공감자로 사는 것과 조금 비슷해 보인다. 다만 착용자는 다른 사람의 느낌을 공유하는 것이 아니라 조종 장치를 쥔 사람이 명령하는 대로 느낀다. 여기서 완전히 새로운 차원의 노예제가 탄생할 수도 있다. 어느 정도 시간이 흐르면 쾌락을 원하고 고통을 두려워하며 주인을 만족시키려고 늘 안달하는 상태가 아예 통째로 한 개인의 삶이 될 수도 있기 때문이다. 목줄이 채워진 사람들 중에는 자살하는 이도 있다고 하는데 그 이유는 고통을 참지 못해서가 아니라, 너무도 끔찍한 굴종을 향해 타락해가는 스스로를 견디지 못해서라고 한다.

그 텍사스 출신 남자애의 아버지는 큰돈을 썼다. 사설 경찰,

그러니까 돈만 많이 주면 무슨 짓이든 하는 경찰을 고용해 빈민촌을 무슨 잘 익은 멜론처럼 헤집어놓은 끝에 아들을 찾아낸 것이다. 그리고 이로써, 만세! 2032년 텍사스 주에서 노예제가 발견됐다. 범죄자도 빈민도 아닌 무고한 사람들이 감금당한 채로 비도덕적인 목적에 이용당하다니! 어떻게 그런 일이! 나는 단 한 곳이라도 좋으니 미합중국에 속해 있으면서 노예제가 시행되지 않는 주를 보고 싶다.

뉴스거리가 하나 더 있다. 화성에서, 살아 있는 다세포 유기체가…… 뭐랄까, 발견됐다. 이 유기체들은 매우 작고 내부 구조가 몹시 기이하지만, 겉모습은 가끔…… 자그마한 민달팽이처럼 보일 때가 있다. 이들은 화성 극지방에 있는 특정한 암반의 최소 4미터 아래쪽에 서식하는데, 엄밀히 말하면 동물은 아니다. 이들은 지구의 점균류와 조금 비슷하다. 또한 암석을 먹어치우며 돌아다니는 동안에는 점균류와 마찬가지로 독자적인 단세포 생물 단계를 거치지만 번식할 때에는 분열생식이라는 방법을 이용하며, 겉모습은 속에 부동액이 차 있는 아메바를 닮았다. 이들은 가까운 곳의 식량 공급원을 고갈시키고 나면 민달팽이처럼 생긴 다세포 집합체로 합쳐져 자신들이 소화시킬 광물이 있는 새 터전으로 이동한다. 지구의 점균류와 다르게 이들은 민달팽이 형태일 때에는 번식하지 않는다. 민달팽이 형태는 오로지 새 식량 공급원을 찾아 암석을 뚫고 이동할 때 사용하는 부식성 부동액을 충분히 생산하는 용도로만 필요한 것처럼 보인다. 이들은 두 가지 방법으로 토양을 만든다. 먼저 광물을 섭취해 몸속으로 통과시킨 다음 배출하는데, 이렇게 흘린 흙은 입자가 매우 곱고 미끄러워서 마치 흑연처럼 윤활제 구실을 한다. 또한 이들은 민달팽이 같은 형태로 암석 사이를 미끄러지듯 지나다니며 부식성 점액으로 자신이 지나온 길과 틈새 등을 녹이는데, 이렇게 해서 더 많은 흙이 만들어진다.

이 생물들은 살아 있는 화성인이다! 다만 이때껏 채집해 실험한 표본들은 추운 바위투성이 서식지에서 레아우 기지로 데려온 지 얼마 안 돼 모두 죽어버렸다. 그렇게 된 이유를 비롯한 몇 가지 이유 때문에, 이는 위대한 발견이자 커다란 슬픔이기도 하다. 한편으로는 미국 정부에 소속된 과학자들의 마지막 발견이 될 것이다.

도너 대통령은 화성에 마지막으로 남은 미국 소유의 기지를 유럽과 일본의 합자 기업에 매각했고, 이로써 자신의 첫 번째 대선 공약을 지켰다. 그 공약이란 비군사적 우주여행은 사람이 참여하든 하지 않든 모두 민영화하는 것이다. 도너 대통령은 이렇게 말했다. "만약 정말로 할 가치가 있는 일이라면 이익 추구를 목표로 삼아야지, 납세자들의 부담이 돼서는 안 됩니다." 마치 그 이익이라는 것을 즉각적인 금전적 이득으로만 계산할 수 있다는 듯이 말이다. 2009년생인 내가 기억하는 한 사람들은 까마득히 오래전부터 우주 개발 계획은 돈 낭비라고 불평했고, 심지어 이 나라가 쇠퇴한 원인 가운데 하나라고 비난하기도 했다.

터무니없는 소리! 우주 자체뿐 아니라 가까운 별들에도 배울 것이 잔뜩 있건만! 그리고 이제 살아 있는 외계 생명체까지 찾은 마당에, 우주여행을 그만둔다고 하다니. 내 생각에 화성의 그 '점균류'들은 만약 어딘가 써먹을 데가 있다면, 예컨대 광업이나 화학 같은 분야에 쓸모가 있다면, 그 쓸모가 더욱 커지도록 보호받고, 재배되고, 사육될 것이다. 그러나 만약 별다른 쓸모가 없다고 판명되면, 이들은 기업이 보기에 이들에게 떠넘겨 부식시키면 적당하겠다고 판단되는 것은 뭐든 떠안은 채로 알아서 살아남든가 말든가 하도록 방치될 것이다. 만약 운 나쁘게도 특정한 방식으로, 예컨대 기업의 건설 자재 가운데 일부에 대해 식욕을 보이는 식으로 사업에 안 좋은 영향을 미친다면, 애초에 살아남기만 해도 운이 좋다고 해야 할 것이다. 내가 보기에는 지구의 환경 관련 법률이 그 생물들을 지켜줄지 의심스럽다. 그런 법률로는 이곳 지구의 식물과 동물조차 제대로 지키지 못하니까. 게다가 화성에서 누가 그런 법률을 집행할까?

그럼에도, 어쨌선지 나는 우리 기지가 그냥 버려지지 않고 매각돼서 기쁘다. 기지를 판 것은 안 좋은 일이었지만, 그래도 덜 안 좋은 일이었다. 사람들 대부분은 기지가 방치되는 꼴을 보면서도 태연했을 것이다. 그런 사람들은 힘들게 사는 이들이 이 지구에도, 이 미국에만도 이토록 많은데 우주에까지 나가서 시간과 돈을 낭비할 이유가 조금도 없다고들 하니까. 다만 기지를 매각한 대가로 받은 돈이 어디로 갔는지는 궁금하다. 정부가 교육 프로그램이나 일자리 프로그램을 새로 시작한 낌새는 전혀 보이지 않는다. 집이 없는 이들과 병든 이들, 굶주리는 이들을 위한 정부의 지원도 전혀 없었다. 무허가 빈민촌들은 전에 없이 커졌다. 하나의 국가로서, 우리는 태생적으로 지닌 권리를 빵과 수프보다 더 헐한 값에 내놓고 말았다. 아예 아무 대가도 받지 못한 채 포기해버렸다. 비록 전보다 더 부유해진 사람들도 어딘가에는 분명 있을 테지만 말이다.

그래도 한번 생각해보자. 화성에서 완전히 새로운 형태의 생명체가 발견됐는데, 뉴스디스크에서 그 뉴스는 텍사스의 가출 소년 뉴스보다 더 짧게 소개됐다. 우리는 점점 더 한 나라의 국민으로 고립돼간다. 우리는 목표가 불분명한 부정적 변화 속으로 미끄러져 들어가는 중이고, 그보다 더 안 좋은 것은, 우리가 그런 식의 변화에 익숙해진다는 점이다. 우리가 우리 자신과 우리 미래를 그렇게 어리석은 방식으로 빚는 경우는 정말이지 너무나 흔하다.

또 다른 뉴스. 오스트레일리아 과학자들이 인간 아기를 인공 자궁에서 성장시키고 분만까지 시키는 데에 성공했다. 그 아기는 배양 접시에서 잉태됐다. 아홉 달 후, 아기는 컴퓨터가 제어하는 일련의 복잡한 배양 용기 가운데 마지막 용기에서 건강하게 살아 있는 형태로 꺼내어졌다. 아기는 의학적 지원을 크게 받지 않았다면 임신이나 분만이 불가능했을 부부에게서 정상으로 태어난 아들이었다.

기자들은 일찌감치 그 자궁 용기에 '알egg'이라는 별명을 붙였고, '알에서 나온' 인간이 '정상적으로 태어난' 사람인지 아닌지를 놓고 많은 이들이 바보 같은 논쟁을 벌이는 중이다. 목사와 사제들은 당연히 이런 식으로 변형된 인간 재생산이 옳지 않은 짓이라고 주장한다. 당분간은 그들이 걱정할 일이 많을 것 같지 않다. 과정 전체가 아직 실험 단계일뿐더러 판매 단계에 이른다 해도 매우 부유한 사람들만 이용할 수 있을 것이기 때문인데…… 아직은, 그 단계에 이르지 못했다. 나는 수많은 빈민 여성이 기꺼이 대리모가 되려 하는 이 세상에서, 즉 부자들이 정상적인 방식으로도 아이를 얻을 수 있는 이 시대에, 부자들의 태아를 품고 길러주는 인공 자궁이 과연 조금이라도 인기를 끌지 궁금하다. 부자는 한 여성에게 아홉 달 치 먹을 것과 잘 곳을 제공하는 돈보다 그리 크지 않은 비용으로 대리모를 고용하는 일이 가능하다. 만약 그 여성이 영리하고 부자가 너그럽다면, 식비와 집세와 여성의 아이들에게 들어가는 교육비까지 지불하는 조건으로 합의를 볼지도 모른다. 어쩌면 여성의 남편에게 일자리까지 줄지도 모른다. 섀너 라이언의 어머니도 그런 일을 했다. 섀너가 말하길 자기 어머니는 대리모로 아기 열셋을 낳았는데 그중 유전적 친자 관계인 아기는 하나도 없었다고 한다. 섀너 어머니는 결혼 생활을 길게 유지하지 못했지만 친딸 둘은 읽고 쓰기와 요리하기, 정원 가꾸기, 바느질 같은 기술을 배울 기회를 얻었다. 물론 그 정도로는 세상을 헤쳐나가기에 부족하지만, 그래도 보통 빈민들보다는 많이 배운 셈이다.

컴퓨터가 제어하는 알이 인간 대리모를 대신하기까지는 오랜 시간이 걸릴 것이다. 몇 년, 어쩌면 몇 십 년이 걸릴지도 모른다. 하지만 생각해보라. 그 알을 (부자들의 또 한 가지 장난감인) 복제 기술과 결합하면, 남자들이 여성의 유전적 도움이나 임신 능력 없이도 아이를 가질 수 있다. 그런 남자들에게도 유전적 내용물이 제거된 여성의 난자는 여전히 필요하겠지만, 필요한 것은 오로지 난자뿐일 것이다. 만약 그런 생각이 인기를 끈다면 사람들은 동물의 난자까지 기꺼이 사용하려 들지도 모른다.

물론, 여성들도 당연히 남자와 어떤 관계도 맺지 않고 자유롭게 살 것이다. 왜냐하면 여성은 자기 몸에서 난자를 얻을 수 있으니까. 나는 그 일이 미래의 인류에게 어떤 의미를 지닐지 궁금하다. 급진적인 변화일까, 아니면 여러 선택지 가운데 하나에 지나지 않을까?

우리가 외계로 우주여행을 떠날 때 인공 자궁이 쓸모 있으리라는 것 정도는 나도 안다. 인공 자궁은 냉동 배아 상태로 싣고 간 첫 세대 동물들을 품기에도, 또 정착지를 운영하느라 여성 이주자들이 재생산이 아닌 다른 노동에 종사해야 할 경우에 태아를 기르기에도 유용하기 때문이다. 그런 식으로 사용하는 알은 멀리 보면 우리에게, 그러니까 지구종에게 좋은 것인지도 모른다. 하지만 그런 한편으로 알이 인간 사회에는 어떤 영향을 미칠지 궁금하다.

가장 안 좋은 뉴스는 마지막에 소개하려고 미뤄뒀다. 11월 2일 화요일이 대통령 선거 투표일이었다. 재럿이 이겼다. 반콜레는 그 뉴스를 듣고 이렇게 말했다. “부디 하느님이 우리 영혼을 가엾게 여기시길.” 내가 보기에는 우리 영혼보다 몸이 더 걱정스럽다. 대통령 선거 전까지 나는 사람들에게도 상식이 있으니 남을 ‘마녀’로 몰아 불태워 죽이고 마음에 안 드는 이들의 교회와 집에 불을 지르는 패거리가 지지하는 후보를 대통령으로 뽑지는 않을 거라고 속으로 되뇌곤 했다.

우리 모두, 즉 우리 가운데 투표권을 행사할 나이가 된 사람들 모두 투표를 했고, 그중 대부분은 에드워드 제이 스미스 현 부통령에게 표를 던졌다. 스미스 같은 허수아비가 백악관 주인이 되기를 바란 사람은 아무도 없지만, 그리스도가 환전상들을 채찍으로 후려쳐 성전에서 내쫓았던 것과 똑같은 방식으로 우리를 후려쳐 자신이 믿는 특정한 하느님에게 되돌려 보내려고 작정한 사람보다는, 차라리 머릿속에 아무 생각도 들어 있지 않은 사람이 더 낫기 때문이다. 재럿은 성서에 나오는 그 일화를 여러 차례 언급했다.

재럿이 자신이 연 크리스천 아메리카 교회의 강대상 앞에 서서 고래고래 외치던 말들 가운데 일부를 아래에 적어둔다. 나는 그의 설교 몇 편을 디스크에 복사해뒀다.

"한때는 있었습니다, 크리스천 미국인 여러분, 우리 조국이 세계를 지배하던 시절이 말입니다." 재럿이 말했다. "미국은 하나님 나라였고 우리는 하나님 백성이었으며 하나님은 당신의 것들을 굽어살피셨습니다. 지금 우리 모습을 보십시오. 우리는 누굽니까? 우리는 무엇입니까? 우리가 어쩌다 이리도 더럽고 화 많고 부패하고 믿음 없는 잡종이 됐습니까? 우리가 크리스천입니까? 그렇습니까? 우리 조국이 아주 조금 크리스천 국가인 동시에 아주 조금 불교 국가일 수도 있을까요, 어쩌면? 아주 조금 크리스천 국가이면서 아주 조금 힌두교 국가인 것은 어떻습니까? 아니면 한 나라가 아주 조금 크리스천이면서 아주 조금 유대교일 수도 있을까요? 아주 조금 크리스천이면서 아주 조금 이슬람교인 나라는 어떻습니까? 아니면 우리가 아주 조금 크리스천인 한편으로 아주 조금 토속 신앙 숭배자일 수도 있을까요?"

뒤이어 그는 버럭 소리를 질렀다. "우리는 하나님의 백성입니다, 그렇지 않으면 우리는 쓰레기입니다! 우리는 하나님 백성이고, 그렇지 않으면 아무것도 아닙니다. 우리는 하나님 백성입니다! 하나님 백성인 것입니다!

아아, 하나님, 나의 하나님, 저희가 어찌하여 하나님을 저버렸나이까? 우리는 어찌하여 그 사탄의 한패들에게, 그리스도의 것이 아닌 거짓 교리를 전파하는 이교도들에게 우리 스스로 유혹당하고 또 배반당했을까요? 그자들…… 그 이교 숭배자들은 단지 그릇된 것만이 아닙니다. 그들은 위험합니다. 그들은 총알처럼 파괴적이고, 역병처럼 전염되며, 자신들이 소굴로 삼은 사회에 독사처럼 독을 퍼뜨립니다. 크리스천 미국인 형제자매 여러분, 그들은 우리를 죽입니다. 우리를 죽인단 말입니다! 그들은 우리로 하여금 오해에서 비롯된 관용을 베풀게 하고 이로써 우리를 향한 하나님의 의로운 진노를 불러일으킵니다. 그들은 태생부터 우리 조국의 파괴자입니다. 그들은 사탄의 정부情婦이자 우리 아이들을 유혹하는 자이고, 우리 여성들을 강간하는 자이며, 마약 판매자, 고리대금업자, 도둑, 살인자입니다!

그리고 그 모든 사실 앞에서, 우리는 그들에게 무엇입니까? 우리가 그들과 더불어 살아야 합니까? 그들이 우리 조국을 지옥으로 계속 끌고 가도록 우리가 내버려둬야 합니까? 생각해 보십시오! 잡초에 대해, 바이러스에 대해, 기생충에 대해, 암에 대해, 우리는 어떻게 합니까? 우리 자신과 우리 아이들을 지키려면 우리가 어떻게 해야겠습니까? 우리가 도둑맞은 나라를 되찾기 위해 할 수 있는 일이 무엇이겠습니까?"

고약하다. 정말로 고약하다. 이런 내용이 포함된 설교를 했을 때 재럿은 텍사스 주의 초선 상원의원이었다. 그는 자신이

제기한 질문의 답을 하나도 들려주지 않았다. 답은 청중의 상상에 맡겼다. 그러면서도 입으로는 마녀사냥과 화형에 반대한다고 말했다.

선거 운동 기간 동안 재럿의 연설은 설교보다 선동적인 느낌이 약간 덜했다. 자기 추종자들 가운데 최악의 부류와 거리를 둬야 했기 때문이었다. 그러나 그는 지금도 폭도들을 자극하는 법을, 빈민들에게 접근하는 법을, 그리하여 다른 빈민들을 공격하게 만드는 법을 잘 안다. 나는 궁금하다. 그는 자신이 하는 헛소리를 얼마큼이나 믿을까? 또한 그 헛소리 가운데 단지 이기고 지배할 목적으로 분열시키는 것의 효용을 알기 때문에 하는 말은 또 얼마나 많을까?

뭐, 이제 재럿은 이겼다. 내년 1월이면 그는 대통령 취임 선서를 할 테고, 이로써 지배자가 될 것이다. 그러면 우리는 그가 자신의 선동을 얼마큼이나 믿는지 알게 될 것이다.

앞의 뉴스들보다 더 흐뭇하고 더 가깝게 느껴지는 사건이 바로 어제 이곳, 에이콘에서 일어났다. 루시오 피게로아와 자라 볼터, 제프 킹이 우리 도서실에 비치할 책을 어마어마하게 많이 가져온 것이다. 어떤 책은 거의 새것 같다. 오래돼서 닳은 것도 있지만 모두 햇빛과 물과 불을 피해 보관된 책들이었다. 개중에는 교과서도 있었는데 몇몇 과목은 대학원 수준의 책까지 있었고, 특수 분야 사전 여럿들과 2001년도판 백과사

전 한 질, 역사책, 실용서, 소설책 수십 권도 함께 있었다. 제프킹이 아카타의 노점 시장에 갔다가 거저나 다름없는 헐값에 나와 있는 그 책들과 마주쳤다고 한다.

"누가 친척들을 집에 들이려고 짐을 정리하고 있더라고요." 제프가 말했다. "책 주인은 죽었대요. 집안에서 괴짜로 통하던 사람이라, 가족 중에는 크고 묵직한 종이책을 열심히 읽는 취미를 함께 즐기는 사람이 없다지 뭐예요. 학교에 두려고 산 건데, 너무 언짢아하지 않으면 좋겠네요."

"언짢아한다고요?" 내가 말했다. "천만에요!"

"루시오는 이런 일에 돈을 써도 될지 모르겠다고 했지만, 자라는 당신이 책을 더 구하고 싶어서 안달한다고 했어요. 자라가 제대로 본 것 같군요."

나는 씩 웃었다. "자라가 잘 아네요. 아마 다들 알겠지만요."

책은 다 합쳐서 열다섯 상자였다. 우리는 그 상자들을 학교로 옮겨놨고, 오늘 월드디스크가 준 충격에서 벗어날 겸 그 책들을 훑어보고 책장에 꽂았다. 우리는 서로에게 이 책 저 책을 조금씩 읽어줬다. 사람들은 들떠서 흥미를 보였고, 다들 자기가 읽을 책을 한두 권 가져갔다. 뉴스를 듣고 나서 우리 모두 뭔가 암울하지 않은 읽을거리가 필요했던 것이다.

내가 마지막으로 고른 것은 그림 그리기에 관한 책 두 권이었다. 나는 일고여덟 살 때 이후로 뭘 그려본 적이 없다. 그러다가 정말이지 난데없이, 어느새 그림 그리는 법을 배우는 데

흥미가 생겼다. 심지어 잘 그리는 법을 배우고 싶다. 할 수만 있다면 말이다. 나는 뭔가 새로운 것, 그러면서도 우리가 지닌 어떤 문제하고도 상관이 없는 것을 배우고 싶다.

2032년 11월 14일 일요일

내가 임신을 하다니!

대리모도, 컴퓨터가 제어하는 '알'도, 약물도 사용하지 않았다. 반콜레와 나는 구식 방법으로 임신을 했다. 마침내!

하필이면 지금, 마침 미국이 야만인을 지도자로 선출한 이 때에 이런 일이 생기다니, 미칠 지경이다. 반콜레와 나는 우리가 이곳 에이콘에서 살아남으리라는 가능성을 보기가 무섭게 아이를 가지려고 시도했다. 반콜레의 전처는 아이를 갖지 못하는 몸이었다. 아직 젊었던 1990년대에 큰 교통사고를 당해 자궁 절제 수술을 받았기 때문이었다. 반콜레는 그 사실이 아무렇지도 않았다고 주장했다. 그가 말하길 당시 세상은 전속력으로 지옥을 향해 곤두박질치는 중이었고, 그런 세상에 아이를 태어나게 하는 것은 잔인한 짓 같았다고 했다. 둘은 입양에 관해 대화한 적도 있지만 끝내 실행에 옮기진 않았다.

이제 그는 아버지가 될 텐데, 자기 입에서 나오는 많은 얘기하고는 딴판으로 거의 팔짝팔짝 뛰며 기뻐하는 중이다. 그러니까, 사색이 될 만큼 겁에 질리지 않았을 때에는 그렇다는 말이다. 그는 나에게 번화한 마을로 이사하자는 얘기를 다시 하고 있다. 우리가 캠핑카를 손에 넣은 직후부터 꺼내지 않던 그 얘기를 다시, 그것도 진지하게 꺼낸 것이다. 그는 나를 보호하고 싶어 한다. 그건 나도 안다. 그가 그런 기분을 느끼다니 나로서는 감사할 일이겠지만, 그래도 나는 그가 지켜주고 싶은 마음을 다른 방식으로 표현해주면 좋겠다.

"너도 아직 애잖아." 반콜레가 내게 한 말이다. "아직 분별이 없어서 겁을 안 먹는 거야."

나는 반콜레가 그런 말을 해도 그에게 화를 내기가 힘든 것 같다. 그는 그런 식으로 얘기하다가도 이내 잠깐 딴생각에 빠지고, 남의 눈을 의식할 필요가 없을 때면 아이처럼 씩 웃곤 한다. 그러다가 자신이 품은 두려움을 떠올리고 당황한 표정을 짓는다. 가엾은 남자 같으니.

제6장

변화는 곧 하느님이고
변화 속에
충격과 환희가,
혼란과 고통이,
발견과 상실이,
기회와 성장이 숨겨져 있다.
늘 그러하듯이
하느님이 존재하는 까닭은
빚기 위해서이고
또한 빚어지기 위해서이다.

— 《지구종: 산 자들의 책》에서

내 생각에는 변화가 어머니의 하느님이어서 다행이었던 것 같다. 어머니의 삶은 갑작스럽고 심각한 방식으로 변하는 경우가 잦았다. 내가 보기에 어머니는 다른 사람들과 마찬가지로 갑작스러운 변화에 미리 대비하지는 못했지만, 본인의 믿음에 힘입어 변화에 대처했고 심지어는 자신에게 닥친 변화를 이용하기까지 했다.

나는 어머니와 아버지가 나를 임신한 일에 대해 어떻게 반응했는지를 읽으며 즐거워했다. 그토록 어울리지 않는 두 사람이, 그토록 정상적인 반응을 보이다니. 어머니는 임신한 상태에 채 익숙해지기도 전에 다른 커다란 변화를 맞이할 줄은 까맣게 모르고 있었다.

《로런 오야 올라미나의 일기》에서

2032년 12월 5일 일요일

크리스천 아메리카 교회의 대변인들은 자기네 교회가 캘리포니아 주와 오리건 주, 워싱턴 주를 비롯한 몇 개 주에서 노숙인 쉼터와 아동 보호 시설, 그러니까 보육원을 열 거라고 발표했다. 그들 말로는 이는 단지 시작일 뿐이다. 그들은 장차 '알래스카를 포함한 미합중국의 모든 주에 사는 이들에게 도움의 손길을 내밀고자' 한다. 나는 그 뉴스를 마이클 카도스가 어제 가버빌의 노점 시장에서 사온 뉴스디스크에서 들었다.

슬슬 크리스천 아메리카가 이미지 세탁을 시작하려는 모양이다. 나는 그저 캘리포니아 주에 생긴다는 쉼터와 보육원이 그런 시설이 가장 절실한 곳에 세워지기를 바랄 뿐이다. 저 남쪽의 샌디에이고와 로스앤젤레스, 샌프란시스코 인근 말이다. 이 북쪽에는 생기지 않으면 좋겠다. 크리스천 아메리카는 무서운 사람들로 이뤄졌기 때문에, 나는 단지 선행을 베풀고 남을 돕는 것이 그들의 의도라고는 도저히 믿을 수가 없다.

2032년 12월 17일 금요일

오늘 내 동생 마커스를 찾았다.

말도 안 되는 일이라는 건 나도 알지만, 그래도 그 애를 찾았다. 그 애는 아프고, 겁에 질렸고, 혼란스러워하고, 화가 났지만…… 그래도 살아 있다!

마커스는 오 년 전 남쪽의 로블리도에서 죽었는데도, 나는 캘리포니아 주 유리카에서 그 애를 찾았다. 나는 이 일에 관해 무슨 말을 해야 할지 모르겠다. 어떻게 대응해야 하는지도 알 수가 없다. 글을 쓰는 것이 도움이 된다. 어째선지 글쓰기는 늘 도움이 된다.

오늘 아침 동이 트기 전, 우리 일행 다섯 명은 캠핑카를 몰고 유리카로 들어섰다. 반콜레는 의료품이 필요했고 나머지 동료들은 이미 우리 작물을 구매하기 시작한 작은 소매점 두 군데에 겨울 작물을 배달해야 했다. 그 일을 마치면 특별한 볼일이 기다리고 있었다.

반콜레는 내가 같이 가기를 원하지 않았다. 그는 내 걱정을 전보다 훨씬 더 많이 하고, 늘 나를 따라다니며 번화한 마을로 이사를 가자고 조른다. 우리는 조그맣고 멋진 집에 살 테고 자기는 마을 의사가 될 거라면서. 우리는 옛날 방식대로 아늑하고 공허하고 소소한 삶을 살 테고, 나는 지난 오 년 동안 에이콘을 지구종의 발상지로 만들려고 악전고투한 기억을 잊을 거라면서. 이제 캠핑카가 생겼으니 이동하기가 전보다 훨씬 더 안전해졌는데도, 나의 반콜레는 전보다 훨씬 더 불안해한다.

솔직히, 걱정거리는 여전히 남아 있다. 우리 모두 도브트리 습격 사건 이후로 걸핏하면 어깨 너머를 돌아보는 습관이 생겼다. 그래도 우리는 살아가야 한다. 우리에게는 할 일이 있다.

"그러니까 이제는 에이콘이 안전하다는 말이야?" 나는 반콜레에게 물었다. "여기 가만히 있으면 나도 안전하다는 거고?"

"굳이 바깥에 나가서 여기저기 돌아다니는 것보다는 안전하지."

반콜레가 중얼거렸지만, 그는 나를 잘 알았기에 그 정도에서 그쳤다. 어차피 함께 가기로 했으니 그는 적어도 내가 안전한지 지켜보는 것은 가능했다.

댄 노이어도 함께 가기로 한 까닭은 그가 우리의 특별한 볼

일과 상관이 있어서였다. 우리는 에이콘으로 돌아오는 길에 어떤 남자를 만나기로 했는데, 그 남자가 조지타운에 있는 친구들을 거쳐 우리에게 연락해 자신이 댄의 두 동생 중 한 명을 데리고 있으며 우리에게 돈을 받고 그 아이를 건네주겠다고 한 것이다. 물론 그 남자는 포주였다. 그들을 가리키는 완곡한 표현 중에는 '양과 닭에 특화된 축산업자'라는 것도 있었다. 그 말은 곧 '어린애에게 노예 목줄을 채우고 그 아이의 몸을 다른 성인 남자에게 빌려주는 남자'라는 뜻이었다. 나는 그런 형편없는 인간을 상대한다는 생각만으로도 치가 떨렸지만, 그러고 보면 그 남자야말로 니나 노이어와 폴라 노이어를 데리고 있을 만한 인간쓰레기였다.

나는 트래비스 더글러스와 나티비다드 더글러스 부부에게 캠핑카의 운전석 옆에 앉아 우리와 함께 가달라고 부탁했고, 트래비스에게는 혹시 차에 문제가 생기면 좀 봐달라는 부탁도 해뒀다. 그 부부는 내가 살면서 여러 번 믿고 의지한 사람들이었다. 나는 그들의 판단력과 전투력을 신뢰했다. 노예 상인을 상대할 때에는 그 부부 같은 사람들이 내 뒤를 지켜줘야 할 거라는 느낌이 들었다.

우리는 우선 소매점 두 곳과 미리 약속해둔 배달을 마쳤다. 배달한 물건은 우리 밭에서 기른 작물, 그리고 도브트리 농장의 널따란 채소밭에서 불타지 않고 남은 작물과 그곳의 조그만 과수원에서 딴 과일이었다. 도브트리 농장의 트럭과 농사용 트랙터는 그곳을 파괴한 습격 사건 때 도난당했다. 집과 별채 건물들은 위스키 증류기와 밭과 함께 불타버렸다. 하지만 과일나무 몇 그루와 밭작물 일부는 살아남았다. 도브트리 가족의 생존자 다섯 명이 우리와 함께 살기로 결정했기 때문에 우리는 홀가분한 마음으로 그들 농장의 소유물을 가져왔다. 그들 다섯 명은 일 년에 걸친 필수 적응 기간이 끝나면 지구종의 구성원으로 합류할 것이다. 도브트리 가족의 여성 둘은 산간 지대의 다른 곳에 친척들이 살지만 그리 친한 사이가 아니라서, 좁은 친척 집에 끼어 살고 싶어 하지 않는다. 그런 반면에 우리하고는 친하게 지낼뿐더러, 당장은 비좁은 집에 더부살이를 하더라도 일단 환영식을 거치고 정식 구성원이 되면 따로 오두막집을 갖게 되리라는 것을 안다.

물론 그들은 다시 집으로 돌아가 자기네 땅을 일구며 살아도 된다. 하지만 여성 둘과 아이 셋이서 자기네 힘만으로 살아갈 수는 없는 노릇이다. 에이콘처럼 외지고 방어가 철저한 곳에서조차도 그들끼리만 있으면 살아남지 못한다. 고속도로가 지척에 있는 도브트리에서라면 그들은 순식간에 노예 신세가 되거나 살해당할 것이다. 고속도로에서 볼 때 눈에 잘 띄는 곳의 집이나 농장은 자포자기한 사람들과 우발적인 범죄자를 끌어들이기 십상인데, 이제는 광신도들까지 조심해야 한다. 그런 곳을 터전으로 삼은 도브트리 가족이 여태 살아남은 까닭은 식구 수가 많고 잘 무장한 데다 거칠기로 소문난 사람들이기 때문이었다. 하지만 그런 장점도 적은 수의 살기등등한 군대가 쳐들어오자 소용이 없었다. 그건 그렇고, 도브트리 가족을 습격한 패거리는 정말로 재럿의 충실한 추종자들이었다. 그들은 유리카와 아카타 인근 지역 출신으로, 그 일대에 세를 넓힌 크리스천 아메리카 교회 소속이었다. 그들은 정부에서 공인받은 권한은 전혀 없지만 하느님이 자신들 편이라고, 또한 자신들이 하는 정화 작업이 곧 하느님의 사업이라고 믿는다. 어째선지 그런 종류의 일들은 뉴스 네트워크나 뉴스디스크에 등장하지 않는 경향이 있다. 그런 정보는 사람들과 대화를 나누다가 주워듣곤 한다. 나는 지역 소식에 훤한 정보 공급원을 몇 명 안다.

배달 다음은 반콜레 몫의 물품을 살 차례였다. 우리가 사는 물품 가운데 가장 비싼 것들이지만, 한편으로는 가장 필요한 것들이기도 하다. 반콜레의 표현을 빌리면 우리는 건강하고 젊은 공동체이지만, 우리를 둘러싼 세상은 건강하지 않기 때문이다. 영양 부족과 기후 변화, 빈곤, 무지 같은 이유 때문에 갖가지 오래된 질병들이 다시 출현했는데, 그중 일부는 전염성이 있다. 지난겨울 샌프란시스코의 베이 에어리어 일대에서 퍼진 백일해는 고속도로를 따라 북쪽으로 퍼져서 무려 멘도시노 카운티 남쪽의 우키아까지 이르렀다. 그 유행이 왜 우키아에서 멈췄는지는 나도 모른다. 지난여름에는 광견병도 돌았다. 무허가 야영지에 사는 사람들 몇몇이 광견병에 걸린 개나 쥐에 물렸던 것이다. 그들은 그 병 때문에 죽었고, 단지 사람들에게 겁을 줄 목적으로 광견병에 걸린 척한 십대 아이 두 명은 총에 맞았다. 우리 건강을 지키는 비용은 액수가 얼마든 간에 보람 있는 지출이다.

유리카에서 볼일을 다 마친 후에 우리는 노예 상인을 만나러 미리 약속한 장소로 향했다. 유리카에서 바로 동남쪽의 조지타운에 있는 곳이었다. 조지타운이라는 이름이 붙은 무허가 빈민촌은 해안가 고지대의 고속도로에서 시작해 아래쪽으로 널따랗게 펼쳐져 있다. 이곳은 인간이 만든 사막이라서 맑은 날은 먼지 구덩이가 되고 비 오는 날은 진흙탕이 되며, 나무와 풀은 거의 없고 있는 거라곤 빈민층에서도 가장 밑바닥의 빈민들과 그들이 파놓은 더러운 배수로, 영양 결핍, 마약, 범죄, 질병뿐이다. 반콜레가 말하길 한때 그곳은 농장과 숲과 언덕이 있는 아름다운 땅이었다고 한다. 틀림없이 아주 오래전 이야기일 것이다.

그 빈민촌이 조지타운으로 불리는 까닭은 옹기종기 모여 있는 허름한 미국삼나무 판잣집들이 그곳에서 가장 오래갈 존재처럼 보이기 때문이다. 이 건물들은 평평하게 깎은 언덕바지에 있어서 빈민촌 어디에서도 잘 보인다. 그중에는 가게도 있고, 카페, 실내 체육관, 술집, 호텔, 주유소, 그리고 연장과 총과 온갖 종류의 탈것까지 쓸 만한 수준으로 고쳐주는 정비소도 있다. 이런 복합 시설을 통틀어 '조지네'로 부르는데, 운영은 성이 '조지'인 대가족이 맡고 있다. 카페에는 조지 가족이 칸칸이 나뉜 대여 우편함을 설치해놔서 소포와 연락용 쪽지를 남길 수 있고, 유료 전화도 길게 늘어서 있어서 적잖은 요금을 내면 거의 모든 통신망이나 기업, 조직, 개인과 연락할 수 있다. 바로 이 서비스 덕분에 조지 가족의 카페는 통신 센터와 모임 장소와 옛 서부 개척 시대의 술집을 합친 공간이 됐다. 사람들은 자연스레 이곳을 온갖 종류의 거래가 이루어지는 만남의 장으로 삼았다. 엘로이 조지와 그의 아들, 사위, 형제, 조카들은 그곳에서 사람들이 얌전히 행동하도록 규율을 철저히 단속했다. 조지 가족은 무시무시한 일족이었다. 그들은 굳게 단결했고, 그 때문에 남들에게 존중받았다. 물건 값은 비싸게 받았지만, 손님을 속이지는 않았다. 조지 가족의 소굴에서는 쓰는 만큼 대접받았다. 아쉽게도 카페나 복합 시설 내의 다른 가게에서 돈을 받고 제공하는 것 중에는 노예와 마약도 있었다. 조지 가족은 노예 상인은 아니었지만 마약은 취급한다고 알려졌다. 내 마음 같아서는 그러지 않으면 좋겠지만, 사실이 그렇다. 나는 그저 조지 가족이 도브트리 가족의 전철을 밟지 않기만 바랄 뿐이다. 그들은 도브트리네 식구들보다 세력이 더 강하고 방어 시설도 튼튼하고 정치적 연줄도 더 든든하지만, 그래도 앞일을 누가 알겠는가? 이제 재럿이 대통령으로 선출된 마당에, 정말이지 앞일을 누가 알겠는가?

조지 일족의 여성 가장인 돌로레스 라모스 조지는 복합 시설의 가게와 카페를 운영하다 보니 모르는 사람이 없을 정도로 발이 넓다. 억척스럽고 심술궂은 여자로 잘 알려졌지만, 내가 보기에는 그저 현실주의자일 뿐이다. 돌로레스는 속에 있는 말을 그대로 내뱉는다. 그래서 마음에 든다. 내가 노이어네 아이들을 찾는다는 말을 남긴 사람들 중에는 돌로레스도 포함된다. 내 이야기를 듣고 나서 돌로레스는 고개만 절레절레 흔들다가 말했다. "가망 없어. 그러니까 보초를 세웠어야지. 하여튼 정신머리 없는 부모들이 있다니까."

"그러게요." 내가 말했다. "그래도 하는 데까지는 해보려고요……. 남은 애들 셋을 위해서요."

"그래." 돌로레스는 어쩌겠느냐는 듯이 어깨를 으쓱했다. "사람들한테 얘기해둘게. 소용은 없겠지만."

하지만 이제는 뭔가 소용이 있었던 것처럼 보인다. 나는 돌로레스에게 줄 감사의 선물로 큼직한 네이블오렌지 한 바구니와 레몬 한 바구니, 감 한 바구니를 가져왔다. 만약 돌로레스가 소문을 내준 덕분에 노이어네 두 아이 중 한 명을, 또는 둘 다를 찾게 된다면, 나는 돌로레스에게 사례금의 일부를 빚지는 셈이었다. 일종의 중개 수수료처럼. 하지만 결과야 어찌되든, 돌로레스에게 확실한 이득이 돌아가도록 챙겨두는 것이 현명할 듯싶었다.

"멋지네, 과일이 참 멋져." 돌로레스는 과일을 눈으로 보고 손으로 만지며 빙그레 웃었다. 통통한 체격에 실제 나이보다 더 들어 보이는 쉰세 살이었지만, 그렇게 웃으니 몇 년은 더 젊어 보였다. "이 동네에서는 과일나무에 경비원을 붙여서 총으로 한 두어 명 쏴가지고 진심으로 키우는 나무란 걸 보여줘야지, 안 그러면 사람들이 열매는 다 따먹고 나무는 잘라서 땔감으로 써버려. 나무나 풀 같은 걸 지키려고 우리 아들들한테 사람을 죽이라고 시킬 수야 없지만, 그래도 오렌지나 포도 같은 건 정말 너무 먹고 싶지 뭐야."

돌로레스는 어린 손자들 몇 명을 불러 과일을 집 안으로 들여가게 했다. 나는 그 아이들이 어떤 눈빛으로 모든 과일을 주시하는지 눈치챘고, 그래서 아이들에게 감은 만져봐서 부드러운 느낌이 들기 전에는 먹으면 안 된다고 일러줬다. 나는 단단한 감을 한 개 잘라서 아이들 한 명 한 명에게 맛보여줌으로써 그토록 맛있게 생긴 과일이 완전히 익기 전에는 어떤 맛이 나는지 모두에게 확인시켜줬다. 그러지 않았다면 아이들은 잘 익어서 맛이 좋은 감을 찾으려다가 멀쩡한 감을 몇 개나 망쳐놨을 것이다. 바로 어제만 해도 도브트리네 아이들이 에이콘에서 똑같은 짓을 하다가 나한테 들켰으니까. 돌로레스는 웃는 얼굴로 가만히 지켜볼 뿐이었다. 손자들에게 살갑게 구는 사람은 누구나 돌로레스의 평생 친구가 될 수 있었다. 그들 가족의 다른 식구들을 거스르지 않는 한은.

"가자." 돌로레스가 내게 말했다. "네가 얘기하고 싶다는 그 똥 덩어리들이 우리 카페를 악취로 물들이고 있어. 이 애가 그 애야?" 돌로레스는 댄이 함께 온 것을 그제야 알아차린 듯이 그 애를 올려다보며 물었다. "동생을 찾으러 왔어?"

댄은 고개를 끄덕였다. 굳은 표정으로, 입을 다문 채.

"제대로 찾은 거면 좋겠구나." 돌로레스는 내 쪽으로 흘긋 눈을 돌리더니, 나를 위아래로 훑어봤다. 얼굴에 다시 웃음이 번졌다. "그래, 드디어 가족을 만드는구나. 그럴 때도 됐지! 난 첫째를 가졌을 때 열여섯 살이었으니까."

나는 놀라지 않았다. 나는 이제 겨우 임신 이 개월이라서 배는 전혀 부르지 않았다. 그런데도 돌로레스는 어째선지 알아챘다. 돌로레스는 마음만 먹으면 얼마든지 딴 데 정신이 팔린 할머니처럼 보이는 재주가 있지만, 그러면서도 못 보고 지나치는 것은 없다.

우리는 나티비다드를 캠핑카에 남겨두고 차를 지키도록 했다. 조지타운 일대에는 솜씨가 아주 좋은 도둑들이 어슬렁거리기 때문이다. 자동차는 사람이 지켜야 한다. 트래비스와 반콜레는 댄과 나를 따라 함께 카페에 들어갔지만, 나를 제외한 일행 셋은 한쪽 탁자에 따로 자리를 잡고 앉아서 나와 노예 상인 사이에 예상치 못한 사태가 벌어질 경우에 대비했다. 정신이 똑바로 박힌 사람이라면 조지 가족의 카페에서 말썽을 일으키지 않았지만, 얼간이를 상대하는 날이 언제일지는 미리 알 수 없으니까.

돌로레스가 손짓으로 알려준 남자는 키가 크고 마르고 못생겼고 걸친 옷은 모두 검정색이었으며, 표정을 통해 온 세상과 그중에서도 특히 조지 가족의 카페에 대한 경멸을 드러내려고 애쓰는 중이었다. 그의 얼굴은 비웃음을 새겨 넣은 조각상과 비슷했다.

남자는 미리 합의한 대로 혼자 앉아 있었고, 그래서 나도 혼자 그에게 다가가 내가 누군지 밝혔다. 나는 그의 건조하다 못해 바스락거리는 목소리도, 황갈색이다 못해 거의 노란색으로 보이는 눈도 마음에 들지 않았다. 그는 그 눈으로 나를 내려다봤다. 냄새마저도 역겹게 느껴졌다. 애프터셰이브나 오드콜로뉴를 뿌렸는데 그것 때문에 텁텁하고 불쾌하고 달착지근한 냄새가 풍겼다. 그것보다는 순수한 땀 냄새가 오히려 덜 거슬릴 듯싶었다. 머리는 대머리에 수염은 깨끗이 면도했고, 코는 매부리코였으며, 피부색은 어찌나 어중간한지 밝은 피부의 흑인 같기도 하고, 라틴계 같기도 하고, 피부색이 어두운 백인 같기도 했다. 그는 검정색 바지와 검정색 셔츠에 더해 값을 아낌없이 치렀을 법한 멋지게 생긴 검정색 가죽 장화를 신고 있었다. 폭이 넓고 두툼한 가죽 벨트도 차고 있었는데 나는 그 벨트의 장식을 보고 처음에는 보석인 줄 알았다. 그러다가 잠시 후에야 그것이 조종용 벨트라는 것을 알아차렸다. 여기저기 많이 돌아다니는 사람이 노예 몇 명에게 한꺼번에 목줄을 채워 끌고 다닐 때 쓰는 벨트 말이다. 나는 그런 벨트를 본 적은 없지만 어떻게 생겼는지 들은 적은 있었다.

징그러운 자식.

"쿠거라고 해." 남자가 말했다.

개똥 같은 소리. 나는 속으로 생각했다. 하지만 입 밖에 낸 말은 달랐다. "올라미나예요."

"여자애는 내 친구들이 바깥에 같이 데리고 있어."

"같이 확인하러 가요."

우리는 함께 카페를 나섰고, 내 동료들과 쿠거 패거리가 뒤에 따라왔다. 쿠거가 일어서자 그의 오른편 탁자에 앉아 있던 남자 둘이 함께 일어선 것이다. 그 모든 것이 우스꽝스러운 춤판 같았다.

카페 바깥에, 몸통이 잘려서 숨이 끊어진 거대한 미국삼나무 그루터기 근처에 아이 몇 명이 기다리고 있었고, 남자 두 명이 아이들을 지키고 있었다. 그 아이들은, 나로서는 뜻밖이었는데, 겉모습이 아이들 같았다. 더 나이 들어 보이게 꾸미지 않은 모습이었고, 꾸미기로 따지면 더 어려 보이게 꾸미지도 않은 모습이었다. 남자애들은 깨끗한 청바지에 반소매 셔츠 차림이었는데 한 아이는 열 살도 채 안 돼 보였다. 여자애들 중 셋은 치마에 블라우스를 입었고, 셋은 반바지에 티셔츠 차림이었다. 청바지는 하나같이 조금 꽉 끼었고 치마도 조금 심하게 짧았지만, 같은 또래의 자유로운 아이들이 입는 옷보다 많이 허름한 것은 하나도 없었다.

노예들은 깨끗했고, 정신을 바짝 차린 채 경계하는 눈치였다. 아무도 아프거나 구타당한 것처럼 보이지 않았지만, 모두가 쿠거를 주시했다. 그 애들은 카페에서 나오는 쿠거를 보고 눈을 돌렸는데 이쪽을 보는 티를 내지 않고 그를 주시하기 위해서였다. 그런 식으로 딴청 피우는 솜씨가 아직은 썩 좋지 않아서 나로서는 눈치챌 수밖에 없었다. 나는 반콜레와 트래비스와 함께 뒤따라온 댄을 돌아봤다. 댄은 노예 아이들을 둘러보다가 눈길을 멈춰 나이가 위쪽인 여자애들을 살펴보고는 고개를 가로저었다.

"저 애들은 아니에요." 댄이 말했다. "여기엔 제 동생이 없어요!"

"잠깐만." 쿠거가 그렇게 말하고 자기 벨트를 두드리자 아이들 넷이 거대한 그루터기를 돌아 우리 앞에 나타났다. 남자애 둘과 여자애 둘이었다. 그 애들은 앞서 본 애들보다 나이가 조금 더 많았다. 십대 중후반 정도였다. 정말로 예쁜 아이들이었다. 그렇게 예쁜 아이들은 처음 봤다. 나는 나도 모르는 사이에 그중 한 아이를 빤히 바라봤다.

내 뒤쪽 어디선가 훌쩍이는 댄의 목소리가 들려왔다. "아니에요, 없어요, 저 애들 중에도 없다고요! 왜 제 동생이 여기 있다고 한 거예요? 없잖아요!" 댄의 목소리는 실제 나이인 열다섯 살보다 훨씬 더 어리게 들렸다.

뒤이어 반콜레가 댄을 진정시키려고 말을 거는 소리가 들렸지만, 나는 꼼짝도 않고 서서 남자애 둘 중 한 명을 물끄러미 바라봤다. 실은 아이가 아니라 청년이었다. 그 청년도 나를 마주 보다가 눈을 돌렸다. 아마 그는 나를 못 알아본 모양이었다. 한편으로는, 어쩌면 나에게 신호를 보냈던 것도 같다. 나는 그 신호를 뒤늦게 알아차렸다.

“저 애가 마음에 드나 보군, 안 그래?” 쿠거가 아양을 떨듯 말했다.

젠장.

“저 애는 내 상품들 중에 최고야. 어리고 튼튼하지. 여자애 대신 저 애를 데려가.”

나는 억지로 눈을 돌려 여자애들 쪽을 봤다. 그 애들 중 한 명은 우리가 사람들에게 찾는다고 일러둔 댄의 여동생 니나와 생김새가 실제로 일치했다. 체격이 작고 검은 머리에 예쁘장한 얼굴, 나이는 열두 살 아니면 열세 살로 보였던 것이다. 니나는 이마의 머리 선 바로 아래에 화상 흉터가 있었는데, 네 살이었을 때 폴라와 댄과 함께 성냥을 갖고 놀다가 생긴 것이었다. 그때 니나는 머리카락에도 불이 조금 붙었다. 폴라는 왼쪽 볼의 코 옆에 점이 있었는데 스스로는 애교점이라고 우겼다. 쿠거가 우리에게 팔려고 한 여자애도 니나처럼 머리 선 바로 아래에 흉터가 있기는 했다. 심지어는 얼굴이 머시 노이어와 꽤 닮기까지 했다. 둘 다 하관이 갸름한 하트 모양 얼굴이었다.

“저 애가 자기 입으로 니나 노이어라고 하던가요?” 나는 쿠거에게 물었다.

쿠거가 씩 웃었다. "저 애는 말을 못해. 글도 쓸 줄 모르고. 최고의 여자지. 다만 아직 말을 하던 시절에 누구한테 아주 못된 말을 지껄였던 게 분명해. 왜냐면 내가 사들이기 전에 누가 혀를 잘라놨거든."

나는 그 말에 반응하지 않으려고 꾹 참았지만, 에이콘에 있는 메이가 생각나는 것은 막을 길이 없었다. 혀 자르기가 누구의 소행인지는 아직 밝혀지지 않았지만, 크리스천 아메리카 패거리 가운데 모든 여성을 침묵시키고 싶어 하는 부류가 있다는 것은 다들 아는 바였다. 재럿은 설교에서 여자를 아끼고 존중하고 보호하라고 하면서도 정작 여자들에게는 스스로를 위해 입을 꾹 다물고 남편과 아버지, 남자 형제 또는 성인 아들의 뜻을 따르라고 하는데, 왜냐하면 남자는 세상을 보는 눈이 밝지만 여자는 그렇지 않기 때문이라고 한다. 그래서였을까? 여성은 스스로 입을 다물지 않으면 강제로 입을 다물게 되는 걸까? 아니면 그보다 더 단순한 이유로…… 그러니까 단지 이 근처의 포주가 여자들 혀를 자르고 다니기를 좋아한 것뿐일까? 내가 보기에 쿠거가 한 짓 같지는 않았다. 그의 몸짓언어에는 거짓말을 하거나 얼버무리는 낌새가 전혀 보이지 않았으니까. 이는 그저 그가 숙련된 거짓말쟁이라는 뜻일 수도 있었지만, 내 생각은 달랐다. 내가 보기에 그는 진실을 말하는 중이었다. 왜냐하면 그 일에 관심이 없었으니까. 그는 누가 그 여자애의 혀를 잘랐는지, 또 왜 잘랐는지에 조금도 관심이 없었던 것이다. 하지만 나는 관심이 있었다. 샘솟는 관심을 나 스스로도 어쩔 수가 없을 정도로. 우리는 이렇게 혀가 잘린 여성을 앞으로 얼마나 더 많이 목격하게 될까?

잘생긴 청년 노예는 발을 자꾸 움직여 시끄러운 소리를 내서 내 주의를 다시 자기 쪽으로 끌었다. 하지만 내가 그의 존재를 잊어버릴 위험은 추호도 없었다. 이제 내가 반드시 사야 하는 것은 바로 그였다.

"저 애는 얼마죠?" 내가 물었다.

관심 없는 척하기에는 이미 늦은 후였다. 나는 그저 태연하게 행동하느라 온 힘을 다했다. 정상적인 목소리로 앞뒤가 맞는 말을 하고, 말도 안 되는 일이 눈앞에서 일어나는데도 억지로 모르는 척하느라고.

"사겠다는 거야, 지금?" 쿠거가 히죽히죽 웃으며 물었다.

나는 돌아서서 쿠거를 마주 봤다.

"사려고 여기까지 온 걸요." 내가 말했다.

사실, 나는 꼭 해야 한다면 조지 가족을 적으로 돌리는 위험을 감수하고서라도 쿠거를 죽일 작정이었다. 내 동생을 그런 인간의 손에 내버려둘 수는 없었다. 그 아이들 가운데 누구라도 그 인간의 손에 내버려둬야 한다고 생각하면 속이 메슥거렸다.

"저 애를 살 형편이 되면 좋겠군." 쿠거가 말했다. "아까 말했듯이, 내 물건들 중에 최고급이거든."

나는 이때껏 살면서 흥정할 일이 별로 없었지만, 일단 쿠거와 흥정을 시작하자 퍼뜩 떠오르는 것이 있었다.

"당신 물건들 중에 최고로 나이가 많은 것 같은데요." 내가 말했다.

내 동생 마커스는 이제 거의 스무 살이 됐을 터였다. 쿠거의 노예 아이들은 몇 살부터 나이가 너무 많다는 말을 들을까?

"이제 겨우 열일곱 살이야!" 쿠거가 거짓말을 했다.

나는 웃음을 터뜨리고는 내 몫의 거짓말을 꺼냈다. "오륙 년 전에는 열일곱 살이었겠죠. 세상에, 나도 보는 눈이 있다고요! 잘생기긴 했지만, 어린애는 절대 아니에요."

오래전에 죽은 줄 알았던 남동생이 멀쩡히 살아서 고작 몇 미터 앞에 서 있는 판국에 내가 그토록 태연하게 거짓말을 하고, 웃고, 특이한 일이라고는 아무것도 없다는 듯이 행동하다니, 정말이지 놀라웠다.

더욱 놀랍게도, 우리는 한 시간이 넘게 흥정을 벌였다. 그렇게 하는 게 옳은 일 같았다. 쿠거는 조금도 서두르지 않았고, 나는 그가 어떻게 흥정하는지 보면서 따라 했다. 그는 가끔 즐거워 보이기까지 했다. 다른 사람들은 모두 근처의 땅바닥에 앉아 지루해하거나 일의 경과를 몰라 화가 난 표정으로 흥정이 끝나기를 기다렸다. 그중에서도 특히 댄은 처음에는 믿을 수 없어 하다가 이내 역겨워하는 표정을 지었고, 나중에는 격분한 것처럼 보였다. 하지만 그 애는 함께 온 두 남자 어른을 본받아 행동했다. 입을 꾹 다물고 기다렸던 것이다. 그 애는 땅바닥에 앉아 무덤덤한 표정으로 물끄러미 이쪽을 봤다. 트래비스는 나를 가만히 보다가 반콜레에게 시선을 돌렸다. 그는 일이 어떻게 되어가는지 기를 쓰고 추측하는 중이었다. 하지만 쿠거 앞이다 보니 소리 내어 물어보지는 않았다. 반콜레는 완벽한 포커페이스를 유지했다. 나중에 그들 셋이 나에게 퍼부을 말이 많을 듯싶었다. 하지만 당장은 아니었다.

쿠거는 정말로 마커스를 팔아치우고 싶어 했다. 어쩌면 그 애의 나이가 많기 때문일 수도 있었고 아니면 다른 이유 때문일 수도 있었지만, 나에게는 쿠거가 감추려 하는 간절함이 또렷이 보였다. 그의 입에서 나오는 말은 그의 몸짓이 들려주는 말과 일치하지 않았다. 아무래도 초공감자로 살다 보면 몸짓 언어에 유독 민감해지는 것 같다. 이는 대부분의 경우에 단점이다. 느끼기 싫은 것들도 억지로 느껴야 하니까. 정신 질환자나 능숙한 거짓말쟁이를 상대할 경우에는 무척 애를 먹기도 한다. 다만 이번 경우에는, 내 예민한 구석이 도움이 됐다.

나는 내 동생을 샀다. 총질은 없었고, 싸움도 없었으며, 심지어 욕도 별로 하지 않았다. 결국 쿠거는 히죽히죽 웃으며 경화를 받아 쥐고는 마커스의 노예 목줄을 풀어줬다. 그는 내게 그 목줄과 조종 장치도 함께 주겠다고 했다. 돈을 추가로 내면. 나는 당연히 갖고 싶지 않았다. 그런 더러운 물건 따위는.

"즐거운 거래였어." 쿠거가 말했다.

아니, 조금도 즐겁지 않았다.

"난 지금도 노이어네 애들을 찾고 싶어요." 내가 말했다.

쿠거는 고개를 끄덕였다. "계속 수소문해볼게. 저기 저 어린 여자애는 당신이 가르쳐준 생김새하고 아주 딱 들어맞잖아."

나는 댄을 돌아봤다. "저 애…… 네 동생들을 닮았니?"

여자애와 댄이 서로를 바라봤고, 나는 거기 있는 아이들을 포주에게 내버려두고 떠나야 한다는 생각에 다시금 가슴이 미어졌다. 나는 여자애에게서 눈길을 돌렸다.

"예, 니나하고 조금 비슷하게 생겼어요." 댄이 중얼거렸다. "하지만 그게 무슨 소용이에요? 저 애는 니나가 아니잖아요. 그게 다 무슨 소용이에요?"

"혹시라도 네 동생들하고 마주치면 둘 중 아무나 알아볼 수 있게 저 사람한테 뭔가 더 가르쳐주지 않을래?"

"난 저 사람이 그 애들을 못 알아보면 좋겠어요." 댄은 고개를 돌려 쿠거를 빤히 봤다. "저 사람이 동생들한테 손도 대지 말았으면 좋겠어요. 건드리기만 해도 내가 죽여버릴 거예요! 맹세해요!"

반콜레가 댄을 차로 데려갔고, 트래비스 역시 당황한 와중에도 마커스를 데리고 두 사람을 따라갔다. 나는 조지 가족의 카페로 돌아가 돌로레스에게 사례금을 건넸다. 돌로레스는 비록 댄의 동생은 찾지 못했지만, 누가 베풀 거라고는 감히 상상도 못 했던 은혜를 나에게 베풀어줬다. 사례금을 받을 자격은 차고 넘쳤다.

댄 이야기를 하자면, 나는 사실 그 애의 태도를 나무랄 수가 없다. 하지만 그때 우리는 싸움을 벌일 여력이 없었다. 나는 스스로의 한계에 너무 가까이 다가간 상태였으니까. 나머지 아이들, 특히 그 꼬마 아이들을 거기 두고 떠나려니 끔찍했다. 마커스를 구하기 위해 꼭 해야 한다면 나는 기꺼이 싸울 작정이었지만, 그랬다가는 그 애와 다른 사람들이 죽을지도 몰랐다. 나 때문에 사람이 죽는 일이 벌어졌을 거라는 말이다. 쿠거 같은 자들을 막는 방법이 뭔지는 나도 모르지만, 그래도 그 자들이 만든 피해자, 즉 그자들의 인간 상품을 죽이는 것은 최선의 방법이 아닐 것이다.

캠핑카 안에 들어선 후에야 나는 내 동생을 끌어안았다. 마커스는 처음에는 막대기처럼 뻣뻣하게 가만히 있었지만, 잠시 후에 나를 붙잡아 자신에게서 떼어내더니 일 분은 꼬박 흐를 만큼 오랫동안 나를 빤히 봤다. 말은 한마디도 하지 않았다. 그저 고개만 절레절레 흔들었다. 그러다가 나를 끌어안았다. 잠시 후, 마커스는 자기 목에 손을 댔다. 그 징그러운 목줄이 둘려 있던 목둘레를 더듬더듬 만졌다. 그러더니 몸을 웅크리는 듯한 자세를 취했다. 마커스는 태아처럼 웅송그린 채 모로 누웠고, 나는 그 곁에 앉았다. 내가 몸을 건드리자 마커스가 움찔거렸기 때문에 나는 그냥 가만히 앉아 있기만 했다.

이윽고 나는 일행들에게 말했다. "내 동생이에요. 나는…… 지난 오 년 동안, 나는…… 이 애가 죽은 줄 알았어요."

그 이상은 아무 말도 할 수가 없었다. 나는 그저 마커스와 앉아 있었다. 나는 일행들이 주위를 경계하며 우리를 태우고 집으로 돌아간 것 말고 무슨 일을 했는지 알지 못한다. 혹시 얘기를 했다 하더라도 나는 듣지 못했다. 그들이 무엇을 하든 나하고는 상관없는 일이었다.

반콜레가 말하길, 내 동생 마커스는 모두 합쳐 세 가지 성병에 감염돼 증상이 활발하게 나타나는 상태였다. 게다가 등과 어깨, 왼팔, 왼다리 바깥쪽에 걸쳐 오래된 화상 흉터가 얼기설기 징그럽게 남아 있었다. 쿠거가 마커스를 나에게 팔아넘기려고 한 것도 당연했다. 그는 분명 자신이 나를 속였다고, 흠집 있는 물건을 나에게 몰래 떠넘겼다고 생각할 것이다. 어쩌면 쿠거 역시 전에 누구에게 똑같은 짓을 당했을 수도 있다. 그는 마커스가 하도 잘생긴 나머지 서둘러 사라는 말에 넘어가는 바람에 그만 그 애의 옷을 벗겨 구석구석 살피지 않았을지도 모른다. 하지만 마커스는 과거에 지독한 화상을 입은 적이 있고, 반콜레 말로는 총에 맞은 적도 있다고 한다.

반콜레는 진찰을 다 마치고 나서 마커스에게 잠이 잘 오는 약을 줬다. 그렇게 하는 게 최선인 듯싶었다. 마커스는 진찰을 거부하지 않았다. 둘만 놔두고 나오기 전에 나는 마커스에게 반콜레가 의사이자 내 남편이기도 하다고 말해줬다. 그 애는 통 말이 없었다. 나는 그 애한테 뭘 먹고 싶으냐고 물었다.

마커스는 어깨를 으쓱하고는 나직이 말했다. "됐어. 나는 괜찮아."

"그 친구는 전혀 괜찮지 않아." 나중에 반콜레가 내게 한 말이었다.

하지만 신체적으로 심각한 고통을 겪지는 않았기 때문에, 마커스는 우리와 함께 지내도 괜찮은 상태였다. 우리는 집 부엌 한쪽에 벽 대신 널따란 천을 쳐서 만든 공간을 그 애에게 줬다. 그곳은 따뜻했고, 우리가 놔둔 침대와 서랍장, 물병과 세숫대야, 램프도 있었다. 공동체의 다른 모든 집과 마찬가지로 우리 집도 가끔 남을 재워줘야 할 때가 있었다. 외부에서 온 손님, 공동체에 새로 합류한 신입, 자기가 사는 집의 다른 사람들과 잘 어울리지 못하는 공동체 안의 이웃 등이었다.

나는 마커스가 지금 같은 정신 상태라면 밤중에 잠에서 깨어 달아날지도 모른다는 생각에 불안해졌다. 그 애는 쿠거 패거리의 손아귀에서 달아나기를 얼마나 오랫동안 꿈꿨을까? 그랬는데 이제 낯선 곳에서 잠이 깨면, 게다가 이곳까지 어떻게 왔는지 잘 기억이 나지 않는다면……. 수면제까지 먹였지만 그래도 확실히 해두고 싶어서, 나는 야간 경계조인 베스 페어클로스와 루시오 피게로아에게 조심해달라고 부탁했다. 마커스가 머릿속이 혼란스러운 상태로 잠에서 깨어 달아나려고 할지도 모르니 혹시 에이콘에서 바깥쪽으로 혼자서 나가려는 사람이 보이면 총을 쏘기 전에 주의해달라는 것이 나의 부탁이었다. 보통 때 같으면 그런 사람은 도둑으로 간주돼 총에 맞을지도 모른다. 우리는 이곳에 정착한 첫해에 도둑 때문에 무척이나 고생했고, 만약 살아남을 작정이라면 도둑을 딱하게 여기는 여유 따위는 부리지 말아야 한다는 교훈을 얻었다.

하지만 마커스가 총에 맞게 놔둘 수는 없었다.

"전에 나한테 로블리도에서 네 새어머니하고 동생들이 총에 맞아 쓰러진 걸 자라 볼터가 봤다고 했지." 함께 침대에 누운 후에 반콜레가 내게 한 말이었다. "그래, 그 친구는 구타당하고, 총에 맞고, 화상까지 입었어. 어떻게 해서 살아남았는지 나로서는 상상도 가질 않아. 분명 누군가 돌봐준 사람이 있었을 텐데, 아마 네 친구 쿠거는 아닐 거야."

"그래, 쿠거는 아니겠지." 나도 동의했다. "무슨 일이 있었는지 알아야겠어. 마커스가 얘기해주면 좋겠는데. 그 애, 당신한테는 어땠어? 내가 둘만 놔두고 나간 후에 말이야."

"말수가 별로 없더군. 대답은 잘하고 쭈뼛거리지도 않았지만, 필요 없는 말은 단 한마디도 안 했어."

"감염은 다 치료할 수 있겠어?"

"그건 걱정 안 해도 돼. 그냥 뒀다면 세 가지 중 어떤 것이든 조만간 그 친구의 목숨을 위협했을 거야. 하지만 치료만 하면 괜찮아……. 어쨌거나 신체적으로는."

"내가 마지막으로 봤을 때 마커스는 열네 살이었어. 축구를 좋아하고 역사나 외국에 관한 이야기를 즐겨 읽던 아이였지. 언제나 물건을 분해하느라 바빴는데 가끔은 분해한 물건을 다시 조립하기도 했고, 해리의 막냇동생인 로빈 볼터를 아주 많이 좋아했어. 지금 난 그 애에 관해 아무것도 알지 못해. 난 그 애가 어떤 사람인지 모르겠어."

"그걸 알아볼 시간은 얼마든지 있어. 그건 그렇고, 내가 그 친구한테 가족이 될 거라고 일러뒀어."

"반응은?"

"아예 무반응이더군. 당장은 그 친구 스스로도 자기가 누군지 잘 모를 것 같아. 도움의 손길은 기꺼이 잡으려고 하는 것 같지만, 본인이 어떻게 되든 별 신경을 안 쓰는 것 같다는 느낌이 들어. 내 생각엔…… 그냥, 그런 태도가 바뀌면 좋겠어. 어쩌면 그 친구한테 제일 좋은 약은 너인지도 몰라."

"마커스는 내가 동생들 중에서 제일 아끼던 애였어. 언제나 우리 식구들 중에서 제일 잘생긴 애였고. 지금도 내가 본 사람들 중에서 제일 잘생긴 축에 속해."

"그래." 반콜레가 말했다. "흉터가 있는데도 잘생긴 청년이야. 그 친구가 자기 외모 덕분에 목숨을 건졌을지, 아니면 외모 때문에 신세를 망쳤을지 궁금하군. 아니면 양쪽 다였을지."

무탈한 상태는 오랫동안 지속되지 않는 것 같다.

댄 노이어가 달아났다. 그 애는 경계조의 눈을 피해 에이콘을 빠져나갔는데, 이는 적어도 부분적으로는 내가 야간 경계조에 당부한 말 때문이었다. 베스 페어클로스는 간밤에 누군가 봤다고 한다. 남자 어른, 아니면 남자애를 본 것 같다고.

"마커스라기엔 키가 너무 크다는 생각이 들었어요." 베스는 나에게 전화를 걸어 말했다. "하지만 확신이 없어서…… 그래서 안 쐈어요."

그 뛰어가던 사람은 검은 옷을 입었고 얼굴과 머리에도 시커먼 것을 뒤집어썼다고 한다.

나는 마커스가 이곳에 남아 있는 것을 확인한 후에야 비로소 댄이 생각났다.

솔직히, 나는 댄을 잊고 있었다. 내 머릿속은 온통 마커스 생각으로 가득했으니까. 그 애를 되찾았다는 생각, 무사히 지켜야 한다는 생각, 그 애가 그동안 무슨 일을 겪었을까 하는 생각으로. 그래서 댄에게는 조금도 관심을 기울이지 않았다. 댄은 앞서 끔찍한 실망을 겪은 참이었는데도. 정말로 괴로워했는데도. 나는 그 사실을 알았기 때문에 그 애를 볼터네에 맡겼지만, 그들 부부는 애초에 기운이 넘치는 자기네 아이 둘을 상대해야 하는 처지였다.

나는 자고 있던 자라를 깨워 댄이 잘 있는지 봐달라고 부탁했다. 댄이 그 집에 머문 지도 이제 넉 달째였다. 물론 댄은 사라지고 없었다. 잠자리에 남긴 쪽지에는 이렇게 적혀 있었다.

'제가 실수하는 거라고 생각하시겠지만, 저는 동생들을 찾아야 해요. 그 애들을 쿠거 같은 인간 곁에 내버려둘 순 없어요. 제 동생들이니까요!' 그리고 서명 아래에 추신이 적혀 있었다. '제가 돌아올 때까지 캐시아와 머시를 돌봐주세요. 비용은 제가 나중에 일해서 갚을게요. 제가 폴라와 니나를 찾아서 데려오면 그 애들도 같이 일할 거예요.'

댄은 겨우 열다섯 살이다. 그 애는 쿠거와 그가 거느린 패거리를 목격했다. 내 동생이 어떤 몰골이었는지도 봤다. 조지타운도 둘러봤다. 그런데 그 모든 걸 다 보고도 아무 교훈도 배우지 못했다니!

아니, 그건 사실이 아니다. 댄은 거기서 뭔가 배웠거나 마침내 깨달았는데, 하나같이 틀린 교훈이었던 것이다. 나는 만약 동생들이 살아 있다면 어떤 처지일지 댄이 알 거라고 짐작했다. 그 애들은 아마도 성노예가 됐거나, 어느 부자의 첩이 됐거나, 노예 농장 또는 공장에서 노동자가 됐을 것이다. 아니면 여성들의 혀를 자르는 게 취미인 변태의 손에 걸려들었거나. 아니면 아예 아끼고 돌봐주는 한편으로 성적인 목적에도 이용하는 인간의 소유물이 됐을지도 모른다. 그 정도는 가장 양호한 경우일 것이다. 가장 끔찍한 경우는, 그 애들이 '전문가'로 한동안 살아가는 것이다. 즉, 미치광이와 사디스트를 도맡아 상대하는 성노예로 말이다. 그런 경우는 오래 살아남지 못하는데, 그게 차라리 자비를 베푸는 셈이다. 그런 운명은 댄처럼 덩치가 크고 얼굴이 앳되게 생겼으면서 체격이 좋은 소년에게도 닥치곤 한다. 나는 댄이 그런 사정을 얼마만큼 이해했을지 궁금하다. 그 애는 착하고 용감하고 어리석은 소년이고, 아마도 그런 점들 때문에 대가를 치를 거라는 생각이 든다.

물론 댄은 다시 돌아올지도 모른다. 정신을 차리고 이곳으로 돌아와 우리와 함께 캐시아와 머시를 돌볼지도 모른다. 아니면 우리가 바깥의 친구들에게 부탁해 댄을 찾을 수 있을지도 모른다. 니나와 폴라뿐 아니라 댄의 인상착의도 확실히 전달해둬야겠다. 문제는, 설령 댄을 찾는다 해도 그 애가 동생들을 찾아 나서겠다는 각오를 거두지 않으면 별 소용이 없으리라는 것이다. 그 애를 사슬로 묶어둘 수는 없는 노릇이니까. 우리는 그렇게 할 수 없다기보다, 하지 않을 것이다. 댄이 정 그렇게 죽고 싶다면, 죽게 놔두면 그만이다. 망할 녀석 같으니. 망할!

제7장

우리 각자의 내면에 있는 어린아이는
낙원을 안다.
낙원은 집이다.
과거의 집
또는 과거에 있었어야 할 집.

낙원은 한 사람의 고유한 장소,
한 사람의 고유한 사람들,
한 사람의 고유한 세계,
알고 또 알려지는,
어쩌면 더 나아가
사랑하고 또 사랑받는 곳.

그러나 모든 아이는
낙원에서 내던져진다.
성장과 파괴 속으로,

고독과 새 공동체 속으로,
드넓고 멈추지 않는
변화 속으로.

—《지구종: 산 자들의 책》에서

마르코스 두란,《전사》에서

아이였을 적에, 나는 내가 미래를 얼마나 두려워하는지 아무에게도 내색하지 않았다. 사실 나에게는 미래가 전혀 보이지 않았다. 내가 태어난 세상의 크기는 딱 우리 가족이 살던 동네, 즉 장벽으로 둘러싸인 폐쇄형 주택단지만 했기 때문이다. 내 아버지는 어릴 적부터 그 동네에서 자랐고 집도 할아버지에게서 물려받았다.

나의 세계는 철창이었다. 우리 형이 감히 그 철창을 벗어났을 때, 감히 가출을 했을 때, 철창 바깥의 어떤 사람이 형을 붙잡아 몸을 절단하고 산 채로 형의 몸에 붙은 살을 모조리 불살라버렸다. 이따금 나는 형이 얼마나 오랫동안 괴로워하다가 죽었을까 하는 궁금증에 빠져 있다가 퍼뜩 정신이 들곤 한다.

솔직히, 키스 형은 착한 사람이 아니었다. 형은 심술쟁이였고 그리 똑똑하지도 않았다. 어머니를 무척 따랐고 어머니도 형을 자식들 중에 제일 예뻐했지만, 형은 다른 식구들에게는 전혀 관심이 없었던 것 같다. 그럼에도, 키가 아버지만큼 컸다고는 해도, 살해당했을 당시에 형은 겨우 열네 살이었다. 바로 그 사실 때문에 나에게는 형을 죽인 자들이 형보다 훨씬 더 나쁘게 느껴진다. 사람에게 그런 짓을 하는 자들이 어떻게 인간일 수가 있을까? 나는 총으로 무장한 이웃 어른들을 따라 위험을 무릅쓰고 잠시 철창 밖으로 나갈 때마다 그자들이, 그러니까 그 살인자들이 나를 기다리고 있을 거라 상상하곤 했다. 바깥세상은 형이 가장 못되게 굴 때의 천 배로 끔찍했다. 멍청하고, 심술궂고, 너무나 엉망진창이라 무슨 짓을 당할지 알 수 없었으니까. 마치 광견병에 걸린 개 같았다. 스스로를 너덜너덜하게 물어뜯고서는, 나까지 똑같이 만들고 싶어 하는 개.

그리고 그 개는 원하던 바를 이뤘다.

아아, 정말로. 이루고 말았다.

나는 당한 대로 똑같이 돌려줄 수도 있다. 거기에 필요한 힘을 향해 손을 뻗을 수도 있다. 하지만 나는 그렇게 하느니 차라리 문제를 해결하는 쪽을 택하고 싶다. 나에게 일어난 일은 누구에게도 일어나서는 안 되지만, 나보다 앞서 같은 일을 겪은 사람이 수천 명, 어쩌면 수백만 명이나 더 있었다. 나는 역사책을 읽었기 때문에 안다. 세상이 늘 이런 식이었던 것은 아니다. 계속 이런 식이어야 할 필요도 없다. 우리가 망가뜨린 것은 우리 손으로 고치면 된다.

마크 삼촌은 내가 본 남자들 중에 가장 잘생긴 남자였다. 나는 마크 삼촌을 만나기도 전에 삼촌에게 반쯤 반했던 것 같다. 내가 삼촌을 두려워하던 시절도 있었다. 내가 보기에 우리 가족은 도무지 종잡을 수 없는 사람들이다. 듣자하니 우리 외할아버지는 선량하고 헌신적인 침례교 목사였다고 한다. 외할아버지는 가족과 공동체를 함께 이끌며 그 둘 모두 무장을 해야 무기로 가득한 이 위험한 세상에서 스스로를 지킬 수 있다고 주장했지만, 그 이상의 포부는 전혀 없는 사람이었다. 외할아버지는 스스로 세상을 개선할 수 있다거나 그렇게 해야 한다는 생각을 전혀 해보지 않은 것 같다. 그런데도 외할아버지의 자식들 중에는 장차 세상을 개선하고 싶어 한 사람이 둘이나 있었다. 어떻게 그럴 수가 있었을까?

하긴, 내 어머니는 초공감자였고, 열다섯 살에 이미 애어른이었고, 열여덟 살에는 고향 동네가 통째로 파괴당한 참극에서 살아남은 사람이었다. 어쩌면 그런 이유 때문에 어머니도 마크 삼촌처럼 스스로 지도자가 돼야만 했을 것이고, 더 나아가 자신이 사랑한 사람들을 수없이 집어삼킨 혼돈에 맞서 자기 방식의 질서를 실현해야 했을 것이다. 어머니는 혼돈을 자연스럽고 불가피한 동시에 진흙처럼 모양을 빚어 제어할 수 있는 것으로 여겼다. 어머니가 남긴 시 중에는 아래와 같은 것도 있다.

혼돈은
하느님의 가장 위험한 얼굴로서
쉼 없이 변하고, 요동치며, 굶주려 있다.
혼돈을 빚어라.
곧 하느님을 빚는 것이다.
행동하라.

변화의 속도를
또는 방향을 전환하라.
변화의 폭을 조정하라.
변화의 씨앗들을 다시 조합하라.
변화가 끼치는 영향의 성질을 바꿔라.
변화를 붙잡아라.
활용하라.
적응하고 성장하라.

그래서 어머니는 적응하고 성장하려 애썼다. 아마도 어머니는 외할머니처럼 될까 봐, 그러니까 '천재'가 되게 해주는 마약의 힘을 빌리려다가 자기 딸에게 장애를 남기고 스스로 목숨을 끊은 자기 친어머니처럼 될까 봐 두려웠을 것이다. 혼란스러웠을 것이다. 어떤 식으로 추론했든 간에 어머니는 세상의 문제가 무엇인지 스스로 안다고 결론지었고, 그 문제의 해결책 또한 안다고 믿었다. 바로 지구종이었다. 지구종과 그에 딸린 수많은 정의, 경고, 요구, 사명. 지구종과 그 숙명.

반면에 마크 삼촌은 혼돈이라면 질색했다. 혼돈은 삼촌의 신이 지닌 얼굴 가운데 하나가 아니었다. 그것은 부자연스러웠다. 악마의 소행이었다. 삼촌은 혼돈이 자신에게 저지른 짓을 증오했고, 자신이 혼돈의 강요에 따라 변하지 않았다는 것을 입증해야 했다. 어떤 개신교 목사도 마크 삼촌이 혼돈을 증오한 만큼 지독하게 죄를 증오하지 못할 것이다. 삼촌에게는 질서와 안정, 안전, 통제가 곧 신이었다. 삼촌에게 남은 상처는 자신이 겪은 일이 다시는 누구에게도 일어나지 않으리라는 것을 확인하고 나서야 비로소 아물 만한 것이었다.

아버지는 어머니를 가리켜 광신자라고 했다. 내 생각에 그 별명은 마크 삼촌에게 더 잘 어울리는 듯싶다. 그럼에도, 마크 삼촌은 현실주의자에 더 가까웠던 것 같다. 삼촌은 지구를 더 나은 곳으로 만들고 싶어 했다. 삼촌은 별들이 자기네끼리 알아서 잘 살리라는 것을 알고 있었다.

《로런 오야 올라미나의 일기》에서

2032년 12월 18일 토요일

댄은 아직 돌아오지 않았다. 그 애가 이렇게 빨리 돌아올 거라 기대할 이유는 하나도 없지만, 그래도 나는 희망을 품고 있었다. 호르헤와 다이아몬드 스콧, 그레이스 모라가 오늘 코이의 노점 시장에 장사를 하러 간다. 나는 세 사람에게 코이에 있는 몇 안 되는 우리 지인들을 만나 댄 이야기를 일러둘 것과 돌아오는 길에 설리번 가족에게 똑같이 일러둘 것을 당부했다. 세 사람의 가장 빠른 귀갓길은 설리번네 집 앞을 지나는 길이니까.

마커스는 밤새 푹 잤다. 그 덕분에 본인도 우리도 전혀 애를 먹지 않았다. 마커스가 일어났을 때 부엌에 마침 반콜레가 있어서 다행이었다. 반콜레는 그 애를 퇴비식 화장실 가운데 한 곳으로 안내했다. 나는 그 애가 세수를 하고 옷까지 갈아입은 후에야 비로소 그 애의 얼굴을 봤다. 잠시 후, 우리 집 부엌 식탁 앞으로 그 애가 망설이듯 쭈뼛쭈뼛 다가왔다.

"배고파?" 내가 물었다. "앉아."

마커스는 몇 초 동안 나를 물끄러미 보다가, 입을 열었다. "아까 잠에서 깼을 때, 난 이게 다 그냥 꿈인 줄 알았어."

나는 과일이 듬뿍 든 도토리빵을 마커스 앞에 놔줬다. 우리 고향 동네의 장벽 안에는 열매가 잔뜩 열리는 캘리포니아 참나무가 몇 그루 있었기 때문에 도토리빵은 우리 둘 모두에게 어린 시절의 주식 같은 음식이었다. 우리 아버지는 뭘 버린다는 생각을 아예 못하는 사람이었고, 그 덕분에 도토리를 음식으로 이용하는 방법을 찾아냈다. 아메리카 원주민들이 쓰던 방법이었다. 우리도 할 수 있었다. 아버지와 어머니는 도토리뿐 아니라 선인장, 야자열매, 그 밖에도 쓸모없다고 여겨지는 다른 식물들을 어떻게 활용할지 연구했다. 마커스와 나에게는 그 모든 것이 고향의 음식이었다.

마커스는 도토리빵을 집어 한 입 베어 물고는 천천히 씹었다. 처음에는 흐뭇한 표정이었다가, 이내 눈물이 볼을 타고 주룩주룩 흘러내렸다. 나는 마커스에게 냅킨과 예전에 그 애가 가장 좋아하던 아침 식사용 음료를 갖다줬다. 달콤한 사과 주스를 따뜻하게 데워 머그잔에 담고 레몬을 짜 넣은 것이었다. 이곳의 사과는 우리가 캘리포니아 남부에 살던 시절에 즙을 내 마시던 사과와 품종이 달랐지만, 마커스가 알아차린 것 같지는 않다. 그 애는 음식을 먹고 눈물도 닦고 나서 주위를 둘러봤다. 반콜레가 부엌에 들어서자 그쪽을 가만히 보다가, 이내 남은 음식에 다시 집중했다. 접시 위로 거의 몸을 숙이다시피 한 자세가 꼭 자신이 죽인 사냥감을 감싸고 소유권을 주장하는 매 같았다. 한동안 아무도 입을 열지 않았다.

우리 모두 먹을 만큼 먹고 나서, 반콜레가 마커스를 보며 말했다. "난 자네 누나하고 결혼해서 오 년째 살고 있어. 그동안 내내 자네를 비롯한 다른 식구들은 모두 죽은 줄 알았지 뭐야."

"저도 누나가 죽은 줄 알았어요." 마커스가 말했다.

"자라 볼터…… 네가 기억하는 예전 이름은 자라 모스일 텐데, 자라가 우리 식구들이 모두 죽는 걸 봤다고 했어." 나는 마커스에게 말했다.

마커스는 무슨 말인지 이해가 안 가는 듯 이맛살을 찌푸렸다. “모스? 볼터?”

“자라는 고향에 살 땐 우리하고 잘 모르는 사이였어. 원래는 리처드 모스의 아내였지. 그 사람은 죽었고, 자라는 해리 볼터와 재혼했어.”

“세상에.” 마커스가 말했다. “그 이름을 다시 들을 날이 올 줄은 꿈에도 몰랐는데. 자라는 기억나……. 몸집이 아담하고, 예쁘고, 당찬 사람이었어.”

“자라는 지금도 그 세 가지에 고스란히 해당돼. 자라하고 해리는 여기서 살아. 애도 둘 있고.”

“만나보고 싶어!”

“그래.”

“또 누가 있어?”

“힘든 시간을 견뎌낸 사람들이 아주 많이 있지. 하지만 우리 고향에서 온 사람은 그 둘뿐이야. 이 마을의 이름은 에이콘이라고 해.”

“어린 여자애가 한 명 있었는데…… 로빈이라고. 로빈 볼터, 알지?”

“해리의 동생이잖아. 그 앤 살아남지 못했어.”

“누난 나도 죽은 줄 알았잖아.”

“난…… 로빈의 시체를 봤어, 마크. 그 앤 살아남지 못했어.”

마커스는 한숨을 쉬고는 무릎에 올려놓은 자기 손을 가만히 내려다봤다. “실은 나도 2027년에 죽었어. 죽은 거야. 남은 게 아무것도 없으니까."

"가족이 있잖아." 내가 말했다. "나, 반콜레, 내년에 태어날 조카까지. 넌 이제 자유야. 여기 에이콘에 머물면서 네 뜻대로 삶을 일구면 돼. 난 네가 그렇게 하면 좋겠어. 하지만 무슨 일을 하든 모두 네 자유야. 여기선 아무도 목줄을 차지 않아."

"누난 목줄을 차본 적이 있어?" 마커스가 물었다.

"아니. 우리 중에는 전에 노예였던 사람도 있지만, 난 그랬던 적이 없어. 우리 중에 목줄을 찬 적이 있는 사람은 아마 네가 처음일 거야. 난 우리 고향 동네가 파괴당한 후에 네가 무슨 일을 겪었는지 말로 들려주든가, 글로 적어주면 좋겠어."

마커스는 내가 한 말을 곰곰이 생각하는 것처럼 보였다. "아니, 안 할래."

너무 이른 대답이었다. "알았어. 그래도…… 네가 보기에 식구들 중에 살아남은 사람이 또 있을 것 같진 않아? 코리나 베넷, 아니면 그레고리라도. 혹시라도 가능성은 있지 않을까?"

"아니." 마커스가 되뇌었다. "아니야, 다 죽었어. 나만 빠져나왔어. 다른 식구들은 그러질 못했고."

나중에 우리가 식탁에서 일어설 무렵, 해안가 마을 핼스테드에 사는 두 남자가 트럭을 타고 우리 땅에 도착했다. 에이콘과 마찬가지로 핼스테드도 간선 고속도로에서 멀찍이 떨어져 있다. 사실, 핼스테드는 삼면이 태평양으로 둘러싸인 데다 뒤쪽은 낮은 산으로 막혀 있어서 이 일대에서는 가장 외지고 고립된 마을이다.

장점이 그렇게 많은데도 헬스테드에는 커다란 고민거리가 있었다. 그곳에는 일찍이 해변이 있었고 그 해변 위쪽의 절벽에서부터 마을이 시작됐다. 그 절벽을 따라 가장 으리으리하고 멋진 집 몇 채가 자리를 잡고 바다를 내려다봤다. 바다로 튀어나온 곳의 한쪽 면에는 낡은 집들, 크고 튼튼하게 지은 목조 주택들이 서 있었다. 그 반대편에 있는 더 나중에 지은 집들은 원래 바닷가 골프장이던 땅에 세워져 있었다. 그 모두가 절벽을 따라 줄지어 서 있다. 아니, 서 있었다. 사람들이 왜 그런 절벽 끄트머리에 집을 지었는지 나로서는 알 수가 없지만, 아무튼 실제로 그랬다. 이제 폭우가 쏟아질 때마다, 아니면 지진이 일어나거나 해수면이 높아져 육지를 더 잠기게 할 때마다, 절벽의 지면이 거대한 덩어리로 갈라져 바다로 떨어져 내리고 그 위의 집도 무너져 추락한다. 가끔 집의 절반만 바다로 추락하는 경우도 있다. 가끔은 집 몇 채가 추락하기도 한다. 어젯밤에는 세 채가 그랬다. 헬스테드 주민들은 여태 희생자들을 바다에서 다 건지지 못했다.

설상가상으로, 추락한 집들 가운데 한 곳에서 그 마을의 의사가 분만을 돕다가 함께 희생됐다. 그래서 마을 사람들이 반콜레에게 도움을 청하러 왔던 것이다. 반콜레는 그곳 의사와 친한 사이였다. 헬스테드 주민들이 반콜레를 신뢰한 까닭은 자기네 의사가 반콜레를 신뢰하기 때문이었다.

"도대체 생각이란 게 있는 사람들이에요?"

반콜레는 헬스테드에서 온 지치고 다급한 남자들에게 그렇게 물었고, 그러는 동안에도 나와 함께 필요한 것들을 이것저것 급히 챙겼다. 그는 왕진 가방에 물건을 채우는 중이었다. 나는 그가 가져갈 간단한 여행 가방을 싸느라 바빴다. 마커스는 우리 둘을 번갈아 보다가 이내 방해가 되지 않도록 한쪽으로 물러났다.

"왜 지금도 절벽 위에 사람이 살게 놔두는 거예요?" 반콜레가 따지듯이 물었다. 화난 목소리였다. 그는 지금도 불필요한 고통과 죽음을 목격하면 화를 낸다. "도대체 이런 일이 얼마나 더 일어나야 정신을 차릴 건가요?" 반콜레는 그렇게 묻고 나서 왕진 가방을 닫고는 내가 건넨 여행 가방을 받아들었다. "그 집들 좀 내륙 쪽으로 옮기라고 해요, 제발. 마을의 장기 목표로 삼으라고요."

"우리도 할 수 있는 만큼은 하고 있어요." 덩치가 큰 빨간 머리 남자가 문 쪽으로 움직이며 대꾸했다. 그는 긁힌 상처가 난 지저분한 손으로 얼굴을 가린 머리카락을 치웠다. "몇 집은 이사를 시켰어요. 다른 집들은 이사 가기를 거부했고요. 자기들은 괜찮을 줄 아는 거죠. 그런 사람들을 억지로 옮기게 할 순 없어요."

반콜레는 고개를 가로젓고는 나에게 입을 맞췄다. "한 이삼일 걸릴 거야. 걱정 말고, 바보 같은 짓도 하지 마. 몸조심해!"

그는 그 말을 남기고 떠났다.

나는 한숨을 쉬고 나서 아침 식탁을 치우기 시작했다.

"그러니까 진짜로 의사였던 거네." 마커스가 말했다.

나는 손을 멈추고 마커스를 바라봤다. "맞아, 그리고 그 사람이랑 내가 결혼한 것도 진짜야. 내가 임신한 것도 진짜고. 넌 우리가 너한테 거짓말을 하는 줄 알았어?"

"……아니, 잘 모르겠어." 마커스는 잠시 입을 다물었다. "이때껏 살아온 방식을 하루아침에 통째로 바꿀 수는 없잖아. 그렇게 할 수는 없어."

"할 수 있어. 우리 둘 다 그렇게 했어. 고통스럽긴 해. 끔찍하게 고통스럽지. 하지만 너도 할 수 있어."

마커스는 내가 치우려던 접시로 손을 뻗어 거기 남아 있던 도토리빵 부스러기 몇 개를 집었다.

"엄마가 만든 빵이랑 비슷한 맛이야." 마커스는 그렇게 말하고는 나를 올려다봤다. "처음에는 누나라는 걸 믿지 않았어. 어제 그 거지 같은 판자촌에서 누나를 봤을 때, 난 내가 드디어 미쳐버린 줄 알았어. 이런 생각을 했던 기억이 나. '그래. 결국 내가 미쳤구나. 이젠 뭐가 어떻게 돼도 상관없어. 어쩌면 엄마도 만날 수 있을 거야. 난 이미 죽었는지도 모르니까.' 하지만 목에 목줄의 무게가 계속 느껴졌기 때문에 내가 죽지 않았다는 걸 알았어. 그냥 미쳤을 뿐이었어."

"그러다가 나를 알아본 거지." 내가 말했다. "그러고 나서

넌 나를 알아본 걸 쿠거한테 들키지 않으려고 눈을 돌렸잖아. 내가 다 봤어."

마커스는 침을 꿀꺽 삼키고는 고개를 끄덕였다. 한참 후에, 그 애는 눈을 감고 손으로 한쪽 뺨을 괴었다. "혹시 지금도 듣고 싶다면, 나한테 무슨 일이 있었는지 얘기해줄게."

나는 새어 나오려 하는 안도의 한숨을 가까스로 억눌렀다. "고마워."

"그러니까, 누나도 나한테 얘기해줘야 해. 어쩌다가 여기까지 오게 됐는지. 그리고 어쩌다가 아빠보다 더 늙은 남자하고 결혼했는지도."

"그 사람은 아빠보다 한 살 어려. 그리고 우리 둘 모두 재산과 가족을 다 잃어버린 거나 마찬가지였을 때 마침 서로를 발견했어. 비웃고 싶으면 비웃어도 돼. 하지만 우린 엄청나게 운이 좋았어."

"비웃을 생각은 없어. 나도 처음에는 좋은 사람들을 발견했으니까. 아니, 그 사람들이 나를 발견했지."

나는 마커스의 맞은편에 앉아 이야기가 이어지기를 기다렸다. 잠깐 동안, 그 애는 가만히 바라보기만 했다. 벽을, 허공을, 과거를.

"그 최후의 날 밤에는 모든 게 불타고 있었어." 마커스의 목소리는 나직하고 차분했다. "너무 많은 사람들이 총을 쏴댔고⋯⋯ 머리를 박박 밀고 얼굴에 색을 칠한 '페인트' 패거리가, 대부분 아이들이었는데, 망할 트럭을 몰고 와서 우리 동네 정문을 들이받고 안으로 쳐들어왔어. 온 사방에 페인트 패거리가 우글거렸어. 그 패거리가 베넷이랑 그레고리랑 엄마랑 나를 갖고 놀다시피 했지. 누나, 그때 우린 하도 정신이 없어서, 정문 앞에 다 와서야 누나가 없는 걸 알아차렸어. 그런데 그때 얼굴에 파란 칠을 한 남자가 베넷을 붙잡았어. 그냥 휙 낚아채서 데리고 달아나려고 말이야. 난 덩치가 너무 작아서 그 남자랑 일대일로 싸울 수는 없었지만, 그래도 발은 빨랐어. 그래서 뒤쫓아 달려가서 그 남자의 다리를 붙잡았지. 나 혼자였다면 쓰러뜨리지 못했겠지만, 엄마도 같이 달려들었어. 우리 둘이서 붙잡고 늘어진 끝에 그 남자가 쓰러졌는데, 쓰러지다가 콘크리트 바닥에 머리를 부딪히는 바람에 베넷을 놓치고 말았어. 엄마는 베넷을 단단히 잡았고, 나는 그레고리를 맡았어. 그레고리는 우리랑 같이 달아나다가 발을 다쳤거든. 돌을 밟는 바람에 발목을 삔 거야. 마침내 우린 부서진 정문을 가까스로 통과했어. 어디로 가는지는 알 길이 없었지. 난 그저 엄마 뒤를 따라갔고, 엄마랑 둘이서 누나를 찾으려고 주위를 두리번거렸어." 마커스는 잠시 입을 다물었다. "누난 어떻게 된 거야?"

"난 누가 총에 맞는 걸 봤어." 나는 기억을 더듬으며 말했다. 떠오른 기억에 몸서리치며. "그래서 총에 맞는 고통을 공유했고, 나중에는 죽음의 고통에 붙잡혀 있었어. 그러다가 간신히 일어난 후에 총을 발견했지. 난 죽은 사람의 손에서 그 총을 빼앗았어. 그건 잘한 일이었어, 왜냐하면 좀 있다가 웬 페인트가 나를 붙잡는 바람에 총으로 쏠 수밖에 없었거든. 난 그 남자와 또다시 죽음의 고통을 공유했고, 이런저런 혼란 속에서 너희가 어디 있는지, 시간은 또 얼마나 흘렀는지 다 잊어버리고 말았어. 정신을 차리고 나서는 정문으로 빠져나와 우리 동네에서 북쪽으로 몇 블록 떨어진 곳에 도착해서는, 어느 집의 반쯤 불탄 차고에 숨어서 남은 밤을 보냈어. 이튿날 아침에는 너희를 찾으러 동네로 다시 돌아갔고. 그때 해리하고 자라를 만난 거야. 우리 모두 흠씬 두들겨 맞은 상태였지. 그때 자라가 나한테 너희 모두 죽었다는 얘기를 들려줬어."

마커스는 고개를 가로저으며 말했다. "우리도 누나랑 같이 갔으면 좋았을 텐데. 그랬으면 그냥 '흠씬 두들겨 맞은 상태'로 끝났을 테니까. 우리 쪽은 모든 게 엉망진창이었어. 우리가 정문을 통과하자마자 페인트 패거리가 추가로 도착했거든."

마커스는 잠시 말이 없었다.

"나 말이야, 나중에 페인트들을 만난 적이 있어. 그 패거리는 대부분 자기 손으로 목숨을 끊었어. 마약 중독 때문이든가, 아니면 마약 때문에 생긴 불 지르기 습관 때문에. 하지만 일부는 지금도 멀쩡히 살아서 돌아다니지. 아무튼…… 난 몇 달 전에 페인트 몇 명하고 같이 목줄을 차고 지냈어. 그 사람들 말이 자기네 목적은 부자를 죽이고 그 재산을 가난한 사람에게 넘기게끔 하는 거였다면서, 그게 다 가난한 사람을 도우려는 행동이었다고 했어. 그들이 보기에 만약 어떤 사람이 집들이 다 무너져가지 않는 동네에 산다면, 특히 그 사람 집이나 그 동네를 둘러싸고 장벽이 쳐져 있다면, 그렇다면 그 사람은 부자야. 황당한 건 페인트 패거리의 수많은 아이들이 실은 부잣집 출신이라는 거지. 어떤 여자애는 가족의 재산이 우리 고향 동네 사람들의 재산을 다 합친 것보다 더 많았어. 그 애는 그 재산을 페인트 패거리에 거의 다 줘버렸지만, 끝내는 친구들한테 배신당했어. 어느 날 마약에 취해 멍하니 있는 그 애를 친구들이 노예로 팔아버린 거야. 왜냐면 그 애는 아직 어리고 예뻤고, 친구들은 마약을 살 돈이 필요했으니까. 그랬는데도 그 애는 자기가 선한 일을 했다고 생각하더군. 같은 노예 처지였던 다른 사람들은 그 애의 생각을 돌리지 못했어. 마약 때문에 머릿속이 엉망이 됐으려니 하고 짐작만 했을 뿐이야."

"그 애는 뭔가 믿지 않고서는 버틸 수 없었을 거야." 내가 말했다. "어쨌거나, 그 애한테 남은 게 뭐가 있었겠어?"

"그랬겠지. 아무튼, 우린 그 망할 빈민의 구원자들한테 앞뒤로 포위된 상태였어." 마커스는 한숨을 내쉬었다. "그 인간들이 총을 쐈어……. 처음에는 대부분 허공에 대고 쐈는데…… 거기다 횃불까지 휘둘러서…… 불이 더 번졌고…… 우린 다시 정문 안쪽으로 달아나는 수밖에 없었어. 모든 게 다 엉망이었어. 베넷하고 그레고리는 엉엉 울지. 사람들은 온 사방에서 뛰어다니지. 집들은 죄다 활활 불타지. 그러다 누군가 나한테 총을 쐈어. 나는 쓰러져서 몸이 빳빳하게 굳어버렸어. 처음에는 내가 뭐에 맞았는지조차 몰랐어. 뒤이어 현실이라고 믿을 수가 없을 정도로 어마어마한 통증이 덮쳐오더군. 그 와중에 그레고리의 손을 놓쳤던 것 같아. 난 그 애를 찾으려고 주위를 두리번거렸어. 그러고는 비로소 내가 보도에 쓰러져 있었다는 걸 알아차렸지. 꼭 누가 나를 보도에 내리꽂고 짓밟은 다음, 한술 더 떠 뜨겁게 달군 부지깽이로 내 오른쪽 어깨와 팔을 쑤시는 것 같은 느낌이었어. 누가, 왜 나한테 총을 쐈는지는 알 방법이 없었어. 우린 총을 갖고 있지도 않았는데. 아마 누군가 재미로 우리를 쐈을 거야. 그러다가 엄마가 총에 맞는 걸 봤어. 사실, 그때는 모든 일이 정신없이 빠르게 일어났어……. 처음에는 내가, 다음으로 엄마가, 탕, 탕. 그건 나도 알아. 하지만 당시에는…… 모든 걸 다 목격하고 또 이해했던 기억이 나. 그럴 시간이 아주 넉넉했던 것처럼 말이야. 그러면서도 난 거길 빠져나가고 싶어서 안달했어. 무서워죽을 것 같았으니까. 맙소사, 그게 얼마나 끔찍한 경험이었는지 내가 아무리 설명해줘도 누나는 이해 못 할 거야. 난 엄마가 비틀거리다가 쓰러지는 걸 봤어. 엄마가 섬뜩한 비명을 질렀는데, 목에서 피가 막 쏟아졌어. 그때 알았어…… 엄마가…… 죽을 거라는 걸. 난 이미 알았어.

난 일어서려고, 엄마한테 가려고 버둥거렸어. 하지만 내가 일어서려고 안간힘을 쓰는 사이에 얼굴을 초록색으로 칠한 여자가 달려오더니 엄마의 머리를 총으로 쏴버렸어. 난 내가 흘린 피를 밟고 미끄러지는 바람에 다시 쓰러졌어. 땅에 쓰러진 채로 보고 있었는데, 얼굴에 빨간 칠을 한 남자가 베넷의 머리에 총을 두 발 쏘더니, 베넷의 몸을 밟고 서서 그레고리에게 총을 쐈어. 내가 똑똑히 봤어. 보면서 소리도 질렀어. 빨간 칠을 한 그 페인트는 자동 소총을 들고 있었어. 낡은 AK-47을. 그 남자는 일어서려고 하는 베넷에게 또 총을 쐈어. 베넷은 머리가…… 단번에…… 터져버렸어. 그런데 그레고리가 쓰러진 곳은 보도였어. 움직이기는 했지만, 쓰러져 있었지. 앞서 그 페인트가 그레고리한테 총을 쐈을 때, 총알이 보도의 콘크리트에 부딪혀 튕겨 나갔던 것 같아. 다른 페인트가 다리에 그 총알을 맞았거든. 유탄을 맞은 남자는 비명을 지르며 쓰러졌어. 그러자 주위의 모든 페인트들이 화를 냈어. 우리가 자기 패거리한테 총을 쐈다고 착각한 것처럼…… 그 사람이 다친 게 우리 탓인 것처럼 말이야. 그자들은 우리 네 명을 모두 붙잡고 질질 끌면서 볼터네 집까지 갔어. 그러고는 활활 불타는 그 집 안에 우리를 던져 넣은 거야.

그랬어. 그자들은 우릴 불에 던져 넣었어. 우리 중에 의식이 있었던 사람은 나뿐이었어. 아마 살아 있는 사람도 나 혼자뿐이었을 테지만, 난 그자들을 막을 방법이 없었어. 하지만 집 안으로 던져진 후에 어째선지 난 정신을 차렸고, 일어서서 바깥으로 달아났어. 그냥 무턱대고 달렸어. 겁에 질려 어쩔 줄 모르는 채로, 연기와 통증에 눈앞이 캄캄해진 채로, 더는 인간이라고 할 수도 없는 몰골로. 그때 죽었어야 했는데. 나중에, 난 차라리 내가 죽었으면 하고 바랐어. 나중에, 내가 원한 건 죽는 것뿐이었어."

마커스는 거기서 말을 멈추고는 몇 초 동안 조용히 앉아 있었다.

"분명 누군가 도와준 사람이 있었을 거야." 나는 침묵의 시간은 이 정도면 충분하다는 생각이 들었을 때 말했다. "그때 넌 겨우 열네 살이었으니까."

"그때 난 겨우 열네 살이었지." 마커스도 맞장구쳤다. 그러고는 또 한 번 침묵을 지키다가 다시 말을 이었다. "난 볼터네 집 마당에서 쓰러졌던 것 같아. 몸에 불이 붙은 채로 말이야. 땅바닥에 굴러서 불을 꺼야겠다는 생각은 떠오르지 않았지만, 분명 그렇게 했을 거야. 당황한 데다 아프기까지 해서 그냥 필사적으로 버둥거렸는데, 불이 실제로 꺼졌으니까. 그러고 나서는 거기 그냥 누워 있는 것 말고는 아무것도 할 기운이 없었어. 그 상태로 조금 있다가 까무룩 의식을 잃었을 거야. 정신을 차렸을 때, 그때는 똑똑히 기억하는데, 난 커다란 나무 수레 위에 있었고 내 밑에는 불에 그슬린 옷이랑 냄비, 프라이팬 같은 잡동사니가 잔뜩 쌓여 있었어. 저만치 밑에서 뒤쪽으로 멀어져가는 보도가 보였어. 부서진 콘크리트, 구멍과 틈새에 자라는 잡초 같은 것도 보였고, 앞쪽에서 걸어가는 남자와 여자의 등도 보이더군. 몸을 앞으로 숙인 채, 밧줄로 만든 굴레를 몸에 걸고서, 수레를 끌고 가는 사람들이었어. 그러고 나서 난 다시 정신을 잃었어. 폐품 수거업자 한 쌍이 우리 이웃집의 폐허를 뒤지다가, 신음하고 있는 나를 발견하고 자기네 운반용 수레에 실어놓은 거였어. 다만 난 신음한 기억도, 누구한테 발견된 기억도 없지만 말이야. 그 두 수거업자는 중년 커플이었는데, 누나가 믿든 안 믿든, 성이 두란이었어. 어쩌면 먼 친척이나 뭐 그런 사이였는지도 몰라. 꽤 흔한 성이긴 하지만."

나는 고개를 끄덕였다. 드문 성씨는 결코 아니었지만, 내가 아는 사람 중에 두란이라는 성을 쓰는 유일한 인물이 하필이면 내 새어머니였던 것이다. 두란은 새어머니의 친정 쪽 성이었다. 뭐, 만약 그 두란 씨 부부가 오 년 전 누가 도와주지 않았다면 꼼짝없이 죽었을 내 동생을 구해준 은인들이라면, 나는 그들과 친척보다 더한 사이라도 기꺼이 되고 싶었다.

"그 사람들은 나를 발견하기 일 년 전에 열한 살 먹은 딸을 납치당했어. 그 딸은 영영 못 찾았고 딸이 무슨 일을 당했는지도 영영 못 알아냈지만, 난 짐작이 가. 그 무렵엔 예쁘장한 여자애는 큰돈을 받고 팔 수 있었으니까. 지금하고 똑같이 말이야. 난 사람들이 앞으로는 세상이 더 좋아질 거라고 말하는 것도 들어봤어. 어쩌면 그럴지도 모르지만, 아직은 그럴 기미가 안 보여. 아무튼, 두란 부부는 잘생기고 예쁜 사람들이었어. 그 집 딸도 아주 예뻤을 거야." 마커스의 입에서 한숨이 새어 나왔다. 그러곤 이어 말했다. "그 애 이름은 카리다드였어. 그 사람들 말로는 내가 오빠라고 해도 좋을 만큼 그 애를 닮았다더군. 여자 쪽이 그렇게 말했어. 그 여자 이름은 이네스였고. 만신창이가 된 나를 수레에 태우고 집에 데려가서 멀쩡해질 때까지 보살펴줘야 한다고 고집을 피운 사람이 바로 이네스야. 난 내가 이네스의 눈에 띄었을 때 사람 몰골을 유지했다는 것 자체가 놀라웠어. 그래도 얼굴은 그렇게 심하게 다치지 않았어. 몇 번 넘어지는 바람에 피가 나고 멍이 든 정도였으니까. 하지만 다른 곳은 정말 엉망진창이었어. 그 부부는 의사를 부를 여유가 손톱만큼도 없었어. 심지어 본인들이 아프다고 해도 말이야. 그래서 이네스가 직접 나를 돌봐줬어. 이네스는 내 목숨을 구하려고 정말로 애썼어……. 무슨 제2의 어머니처럼. 남자 쪽은 내가 죽을 거라고 생각하더군. 그래서 나한테 시간과 노력과 귀중한 자원을 낭비하는 걸 바보 같은 짓으로 여겼어. 하지만 그 남자는 아내를 사랑했기 때문에, 이네스가 원하는 대로 하게 놔둔 거야.

그 부부는 우리 가족보다 훨씬 더 가난했지만, 자기네가 가진 걸로 최선을 다했어. 내 경우에 그건 곧 비누와 물, 아스피린, 알로에가 전부라는 뜻이었지. 그때 내가 왜 스무 가지 세균에 감염돼서 죽지 않았는지는 나도 몰라. 정말이지 죽고 싶어서 안달할 지경이었는데 말이지. 난 말이야, 그때 그 시간을 되풀이하느니 차라리 내 손으로 머리에 총을 쏴버릴 거야."

나는 고개를 절레절레 흔들었다. 나는 응급 처치 이상의 의료 교육은 받아본 적이 없거니와 응급 처치조차도 제대로 할 자신이 없지만, 그래도 반콜레와 함께 산 세월 덕분에 화상이 경우에 따라서는 매우 끔찍하게 악화한다는 것 정도는 안다.

"화상 합병증이 하나도 없었단 말이야?" 내가 물었다.

마커스는 고개를 끄덕였다. "실은 나도 잘 몰라. 거의 항상 극심한 통증에 시달리느라 뭐가 어떻게 되어가는지 알 수가 없었거든. 합병증인지 전체적으로 안 좋은 상태인지, 구별이나 할 수 있었겠어?"

나는 고개를 절레절레 흔들며 나중에 반콜레가 나한테서 이 이야기를 들으면 뭐라고 할지 상상해봤다. 비누와 물과 아스피린과 알로에라니. 글쎄, 반콜레가 조금은 겸허하게 들어주면 좋겠다.

나는 마커스에게 물었다. "두란 부부는 어떻게 됐어?"

"죽었어." 마커스가 나직이 말했다. "적어도 난 그 사람들이 죽었다고 생각해. 너무나 많은 사람들이 죽었으니까. 시체는 끝내 못 찾았지만, 그래도 난 찾아보기는 했어. 정말로 열심히 찾아봤어."

오랜 침묵이 흘렀다.

"마커스?" 나는 손을 뻗어 그 애의 손을 쥐었다.

마커스는 손을 빼더니 두 손으로 얼굴을 가렸다. 그 손 너머에서 한숨 쉬는 소리가 들려왔다. 뒤이어 그 애의 이야기가 다시 시작됐다.

"우리 동네가 불타고 나서 사 년 후에, 로블리도 시 당국이 도시 재정비 사업을 결의했어. 두란 부부와 나는 불법점거자였는데. 우린 스투코*로 치장한 널따란 폐가에서 서로 남남인 다섯 가족과 같이 살았어. 그 말은 곧 신임 시장과 시의회와 경제계 인사들이 싹 쓸어버리고 싶어 했던 쓰레기 속에 우리도 포함됐다는 뜻이야. 그들이 보기에 이전 몇 년 동안 생긴 모든 문제의 원인은 바로 우리였어. 그러니까 다 가난뱅이들 탓이라는 거야. 노숙인들 탓이고. 불법점거자들 탓이라는 거지. 그래서 그자들은 정당한 거주권을 입증하지 못하는 사람들을 모조리 쫓아내려고 경찰을 잔뜩 투입했어. 안 쫓겨나려면 집세 영수증이나 계약서, 공과금 영수증 같은 게 있어야 했지. 처음에는 문서 위조 사업이 엄청나게 호황이었어. 나도 내 손으로 몇 장 만든 적이 있는데…… 팔려고 한 건 아니고, 두란 부부하고 그 친구들이 쓸 거였어. 그곳 사람들은 대부분 읽고 쓰기를 할 줄 모르거나 알아도 영어는 까막눈이라, 도와줄 사람이 필요했거든. 난 거기 사람들 일부가 엉터리 서류에 경화를 쓰는 걸 보고 내 손으로 서류를 만들기 시작했어. 보통은 집세 영수증이었지. 결국엔 다 헛수고였지만. 내가 살던 동네

* 건물의 방화성과 내구성을 높이고 외관을 장식할 목적으로 벽면에 바르는 미장 재료.

의 쓰러져가는 건물들은 거의 다 시 당국과 카운티 당국 소유였기 때문에, 경찰은 우리가 무슨 서류를 지녔든 간에 그곳에 머물 권리가 없다는 걸 다 알고 있었어. 그래서 우릴 모조리 몰아낸 거야…… 가난한 불법점거자들, 마약상들, 약쟁이들, 미치광이들, 조직 폭력배, 성노예들, 모조리 다."

"네가 살던 곳이 어딘데?" 내가 물었다. "로블리도 어디쯤이었어?"

"밸리 스트리트." 마커스가 말했다. "낡은 공장 건물하고 주차장 건물, 까마득히 오래된 주택과 상점, 그런 곳들이 온통 사람으로 가득했어."

"그리고 잡풀과 쓰레기로 가득한 공터에는 사람들이 거치적거리는 시체를 갖다버렸겠지." 나는 마커스 대신 설명을 덧붙였다.

"그래, 바로 그런 곳이었어. 두란 부부는 형편이 어려웠어. 늘 쉬지 않고 일했지만 가끔은 먹을 것도 충분히 구하질 못했지……. 나하고 나눠 먹어야 했기 때문에 더더욱. 나는 몸이 다 낫고 나서 두 사람하고 같이 일했어. 우린 청소도 하고, 수리도 하고, 쓸 만한 폐품은 죄다 팔았어. 일자리도 닥치는 대로 구해서 일했고. 청소, 조립, 건설, 수리 같은 일들을. 그런 일자리는 절대로 오래가는 법이 없었어. 우리 같은 사람은 많은데 일자리는 적으니, 보수도 형편없이 적었고. 가끔은 먹을 것하고 물밖에 못 받았고 헌 옷이나 헌 신발 같은 걸 받을 때도 있었지. 혹시라도 속여먹어도 괜찮은 만만한 상대로 보였다간 보수를 미국 달러로 지급받는 수도 있었어. 상대가 우릴 정당하게 대접하려고 신경 쓰는 경우엔 경화로 지급받았고. 대개는 그러지 않았지만. 그리고 상대가 우리나 우리 친구들을 조금 겁내는 경우에도 경화로 지급받았어.

그렇게 죽어라 애썼는데도 우린 하다못해 좁고 허름한 아파트나 집 한 채조차 빌릴 여유가 없었어. 더 나은 곳으로 옮길 수가 없으니 그냥 밸리 스트리트에 눌러 사는 수밖에 없었지. 온갖 일이 다 있었지만, 누나가 상상하는 것처럼 나쁘지만은 않았어. 거기선 주민들이 서로 챙겨주면서 살았으니까. 최악의 약쟁이들하고 깡패들은 빼고 말이야. 거기선 모두 다 아는 사이였어. 난 위조 광풍이 불기 전부터 그곳 주민들에게 글을 대신 읽고 써주는 일을 했어. 사람들은 형편이 되는 대로 나에게 사례를 했고. 그리고…… 일요일이면 일부 주민들이 교회를 여는 걸 거들기도 했어. 우리가 살던 집 뒤편에 오래된 간이 차고가 있었거든. 세 가족이 사는 차고에서 바깥쪽으로 불쑥 튀어나온 구조물이었는데, 마침 거기엔 사람이 아무도 안 살더라고. 그 간이 차고에 모여 예배를 드릴 때면 난 최선을 다해 설교를 하고, 성서 강독도 했어. 사람들이 나더러 해달라고 했으니까. 난 아직 꼬맹이였는데도 그 사람들은 내가 하는 이야기를 들으러 와줬어. 난 사람들한테 노래나 온갖 것을 가르쳐줬고. 그 사람들이 나더러 재능이 있다고, 그게 나의 소명이라고 했어. 사실 난 아빠 덕분에 성서와 진짜 교회에 관해 그곳 주민 누구보다 더 많이 알았던 것뿐인데."

마커스는 말을 멈추고 나를 바라봤다. "그거 알아? 난 그게 좋았어. 남들과 함께 기도하는 것도, 내 힘으로 할 수 있는 일은 뭐든 해서 남들을 돕는 것도. 그곳 주민들의 생활은 정말 처참했어. 내 힘으로 할 수 있는 일은 별로 없었지만, 그래도 난 힘닿는 데까지 도우려고 했어. 거기 사람들은 내가 화상과 총상에서 회복한 걸 대단한 일로 여겼어. 내가 토사물이나 다름없이 끔찍한 몰골이었을 때 나를 본 사람이 많았거든. 그 사람들은 내가 그런 상태에서 회복한 걸 보면, 분명 하느님이 나를 위해 뭔가 예비해놨을 거라고 생각한 거야.

두란 부부는 나를 자랑스러워했어. 나한테 자기네 성을 붙여줄 만큼. 내 이름은 마르코스 두란이었어. 그 사람들하고 같이 지낸 사 년 동안 난 그 이름으로 살았어. 지금도 마찬가지야. 난 거기서 진짜 집을 발견했으니까. 그러다가 경찰이 들이닥쳐서 우릴 길거리로 몰아냈어. 그다음엔 철거반이 몰려와서 집을 무너뜨리고, 건물을 날려버리고, 우리가 들고 갈 방법이 없어서 별수 없이 남겨둔 살림살이를 죄다 부서뜨렸지. 사람들은 질질 끌려 나가거나 쫓겨 나가면서 온갖 것들을 놔두고 갔어. 여벌의 옷, 돈, 사진, 사적인 기록들……. 영어를 못하는 사람들은 용케 숨을 곳을 찾아 틀어박힌 친척들, 아니면 몸이 너무 아프거나 장애가 있어서 달아나지 못하는 친척들을 집 안에 남겨둔 채로 쫓겨나기도 했어. 그런 사람들 중 일부는 경찰이 질질 끌고 나가서 트럭에 태웠고. 그렇게 사라졌다가 영영 못 찾은 사람들도 있어. 난 주민들을 경찰에 보내서 내가 아는 것만 해도 일곱 명을 찾아냈고, 그렇게 찾은 사람들을 데리고 돌아왔어. 하지만 현장에선 모든 게 뒤죽박죽이었지. 주민들은 물건을 챙기려고 자꾸만 집으로 돌아갔고, 경찰은 그들을 저지하거나…… 적어도 저지하려고 했어. 일부 경찰은 아예 장갑차를 타고 왔더군. 걸어서 온 경찰들은 전신 방호복에 마스크, 방패, 자동 소총, 최루탄, 채찍, 곤봉, 그 밖의 온갖 무기로 무장했는데, 그런데도 일부 주민들은 경찰을 막아서거나 두들겨 패려고 시도했어. 돌, 병, 심지어 귀중한 통조림까지 집어던지면서 말이야. 그때 누가 총을 세 발 쐈는데, 그만 경찰 한 명이 쓰러졌어. 총에 맞아 다쳤는지 아니면 그냥 발을 헛디뎠는지는 모르겠지만, 아무튼 총소리가 나고 나서 경찰이 쓰러진 거야. 그걸로 끝이었어. 지옥문이 활짝 열린 거지.

경찰이 총을 쏘기 시작했어. 사람들은 달아났고, 비명을 질렀고, 총이 있는 사람은 경찰에 맞서 대응 사격을 시작했지. 그때 난 두란 부부를 놓치는 바람에 혼자였어. 그래서 총격이 멈추기도 전에 두 사람을 찾아 돌아다니기 시작한 거야. 이번엔 아무도 날 쏘지 않았지만, 그래도 두란 부부를 찾진 못했어. 아예 두 번 다시 그 사람들을 못 만났어. 며칠 동안 찾아다녔는데도 말이야. 난 경찰이 시체를 모아서 치우기 전에 최대한 많이 확인해봤어. 생각나는 방법은 뭐든 다 시도해봤지만, 두 사람의 흔적도 찾을 수가 없더군. 시간이 조금 지나고 나서야 알았어. 그 사람들은 틀림없이 죽었고, 난 다시 외톨이가 됐다는 걸."

마커스는 우두커니 앉아 허공을 응시했다.

"난 그 두 사람을 사랑했어." 나직한 목소리에 고통이 가득 배어 있었다. "그리고 마르코스 두란으로 사는 것도 너무나 좋았어……. 꼬마 목사로 사는 거 말이야. 사람들은 나를 믿어줬고, 나를 존중해줬어……. 멋진 삶이었지. 대부분 좋은 사람들이었어. 그냥 가난했을 뿐이야. 그 사람들은 훨씬 더 나은 대우를 받을 자격이 있었는데."

마커스는 고개를 절레절레 흔들었다.

"난 어떻게 해야 좋을지 알 수가 없었어." 잠시 말이 없던 마커스가 이야기를 계속했다. "밸리 스트리트 근처에 이 주 더 머물면서 모든 건물이 다 철거되고 잔해가 치워지는 걸 지켜봤어. 음식을 훔칠 만한 곳이 보이면 훔쳐서 배를 채우고, 경찰이 보이면 피하고, 그렇게 두란 부부를 찾으려고 계속 돌아다녔어. 아까 그 사람들이 죽었다고 했잖아. 어느 정도는 나도 그렇게 믿었는데, 그래도 찾는 걸 멈출 수는 없더라고. 하지만 거기엔 아무것도 없었어. 아무도 없었고."

마커스는 그렇게 말해놓고 어째선지 망설이다가, 다시 말을 이었다. "아니, 실은 그렇지 않았어. 초라하고 어설픈 우리 교회의 일부 신도들이 혹시 동네에 남아 있는 게 있는지 보려고 돌아왔거든. 난 그런 사람들 가운데 세 가족을 만났어. 다들 나한테 같이 살자고 하더군. 그 사람들은 다른 지저분한 동네에 불법으로 거주하는 친척들이 있었고 그런 집들은 믿기 힘들 정도로 사람이 복작거렸지만, 그래도 한 명 정도는 더 끼워줄 수 있을 거라고 생각한 거야. 그때 난 빈털터리였는데도 그 사람들은 나더러 같이 가자고 했어. 그때 그 사람들을 따라갔어야 했는데. 그랬으면 십중팔구 도시 외곽에 다시 교회를 세우고, 결혼도 하고, 가족도 만들었을 텐데…… 또다시 아빠를 똑같이 따라 했을 텐데. 난 아마 무사했을 거야. 가난했겠지만 그래도 무사했을 거야. 사람은 자신이 머물 곳을 만들고 거기서 존중을 받으면, 가난한 건 문제가 안 돼. 난 지금은 그걸 알지만, 그때는 몰랐어.

그때 난 열여덟 살이었어. 이제 남자답게 혼자 힘으로 세상에 나갈 때라고 생각했지. 캘리포니아 주 남부에는 내가 할 만한 일이 아무것도 없는 것 같았어. 거긴 부잣집 자식으로 태어나든가 진짜로 훌륭한 사기꾼이 아니면 가난뱅이로 사는 수밖에 없는 곳이니까 말이야. 그래서 북쪽으로 가는 수밖에 없다고 생각한 거야. 고속도로에는 북쪽을 향해 줄지어 걸어가는 사람들이 늘 있었으니까. 난 그 사람들이 뭔가 알고 가는 거라고 생각했어. 그래서 사람들한테 알래스카나 캐나다, 워싱턴 주, 오리건 주 같은 곳에 관해 물어봤어……. 캘리포니아에는 절대 눌러앉기 싫었거든."

"나도 마찬가지였어." 내가 말했다.

"누나도 북쪽으로 걸어간 거야?"

"그래. 나뿐 아니라 반콜레도, 해리도, 자라도…… 우리 가운데 여럿이 그랬어."

"중간에 누가 건드리진 않았고?"

"수많은 사람이 우릴 건드렸어. 해리하고 자라하고 내가 살아남은 건 서로 힘을 합치면서 늘 한 명은 보초를 섰기 때문이야. 처음에는 내가 가진 권총 한 자루로 시작했어. 그러고는 이동하는 도중에 사람과 총을 더 많이 모았고. 하마터면 몰살당할 뻔한 위기는 세는 것도 잊어버릴 만큼 여러 번 겪었어. 일행 중에 한 명은 살해당했고. 여기까지 더 편하게 오는 길이 있었을지도 모르지만, 우린 그 길을 찾지 못했어."

"그 길을 못 찾기는 나도 마찬가지였어. 그런데 누나는 왜 이리로 온 거야? 내 말은, 왜 오리건 주 같은 곳까지 더 올라가지 않았어?"

"이 땅은 반콜레 소유야. 우리가 이곳에 도착할 즈음에, 그러니까, 그 사람하고 나는 같이 살기로 했는데, 나는…… 나는 다른 일행들하고도 같이 살고 싶었어. 공동체를 만들고 싶었거든. 아직 인간이기를 포기하지 않은 가족과 개인들로 이루어진 집단을."

"누난 길 위에서 한동안 살았을 거 아니야. 그런데도 인간이

길 포기하지 않은 사람들이 있는지 궁금했단 말이구나."

"맞아."

"누나가 이 땅으로 데려온 사람들…… 그 사람들이 여길 세운 거야?"

나는 고개를 끄덕였다. "우리가 처음 도착했을 때 이 땅엔 잿더미가 된 집하고 반콜레 친척들의 유골, 버려진 작물과 나무, 그리고 우물 한 개뿐이었어. 우리 일행은 열세 명이었고. 지금은 예순여섯…… 너까지 합쳐서 예순일곱 명이야."

"그냥 오는 사람은 다 받아주는 거야? 만약 강도거나 사기꾼이거나 살인자라면? 혹시라도 미치광이라면 어떡할 건데?"

"나를 좀 믿어줘, 마커스."

"누나구나. 누나가 직접 한 거였어." 마커스의 표정이 기묘하게 바뀌더니 잠시 말을 잇지 못했다. "난 처음에 반콜레가 여길 만든 줄 알았어. 그 사람이 만들고 나서 누나를 받아줬을 거라고 생각했는데."

"내가 말했잖아, 이 땅은 그 사람 거라고."

"하지만 여긴 누나 집이잖아."

"우리 집이야. 내가 틀을 잡았지만, 내 소유물은 아니야. 난 사람들을 이곳에 초대해서 자기 나름의 삶을 일구고, 우리 지구종에 가입하도록 했어." 나는 말을 잇기 전에 망설였다. 우리 아버지가 가르쳐준 신앙을 마커스가 지금은 얼마만큼 믿는지 알지 못했기 때문이었다. 어렸을 적에 마커스는 늘 아버지의 신앙을 현실로, 당연한 것으로, 원래부터 주어진 것으로 받아들이는 것처럼 보였다. 하지만 두 가정이 파괴되고, 두 가족을 잃고, 매춘과 노예 생활까지 견뎌내고 살아남은 지금, 마커스는 무엇을 믿을까? 그 애는 자기 사연의 그 마지막 부분은 아직 들려주지 않았다. 그 애는 신앙에서 희망을 얻었을까, 아니면 자기가 믿던 하느님이 구원을 베풀지 않자 신앙이 시들해져 사라져버렸을까? 로블리도에서 그 애는 간소한 야외 교회를 이끌며 그 교회에 정성을 쏟았다. 하지만 지금은 어떨까?

나는 마음을 다잡고 말을 이었다. "그리고 난 사람들에게 세상을 상대할 때 힘이 될 신앙을 제공했어. 지금 있는 그대로의 세상과 앞으로 올지도 모르는 세상에서…… 그들 같은 사람들이 살아남을 수 있도록."

"누나가 이 사람들의 목회자라고?" 마커스가 물었다.

나는 고개를 끄덕였다. "그래, 여기서는 그렇게 부르지 않지만 말이야."

마커스는 놀란 표정을 하고 있다가 이내 짤막한 웃음을 터뜨렸다. "우리 유전자 속에 신앙이 들어 있구나. 틀림없어. 그렇지 않으면 아빠가 우리한테 굉장한 짓을 저질러놨든가."

"우리는 우리 신앙에 지구종이라는 이름을 붙였어." 내가 말했다. "내 실제 직함은 '형성자Shaper'야."

마커스는 몇 초 동안 나를 빤히 볼 뿐, 아무 말도 하지 않았다. 여전히 놀란 표정이었고 이제는 혼란스러워하는 기색도 섞여 있었다.

"지구종?" 마커스가 마침내 꺼낸 말이었다. "맙소사, 나 그거 들어본 적 있어. 누나네가 그 사이비 종교 집단이었다니!"

"남들은 그렇게 부르기도 해."

"어떤 정치인이 그랬어. 주 상원의원 선거에 출마한 후보던가, 그랬을 거야. 선거에서는 이겼어. 재럿 지지자였고. 내가 아카타에 있을 때 그 사람이 연설을 했는데, 악마 숭배를 일삼는 사교 집단의 이름을 줄줄이 대더군. 그중에 지구종도 있었어. 내가 그때껏 한 번도 못 들어봤던 지구종이라는 말을 왜 지금도 기억하냐면, 그 정치인이 지구종이라는 이름 자체가 악마를 상징한다고 구구절절 설명했기 때문이야. 땅속에 깊숙이 묻힌 씨앗이 마치 독을 품은 곰팡이처럼 자라나 점점 더 많은 사람들에게 악을 퍼뜨린다는 식으로."

"세상에, 마커스……."

"내가 지어낸 거 아니야. 그 사람이 정말로 그렇게 말했어."

나는 숨을 깊이 들이쉬었다. "우린 악마 숭배 같은 거 안 해. 사실, 우린 아무도 숭배하지 않아. 그리고 우리가 바로 지구종이야. 인간이 곧 지구종인 거야. 우리한테 악마 같은 건 없어. 근데 우리처럼 조그만 공동체를 그 정치인이 알고 있었다니, 놀라운걸. 차라리 모르는 게 더 나을 텐데. 그런 거짓말이나 지껄일 바에는!"

마커스는 대수롭잖다는 듯이 어깨를 으쓱했다. "정치란 게 그렇지, 뭐. 정치인들이 아무 말이나 막 하는 거 알잖아. 그런데 누난 왜 크리스천이기를 그만둔 거야? 왜 새 신앙을 만들었어?"

"어느 날 갑자기 지어낸 게 아니야. 내가 열두 살 때부터 쭉 생각했던 거야. 그건 과거에도, 지금도, 진리의 집합체야. 그 안에 모든 진리가 담긴 건 아니야. 그것만이 유일한 진리인 것도 아니고. 그건 그냥 진실한 생각의 집합체일 뿐이야. 난 고향에 살 땐 그것에 관해 입도 뻥긋하지 못했어. 아빠한테는 절대로 상처를 주고 싶지 않았으니까. 하지만 나한테는 아빠의 신앙이 통하질 않았어. 나 스스로는 통하기를 바랐는데. 그 신앙이 통했다면 사는 게 훨씬 더 편했을 텐데. 그런데 통하질 않았어. 지구종은 통했고."

"하지만 지구종은 누나가 만든 거잖아. 만약 직접 만든 게 아니라면 어디서 읽었거나, 들었을 거 아냐."

전에도 여러 번 들어본 말이었다. 마치 이곳에 새로 들어올 가능성이 있는 사람은 누구나 하는 말 중에 그 말도 포함되는 것 같았다. 나는 그 말에 대응하려고 손이 닿는 곳에 아예 간단한 교보재를 마련해뒀다. 나는 일어서서 책장 앞으로 갔다. 거기 놓인 예쁜 장미 석영은 반콜레가 나에게 준 것으로, 학교 도서실이 아니라 집에 두고 읽는 책 몇 권의 북엔드로 사용하는 물건이었다.

"이걸 봐. 보고 나서 내 질문에 대답해줘." 나는 마커스의 손에 석영을 올려놨다. "만약 내가 이 돌을 분석해서 어떤 성분으로 이뤄졌는지 정확히 알아낸다면, 그렇다면 이 돌은 내가 만들어낸 걸까?"

"그건 적절한 비유가 아니야, 누나. 이 돌은 원래부터 존재했잖아. 지구종은 누나가 만들어내기 전엔 있지도 않았는데."

"지구종의 모든 진리는 내가 찾아내서 한데 모으기 전에 이미 어딘가에 존재했어. 반복되는 역사 속에, 과학, 철학, 종교, 또는 문학 속에 이미 있었어. 난 그중 어떤 것도 지어내지 않았어."

"그냥 한데 모았을 뿐이란 말이지."

"그래."

"그럼 누나는 소설을 쓴 것과 같은 방식으로 지구종을 만들어낸 셈이야. 소설을 쓸 때 등장인물의 행동이나 외모를 표현하려고 완전히 새로운 걸 찾아낼 필요는 없어. 아마 그렇게 하고 싶어도 못 할걸."

"다만 소설은 허구의 산물을 의미한다는 점에서 다르지. 지구종을 허구라고 하지는 마. 네가 지구종에 관해 아는 거라곤 기회주의자 정치인한테서 들은 거짓말뿐이니까." 나는 《지구종: 산 자들의 책 1》을 한 부 꺼내어 마커스에게 건넸다. "이 책을 읽고 나서 나랑 같이 얘기해보자."

"누나가 썼어?"

"응."

"누난 여기 적힌 말들을 믿어?"

"믿어. 나 스스로 믿지 않았다면 남들한테 사실이라고 가르치지도 않았을 거야."

"로블리도에 살 때 누나가 언제나 뭘 적고 있었던 게 기억나. 그때 키스 형이 누나 방에 몰래 들어가서 누나 일기장을 훔쳐 읽곤 했는데. 아니면 형이 그냥 허풍을 떤 거였는지도 모르지."

나는 그 말을 잠시 곱씹어봤다. "키스가 내 일기를 읽진 않았을 거야. 하긴, 매일같이 키스를 내 방에서 내쫓느라 바쁘긴 했지. 너도 아주 뻔질나게 여러 번 내보냈고. 하지만 만약 키스가 내 일기장을 몰래 읽었다면, 그걸로 나를 궁지에 몰아넣고 싶다는 충동을 도저히 이기지 못했을 거야. 게다가 키스는 불가피한 경우가 아니면 아무것도 읽으려고 하질 않았어."

"그래." 마커스는 식탁만 내려다볼 뿐, 잠시 말이 없었다. "이제 키스 형이 영영 나보다 어릴 거라고 생각하면 기분이 이상해져. 형을 떠올리면 지금도 나보다 더 나이가 많고, 덩치도 크게 느껴지는데 말이야. 키스 형은 진짜 못된 악당이었어." 마커스는 고개를 절레절레 흔들었다. "있잖아, 난 내가 키스 형을 진짜 미워하는 줄 알았어. 형은 항상 모두를 난처하게 만들고, 자기 형제들을 두들겨 팼으니까…… 누나만 빼고. 형이 누나를 그렇게 무서워한 건 누나의 덩치가 훨씬 더 크기 때문이었어. 그리고 엄마는…… 엄마는 다른 자식들을 다 합한 것보다 키스 형을 더 많이 사랑했어."

"그 정도로 심하진 않았어, 마커스."

마커스가 고개를 들고 나를 봤다. 침통한 눈빛으로. "근데 그 정도로 심했어. 누나는 엄마의 친딸이 아니라서 나처럼 느끼지 않았는지도 모르지만, 그 정도로 심했고 가끔은 더했어."

"나도 느끼긴 했어. 엄마랑 내가 서로를 가장 필요로 했을 때는 최후의 날이 다가올 무렵이었는데, 난 엄마가 그때 나를 사랑하기는 했는지 도무지 모르겠어. 하지만 그때는 엄마도 너무 겁먹고 절박한 상태였기 때문에…… 엄마를 용서해줘, 마커스. 엄마는 돌봐야 하는 자식이 넷이나 딸린 채로 지옥 같은 처지에 몰린 사람이었어. 그런 이유 때문에 마땅히 해야 하는 것보다 덜 이성적으로 행동했다면…… 그래, 엄마를 용서하는 수밖에."

침묵이 길게 이어졌다. 마커스는 책을 빤히 보다가 첫 장을 펼쳤다.

그대가 손대는 모든 것을
그대는 변화시킨다.

그대가 변화시킨 모든 것은
그대를 변화시킨다.

변치 않는 진리는 오로지

변화뿐.

변화가 곧
하느님이다.

나는 마커스가 그 시를 읽었는지 안 읽었는지 처음에는 알 수 없었다. 책을 빤히 내려다보는 그 애의 눈빛은 마치 시각장애인처럼, 눈을 뜨고 있으면서도 보지 않는 것처럼, 멍했다. 이윽고 그 애가 나직이 중얼거렸다. "아아, 하느님." 그 말이 꼭 기도처럼 들렸다. 마커스는 책을 덮고 눈을 감았다. "로런 누나, 난 내가 누나의 책을 읽고 싶은지 어떤지 잘 모르겠어." 마커스는 그렇게 말하고는, 눈을 뜨고 나를 봤다. "누난 내가 어쩌다가 쿠거하고 엮였는지 아직 안 물어봤지."

"나도 그게 궁금해." 나는 솔직히 인정했다.

"간단해. 고속도로를 걷기 시작한 첫날 밤에, 남자 셋이 나를 붙잡았어. 덩치가 산만 한 남자들이. 그 사람들은 내가 가진 돈이 얼마 안 돼서 화가 났어. 그러니까, 자기들이 터는 보람이 있게끔 내가 주머니를 두둑하게 채우고 다니는 게 당연하다는 듯이 말이야. 만약 내가 부자가 아니라면 난 그 사람들을 속인 셈이 되고, 그 사람들은 나한테 본때를 보여줄 자격이 생기는 셈이었지. 젠장."

마커스는 다시 식탁을 내려다보았다. 덩치 큰 남자 세 명을 마주한 마커스의 모습이 눈앞에 생생히 그려졌다. 그 애는 원래부터 체격이 가냘팠고, 스스로에게 해가 될 정도로 지나치게 매력적이었다. 전에는 그렇게 예쁘장한 소년이었고, 이제는 몹시도 잘생긴 청년이었다. 나는 어젯밤 마커스를 캠핑카에서 집으로 데려올 때 우리 공동체의 여자애들과 여자 어른들이 어떤 눈빛으로 그 애를 바라봤는지 목격했다. 그 애가 이곳에 계속 머문다면 여자들은 너 나 할 것 없이 그 애에게 달려들 것이다.

마커스는 이제 전보다 힘이 더 세졌을 것이다. 그 애한테서는 날씬하면서도 강단 있는 분위기가 풍긴다. 하지만 지금도 공격자 세 명을 물리칠 정도로 강하지는 않을 것이다. 그리고 그 애에게는 친구가 한 명도 없었다. 그날 밤 고속도로에서 등 뒤를 지켜줬을 만한 친구가.

잠시 후에 마커스가 다시 입을 열었다. 눈길은 여전히 식탁에 못 박힌 채로.

"그자들은 나를 흠씬 두들겨 패고 강간한 후에도 풀어주지 않았어. 그 짓을 두고 두고 하려고 나를 붙잡아놓은 거야. 그러다가 싫증이 나자 나를 포주한테 팔았어. 쿠거는 아니야. 그 인간은 나중에 만났거든. 첫 번째 포주는 자기 이름이 조로라고 했어. 포주들은 하나같이 바보 같은 이름을 쓰나 봐. 아무튼, 내 목에 목줄을 채운 인간은 조로가 처음이었어. 그 후로 사람들은 굳이 나를 때릴 필요가 없었어. 직접 때리고 싶은 기분이 들 때는 빼고 말이야. 어떤 인간들은 반격도 못 하는 남자를 엉망으로 두들겨 패면서 성적으로 흥분하기도 하니까. 그리고…… 로런 누나, 누나는 목줄의 제일 끔찍한 점이 뭔지 알아? 그걸 이용해서 날마다 사람을 고문할 수 있다는 거야. 하루도 안 빼놓고 날마다. 그러는데도 노예의 몸을 지저분하게 만들어 가격을 낮추는 흉터는 전혀 생기지 않고, 노예가 목숨을 잃는 일도 없어! 대부분의 노예는 목줄 때문에 죽지는 않아. 운이 좋은 사람들이 조금 있기는 하지. 그런 사람들은 목줄 때문에 심장마비나 뇌졸중이 일어나서 목숨을 잃어. 하지만 우리처럼 운이 좋지 않은 나머지는 어떤 꼴을 당해도 살아남지. 그리고 우리가 다른 형태의 죽는 방법을 찾으려고 하면, 그러니까 스스로 목숨을 끊으려고 하면, 그자들이 못 하게 막아. 목줄의 조종 장치를 가진 포주는 우리 엄마가 피아노 건반을 손가락으로 두드리던 것처럼 자유자재로 우릴 조종할 수 있거든. 그렇게 되면 우린 뭐든지 하려고 할 거야…… 뭐든지! 그래야 다만 몇 분 동안이라도 포주가 우릴 가만히 놔둘 테니까. 가끔 길을 걷다 보면 시체가 눈에 띄곤 하지……. 기운이 없어서 더 걷지 못하고 쓰러져 죽은 불쌍한 노인이나, 누가 강간하고 죽인 다음에 버려둔 여자의 시체 말이야. 목줄을 차고 그런 시체 앞을 지나가다 보면, 차라리 내가 그 시체였으면 하고 간절히 바라게 돼.” 마커스는 한숨을 쉬며 고개를 절레절레 흔들었다. “진짜야, 정말로 그렇게 돼. 조로와 쿠거 사이에 다른 주인이 한 명 더 있었지만, 그 인간도 걸어 다니는 똥 덩어리긴 마찬가지였어. 똥 덩어리가 아니라면 사람을 물건처럼 소유하고, 재미와 돈을 위해 고문하는 짓을 하는 게 불가능하거든. 포주라는 인간들은 값만 제대로 쳐주면 자기 어머니하고 딸도 팔아치울 거야. 그리고 만약 기회가 생긴다면, 이건 정말 맹세코 하는 말인데, 로런 누나, 난 기회만 있으면 과거의 내 주인 셋을 말뚝에 묶어놓고 불태워 죽여버릴 거야. 재럿의 추종자들이 자기네가 마녀로 모는 사람을 처형할 때 하는 것처럼."

잠시 후, 마커스의 말이 이어졌다.

"난 그 광경을 목격한 적이 한 번 있어……. 화형 말이야. 내 두 번째 주인이었던 사전트는 잠든 틈을 타 자기를 죽이려고 한 여자를 화형에 처했어. 아름다운 여자였는데. 사전트와 그의 동료 패거리는 그 여자의 가족을 모조리 죽이면서까지 그 여잘 손에 넣었지만, 정작 규칙은 가르쳐주지도 않은 상태로 그 여자와 동침했어.

규칙은 이런 식이야. 한번 목줄을 차면, 달아날 수 없어. 조종 장치에서 일정 거리 이상 떨어지면 목줄이 착용자의 목을 조르거든. 그러면 너무 고통스러워서 도저히 버티질 못해. 억지로 버티다간 기절해버려. 우리끼리는 그걸 '목조르기'라고 불렀어. 목줄 착용자가 조종 장치를 건드려도 목이 졸려. 어차피 조종 장치를 손에 넣어봤자 소용없어. 지문 인식 잠금 기능이 있거든. 그리고 만약 조종 장치를 조작하는 손가락이 엉뚱한 사람의 것이거나 죽은 사람의 것일 경우에는, 목줄이 착용자의 목을 조르는 상태로 고정된 다음, 지문이 일치하는 살아있는 사람이 와서 해제할 때까지 쭉 그 상태를 유지해. 그래서 조르는 기능이 해제되기 전에 착용자가 죽기도 하지. 누가 위협하는 경우에 포주는 가장 나이가 많고 인기가 없는 성노예를 시켜 자기 대신 싸우게 해서 방패로 삼아. 사실, 목줄을 차고 있는 한 모든 성노예는 포주를 위해 싸울 거야. 아무리 포주가 밉다고 해도 말이야. 그것도 아주 목숨을 걸고 싸울 거야. 심지어는 자기가 죽든 말든 상관하지 않고서. 그리고 물론, 만약 목줄을 자르거나 불태우거나 다른 방식으로 훼손하려고 해도, 목줄이 조여들어서 목을 졸라.

그 여자는 자기 식구들의 복수를 하려고 했어. 그런데 그날 밤 사전트가 함께 데리고 잔 남창이 왜 자기를 막아서는지 이해하지 못했지. 그 남창은 여자에게 제발 그러지 말라고 애원했어. 그러면서 이유를 설명하려고 했지만, 여자는 듣질 않았어. 그러다 사전트가 잠에서 깬 거야. 이튿날 그는 자기가 거느린 성노예들을 모두 모아놓고 전날 밤의 그 여자를 벌거벗겨 말뚝에 묶은 다음, 우리에게 장작을 가져다가 말뚝 둘레에 높다랗게 쌓도록 시켜서 그 여자의 머리만 드러나도록 했어. 그러고는 우리가 억지로 지켜보는 가운데 그 여자를…… 그 여자를 불태워 죽였어."

사전트의 목숨을 구한 '남창'은 다름 아닌 마커스일 거라는 생각이 내 머릿속을 스쳤다. 아마도 그랬을 것이다. 나는 물어보지 않을 테지만. 어쩌면 그 '남창'은, 실제로는 아니었다고 해도, 어느 정도는 마커스 본인이나 다름없었을 것이다. 내 동생이 말한 그 목줄은 착용자로 하여금 자신과 같은 부류를, 자신의 자유를, 더 나아가 자기 자신을 배신케 했으니까. 마커스가 당한 일이 바로 그것이었다. 그런데 그 일 때문에 마커스는 어떻게 변했을까? 지금의 마커스는 누구이고, 어떤 존재일까? 그 애는 일단 겪고 나면 누구나 어떤 식으로든 변할 수밖에 없는 경험을 헤쳐 나왔다. 지구종 시집의 첫 시가 그 애의 마음에 가닿은 것도 당연했다.

나는 마커스를 자라와 해리에게 데려가 인사시켰고, 둘은 놀라며 그 애를 안아줬다. 특히 자라는 그 애가 총에 맞고 불구덩이로 던져지는 걸 봤기 때문에, 그 애한테서 눈을 떼지 못한 채 자꾸만 손으로 만져봤다. 두 사람을 마주 보는 마커스의 눈빛을 나는 전에 본 적이 있었다. 굶주려서 반쯤 죽어가는 사람이 구걸할 수도, 살 수도, 훔칠 수도 없는 음식을 바라볼 때의 눈빛이었다.

2032년 12월 19일 일요일

"내 이름은 마르코스라고 할게."

내가 우리 학교 겸 도서실 겸 집회소를 안내해줄 때 마커스가 한 말이었다. 그 애는 곧 첫 번째 집회에 참석할 예정이었지만, 나는 우리가 일군 것들을 더 많이 보여주고 싶어서 그 애를 학교로 일찍 데려왔다. 그 애는 학교 건물과 우리가 폐품 속에서 줍거나 사들이거나 물물교환으로 손에 넣은 책들을 보며 감탄하는 눈치였지만, 나는 그 애 머릿속에 뭔가 다른 생각이 있다는 인상을 받았다. 이제 그 생각이 모습을 드러냈다.

"난 이미 오 년 넘게 마르코스 두란으로 살아왔어." 그 애가 말했다. "이제 와서 마커스 올라미나로 살아가려면 어떻게 해야 할지 도저히 모르겠어."

나는 그 말을 어떻게 받아들여야 할지 알 수가 없었다. 잠시 후, 나는 물었다. "너 혹시…… 사람들이 내가 네 누나인 걸 아는 게 싫어서 그래?"

그 애는 무슨 끔찍한 소리라도 들은 듯한 표정을 지었다. "아니야, 로런 누나. 그런 게 아니야." 그 애는 잠시 입을 다물고 생각에 잠겼다. "그보다는 마커스 올라미나가 내 어릴 적 이름인 것 같아서 그래. 난 이제 그때의 어린애가 아니야. 다시는 그 애가 되지 않을 거야."

"알았어." 나는 고개를 끄덕이고는 덧붙였다. "반콜레 덕분에 여기 사람들은 거의 모두 나를 올라미나로 부르니까, 오히려 더 편할지도 몰라. 헷갈리는 일도 적을 테고."

"누나 남편은 누나를 처녀 적 성으로 불러?"

"내 이름이 마음에 안 들어서, 이름으로 안 부르는 거래. 피장파장이야. 어차피 나도 그 사람 이름이 마음에 안 드니까. 아무튼, 그 사람 이름은 '테일러'인데, 나도 이름으로 부르진 않아."

내 동생은 제 알 바 아니라는 듯이 어깨를 으쓱했다. "뭐, 둘이 알아서 할 일이니까. 난 그냥 마르코스로 불러줘."

나도 어깨를 으쓱했다. "알았어."

2032년 12월 22일 수요일

반콜레가 집에 돌아왔다. 얘기를 들어보니 핼스테드의 의사는 죽었고, 그곳 사람들은 촌장과 주민 회의까지 나서서 반콜레에게 그곳으로 이사 와 자기네 주치의가 돼달라고 부탁하는 모양이다.

반콜레도 그러고 싶어 한다. 자기 자신뿐 아니라 나와 우리 아기를 위해서라도, 그는 다른 무엇보다 그렇게 하고 싶어 한다. 그러면서 자신에게 이런 기회는 두 번 다시 안 올 거라고 한다. 자신은 늙은이라고. 자신은 앞날을 생각해야 하고, 나는 아기를 생각해야 한다고 말한다. 나더러 제발 부탁이니 현실적으로 생각하라고, 꿈같은 소리는 제발 그만하라고 말한다.

여기 적은 내용이 다가 아니다. 실은 지긋지긋하게 되풀이되는 다툼이다. 대부분은 반콜레가 전에도 했던 이야기고, 나로서는 정말이지 듣기 지겨운 이야기다. 하지만 이제는 더 심해졌다. 더 오싹해졌다. 반콜레가 그 얘기를 전에 없이 진지하게 하는 까닭은 이제 제안을 받았기 때문이다. 진짜 제안을. 그리고 우리 사이에, 내 배 속에 조그마한 생명이 자라고 있기 때문이기도 하다. 나는 입덧도 하지 않고, 자라가 임신했을 때 겪었던 부기나 불쾌감, 우울감 같은 증상도 전혀 없다. 그러면서도 내 딸이 내 안에 있다는 사실은 단 한 순간도 의심한 적이 없다. 반콜레가 아기의 성별을 확인해보고 딸이라고 가르쳐줬다. 분위기가 조금 부드러워지면 우리는 딸의 이름을 놓고 티격태격하곤 한다. 반콜레는 자기 어머니 이름을 따 베릴로 짓자고 하고, 나는 베릴만 아니면 어떤 이름이든 좋다고 한다. 그건 너무 옛날식 이름이니까.

하지만 때로는 내 안에서 성장하고 발육하는 우리 아이 덕분에 내가 누리는 모든 편안함과 기쁨과 사랑이 반콜레 때문에 사라져버리는 것 같다. 반콜레는 나더러 미숙하다고, 지구종에 대한 내 믿음은 비이성적이고 비현실적이라고, 내가 이기적이고 근시안적이라고 말하는데, 그의 눈에는 그런 것들밖에 안 보이는 모양이다.

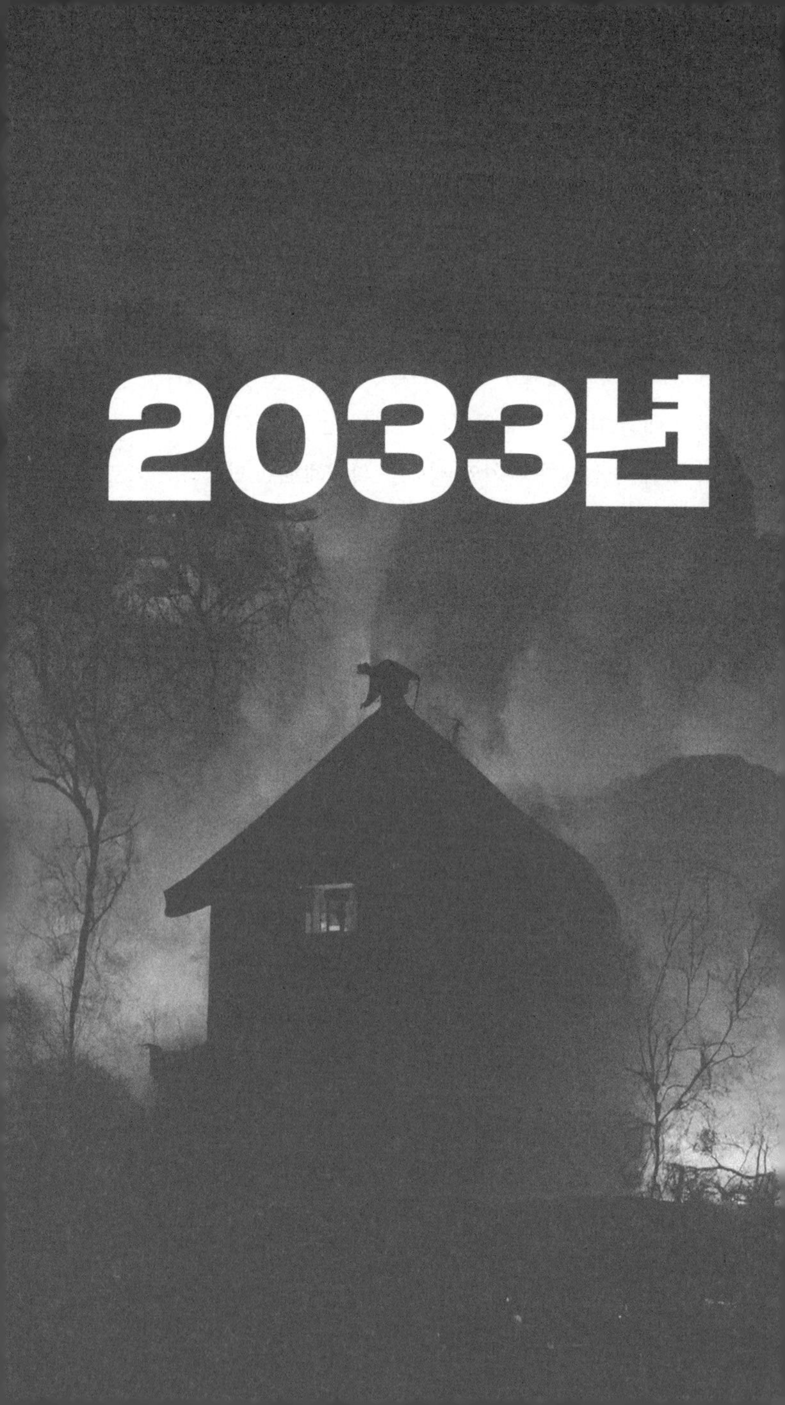
2033년

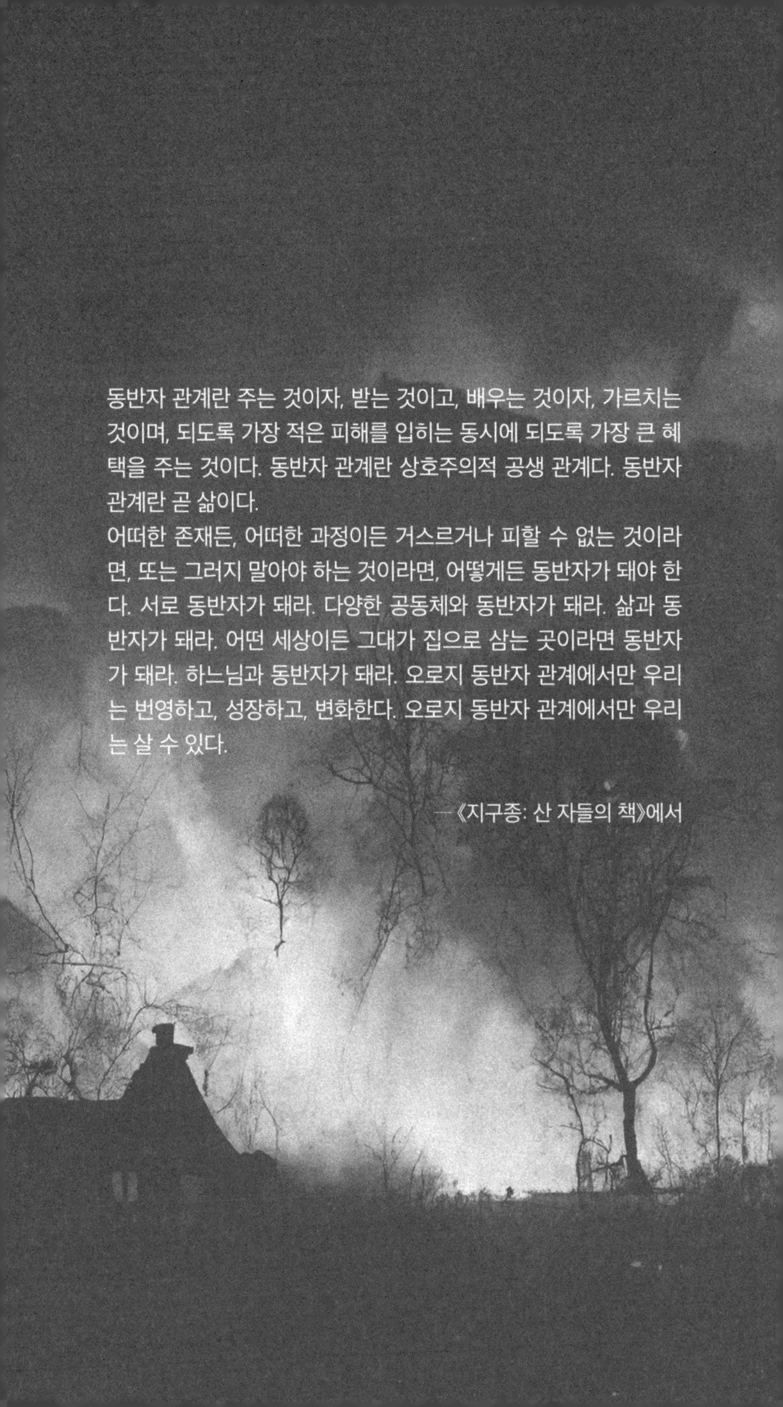

동반자 관계란 주는 것이자, 받는 것이고, 배우는 것이자, 가르치는 것이며, 되도록 가장 적은 피해를 입히는 동시에 되도록 가장 큰 혜택을 주는 것이다. 동반자 관계란 상호주의적 공생 관계다. 동반자 관계란 곧 삶이다.
어떠한 존재든, 어떠한 과정이든 거스르거나 피할 수 없는 것이라면, 또는 그러지 말아야 하는 것이라면, 어떻게든 동반자가 돼야 한다. 서로 동반자가 돼라. 다양한 공동체와 동반자가 돼라. 삶과 동반자가 돼라. 어떤 세상이든 그대가 집으로 삼는 곳이라면 동반자가 돼라. 하느님과 동반자가 돼라. 오로지 동반자 관계에서만 우리는 번영하고, 성장하고, 변화한다. 오로지 동반자 관계에서만 우리는 살 수 있다.

—《지구종: 산 자들의 책》에서

제8장

사명은
우리를 통합한다.
그것은 우리 꿈을 집중시키고,
우리 계획을 인도하고,
우리 수고에 힘을 보탠다.
사명은
우리가 누구인지 정의하고,
우리 모습을 빚고,
우리에게 탁월함을
부여한다.

— 《지구종: 산 자들의 책》에서

나를 낳기 전의 어머니의 삶을 내가 그토록 오랫동안 들여다본 이유가 무엇인지는 나도 확실히 알지 못한다. 어쩌면 그때가 어머니의 삶에서 가장 인간적이고 정상적인 시기였기 때문일 것이다. 나는 어머니가 젊은 아내이자 곧 엄마가 될 여성이었던 시절, 또한 친구이자 누나이자 공교롭게도 동네 목회자였던 시절에 과연 어떤 사람이었는지 알고 싶었다.

어머니는 아버지가 부탁한 대로 에이콘을 떠나 햄스테드로 가서 살아야 했을까? 당연히 그랬어야 했다! 만약 그랬다면 어머니와 아버지와 나는, 재럿이 일으키는 격변 속에서 어떻게든 평범하고 안락한 삶을 이어갔을까? 내 생각에는 아마 그랬을 것 같다. 아버지는 어머니를 가리켜 미숙하고, 비현실적이고, 이기적이고, 근시안적이라고 했다. 근시안적이라니, 하고 많은 말 중에 하필이면! 만약 지구종에도 죄라는 개념이 있다면 근시안적인 것과 선견지명이 없는 것은 가장 악한 죄다. 그럼에도 '근시안적'은 어머니를 가장 정확하게 표현한 말이다. 어머니는 사명을 위해 우리를 희생했으니까. 그리고 만약 자신이 무슨 짓을 하는지 몰라서 그렇게 했다면, 어머니는 마땅히 알았어야 했다. 뉴스와 시대와 유행에 그토록 큰 관심을 기울였던 어머니라면, 마땅히 그래야 했다. 사춘기 소녀였을 때 어머니는 자신의 아버지에게서 본인은 보지 못하는 잘못을 봤다. 다름 아닌 장벽과 총에 의지하는 마음, 종교적 신념, 좋았던 옛 시절이 돌아오리라는 희망이었다. 하지만 정작 어머니에게 그 이상의 무엇이 있었을까? 만약 어머니의 좋은 시절이 장차 태양계 바깥의 어느 별에서 펼쳐질 거였다면, 그렇다면 그 좋은 시절은 더더욱 애처롭고 허황될 뿐이었는데.

《로런 오야 올라미나의 일기》에서

2033년 1월 16일 일요일

헬스테드 주민들은 집에서 반려견을 기르는데, 이 지역의 도시와 마을에서는 대부분 그렇게 한다.

그건 나도 알지만, 내가 자란 캘리포니아 남부에서 가난한 사람과 개는 친하게 지내지 못했다. 그 둘은 서로 먹는 사이였다. 개들은 떼를 지어 몰려다녔기 때문에 우리에게는 장벽이 막아줘서 다행인 것들 가운데 하나였다. 극히 부유한 일부 사람들은 사나운 개를 이용해 자기 재산을 지켰다. 개에게 먹이려고 고기를 살 만큼 형편이 넉넉한 사람은 오직 그들뿐이었다. 우리 같은 나머지 부류는, 만약 고기가 생기면, 기뻐하며 자기 입에 넣었다.

지금도 나는 사람과 개가 사이좋게 함께 있는 광경을 볼 때마다 깜짝 놀라곤 한다. 하지만 이 근처 마을과 가족 농장의 주민들은 비록 부유하지는 않아도 식량만은 개와 나눠 먹을 만큼 넉넉하다. 심지어 그 개가 일은 전혀 하지 않고, 그저 종일 누워서 기다랗고 날카로운 이빨이 드러나도록 주둥이만 벌리고 있더라도 말이다. 아이들은 그런 개와 함께 뛰어논다. 지난 며칠 동안 나는 이빨이 날카로운 개의 곁에서 노는 어린애를 붙잡아 다른 곳에 데려다놓은 다음, 그 개를 흠씬 패주고 싶었던 적이 한두 번이 아니었다.

흥미롭게도 내가 개를 싫어하는 것만큼이나 개들도 나를 싫어한다. 우리는 서로를 방해하지 않으려고 피한다. 그런 반면에 반콜레는 개를 좋아한다. 그는 개의 귀를 긁어주고 말도 건다. 개들도 그를 좋아한다. 캘리포니아 주 남부에 살던 어린 시절에 그는 커다란 개 두세 마리를 반려견 삼아 키웠다. 샌디에이고나 로스앤젤레스에 사는 사람들이 그러던 시절이 있었다니, 설령 이삼십 년 전이었다고 해도 믿기 힘든 얘기다.

나는 반콜레를 기쁘게 해주려고 그를 따라 춥고 바람 부는 헬스테드에 가서 이틀 동안 머물렀다. 그에게 어차피 헛수고라고 얘기했지만, 그러거나 말거나 그는 나와 함께 가고 싶어 했다. 나는 요즘 들어 그의 기분을 맞춰준 적이 거의 없었기 때문에 함께 가겠다고 했다. 그는 헬스테드에 홀딱 반했다. 그곳은 그가 꿈꾸는 이상적인 마을이다. 세워진 지 오래됐으면서도 현대적이고, 낯설지 않고, 외따로 떨어져 있기 때문이다. 그곳에는 아늑하고 널따란 집들이 있다. 침실이 서너 개씩 딸린 집들이다. 게다가 산과 능선을 따라 늘어선 풍력 발전기 덕분에 거의 항상 전력이 넉넉하게 공급된다. 상하수도 배관도 현대식이다. 우리 공동체도 상하수도 배관을 조금은 갖췄지만, 그것도 오래 고생한 끝에 얻은 결실이다. 헬스테드는 무너져내리는 해안선만 빼면 어느 마을에도 뒤지지 않을 만큼 튼튼하게 보호받는 곳이다. 인구는 약 이백오십 명이다. 거기에는 가장 가까운 몇몇 농장의 거주자들도 포함된다.

반콜레와 나는 외국으로 이민 가는 가족의 집을 양도받기로 약속돼 있다. 그 가족은 시베리아의 농촌으로 떠난다. 그 집 식구들 중 갓 어른이 된 두 아들과 아버지는 이미 그곳에 가서 여성들과 아이들과 노부모가 도착하기 전에 기반을 닦는 중이다. 성이 캐넌인 그들 가족이 보기에 반콜레가 넘겨받을 헬스테드의 안전하게 보장된 땅은 기운이 다 빠져버린, 더는 살 수 없는, 그래서 등지고 싶은 '고국'의 편린일 뿐이다. 그들은 좋은 사람들이지만, 미국을 벗어나고 싶어서 안달한다. 미국은 이제 더는 제대로 돌아가는 나라가 아니라면서. 그들에게는 재럿이 대통령이 된 것이 마지막 결정타였다.

그럼에도 헬스테드에 다녀온 것은 나에게 좋은 경험이었다. 요즘은 임신하기 전만큼 많이 돌아다니지 못하기 때문이다. 폐품 수집은 아예 하러 다니지 않고 장사하러 나가는 경우도 별로 없다. 반콜레는 나더러 집에 있으면서 '얌전히 행동'하라고 잔소리를 하는데, 보통은 내가 져주는 편이다.

나는 널따란 현대식 집에 살면 어떤 기분인지 그때껏 잊고 살았다. 심지어 추위와 바람도 그렇게 나쁘지만은 않았다. 나는 그 두 가지가 조금 마음에 들었다. 집은 덜거덕거리고 삐걱거렸지만 전기 히터와 벽난로가 함께 덥혀줬고, 해안가 절벽으로부터 충분히 멀리 떨어진 덕분에 설령 절벽이 무너진다 해도 앞으로 여러 해 동안 위험을 걱정할 필요가 없었다.

첫째 날, 나는 절벽 가장자리로 걸어가 태평양을 바라보며 서 있었다. 고속도로를 따라 유리카와 아카타 인근을 비롯해 더 북쪽으로 갈 때면 언제나 그 드넓은 바다가 보였다. 이곳의 바다는 기다랗게 이어진 모래 언덕을 쓸어가버렸고, 이 때문에 험볼트 만과 아카타 만의 해안선에 심각한 피해를 입혔다. 그것도 다 꾸준히 상승하는 해수면과 이따금 심하게 불어닥치는 폭풍 때문이다.

그럼에도, 바다는 변함없이 아름답다. 나는 바람이 거칠게 불어대는 절벽 위에 서서 하얀 파도를 바라보며 가없이 드넓은 바다를 만끽했다. 반콜레가 내 뒤를 따라왔지만 나는 그가 바로 곁에 다가서고 나서야 그의 기척을 알아차렸다. 내가 얼마나 마음을 놓고 있었는지 보여주는 증거였다. 에이콘의 집에 있을 때는 경계심이 철저한 편이니까.

반콜레가 한 팔로 나를 감싸는 사이에 바람이 그의 턱수염을 흐트러뜨렸다. 그는 빙그레 웃었다. "바다가 참 아름답지?"

나는 고개를 끄덕였다. "이런 곳에 살던 사람들이 광활한 시베리아 평원에서 사는 걸 좋아할지 모르겠어. 그곳의 평원이 예전보다 따뜻해졌다고는 하지만."

반콜레는 웃음을 터뜨렸다. "내가 아이였을 적에 시베리아는 러시아 사람들이, 그때는 소련이라고 했는데, 아무튼 그 사람들이 범죄자나 사고뭉치 정치인을 유배 보내는 곳이었어. 만약 그 시절에 누가 장차 미국인들이 고향과 시민권을 버리고 새 삶을 찾으러 시베리아로 떠날 거라고 했으면, 사람들이 정신병 환자용 구속복을 찾으려고 주위를 두리번거렸을걸."

"자기가 잘살 때 잘사는 줄 모르는 건 인간의 특징인 것 같아." 내가 말했다.

반콜레는 곁눈으로 나를 흘깃 봤다. "암, 그렇고말고. 내가 날마다 목격하는 특징이지."

나는 웃음을 터뜨리며 한 팔로 반콜레를 안았고, 우리는 그 길로 캐넌 가족의 집에 돌아가 식탁에 차려진 구운 생선과 삶은 감자, 방울양배추, 구운 사과를 먹었다. 캐넌 가족의 집은 마당이 널따래서, 반콜레와 나처럼 그 집 식구들도 자기네 먹을거리를 대부분 손수 기른다. 기르기 힘든 것은 그 지역 농부나 어부에게서 사 먹는다. 그들 가족은 본인들도 쓰고 판매도 할 목적으로 천일염을 만드는 협동조합의 일원이기도 하다. 하지만 우리와 달리 그들은 천연 식재료나 양념을 거의 쓰지 않는다. 도토리, 선인장 열매, 박하, 만사니타,* 심지어는 잣도 먹지 않는다. 물론 시베리아에 가면 새로운 먹을거리가 있을

* 북아메리카 서부에 자생하는 상록 관목으로 '아세롤라'라는 이름으로도 알려졌으며, 종류가 매우 다양하고 약초나 식재료로 많이 쓰인다.

것이다. 캐넌 가족은 그 새로운 먹을거리의 조리법을 배우려고 할까? 아니면 뭐든 자신들이 기르는 작물만 먹으려고 하거나, 자신들에게 익숙한 단조로운 식재료를 사 먹으려고 할까?

"이 집을 떠난다는 생각 때문에 못 견디게 괴로울 때가 있어요." 우리가 식탁에 앉아 식사를 하는 동안 시어 캐넌이 말했다. "하지만 이곳을 떠나면 아이들한테 더 많은 기회가 생길 거예요. 여기 있어봤자 애들한테 좋은 일이 뭐가 있겠어요?"

나는 다들 눈치챌 만큼 배가 크게 부르지 않았고, 요즘은 옷도 헐렁하게 입고 다닌다. 하지만 시어 캐넌은, 자식을 일곱이나 낳은 그 여자는, 아무래도 내 몸 상태를 눈치챈 듯싶다. 어쩌면 시어는 자기만의 걱정에 너무 깊이 빠졌는지도 모른다. 시어는 통통하고 예쁘장하고 피곤해 보이는 사십대 금발 여성인데, 언제나 정신이 살짝 딴 데 팔린 사람처럼 보인다. 머릿속에 고민거리가 가득한 사람처럼.

그날 밤, 나는 반콜레와 나란히 누워 바닷소리와 바람 소리에 귀를 기울였다. 바깥에 머물러야 하는 처지만 아니면 듣기 좋은 소리다. 에이콘에서 이렇게 날씨가 거친 날 경계 근무를 서는 건 호락호락한 일이 아니다.

"촌장이 나더러 마을 교사 한 명의 후임으로 너를 채용할 용의가 있대." 반콜레가 말했다. 내 귓가에 입을 대고서, 한 손은 틈만 나면 쓰다듬는 내 배에 올려놓은 채로. "교사 한 명은 오십대 후반이고 또 한 명은 일흔아홉 살이래. 나이가 더 많은 쪽은 몇 년 전부터 은퇴하고 싶어 했다더군. 그 사람들한테 에이콘에 있는 학교는 네가 다 세운 거나 다름없고 거기서 직접 가르치기도 한다고 얘기했더니, 거의 환호하는 분위기였어."

"그 사람들한테 내 자격 요건은 고등학교 졸업장에, 폭넓은 독서 이력에, 아버지 컴퓨터로 청강한 대학 강의 몇 가지가 전부라는 얘기도 했어?"

"했어. 그래도 괜찮대. 네가 여기 애들한테 고졸 검정고시에 합격할 정도의 공부만 시켜줘도 사람들은 너한테 주는 급여를 아까워하지 않을 거야. 그건 그렇고, 여기 사람들이 급여를 경화로 많이 지급하기는 사실상 힘들겠지만, 그래도 내가 죽어서 없어진 후에도 네가 이 집에 계속 살면서 텃밭에 작물을 기르게 허락하는 정도는 해줄 거야."

나는 몸을 움직여 반콜레에게서 멀어졌지만, 입에서 튀어나오려는 말은 가까스로 참았다. 나는 그가 입만 열면 죽는 이야기를 꺼내는 게 정말이지 질색이었다.

"그 나이 많은 선생님을 빼면." 반콜레가 말을 이었다. "이 일대에는 교사 자격증이 있는 사람이 아무도 없어. 대학 졸업장이 있는 나이 든 사람들은 제2, 제3의 직업으로 학교 교사를 택할 생각은 꿈에도 하질 않고. 그냥 애들 머릿속에 읽기와 쓰기, 수학, 역사, 과학을 웬만큼 집어넣어주면 다들 좋아할 거야. 네가 에이콘에서 꾹 참고 해낸 일에 비하면 그 정도는 잠결에도 뚝딱 해치울걸."

"잠결에 뚝딱이라니." 내가 말했다. "꼭 지옥에서 보내는 삶의 한 가지 정의처럼 들리는걸."

반콜레는 내 배에서 손을 뗐다.

"여긴 멋진 곳이야." 내가 말했다. "당신이 우리 아기랑 나를 챙겨주려고 하는 것도 정말 기쁘고. 하지만 여기엔 먹고사는 삶 말고는 아무것도 없어. 이곳 아이들한테는 내가 딱히 필요하지도 않은데, 그런 아이들의 머릿속에 얼마 안 되는 지식을 주입하려고 에이콘과 지구종을 버릴 순 없어."

"네 아이한테는 네가 필요해."

"알아."

반콜레는 그 이상 아무 말도 하지 않았다. 그저 돌아누워 내게 등을 보일 뿐이었다. 잠시 후에 나는 잠이 들었다. 그도 그랬는지는 모르겠다.

나중에, 집에 돌아온 후에, 우리는 별 대화를 나누지 않았다. 반콜레는 화가 났고, 나를 용서할 마음도 없었다. 그는 핼스테드 사람들에게 아직 확실히 '아니요'라고 말하지 않았다. 내 마음이 괴로운 이유가 바로 그것이다. 나는 그를 사랑하고 그도 나를 사랑한다고 믿지만, 그가 나 없이 핼스테드에 정착할 수도 있다는 생각이 도무지 가시지 않는다. 그는 혼자서도 잘 사는 남자고, 자신이 옳다고 진심으로 확신한다. 그는 내가 유치하고 완고하다고 말한다.

그건 그렇고, 마크*도 반콜레 의견에 동의하지만 그렇다고 우리 둘 중 누가 그 애에게 의견을 물어본 것은 아니다. 하지만 그 애는 아직 우리 집에 머물고 있으니 우리가 다투는 소리가 듣기 싫어도 조금은 들릴 수밖에 없다. 말을 섞지 않고 그냥 피하는 방법도 있었지만, 마크의 머릿속에는 그 방법이 애초에 떠오르지도 않았을 것이다.

"누난 도대체 뭐가 문제야?" 오늘 아침, 집회가 시작되기 직전에 마크가 내게 물었다. "왜 이런 쓰레기장 같은 데서 애를 낳으려고 해? 생각을 해봐, 누난 제대로 된 마을의 제대로 된 집에서 살 수도 있어."

그 말에 나는 어찌나 급하게 화가 뻗쳤던지, 그저 입을 꾹 다물고 있든가 아니면 마크에게 악을 쓰는 것 말고는 어떤 반응도 할 수가 없었다. 하필이면 마크가, 그런 식으로 말하면 안 된다는 것을 다른 누구보다 명심해야 할 그 애가. 우리는 이 '쓰레기장'에서 번 돈으로 이 '쓰레기장' 바깥에 도움의 손길을 내밀었다. 우리는 그 애를 찾아내 해방시켜줬다. 우리가 우리 생각만 하고 우리 쓰레기장 생각만 했더라면 그 애는 지금도 노예이자 남창일 텐데!

"집회에 참석해." 나는 거의 소곤거리듯이 나직이 말했다. 그러고는 마크를 내버려두고 집을 나섰다.

* 마커스가 자기 이름을 마르코스로 바꾸고 나서 로런은 동생을 '마크'로 지칭한다.

마크는 나를 따라 집회에 왔지만 사과는 끝내 하지 않았다. 아예 자기가 악독한 소리를 지껄인 줄도 모르는 눈치였다.

집회가 끝나고 나서 그레이슨 모라가 내게 다가와 말했다. "당신이 여길 떠날 거라는 말을 들었어요."

나는 깜짝 놀랐다. 생각해보면 그렇게 놀랄 일도 아니었다. 반콜레와 나는 피게로아 부부나 페어클로스 부부처럼 서로에게 악을 쓰며 부부 싸움을 광고하는 짓은 하지 않지만, 우리 사이에 무슨 문제가 있다는 것은 누구에게나 빤히 보이는 사실이었다. 게다가 마크도 있었다. 어쩌면 그 애가 사람들에게 말했는지도 모른다. 단지 중요한 사람이 돼야 한다는 생각 때문에. 그 애는 중요한 사람이 되려는 욕구가 정말로 강렬하다. 그건 자신의 남성성을 다시 과시하려는 욕구다.

"난 떠나지 않아요." 나는 그레이슨에게 말했다.

그레이슨의 표정이 찌푸려졌다. "정말요? 헬스테드로 이사 간다는 말을 들었는데요."

"난 떠나지 않아요."

그레이슨은 숨을 길게 들이쉬었다가 다시 내쉬었다. "다행이네요. 당신이 없으면 여긴 지옥으로 변할 테니까요."

그러고는 돌아서서 가버렸다. 그레이슨다운 행동이었다. 그가 처음 우리와 합류했을 때 나는 그가 말썽을 일으킬지도 모른다고, 아니면 아예 떠날지도 모른다고 생각했다. 그러기는커녕, 알고 보니 그는 더없이 믿음직한 상대였다. 이쪽에서 말을 너무 많이 걸지 않는 한, 또 너무 친한 척하지 않는 한은. 그레이슨은 자신과 자기 가족에게 의리를 지키는 상대에게는 자신도 의리를 지키는 것으로 보답했다.

나중에 저녁 식사가 끝나고 나서, 나이가 많은 축인 아이들 셋이 자기들이 창작한 글이나 평소에 좋아하던 글로 낭독회를 할 때, 자라 볼터가 나를 바깥으로 불러냈다. 나는 그레이슨의 의붓딸인 토리 모라가 우스꽝스러운 창작 시를 낭독하는 것을 즐겁게 듣던 중이었다. 에이콘에 웃음소리가 더 크게 들릴수록 내 기분도 더 좋아진다. 한편, 이때 나는 토리의 초상화를 그리는 중이기도 했다. 토리는 키가 크고 군살이 없고 골격이 울퉁불퉁 도드라진, 예쁘다기보다 잘생겼다는 말이 어울리는 소녀였다. 내가 깨달은 바에 따르면 그림 그리기는 내가 하는 다른 모든 일과 너무나 달라서, 그림을 그리다 보면 마음이 편해지는 한편으로 새로운 각성에 도달한다. 그것은 처음 느끼는 종류의 각성이다. 요즘 들어 나는 색과 질감, 선과 형상, 그리고 빛과 음영을 전에 없이 강렬하게 인식하기 시작했다. 나는 그렇게 집중한, 거의 무아지경 같은 상태에 빠진 채로 끔찍하게 형편없는 그림을 그린다. 동료들은 내 그림을 보고 웃지만, 그래도 차츰 실력이 는다고 칭찬해준다. 뭘 그렸는지 차츰 분간이 간다면서. 자라는 이 주쯤 전에 내가 그린 해리 그림이 거의 사람처럼 보인다고 얘기해줬다.

하지만 오늘 자라가 꺼낸 것은 내 그림 얘기가 아니었다.

"너 여길 떠난다며!" 우리 둘뿐인 곳에 도착하기가 무섭게 자라가 씩씩댔다. 화가 난 동시에 상처받은 표정이었다. 우리 주변 곳곳에서는 사람들이 집회일의 여흥을 즐겼다. 메이는 머시 노이어에게 나무껍질로 조그만 바구니를 엮는 법을 가르쳐주고 있었다. 어른 몇 명과 십대 아이들은 날씨가 추운데도 한창 축구를 하는 중이었다. 마크와 호르헤는 각자 다른 편에 들어가 운동장을 이쪽저쪽으로 질주하며 신나는 시간을 보냈고, 옷을 흙으로 더럽히는 동시에 필요 이상으로 많은 멍 자국을 몸에 새겼다. 그들 못지않게 축구를 좋아하는 트래비스는 이렇게 말했다. "저 둘은 득점 기회만 잡을 수 있으면 서로 죽이기라도 할걸."

마크가 축구에서 골을 넣는 데만 전념하면 얼마나 좋을까.

당연한 일이지만, 나는 자라의 말을 듣고 앞서 그레이슨의 말을 들었을 때만큼 놀라지는 않았다.

"자라, 난 안 떠나요." 내가 말했다.

그레이슨이 그랬듯이 자라도 처음에는 내 말을 믿지 않았다. "네가 떠날 거라는 말을 들었어. 네 동생이 그러던데…… 로런, 사실대로 말해줘!"

"반콜레는 나더러 핼스테드로 이사 가자고 해요. 그 얘기는 당신도 알겠죠. 난 가기 싫어요. 내 생각에 우린 여기서 귀중한 걸 만들어가는 중이에요. 그리고 그건 우리 거고요."

"너희한테 바닷가에 있는 집을 준다고 했다면서?"

"바다가 보이는 곳이긴 한데, 그렇게 가깝진 않아요. 헬스테드 앞바다는 가까이 안 가는 게 좋으니까요."

"하지만 진짜 집이라는 거잖아. 로블리도에서 살던 집하고 비슷한."

"맞아요."

"그런데 넌 거절했단 말이야?"

"예."

"너 진짜 제정신이 아니구나."

나는 그 말을 듣고 깜짝 놀랐다. "당신도 내가 거기로 가길 바란다는 말이에요, 자라?"

"바보 같은 소리 하지 마. 나한테 넌 여동생이나 다름없어. 난 네가 여기 있길 바란다는 거, 너도 알잖아. 하지만…… 그래도 넌 가야 해."

"아니에요."

"나라면 갈 거야."

나는 자라를 물끄러미 봤다.

"난 할 수만 있으면 더 나은 곳으로 갈 거야. 난 애가 둘이니까. 그 애들이 여기서 자라면 나중에 뭐가 되겠어? 네 아기가 여기서 자라면 뭐가 될 것 같아?"

"헬스테드에서 자라면 뭐가 되는데요? 헬스테드는 더 튼튼한 장벽을 갖춘 로블리도 같은 곳이에요. 거기 사는 사람들이 괜히 러시아나 알래스카 같은 곳으로 이민을 가거나, 흔적뿐인 20세기에 죽을 때까지 매달리려고 하겠어요? 거기 주민들 중에는 뭔가 만들어내서 우리가 잃어버린 걸 대신하려는 사람도 없고, 더 나은 경지로 우리를 끌어올리려고 하는 사람도 없어요."

"그러니까 지구종 같은 거 말이야? 숙명 같은 거?"

"맞아요."

"그걸로는 부족해."

"그게 시작이에요. 그건 과거의 어떤 형태로 되돌아가는 게 아니라 미래를 쌓아 올리려고 시도하는 한 가지 방식이에요."

"너 그 설교 좀 그만하면 안 돼?"

"내 말이 틀렸나요?"

자라는 어깨를 으쓱했다. "나한테는 너 같은 신앙심이 없다는 거 알잖아. 게다가, 만약 네가 핼스테드로 떠난다고 해도 우린 계속 여기 있을 거야. 지구종도 계속 지구종일 거고."

그럴까? 어쩌면. 하지만 지구종은 만들어진 지 얼마 되지 않은 운동이다. 그 운동을 '어쩌면'에게 맡긴 채 떠날 수는 없다. 이제 곧 태어날 내 아기를 버리지 않는 것과 마찬가지로, 나는 그 운동을 버리지 않을 것이다. 언젠가, 나는 사람들이 이 땅에서 바깥세상으로 나아가 지구종을 가르치면 좋겠다. 그리고 그들의 가르침이 여전히 지구종으로 여겨지면 좋겠다.

"난 안 떠나요." 내가 말했다. "그리고 자라, 내가 보기에 당신은 거짓말을 하는 것 같아요. 당신도 안 떠날 것 같거든요.

당신은 이곳 에이콘에서 곤경에 처하면 우리가 당신 편이 돼준다는 걸 알아요. 그리고 만약 당신하고 해리한테 무슨 일이 생기면 당신 아이들은 우리가 돌봐준다는 것도 알고요. 우리가 아니면 누가 그렇게 해주겠어요?" 로스앤젤레스에서도 상당히 지저분한 빈민가에서 잔뼈가 굵은 자라는 의리가 무엇인지 알았고, 더 나아가 친구들에게 의지하는 법과 친구들에게 의지가 돼주는 법 또한 아는 사람이었다.

자라는 나를 흘깃 보고는, 이내 눈을 돌렸다.

"여긴 괜찮은 곳이야." 자라는 우리 서쪽의 산을 바라보며 말했다. "처음 도착했을 때 생각했던 것보다 더 좋아. 하지만 전에 우리가 살던 로블리도에 비하면 아무것도 아니란 걸 너도 알잖아. 네 아기를 위해서라도 넌 가야 해."

"내 아기를 위해서 난 여기 있을 거예요."

그러자 자라가 다시 내 눈을 마주 봤다. "진심이야? 앞날이 어떻게 될지 생각해봐."

"진심이에요. 내가 앞날을 걱정하는 건 당신도 알잖아요."

자라는 잠깐 동안 말이 없었다. 그러다가 한숨을 쉬었다. "알았어." 다시 침묵이 흘렀다. "네 말이 맞아. 나도 안 떠날 거고, 네가 떠나는 것도 바라지 않아. 그건 아마 내가 너만큼이나 바보 멍청이라서겠지. 잘 모르겠어. 하지만…… 우린 이곳에 진짜 좋은 걸 만들었어. 에이콘하고 지구종 말이야. 둘 다 그냥 포기하기엔 너무 훌륭해." 자라의 얼굴에 미소가 번졌다.

"반콜레는 반응이 어때?"

"별 호응이 없어요."

"없겠지. 그 사람은 제정신인 여자라면 누구나 원하는 것들을 너한테 주려고 하는데, 정작 너는 그런 게 싫다고 하니까. 불쌍한 양반 같으니."

자라는 웃으며 가버렸다. 나는 스케치북을 놔둔 낭독회 자리로 돌아갔는데, 가는 도중에 호르헤 조가 축구 시합 때문에 땀과 흙투성이가 된 모습으로 나를 향해 다가왔다. 호르헤 곁에는 여자친구인 다이아몬드 스콧이 함께 있었다. 체격이 아담한 흑인 소녀인 다이아몬드는 늘 그렇듯이 머리카락을 단정히 빗은 모습이었다. 나는 호르헤가 입을 열기도 전에 둘의 표정만 보고 나에게 뭘 물어보러 왔는지 알아차렸다.

"떠난다는 소문이 사실이에요?"

2033년 1월 20일 목요일

재럿이 오늘 대통령에 취임했다.

우리는 그의 취임 연설을 들었다. 짧지만 힘이 넘치는 연설이었다. 수없이 여러 번 나온 말은 '미국이여, 미국이여, 하나님의 은총이 임할 나라여'와 '하나님, 미국을 축복하소서'와 '하나님 아래 분열되지 않을 하나의 나라'였고, 애국심과 법률, 질서, 신성한 명예 같은 말도 많이 들렸으며, 온 사방에 성조기가, 온 사방에 성서가, 그 둘을 한 손에 하나씩 들고 흔드는 사람들이 눈에 띄었다. 재럿은 설교에서, 왜냐면 연설이 아니라 실은 설교였기 때문인데, 《구약성서》의 〈이사야서〉 1장을 인용했다. "너희의 땅이 황폐해지고, 너희의 성읍들이 송두리째 불에 탔으며, 너희의 농토에서 난 것을, 너희가 보는 앞에서 이방 사람들이 약탈해갔다. 이방 사람들이 너희의 땅을 박살 냈을 때처럼 황폐해지고 말았구나."

그리고 뒤이어. "주님께서 말씀하십니다. '오너라! 우리가 서로 변론하자. 너희의 죄가 주홍빛과 같다 하여도 눈과 같이 희어질 것이며, 진홍빛과 같이 붉어도 양털과 같이 희어질 것이다. 너희가 기꺼이 하려는 마음으로 순종하면, 땅에서 나는 가장 좋은 소산을 먹을 것이다. 그러나 너희가 거절하고 배반하면, 칼날이 너희를 삼킬 것이다.' 이것은 주님께서 친히 하신 말씀입니다."

다음으로 재럿은 평화와 재건과 치유에 관해 말했다. "강한 크리스천 국가 미국이 재통합과 재건과 방위를 추구하려면 강한 크리스천 미군 병사가 있어야 합니다." 그러고는 거의 숨도 쉬지 않고 한 호흡에 덧붙인 말은 이러했다. "우리는 서로에게, 즉 동료 크리스천 미국인들 모두에게 관용과 사랑을 베풀어야 합니다. 반역자와 죄인들, 우리 사이에 도사린 그 파괴자들에게는 멸망을 선사해야 합니다."

마음 같아서는 입으로 불과 유황을 내뿜은 연설이라고 하고 싶지만, 그나저나 이 나라는 앞으로 어떻게 될까?

2033년 2월 6일 일요일

어제 마크가 반콜레에게 자신은 집회일에 혼자서 따로 예배를 드릴 생각이라고 말했다. 그리고 정기 집회가 시작하기 직전에 사람들에게 자기 생각을 말할 작정이라고 했다. 아무래도 그 애는 로블리도에서 두란 부부와 함께 살던 시절과 그곳의 간이 차고에 세웠던 자기 교회를 잊지 못하는 것 같고, 그 무렵의 자기 모습 또한 되찾고 싶어 하는 것 같다.

반콜레는 마크를 나에게 보냈다. "괜히 말썽 일으키고 그러지 마." 반콜레가 마크에게 한 말이었다. "자네 누나는 자네한테 잘해줬잖아. 뭘 어쩔 작정인지 누나한테도 얘기해줘."

"난 누나가 말려도 포기 안 해요!"

"옳은 일을 하도록 해." 반콜레가 마크에게 말했다. "자네한테는 양심이란 게 있잖아. 누나를 배신하는 짓은 하지 마."

그리하여 오늘 오후 느지막이 마크가 찾아왔을 때, 나는 섀너 라이언과 나란히 앉아 책을 분류하고 도서 목록을 만드는 중이었다. 그 작업은 뒤로 밀리기 일쑤지만 꼭 해야 하는 일이다. 우리 공동체의 모든 아이들이 교육의 일환으로 프로젝트에 참여하기 때문이다. 아이들은 저마다 조별 프로젝트와 개인 프로젝트를 한 해에 적어도 한 개씩 수행한다. 아이들 대부분은 서로 무관한 두 프로젝트가 뜻밖의 방식으로 영향을 주고받는다는 것을 깨닫는다. 이로써 아이들은 세상이 어떻게 돌아가는지, 또 세상 만물이 어떻게 서로 연관되어 움직이며 영향을 주고받는지를 더 쉽게 배운다. 아이들은 차츰 스스로 배우고 또 서로 가르쳐준다. 배우는 방법을 배우기 시작하는 것이다. 아이들은 저마다 역사나 과학, 수학, 미술 또는 그 밖의 어떤 과목이든 선택한 다음, 교사의 지도를 받아 남에게 가르칠 만한 수준이 될 때까지 충실히 배운다. 그런 다음 바로 그 일을 한다. 직접 남을 가르치는 것이다. 가르치는 일을 잘 하려면 아이들은 이곳에 이미 비치돼 있어서 바로 이용할 수 있는 정보와 인터넷을 이용해야 구할 수 있는 정보를 구분할 줄 알아야 한다. 우리는 아직 부자가 아니다 보니, 아이들이 우리 도서실의 자료를 이용해 더 많은 것을 배울수록 우리에게는 더 이득이 된다.

그럼에도, 목록 만들기는 지루한 일이다. 나는 마크가 찾아와 일을 방해했을 때 거의 기쁠 지경이었다. 우리 둘은 이야기를 하려고 함께 바깥으로 나갔다.

"내가 정말로 좋아하는 일을 다시 하고 싶어." 마크가 내게 그렇게 말했을 때 우리는 앨리 길크리스트가 만든 멋진 벤치에 나란히 앉아 있었다. 앨리는 자신이 목공예를 정말로 좋아한다는 것을 깨닫고 나서 반콜레의 조수가 되기 위해 의술을 배우는 것만큼이나 열심히 목공 기술을 배웠다.

"그게 뭔데?" 나는 마크에게 그렇게 물으며 그 애가 원하는 것이 우리가 받아들일 만한 것이기를 바랐다. 그 애가 자신만의 관심사를 찾고 좋아하는 일을 시작하는 것은 누구보다 내가 간절히 원했다.

"내 교회를 다시 열고 싶어." 마크가 말했다. "난 설교를 하고 싶어. 누나한테 허락을 구하는 건 아니야. 그냥 알려주는 거야. 어차피 누나한테는 나 같은 사람이 있어야 해. 이제 재럿이 대통령에 취임했으니까, 사탄 숭배 집단이 아니라는 핑계로 삼기 위해서라도."

내 입에서 한숨이 흘러나왔다. 느닷없이 찾아온 피로감과 두려움 때문에 몸이 축 처지는 느낌이 들었다. 그래도 마크에게는 이렇게만 말했다. "만약 재럿이 우리를 발견하고 우리한테 사탄 숭배 집단이라는 딱지를 붙이려고 작정하면, 네가 하는 설교로는 어차피 막을 방법이 없어. 너 아예 집회에서 설교할 생각은 없어?"

마크는 그 말에 깜짝 놀랐다. "그 말은, 누나네가 누나네 방식의 예배를 드리는 동안 나더러 설교를 하라는 말이야?"

"그래."

"난 지구종 이야기는 안 해. 내가 하고 싶은 건 설교야."

"설교해, 그럼."

"허락하는 조건은?"

"너도 알잖아. 우리 예배에 참석한 적이 있으니까. 주제는 네가 정해. 하고 싶은 말이 있으면 마음껏 하면 되고. 하지만 다 끝나면 질문하고 토론하는 시간이 뒤따를 거야."

"난 지금 수업을 하겠다고 이러는 게 아니야. 내가 하고 싶은 건 설교라고."

"그건 우리 방식이 아니야, 마크. 만약 사람들 앞에서 말할 거라면, 질문과 토론을 마주해야 해. 그럴 준비가 돼 있어야 해. 그리고 네가 어떻게 생각하든 간에, 훌륭한 설교란 결국 사람들에게 교훈을 가르치는 수업이야."

"그럼…… 만약 내가 나중에 질문을 받겠다고 하면, 내가 집회에서 설교하는 동안 방해하지 않을 거라는 얘기야?"

"바로 그거야."

"그럼 그렇게 할게."

"난 지금 진지하게 말하는 거야, 마크."

"알아. 진지하기는 나도 마찬가지야."

"내 말은, 네가 설교에 진심인 만큼 우리도 토론에 진심이라는 뜻이야. 우리 가운데 몇몇 사람이 추궁하고 분석하는 방식은 네 마음에 안 들 수도 있어."

"그래, 내가 알아서 처리할 수 있어."

아니, 내가 보기에는 그럴 것 같지 않았다. 하지만 불쾌한 일을 반드시 해야 한다면 일찍 해치우는 게 낫다. 내 동생은 설교할 준비가 된 상태였다. 짬이 날 때 미리 조금씩 준비한 것이다. 오늘 오전 집회에서는 내가 발언할 차례였기 때문에,

나는 별문제 없이 마크에게 발언할 시간을 양보하고 옆으로 물러나 있었다.

마크는 몸을 사릴 생각이 조금도 없었다. 그 애는 우리와 정면으로 맞섰고, 우리를 도발하려고 성서를 직접 인용했다. 이번에도 시작은 〈이사야서〉였다. "풀은 마르고 꽃은 시드나, 우리 하나님의 말씀은 영원히 서 있다." 다음은 〈말라기서〉였다. "나 주는 변하지 않는다." 그다음은 〈히브리서〉였다. "'예수 그리스도께서는 어제나 오늘이나 영원히 한결같은 분이십니다.' 여러 가지 이상한 교훈에 끌려다니지 마십시오."

마크는 우리 아버지와 달리 목소리가 인상적이지 않았고, 스스로도 이를 알았다. 그래서 자신이 지닌 것을 능숙하게 활용했는데, 물론 잘생긴 외모도 쏠쏠하게 써먹었다. 하지만 그 애가 하느님의 불변성에 관한 설교를 마치기가 무섭게, 호르헤 조가 발언했다. 호르헤는 여느 때처럼 다이아몬드 스콧 옆에 앉아 있었다. 호르헤는 전에 나에게 다이아몬드와 결혼하고 싶다고 얘기한 적이 있지만, 다이아몬드는 호르헤가 전혀 달가워하지 않는 눈빛으로 내 동생을 줄곧 바라봤다. 그렇잖아도 마크와 호르헤는 서로 경쟁하는 사이다. 둘 다 젊고, 둘 다 호승심이 강하니까.

"우리는 만물이 변화한다고 믿어요." 호르헤의 말이었다. "모든 것이 반드시 모든 방식으로 변하는 건 아니라고 해도 말이죠. 그런데 당신은 왜 하느님이 변하지 않는다고 믿는 거예요?"

그 말에 내 동생은 빙그레 웃었다. "하지만 당신도 당신의 하느님은 변하지 않는다고 믿잖아요. 당신의 하느님은 변화를 부추기기는 해도, 그 스스로는 변치 않는 상태에 머물러요."

나는 그 말을 듣고 깜짝 놀랐다. 쉽게 피할 수 있는 그런 실수를 마크가 저지르다니. 지구종에 관해 읽고 이야기하고 들을 시간이 그토록 많았을 텐데도, 어쩌선지 그 애는 제대로 이해하지 못했다.

오류를 맨 처음 지적한 사람은 트래비스였다. "하느님이 곧 변화예요. 하느님은 아무것도 부추기지 않아요. 아무것도요."

다음으로 발언한 사람은 하필이면 자라였다. "우리 하느님은 '그'가 아니에요. 변화에는 성별이 없으니까요. 마크, 당신은 우리를 아직 잘 알지도 못하면서 비판하려고 드는군요."

호르헤는 자라의 말이 다 끝나기도 전에 앞서 했던 질문을 되풀이했다. "왜 당신의 하느님은 변하지 않는다고 믿죠? 그걸 어떻게 증명할 건데요?"

"나한테는 그게 진리라는 신념이 있어요." 마크가 대답했다. "신앙의 토대에는 증거뿐 아니라 신념도 있어야 해요."

"하지만 시험을 거쳐야 하죠." 호르헤가 말했다. "우리는 스스로의 신념이 사리에 맞는지 안 맞는지 판단할 방법이 반드시 필요해요."

"물론 성서가 곧 시험이에요. 성서가 우리에게 이야기하는 거라면 믿어도 돼요. 지금 이 문제 같은 경우는, 몇 번에 걸쳐 우리에게 이야기하고 있죠. 그러니까 진리라는 신념을 가져도 돼요."

루시오의 조카 중에 나이가 가장 많은 안토니오 코르테스가 논쟁에 끼어들었다. "저기요, 성서에는 하느님의 행적이 여러 가지 나와요. 어떤 일이 일어나면 하느님은 반응을 해요. 뭘 만들기도 하고요. 화를 낼 때도 있어요. 뭘 부수기도 하고요……."

"하지만 하느님은, 그 자신은 변하지 않아요." 내 동생이 말했다.

"어휴, 그만 좀 해요." 토리 모라가 짜증이 훤히 비치는 목소리로 외쳤다. "행동을 취하는 게 곧 변화하는 거잖아요. 행동을 하는 상태에서 안 하는 상태로 옮겨가는 것도 변화고요. 하느님은 차분한 상태에서 화난 상태로 바뀌기도 해요. 화를 아주 많이 내니까요. 그리고……."

"그리고 〈창세기〉를 보면요." 토리의 의붓자매인 도가 말했다. "하느님은 가장 아끼는 남자들에게 누이나 딸을 통해 아이를 만들라고 시켜요. 그러고선 〈레위기〉와 〈신명기〉에서는 그런 짓을 하는 사람은 누구나 죽임당해 마땅하다고 하죠."

"맞아요." 호르헤였다. "난 바로 지난주에 그 부분을 읽었어요. 성서에 진리라고 나와 있다는 이유로 어떤 것이 진리라고 말하면서, 한편으로 성서는 몇 쪽만 넘어가도 앞의 내용과 완전히 딴판인 내용을 말하거나 보여준다는 사실을 빼놓으면 안 되죠."

"어떤 신이든 새로운 인간 집단에 받아들여질 때면 반드시 변화하게 마련이에요." 해리 볼터가 말했다.

"내 생각엔." 마르타 피게로아 카스트로가 한껏 부드러운 목소리로 말했다. "방금 마크 당신이 읽은 성서 구절은 이런 뜻인 것 같아요. 하느님은 언제나 하느님이고, 언제나 우리가 찾아갈 수 있는 곳에 존재하고, 그래서 언제나 의지할 수 있다는 거예요. 그리고 물론 하느님과 하느님의 말씀은 영원토록 죽지 않으리라는 뜻이기도 하고요."

"맞아요, 성서는 많은 부분이 은유로 돼 있으니까요." 다이아몬드 스콧이 말했다. 그 애의 목소리 또한 무척 부드러웠다. "생각해보면 우리 엄마도 성서의 내용을 글자 그대로 믿으려고 했지만, 그러려면 어떤 건 무시하고 어떤 건 왜곡하는 수밖에 없더라고요." 옆자리에 앉은 호르헤가 빙그레 웃었다.

토론은 조금 더 이어졌다. 그러다 이내 다른 사람들이 마크에게 동정심을 보이기 시작했다. 그들은 마크가 토론을 끝내도록 허락했다. 노골적으로 마크에게 창피를 주는 짓은 결코 하지 않았다. 뭐, 어쩌면 호르헤는 그랬는지도 모르지만, 호르헤조차도 예의는 지켰다. 마크가 설교 준비를 착실히 했더라면 분위기는 그 애한테 더 우호적이었을 테고, 청중도 더 흥미로워하며 적극적으로 참여했을 것이다. 그 애는 심지어 페어클로스 가족이나 페랄타 가족의 마음까지 사로잡았을지도 모른다. 나는 그렇게 될까 봐 불안했다.

사실, 내가 오늘 마크에게 발언할 기회를 준 까닭은 그 애가 제대로 준비되지 않은 상태에서 설교하기를 바랐기 때문이었다. 그렇게까지 할 필요가 없었다면 좋았을 것이다. 그 애가 다른 것으로, 뭐든 상관없으니 설교가 아닌 다른 것으로 자존감을 되찾고 스스로를 다잡기 시작했더라면 좋았을 텐데. 나는 우리가 이곳에서 하는 몇 가지 일에 마크가 흥미를 갖도록 유도해봤다. 그 애는 게으름뱅이가 아니다. 제 몫은 다하는 성격이다. 하지만 그 애는 밭일이나 가축 건사하기나 장사나 애들 가르치기나 폐품 수집이나 목공은 좋아하지 않는다. 주워 온 연장을 수리하는 일도 하려고 해봤지만, 간단한 것부터 하나하나 배워야 한다는 것을 귀찮아했다. 그래서 커다란 전지가위의 날을 연마하려다가 사실상 가위를 망가뜨리고 말았다. 그 애는 전지가위의 거의 네모나게 생긴 날을 가느다랗고 예리하게 갈아놨고, 그 결과로 마땅히 맞아야 할 야단은 트래비스가 쳐줬다.

"모르는 게 있으면 물어봐야 할 거 아냐." 트래비스가 호통을 쳤다. "네가 뭐든 다 알 거라는 기대는 아무도 안 해. 그러니까 그냥 물어봐! 귀찮아도 기본 요령 몇 가지만 배우면 이 정도는 식은 죽 먹기라고. 당분간 나랑 같이 일해. 혼자서 멋대로 할 생각은 아예 하지도 마."

하지만 내 동생은 '혼자서 멋대로' 해야만, 즉 자신만이 옳고 그름을 결정하고 남들은 모두 자신을 떠받드는 혼자만의 영역이 있어야만 직성이 풀렸다. 그 애는 다른 무엇보다도 그것을 원했고, 그래서 그것을 단번에 손에 넣을 작정이었다.

그런데 이제, 마크는 자신이 중요한 사람이라는 자부심이 아니라, 분노와 당혹감을 느낀다. 나는 그 애가 스스로 그런 감정을 떠안도록 해야 했다. 그 애가 에이콘에 분열을 일으키도록 놔둘 수는 없었다. 그보다 더 중요한 것은, 훨씬 더 중요한 것은, 그 애가 지구종에 분열을 일으키도록 놔둘 수 없다는 것이었다.

제9장

남들과 화해하려면,
스스로와 화해하라.
관용과
연민으로써
하느님의 모습을 빚어라.
해악을 최소화하라.
약한 이들을 감싸라.
무고한 이들을 귀히 여겨라.
숙명에 충실하라.
적을 용서하라.
스스로를 용서하라.

—《지구종: 산 자들의 책》에서

어머니는 일기장에 자신이 뭘 하고 있는지 모르겠으며 그 점이 지독한 불만이라는 사실을 꽤 솔직히 적어뒀다. 어머니는 지구종을 전국에서 일어나는 운동으로 만들 작정이었지만, 그렇게 하는 방법은 알지 못했다. 언젠가는 에이콘을 선교사 양성소 같은 곳으로 만들고 지구종 선교사들을 방방곡곡에 파견하겠다는 막연한 계획도 있었던 것 같다. 기회가 있었다면 아마도 그렇게 했을 것이다. 어쩌면 그 방법이 통했을지도 모른다. 다른 사이비 종교에는 통했으니까. 그랬더라면 어머니는 더 많은 추종자를 거느리고 더 인정받았을지도 모른다.

하지만 어머니가 바란 것은 단순한 인정이 아니었다. 어머니는 사람들이 믿기를 바랐다. 어머니에게는 가르치고 싶은 진리가 있었고, 남들이 진지하게 받아들여 언젠가 실현해줬으면 하는 지구 바깥의 숙명이 있었다. 마크 삼촌을 어떻게 대했는지 보면 어머니가 그 모든 것을 무척이나 완고하게 지켰다는 점이 분명히 드러난다. 자기 누나가 세운 꿍꿍이 때문에 설교에 실패하고 누나의 동료들에게 안 좋은 첫인상을 남겼다는 것을 삼촌이 끝내 깨달았을지 어떨지, 나로서는 알 길이 없다. 고작 그토록 단순하고 미묘한 꿍꿍이 때문에 말이다. 삼촌은 자기 누나가 훨씬 더 눈에 잘 띄고 복잡한 수법을 썼을 거라 상상했다.

어머니는 자신이 이긴다는 확신이 있을 때만 남들과 싸웠다. 그런 확신이 서지 않을 때면 어머니는 싸움을 피하거나 상대가 발을 헛디뎌 제풀에 넘어질 때까지, 또는 발을 걸어 넘어뜨리기 좋은 곳에 제 발로 걸어올 때까지, 상대의 장단을 맞춰줬다. 내가 보기에는 영리하지만…… 관점에 따라서는, 음험하다.

어머니는 모든 사람과 모든 것에서 교훈을 얻었다. 만일 내가 태어나는 도중에 목숨을 잃었다면, 어머니는 아마도 나의 죽음에서 지구종에 유익한 어떤 교훈을 깨우쳤을 것이다.

《로런 오야 올라미나의 일기》에서

2033년 2월 19일 토요일

곧 전쟁이 일어나리라는 예감이 전에 없이 강하게 든다.

재럿 대통령은 여전히 알래스카에 대해, 또는 그의 표현에 따르면 "무단결석을 일삼는 우리 마흔아홉 번째 주"에 대해 국민들의 악감정을 부추기는 중이다. 그는 알래스카의 레온티예프 대통령과 알래스카 입법부를 진정한 적으로 묘사한다. 이런 식으로. "저 반역자와 도둑 패거리는 자신들의 이익을 위해 우리 미합중국의 드넓고 비옥한 일부분을 훔치려 합니다. 그자들은 알래스카 전체를 자신들 개개인의 사사로운 재산으로 취급하려 합니다. 그런 짓을 하고도 태연히 빠져나가도록 내버려둬야겠습니까? 그자들이 우리를 속이고, 강탈하고, 우리 조국을 파괴하고, 신성한 우리 헌법을 휴지처럼 써버리도록 놔둬야겠습니까? '한 가정이 갈라져서 싸우면, 그 가정은 버티지 못할 것이다.'* 우리가 그 말씀을 잊을 수 있습니까? 예수 그리스도께서 이천 년 전에 하신 말씀입니다. 에이브러햄 링컨 대통령은 1858년에 한 연설에서 그 말씀을 바꾸어 인용했습니다. 링컨 대통령이 틀렸을까요? 아니면 혹시…… 제가 감히 물어도 되겠습니까? 우리가 감히 상상해도 되겠습니까? 혹시 그리스도께서 틀리셨을까요? 우리 주님께서, 과연 틀리셨을까요?"

재럿은 번드르르한 표현을 써서 고약한 질문을 만드는 솜씨가 너무나 뛰어났다. 그런 질문으로 젊은 남자들을, 젊은 여성은 제쳐두고 오로지 젊은 남자들만 부추기는 솜씨 또한 너무나 뛰어났는데 주로 이런 식이었다. "조국과 여러분 자신에게 의무를 다하십시오. 여러분이 훌륭한 크리스천 미군 병사로 불릴 자격이 있는 남자라는 것을 스스로 증명하십시오. 조국에 봉사하십시오, 조국은 지금 여러분이 간절히 필요합니다." 그들이 이 모든 것을 행하는 방법은 군대에 입대하는 것이다. 나는 이때껏 미국 대통령의 입을 통해 그런 말을 들어본 적이 한 번도 없다. 다만 다른 나라의 대통령과 지도자가 전쟁을 일으키려고 준비할 때 그런 식으로 말했다는 이야기를 책에서 읽은 적은 있다. 재럿은 병력 동원에 관해서는 입도 뻥긋하지 않았지만, 반콜레 말에 따르면 다음 차례는 동원령일 수도 있다. 반콜레는 이틀 전에 남쪽의 새크라멘토에 다녀왔는데, 그

* 《신약성서》의 〈마가복음〉 3장 25절.

가 말하길 '슬슬 알래스카의 반역자 패거리에게 따끔한 맛을 보여줄 때'라고 생각하는 사람이 많다고 한다.

자멸이 기다릴지도 모르는 길로 사람들을 끌어들이기가 그토록 쉽다니, 기가 막힐 노릇이다.

"누가 그런 말을 했는데?" 나는 의약품의 포장을 벗기는 반콜레에게 그렇게 물었다. 그는 진료소에 아직 여분이 있는 물품은 대부분 우리 집에 보관한다. 그래야 아이들이나 도둑이 진료소에 관심을 덜 갖기 때문이다. "그러니까, 당신하고 얘기한 사람들이 거의 다 그렇게 말했어? 아니면 그냥 몇 명만?"

"대부분 남자였어. 청년도 있었고, 물색을 알 만한 노인도 있었지. 청년들 중에 전쟁을 반기는 사람이 많은 것 같아. 전쟁은 흥미진진하니까. 소년이 스스로를 증명하고 남자가 되는 기회이기도 하지…… 죽지 않고 살아남으면. 그 소년은 총을 지급받고 남을 쏘는 훈련을 할 거야. 힘센 집단의 힘센 일원이 되겠지. 자신에게 총질로 반격하거나, 포탄을 퍼붓거나, 그 밖의 다른 방식으로 자신을 죽이려 하는 사람들이 있다는 건 아마도 그 사람들을 마주하고 나서야 비로소 떠올릴 거야."

나는 에이콘의 젊은 미혼 남성들을 떠올려봤다. 호르헤 조, 에스테반 페랄타, 안토니오 피게로아, 그리고 내 동생 마크까지 떠올리고 나서, 고개를 절레절레 흔들었다.

"당신도 전쟁에 나가고 싶었던 적이 있어?" 나는 반콜레에게 물었다.

"한 번도 없어. 나는 치유하는 사람이 되고 싶었어. 그걸 아주 철저한 이상으로 삼았다고. 농담이 아니라, 20세기가 끝날 무렵에 흑인 남자애가 의사가 되는 건 충분히 벅찬 도전이었어……. 사람을 죽이는 법을 배우는 것보다 훨씬 더 힘든 일이었으니까. 난 의대생이었던 1990년대에는 꿈에도 몰랐어. 내 이상하고는 상관없이 치료하는 법과 죽이는 법을 다 배워야 한다는 걸 말이야."

2033년 2월 28일 월요일

어제 집회에서 마크가 발언을 했다. 이번이 세 번째다. 그때마다 마크는 지구종에 관해 더 많이 배우고, 그러면서도 우리 신앙이 이치에 맞지 않는다고 우리를 설득하려 더욱 애쓴다. 그 애는 재럿이 이 나라에 통합과 크리스트교 신앙과 희망을 가져다줬고, 따라서 그는 우리 모두가 두려워하는 괴물이 아니라 잠재적인 구세주라고 결론지은 모양이다. 그 애는 우리에게 이 나라는 하나님께 되돌아가야 한다고, 그러지 않으면 끝장이라고 얘기한다.

마크는 어제 이렇게 말했다. "지구종의 숙명은, 덧없는 허상입니다. 이 나라는 지금 빈곤과 노예제, 혼돈, 죄악에 빠져 피 흘리며 죽어갑니다. 지금은 우리가 구원을 위해 힘쓸 때지, 태양계 바깥의 별을 향한 허황된 탐험 같은 것에 한눈을 팔 때가 아닙니다."

트래비스는 그런 마크에게 설명해주려고 애썼다. "숙명은 우리가 이곳 지구에 사는 동안 교훈을 배우도록 이끌어주고, 우리가 어떤 사람이 돼야 하는지 보여주기 때문에 중요합니다. 또한 이곳 지구에서 우리에게 통합과 사명을 부여하기 때문에 중요하고요. 그리고 숙명은 장차 우리가 별들 사이로 퍼져나갈 때 종 전체의 성숙 및 종 전체의 영생과 비슷한 것을 제공할 겁니다."

내 동생은 그 말에 웃음을 터뜨렸다. "만약 지구 바깥에서 영생을 꿈꾼다면, 여러분은 길을 잘못 든 셈입니다. 여러분에게는 이미 영생하는 영혼이 있고, 그 영혼이 어디서 영생을 보낼지는 여러분에게 달렸습니다. 바벨탑을 기억하십시오! 여러분은 지구종을 따라 별들에게 나아가는 길을 닦았다가 혼돈에 빠져 끝내는 지옥으로 떨어질 수도 있습니다! 아니면 여러분은 하느님의 뜻을 따를 수도 있습니다. 그리고 만약 하느님의 뜻을 따른다면, 여러분은 하느님께서 마련하신 진짜 천국에서 안전하고 행복하게 영원히 살 것입니다."

자기 나름의 신앙이 있지만 그래도 의리를 지킬 줄 아는 자라 볼터가 나를 앞질러 발언했다. "마크, 만약 우리에게 영생하는 영혼이 있다면, 우리가 다른 별에 갈 때 그 영혼도 함께 가지 않겠어요?"

마이클 카도스가 물었다. "우리가 죽고 나서 천국에 간다는 건 그렇게 쉽게 믿으면서 우리가 살아 있는 동안에 천국에 간다는 건 왜 그렇게 믿기 어려워하죠? 지구종의 숙명을 따르기는 힘들어요. 엄청나게 힘든 일이죠. 그야말로 도전이에요. 하지만 우리가 하고자 하면 언젠가는 해낼 거예요. 불가능한 건 아니에요."

나는 마크가 에이콘에 와서 지내기 시작할 무렵에 똑같은 얘기를 들려줬다. 그때 그 애는 지독한 경멸을 담아 숙명은 무의미한 거라고 말했다. 자신은 그저 가족에게 집과 음식과 옷을 사주기에 충분한 돈을 벌고 싶을 뿐이라고 했다. 일단 그럴 여유가 생기면, 어쩌면 그때는 '공상 과학 소설'을 읽어볼 시간이 날지도 모르겠다는 말도 했다.

진심으로 한 말이었다.

2033년 3월 6일 일요일

마크가 가버렸다.

마크는 어제 페랄타 가족과 함께 이곳을 떠났다. 그것도 아주 영영. 페랄타 가족은 마크가 포섭하는 데 성공한 사람들이었다. 그들은 원래부터 우리가 크리스트교에 더 충실해야 하고 애국심도 더 강해야 한다고 느꼈다. 그들은 앤드루 재럿이 우리의 선출된 지도자이자 하느님의 목회자이므로 우리에게 존경받아 마땅하다고 했고, 라미로 페랄타와 딸인 필라르는 대선 때 재럿에게 표를 던지기까지 했다. 에스테반 페랄타는 육군에 입대할 예정이다. 그 애는, 그 애뿐 아니라 그 집의 온 식구가, 나라를 되살리고 재통합하려는 재럿 대통령의 '영웅적' 활동을 지지하는 것이 우리 모두가 지닌 애국의 의무라고 믿는다. 그들은 재럿이 파시스트라는 것을 믿지 않는다. 교회 방화나 사람을 마녀로 몰아 불태워 죽이는 짓을 비롯한 만행들이 재럿의 소행이라는 것도 믿지 않는다. "지지자 중에 젊고 흥분하기 쉬운 사람이 일부 있는 거죠." 라미로 페랄타는 그렇게 말한다. "재럿 대통령이 그 친구들을 군대에 보내버릴걸요. 그럼 정신을 좀 차릴 거예요. 재럿 대통령도 나만큼이나 지금의 혼돈을 싫어해요. 그래서 그 사람한테 투표했어요. 이제 대통령이 됐으니 슬슬 세상을 정상으로 되돌릴 거예요!"

재럿이 대통령에 취임하고 나서 방화나 폭행 같은 사건이 일어나지 않은 것은 사실이다. 내가 아는 한은 일어나지 않았다. 그리고 나는 이때껏 뉴스를 관심 있게 지켜봤다. 그게 뭘 의미하는지는 나도 모르지만, 모든 게 정상이라는 뜻은 아닌 듯싶다. 페랄타 가족도 그렇게 믿지는 않을 것이다. 내 생각에 그들 가족은 단지 겁먹었을 뿐이고, 혹시라도 자신들에게 겨눠질 총구 앞에서 비켜서고 싶을 뿐이다. 만약 재럿이 자신의 종교관에 들어맞지 않는 사람들을 실제로 탄압한다면, 그들은 이곳 에이콘에 있고 싶어 하지 않을 것이다.

그 반면에 내 동생 마크는 일찍이 재럿을 경멸했다. 그런데 지금은 재럿이야말로 미국에 필요한 사람이라고 말한다. 나는 이제 그 애가 슬슬 나를 경멸할까 봐 불안하다. 그 애는 집회일에 설교를 망친 게 내 탓이라며 나를 비난한다. 그 애는 자신을 추종하는 사람을 한 명도 만들지 못했다. 페랄타 가족은 그 애를 좋아하고 어느 정도는 그 애 말에 동의한다. 필라르 페랄타는 사실상 그 애한테 반한 상태지만, 그런 그 집 식구들조차도 그 애를 목사로 여기지는 않는다. 그저 착한 남자애로 여길 뿐이다. 실은 에이콘 사람들 대부분이 마크를 그렇게 본다. 마크는 그것도 내 탓이라고 생각한다. 그 애는 내가 사람들을 부추겨 세 차례 집회에서 매번 자신을 헐뜯고 창피를 줬다고 믿는다. 내가 틀림없이 그랬을 거라고 우긴다. 그러면서 지쳐 보이는, 눈에 거슬리는, 솔직한 웃음을 지으며 말한다. "누나를 원망하진 않아. 만약 나한테 지켜야 할 내 구역이 있었다면, 아마 나도 똑같이 했을 테니까."

내가 꼭 하지 않아도 되는 말까지 해버렸던 건 마크의 그 미소 때문이었던 것 같다 "사실, 너한테는 특혜를 줬어. 다른 사람 같았으면 타 종교를 포교했다는 이유로 추방했을 테니까. 설교해도 좋다고 허락한 건 네가 너무 끔찍한 지옥을 헤쳐 나왔기 때문이고, 그 설교가 너한테 중요한 일이란 걸 내가 알기 때문이야. 그리고 네가 내 동생이기 때문이기도 하고." 할 수만 있으면 내 입에서 나온 말을 도로 삼키고 싶었다. 내 말에 깃든 동정심이 마크의 귀를 파고들었을 것이다. 그 애는 내 목소리에서 우월감을 감지했을 것이다.

한참 동안, 마크는 나를 빤히 바라봤다. 나는 그 애가 화를 내는 모습을 지켜봤다. 몹시 화를 내는 모습을. 이윽고 그 애는 화를 억누르는 것처럼 보였다. 자신의 화를 무시하고 반응하지 않았다. 그러다가 별것 아니라는 듯이 어깨를 으쓱했다.

"네가 참석했던 집회가 어땠는지 생각해봐." 나는 마크에게 말했다. "질문, 이의 제기, 논쟁 같은 걸 안 하고 넘어간 집회가 한 번이라도 있었다면, 언제였는지 대봐. 그게 우리 방식이야. 내가 너한테 분명히 경고했잖아. 여기선 누구든 본인이 가르치거나 옹호하기로 선택한 주제에 관해 질문을 받아. 우린 진심으로 그렇게 한다고 말했잖아. 우린 강연과 시범과 경험을 하면서 배우는 것 못지않게 토론을 하면서도 많이 배워."

"됐어. 다 끝난 일이야. 난 누나를 원망하지 않아. 정말이야. 여기서 시험해보지 말걸 잘못했어. 난 여기가 아니라 다른 곳에서 내가 있을 자리를 만들 거야."

여전히 겉으로는 화난 티가 전혀 보이지 않았다. 하지만 마크는 격분한 상태였다. 그 애는 화난 기색을 보일 생각이 없었고 말로 표현하지도 않을 터였지만, 그 애한테서는 분노가 열기처럼 이글이글 뿜어 나왔다. 그건 아마도 목줄이 가르쳐준 교훈인 듯싶었다. 섬뜩한 종류의 자제력이었다. 어쩌면 그런 게 아닐 수도 있었다. 내 동생은 원래부터 내성적인 사람이었으니까. 그 애는 남들에게서 거리를 유지하는 데 일가견이 있었다.

나는 한숨을 쉬고는 형편이 허락하는 최대한의 현금과 라이플총, 권총, 그리고 둘 모두의 탄약까지 마크에게 내줬다. 그 애는 아직 어떤 총도 잘 쏘지는 못하지만 기본 조작법은 익힌 상태였고, 바깥에 나갔다가 또다시 쿠거 같은 인간의 손아귀에 걸려드는 최후를 맞게 놔둘 수는 없었다. 페랄타 가족은 여기서 이 년 동안 지냈기 때문에 우리와 함께 일한 결과로 얻은 돈과 재산이 있었다. 마크는 그렇지 않았다. 우리는 그 애와 페랄타 가족을 유리카까지 차로 태워다줬다. 그들은 그곳에서 집과 일자리를 구하든가, 적어도 앞으로 어떻게 할지 결정할 때까지 머물 임시 숙소 정도는 구할 수 있을 것이다.

"난 네가 나를 잘 안다고 생각했는데." 나는 내 동생이 떠나기 직전에 말했다. "네가 나더러 했다고 비난하는 그런 짓들, 난 안 해."

"됐어. 이제 그런 건 신경 쓰지 마." 마크는 어깨를 으쓱하곤 빙그레 웃었다. 그러고는 가버렸다.

이 일을 어떻게 받아들여야 할지 모르겠다. 많은 사람이 이곳에 와서 머물렀고, 이런저런 이유 때문에 오래 있지 못한 사람들조차도 이곳에 계속 머물고 싶어 했다. 일 년 전에는 도둑질을 한 사람을 쫓아내야 했는데 그 사람은 계속 있게 해달라고 울며 애원했다. 반콜레의 의료품 창고에서 약을 훔치다 들켰기 때문에 내보낼 수밖에 없었는데, 그때 그 남자는 엉엉 울었다.

페랄타 가족조차 떠나는 순간에는 겁을 먹어서 굳은 표정이었다. 식구는 아버지 라미로 페랄타, 열여덟 살인 큰딸 필라르, 열일곱 살인 아들 에스테반, 그리고 이제 겨우 두 살인 딸 에바가 있었고, 아이들 어머니는 고속도로 휴게소에서 막내 에바를 낳다가 목숨을 잃었다. 그들에게는 살아 있는 친척도, 에이콘 바깥에서 곤경에 처했을 때 도와줄 친구도 없었다. 그리고 에스테반은 곧 식구들을 떠나 입대할 예정이었다. 그들이 근심스러운 표정을 지을 이유는 충분했다.

마크 역시 우리를 떠나기가 무섭게 그들과 같은 처지가 될 것이다. 그 애는 외톨이라서 더 힘들 것이다. 그런데도 그 애는 웃는 표정이었다.

마크를 다시 볼 날이 올지 모르겠다. 나는 사실상 그 애가 죽은 것 같다는…… 또다시 죽은 것 같다는 기분이 든다.

2033년 3월 17일 목요일

어젯밤 댄 노이어가 우리에게 돌아왔다.

댄이 돌아오다니. 신기하기도 하지. 내 생각에 그 애는 우리와 함께한 시간보다 떠나 있었던 시간이 더 긴 것 같다. 우리는 그 애를 찾으려고 했다. 그 애 본인뿐 아니라 그 애 동생들을 위해서라도, 찾으려고 했다. 하지만 빈민촌에서 아들을 찾은 텍사스의 그 남자처럼 사설 경찰을 적은 수나마 고용할 돈이 있으면 또 모를까, 요즘처럼 혼란스러운 시절에 사람을 찾기란 거의 불가능하다. 내가 마크를 찾은 건 우연이었다. 아무튼, 댄은 혼자 힘으로 이곳에 돌아왔다. 가여운 녀석.

어젯밤은 추웠다. 우리는 첫 번째 근무를 맡은 야간 경계조만 빼고 모두 잠자리에 들었다.

경계조는 그레이슨 모라와 자라 볼터였다.

침입자들을 발견한 사람은 자라였다. 나중에 나한테 얘기해준 바에 따르면, 자라는 두 사람이 비틀거리며 달리다가 가끔 서로 부축해주는 듯한 광경을 목격했다고 한다. 만약 그 둘이 비틀거리지만 않았어도, 자라는 적어도 경고 사격은 했을 것이다. 하지만 자신의 위치를 밝히기에 앞서 자라는 그 두 사람이 누구에게서, 또는 무엇으로부터 달아나는 중인지 알고 싶었다.

두 사람 뒤편의 언덕을 훑어보다가, 자라는 전화로 우리에게 비상 신호를 보냈다.

비틀거리는 도망자들 뒤를 다섯 사람이 쫓아오고 있었다. 또는, 야시경을 쓴 자라의 눈에 보인 사람만 다섯 명이었다. 자라는 혹시 추격자가 더 있는지 계속 찾아봤다.

다섯 명 중 한 명이 소리를 지르더니 쓰러졌고, 자라는 그 사람이 실수로 가시울타리에 걸렸다는 것을 알아챘다. 어두운 밤에 보면 우리가 심어놓은 가시덤불 가운데 일부는 그리 흉악해 보이지 않았다. 개중에는 이제 곧 꽃으로 뒤덮일 덤불도 있었다. 그러나 그런 덤불도 사람의 옷과 살을 붙잡았고, 일단 붙잡으면 찢어발겼다.

다친 사람의 동료 넷은 걸음을 늦추고 머뭇거리는 듯하다가 이내 다시 걸음을 서둘렀고, 다친 사람은 절뚝거리며 그들 뒤를 좇았다.

자라는 라이플총의 조정간을 자동에 놓은 다음, 앞장서서 달려오는 추격자 둘의 경로 앞쪽에 총을 짧게 끊어 쐈다. 두 사람은 급히 멈춰서다가 그만 가시덤불과 선인장 위로 고꾸라지고 말았다. 추격자 한 명이 자라 쪽을 향해 아무렇게나 총을 쏘기 시작했다. 고통스러워하는 비명과 커다랗게 욕을 지껄이는 소리가 났다. 뒤이어 추격자 다섯이 다 함께 총을 쐈다. 에이콘에 있는 우리에게까지 총소리가 들렸다. 우리는 설령 전화로 신호를 받지 않았다고 해도 아마 자라의 경계 초소 근처에서 나는 총소리인 걸 알아차렸을 것이다.

자라와 해리는 내 가장 오래된 친구였고, 나는 그들 부부의 '변화 자매'이자 그 집 아이들인 타비아와 러셀의 '변화 이모'기도 하다. 그래서 나는 집 바깥에 나가지 말라는 반콜레의 말을 귓등으로도 듣지 않았다. 돌이켜보면 그때 나는 혹시 도브트리 습격 같은 상황이 또 일어난 거라면, 집 안에 머무는 것은 곧 불을 질러달라는 부탁이나 다름없다고 생각했다.

하지만 소리를 들어보니 도브트리에서 벌어졌던 것 같은 상황은 아닌 듯했다. 그렇게까지 시끄럽지는 않았다. 공격자의 숫자도 그리 많지 않았다. 소리로 미루어보아 우리가 최근 몇 년 동안 겪은 적이 없는 작은 집단의 습격 같았다.

나는 반콜레와 함께 집을 살며시 빠져나와 캠핑카로 향했다. 달려가는 동안 거의 내내, 처음에는 우리 오두막집이, 다음으로는 학교 건물이 우리를 가려서 총알로부터 지켜줬다. 아마도 그래서 반콜레가 나더러 집에 남으라고 더 완강하게 말리지 않은 모양이었다. 우리는 총에 맞기는커녕 아예 저쪽의 눈에 보이지도 않았다. 캠핑카는 학교 남쪽의 전용 주차장에 있었다. 마을 한복판인 그곳에서 안전하게 보호받는 한편으로 낮에는 태양광 집광판을 펼쳐 배터리도 충전했다.

나와 반콜레가 그곳에 도착해보니 마침 해리 볼터가 캠핑카에 다가가는 중이었다. 해리가 차 옆문을 열었고, 우리 셋 모두 서둘러 차 안으로 들어갔다.

해리와 나는 캠핑카 내부의 컴퓨터에 익숙했다. 예전 캘리포니아 남부에 살 적에 우리 둘 다 부모님의 컴퓨터를 사용했기 때문이다. 우리는 특이한 경우다. 에이콘의 성인들은 대부분 이때껏 컴퓨터를 만져본 적이 없거나, 아예 본 적도 없다. 게다가 다른 사람들은 컴퓨터를 두려워한다. 우리가 사람들에게 컴퓨터 관련 지식을 전파하고 있기는 하지만, 그래도 당장은 캠핑카의 무기와 기동성과 센서 장비를 온전히 활용할 줄 아는 사람이 우리를 포함해 한 줌밖에 되지 않는다.

우리는 모든 장비의 전원을 켰고, 반콜레가 운전을 맡아 자라가 있던 경계 초소로 향했다. 차를 타고 가는 동안 우리는 차의 적외선 카메라로 침입자 한 명 한 명의 위치를 파악했다. 반콜레는 운전 실력이 좋고 차분한 데다 캠핑카의 방탄 성능도 신뢰했다. 사람들이 우리에게 총을 쏘는데도 그는 태평해 보였다. 사실, 침입자들이 우리에게 탄약을 낭비해서 다행이었다. 그 덕분에 자라가 한숨 돌릴 수 있었으니까.

뒤이어 우리는 주위를 둘러보고 침입자 한 명의 위치가 자라에게 너무 가깝다고 결론지었다. 게다가 그 침입자는 엉금엉금 기어서 자라에게 점점 더 가까이 다가가는 중이었다. 그 사람은 후퇴하려고 시도할 수도 있었지만, 그러지 않았다. 그들 중 아무도 달아나려 하지 않았다. 우리는 앞서 표적으로 파악한 침입자들이 실제로도 표적일 뿐, 우리 에이콘의 일원이 아닌 것을 확인했다. 일단 확인을 마치고 나서 우리는 캠핑카의 컴퓨터에 그들을 적으로 입력한 다음, 공격하도록 지시했다. 캠핑카는 적외선 카메라와 주위의 빛, 레이더 등을 이용해 어둠 속에서도 '보는' 기능뿐 아니라 '듣는' 기능 또한 매우 뛰어나고, 엉뚱한 이름이지만 '냄새 맡는' 기능까지 갖췄다. 마지막 기능은 실제로 냄새를 맡지는 않고 분광 분석을 토대로 이루어지는데, 이는 대상으로부터 멀리 떨어진 곳에서 실행하는 일종의 화학 분석이다. 몇몇 종류의 전자기 복사, 즉 빛을 방출하는 물체라면 어떤 것이든 분석 대상이 된다.

그리고 캠핑카의 기억 장치는 용량이 굉장히 크다. 그 장치는 우리 한 명 한 명의 특징을 모조리 기억할 능력이 있고, 실제로도 그렇게 했다. 우리 목소리, 지문과 발자국, 망막 혈관 모양, 신체 동작음, 몇 가지 자세를 취했을 때 몸의 전체적 형태 등이 우리를 알아보고 쏘지 않게 도와주는 단서들이었다.

캠핑카가 총을 쏘기 시작하자 나는 전방 감시 모니터를 해리에게 맡겼다. 나는 초공감을 자극받아 무력한 상태에 빠질 만한 광경은 아무것도 보지 말아야 했고, 어차피 이제는 컴퓨터를 조종할 일도 없었다. 차가 자라와 침입자들 사이에 멈춰 서고 나서 나는 후방 모니터로 자라의 상황을 살폈다. 자라는 살아 있었고, 아직 경계 초소 안에 있었다. 방어용으로 세운 돌벽 뒤의 움푹 팬 구덩이에 들어가 있어서 몸의 대부분이 엄폐된 상태였다. 거기서 얼마간 떨어진 곳의 그레이슨 모라 역시 여전히 자기 초소 안에 살아 있었다. 그는 이쪽 상황에 관여하지 않았는데, 자기 위치를 지키면서 에이콘으로 접근하기에 가장 편한 또 하나의 경로를 감시하는 것이 그의 임무이기 때문이었다. 우리는 시간이 조금 걸려서야 비로소 현관문을 두들기는 동시에 뒷문으로 몰래 한패를 들여보내는 침입자들의 수법에 속지 않는 법을 배웠다.

자라에게 가장 가까이 있던 침입자는 죽었다. 캠핑카의 컴퓨터에 따르면 그는 이제 자기 주변의 공기를 호흡의 특징이 나타나는 방식으로 변화시키지 않았고, 몸도 움직이지 않았다. 캠핑카는 일단 주행을 멈추면 동작 감지 기능이 청각 기능만큼이나 예민해진다. 그 기능들을 합하면 호흡과 심장 박동까지 감지할 수 있다. 또는, 그 두 가지가 부재하는 상태까지도 감지한다. 전에 우리끼리 진짜 시체처럼 죽은 척해서 컴퓨터의 그 기능을 속이려고 시도한 적이 있지만, 한 번도 성공하지 못했다. 그래서 마음이 든든했다.

"좋아." 해리는 자기 모니터를 보다가 고개를 들며 말했다. "자라는 어때?"

"살아 있어. 총질하던 녀석들은 다 제압됐어?"

"죽어서 자빠졌어. 다섯 명 다." 해리는 숨을 길게 들이쉬고는 말했다. "반콜레, 이제 자라를 데리러 가요."

"혹시 그레이슨한테 경보 해제한다고 알려준 사람 있어?" 내가 물었다.

"내가 알렸어." 반콜레가 대답했다. "실은 내가 다음 경계조야. 한 시간만 늦었어도 자라 대신 내가 저기 있었을 텐데."

"내일 아침까지는 모든 근무자가 이 차 안에서 경계를 서야 해. 저자들이 누군지는 모르지만, 혹시 근처에 한패가 있을지도 몰라."

내 말에 반콜레가 고개를 끄덕였다.

반콜레는 캠핑카를 자라가 있는 경계 초소에 최대한 가까이 댔다. 우리 셋 모두 주위를 한 번 더 살펴봤고, 뒤이어 해리가 차 문을 열었다. 자라는 우리가 부르기도 전에 엄폐 장소에서 달려 나와 차 안으로 냉큼 뛰어들었다. 자라의 왼쪽 뺨과 목에 피가 흘렀고, 나는 그 피를 무심코 보고 말았다. 그러자 대번에 내 얼굴과 목에도 통증이 느껴졌지만, 가까스로 내색하지 않고 참았다. 참는 건 내 습관이었으니까. 해리는 자라를 붙잡아 부축하고 큰 소리로 반콜레를 불렀다.

"난 괜찮아." 자라가 말했다. "그냥 저놈들의 총알에 튄 돌 부스러기가 스쳤을 뿐이야. 사방에 돌 조각이 날아다니는 바람에."

나는 운전석으로 가서 반콜레와 교대했고, 반콜레는 차 뒤쪽으로 가서 자라를 살펴봤다. 이제는 내 운전 실력도 썩 훌륭했기 때문에 나는 그대로 차를 몰아 집에 도착했다.

"여보, 자라 몫의 나머지 근무 시간은 내가 대신 채울게. 그 다음 근무조의 당신 몫도 같이. 당신은 여기서 바쁠 것 같으니까."

"차 안에서 모니터로만 봐!" 반콜레는 똑같은 말을 내가 아까 한 적이 없는 것처럼 지시했다.

"당연히 그래야지."

"저 총잡이들한테 쫓기던 두 사람은 어떻게 됐어?" 자라가 물었다.

우리 모두 자라 쪽을 돌아봤다.

"그 사람들, 비틀거리면서 에이콘 쪽으로 갔어." 자라가 말했다. "그리 멀리는 못 갔을 거야. 내 총에 맞아서 그렇게 된

건 아니야. 처음부터 다친 상태였어."

그것은 도망자 한 쌍에 관해 우리가 처음으로 안 사실이었다. 자라는 그 둘이 모두 다쳤다고, 또한 둘 다 남자일 거라고 생각했다. 하지만 우리는 아직 그들을 찾지 못했다. 물론, 에이콘 쪽에 침입자가 더 있는지는 아직 확인하기 전이었다. 나는 후방 감시 모니터조차 확인하지 않았다. 바보같이.

우리는 그제야 에이콘을 둘러봤다. 보이는 거라곤 여느 때와 같은 생활 반응뿐이었다. 사방에서 감지되는 열기와 집들이 있는 쪽에서 들려오는 약간의 소리였다. 사람들은 분명 이쪽을 지켜보는 중이었지만, 한밤중이다 보니 우리에게서 경보 해제 신호를 받기 전에는 바깥에 몰려나올 리 없었다. 지금쯤 머리가 굵은 아이들은 자기보다 어린 아이들을 살피고 어른들은 우리 기척을 주시할 터였다. 불빛을 비추거나 모습이 눈에 띌 만한 곳에 돌아다니는 사람은 아무도 없었다. 커다란 소리는 더글러스네 집에서 들려오는 아기 우는 소리가 유일했다. 그 소리마저도 느닷없이 그치고 말았다.

만약 훈련이었다면, 멋지게 치른 훈련이었다.

그런데 그 두 도망자는 어디에 있었을까? 숨어 있었을까? 빈틈을 찾아 학교나 어느 집으로 들어갔을까? 아니면 나무 뒤에 옹송그리고 있을까?

그들도 총이 있을까?

"총으로 무장한 것 같진 않아." 내 질문에 자라는 그렇게 대답했다.

이윽고 나는 그들을 발견했다. 아니면 그냥 다른 물체일 수도 있었다. 우리는 그 물체 쪽으로 차를 몰았다. 실은 우리 집 쪽이었다. 반콜레와 내가 사는 집.

"차의 컴퓨터에는 저 두 사람이 살아 있다고 나와요." 내가 말했다. "움직임이 별로 없는데, 자라 말이 맞아요. 무기가 없어요. 그래도 살아는 있네요."

두 도망자는 다름 아닌 댄 노이어와 웬 여자애였다. 나는 그 여자애를 보자마자 댄의 여동생 가운데 한 명이라는 것을 알았다. 그 애는 댄처럼 키가 컸지만 날씬했고, 예쁘장했고, 머리는 검은색이었으며, 턱은 머시를 닮아 갸름하고 조그마했다. 알고 보니 그 애가 니나 노이어였다.

오빠와 동생 둘 다 주먹으로 피가 나도록 맞은 상태였고, 뭔가 다른 물체로 폭행당한 흔적도 있었다. 반콜레 말로는 채찍질을 당한 흔적 같다고 한다.

"내가 보기엔 목줄을 구할 형편이 안 되는 사람들은 자기 손을 직접 더럽히는 것 같아. 더 오래된 고문 기술에 의존하는 거지." 반콜레의 목소리는 몹시도 씁쓸했다.

오빠와 여동생은 손목과 발목, 그리고 목에도 밧줄에 쓸린 자국이 있었다. 게다가 반콜레가 말하길 엄청나게 심한 성적 학대까지 당했다고 한다. 니나는 반콜레에게 자신들이 '돈을 받고 모르는 사람들과 그 짓을 하도록' 강요당했다고 털어놨다. 댄은 니나보다 훨씬 더 심한 구타를 참고 견뎠고, 둘 모두에게서 반콜레식 표현으로 '통상적인 성병 감염 및 조직 손상'이 나타난다. 니나는 자신이 임신을 했었지만, 감금당해 있던 기간의 어느 밤에 유산했다고 한다. 스스로는 무슨 일인지도 모르다가 다른 노예의 말을 듣고 알았다는 것이다. 하긴, 임신을 안 했다면 오히려 놀랄 일이었다. 니나 본인을 위해서라도 유산을 해서 다행이다.

그리고 댄은 어떻게든 니나를 찾아냈고, 구해냈고, 추격자들이 바로 우리 골짜기까지 쫓아오는 와중에도 그 애를 무사히 데리고 돌아왔다. 열다섯 살짜리 소년이 혼자서 어떻게 그 많은 일을 해냈을까?

그런데 따져보면, 그렇게 하기 위해 그 애는 어떤 대가를 치렀을까? 따지고 보면, 그런 게 중요하기는 할까?

2033년 3월 18일 금요일

"정말이지 이렇게는 못 살겠어." 오늘 아침, 댄과 니나를 치료하다가 돌아온 반콜레가 내게 한 말이다. 그는 식탁 앞에 앉아 팔짱을 낀 팔에 머리를 괬다.

내가 약속한 대로 경계 근무를 대신 서준 덕분에, 반콜레는 댄과 니나를 힘닿는 데까지 치료할 수 있었다. 앨리와 메이가 그를 거들었는데 둘은 캐시아와 머시를 오래 돌본 탓에 이제는 거의 노이어네 가족이나 다름없었다.

반콜레는 두 환자 곁을 거의 떠나지 않았고, 어쩌다 보니 또 다시 댄의 목숨을 구하려고 안간힘을 써야 했다. 그 애는 두 번이나 호흡이 멎었지만 그때마다 반콜레 덕분에 되살아났다. 하지만 결국에는, 한때 튼튼하고 건강했던 그 젊은 육체가, 맥없이 멈춰버렸다. 지난 몇 달 동안 무시무시한 학대에 시달린 탓이었다.

"심장이 딱 멈춰버렸어." 반콜레가 말했다. "나한테 더 현대적인 장비가 있었다면, 어쩌면…… 젠장, 올라미나, 내가 널 데리고 여길 떠나려는 이유가 뭔지 이제 알겠어?"

"진짜로 죽었단 말이야?" 나는 속삭이듯 나직이 물었다.

믿을 수가 없었다. 믿고 싶지 않았다.

"죽었어. 말도 안 돼! 그렇게 어린 애가."

"그 애 동생은?"

"동생 쪽은 오빠만큼 심하게 맞지 않았어. 괜찮을 거야."

과연 괜찮을까? 그렇게 많은 일을 겪었는데? 내가 보기엔 미심쩍었다. 반콜레와 나는 잠시 말없이 앉아 저마다 다른 생각에 잠겨 있었다. 비록 자기 자신은 구하지 못했지만 동생은 구했다는 사실이 댄에게 무슨 의미가 있을까? 그 애는 이렇게 되리라고 상상이나 했을까? 어떤 식으로든 일이 잘 풀릴 수도 있었을까? 아쉽지 않을 만큼?

"다른 동생 한 명은…… 폴라는 어디 있지?" 내가 물었다. "그 애는 어떻게 됐대?"

반콜레는 한숨을 쉬었다. "죽었어. 트리니다드 근처의 북쪽 도로에서 말썽이 있었나 봐. 남자 셋이 폴라를 몰래 데려가려고 했다더군. 그러다 들켰고. 폴라의 주인과 도둑 무리가 총질을 시작했는데, 그 애가 그만 양쪽 편 사이에 끼고 말았다는 거야. 니나 말로는 괜히 중간에 끼어서 죽었다고 주인들이 폴라를 욕했대. 그 애 시체는 바닷가 바위 옆에 그냥 눕혀뒀다고 했어. 니나 말로는 작년에 식구들하고 같이 처음으로 바다를 봤을 때 폴라가 그렇게 좋아했다더군. 그래서 파도가 밀려왔다가 폴라를 싣고 멀리 가줬으면 했다는 거야."

나는 고개를 절레절레 흔들었다. 반콜레는 식탁을 떠나 침대로 가서 누웠다.

"하지만 댄은 해냈어." 그 말은 반콜레가 아니라 나 자신에게 한 말에 더 가까웠다. "그 애는 자기 동생을 찾아내서 집으로 데려왔어. 불가능한 일이었지만, 그 애는 해냈어!"

"젠장." 반콜레는 그렇게 중얼거리고는 벽 쪽으로 얼굴을 돌렸다.

이제 길었던 하루가 끝났다.

우리는 산비탈의 총격전 현장을 청소하고 아직 남아 있을지도 모를 피 냄새에 들개 떼가 꼬이지 않도록 여기저기에 후춧

가루를 뿌렸다.

시체는 모아서 몸수색을 한 다음, 해가 진 후에 자투리 목재를 쌓고 등유를 잔뜩 뿌려 화장했다. 우리는 시체를 철저히 불태우기 때문에, 연기가 눈에 덜 띄게 하려면 캄캄한 밤에 처리해야 한다. 그래야 쓰레기를 뒤지는 패거리와 호기심이 많은 무리가 꼬일 위험이 줄어든다.

나는 그 일이 끔찍이도 싫다. 시체를 태우는 일이. 물론 우리 편의 시체이든 적의 시체이든 꼭 해야 할 일이지만, 그래도 나는 그 일이 싫다.

댄은 침입자들과 따로 화장했다. 그 애의 몸에 쌓은 장작에는 내가 직접 불을 붙였다. 화장하며 암송할 시는 앨리가 골라서 직접 읊었다. 니나가 몸을 추스르면 댄의 장례식을 정식으로 치를 것이다. 다만 당장은, 앨리가 고른 시가 잘 어울린다는 생각이 들었다.

"바람이 그러하듯,
물이 그러하듯,
불이 그러하듯,
생명이 그러하듯,
하느님 또한
창조적인 동시에 파괴적이고,
요구하는 동시에 베풀며,
조각가인 동시에 찰흙이다.

하느님은 무한한 잠재력이다.
변화가 곧 하느님이다."

다른 시체들, 즉 침입자들은 남자 넷과 여자 하나였고, 모두 이십대이거나 삼십대 초반이었다. 꾀죄죄하고 상처도 많았지만, 차림새는 번듯했고 무장도 충실했으며 형편도 넉넉했다. 주머니에 캐나다 돈이 잔뜩 들어 있었던 것이다. 노예 상인이었을까? 마약 거래상? 도둑? 빈민촌 체험에 나선 부잣집 아이들? 니나조차도 그들의 정체를 알지 못했다. 그 애와 댄은 원래 자신들을 납치했던 일당에게서 탈출한 후에 고속도로를 따라 에이콘으로 오는 길이었는데, 도중에 이들 패거리가 새로 나타나 둘을 발견하고 쫓아온 것이다.

침입자들은 신분증은커녕 갈아입을 옷조차 지니고 있지 않았다. 이는 곧 여기서 멀지 않은 곳에 그들의 집이나 기지 같은 것이 있다는 뜻이다. 우리는 그 점을 고려해 침입자들의 옷을 시체와 함께 태우기로 했다. 그들의 옷은 우리가 입은 것보다 훨씬 더 질이 좋다. 더 새것이고, 더 멋지고, 더 비싸다. 우리가 입고 노점 시장에 갔다가는 알아보는 사람이 있을지도 몰랐다. 그리고 또 한 가지. 침입자 중 두 사람은 흰색 십자가를 수놓은 검은색 스웨트 셔츠 차림이었다. 프린트한 십자가가 아니라 수놓은 십자가였다. 오브리 도브트리가 언급한 기다란 튜닉은 아니었지만, 그래도 기묘하게 따라한 옷이었다.

침입자들은 재럿 추종자처럼 보이는 게 유행이라고 생각한 불량배 무리였던 것이다.

침입자들의 총은 우리 것과 마찬가지로 품질이 좋고 잘 관리한 데다 레이저 조준경까지 갖춘 자동 소총이었다. 한 정은 독일제, 한 정은 미제, 나머지 세 정은 러시아제 최신식이었다. 모두 한눈에 봐도 불법인 동시에 너무나 흔한 물건이었다. 그 총들은 산속 이곳저곳에 만들어둔 비상용 은닉처에 숨겨둘 것이다. 그들의 소지품 중에 우리가 지니고 있다가 필요할 때마다 쓸 것은 오로지 약간의 현금뿐이다. 현금도 대부분은 은닉처에 숨길 것이다. 다 낡고 구겨진 지폐라서 추적이 불가능하다. 현금이 그렇게나 많다는 점, 한 명 한 명의 주머니가 우리 중 몇 명의 지갑을 다 합친 것보다 더 두둑하다는 점은 곧 그들이 부자이거나, 짭짤한 불법 활동에 종사하거나, 아예 그 둘 다에 해당한다는 뜻이었다.

뭐, 이제 그들은 사라졌다. 이 세상에는 사라지는 사람이 많다. 심지어는 부자들도 재미와 더 큰 이익을 좇다가 사라지곤 한다. 그런 일은 늘 일어난다.

제10장

우리는,
우리 한 사람 한 사람은,
불가능한 일을 해낼 수 있다.
전에도 그 일을 해낸 사람이 있다고
스스로를 납득시키기만 하면.

—《지구종: 산 자들의 책》에서

에이콘에서 살려면 고된 육체노동에 아주 많이 참여해야 했다. 그런데도 우연히 에이콘에 흘러든 사람들이 대부분 지구종에 가입해 그곳에 머물기를 선택했다면, 2030년대 초기의 세상이 어떤 지경이었는지는 짐작하고도 남는다. 그러한 사정을 감안하면 페랄타 가족은 에이콘을 떠나기까지 틀림없이 적잖은 사연이 있었을 것이다. 내 어머니가 제시한 것보다 더 많은 이유가 있었을 법도 하지만, 나는 그 증거를 찾지 못했다. 어쩌면 페랄타네 식구들은 에이콘의 다른 구성원들과 실제로 신앙이나 정치 면에서 견해가 달랐는지도 모른다. 그리고 어쩌면, 그 사람들은 이 나라의 정치가 나아가는 방향 때문에 겁을 먹었는지도 모른다. 그럴 만한 이유가 있었으니까.

반면에 마크 삼촌이 떠난 것은 전혀 놀랍지 않다. 에이콘에는 삼촌이 있을 자리가 정말이지 눈곱만큼도 없었기 때문이다. 그곳에서 삼촌은 '올라미나 동생'이거나, 어머니의 표현대로, 그저 착한 아이였다. 삼촌은 결혼을 하고 조그만 오두막집을 한 칸 더 지어 가정을 꾸릴 수도 있었지만, 그런 삶을 도저히 참지 못했을 것이다. 어쨌거나 삼촌도 구세주였기 때문이다. 내 어머니처럼. 아니면 어머니하고는 다른지도 몰랐다. 왜냐하면 마크 삼촌은 오직 지구에만 관심을 가졌으니까. 페랄타 가족과 마찬가지로 삼촌은 에이콘 사람들과 신앙, 정치 면에서 불화를 빚었다. 그리고 페랄타 가족과 마찬가지로 그때 에이콘을 떠난 것을 보면, 삼촌은 십중팔구 현명했던 것 같다.

내가 보기에 어머니는 자신이 임신부라는 사실에 별 신경을 쓰지 않았던 것 같다. 그렇다고 해서 임신했다는 이유로 억울해하거나 하지는 않았다. 어머니가 그랬다는 낌새는 전혀 없다. 그저 무시했을 뿐이다. 내 예정일은 7월이었다. 부리나케 달려 나가 댄 노이어와 그의 동생 니나를 쫓아온 패거리에 맞서 총격전을 벌인 때와 나를 낳았을 때 사이의 기간 동안, 어머니는 열심히 일해서 에이콘의 도매업과 소매업을 모두 확장시켰다. 어머니가 그 일을 어찌나 잘했던지, 내가 태어날 무렵에 지구종 공동체는 트럭을 한 대 더 사려고 흥정하는 중이었다. 그들은 결국 트럭을 샀다. 구성원 대부분이 차가 한 대뿐이라는 점에 불안을 느꼈기 때문이었다. 트래비스와 그의 조수들은 원래 있던 캠핑카를 잘 관리했고 수리까지 직접 했기 때문에 큰돈이 들어갈 일은 없었지만, 큰 사고가 한 번만 나도 공동체 전체의 사업이 끝장날 위험이 있었다. 또는, 적어도 새로 시작한 사업은 끝장날 판이었다.

트럭 두 대는 곧 수많은 차량 행렬의 출발점이었고, 이로써 어머니는 자신이 꿈꾸는 쾌적하고 적잖이 안전한 미래로 눈을 돌렸다. 어머니는 에이콘보다 지구종을 더 많이 생각하기 시작했다. 지구종을 여러 집단에 새로 전파하기 위해서였다. 일기장에 인근 도시와 마을로 선교사를 보내고 싶다고 적어놓은 대목도 한두 군데가 아니었는데, 목적은 주민들을 개종시키고 완전히 새로운 지구종 공동체를 세우는 것이었다. 에이콘의 클론을. 어머니는 그 마지막 구상을 유독 좋아했던 것 같다. 언젠가 낳고 싶은 상상 속의 아이들에게 지어주려고 이름을 궁리하는 여자애처럼, 어머니는 에이콘 클론의 이름까지 생각해뒀다. 헤이즐넛(개암), 파인(소나무), 만사니타, 선플라워(해바라기), 아몬드……. "그런 공동체는 작아야 한다." 어머니는 일기에 그렇게 적었다. "많아 봐야 수백 명, 천 명은 절대 넘지 말아야 한다. 인구가 천 명이 넘게 성장한 공동체는 분열해서 새 공동체를 '길러야' 한다."

어머니는 작은 공동체일수록 사람들이 서로에게 더 책임감을 느낀다고 믿었다. 나를 보는 모든 이가 내가 누구인지, 어디에 사는지, 누구의 가족인지, 내가 지금 하는 행위를 할 자격이 있는지 없는지 훤히 아는 곳에서는 심각한 악행을 저지르고 무사히 빠져나가기가 힘들고, 그런 짓을 아예 시작하는 것조차 힘들기 때문이다.

어머니는 지구종이라는 신앙만 빼면 공상에 빠져 사는 여자가 아니었다. 그래서 에이콘 사람들이 어머니를 그렇게 믿었던 것 같다. 어머니는 실용주의자였고, 직설적이었고, 공정했으며, 정직했고, 사람을 좋아했다. 남들과 함께 일하며 즐거움을 느꼈다. 공동체 지도자로서는 평균보다 더 나은 사람이었다. 하지만 그 모든 겉모습 아래에는 늘 지구종과 어떤 갈망이, 어떤 집착이 있었고, 이는 너무나 강력했던 탓에 오히려 아무도 알아차리지 못했던 것으로 보인다. 영리하고 야심찬 동시에 기이한 집착에 사로잡힌 사람은, 위험한 존재가 되기도 한다. 그렇게 되면 그들은 어김없이 세상을 뒤엎는다.

어머니는《지구종: 산 자들의 책 1》에 이렇게 적었다.

천재성이란 본질적으로 적응력이자, 집요하고 긍정적인 집착이다. 거기서 집요함을 빼면 남는 것은 한순간의 열정에 지나지 않는다. 적응력을 빼면 남는 것은 파괴적인 광신狂信으로 이어지기도 한다. 긍정적인 집착을 빼면, 아무것도 남지 않는다.

《로런 오야 올라미나의 일기》에서

2033년 7월 22일 금요일

7월 20일은 내 스물네 번째 생일이었다. 그보다 더 중요한 건, 그날 내 딸인 라킨 베릴 이페 올라미나 반콜레가 태어났다는 거다.

우리 때문에 그토록 긴 이름을 갖게 되다니, 불쌍하기도 하지. '라킨'은 내 이름인 '로런' 그리고 내 아버지의 이름인 '로런스'와 같은 어원에서 나왔다. 세 이름 모두 월계수를 뜻하는 '로럴'에서, 또 월계수 잎으로 만든 화관을 승자의 머리에 씌워 칭송하던 고대 그리스의 풍습에서 유래했다. 또한 '라킨'은 종달새를 뜻하는 '라크'와 발음이 비슷해서 흐뭇하기도 한데, 반콜레도 나도 종달새를 눈으로 보거나 울음소리를 들어보지는 못했지만, 그 새가 아름다운 소리로 지저귄다는 이야기는 책에서 읽은 적이 있다. 나는 내 딸이 나와 내 아버지의 생일에 맞춰 태어나기 전부터 이미 그 애 이름을 라킨으로 지을 작정이었다. 정말로 멋진 인연이다. 삼대가 7월 20일에 생을 시작하는 건 단순한 우연이 아니다. 거의 전통이다.

'베릴'은 반콜레 어머니의 이름이었다. 반콜레와 나는 이름 때문에 다툰 지가 벌써 몇 달째였고, 나는 우리 딸의 이름 속 어딘가 그 이름이 들어가리란 것을 이미 알고 있었다. 맨 앞에 오는 이름만 아니면 나는 참아줄 의향이 있었다. 외연적 의미가 훌륭한 이름이기 때문이다. 베릴이 가리키는 대상인 녹주석은 매우 단단하고 투명하거나 불투명한 광석으로서, 적절한 형태로 연마하면 아름다운 보석이 될 잠재력이 매우 풍부하다. 에메랄드도 베릴의 일종이다.

'이페'는 우리 둘의 요루바어 성과 함께 쓰려고 고른 요루바식 이름이다. 내 할아버지와 반콜레의 아버지가 1960년대에 요루바식 성으로 개명했기 때문이다. '이페'는 반콜레의 아이디어였다. 나는 그 이름을 기억해내지도 못했다. 둘이서 기억나는 요루바어 이름을 모아봤는데, 반콜레의 입에서 '이페'가 나오자마자 우리 둘 다 딱 맞는 이름을 찾은 느낌이 들었다. 반콜레가 말하길 이페의 뜻은 '사랑'이라고 한다.

그리고 물론, 그 애는 '올라미나'이자 '반콜레'이기도 하다. 여자애 한 명에게는 너무 많은 이름들이다. 나중에 크면 분명 그중 두어 개만 남기고 나머지는 다 버릴 것이다.

그 애는 모든 것이 온전하고 예쁘고 건강하고, 나는 내가 할 수 있으리라 상상했던 것 이상으로 그 애를 사랑한다. 아직 몸이 쑤시고 피곤하지만 그 정도는 아무것도 아니다. 그 애는 몸무게가 3.5킬로그램이고, 식성이 좋고, 목청도 아주 우렁차다.

반콜레는 지금 잠든 아이를 안고 앉아 있다. 그레이슨 모라가 그에게 선물하려고 앨리 길크리스트에게 돈을 주며 의뢰해 만든 아름답게 장식한 흔들의자에 앉아서, 그 애를 품에 안고 내려다보며, 앞뒤로 의자를 흔들거리고 있다. 그레이슨은 커다란 것을 만들길 좋아한다. 오두막집, 창고, 어떤 건물이든 가리지 않는다. 그는 건물을 설계하고, 짓는 일을 감독하고, 공사에 참여한다. 뭘 짓는 동안에는 그는 행복한 사람이다. 학교도 그레이슨의 작품인데, 그 사실을 조금만 더 자랑했어도 그는 정말이지 구제 불능이었을 것이다. 하지만 그는 작은 물건, 특히 가구를 설계하고 만드는 일은 앨리 길크리스트에게 맡긴다. 앨리는 주워온 책만 읽은 것이 아니라 주워온 가구를 분해해 구조를 확인하면서까지 목공 기술을 독학했다. 이제는 직접 만든 의자와 탁자, 수납장, 서랍장, 장난감, 연장, 장식품을 노점 시장에 나가 팔고, 이렇게 해서 쏠쏠한 수입을 얻는다. 앨리의 아들 저스틴은 이제 겨우 아홉 살이지만 벌써부터 엄마의 일을 이어받아 즐겁게 배우고 있고, 이로써 엄마에게 기쁨을 안겨준다. 메이와 노이어 자매도 목공 기술을 배우기 시작했지만, 메이는 풀과 덩굴, 나무껍질 같은 섬유를 엮어 깔개나 바구니, 가방을 만드는 일에 더 관심이 많다.

사 년 전, 아내 에머리가 첫째 아들을 낳을 때 반콜레에게 도움을 받은 그레이슨은 앨리에게 돈을 주며 '의사 선생'에게 줄 멋진 흔들의자를 만들어달라고 부탁했다. 그레이슨과 반콜레는 처음에는 사이가 별로 좋지 않았다. 이는 그레이슨 탓이었고, 그 자신도 이 사실을 잘 알았다. 그는 반콜레를 가리켜 '공처가 노인 같으니!'라며 경멸하는 척했지만, 사실 그는 반콜레의 나이와 교육 수준과 점잖은 인격 앞에 움츠러들었다. 그레이슨의 아내가 첫째 아들을 임신하고 나서야 두 남자는 비로소 드문드문 대화를 나누기 시작했다. 그 후로 반콜레는 에머리를 임신 기간 동안 내내 진찰했고 난산 끝에 태어난 조지프를 받기까지 했다. 안타깝게도 조지프는 엄마 배 속에 거꾸로 들어선 아기였다. 그 일이 있고 나서 말도 없이 무덤덤하게 우리 집에 전해진 그 참나무 의자는 그레이슨이 보내는 화해의 선물 노릇을 했다. 이제 반콜레는 그 의자에 앉아 앞뒤로 흔들거리며, 잠든 딸의 얼굴을 내려다보며, 그 얼굴이 현실의 것인지 좀처럼 믿지 못하겠다는 듯이, 그러면서도 세상의 다른 무엇보다 더 생생한 현실이고 더 소중하다는 듯이, 딸의 얼굴을 만지고 있다.

반콜레는 아델라 오르티스에게서 영향을 받은 모양이다. 라킨이 죽은 자기 동생의 아기 적 얼굴과 꼭 닮았다고 하니까 말이다. 우리가 이곳에 도착했을 때 발견한 뼈가 바로 그 동생의 것이었다. 반콜레의 동생과 동생 남편, 그 아이들의 뼈였다. 그들이 죽는 바람에 반콜레는 단절된 느낌을 받았을 것이다. 미래로부터, 어떤 식으로든 육신과 유전자가 영생할 가능성으로부터. 살아 있는 다른 친척은 한 명도 없었으니까. 이제 그에게는 딸이 생겼다. 그는 지난 이틀 동안 자신이 얼마나 긴 시간을 웃는 얼굴로 보냈는지조차 모를 것이다.

2033년 7월 24일 일요일

오늘 우리는 환영식을 열어 라킨을 공동체에 맞아들였다. 에이콘에, 그리고 지구종에.

이때껏 나는 새로 도착한 아이나 어른 한 명 한 명을 환영해주는 사람이었다. 일요 집회는 내가 주재하지 않는 경우도 있었지만, 새로 온 사람의 환영식은 모두 내가 도맡았다. 지금껏 당연하다고 여긴 일이었다. 마치 내가 하도록 정해진 일처럼. 다만 이번에는 트래비스에게 의식을 맡아달라고 부탁했다. 그리고 우리와 나란히 서달라는 부탁은 당연히 해리와 자라에게 했다. 반콜레와 나는 이미 그들 부부의 '변화 형제'이자 '변화 자매'이고, 그 집 아이들의 '변화 삼촌'이자 '변화 이모'다. 이제는 그 반대의 관계도 성립한다. 우리는 저마다 상대편 아이들의 부모가 될 각오를 한 상태다. 볼터 부부는 나의 가장 오랜 친구이기 때문에 나는 그들을 신뢰하지만, 그래도 우리가 서로에게 지키기로 맹세한 약속을 실제로 지킬 날은 영영 안 왔으면 좋겠다.

어째선지 우리가 더욱 진정한 공동체가 된 기분이 드는 까

닮은 우리 가운데 이곳에 온 후에 아이를 낳은 사람이 이제 무척 많기 때문이고…… 이제 나 또한 이곳에서 아이를 낳았기 때문이다.

'라킨 베릴 이페 올라미나 반콜레,

우리는 그대의 동료로서

그대를 환영한다…….'

2033년 7월 30일 토요일

"넌 내 기분이 어떤지 잘 모르는 것 같아." 어젯밤, 반콜레는 내가 따뜻하게 데워놓은 저녁 식사를 먹으러 식탁에 앉으며 그렇게 말했다.

그는 저녁 경계 근무를 서느라 산 위의 초소에 망원경을 들고 앉아 새로운 악당 무리가 가족을 해치러 접근하지는 않는지 감시하다가 온 참이었다. 그에게는 이십사 시간 경계 체계를 유지하는 것이 이제 전에 없이 중요한 일이 됐지만, 구성원 각자에게 경계 근무는 여전히 짜증스러운 임무일 뿐이다. 나는 그가 기분 좋은 상태로 귀가할 거라고 기대하지 않았다. 그래도 이제 막 아빠가 된 사람 특유의 들뜬 기분이 아직은 웬만큼 남아 있어서 기분이 아주 나쁘지는 않아 보였다.

"라킨이 잠든 아빠를 더 자주 깨울 때까지만 기다려봐." 자라는 내게 그렇게 경고했다.

분명 자라 말이 옳을 것이다.

반콜레는 한숨을 쉬었다. "널 만나기 전에, 난 내가 이미 죽은 것 같다는 느낌이 들 때가 가끔 있었어." 그는 나를 보다가 아기 침대 쪽으로 눈을 돌렸다. 거기서 자고 있는 라킨은 젖을 배불리 먹은 데다 기저귀도 아직은 보송보송했다. "난 네가 나를 구해줬다고 생각해. 그러니까 이젠 내가 너를 구하게 허락해주면 좋겠어."

또 그 얘기였다. 핼스테드 주민들은 자기네 마을을 맡아줄 다른 의사를 찾았지만, 그가 성에 차지 않았다. 그 사람이 진짜 의사인지 의심하는 사람들도 있었다. 반콜레는 그가 의학 교육을 어느 정도 받기는 했지만 의학 박사 학위가 없거나, 의사가 아닌 다른 의료직일 거라고 추측했다. 그 사람은 나이가 고작 서른다섯 살인데 요즘 쉰 살이 안 된 젊은 의사들은 거의 모두 민영화되거나 외국 자본이 소유한 도시, 마을, 대형 농장 같은 곳에서 일한다. 그런 곳에서 의사들은 가족과 안락하게 살기에 충분한 돈을 벌고, 기업 경찰이 보호해주는 덕분에 사냥감을 찾아 돌아다니는 폭력배나 자포자기한 빈민들로부터도 안전하게 지낸다. 서른다섯 살 먹은 의사가 아직도 개업할 곳을 찾아 돌아다닌다면 뭔가 문제가 있다는 뜻이었다.

반콜레가 말하길, 병이 나거나 다친 사람은 핼스테드의 새 '의사'인 밥콕을 찾아가느니 차라리 나티비다드나 마이클에게 치료받는 편이 더 안전할 거라고 했다. 핼스테드에 사는 친구들에게도 미리 그렇게 귀띔해줬는데 친구들은 그에게 헬스테드에 오고 싶으면 지금도 환영이라고 했다. 반콜레의 의술은 의심할 필요가 없으니 그가 와주면 더 반갑다는 말이었다. 그리고 반콜레는 지금도 나를 구하겠다며 그 친구들 곁으로 데려가 같이 살고 싶어 한다.

"에이콘은 온갖 방식으로 서로를 구한 사람들의 공동체야." 나는 반콜레에게 말했다. "에이콘은 집이란 말이야."

반콜레는 다시 나를 보고는 저녁을 먹기 시작했다. 늦은 시각이라 나는 이미 식사를 마친 후였다. 아기를 데리고 볼터네에 가서 자라와 해리와 그 집 아이들과 함께 먹었다. 그래도 나는 반콜레와 함께 식탁에 앉아서, 꿀을 넣은 따뜻한 박하 차를 홀짝이며 평온한 시간을 즐겼다. 바깥세상에서 주워온 우리 집의 고풍스러운 화목 스토브는 불이 다 꺼지다시피 했지만, 스토브의 주철 몸체는 아직 따뜻했고 7월의 밤은 춥지 않았다. 조명은 조그만 기름 램프 세 개만 켜놓았다. 전기를 낭비할 필요는 없었으니까. 램프의 불이 힘없이 휘청거렸다.

나는 어둠 속을 응시하며 조용하고 가족적인 단란한 한때를 만끽했다. 그렇게 뿌듯하고 나른한 기분에 젖어 있을 때, 반콜레가 다시 입을 열었다.

"난 말이야, 널 신뢰하기까지 오랜 시간이 걸렸어. 넌 너무 어려 보였거든. 너무 허점이 많은 공상가였지만, 한편으로 너무 위험하고 독선적이기도 했지."

"뭐가 어째?" 나는 따지듯이 물었다.

"사실을 말하는 거야. 넌 상당한 모순덩어리였어. 지금도 그렇고. 난 네가 더 자라면 그 모순에서 벗어날 줄 알았어. 그런데 그러기는커녕, 내가 거기에 익숙해져버렸지…… 거의."

우리는 육 년을 함께 산 끝에 정말로 서로를 알게 됐다. 나는 그가 말하는 것뿐 아니라 말하지 않는 것까지 들을 때가 자주 있다. "나도 당신을 사랑해." 내가 말했다. 딱히 웃음기는 없는 표정으로.

반콜레도 웃는 것처럼 보이지 않으려고 굳은 표정을 짓고 있었다. 그는 몸을 숙여 양 팔뚝을 식탁에 댄 채 나직하지만 팽팽하게 긴장된 목소리로 말했다. "얘기해봐, 이 아가씨야. 여기서, 이 사람들하고, 정확히 뭘 하고 싶은지 나한테 얘기해보란 말이야. 이번엔 신이 어쩌고저쩌고하는 얘기는 빼고, 계획을 좀 차근차근 설명해봐. 성취하고 싶은 물질적 성과 같은 게 있으면 그것도 좀 가르쳐주고."

"하지만 당신도 이미 알잖아." 내가 항의했다.

"내가 아는지 어떤지 잘 모르겠어. 네가 아는지 어떤지도 잘 모르겠고. 그러니까 얘기해봐."

나는 반콜레가 스스로 생각을 고쳐먹을 이유를 찾는 중이라는 것을 그제야 알아차렸다. 그는 여전히 우리가 에이콘을 떠나야 한다고, 더 크고 부유하고 역사도 오래된 마을에 가야만 안전해진다고 믿었다. '그러니까 여기서 계속 살려면 나를 설득해봐.' 반콜레의 말은 그런 뜻이었다.

나는 길고 거친 숨을 들이쉬었다. 그러고는 말문을 열었다.
"내가 원하는 일이 바로 지금 일어나고 있어. 내가 원하는 건 우리가 계속 커지고, 강해지고, 부유해지고, 우리 자신과 우리 아이들을 교육하고, 더 나아가 우리 공동체를 개선하는 거야. 우리가 지금 당장, 그리고 가까운 미래에 해야 할 일이 바로 그거야. 우리가 커지는 동안 나는 가장 우수하고 영리한 아이들을 대학과 전문학교에 보낼 거야. 그 아이들이 우리에게 힘이 되고, 더 나아가 이 나라와 세계에 힘이 되고, 숙명을 준비하도록 말이야. 이와 동시에 선교사 같인 신자들을 세상에 내보내고 싶어. 그런 사람들을 가족 단위로 비非지구종 지역 사회에 보내서 지구종 집회소를 열게 할 거야. 그들은 가르침을 전하고, 의술을 베풀고, 기존 도시와 마을 안에 새 지구종 공동체를 형성해서 주위 사람들의 관심을 숙명에 집중시킬 거야. 그리고 나는 에이콘과 비슷한 새 지구종 공동체도 세우고 싶어……. 고속도로에서, 무허가 빈민촌에서, 어디에서라도 좋으니까 사람들을 모아서 그런 곳을 세우고 싶어. 어떤 사람들은 원래 살던 곳에 계속 살면서, 침례교 신자나 불교 신자가 되는 것처럼 지구종 신자가 되고 싶어 하겠지. 그 반면에 어떤 사람들은 더 친밀한 공동체에 들어가야 할 거야. 서로 간의 거리도, 정서도, 지적 수준도 더 가까운 집단에 말이야."

나는 말을 멈추고 긴 숨을 들이쉬었다. 내 계획을 누구에게 이토록 길게 털어놓기는 어째선지 이번이 처음이었다. 나는 그 계획들을 내 머릿속에서 실행했고, 글로 적었고, 집회에 모인 사람들에게 조각조각 나누어 들려주기도 했지만, 그 조각들을 모두 조립한 형태로 남에게 들려준 적은 한 번도 없었다. 그건 어쩌면 실수였는지도 모른다. 문제는, 우리가 너무 오랫동안 눈앞의 생존과 빤히 보이는 문제의 해법, 사업, 가까운 장래를 위한 대비 따위에만 집중했다는 것이다. 한편으로는 원대한 계획을 너무 많이 세우면 사람들이 주눅 들어 뒷걸음칠까 봐 불안하기도 했다. 그중에서도 최악은, 내가 남들 눈에 우스꽝스러워 보일까 봐 불안했다는 것이다. 나 같은 사람이 지금 내가 열망하는 것을 열망하는 건 실제로 우스꽝스러운 일이다. 그건 나도 안다. 처음부터 알고 있었다. 그런 것 때문에 멈춰 선 적은 한 번도 없다.

"우린 시작이야." 나는 말하는 동안에도 계속 생각했다. "지금의 지구종은 라킨이 그렇듯이 유아기나 마찬가지야……. '작은 씨앗 하나'인 거야. 지금 우리는 누가 밟으면 너무나 쉽게 짓뭉개지는 상태야. 그래서 두려워. 그래서 우리가 더 커지고 더 멀리 퍼져야 하는 거야……. 우리 스스로 덜 취약한 상태가 되려고."

"하지만 헬스테드로 간다면." 반콜레가 입을 열었다. "만약 그곳으로 이사를 간다면……."

"내가 헬스테드로 가면 이곳의 씨앗은 죽을지도 몰라." 나는 찡그린 표정으로 잠시 입을 다물었다가, 다시 말을 이었다. "여보, 난 우리 라킨을 떠나기 싫은 것만큼이나 지금의 에이콘을 떠나기가 싫어."

반콜레는 그 말에 동요돼 기세가 조금 꺾인 듯했다. 앞서 그렇게 긴 얘기를 들려줬는데 왜 이제야 그러는지, 나는 이해가 가지 않았다. 반콜레는 고개를 절레절레 흔들고는 가만히 앉아 몇 초 동안 나를 빤히 봤다.

"재럿 대통령은?"

"그 사람이 뭐?"

"그자는 위험해. 그자가 대통령이라는 사실 때문에 변화가 생길 거야. 심지어 우리한테까지도. 틀림없어."

"그 사람한테 우린 아무것도 아니야. 너무나 미미하고 너무나 하찮은……."

"도브트리를 잊지 마."

도브트리는 내가 가장 잊어버리고 싶은 기억이었다. 마크가 얘기한 주 상원의원 후보자도 마찬가지였다. 둘 다 현실이었고 어쩌면 우리에게 위험을 의미하는 것인지도 몰랐지만, 그렇다고 나에게 그 둘 중 하나라도 어떻게 할 방법이 있었을까? 그리고 그 둘이 두렵다는 이유로 어떻게 내가 해야 할 일을 그만둘 수가 있을까?

"이 나라의 역사는 이백오십 년이 넘어." 내가 말했다. "악한 지도자들은 전에도 있었어. 이 나라는 그런 자들을 견뎌내고 지금에 이른 거야. 우린 재럿이 어떻게 나오는지 지켜봐야 해. 필요하면 변화하고, 적응하고, 어쩌면 한동안은 전보다 더 조용히 지내야 할지도 몰라. 하지만 우린 언제나 변화에 적응해야 했어. 앞으로도 언제나 그럴 거야. 변화가 곧 하느님이니까. 만약 '재럿 대통령 만세'나 '하나님, 크리스천 국가 미국을 축복하소서' 같은 말을 꼭 해야 한다면, 우린 그렇게 할 거야. 그자는 일시적인 존재일 뿐이니까."

"일시적인 건 우리도 마찬가지야. 그리고 그런 인간 밑에서 살기가 그리 호락호락하진 않을걸."

나는 반콜레 쪽으로 몸을 숙인 후 말했다. "대통령 집무실을 차지하고 앉아 있는 사람이 누구든 간에, 우린 해야 할 일을 할 거야. 그것 말고 우리한테 다른 선택지가 있기는 해? 기껏 헬스테드로 달아나서 숨어봤자 재럿이 우리를 지배한다는 사실은 바뀌지 않아. 게다가 거기로 가면 근처에 우릴 도와주거나, 필요하면 거짓말도 해주고 위험도 무릅써줄 친한 친구가 한 명도 없어. 헬스테드에서 우린 외지 사람이야. 찍어내고 욕하고 상처 주기 좋은 표적이 될 거란 말이야. 만약 미치광이 자경대나 어디의 경찰이 찾아와서 우리 사정을 캐묻거나 우리를 마녀 행위니 뭐니 하는 혐의로 고발하려고 들면, 헬스테드 주민들은 우릴 쓸모 있는 이웃이 아니라 골칫거리로 판단할지도 몰라. 난 혹시라도 상황이 안 좋아졌을 때 주위에 친구들이 있으면 좋겠어. 여기 에이콘에서라면 모든 것을 다 지킬 순 없을지 몰라도, 최소한 다들 힘을 합쳐 서로를 지키는 건 가능해. 그건 우리가 전에도 해본 일이니까."

"이건 우리가 한 번도 마주한 적 없는 일이야." 반콜레는 어깨를 축 늘어뜨린 채 한숨을 쉬었다. "내가 보기에 재럿은 지금껏 이 나라를 다스린 어떤 지도자보다도 더 악랄하고, 앞으로 더 악랄해질 수도 있어. 그걸 명심해. 넌 이제 어머니가 됐으니까, 지구종 생각은 조금 줄이고 네 아이를 더 생각해야 해. 난 네가 거창한 결단을 내리고 싶을 때마다 라킨을 보고 라킨 생각을 해주면 좋겠어."

"싫어도 할 수밖에 없는 일이야. 내가 하는 일은 거창한 결단 같은 게 아니야. 저 애하고 저 애의 미래를 위한 거야." 나는 찻잔에 조금 남은 차를 다 들이켰다. "있잖아, 난 오랫동안 두려웠어. 정말로 두려웠어. 숙명 자체가 너무나 거대하고, 너무나 복잡하고, 내가 살아온 삶이나 내가 혼자 힘으로 일으킬 수 있는 그 어떤 것하고도 너무나 멀어 보이고, 조금이나마 가능성이 있을 법한 것들하고는 죄다 너무나 동떨어졌다고 생각하면 말이야. 내 기억에 우리 아버지는 하루아침에 쓰레기처럼 폐기된 한심하고 초라한 우주 개발 계획이 어리석고 부적절하고 엄청난 돈 낭비였다고 생각했어."

"그분 생각이 옳아." 반콜레가 말했다.

"그 생각은 옳지 않아!" 나는 나직이 말했지만 속에서는 화가 불길처럼 화르르 치솟았다. 잠시 후, 나는 다시 말을 이었다. "우리한테는 별이 필요해, 반콜레. 우리한테는 사명이 필요해! 우린 숙명이 보여주는 이미지가 필요해, 우리 자신을 사명을 띠고 성장하는 종으로 그리는 이미지가 필요하단 말이야. 우린 숙명에 힘입어 성숙한 종이 돼야 해! 진화하고 분화하다가 죽어버린 털 없는 공룡 이상의 존재가 되려면, 우리한테는 별이 있어야 해. 별들 사이에 뿌리내리는 게 지구종의 숙명인 이유가 바로 그거야. 지금 이 와중에 지구종 시를 듣고 싶지는 않다는 거 알아, 하지만 그 시는…… 그건 중요한 열쇠야. 우리에게, 그러니까, 우리 인류에게. 오랜 시간에 걸쳐 꿋꿋이 이뤄나가야 할 힘든 사명이 없으면, 우리는 서로 싸워. 서로를 파괴해. 지금처럼 살인의 광기로 얼룩진 혼란스러운 말세를 겪는 거야."

나는 잠시 말을 멈췄다가, 곧이어 지금껏 누구에게도 한 적 없는 말이 내 입을 떠나도록 내버려뒀다. 반콜레는 그 말을 들을 자격이 있었으니까.

"처음에, 내가 숙명에 관해 얘기했을 때, 사람들 대부분이 내 말을 듣고 웃었을 때, 난 겁이 났어. 내가 이 일을 못 해낼까 봐 불안했고, 사람들에게 다가가 진리를 보여주지 못할까 봐 불안했어. 나중에, 에이콘 사람들이 숙명을 제외한 지구종의 모든 가르침을 받아들이기 시작하자 나는 더욱 불안해졌어. 나한테는 사람들이 온갖 어리석은 것들을 기꺼이 믿는 것처럼 보였거든. 마법, 초자연 현상, 주문 같은 것들……. 그런데도 난 사람들이 믿게끔 설득하지 못했던 거야. 진짜인 것을, 사람들이 자기 손으로 실현할 수 있는 것을 말이야. 지금은…… 지금은 이곳 사람들 대부분이 숙명을 받아들여. 다들 나를 믿고 나를 따르는데, 그런데…… 난 지금 전보다 훨씬 더 불안해서 미칠 지경이야."

"그런 얘긴 한마디도 안 했잖아." 반콜레는 양손을 뻗어 내 두 손을 감싸 쥐었다.

"무슨 얘길 하는데? 내가 지구종은 믿지만, 나 자신의 능력은 못 믿는다는 얘기? 늘 겁이 난다는 얘기?" 나는 한숨이 나왔다. "아마 거기가 바로 신념이 들어서는 순간일 거야. 모든 신앙 체계는 이르든 늦든 어김없이 그 순간이 오거든. 내 경우엔 신념을 갖고 죽어라 일하는 게 답이었어. 신념을 갖고 수많은 사람에게 죽어라 일을 시키는 거지. 난 그걸 다 깨닫고 나서도 여전히 겁이 났어."

"네가 모든 걸 다 알 거라고 누가 기대나 할 것 같아?"

나는 빙그레 웃으며 말했다. "이곳 사람들은 당연히 그럴 거라고 기대하는걸. 사람들은 내가 뭐든 다 안다고 믿진 않아. 그리고 만약 내가 정말로 뭐든 다 안다면, 날 별로 안 좋아하겠지. 하지만 그러면서도 어째선지 내가 모든 걸 다 알 거라고 기대해. 그런 감정은 논리하고는 별개야."

"그래, 별개지. 내가 보기엔 새 종교를 창시하려고 애쓰는 한편으로 그 종교에 의심을 품는 것도 논리와 별개이기는 마찬가지일 것 같지만."

"내 의심은 사적인 거야." 내가 말했다. "당신도 알잖아. 내가 의심하는 건 나 자신이지, 지구종이 아니야. 난 내가 지구종을 기껏해야 흔해빠진 소규모 사이비 종교 집단으로 만들까 봐 불안해." 그러곤 고개를 절레절레 흔들었다. "어쩌면 그렇게 될지도 몰라. 지구종은 진리지만…… 진리의 집합체지만, 그렇다고 해서 반드시 성공한다는 법은 없어. 우리가 언제 망쳐버릴지 모르니까. 내가 언제 망쳐버릴지 모르니까. 할 일이 너무나 많아."

반콜레는 내 손을 계속 잡고 있었고, 나는 계속 큰 소리로 이야기하며 내 생각을 숨김없이 드러냈다.

"난 가끔 내가 해낼 수 있을지 궁금해. 어쩌면 나는 지구종이 마땅히 자라야 할 방식으로 자라는 걸 못 본 채로, 나 자신이 지구를 못 떠나거나 다른 이들이 떠나는 걸 못 본 채로, 사람들이 숙명을 진지하게 대하게끔 관심을 집중시키지도 못한 채로, 그냥 늙어 죽을지도 몰라. 조그만 사이비 종교 집단은 세상에 너무나 많아……. 그런 집단은 꿈틀거리며 흙을 파먹는 지렁이처럼 여럿이 얽히고설켰다가 다시 나뉘기만 할 뿐, 아무 데도 가지 못해."

"난 네가 애써 이룬 결실을 거의 못 보고 죽을 거야." 반콜레가 말했다.

나는 화들짝 놀라 그를 보며 물었다. "뭐라고?"

"내가 뭐라고 했는지 들었잖아, 이 아가씨야."

반콜레가 그런 식으로 말하기 시작하면 나는 무슨 말을 해야 좋을지 도무지 알 수가 없다. 그럴 때 더럭 겁이 나는 까닭은 물론 그 말이 사실이기 때문이다.

"잘 들어." 반콜레가 말했다. "너 정말로 네 인생을…… 네 인생 말이야, 이 아가씨야! 너 스스로를 고되고 위험한 처지에 몰아넣고, 어쩌면 우리 아이까지 위험에 빠뜨리려고 하는 이유가 정말로…… 십중팔구 네가 살아 있는 동안에는 이뤄지는 걸 보지도 못할…… 그런 명분을 위해서야? 그런 일을 반드시 해야만 해?"

그가 자제하는 기색이 느껴졌다. 반콜레는 내 기분을 거스르지 않고 나를 단념시키려 필사적으로 애쓰는 중이었다. 그는 내 손을 놓더니 의자를 움직여 내게 더 가까이 다가앉았다. 그러고는 한 팔로 나를 감싸 안았다.

"그건 멋진 꿈이야, 아가씨. 하지만 그게 다야. 너나 나나 빤히 다 알잖아. 넌 영리한 사람이야. 현실과 환상이 다르다는 걸 알아야지."

나는 반콜레에게 몸을 기댔다. "그건 멋진 꿈 이상이야, 여보. 그건 옳아. 진리라고! 그리고 그건 너무나 거대하고 너무나 어렵고, 비용 면에서는 수익이 안 날 가능성이 너무 크기 때문에, 실현하려면 우리 인류가 발휘할 수 있는 강한 종교적 신념을 모두 쏟아부어야 할 거야. 그건 인류가 이때껏 한 번도 해보지 못한 일이야. 그리고 나는, 그걸 이루지 못한다면, 그게 이뤄지도록 힘을 보태지 못한다면……." 당황스럽게도, 나는 금방이라도 울음이 터질 것 같았다. "만약 그것에 필요한 추진력을 내가 제공하지 못한다면, 그것이 맺은 결실을 내가 보지 못한 채로 죽는다면……." 나는 말을 멈추고 침을 삼켰다. "그것이 맺은 결실을 내가 보지 못한 채로 죽는다면, 아마 라킨이 나 대신 볼 거야!"

생각해보면 차마 입 밖에 꺼내기 힘든 말이었다. 사명이 이뤄지는 것을 못 보고 죽을지도 모른다는 생각을 나는 전에도 해본 적이 있었다. 그런데도 새롭다는 느낌이 들었다. 이제 라킨이 그 생각의 일부가 됐기 때문에 새롭고 생생하다고 느낀 것이다. 진실하다고 느낀 것이다. 그 느낌 때문에 내 머릿속은 제정신이 아니었고, 생각이 사방으로 종잡을 수 없이 튀었다. 내가 뭘 해야 좋을지 모르겠다는 느낌이 들었다. 느닷없이, 라킨의 침대 곁에 서서 그 애를 안은 채로, 그 애 얼굴을 내려다보고 싶었다. 나는 움직이지 않았다. 그저 반콜레에게 기대어 불안해하며, 덜덜 떨기만 했다.

잠시 후, 반콜레가 말했다. "어른이 된 걸 환영해, 아가씨."

나는 그제야 울음을 터뜨렸다. 눈물이 볼을 따라 줄줄 흘러내리는 동안 그저 우두커니 앉아 있었다. 눈물을 멈출 수가 없었다. 울음소리는 조금도 내지 않았지만 반콜레는 당연히 내가 우는 걸 봤고, 나를 안아줬다. 처음에는 나 자신이 소름 끼치고 역겨웠다. 나는 그런 사람이 아니었으니까. 남들 앞에서 우는 사람이 아니니까. 그런 사람이었던 적이 한 번도 없으니까. 나는 반콜레에게서 떨어지려 했지만, 그가 나를 끌어안았다. 그는 덩치가 크다. 나 역시 키가 크고 힘도 세지만, 그가 무턱대고 끌어안는 이상은 그를 다치게 하지 않고서는 풀려날 방법이 없었다. 잠시 후, 나는 지금 이곳이 내가 있고 싶은 곳이라고 결론지었다. 어차피 남의 어깨에 기대어 울 거라면, 뭐, 반콜레의 어깨는 넓고 탄탄했으니까.

시간이 조금 흐른 후에, 나는 울음을 멈췄다. 울 만큼 울었고 기운도 바닥나서 이제 그 자리를 떠나 자러 가고 싶었다. 나는 냅킨으로 얼굴의 눈물을 닦고 반콜레를 봤다.

"방금 그게 혹시 산후 우울증이나 뭐 그런 거였을까?"

"그랬을지도 모르지." 반콜레가 빙그레 웃으며 말했다.

"그래도 상관없어. 내가 한 말은 다 진심이었으니까."

반콜레는 고개를 끄덕였다. "나도 알 것 같아."

"그럼 이제 가서 자자."

"아직은 안 돼. 내 말 좀 들어봐, 올라미나."

나는 가만히 앉아서 귀를 기울였다.

"만약 우리가 여기 머물면, 내가 너하고 라킨하고 함께 여기 머물기로 동의한다면, 이 집을 무허가 빈민촌의 판잣집으로 계속 놔둘 순 없어."

"이 집은 판잣집이었던 적이 없어!"

반콜레는 손을 들어 내 말을 막았다. "난 내 딸이 먹고살려고 다 무너진 남의 집과 쓰레기장을 뒤지며 자라는 꼴은 못 봐. 이곳은 마을이 될 거야. 21세기에 어울리는 마을 말이야. 이곳은 아이를 기르기에 부족함이 없어야 해. 생존과 번영의 희망이 어느 정도는 있는 곳으로 만들어야 한다는 말이야. 그 밖의 장대한 계획들이야 성공하든 성공하지 못하든 상관없지만, 적어도 그 정도는 우리가 만들어야 해!"

"그게 바로 에이콘이야." 나는 반콜레의 뺨을, 그의 턱수염을 쓸어내리며 말했다. "에이콘은 더 크게 자라날 거야."

반콜레는 거의 웃을 뻔했다. 그러다가 다시 굳은 표정으로 돌아갔다. "만약 내가 지금 이 결정을 받아들인다면, 그건 끝까지 함께한다는 뜻이야! 혹시라도 네가 몇 차례 좌절한 후에 마음을 고쳐먹거나 한다면……."

"내가 그런 사람이야, 여보? 내가 그래?"

반콜레는 나를 뚫어져라 봤다. 말없이, 따져보듯이.

"난 당신이 이 집을 짓는 걸 거들었어." 내가 말했다. 반콜레라는 이름의 원래 의미를 가리키며 한 말이었다. '나를 도와 내 집을 지어주오.' "난 당신이 이 집을 짓는 걸 거들었단 말이야. 지금 여기엔 우리가 할 일이 너무나 많이 남아 있어."

제11장

지혜와 예지를 기준으로
지도자를 선택하라.
겁쟁이를 길잡이로 삼으면
그 겁쟁이가 두려워하는 모든 것에
조종당한다.
바보를 길잡이로 삼으면
그 바보를 조종하는
기회주의자들에게
조종당한다.
도둑을 길잡이로 삼으면
그대의 가장 소중한 보물을
부디 훔쳐가라고
내놓는 셈이다.
거짓말쟁이를 길잡이로 삼으면
거짓말을 들려달라고
부탁하는 셈이다.

폭군을 길잡이로 삼으면
그대 자신과
그대가 사랑하는 이들을
노예로 팔아넘기는 셈이다.

—《지구종: 산 자들의 책》에서

나는 그 이후에 내 부모님의 삶과 내 삶에 일어났던 일들을 어떻게 적어야 좋을지 잘 모르겠다. 나 스스로는 전혀 기억하지 못해서 다행이다. 그 일이 일어났을 때 나는 고작 이 개월 된 아기였다.

그 일은 처음부터 끝까지 몹시도 기묘하고, 몹시도 끔찍하고, 몹시도 혼란스럽다. 어머니가 아버지의 뜻을 따라 핼스테드로 가서 평화롭고 평범하게 살기만 했어도, 그 일은 일어나지 않았을 것이다. 아니면 적어도 우리에게 닥치지는 않았을 것이다.

《로런 오야 올라미나의 일기》에서

2033년 9월 26일 월요일

그들은 총을 쏘며 쳐들어오지 않았다. 우리를 죽일 작정은 아니었던 것 같다. 적어도 당장은. 도브트리를 습격한 후로 그들은 변했다. 우두머리가 나타나 권력을 장악한 것이다. 그들은 이제…… 합법성은 없을지언정, 어렴풋하게나마 체계성은 띠고 있다. 쳐들어가서 보이는 족족 쏴 죽이고 모든 것을 불태워버리는 짓은, 이제 그들에게는 지나치게 조악한 전술인지도 모른다. 또는, 단순히 덜 재미있기 때문인지도 모른다.

이 글을 얼마나 더 쓸 수 있을지 모르겠지만 그래도 쓴다. 그들이 아직은 우리 것을 모조리 빼앗아가지 않았기 때문에 이렇게 글을 쓴다. 우리는 자유를 잃었고, 우리가 소유한 차 두 대를, 우리 땅을, 사업을, 집을 잃었다. 도둑맞았다. 하지만 어찌 된 영문인지, 나에게는 아직 종이가, 펜이, 연필이 남아 있다. 우리를 붙잡은 자들 가운데 누구도 이런 물건을 값지게 여기지 않기 때문에 아직은 아무도 내게서 빼앗아가지 않았다. 꼭꼭 숨겨놓지 않으면 빼앗길 것이다. 모조리 빼앗길 것이다. 그들은 우리를 발가벗길 것이다. 그렇게 하겠다는 의사는 이미 너무나 분명하게 밝혔다. 그들은 우리를 굴복시키고, 우리를 개조하고, 우리에게 그들의 조국을 사랑하고 그들의 하나님을 두려워하는 것이 어떤 의미인지 가르칠 것이다.

우리가 은닉처 몇 군데에 몰래 감춰둔 식량과 무기, 돈, 옷, 서류 따위는 발견되지 않았다. 적어도 내가 생각하기에는 아직 들키지 않았다. 그들이 찾아냈다는 얘기는 아직 아무도 듣지 못했다.

우리는 학교의 교실 두 칸에 나뉘어 갇혀 있다. 우리 책은 책장에 그대로 꽂혀 있다. 우리 학생들의 갖가지 프로젝트 과제물도 그대로 있다. 전화기 몇 대와 교육용 신형 컴퓨터 다섯 대는 사라졌다. 그 기계들은 경화로 바꿀 수 있기 때문이다. 게다가 바깥세상과 소통하는 수단이기도 하다. 우리는 그런 일을 하도록 허락받지 못했다. 그랬다가는 우리 재교육에 방해가 되니까.

나는 이 모든 일을 기록으로 남겨야 한다. 그러고 싶지 않지만 반드시 해야 한다. 그리고 언젠가, 지구종이 어떤 시련을 이기고 살아남았는지 훗날의 지구종이 알 수 있도록, 그 기록을 숨겨야 한다.

우리는 그렇게 할 것이다. 살아남을 것이다. 어떻게 해야 하는지는 아직 모른다. 언제나 문제는 '어떻게'다. 하지만, 정말로, 우리는 살아남을 것이다.

무슨 일이 일어났는지는 다음과 같다.

지난주 화요일 늦은 오후, 나는 페어클로스네 아이 둘을 모델로 스케치를 하며 그 애들이 계획 중인 학교 프로젝트에 관해 이야기했다. 아이들은 필수 과목인 역사를 공부하다가 이제 막 2차 세계대전을 알게 됐고, 당시의 전함과 잠수함, 비행기 따위를 모형으로 만들고 싶어 했다. 주요 전투를 조사해 리포트를 쓰고 히로시마와 나가사키에 투하된 원자폭탄도 더 자세히 알고 싶어 했다. 아이들은 그 전쟁의 떠들썩하고 자극적인 모든 사건에 매료됐지만, 자신들이 고른 주제가 얼마나 거대한지, 또 가장 기본적인 개요를 제외하면 정작 그 전쟁이 왜 일어났는지에 관해서는 아무것도 알지 못했다. 나는 아이들을 데리고 셋이서 함께 상의해 프로젝트 범위를 좁히기로 했고, 그러는 동안 아이들을 스케치하기로 마음먹었다.

페어클로스 가족은 원래부터 가난해서, 우리에게 오기 전에는 무허가 빈민촌에 살았다. 앨런 페어클로스가 지닌 두 아들의 사진은 아기였을 적에 찍은 조그맣고 잔뜩 구겨진 것뿐, 최근에 찍은 것은 한 장도 없었다. 그런 앨런이 내게 아이들 그림을 그려달라고 부탁했을 때, 나는 큰 소리로 소문이라도 내고 싶을 만큼 기뻤다. 내 그림 실력에 우쭐했던 것이다. 내 실력은 이제 썩 괜찮다고 해도 좋을 수준이었다. 해리와 자라, 심지어 앨리조차도 그렇게 말했는데, 내 초기작을 보고 제일 많이 웃은 사람이 바로 그들 셋이었다.

아이들과 나는 학교 뒤편에 나와 따뜻하고 느긋한 하루를 만끽하는 중이었다. 내 곁의 아기 침대에 누운 라킨은 아이들이 시끄럽게 종알거리는데도 잠들어 있었다. 그 애는 이미 소음에 익숙했다. 각각 열한 살과 열두 살인 두 아이는 체격은 작아도 목소리가 컸고, 한 번에 이삼 분 이상은 가만히 있지 못하는 듯싶었다. 처음에는 라킨을 흘끔흘끔 보다가 이내 흥미를 잃고 서로에게 악을 쓰더니, 뒤이어 나를 보며 무기와 전투에 관해, 그러니까 급강하 폭격기와 항공모함, 히틀러, 처칠,

도조 히데키, 런던, 스탈린그라드, 도쿄 따위에 관해 쉬지 않고 나불나불 이야기했다. 사춘기도 안 된 남자애들이 자기네 조부모도 아직 태어나지 않았을 시점에 일어난 처절하고 거대한 전쟁에 그토록 매료되어 흥분하다니, 재미있는 일이었다. 비록 친가 쪽 조부모가 런던에서 태어나 자랐다고는 하지만.

나는 두 아이의 열띤 이야기를 듣고 내 의견을 들려주는 한편으로 아이들을 재빨리 스케치했다. 그렇게 그린 스케치를 마무리할 즈음, '구더기'들이 도착했다.

구더기는 징그럽게 생긴 외형 때문에 붙은 별명으로, 탱크보다는 약하고 트럭보다는 튼튼한 차량을 가리킨다. 크기는 커다랗고 무장과 장갑을 갖췄으며, 전륜 구동 방식이라 어떤 지형에서도 거뜬히 달린다. 원래는 사설 경찰과 사설 군대가 사용하는 차량이지만 돈이 아주 많은 사람들도 자가용 삼아 몰고 다닌다. 구더기는 사실상 못 가는 곳이 없다. 거의 모든 것을 밟고 지나가거나, 돌아서 지나가거나, 뚫고 지나가기 때문이다. 핼스테드 주민들도 구더기를 한 대 보유하고 있다. 그들은 이따금 반콜레를 데려가고 다시 데려다줄 때 구더기를 이용한다. 인근의 작은 마을 몇 군데도 한두 대씩 갖추고서 경찰 업무나 산속에서 벌이는 수색 구조 활동에 이용하곤 한다. 하지만 구더기는 연비가 굉장히 안 좋다. 운용하려면 돈이 많이 든다는 뜻이다.

금요일이었던 그날, 구더기 일곱 대가 산속에서 기어 나와 가시울타리를 뚫고 우리 쪽으로 달려왔다. 경계조는 어떤 경보도 울리지 않았다. 단 한 번도. 구더기들이 몰려오는 광경을 보고 내가 맨 먼저 떠올린 생각이 바로 그것이었다. 루시오 피게로아와 노리코 카도스는 어디 있지? 왜 경보를 안 울린 거야? 그 사람들은 무사할까?

구더기가 일곱 대나! 그 정도면 우리가 마지막 총 한 정까지 몽땅 꺼내도 우리 편의 서너 배나 되는 화력이었다. 캠핑카의 화력으로 한 대쯤은 가까스로 막을지도 몰랐지만.

그 빌어먹을 것들이 일곱 대나 오다니!

"집에 가!" 나는 아이들에게 말했다. "아버지랑 누나들한테 당장 집에서 나오라고 해. 지금 이건 훈련이 아니야. 실제 상황이야! 가, 소리 내지 말고 어서! 뛰어!"

두 아이 모두 부리나케 달려갔다.

나는 주머니에서 전화기를 꺼내 비상 탈출 신호를 보냈다. 비상 탈출 훈련은 전에 해본 적이 있었다. '비상 탈출'은 반콜레가 붙인 훈련명인데, 그 이름이 사람들 사이에 널리 퍼졌다. 나는 그 훈련을 내심 '산속으로 녹아들기' 훈련으로 여겼다. 이제 실제 상황이 우리 앞에 펼쳐졌다. 실제 상황일 수밖에 없었다. 우리를 찾아오는 손님이 무장한 장갑 구더기를 일곱 대나 몰고 올 리는 없었으니까.

나는 아기 침대로 달려가 라킨을 품에 안은 다음, 산 쪽을 향해 달렸다. 그러면서 가장 가까이 있는 구더기들의 시야에서 우리 둘이 학교 건물에 가려져 보이지 않도록 주의했다. 구더기들은 전투 대형 비슷한 방식으로 줄을 서서 굴러왔다. 그들은 우리를 깔아뭉개든 총으로 쏘든 마음대로 할 수 있었다. 그들이 못 하는 일 가운데 우리가 할 수 있을지도 모르는 일은 오로지 산속으로 들어가 모습을 감추는 것이었다. 그런데 과연 그게 쉬운 일이었을까? 꼼짝 않고 가만히 있다가는 구더기의 센서 장비에 감지될 판이었다. 그렇다고 달아났다가는, 구더기의 총알을 막아줄 바위와 나무와 가시덤불을 버리는 셈이었다. 하지만 달아나는 것 말고 우리가 뭘 할 수 있었을까? 누군가 구더기에서 내려 바깥으로 나오면 또 모를까, 그때 우리에게는 총을 쏠 표적조차도 없었다.

반콜레는 어디 있었을까? 나는 알지 못했다. 하긴, 우리에게는 집합 장소가 있었다. 우리는 서로 다시 만날 터였다. 중요한 건 가족을 찾아 뛰어다니느라 시간을 낭비하면 안 된다는 것이었다. 아기와 아주 어린 아이를 제외하면 구성원 모두가 훈련에 참여했고, 이로써 깨달은 대피 명령의 진짜 의미는 바로 그것이었다. '당장 여길 벗어나!'

또한 우리는 사방팔방으로 흩어져서 달아나게끔 훈련받았다. 누구 뒤를 따라가거나 여럿이 모여서 가는 것은 적에게 손쉽게 맞힐 커다란 표적을 제공하는 짓이므로 하지 말아야 했다. 우리는 되도록 적과 우리 사이에 수풀 같은 지형지물이 있는 상태를 유지해야 했다.

하지만 적이 온 사방에 널려 있다면 어떻게 해야 할까?

그러다가, 그 생각이 떠오른 바로 그 순간에, 구더기 일곱 대가 한꺼번에 사격을 시작했다. 그들이 쏘는 것이 총알이 아니라는 것을, 그러므로 아마 우리가 죽지 않으리라는 것을 내가 깨닫기까지는 조금 시간이 걸렸다. 그들이 발사한 것은 가스탄이었다. 나는 다른 사람들도 나처럼 달아나고 있기를 바라며 멈추지 않고 달렸다. 가스의 정체가 뭔지는 몰라도 우리에게 좋은 영향을 미치려고 발사된 것은 아니었다.

나는 우리가 공동묘지 삼아 만든 어린 참나무 수풀을 뚫고 산비탈에 움푹 들어간 곳을 향해 달려가며 부디 그곳에서 적의 눈을 피하기를, 또 그곳을 통해 첫 번째 비탈을 쉽게 올라가기를 바랐다.

이윽고 내 바로 앞쪽에 가스탄 한 개가 떨어졌다. 그 탄두는 땅에 닿기도 전에 이미 가스를 내뿜고 있었다.

그 순간 다리에 힘이 빠졌다. 달리는 중이었는데도 그랬다. 이내 서서히 쓰러지는 느낌이 들었다. 내가 할 수 있는 거라곤 아기 위로 쓰러지지 않고, 아기가 내 위로 쓰러지게 하는 것뿐이었다. 아기가 울기 시작하는 소리가 들렸다. 가느다란, 라킨답지 않게 흐느끼는 울음소리였다. 내가 그때 비명을 지른 것 같지는 않다. 의식은 분명히 잃지 않았다. 가스의 효과는 지독했다. 그 가스의 이름이 뭔지는 지금도 모른다. 가스 때문에 몸을 거의 움직이지 못하는 상태였지만 의식은 또렷했고, 귀와

눈도 멀쩡했기 때문에 알 수 있었다. 동료들이 물에 둥둥 뜬 나무토막처럼 수집당하고 있다는 것을, 모두 똑같은 옷을 입은 남자들이 그들을 들거나 질질 끌어서 옮기는 중이라는 것을.

누군가 내게 다가와 몸을 숙이더니, 품에서 라킨을 빼냈다. 그자가 라킨에게 무슨 짓을 하는지 보려고 했지만 고개를 돌릴 수 없었다. 발버둥을 칠 수도, 항의할 수도, 애원할 수도 없었다. 비명조차 지를 수 없었다.

누군가 내 쪽으로 다가와 양발을 잡더니, 나를 땅바닥에 누운 상태 그대로 비탈 아래의 학교까지 질질 끌고 갔다. 청바지에 얇은 면 셔츠 차림이다 보니 돌과 잡풀이 등을 긁어대는 느낌이 그대로 전해졌다. 몸이 눌리는 느낌도 들었다. 어딘가 부딪히는 느낌, 쿵 하고 떨어지는 느낌도. 당시에는 아픈 줄도 몰랐지만, 틀림없이 아팠을 것이다. 어른과 나이가 많은 편인 아이들은 모조리 들리거나 땅에 질질 끌려 학교로 옮겨졌다. 그들 가운데 침입자들이 아무 데나 버려두고 가는 바람에 바닥에 널브러진 사람 몇 명이 눈에 띄었다. 눈에 띄지 않는 것은 아기들과 어린애들이었다.

내 딸 라킨이 보이지 않았다.

그러다 문득, 바깥에서 총소리가 들려왔다. 학교 남쪽, 그리 멀지 않은 곳이었다. 들어보니 우리 캠핑카의 총 같았다. 우리 편 가운데 누가 캠핑카까지 가서, 전에 반콜레와 해리와 내가 댄과 니나 노이어를 집에 데려왔을 때 했던 것처럼, 차의 무기를 사용해 반격하는 모양이었다. 가망 없는 짓이었다. 우리 구식 캠핑카로는 구더기 한 대조차 상대하기 힘들었다. 이윽고 커다란 폭발음이 들려왔다. 그다음 침묵이 이어졌다.

어떻게 된 걸까? 아이들도 폭발에 휘말렸을까? 아무것도 모르는 상태는 고문당하는 것처럼 고통스러웠다. 꼼짝도 못 하는 상태는 그보다 더 끔찍했다. 숨은 쉴 수 있었다. 손이나 발을 까딱거리는 것도 가능했다. 눈도 깜박일 수 있었다. 그것 말고 다른 행동은 전혀 할 수 없었다.

잠시 후, 힘없이 훌쩍이는 일이 가능해졌다.

시간이 얼마간 흐르고 나서, 마치 이날을 위해 특별히 맞춰 입은 것 같은 옷차림을 한 남자가 나타났다. 검은 바지와 가슴 부분에 하얀 십자가를 수놓은 검은 튜닉을 입고 그 위에 벨트를 맨 그 남자는 우리 쪽으로 다가오더니 우리 한 명 한 명에게 뭔가 하기 시작했다. 나는 그 남자가 내게 다가오고 나서야 그가 무슨 짓을 하는지 알아차렸다. 남자는 내 셔츠의 단추를 풀고 머리를 들어 올린 다음, 내 목에 노예 목줄을 채웠다.

그렇게 간단하게 끝나버렸다. 그들은 에이콘을 점령했다. 이제 이곳의 이름은 '캠프 크리스천'이다. 포로가 된 우리는 한 시간이 다 가도록 꿈틀거리거나, 눈을 깜박이거나, 신음하는 것 말고는 아무것도 할 수 없었다. 그 정도면 거의 모두에게 목줄을 채우기에 충분한 시간이었다.

그레이슨 모라는 목줄을 차지 않았다. 그는 일찍이 노예로 살던 시절이 있었다. 목줄은 차지 않았지만, 소년 시절과 청년 시절에 그레이슨을 소유했던 사람들은 그를 가축보다 나을 바 없이 대우했다. 나중에 그를 소유한 주인은 그의 아내를 빼앗아 전부터 눈독을 들이던 부자에게 팔아넘겼다. 그레이슨 말에 따르면 그의 아내는 체격이 아담하고 굉장히 예뻐서 비싼 값에 팔렸다고 한다. 새 주인은 그 여성을 거리낌 없이 성노예로 이용하다가 어찌된 까닭인지, 실수였는지 아니면 고의였는지, 끝내 살해했다. 그 소식을 들은 그레이슨은 딸 도를 데리고 탈출했다. 어떻게 탈출했는지 자세히 들려준 적은 한 번도 없다. 나는 그레이슨이 사람을 한 명 또는 여럿 죽이고 주인집 재산을 훔쳐 달아났을 거라고 짐작했다. 나라면 그렇게 했을 테니까.

하지만 이번에는 빠져나갈 구멍이 없었다. 그럼에도, 그레이슨은 두 번 다시 노예가 되지 않을 작정이었다.

나중에 안 사실인데, 그레이슨은 가까스로 캠핑카에 도착해 차 문을 안에서 걸어 잠근 다음, 적의 구더기 몇 대를 향해 사격을 퍼부었다. 사격의 효과는 살짝 긁힌 정도였다. 이윽고 구더기들이 그레이슨을 향해 총질을 시작하자 캠핑카의 장갑은 엉망이 됐고, 그레이슨은 구더기 한 대를 향해 차를 돌진시켰다. 그러고는 그대로 들이받았다. 폭발이 일어났다. 일어나서는 안 될 일이었다. 캠핑카는 더없이 안전한 차였다. 그 차를 폭발시키려면 일부러 그렇게 조작해야만 했다. 폭발한 쪽이 구더기가 아니라면, 그 방법밖에 없었다. 나도 확실히 알지는 못한다. 하지만 그레이슨이 어떤 사람인지 아는 나로서는, 그가 폭발을 일으켰으리라는 생각이 든다. 그는 스스로 죽음을 택한 것 같다.

그레이슨이 죽다니.

그 많은 일 가운데 어떤 것도 사실로 믿을 수가 없다. 그러니까 내 말은…… 이런 일을 기록하기에 적합한 방식이 분명 따로 있을 것이다. 적어도 그 모든 일의 광기와 끔찍하고 또 끔찍한 고통을 표현하며 시작하는 글쓰기 방식 말이다. 에이콘은 언제나 추악한 사연이 가득한 곳이었다. 이곳의 어른들은 누구나 그런 사연 하나쯤은 품고 있었다. 하지만 우리는 한데 모였고, 함께 살아왔고, 서로 도왔으며, 살아남았고, 번영했고, 그렇게 많은 것을 해내지 않았던가! 그 모든 것을 우리 힘으로 해냈는데! 우리는 스스로를 위해 멋진 집을 만들었고, 정직하게 살아왔다. 그런데 이제 가슴에 십자가를 단 사람들이 와서 우리 목에 노예 목줄을 채웠다.

그나저나 내 아기는 어디 있을까? 우리 라킨은 어디 있는 걸까?

우리 몸이 마비된 사이에 그들은 우리를 성인 여성과 큰 여자애들, 성인 남성과 큰 남자애들로 나누어 분류했다. 남자들은 학교의 커다란 교실에 남겨진 반면, 여자들은 그보다 작은 교실 한곳으로 질질 끌려갔다. 그때는 몰랐지만 생각해보면 그건 이상한 일이었는데, 우리 공동체에는 여자가 남자보다 더 많기 때문이었다. 우리는 널빤지 바닥에 내팽개쳐져 서로 몸이 반쯤 포개진 채로 방치됐다. 교실 창문은 열려 있었고, 그걸 본 내가 창문을 널빤지로 막기는커녕 닫은 사람조차 없다는 것을 이상하게 여겼던 기억이 난다.

유일하게 다행이었던 점은, 내가 몸이 반쯤 들린 채로 끌려가던 도중에 반콜레를 봤다는 것이다. 그는 나를 못 봤을 것이다. 그는 바닥에 드러누워 긁히고 피 묻은 한쪽 손을 가슴에 올린 채 위를 똑바로 보고 있었다. 그가 눈을 깜박이는 것이 보였다. 그 모습이 분명히 보였기 때문에 나는 그가 살아 있는 것을 알았다. 그가 도망쳤더라면 좋았을 텐데. 다른 동료들을 도울 방법을 누구보다 잘 찾아냈을 사람이 바로 그인데. 게다가, 우리를 붙잡은 패거리가 반콜레처럼 나이 많은 남자를 어떻게 하려고 할까? 그가 늙었다고 해서 그들이 눈이나 깜짝할까? 그럴 리가. 모습을 보아하니 그 또한 분명히 나와 마찬가지로 땅바닥에 질질 끌려온 듯했다. 그들은 노인도 절대 봐주지 않았다.

우리 라킨이 갓난아기라고 해서 그들이 눈이나 깜짝할까?

그런데 그 애는 어디 있을까? 도대체 어디 있는 걸까?

나는 누가 가까이 올 때마다 겁이 더럭 났다. 우리를 잡아 온 패거리는 모두 젊은 남자였다. 피투성이가 된 채 화가 나서 씩씩거리는 남자도 두세 명 눈에 띄었다. 그때 나는 그들을 그 꼴로 만든 사람이 그레이슨인 것을 몰랐다. 그때는 아무것도 몰랐다. 머릿속에 생각나는 것이라곤 오로지 라킨과 반콜레, 동료들, 그리고 내 목에 채워진 망할 놈의 노예 목줄이 다였다.

해가 서쪽으로 기울 무렵이 되자 몸이 욱신욱신 아프기 시작했다. 끌려올 때 땅바닥에 쓸린 등과 손과 팔이 화끈거렸다. 머리는 무지근한 동시에 따끔거리는 느낌이 들었다. 강하게 지끈거리는 두통도 느껴졌는데, 어쩌면 가스를 마셨기 때문인지도 몰랐다.

내가 움직이려고 버둥대기 시작했을 때는 사방이 캄캄했다. 오랫동안, 나는 몸을 들썩이며 주위를 조금 기어 다니는 것밖에 하지 못했다. 교실 안에 있던 어떤 사람이 신음했다. 어떤 사람은 울기 시작했다. 또 어떤 사람은 숨을 헐떡이다 컥컥대더니, 기침을 쿨룩거렸다. 누군가 자꾸만 "이런 빌어먹을!"이라고 중얼거렸다. 목소리를 들어보니 앨리 길크리스트였다.

"앨리?" 나는 혀가 꼬부라진 목소리로 말했다.

내가 듣기에도 술 취한 사람 같았지만, 앨리는 내 목소리를 알아들었다.

"올라미나?"

"맞아요."

"저기, 혹시 이리로 끌려오기 전에 우리 저스틴 못 봤어요?"

"못 봤어요. 미안해요. 혹시 우리 라킨 못 봤어요?"

"나도 못 봤어요. 미안해요."

"저 사람들이 제 아기도 데려갔어요." 아델라 오르티스가 쉰 목소리로 나직이 말했다. "저 사람들이 데려갔는데 어디로 갔는지 모르겠어요." 그러곤 울음을 터뜨렸다.

나도 울고 싶었다. 온몸이 갖가지 방식으로 너무 많이 아파서 그냥 거기 드러누워 울고만 싶었다. 스스로가 너무 약하고 엉망진창이라서 우는 것 말고는 아무 일도 못 할 것만 같았다. 하지만 울기는커녕 나는 몸을 일으켜 앉았다. 그러다가 어떤 사람에게 몸을 부딪혀 사과하고는 잠시 멍하니 앉아 있다가, 이내 정신을 차리고 말했다. "여기 또 누가 있죠? 한 사람 한 사람씩, 이름을 말해봐요."

"나 노리코예요." 바로 왼편에서 들려온 목소리였다. "저 사람들이 데버라하고 멜리사를 데려갔어요." 노리코의 말이 이어졌다. "난 멜리사하고 마이클하고 데버라하고 같이 있었어요. 그러다가 다 함께 달렸어요. 달아날 수 있을 줄 알았는데. 그랬는데 그 망할 가스가. 쓰러져 있었는데, 누가 와서 내 두 딸을 모두 데려가버렸어요. 난 아무것도 못 보고, 애들을 데려간 손하고 팔만 봤어요."

"우리 아이들도 데려갔어요." 에머리 모라였다. "우리 아이들……." 에머리는 엉엉 우느라 무슨 말을 하는지 거의 알아듣기가 힘들었다. "우리 꼬마들. 우리 아들들. 우리 아들들을 또 뺏어갔어요. 또!"

에머리는 오래전 노예였을 때 아들이 둘 있었는데, 고용주가 그 아이들을 빼앗아 팔아치웠다. 그때 에머리는 '부채 노예'였다. 가족이 갚지 못한 빚 때문에 합법적인 계약을 맺고 노예가 된 것이다. 빚이 점점 더 쌓인 까닭은 에머리의 고용주이던 농업 기업이 얼마 안 되는 임금을 돈 대신 회사 전표로 지급한 다음, 숙식을 제공하는 대가를 비싸게 청구해 노동자의 빚이 점점 늘게 했기 때문이다. 기업이 미성년 자녀를 부모에게서 멀리 떨어진 곳에 팔아치우는 것도, 이와 비슷한 방식으로 남편과 아내를 갈라놓는 것도 불법이었다. 주법과 연방법 모두 거스르는 짓으로, 결코 일어나서는 안 될 일이었다. 방금 우리에게 일어난 일이 결코 일어나지 말았어야 했듯이.

그때 에머리의 큰딸과 의붓딸이 퍼뜩 생각났다. "토리하고 도는 어떻게 됐어요? 여기 있어요? 토리? 도?"

처음에는 아무도 대답하지 않았고, 그러자 예전에 납치됐던 니나 노이어와 폴라 노이어 자매가 떠올랐다. 그 애들처럼 됐으리라고는 생각하고 싶지 않았지만, 도 모라와 토리 모라는 각각 열네 살, 열다섯 살이었다. 어린애라고 할 나이는 지난지 한참이었다. 만약 여기 없다면 도대체 어디로 끌려갔을까?

이내 몹시도 조그마한 목소리가 들려왔다. "저 여기 있어요.

옆으로 좀 비켜봐."

"지금 비키려고 하잖아." 더 큰 목소리였다. "자리가 없어서 그래. 난 움직이기도 힘들어."

토리와 도였다. 살아 있었고, 우리와 마찬가지로 멀쩡했다. 나는 눈을 감고 감사의 숨을 길게, 깊게 들이쉬었다. "니나 노이어, 여기 있니?" 내가 물었다.

니나는 대답하려다가 기침을 몇 번 쿨룩거렸다. "저 여기 있어요." 마침내 니나가 말했다. "하지만 동생들은…… 그 애들은 어떻게 됐는지 모르겠어요."

"머시?" 내가 외쳤다. "캐시아?"

대답이 없었다.

"메이?"

대답이 없었다. 메이는 말을 못 하지만, 만약 여기 있다면 다른 소리로 자신이 있다는 것을 우리에게 알릴 터였다.

"캐시아하고 머시는 메이가 데리고 있었어요." 앨리가 말했다. "메이는 튼튼하고 발도 빨라요. 어쩌면 애들을 데리고 탈출했을지도 몰라요. 그 애들을 친자식처럼 아꼈으니까요."

나는 한숨을 내쉬었다. "오브리 도브트리?"

"여기 있어요. 그런데 카트리나도, 애들도 안 보여요……. 카트리나가 애들 셋을 다 데리고 있었는데."

그리고 카트리나는 심장에 문제가 있지. 나는 속으로 중얼거렸다. 카트리나는 굳이 누가 죽이려고 하지 않아도 죽을 만한 사람이었다. 달리 할 일이 떠오르지 않았기에, 나는 인원 점검을 계속했다. “마르타 피게로아?”

“예.” 마르타의 목소리는 가냘팠다. “예, 여기 있어요, 혼자예요. 루시오는…… 우리 애들은…… 없어졌어요.”

“다이아몬드 스콧? 크리스티나 조?”

“여기요.” 두 사람이 한꺼번에 대답했는데 한 명은 영어로, 한 명은 에스파냐어로 말했다. 크리스티나는 이제 영어 실력이 유창했지만, 긴장할 때면 아직 에스파냐어가 튀어나왔다.

“비어트리스 스콜라리? 캐서린 스콜라리?”

“저희 여기 있어요.” 캐서린 스콜라리의 목소리였다. 소리를 들어보니 울고 있었던 모양이었다. “빈센트는 죽었어요. 바위로 넘어졌는데, 머리를 부딪히는 바람에 그만. 죽었다고 사람들이 말하는 걸 들었어요.” 빈센트는 캐서린의 남편이자 비어트리스하고는 남매 사이였다. 그는 우리와 합류하기 전에 당한 사고 탓에 팔이 한쪽뿐이었다. 어쩌면 그래서 가스를 맡고 쓰러질 때 다른 사람들보다 심하게 균형을 잃었을 것이다. 하지만 그랬다고 하더라도…….

“죽지 않았을지도 몰라요.”

“죽었어요. 우리가 봤어요…….” 우는 소리가 더 들려왔다.

나는 그 사람들에게 뭐라고 해야 좋을지 알 수 없었다. 내 머릿속에는 라킨도 죽었을지 모른다는 생각뿐이었으니까. 그리고 반콜레는 또 어떻게 됐을까? 죽음을 떠올리고 싶지는 않았다. 그 생각은 정말이지 하고 싶지 않았다.

"섀너 라이언?" 내가 말했다.

"여기 있어요. 아아, 하느님, 차라리 없으면 좋겠는데."

"베스 페어클로스? 제시카 페어클로스?"

처음에는 아무 소리도 들리지 않다가, 이내 거의 들리지 않을 만큼 조그맣게 소곤거리는 소리가 났다. "우리 여기 있어요. 둘 다 있어요."

"나티비다드? 자라?"

"여기 있어요." 나티비다드가 에스파냐어로 대답했다. 그런 다음 계속 말했다. "혹시 우리 애들한테 손가락만 까딱했어도 내가 저놈들 목을 따버릴 거예요. 다 죽여버릴 거예요. 그러다가 저놈들한테 무슨 꼴을 당하든 난 상관없어요."

그러고는 울음을 터뜨렸다. 나티비다드는 강한 사람이지만, 아이들을 목숨보다 더 소중히 여겼다. 가족은 남편과 세 아이였다. 이제 모두 나티비다드를 두고 사라졌다.

"우리 아이들이 모조리 사라졌어요." 내가 말했다. "애들이 갇혀 있는 곳이 어딘지, 거길 지키는 사람은 누군지 알아내야 해요…… 그리고 애들을 어떻게 하려는 건지도요." 나는 조금이라도 자세를 편하게 고치려고 몸을 움직여봤지만 전혀 소용이 없었다. "우리 라킨은 지금이 젖 먹을 시간이에요. 바로 지금이요. 지금 우리 힘으로 뭘 할 수 있는지 생각해야 해요."

"우리 목에 목줄을 채웠어요." 마르타 피게로아가 신음 같은 목소리로 말했다. "우리 아이들하고 남자들은 끌고 갔고, 우리한테는 목줄을 채웠다고요! 그 이상 뭘 더 알아야 해요?"

"되도록 많이 알아야 해요." 내가 대답했다. "저 패거리가 우릴 죽이진 않을 거예요. 저자들은 우릴 다 처치해버릴 수도 있었어요. 그런데 남자들하고 어린애들한테서 떼어놓긴 했어도, 이렇게 살려뒀잖아요. 아이들을 되찾을 방법을 궁리해야 해요. 애들을 구할 수만 있다면 뭐든 해야 해요!" 나는 어느새 히스테리 상태에 빠져드는 느낌이, 울고불고하며 악을 쓰는 느낌이 들었다. 그러다가 놀라서 몸이 움찔했다. 내 가슴에서 새어 나온 젖이 셔츠로 흘러내려 앞섶을 적셨다. 그러는 동안 몸이 욱신욱신 아팠다.

오랫동안 아무도 말이 없었다. 그러다가 이때껏 말이 없었던 테리사 린이 나직이 말했다. "저쪽 창문이 열려 있어요. 별이 보여요."

"저 사람들이 당신한테도 목줄을 채웠어요?" 그렇게 묻는 내 목소리가 들렸다. 내가 듣기에는 거의 정상적인 목소리였다. 가늘고 나직한 목소리였다.

"목줄이라니, 이 넓적하고 평평한 거 말이에요? 내 목에도 채웠어요. 그래도 상관없어요. 저쪽 창문이 열려 있다고요! 난 저기로 나갈 거예요!" 테리사는 몸을 꿈쩍거려 사람들을 짓누르면서 창문 쪽으로 다가갔다. 누군가 고통에 찬 비명을 질렀다. 몇몇 사람이 욕을 지껄이는 소리가 들렸다.

"다들 엎드려요." 내가 말했다. "얼굴을 바닥으로 향하고 엎드려요!"

누가 내 말을 따르는지 확인할 수는 없었다. 그저 초공감자들이 모두 내 말을 듣고 그대로 하기만 바랄 뿐이었다. 나는 테리사가 창문으로 나가려고 할 때 목줄이 어떻게 반응할지 몰랐다. 어쩌면 목줄은 가짜인지도 몰랐다. 아무 일 없을지도 몰랐다. 아니면 숨통을 끊어놓을 수도 있었다. 테리사를 쓰러뜨리고, 끔찍한 고통을 일으킬 수도.

테리사는 창틀 너머로 휙 뛰어내렸다. 체격이 날씬해서 몸놀림이 잽싸고 유연했다. 고개를 들어보니 마침 테리사가 창문 너머로 곡선을 그리며 몸을 던지는 모습이 눈에 들어왔다. 마치 바깥에 뭔가 부드러운 것이, 또는 물이 있어서 그리로 떨어질 거라 기대라도 한 것 같았다.

이내 테리사가 비명을 지르는가 싶더니, 그 소리가 끊이지 않고 계속 이어졌다. 앨리 길크리스트가 일어서서 창가로 다가간 다음, 테리사가 있는 바깥을 내다봤다. 그러고는 테리사를 도울 생각에 창틀을 넘어가려고 했다. 그러나 앨리는 창틀에 손을 댄 순간 비명을 질렀고, 우리가 감금된 교실의 바닥으로 다시 쓰러졌다. 앨리는 모로 누워 내게 등을 보인 채로 몸을 웅송그리더니, 끙 하는 신음을 몇 번이나 냈다. 거친, 괴로워하는 신음이었다. 앨리가 느끼는 고통이 내 배 속을 휘젓는 바람에 고개를 돌렸다. 테리사가 창틀 너머로 떨어진 후에는 모습이 보이지 않아 그나마 나았지만, 나는 테리사의 고통 또한 이미 맛본 상태였다.

바깥에서, 테리사는 비명을 지르고 또 질렀다.

"근처엔 아무도 없어요." 앨리가 여전히 숨을 헐떡이며 말했다. "테리사는 그냥 땅바닥에 누워서 비명을 지르며 버둥거리고 있어요. 그런데도 누구 한 명 보러 오지도 않아요."

테리사는 밤새 거기에 누워 있었다. 우리가 도와줄 방법은 없었다. 테리사의 목소리는 두렵고 고통스러울 때 누구나 낼 법한 목청껏 지르는 비명에서 쉰 목소리에 실린 섬뜩한 앓는 소리로 바뀌어갔다. 테리사는 기절하지는 않았다. 아니, 기절도 했지만, 번번이 의식을 되찾고 섬뜩한 소리를 냈다.

문에 가까이 가는 것은 곧 고통을 의미했다. 창가에 가까이 가는 것 또한 고통을 의미했다. 딱히 바깥에 나가려 하지 않고 그냥 가까이 가기만 해도 고통스러웠다. 그것도 아주 심하게. 다이아몬드 스콧이 자원해서 바닥을 기며 이리저리 돌아다녔고, 그러는 동안 다이아몬드의 목에 채워진 목줄은 때때로 고통을 일으킴으로써 어디를 가면 안 되는지 가르쳐줬다. 사람들은 누군가 몸을 짚고 지나가자 불평을 중얼거렸지만, 내가 그들에게 참으라고 말하고 다이아몬드도 사과하자 이내 불평을 그쳤다. 우리는 여전히 인간, 그것도 문명을 잃지 않은 인간이었다. 나는 그 상태가 얼마나 더 지속될지 궁금했다.

"여기 누가 있어요!" 다이아몬드가 말했다. 거의 비명 같은 목소리였다. "여기 죽은 사람이 있어요!"

아아, 안 돼. 아아, 제발.

"누구야?" 내가 물었다.

"몰라요. 몸이 서늘해요. 아직 차갑진 않지만, 그래도…… 분명 죽었어요!"

나는 다이아몬드의 목소리가 들리는 곳으로 향했고, 이내 캄캄한 어둠 속에서 어둠보다 더 캄캄한 윤곽을 발견했다. 다이아몬드는 다른 사람들보다 더 격하게 움직였다. 자신이 시체라고 확신한 사람의 몸뚱이로부터 허둥지둥 멀어지기 위해서였다.

죽은 사람은 누구였을까?

이윽고, 내가 그 시체를 향해 기어가는 동안, 도중에 아무도 다치지 않게 하려고 조심하는 동안, 어떤 느낌이, 어떤 기억이 나를 찾아왔다. 시체가 누구인지 알 것 같아 두려웠다.

그 시체는 한구석의 벽에 등을 기댄 채 꼿꼿이 앉아 있었다. 체격이 작았다. 어린애처럼. 흑인 여성의 시체였다. 흑인 여성의 머리카락이었고, 코였고, 입이었지만, 너무 조그마해서…….

"자라?"

자라는 앞서 내가 이름을 불렀을 때에도 대답하지 않았다. 용감하고 말투가 거침없는 자그마한 여성인 자라가 이 모든 일이 일어나는 동안 입을 다물고 있을 리 없었다. 가엾은 테리사가 나서기 전에 먼저 창틀을 넘어 바깥으로 나갔을 사람이었다. 그렇게 할 수만 있었다면.

자라는 죽었다. 몸이 아직 딱딱하게 굳지는 않았지만, 그렇게 되는 건 시간문제였다. 자라의 시신은 서늘하게 식어가는 중이었다. 조그마한 두 손을 잡고 보니 해리가 갖은 고생을 한 끝에 자라에게 사준 반지가 느껴졌다. 해리는 그렇게 구식이었다. 나와 동갑이었는데도. 자기 아내를 미혼으로 착각하는 사람이 없도록, 반지를 사서 아내 손에 끼워준 것이다. 우리 고향 동네인 로블리도에서 으뜸가는 미인이었던 자라는 다른 남자의 아내였기 때문에, 해리에게는 오르지 못할 나무였다. 하지만 그 남자가 죽고 자라 곁에 빈자리가 생기자 해리는 냉큼 그 자리를 차지했다. 둘은 너무나 달랐다. 흑인과 백인이었고, 작은 여자와 큰 남자였으며, 길거리 출신과 중산층 출신이었다. 자라는 해리보다 나이도 서너 살 많았다. 그런 것은 하나도 중요하지 않았다. 그들은 어떻게든 행복한 결혼 생활을 꾸려갔다.

그런데 이제 자라가 죽었다.

자라의 아이들은 어디로 갔을까? 문득 끔찍한 생각이 하나 더 떠올랐다. 자라의 몸에 난 상처를 더듬어보니 긁힌 자국과 피딱지는 만져졌지만, 총알이 관통한 흔적이나 머리뼈가 부서져 말랑말랑해진 부분은 느껴지지 않았다. 자라는 다른 사람들과 함께 이 교실로 옮겨졌다. 아마도 이리로 옮겨질 때에는 살아 있었을 것이다. 죽어 있었다면 감금자들이 알아차리지 않았을까? 우리는 한꺼번에 이 방에 옮겨졌고, 단 몇 분 사이에 채워진 목줄 때문에 갇힌 신세가 됐다.

그 후로는 아무도 이곳에 들어오지 않았다.

그렇다면, 어쩌면, 그자들이 우리에게 사용한 가스 때문일지도 모른다. 자라는 그 가스 때문에 죽었을까? 자라는 우리 공동체의 성인 가운데 체격이 가장 작았다. 심지어 니나와 도, 토리보다 더 작았다. 작은 체격에 비해 가스를 너무 많이 마셔서 죽은 걸까?

만약 그렇다면, 아주 어린 아이들은 어떻게 됐을까?

어떻게든, 시간은 흘러갔다. 나는 친구의 시신 곁에 몸이 굳은 채 앉아 있을 뿐, 생각하거나 말을 할 여력은 없었다. 나는 엉엉 울었다. 슬프고 두렵고 화가 나서 울부짖었다. 나중에 사람들이 나더러 소리 없이 울었다고 했지만, 나는 속으로 엉엉 울었다. 나는 속으로 테리사와 함께 비명을 질렀고, 울고 울고 또 울었다.

시간이 조금 흐른 후에 나는 바닥에 누워 계속 울었지만, 여전히 소리는 내지 않았다. 주위에서 신음하고 울고 욕하고 대화하는 소리가 들렸지만, 한마디도 알아들을 수 없었다. 나에게는 외국어나 다름없었다. 죽고 싶다는 생각 말고는 아무 생각도 떠오르지 않았으니까. 내가 이때껏 애써 만들어낸 것들이 모조리 도둑맞거나 죽어서 사라졌다. 나도 따라 죽고 싶었다. 내 아기도 죽었다. 분명 죽었을 터였다. 만약 자살을 할 수 있었다면 곧장 했을 것이다. 그렇게 할 수 있어서 기뻤을 것이다. 문득 잠에서 깨어 보니 창문으로 햇살이 비쳐 들고 있었다. 어느새 잠이 든 것이다. 어떻게 잠을 잘 수가 있었을까?

눈을 떴을 때, 나는 누군가의 무릎에 머리를 누인 상태였다. 나티비다드였다. 어느새 자라의 시신 옆으로 와서 벽에 등을 기대고 앉아 있었다. 그렇게 앉아서 바닥을 베고 있던 나의 머리를 자기 무릎으로 받쳐줬다. 나는 일어나 앉아서 눈을 껌벅거리며 주위를 둘러봤다. 나티비다드도 잠들어 있다가 내가 움직이는 기척을 느끼고 깨어났다. 그러고는 나를 보다가 자라의 시신을 봤고, 다시 내게로 눈을 돌렸다. 그러는 사이에 눈의 초점이 점점 더 또렷해지는 듯했고, 그렇게 보이는 세상의 모습 때문에 매 순간 조금씩 더 괴로워지는 듯했다. 나티비다드의 눈에는 눈물이 그렁그렁했다. 나는 나티비다드를 한참 동안 안아준 다음, 뺨에 입을 맞췄다.

교실은 잠든 여자들과 여자애들로 가득했다. 세어보니 나까지 포함해 열아홉 명이었는데…… 자라와 테리사는 뺀 숫자였다. 모두 꾀죄죄한 데다 여기저기 긁히고 까진 상태로, 온갖 자세로 누워 있었다. 혼자 떨어져서 바닥에 널브러진 사람도 있었고, 둘씩 아니면 그보다 더 여럿이서 한데 모여 누운 사람들도 있었으며, 머리는 다들 남의 무릎이나 어깨, 다리에 얹고 있었다.

나는 가슴이 욱신욱신 아프더니 젖이 새어 나왔고, 속이 울렁거렸다. 화장실도 가고 싶었다. 내 아기, 내 남편, 내 집이 그리웠다. 내 곁에는 차갑고 딱딱해진 자라가 있었다. 눈은 감고 있었고, 얼굴은 아름답고 평온해 보였다. 회색빛으로 변한 것만 빼면.

나는 바닥에서 일어서서, 하나둘 잠에서 깨어나는 사람들의 몸을 넘어갔다. 그렇게 걸어서 진작 수리했어야 할 교실 한쪽 구석으로 갔다. 몇 달 전에 작은 지진이 일어났을 때, 그쪽 구석의 벽과 바닥 사이에 가느다란 틈이 생겼다. 눈에 잘 띄지는 않았지만, 그 틈새를 통해 개미가 들어오거나 근처에 흘린 물이 바깥으로 새어 나가곤 했다. 그레이슨이 수리하겠다고 해 놓고서 미처 짬을 내지 못한 곳이었다.

근처에 있던 사람들은 다른 곳으로 보냈다. 그러면서 내가 하려는 일이 무엇이고 왜 그곳에서 해야 하는지 설명했다. 사람들은 고개를 끄덕이며 순순히 비켜줬다. 방광이 터질 것 같은 사람은 나 혼자만이 아니었으니까. 나는 그 구석에 쪼그려 앉아 소변을 봤다. 내가 볼일을 마치자 다른 사람들도 선례를 따랐다.

"테리사는 아직 거기 있어?" 나는 창가에 가장 가까이 있는 다이아몬드 스콧에게 물었다.

다이아몬드가 고개를 끄덕였다. "정신을 잃었어요…… 아니면 죽었거나요." 목소리를 들으니 다이아몬드 본인도 죽은 듯싶었다.

"배고파죽겠어요." 도 모라가 말했다.

"배고픈 건 아무것도 아니야." 토리였다. "난 물 한 모금만 마시면 원이 없겠어."

"쉿." 나는 아이들을 타일렀다. "그런 말은 하지 마. 말하면 기분만 더 나빠져. 혹시 아침에 저 패거리 본 사람 있어요?"

"저 사람들, 울타리를 세우고 있어요." 다이아몬드 스콧이 말했다. "창가에서 물러나서 보면 그자들이 보여요. 우리한테 목줄을 채워놓고 울타리를 또 세우다니."

나는 구더기들이 산비탈을 올라가며 우리 공동체의 몇몇 집들 뒤쪽으로 철조망을 치는 광경을 바라봤다. 내가 지켜보는 동안 구더기들은 우리 묘지를 짓밟았고, 우리가 망자들을 기리려고 심어놓은 묘목 가운데 일부도 부러뜨렸다. '구더기'는 절묘하게 어울리는 이름이었다. 거대한 곤충의 애벌레처럼 거대하고 답답한 고치를 자아냈으니까.

그러니까 우리를 감금한 저자들은 우리 땅을 지키는 중인 것이다. 그제야 비로소 그 생각이 머릿속에 떠올랐다. 그들은 훔치거나, 불을 지르거나, 노예를 붙잡거나, 그저 사람들을 죽이려고 쳐들어온 것이 아니었다. 이때껏 악당들은 늘 그런 짓이 목적이었다. 내 고향 로블리도에서도 그랬고, 반콜레가 살던 샌디에이고에서도 그랬으며, 다른 곳에서도 마찬가지였다.

많고 많은 다른 곳에서도. 그런데 이 악당들은 이곳에 머물면서, 울타리를 세우는 중이었다. 어째서?

"저기요." 내가 말했다.

교실 안의 사람들은 대부분 내 말에 신경을 쓰지 않았다. 그들은 자기 나름의 고통에, 또는 바깥의 구더기에 정신이 팔려 있었다.

"저기요!" 목소리에 다급한 느낌을 있는 힘껏 담았다. "할 얘기가 있어요."

다들 고개를 돌려 내 쪽을 봤다. 니나 노이어와 에머리 모라는 여전히 창밖을 보고 있었다.

"잘 들어요." 나는 크게 외치고 싶었지만 차마 그럴 엄두가 나지 않았다. "조만간 저자들이 이리로 들어올 거예요. 그때, 우린 미리 대비한 상태여야 해요. 그것도 가능한 한 철저하게." 나는 말을 멈추고 심호흡을 한 다음, 이제 모두의 시선이 내게 쏠린 것을, 모두의 관심이 내게 집중된 것을 확인했다. 나는 계속 이야기했다. "저들한테 최대한 협조하는 척해야 해요. 저들의 말을 들으면서 가만히 지켜보다가 알아내야 해요. 저들의 정체가 뭔지, 원하는 게 뭔지, 그리고 약점은 또 뭔지!"

사람들의 눈빛을 보니 내가 정신 나갔다고 생각하거나, 우리를 잡아온 자들에게 어쩌면 약점이 있을지도 모른다는 말을 반갑고 희망적인 소식으로 여기는 듯했다.

"저들이 우리한테 뭐라고 하든 다 거짓말일 수도 있어요."

내가 말했다. "십중팔구 거짓말일 거예요. 그러니까 우리 중에 아무나 기회가 되는 사람은 저들을 몰래 염탐한 후에, 다른 사람들과 정보를 공유해야 해요. 만약 저들의 정체를 더 많이 파악하고 우리가 지닌 지식을 모으면 저들을 피해 탈출하거나, 저들을 죽일 수도 있을 거예요. 이 목줄에 관해서도 더 많이 알아야 해요. 아무리 사소한 정보도 요긴해요. 그리고 가장 중요한 건, 반드시 알아야 하는 건, 아이들에 관한 정보예요."

"우릴 강간할 거예요." 아델라가 말했다. 거의 흐느끼는 소리로 들렸다. "그렇게 될 거라는 거 다 알잖아요."

아델라 본인은 아는 사실이었다. 그 일을 이미 너무나 많이 겪었으니까. 아델라와 니나와 앨리와 에머리도. 그들을 제외한 나머지 우리는 운이 좋았다. 아직까지는. 이제 우리 운도 여기까지였다. 어떻게든, 대처할 방법을 찾아야 했다.

"글쎄요." 내가 말했다. "강간이라면 이미 할 수도 있었는데, 안 했잖아요. 그래도…… 아마 아델라 말이 맞을 거예요. 남자는 모르는 사이인 여자에 대해 절대적으로 우월한 권력을 지니게 되면, 그 여자를 강간하게 마련이니까요. 그런데 우린 목줄까지 채워졌으니." 나는 테리사가 공포에 빠져 어쩔 줄 모르다가 그만 넘어가버리고 만 창문 쪽을 흘긋 봤다. "저자들 가운데 누군가 우리 중 한 명을 강간하기로 마음먹는다면, 우린 그자를 막지 못할 거예요." 나는 다시 말을 멈췄다. "내 생각엔…… 남자를 구슬려 마음을 고쳐먹게 하거나, 울고불고

해서 동정을 사거나, 성병이 있다고 허풍을 쳐서 믿게 한다면 또 모르겠지만, 그런 방법이 안 통하면 참고 견디는 수밖에 없을 거예요." 나는 거기서 말을 멈췄다. 스스로가 무능하고 어리석다는 느낌이 들었다. 이 사람들에게 그런 충고를 하지 말았어야 했다. 나는, 한 번도 강간당한 적이 없는 나는, 이들에게 어떤 말도 할 자격이 없었다. 그럼에도 나는 그들에게 당부했다. "꼭 참고 견뎌야 해요! 목숨을 버리지 마요. 테리사 같은 최후를 맞아선 안 돼요. 저자들한테서 알아낼 수 있는 건 모조리 알아낸 다음, 돌아와서 우리한테 알려줘야 해요. 저들이 하는 어리석고 징그러운 말 한마디, 행동 하나가 중요한 것일 수도 있어요. 저들이 거짓으로 하는 약속에 진실이 숨어 있을지도 모르고요. 만약 우리가 보고 들은 것들을 모은다면, 끝까지 하나로 뭉쳐 힘을 모으고 서로 돕는다면, 그러면 결국엔 그날이 올 거예요. 우리가 자유를 얻는 날이, 아니면 저들을 죽이는 날이, 아니면 둘 다 이루는 날이!"

침묵이 길게 이어졌다. 사람들은 멍하니 나를 바라볼 뿐이었다. 그러다가 누군가 울음을 터뜨렸다. 니나 노이어였다.

"난 자유로워질 줄 알았어요." 니나는 울음 섞인 목소리로 말했다. "이런 건 다 끝난 줄 알았다고요. 우리 오빠가 목숨까지 버리면서 날 이리 데려왔는데."

그러자 문득, 너무나 수치스러운 기분이 들었다. 그저 바닥에 누워서 몸을 잔뜩 웅송그려 무력한 나 자신과 욱신거리는 유방을 꽁꽁 감추고서, 비명을 지르고 또 지르고 싶을 뿐이었다. 그런데 그렇게 할 수가 없었다. 또다시 비참한 방식으로 내 사람들을 실망시키도록 나 자신을 내버려둘 순 없었다.

그들은 내 사람들이었다. 내 사람들. 그들은 나를 신뢰했고, 그래서 지금 이렇게 포로가 됐다. 그런데 나는 아무것도 할 수가 없었다. 그들에게 짜증스러운 충고를 들려주고 희망을 심어주려고 발악하는 것이 고작이었다. "변화가 곧 하느님이에요." 그렇게 말하는 내 목소리가 들렸다. "지금은 감금자들이 우세하지만, 우리가 이 일을 잘 해내면, 그자들을 이길 수 있을 거예요. 이기든가, 그렇지 않으면…… 죽든가예요."

"나 약을 통 못 먹었어요." 비어트리스 스콜라리가 거의 침묵하다시피 잠잠한 사람들을 향해 한 말이었다. "이러다가 죽을지도 몰라요."

비어트리스는 작년에 고혈압이 생기는 바람에 반콜레에게서 약을 처방받아 먹고 있었다. 니나는 이제 앨리에게 안긴 채로 계속 울었고, 앨리는 그런 니나를 본래 나이보다 훨씬 더 어린 아이인 양 살며시 흔들며 달래줬다. 앨리 본인도 울었지만 울음소리는 전혀 들리지 않았다. 비어트리스는 나에게 자기 약을 만들어낼 능력이 있기라도 한 듯이 나를 빤히 봤다.

"저자들이 대화하러 오면 우리 쪽에서 먼저 몇 가지를 요청할 텐데, 거기 당신 약도 포함할 거예요." 나는 비어트리스에게 말했다. "맨 먼저 할 일은 테리사를 구하는 거지만요……

아직 너무 늦지 않았다면요."

그자들은 분명 테리사를 봤을 것이다. 테리사의 비명도 일찌감치 들었을 것이다. 어쩌면 그냥 무시하는지도 몰랐다. 테리사가 도망가지 못한다는 걸 아니까. 어쩌면 그들은 테리사를 이용해 우리에게 지금 우리 처지가 어떤지를 확실히 이해시키려 했는지도 모른다.

"애들이 잘 있는지 물어본 다음에 당신 약을 달라고 할게요, 비어트리스." 나는 계속 말했다. "그다음에…… 그다음에 저자들이 허락하면…… 자라의 시신을 수습할 거예요."

우리는 배고프고, 목마르고, 두렵고, 울적하고, 아이들을 걱정하고 남자들의 행방을 궁금해하며 오후가 되도록 내내 기다렸다. 누구 한 사람 우리를 거들떠보지 않았다. 우리가 보고 있는 사이에 침입자 패거리는 우리 집을 들락거리고, 자기네 울타리를 다 세우고, 우리 식량까지 먹어치웠지만, 우리는 그 광경을 멀리서 지켜볼 뿐이었다. 우리가 있는 교실의 창가 너머 땅바닥에 쓰러져 있는 테리사조차도 무시당하기는 마찬가지였다.

나이가 어린 여자애들은 울고 다투고 칭얼거렸다. 나머지 사람들은 거의 내내 잠자코 앉아 있었다. 우리는 모두 이런저런 지옥을 경험한 사람들이었다. 우리 모두 울고 칭얼거리고 다퉈봤자 아무 소용도 없다는 것 정도는 알 만한 생존자들이었다. 시간이 흐르면 잊을지도 모르지만, 아직은 아니었다.

2시, 아니면 3시쯤 됐을 무렵, 우리가 갇힌 감방의 문이 열렸다. 덩치가 크고 턱수염을 기른 남자가 문틀을 꽉 채우며 안으로 들어섰고, 우리는 그 남자를 올려다봤다. 남자는 익숙한 제복, 즉 가슴 부위에 흰 십자가가 있는 검은 튜닉과 검은 바지 차림이었고, 키가 적어도 2미터는 돼 보였다. 남자는 우리한테서 악취라도 난다는 듯한 표정으로(실제로 악취가 나기는 했지만), 또 그게 우리 잘못이라는 듯한 표정으로 우리를 내려다봤다.

"너하고 너." 남자는 나와 앨리를 가리키며 말했다. "바깥으로 나와서 시체 치워."

앨리는 반사적으로 표정이 굳었지만, 우리 둘 다 일어섰다.

"저 사람도 죽었어요." 나는 자라를 가리키며 말했다.

남자의 손이 움직이는 낌새는 전혀 없었지만, 틀림없이 그가 무슨 짓을 했을 것이다. 나는 어디에서도 오지 않는 동시에 사방에서 오는 듯한 격렬한 고통에 비명을 지르며 부들부들 떨다가 바닥에 쓰러졌다. 내 몸이 불타올랐다. 다음 순간 불은 감쪽같이 사라졌다. 뒤이어 이글거리는 고통이 느껴졌다. 다음 순간 그 고통은 씻은 듯이 사라졌다.

남자는 내가 자신을 올려다볼 만큼 몸을 추스를 때까지, 그래서 실제로 올려다볼 때까지 기다렸다.

"말하라는 명령을 받기 전에는 말하지 마." 남자가 말했다.

"너희는 명령받은 일을 명령받은 대로 하면 돼, 입은 계속 다문 채로!"

나는 아무 말도 하지 않았다. 어찌어찌해서 가까스로 고개만 끄덕였다. 그렇게 해야 한다는 생각이 들어서였다.

앨리가 나를 일으키려고 손을 내민 채로 다가왔다. 그러다가 앨리 역시 고통스러워하며 몸을 숙였다. 앨리가 느끼는 고통의 메아리가 활활 타오르며 내 몸을 통과했고, 나는 이를 악문 채로 꼼짝도 하지 못했다. 나는 내가 덤으로 지닌 약점을, 즉 초공감 능력을 들키지 않으려고 죽을힘을 다했다. 붙잡혀 지내는 시간이 길어지면 어차피 탄로 날 비밀이었다. 그건 나도 아는 바였다. 하지만 당장은 들키지 말아야 했다. 아직은.

남자는 나에게 특별히 주의를 기울이는 것 같지는 않았다. 그저 꾹 참는 듯한 표정으로 우리 둘을 지켜봤다. 이내 앨리가 어리둥절하면서도 분한 표정으로 남자를 올려다봤다.

"너희는 명령받은 일을 명령받은 대로만 해." 남자가 말했다. "서로 몸은 만지지 마. 전에는 어떤 지저분한 짓을 뻔질나게 했는지 모르지만, 그런 건 이제 다 끝났어. 지금은 너희가 건전한 크리스천 여성처럼 행동하는 법을 배울 때야. 뭘 배울 만한 머리가 있다면 말이야."

그러니까 이런 얘기였다. 우리는 자유연애를 일삼는 추잡한 이교도 집단이었고, 그들은 우리를 교정하러 온 사람들이었다. 우리를 교육하려고.

앨리와 내가 선택된 까닭은 우리 둘의 체격이 가장 커서였을 것이다. 우리는 열매로 기름을 짜기 위해 호호바 나무를 심어 기르는 땅으로 먼저 자라를, 다음으로 테리사를 옮기라는 명령을 받았다. 그곳에서 우리는 곡괭이와 삽을 나눠 받고 호호바 나무 사이에 기다랗고 깊은 구덩이를, 즉 무덤을 파라는 명령을 받았다. 음식이나 물은 전혀 받지 못했다. 우리가 받은 거라곤 이따금 우리 손이 감독관의 성에 차지 않을 정도로 느려질 때 번쩍하고 엄습하는 고통뿐이었다. 그 땅은 돌이 많고 단단해서 파기가 고약했다. 그곳에 호호바 나무를 심은 까닭이 바로 그것이었다. 그 나무는 튼튼했다. 자라는 데에 필요한 것이 별로 없었다. 이제는 다름 아닌 우리가, 필요한 것이 별로 없는 존재인 것 같았다. 나는 해낼 자신이 없었다. 그 망할 구덩이를 팔 자신이 없었다. 가능한 모든 방식으로 그토록 지독한, 그토록 끔찍하고 그토록 두려운 기분이 들기는 오랜만이었다. 잠시 후, 내 머릿속에는 오로지 물과 고통과 내 아기가 어디 있을까 하는 생각뿐이었다. 다른 생각은 모두 도중에 끊어지고 말았다.

다른 사람도 아닌 자라의 무덤을 파는 중이었으면서도, 나는 내가 하는 일의 의미를 생각하지 못했다. 그저 땅파기가 끝나기만 바랄 뿐이었다. 자라는 내 가장 친한 친구이자 나의 변화 자매였다. 그런 자라가 천 쪼가리조차 덮지 못한 채로 내가 파는 구덩이 옆에 누워 있었건만, 나는 아무렇지 않았다. 그 사실에 정신을 집중하지 못했다.

다른 여자들도 학교에서 끌려 나와 우리가 땅을 파는 광경을 억지로 지켜봤다. 나는 말없이 다가오는 사람들의 갑작스러운 움직임에 눈길이 끌려 그 사실을 알아챘다. 고개를 들어 보니 십자가가 그려진 검은 튜닉을 입은 남자 세 명이 여성들을 양 떼처럼 몰며 우리 쪽으로 다가오는 중이었다. 잠시 후, 나는 우리 마을 남자들도 바깥으로 끌려 나왔다는 것을 눈치챘다. 남자들은 우리와 따로 갇혀 있었고, 그들 역시 땅을 파는 모양이었다.

나는 손을 우뚝 멈추고 그들을 바라봤다. 반콜레를 찾으려고…… 그리고 해리를 찾으려고.

갑작스러운 통증 때문에 입에서 끙 하는 신음이 터져 나왔다. 나는 내가 파던 구덩이 속에 털썩 무릎을 꿇었다.

“일해!” 우리를 조종하는 노예 감독관이 말했다. “이제 너희 이교도들도 일하는 법을 배울 때가 됐어.”

남자들이 누구의 시체를 매장하는지는 보이지 않았다. 트래비스가 셔츠를 벗은 채로 단단한 땅에 곡괭이질을 하는 모습이 보였다. 다른 구덩이를 파는 루시오 피게로아와 또 다른 구덩이를 파는 테드 페어클로스도 보였다. 그러니까 우리 쪽은 두 명이 죽고, 저쪽은 세 명이 죽었다는 뜻이었다. 누가 죽었을까? 이 망할 악당들이 우리 편 남자들 중에 누굴 죽였을까?

반콜레는 어디 있는 걸까?

반콜레는 어디에도 보이지 않았다. 나는 재빨리 주위를 둘러봤다. 구덩이에서 흙을 퍼내는 동안 용케도 거듭 또 거듭 주위를 살폈다. 모여 선 남자들 속에서 먼저 마이클이, 다음으로 호르헤가, 그다음으로 제프 킹이 눈에 띄었다. 뒤이어 고통이 엄습했다. 이번에는 쓰러지지 않았다. 나는 삽을 짚은 채로 버티다가, 내가 파던 구덩이의 가장자리에 몸을 기댔다.

"파!" 위쪽에서 나를 내려다보던 개자식이 말했다. "계속 파란 말이야!"

만약 내가 기절했다면, 그자는 어떻게 했을까? 테리사처럼 죽을 때까지 내 목줄의 고문 기능을 계속 작동시켰을까? 그러면서 혼자 즐거워했을까? 그 남자는 나를 고문하면서 웃지 않았다. 하지만 고문을 멈추지는 않았다. 내가 반항하는 낌새를 전혀 보이지 않았는데도.

복종한다고 해서 보호받는 것은 아니었다. 다만 한 명이라도 살아남게 하려면 우리는 되도록 서둘러 그자들의 손아귀에서 벗어나야 했다.

우리가 무덤을 둘러싸고 서 있는 동안, 턱수염을 기른 덩치 큰 노예 상인과 서른 명은 돼 보이는 그의 패거리가 우리 주위를 둘러싸고 서 있었다. 우리는 각각의 무덤 앞을 지나 행진하며 죽은 이들을 내려다보라는 명령을 받았다. 해리는 이로써 자라가 죽은 것을 알았고, 올해 들어 비로소 테리사 린에게 관심을 갖기 시작한 루시오 피게로아 또한 이 명령 때문에 테리사가 죽은 것을 알았다. 빈센트 스콜라리가 그의 아내와 누이의 예상대로 죽었다는 것을 내가 알게 된 것도 그 명령 때문이었다. 그레이슨 모라도 죽었다. 피투성이인 데다 몸이 박살 난 상태로 죽어 있었다. 그리고 나 또한 그 명령 때문에 나의 반콜레가 죽었다는 것을 알았다.

아수라장이 펼쳐졌다. 에머리 모라와 두 딸은 그레이슨의 짓이겨진 시체를 보자마자 다 함께 비명을 질렀다. 나티비다드와 트래비스가 달려와 딸들을 한 명씩 맡아 부축했다. 루시오 피게로아는 테리사의 무덤 옆에 무릎을 꿇었고, 누이인 마르타가 루시오를 달래려고 애썼다. 스콜라리 모녀는 함께 무덤으로 들어가 빈센트를 쓰다듬으려고, 그에게 입을 맞추려고, 작별을 고하려고 했다. 말하고, 악쓰고, 울부짖고, 욕하고, 대답을 요구했다는 이유로, 우리는 다 함께 목줄로 전기 충격을 당했다.

그리고 나는 턱수염 난 경비병을 곡괭이로 죽이려 하다가 그만 기절할 때까지 전기 충격을 당했다. 성공만 했다면 아무리 심한 고문도 당하는 보람이 있었을 텐데.

제12장

조심하라
무지는
스스로를 보호한다.
무지는
의심을 북돋는다.
의심은
두려움을 낳는다.
두려움은 납작 움츠린 채
분별없이 맹목적으로 굴거나,
천천히 어슬렁거리며
교만하고 배타적으로 군다.
맹목적으로, 배타적으로,
의심을 품고, 겁먹은 채로,
무지는
스스로를 보호하고,
그렇게 보호받으며,

무지는 자란다.

—《지구종: 산 자들의 책》에서

에이콘이 그립다. 나야 물론 거기서 보낸 시간이 하나도 기억나지 않지만, 내 부모님이 짧은 결혼 생활 동안 함께 행복하게 산 곳은 다름 아닌 에이콘이었다. 그곳은 내가 잉태되고, 태어나고, 부모님에게 사랑받으며 지낸 장소였다. 나는 거기서 자랄 수도 있었다. 마땅히 그래야 했다. 에이콘은 내 어머니가 끝까지 머물려 했던 곳이니까. 그리고 만에 하나 아버지의 의도와 어머니의 꿈이 수포로 돌아갔을지라도, 그래서 에이콘이 끝까지 숙명으로 나아가는 길의 디딤돌이 아니라 19세기의 농촌 마을에 더 가까워 보였다 할지라도, 나는 개의치 않았을 것이다. 그래 봤자 내가 실제로 자란 곳만큼 암울하지는 않았을 테니까 말이다.

재럿의 부하들, 그러니까 '십자군'을 자칭하는 그 패거리가 들이닥치면서, 내 삶은 에이콘과 어머니의 품을 벗어났다. 우리가 다시 상봉했다는 사실이 놀라울 따름이다.

가스의 정체는 어머니가 짐작한 대로였다. 그건 폭동을 중지시키려고, 그러니까 난폭한 군중을 진압하려고 만든 물질이었다. 사람을 죽이고 불구로 만드는 독가스나 눈물과 기침과 구토를 유발하는 최루 가스와 달리, 그 가스는 자비로운 효과를 내도록 고안됐다. 사람들은 그걸 자비라고 표현했다. 실은 마취 가스였는데, 보통은 효과가 곧바로 나타났고 고통이나 끔찍한 후유증도 남지 않았다. 하지만 어린애와 체격이 작은 성인이 그 가스를 맡고 죽는 경우가 가끔 있었다. 그래서 체격이 작은 사람이 중태에 빠졌을 때 쓸 해독제가 개발됐다. 나와 에이콘에 살던 다른 아이들은 그 해독제를 받았다. 무슨 까닭에선지 자라 볼터는 받지 못했다. 자라는 비록 체격은 작아도 분명 성인이었다. 어쩌면 십자군 패거리는 체격보다 나이를 더 중요하게 따지는지도 몰랐다. 그 패거리에는 의사가 없었다. 어떤 직종이든 보건 분야에서 일하는 사람이 아예 한 명도 없었다. 그 패거리는 광신적인 사이비 종교 공동체에 참된 신앙을 전하러 온 '하나님의 백성'이었다. 그 과정에서 이교도가 몇 명 죽는다 해도, 그들에게는 별일이 아니었을 것이다.

《로런 오야 올라미나의 일기》에서

2033년 11월 24일 목요일

추수감사절이다.

그나마 살아는 있으니 감사해야 할까? 잘 모르겠다.

오늘은 꼭 일요일 같다. 일요일보다 더 좋다. 평소보다 음식을 더 많이 받았고 휴식 시간도 더 길었고, 예배가 끝나고 나서는 자유 시간까지 얻었으니까. 고마움마저 느낄 지경이다. 오늘만은 그자들이 우리를 감시하지 않기 때문이다. 그들 말로는, 우리를 감시하거나 '가르치는' 일 때문에 자기네 휴일을 날리고 싶지 않아서라고 한다. 그 말은 곧 오늘 내가 글을 쓸 수 있다는 뜻이다. 평소에는 감시자가 퇴근할 즈음이 되면 너무 캄캄할 뿐 아니라 몸도 녹초가 돼서 글을 쓰지 못한다. 우리는 바깥일을 다 마치고 나면 감시당하는 상태에서 성서 구절을 억지로 외우고 암송하다가, 생각을 하거나 눈을 뜨기도 힘들 만큼 녹초가 되고 만다. 지금은 글을 쓸 수 있어서 고맙고, 성서 구절을 암송하는 나 자신의 목소리가 들리지 않아서 고맙다. 그러니까 이런 구절들을. "여자에게는 이렇게 말씀하셨다. '내가 너에게 임신하는 고통을 크게 더할 것이니, 너는 고통을 겪으며 자식을 낳을 것이다. 네가 남편을 지배하려고 해도 남편이 너를 다스릴 것이다.'"

'스승'들 앞에서 우리는 서로 대화하는 것만 금지된 게 아니다. 입을 다물고 쉬는 것 또한 금지되기는 마찬가지다.

이제 지난 몇 주 동안 우리가 무슨 일을 겪었는지 기록할 방법을 찾아야 한다. 그냥 이성적인 것처럼, 앞뒤가 맞는 것처럼만 쓰면 된다. 무엇보다 흐트러진 생각을 조금이나마 정리하기 위해서라도, 나는 그렇게 할 것이다. 나는 반드시 적어야 한다. 그러니까…… 반콜레 이야기를.

우리 아이들은 모두 사라졌다. 모조리 다. 가장 어린 라킨부터 가장 나이가 많은 페어클로스네 아들들까지, 다들 간데없이 사라져버렸다.

그들은 우리 아이들이 우리의 악함으로부터 구원받았다고 말한다. 아이들에게 '선한 크리스천 가정'이 새로 생겼다는 것이다. 우리는 지난날의 '이교 신앙'을 버리고 크리스천 어린이들 곁에 있어도 될 만큼 믿음직한 사람으로 거듭났음을 입증해야 비로소 우리 아이들을 다시 볼 수 있다. 우릴 가둔 감금자들, 우리에게 자신들을 '스승'으로 부르도록 지시한 그자들은, 친절과 사랑으로 우리 아이들을 돌봤다. 그들이 가리키는 길을 따라가면 우리 아이들은 이 지상에선 선하고 쓸모 있는 미국 시민으로 살 테고, 죽어서는 천국에 자신들의 자리가 마련돼 있을 것이다. 이제 어른인 우리와 나이가 조금 많은 아이들이 같은 길로 나아가는 법을 배울 시간이다. 우리는 재교육을 받아야 한다. 예수 그리스도를 구원자로, 재럿의 십자군을 '스승'으로 받아들여야 한다. 또한 우리는 재럿을 미국이 다시 위대한 나라가 되도록 하나님께서 선택하신 부흥자로 받아들여야 하고, 크리스천 아메리카 교회를 우리 교회로 받아들여야 한다. 그렇게 해야 비로소 아이를 기를 자격이 있는 크리스천 애국자가 될 것이다.

우리는 저항하지 않는다. 감금자들은 우리에게 무릎을 꿇으라고, 기도하라고, 찬송가를 부르라고 명령하고, 우리는 명령대로 따른다. 나는 맨 먼저 솔선수범함으로써 명령에 복종해야 한다는 것을 모두에게 똑똑히 보여줬다. 누구든 굳이 고문당하거나 살해당할 위험을 무릅쓰고 저항할 필요가 있을까? 그렇게 하는 게 무슨 소용일까? 우리는 저 살인자들에게, 감금자들에게, 도둑들에게, 노예 상인들에게, 거짓말을 할 것이다. 저자들이 듣고 싶어 하는 말은 뭐든지 들려주고, 우리에게 시키는 일은 뭐든지 할 것이다. 언젠가는 저들이 한눈을 팔 날이, 저들의 장비가 오작동을 일으킬 날이, 아니면 우리가 저들의 약점을 찾거나 우리 손으로 약점을, 또는 맹점을 만들어줄 날이 올 것이다. 그날 우리는 저들을 죽일 것이다.

하지만 우리가 복종한다 해도 십자군에게는 오락거리가 필요하다. 그래서 애정과 친절을 품고서, 저들은 목줄로 우리를 고문한다. "지옥 불에 비하면 이 정도는 아무것도 아니야." 저들이 하는 말이다. "가르침을 받아들이지 않으면 영원토록 이렇게 괴로워할 거다!" 만약 저들이 자기네 입에서 나오는 말을 진심으로 믿는다면, 어떻게 그런 짓을 할 수 있을까?

저들은 우리 몫의 식량을 먹어치우고 우리에게는 찌꺼기를 먹인다. 분명 먹다 남겼을 부스러기를 대접에 그대로 담아서, 아니면 우리 밭에서 캔 순무나 감자를 함께 넣고 멀건 수프로 끓여서 우리에게 준다. 저들이 우리 집을 차지하고 우리 침대에 누워 자는 동안 우리는 학교의 교실 바닥에 누워 잔다. 한쪽 교실에는 남자들이, 다른 교실에는 여자들이 모여 지내는데 두 공간 사이에 의사소통은 조금도 허용되지 않는다.

우리 가운데 정식으로 결혼한 사람은 한 명도 없는 모양이다. 크리스천 아메리카 교회의 목사가 집전하는 혼례 예배를 치른 사람이 이곳에는 한 명도 없기 때문이다. 그러므로 우리는 여태 죄악을 저지르며 살아온 셈이다. "개처럼 간통하면서!" 십자군 한 명이 그렇게 말하는 걸 들은 적이 있다. 바로 그 십자군이 지난주에, 다이아몬드 스콧을 자기 오두막집으로 끌고 가 강간했다. 다이아몬드한테는 다 괜찮다고 말했다고 한다. 자신은 하나님의 사람이니까, 영광인 줄 알라면서. 얘기를 마치고 나서 다이아몬드는 엉엉 울며 토했다. 혹시라도 임신하면 자살하겠다는 말도 한다.

그렇게까지 한 사람은 우리 가운데 딱 한 명이다. 스스로 목숨을 끊은 사람 말이다. 딱 한 명. 바로 에머리 모라였다. 에머리는 자기 남편의 원수를, 또 납치당한 어린 아들 둘의 원수를 갚았다. 에머리는 먼저 십자군 한 명을 유혹했다. 다른 곳도 아닌 에머리 자신의 집을 차지한 패거리 중 한 명이었다. 에머리는 어서 같이 자고 싶어서 못 참겠다는 말로 그 남자를 꼬드겼다. 그러고는 한밤중에, 집 침대 매트리스 밑에 늘 숨겨뒀던 칼로 그 남자의 목을 그었다. 뒤이어 딸의 방으로 가 거기서 자던 십자군의 목을 그었다. 그러고 나서는 안방 침대에 널브러진 첫 번째 시신 곁에 누워 자신의 양 손목을 그었다. 이튿날 아침, 세 사람은 숨이 끊어진 채로 발견됐다. 남편인 그레이슨이 그랬듯이, 에머리가 갚아준 원한 또한 작지 않았다.

자기 자신과 딸들을 생각해서라도 살 마음을 먹었더라면 좋았을 텐데. 에머리가 우울감에 빠진 것은 나도 알았기 때문에, 나는 힘내서 견디라는 말로 격려해보기도 했다. 밤이 되어 다 함께 교실에 갇히면 우리는 얘기를 나누고, 소식을 주고받고, 서로 격려해주려고 애썼다. 하지만 진실은, 만약 에머리가 끝내 죽는 수밖에 없었다면, 할 수 있는 최선의 방법을 택해 죽었다는 것이다. 우리에게 감금자 패거리를 죽일 힘이 있다는 걸 가르쳐줬으니까. 목줄로는 우리를 멈추지 못한다. 만약 목줄 때문에 그 집에 갇힌 신세가 아니었다면, 에머리는 저들을 훨씬 더 많이 처치했을 것이다.

그런데 에머리의 목줄은 어째서 살인을 막지 않았을까? 마크에게서 들은 노예 시절 이야기에 따르면 목줄은 조종 장치를 가진 사람을 보호한다고 했는데. 목줄의 종류가 달라서 생긴 문제였을까? 어쩌면 그럴지도. 우리로서는 알 길이 없었다. 우리가 모아서 밤에 공유하는 정보 가운데 어떤 식으로든 목줄의 갖가지 종류와 연관된 정보는 없었다. 우리가 배운 것은 모두의 목줄이 일종의 목줄 네트워크로 연결되어 있다는 사실이다. 감금자 패거리는 허리에 찬 조종용 벨트로 모든 목줄을 제어할 수 있지만, 벨트 자체는 더 커다란 중앙 제어 장치에 의해 충전되고, 배치되고, 알 수 없는 방식으로 조종받았다. 다이아몬드 스콧은 그 중앙 제어 장치가 이곳에 늘 머무는 구더기 두 대 가운데 한 대에 있을 거라고 믿었다. 다이아몬드를 강간한 자가 두 번째로 강간하기 전까지 곁에 머물며 들려준

이야기 또한 그 믿음이 사실이라는 확신을 심어줬다.

총과 자물쇠와 구더기의 튼튼한 차체 장갑이 단단히 지키는 목줄 중앙 제어 장치는, 적어도 지금 당장은 우리에게 그림의 떡이다. 우리는 그 장치를 더 자세히 알아야 한다. 다만 나는 에머리를 강간한 자의 조종용 벨트가 어째서 주인의 목숨을 구하지 않았는지 알 것 같았다. 벨트를 풀었기 때문이었다. 벨트를 차고 잠자리에 드는 남자가 있을까? 에머리에게 살해당한 남자들은 둘 다 벨트를 푼 상태였다. 왜 안 그랬겠는가? 에머리는 가냘픈 여자였는데. 보통 체격의 남자라면 목줄의 도움 따위 상관없이 에머리를 거뜬히 다룰 수 있다고 믿어 의심치 않았을 것이다.

살인을 저지르고 나서, 에머리는 목줄 조종용 벨트를 조작해 자유로워지려 했을 것이다. 탈출하려고, 우리를 풀어주려고, 아니면 더 많은 복수를 하려고. 그러려고 시도했을 것이다. 그것만은 분명하다. 그랬는데 그만 지문이 일치하지 않아서, 아니면 꼭 필요한 다른 열쇠가 없어서 실패했을 것이다. 그건 꼭 알아둬야 할 중요한 지식이었지만, 그게 다가 아니었다. 에머리는 조종용 벨트를 조작하다가 틀림없이 자신에게 고통을 끼쳤을 것이다. 그런데도 경보는 한 번도 울리지 않았다. 어쩌면 경보 장치 같은 것은 없는지도 모른다. 언젠가 이 지식을 아주 요긴하게 써먹을 날이 올지도 모르겠다.

우리 여자들은 에머리가 한 짓 때문에 다 함께 전기 충격을 당했다. 남자들은 그 광경을 억지로 지켜봤다.

우리는 줄지어 학교에서 걸어 나와 강제로 무릎을 꿇고 기도하면서, 우리 죄를 소리 높여 고백하면서, 용서해달라고 빌면서, 지목받은 성서 구절을 암송하면서, 전기 충격을 당했다. 나는 그자들이 실수하는 바람에 우리 가운데 죽는 사람이 몇 명은 나오고 말 거라는 생각이 내내 머릿속을 떠나지 않았다. 그건 학대와 모멸의 광란이었다. 몇 시간 동안 우리 '스승'들은 차례를 정해놓고 돌아가며 우리에게 목청껏 증오를 토했고, 그 짓을 사랑이라고 불렀다. 끝날 무렵이 되자 아예 목소리조차 나오지 않았다. 온몸 구석구석이 욱신거렸다. 직접 구타당했다고 해도 그보다 더 기분이 나쁘지는 않았을 것이다. 그러니까 혹시라도 누군가 나를 유독 눈여겨봤다면, 내가 초공감자인 것을 알아차렸을지도 모른다. 내가 그만 자제력을 잃고 말았으니까. 그때 나는 아무것도 숨길 여유가 없었다.

차라리 죽고 싶다고 생각했던 게 기억난다. 결국에는 저자들이 우리를 에머리가 먼저 간 길로 내몰지 않을까 궁금해했던 것도 기억난다. 그러니까, 우리 한 명 한 명이 저들 패거리 몇 명을 데리고 저세상으로 가는 길로.

새로운 사람들이 끌려와서 우리와 함께 살게 됐다. 무허가 빈민촌과 인근 마을에 살던 남녀들이다. 대부분은 그저 평범한 빈민처럼 보인다. 일부는 도브트리네 식구들과 비슷한 부류였다. 마약, 아니면 맥주나 와인, 위스키 따위를 집에서 몰래 만들어 판 것이다. 에이콘의 이웃인 설리번 가족과 가마 가족들도 붙잡혀서 끌려왔다. 그 집 아이들 가운데 몇 명은 우리 학교에 다녔지만, 함께 붙잡힌 아이는 없었다. 감금당한 후로는 그 애들을 한 명도 보지 못했다. 저 사람들은 왜 이제야 붙잡혀서 이리로 끌려왔을까? 그 이유를 아는 사람은 없는 것 같았다.

새로 온 여성들은 우리가 있는 교실에 꾸역꾸역 들어와 함께 갇히거나, 비어 있는 셋째 교실에 갇혔다. 그곳은 한때 우리가 진료소로 쓰던 공간이었다. 새로 온 남자들은 우리 에이콘의 남자들과 함께 큰 교실에 갇혔다.

반콜레 이야기를 적어야겠다.

원래는 그 이야기를 쓸 작정이었다. 써야 하지만 쓰고 싶지 않다. 그저 가슴만 미어질 뿐이니까.

십자군은 우리를 시켜 감방과 오두막집을 더 크게 짓는 중이다. 이제 우리가 살던 오두막집은 그들의 것이다. 그리고 우리는 전처럼 들에 나가 일한다. 가축을 먹이고 축사를 청소한다. 발효가 잘되도록 퇴비 더미를 뒤적거려 섞어놓고, 허브 씨앗을 심고, 겨울 작물과 채소와 허브를 수확하고, 산을 뒤덮은 덤불도 말끔하게 자른다. 우리는 우리 자신과 감금자들이 먹을 식량을 함께 마련해야 한다. 물론 감금자들은 우리보다 더 잘 먹는다. 그도 그럴 것이, 우리는 그들에게 다 갚지 못할 만큼 큰 빚을 졌다. 그들은 우리에게 죄짓는 삶에서 벗어나는 법을 가르치는 중이니까. 우리에게 고된 노동의 의미를 가르쳐주겠다는 것이 그들의 입버릇이다. 그들은 우리가 이제 불법점거자도, 기생충도, 도둑도 아니라고 말한다. 나는 이 땅이 나와 내 남편의 소유라고, 보유세도 꼬박꼬박 냈다고, 누구에게서도 훔치지 않았다고 말했다가 전기 충격을 당한 적이 한두 번이 아니다.

그들은 우리 책과 서류를 불태워버렸다.

그들은 우리 과거가 기록된 것이라면 찾는 족족 다 태워버렸다. 그런 것은 모두 사악한 쓰레기라고 했다. 그들은 우리가 사랑했던 그 많은 것들을 우리 손으로 직접 나르고 쌓게 했다. 손을 허리의 벨트에 얹고 서서 우리가 일하는 모습을 지켜봤다. 우리는 서류와 디스크 위에 모든 책을 쌓았다. 우리 아이들이 모은 광석과 씨앗과 나뭇잎으로 만든 표본도, 사진도…… 보고서와 모형도, 나이가 조금 많은 아이들의 작품인 조각상과 그림도. 트래비스와 그레이슨이 지은 노래의 악보도. 에머리가 쓴 연극 대본도. 내가 쓴 일기도 찾는 족족, 모조리 쌓아 올렸다. 법률 문서도, 혼인 관계 증명서와 세금 납부 영수증, 반콜레의 토지 소유 증서까지 모두 다. 우리 '스승'들은 그 모든 것에 램프용 기름을 붓고 불을 질렀고, 중간에 갈퀴로 한번 갈아엎은 후에 다시 불을 질렀다.

사실, 그들이 태운 건 법률 문서의 사본일 뿐이었다. 그게 중요한 문제인지는 잘 모르겠지만, 어쨌든 사실이다. 캠핑카를 손에 넣고 나서 우리는 유리카에 있는 대여 금고에 법률 문서의 원본을 보관했다. 그건 반콜레의 발상이었다. 그리고 문서의 사본들은 곳곳의 은닉처에 책 몇 권과 다른 기록물들, 자주 쓰는 무기, 식량, 돈, 옷가지와 함께 보관했다. 나는 여태껏 반콜레가 쓴 글과 내 일기장을 스캔해 디스크에 저장했고, 그렇게 만든 디스크 또한 은닉처에 숨겨뒀다. 내가 왜 그랬는지는 나도 모른다. 내 일기장으로 말하자면, 나는 그런 식의 사치를 언제나 조금 부끄럽게 여겼다. 사적인 물건을 복사하느라 돈을 낭비하는 짓이니까. 하지만 처음 그렇게 했을 때 기분이 무척 좋았던 것이 기억난다. 이제는 그저 에머리의 대본과 트래비스의 악보를 스캔해둘 걸 그랬다며 아쉬워할 뿐이다. 적어도, 내가 아는 한, 산속 곳곳의 은닉처는 아직 무사하니까.

나는 우리가 감금된 교실에 필기용 종이와 펜, 연필 따위를 숨겨뒀다. 앨리와 나티비다드는 내가 창가 바닥의 널빤지 두 장을 떼어내도록 도와줬다. 도구라고는 뾰족한 돌멩이와 헌 못 두 개뿐이었지만, 우리는 그것들을 이용해 널빤지 바닥의 가로대를 받치는 굵다란 통나무 버팀목에 우묵한 홈을 팠다. 바닥 가로대 자체는 너무 가늘어서 혹시라도 널빤지가 느슨해진 것을 누가 알아차렸다가는 대번에 들킬 만한 장소였다. 우리는 버팀목에 뭔가 감춰져 있는지 확인하려고 캄캄한 바닥

밑을 들여다보는 '스승'이 없기만을 바랐다. 나티비다드는 그 곳에 결혼반지를 감췄고, 앨리는 저스틴이 그린 그림 몇 장을 숨겼다. 노리코는 표면이 매끈하고 타원형으로 생긴 초록색 돌을 넣어뒀다. 마이클과 함께 폐품을 주우러 나갔을 때 찾은 돌이었다. 둘이 함께 다니는 것이 아직 가능했던 시절에.

버팀목에 홈을 파는 동안 목줄에서 고통이 느껴지지 않아서 신기했다. 앨리가 보기에 이는 곧 바닥 널빤지를 더 많이 뜯어내고 학교 아래를 엉금엉금 기어서 이동하면, 여기서 탈출할 수 있을지도 모른다는 뜻이었다. 하지만 우리 가운데 가장 가냘픈 토리 모라조차도 시험 삼아 아래로 내려갔다가 땅바닥에 발이 닿자마자 고통에 몸부림치기 시작했다. 우리는 몸을 움찔거리는 토리를 끌어 올리는 수밖에 없었다. 이로써 우리가 아는 지식이 하나 더 늘었다. 암울하지만, 그래도 알아야 하는 지식이었다.

너무 많이 사라졌다. 너무 많이 빼앗기고, 부서졌다. 비록 빠져나갈 방법은 찾지 못했지만, 우리는 적어도 조그마한 물건 몇 가지를 숨길 방법은 찾아냈다. 이따금 나도 모르게 떠오르는 생각은, 만약 라킨과 반콜레가 아직 내 곁에 있다면, 또는 무사히 살아 있는 라킨의 모습을 내 눈으로 확인한다면, 그렇다면 이 모든 고난을 참아내기가 더 수월하리라는 것이다. 그저 그 애를 볼 수만 있다면…….

이른바 십자군이라는 저 패거리의 행동에 합법적인 구석이 조금이라도 있는지 모르겠다. 아무래도 있을 것 같지 않다. 그 자들은 법을 지키며 성실하게 일해서 먹고사는 시민의 토지와 자유를 빼앗고도 아무런 처벌도 받지 않았다. 그런 짓이 합법이 될 정도로 헌법을 짓뭉개다니, 아무리 재럿이라고 해도 그렇게까지 하리라고는 믿기 힘들다. 적어도 아직은 못 믿겠다. 그렇다면 일개 자경단이 도대체 무슨 배짱으로 '재교육 수용소'를 차리고 사람들 목에 불법 목줄을 채워 운영할 마음을 먹었을까? 우리가 갇힌 지도 한 달이 넘었건만, 외부에서는 아무도 알아차리지 못했다. 친구들과 고객들조차도 모르는 모양이다. 가마 가족과 설리번 가족은 부유하고 힘 있는 사람들은 아니지만, 그래도 몇 대째 이 산지에 살았다. 이들이 어떻게 됐는지 알아보러 찾아온 사람이 여태 한 명도 없었을까?

아마 있었을 것이다. 그렇다면 누가 나가서 그들을 맞았을까? 십자군이 위장 신분을 이용해 평범한 준법 시민이자 애국자로 행세하며 그들을 응대했을까? 십자군 패거리에게 그런 위장 신분이 있다고 해도 터무니없는 억측은 아닐 듯싶다. 그 자들은 무슨 거짓말을 했을까? 구더기를 일곱 대나 운용하고, 적게 잡아도 수십 명은 되는 남자들을 먹여 살리고, 값비싼 목줄을 수없이 많이 보유한 것처럼 보이는 집단이라면, 마음만 먹으면 어떤 거짓말이든 퍼뜨릴 수 있을 것이다. 어쩌면 바깥에 있는 우리 친구들이 그럴듯한 거짓말에 속아 넘어갔는지도 모른다. 아니면 단지 겁을 먹어서 입을 다물었는지도 모른다. 험한 꼴을 당하고 싶지 않다면 괜히 꼬치꼬치 캐묻지 말라는 암시를 받고서. 아니면 단순히 우리한테 힘깨나 쓰는 친구가 없기 때문인지도 모른다. 우리는 이름 없는 공동체였으니까. 그런데 우리의 익명성은 우리를 지켜주기는커녕 오히려 약점이 되고 말았다.

에이콘에 사는 우리는 사이비 종교 공동체이기 때문에 습격을 당하고 노예가 되었다는 설명을 들었다. 하지만 가마 가족과 설리번 가족은 우리 공동체 소속이 아니었다. 두 가족의 여성들에게 어째서 습격당했느냐고 물어봤지만, 까닭을 모르기는 그쪽도 마찬가지다.

가마 가족과 설리번 가족은 우리와 마찬가지로 자기네 명의로 토지를 소유했다. 그리고 도브트리 가족과 달리 그 두 가족은 결코 마리화나를 재배하거나 술을 팔지 않았다. 자기네 땅을 경작했고, 인근 마을에 일거리가 생기면 놓치지 않고 일하러 갔다. 그들은 근면하게 일하며 예의 바르게 살았다. 그랬는데 결국에는, 그게 다 무슨 소용일까? 그들과 우리가 했던 그 모든 고된 노동이, 반콜레가 구닥다리 법률에 쏟은 모든 정성이, 내가 라킨과 지구종에 품었던 모든 희망이……. 이제 앞일이 어떻게 될지 알 수가 없다. 우리는 이 상황에서 벗어날 것이다! 어떻게든 그렇게 할 것이다! 그런데 그다음은? 지금껏 간신히 모은 정보에 따르면, 우리 '스승'들 가운데 일부는 유리카와 아카타를 비롯해 이곳 인근의 작은 마을 여러 곳에서 힘깨나 쓰는 집안의 자제였다. 이제 이 땅의 소유주는 나다. 반콜레는 법과 질서를 신뢰하는 사람답게 유언장을 만들어놓았고, 나도 그 유언장을 읽은 적이 있다. 물론 이곳에 보관하던 사본은 불타 없어졌지만, 원본과 또 다른 사본은 지금도 멀쩡히 존재한다. 이 땅은 내 소유다. 하지만 무슨 수로 돌려받을까? 우리가 전에 일군 것들을 무슨 수로 다시 일굴까?

언젠가 저 '스승'들에게서 벗어나 자유를 되찾는 날, 저들 가운데 적어도 몇 명은 우리 손에 죽고 말 것이다. 그 사태를 피할 방법이 내게는 보이지 않는다. 만약 피치 못할 사태가 벌어진다면, 마음대로 해도 되는 상황이라면, 저들은 우리를 죽여서라도 탈출하지 못하도록 막을 것이다. 우리를 강간하는 방식, 우리에게 전기 충격을 주고, 우리 가운데 일부는 죽게 내버려두는 저들의 방식은…… 모두 우리 목숨을 하찮게 여긴다는 증거다. 저들의 가족은 저들이 무슨 짓을 하는지 알까? 경찰은 알고 있을까? '스승'들 중에 경찰이나 경찰 친척이 있는 걸까?

뭔가 일어나고 있다는 것을 아는 사람은 분명 엄청나게 많을 것이다. '스승'들은 조를 짜서 근무하고 각각의 근무조는 적어도 일주일 동안 우리와 함께 머문 다음, 일주일 동안 자리를 비운다. 주변 사람들한테는 어디에 다녀왔다고 할까? 이 일대에는 사정을 눈치챈 사람이, 적어도 뭔가 흔치 않은 일이 일어나는 중인 걸 아는 사람이 잔뜩 있을 것이다. 내가 보기에 우리가 자유를 되찾고 나서 이곳에 머물면 안 되는 이유가 바로 그것이다. 너무나 많은 이들이 우리를 미워할 테니까. 우리가 탈출하는 과정에서 자기네 집안 남자들을 죽였다는 이유로. 아니면 우리를 보면서 자신들이, 자기네 가족이, 또는 자기네 친구가 우리에게 저지른 몹쓸 짓을 떠올리지 않을 자신이 없다는 이유로.

지구종은 살아 있다. 우리 가운데 적잖은 사람이 이를 알고 또 믿는다. 그래서 그것은 우리 가운데 살아 있다. 지구종은 살아 있고, 앞으로도 살 것이다. 하지만 재럿의 십자군은 에이콘의 숨통을 끊고 말았다. 에이콘은 죽었다.

말로는 계속 반콜레 이야기를 적어야겠다고 하면서도, 나는 계속 그 일을 미루기만 한다. 저들이 루시오 피게로아를 시켜 땅에 맨 구덩이를 파고 그 속에 반콜레의 시신을 던져 넣는 광경을 목격하고 나서, 나는 며칠 동안 산송장처럼 지냈다. 저들은 반콜레를 묻으며 기도문조차 암송하지 않았다. 그리고 물론, 우리 손으로 장례식을 치르는 것 또한 허락하지 않았다.

나는 십자군이 습격한 날 살아 있는 반콜레의 모습을 봤다. 그건 분명한 사실이다. 무슨 일이 벌어진 걸까? 반콜레는 건강한 남자였고, 어리석지도 않았다. 무장한 사람들을 자극해 스스로를 해치는 짓은 했을 리 없다. 남자들과 대화하는 것은 금지된 일이지만, 나는 자초지종을 알아야만 했다. 그래서 계속 틈을 엿보다가 마침내 해리 볼터와 짧은 말을 주고받았다. 굳이 해리를 고른 까닭은 자라가 어떻게 됐는지 알려주기 위해서였다.

우리 둘은 밭에서 일하다가 주위에 에이콘 사람들만 있는 틈을 타 가까스로 만났다. 다 함께 작물을 수확하는 중이었다. 우리가 간간이 비를 맞아가며 수확한 잎채소와 양파, 감자, 당근, 호박 등은 당연히 모두 에이콘 주민들이 심고 가꾼 작물이었다. 도토리도 수확해야 했지만 그건 허락받지 못했다. 사실, 도토리 수확은 이미 다 마쳤어야 했다. 우리 가운데 일부는 다 자란 참나무와 소나무뿐 아니라 우리가 심은 묘목까지 함께 베라는 지시를 받았다. 그 나무들은 비단 죽은 이를 추모하고 단백질을 공급받는 용도뿐 아니라, 오두막집 근처의 산비탈을 지탱하는 용도로도 요긴했다. 무슨 까닭에선지 '스승'들은 우리가 나무를 숭배한다고 오해했고, 이 때문에 나무는 '스승'들이 즐겨 먹는 과일과 견과류가 열리는 나무만 빼고 모조리 잘리는 신세가 됐다. 어떻게 그런 생각을 했는지 우스울 뿐이다. 오렌지와 레몬, 포도, 감, 배, 호두, 아보카도 따위가 열리는 나무는 그냥 둬도 괜찮았다. 그 밖의 다른 나무는 죄다 사악한 유혹이었다.

해리는 그런 이야기를 내게 조금씩, 조금씩 들려줬다. 바깥에서 일하는 시간에, 우리가 간신히 서로에게 접근해 잠깐씩 붙어 있는 동안에.

“저놈들이 목줄을 채웠어, 뭔지 알지?” 해리가 말했다. “첫날에, 놈들은 우리 모두가 가스에서 깨어날 때까지 기다렸어. 그러다가 안으로 들어오더니 한 놈이 이렇게 말하더군. ‘우리는 너희가 저지르는 어떤 실수도 용납하지 않을 것이다. 어떻게 하는지 잘 보고 기억해둬라.’ 그러고는 맨 먼저 호르헤 조를 붙잡았어. 호르헤는 낚싯바늘에 꿰인 벌레처럼 악을 쓰며 버둥거렸지. 그다음은 앨런 페어클로스, 다음은 마이클, 다음은 반콜레 차례였어.

반콜레는 깨어나긴 했어도 정신을 완전히 차리진 못한 상태였어. 바닥에 멍하니 앉아서, 양손으로 머리를 감싼 채로, 고개를 푹 숙이고 있었지. 그때쯤엔 가구란 가구는 놈들이 죄다 내가서 트럭이 주차된 곳에 쌓아뒀어. 그래서 우린 쓰러지면 곧바로 바닥에 널브러지는 수밖에 없었어. 놈들이 목줄을 채웠을 때, 반콜레는 끽소리도 안 했어. 그냥 옆으로 풀썩 쓰러지더니 움찔움찔하는 거야, 무슨 경련이라도 일어난 것처럼. 비명은 전혀 안 질렀어. 입도 뻥긋 안 했단 말이야. 하지만 경련은 다른 사람들이 겪은 것보다 훨씬 더 지독했어. 그러다가 숨이 끊어진 거야. 그게 다야. 마이클이 그러는데 목줄 때문에 지독한 심장 마비가 일어났대.”

그 말을 끝으로 해리는 한참 동안 말이 없었다. 아니면 말을 했는데 내가 못 들었는지도 모른다. 나는 어느새 울고 있었으니까. 울음소리는 삼켰지만, 흐르는 눈물은 막을 방법이 없었다. 이윽고 우리가 다시 스쳐 지나갈 때, 해리가 소곤거리는 소리가 들렸다.

"힘내, 로런. 정말이지, 너무 안됐어. 참 좋은 사람이었는데."

해리의 두 아이는 모두 반콜레가 받아줬다. 반콜레는 모두의 아이를 받아준 사람이었다. 자기 딸도 포함해서. 지구종을 믿지 않았으면서도, 아예 에이콘조차 믿지 않았으면서도, 그는 우리 곁에 남아 모든 것이 제대로 돌아가도록 열심히 일했다. 이곳이 제대로 돌아가는 건 누구보다도 반콜레 덕분이었다. 그런 그가 아는 사이도 아니고, 알고 싶지도 않고, 심지어는 딱히 그를 죽일 생각조차 없던 자들의 손에 죽다니, 얼마나 황당하고 의미 없는 죽음인지. 저들은 스스로 지닌 강력한 무기의 사용법조차 제대로 알지 못한다. 저들이 마취 가스로 자라의 목숨을 빼앗는 실수를 저지른 까닭은 자라의 체격을 고려하지 않았기 때문이다. 반콜레로 하여금 심장 마비를 일으키게 하는 실수를 저지른 까닭은 그의 나이를 고려하지 않았기 때문이다. 분명 나이가 문제였을 것이다. 전에는 심장 때문에 고생한 적이 한 번도 없었으니까. 반콜레는 힘세고 튼튼한 남자였다. 딸이 어른이 될 때까지 거뜬히 살았을 테고, 잘하면 아들을, 아니면 둘째 딸을 봤을지도 모른다.

내가 줄지어 자란 나무들 사이로 쓰러져 그대로 엎드린 채 신음하고 울지 않도록 막아주는 것은, 고작 그런 상상뿐이었다. 그래도 나는 똑바로 서서 버텼다. 우리 '스승'들의 주의를 끌지 않으려고 안간힘을 쓰면서.

잠시 후, 해리에게 자라가 어떻게 됐는지 얘기해줬다. "내가 보기엔 분명 자라의 체격 때문이야." 나는 그렇게 말을 맺었다. "이자들은 자기네 무기의 성능을 잘 모르는 것 같아. 아니면 그냥 신경을 안 쓰거나. 어쩌면 둘 다일 수도 있지. 테리사가 쓰러졌을 때도 도와주려고 손가락 하나 까딱하는 놈이 없었으니까."

다시 기나긴 침묵이 흘렀다. 우리는 쉬지 않고 일했고, 그사이에 해리는 마음을 가라앉혔다. 다시 입을 열었을 때 해리의 목소리는 차분했다.

"올라미나, 우리 이 개자식들을 죽여버리자!"

해리는 그때껏 나를 올라미나로 부른 적이 거의 없었다. 기저귀를 차던 시절부터 알고 지낸 사이인데도 말이다. 해리는 집회일에 치르는 중요한 의식 때가 아니면 나를 늘 로런으로 불렀다. 처음 나를 올라미나로 부른 건 내가 자기 첫째 아이를 위해 환영식을 주관하고 에이콘 공동체와 지구종에 맞아들였을 때였다. 해리에게는 내 성이 곧 나의 직함인 모양이었다.

"우선 이 목줄부터 벗어야 해." 내가 말했다. "그다음엔 애들이 어떻게 됐는지 알아봐야 하고. 만약에…… 만약에 아이들이 살아 있으면, 지금 어디 있는지 알아내야 해."

"네가 보기엔 살아 있을 것 같아?"

"글쎄." 나는 숨을 깊숙이 들이쉬었다. "기분 같아선 우리 라킨이 어디서 어떻게 지내는지 알 수만 있다면, 난 뭐든 다 내놓을 수 있을 것 같아." 나는 다시 입을 다물었다가 말을 이었다. "저자들 입에서 나오는 건 거의 다 거짓말이야. 하지만 틀림없이 어딘가 기록이 남아 있을 거야. 분명히 뭔가 있을 거야. 우리 손으로 찾아야 해. 정보를 모으는 거야. 약점을 간파하는 거지. 주시하면서, 기다려야 해. 살아남는 데 필요한 일을 하면서!"

'스승' 한 명이 우리 쪽으로 다가오고 있었다. 우리가 일하다 말고 소곤거리는 걸 눈치챘거나, 아니면 그냥 한번 보려고 다가오는 중이었다. 나는 해리가 곁을 스쳐가도록 놔뒀다. 우리 사이의 짤막한 대화는 그렇게 끝났다.

제13장

앞이 안 보이면
방향을 잃게 마련이다.

방향을 잃으면
목적을 잊기도 한다.

목적을 잊으면
오로지 감정이 지배한다.

오로지 감정이 지배하면,
붕괴… 붕괴가 일어난다.

—《지구종: 산 자들의 책》에서

에이콘에서 납치된 후에, 나는 예전에 중범죄자 교도소였던 재교육 수용소로 옮겨졌다. 수용소가 위치한 델 노르테 카운티는 험볼트 카운티 바로 북쪽에 있었다. 수용소의 예전 이름은 펠리컨 베이 주립 교도소였다. 나중에는 펠리컨 베이 크리스천 재교육 수용소로 바뀌었다. 다행히 나는 그곳이 전혀 기억나지 않지만, 그곳에 갇혀 지낸 어른과 나이가 많은 편인 아이들한테 듣기로는 교도소라는 이름을 벗은 후에도 고통의 그림자가 짙게 드리운 곳이었다. 이곳은 원래 교도소였던 건물 구조 덕분에 사람들을 격리하기가 에이콘보다 더 쉬웠는데, 안에 갇힌 사람들은 단지 사회로부터만 격리된 것이 아니라 서로에게서도 격리됐다. 또한 공간이 넉넉하다 보니 사이비 종교를 숭배하는 수감자가 아이들에게 악영향을 끼치지 못하도록 완벽히 차단된 어린이집을 따로 만드는 것도 가능했다. 나는 펠리컨 베이 어린이집에서 몇 달간 보살핌을 받았다. 내가 그 사실을 아는 까닭은 내 지문과 족문, 심지어 유전자 지문까지 그곳에서 등록됐기 때문이다. 그렇게 등록된 내 신상 정보는 크레센트 시티의 크리스천 아메리카 교회에 보관됐다. 그 정보에 접근할 권한은 오로지 내가 사이비 종교 광신자인 친부모에게 입양되지 않도록 막아야 하는 수용소 관리자들과 나를 실제로 입양한 양부모에게만 주어졌다. 나는 그곳에서 새 이름도 받았다. 에이샤 비어라는 이름이었다. 에이샤 비어는 원래 인기 있는 '드리마스크Dreamask' 프로그램 속 캐릭터의 이름이었다.

드리마스크는 '머리 새장'이나 '꿈 책'이라는 별명이 있었고, 아예 그냥 '마스크'로 불리기도 했다. 당시 최신 기술이었던 드리마스크는 다른 가상 현실 상품들을 시장에서 하나둘 몰아냈다. 가격은 아예 처음부터 저렴했다. 초기형의 모양은 꼭 눈 부위에 고글이 달린 커다란 스키 마스크 같았다. 그 마스크를 쓰면 사람이 아닌 것처럼 보였다. 그러나 드리마스크를 쓰면 컴퓨터가 촉발하고 유도하는 꿈을 꾸는 일이 가능했고, 사람들은 그런 꿈을 몹시도 좋아했다. 드리마스크는 구식 거짓말 탐지기나 노예 목줄과 관련된 기술이었고, 시청각을 이용해 섬뜩할 정도로 효율을 높이는 방식의 잠재의식 자극과도 관련이 있었다. 또한 겉보기와 다르게 가볍고 옷처럼 편안했다. 각각의 마스크는 연속된 모험 여러 개를 통째로 제공했는데, 마스크를 착용한 사람은 스스로를 모험 속의 캐릭터 누구와도 동일시할 수 있었다. 캐릭터의 가상의 삶을 실제 감각으로 완벽하게 만끽하는 일이 가능했던 것이다. 마스크를 쓴 사람은 더 단순하고 더 행복한 다른 삶에 빠져들었다. 가난한 사람은 부자가 되는 환상을 즐겼고, 못생긴 사람은 아름다워졌으며, 병든 사람은 건강해졌고, 소심한 사람은 대담해지는 식으로…….

재럿의 부하들은 이 새로운 오락거리가 '도덕성이 부족한 이들'에게 마약이나 다름없을 거라고 우려했다. 그러한 비난을 회피할 목적으로 드리마스크 인터내셔널은 종교색을 띤 프로그램 몇 가지를 제작했다. 특별히 크리스천 아메리카 교회 신자가 캐릭터로 등장하는 프로그램이었다. 에이샤 비어도 그렇게 만들어진 캐릭터였다.

에이샤 비어는 그리스 신화에 나오는 전투 종족 아마존처럼 키가 크고 아름다운 흑인 여성이다. 크리스천 아메리카 교회 신자이기도 해서, 광적인 사이비 종교 집단이나 반反크리스트교 음모자들, 무허가 빈민촌의 포주 같은 악당에게서 사람들을 구출하느라 바쁘게 활약한다. 그렇게 반듯한 캐릭터의 이름을 붙이면 사이비 신앙에 끌리는 내 안의 유전적 경향이 힘을 못 쓸 거라고 짐작한 사람이 있었던 모양이다. 그래서 나는 그 이름을 달고 살았다. 그리고 나 같은 여성은 수없이 많았다. 당시의 창작물에서 강인한 여성 캐릭터는 유행에 뒤처진 요소였다. 재럿 대통령과 그를 추종하는 크리스천 아메리카 신자들은 미국을 망친 원인 가운데 하나가 바로 '남자들 일'에 여자가 끼어든 것이라고 믿었다. 전에 내가 본 녹화 영상에서는 재럿이 그 얘기를 할 때 수많은 남녀 신도가 환호하며 정신없이 손뼉을 쳤다. 사실, 내가 알아낸 바에 따르면 에이샤 비어는 원래 남자인 에런 비어가 될 예정이었다. 그랬는데 드리마스크의 어느 임원이 이제는 강인하면서도 상냥한 크리스천 아메리카 교회 여성이 주인공인 시리즈가 히트할 때가 됐다며 동료들을 설득했다고 한다. 그 임원이 옳았다. 흥미로운 여성 캐릭터에 목마른 소비자가 얼마나 많았던지, 에이샤 비어 시리즈는 졸작인데도 인기가 많았다. 그래서 딸 이름을 '에이샤'나 '비어' 또는

'에이샤 비어'로 짓는 부모가 놀랄 만큼 많았다.

결국 내 이름은 에이샤 비어 알렉산더가 됐다. 내가 매디슨 알렉산더와 케이시 게스트 알렉산더 부부의 수양딸이라서였다. 알렉산더 부부는 시애틀 출신의 중산층 흑인이자 크리스천 아메리카 교회 신자였다. 두 사람은 알래스카-캐나다 전쟁 때 미사일을 몇 방이나 맞은 시애틀에서 크레센트 시티로 옮겨온 후에 나를 입양했다. 크레센트 시티에는 케이시의 어머니 레일라 게스트가 살았다. 아이러니하게도, 레일라 게스트는 로스앤젤레스 출신 피난민이었다. 하지만 같은 피난민이라고 해도 과거의 내 어머니보다는 훨씬 더 부유했다. 삼나무 숲 사이에 자리 잡은 커다란 신흥 도시인 크레센트 시티는 펠리컨 베이에서 매우 가까웠기 때문에, 레일라는 펠리컨 베이 어린이집에서 자원봉사자로 일했다. 케이시와 나를 가족으로 이어준 사람이 바로 레일라였다. 케이시는 딱히 나를 입양하고 싶어 하지 않았다. 나는 체격이 큰 데다 피부가 검고 성격이 뚱한 아기였고, 생김새도 케이시 마음에 들지 않았기 때문이다. "음침하고 무표정한 아기였어." 나중에 케이시가 친구들에게 그렇게 말하는 걸 들은 적이 있다. "생긴 것도 돌멩이처럼 밋밋했고. 그래서 걱정이 된 거야……. 우리가 안 데려가면 아무도 안 데려갈 것 같아서."

케이시와 레일라, 두 사람 다 무허가 빈민촌과 광신 사이비 종교 집단에서 구출한 부모 없는 아이들에게 가정을 제공하는 것을 크리스천 아메리카 교회 신자의 의무로 여겼다. 남녀노소 가리지 않고 구출하는 에이샤 비어는 못 될지언정, 하다못해 불행한 어린이 한두 명을 구출해 바르게 키우는 일 정도는 할 수 있기 때문이었다.

레일라가 딸 케이시에게 나를 소개한 날로부터 다섯 달 후, 나는 알렉산더 부부에게 입양됐다. 그들은 나를 정식 딸로 삼지는 않았지만, 그래도 진심으로 자신들의 의무를 다하려 했다. 그 의무란 다름 아닌 나를 바르게 키우는 것, 그리고 내가 친부모 때문에 빠져들지도 모르는 타락한 삶으로부터 나를 보호하는 것이었다.

《로런 오야 올라미나의 일기》에서

2033년 12월 4일 일요일

일요 예배가 끝난 후에 우리끼리만 있는 시간이 점점 길어진다. 아마 그들도 우리에게 전기 충격을 줘서 성서 구절을 외우도록 시키며 일요일을 다 날리기는 지겨웠던 모양이다. 대여섯 시간이나 걸리는 예배가 끝나고 삶은 채소로 식사를 마친 후에, 우리는 숙소에서 쉬면서 하나님의 은혜에 감사드리라는 지시를 받는다.

우리가 해도 좋다고 허락받은 행동은 아무것도 없다. 그들이 보기에 성서 공부가 아닌 다른 행동은 무엇이든 '일'이고,

이는 곧 십계명 가운데 네 번째 계명인 '안식일을 기억하여 거룩하게 지켜라'에 어긋나는 짓이다. 우리는 그저 가만히 앉아 있을 뿐 대화도 하지 않고, 해진 옷이나 신발을 깁지도 않는다. 옷가지를 한 사람당 두 벌씩만 남기고 모조리 압수당하는 바람에 다들 누더기 차림인데도 말이다. 해도 좋다고 허락된 행동은 성서 읽기와 기도, 잠자기뿐이다. 그 밖의 다른 행동을 하다가 들키면 전기 충격을 받는다.

물론, 우리끼리만 있을 때는 우리가 하고 싶은 대로 한다. 우리는 귓속말로 대화를 나누고, 빨래와 바느질도 할 수 있는 만큼 하고, 정보 교환도 한다. 그리고 나는 글을 쓴다. 그런 일들을 햇볕 아래서 할 수 있는 때는 오로지 일요일뿐이다.

전깃불도 등잔불도 허용되지 않다 보니 우리에게는 창문으로 비쳐드는 햇빛뿐이다. 주중에는 잠에서 깨어 일어날 때나 자려고 누울 때나 똑같이 캄캄하다. 주중이면 우리는 기계다. 아니면 가축이든가.

우리가 누려도 좋다고 허락받은 편의는 다 함께 요강으로 사용하는 양철 양동이 한 개와 싸구려 플라스틱 펌프가 달린 20리터짜리 플라스틱 물통 한 개가 전부다. 우리가 저마다 한 개씩 지닌 플라스틱 대접은 접시인 동시에 잔이다. 그 대접은 묘한 구석이 있다. 환한 느낌이 나는 파란색이나 빨간색, 노란색, 주황색, 초록색이기 때문이다. 감방 안에 색채를 띤 물건은 오로지 대접뿐이다. 그건 밝고, 명랑한, 거짓말이다. 감방에 들어섰을 때 맨 먼저 눈에 띄는 것이 바로 그 대접들이다. 메리 설리번은 그 대접을 가리켜 '우리 개밥 그릇'이라고 한다. 꼴도 보기 싫지만, 그래도 우리는 그걸 사용한다. 선택하고 자시고 할 것도 없지 않은가? 우리가 '합법적'으로 지닌 개인 소지품은 그 대접과 옷, 한 사람이 한 장씩 받은 담요, 캠프 크리스천에서 책으로 발행한《킹제임스성서》뿐이다.

우리에게 일찌감치 자유 시간이 주어진 운 좋은 일요일이면 나는 종이와 연필을 꺼낸 다음,《킹제임스성서》를 책상 삼아 글을 쓴다.

나에게 글쓰기는 스스로에게 내가 인간이라고, 변화가 곧 하느님이라고, 나는 이곳에서 탈출하리라고 일깨워주는 수단이다. 아무리 황당무계해 보일지라도, 나는 내가 쓴 글에서 위안을 얻는다.

다른 사람들은 다른 데서 위안을 찾는다. 메리 설리번과 앨리는 담요를 겹쳐 함께 덮고 자면서 깊은 밤에 사랑을 나눈다. 둘의 잠자리가 내 바로 옆이라서, 나에게는 그 소리가 들린다. 그런 사랑을 하는 사람은 메리와 앨리 말고도 더 있지만, 여태 함께 지내는 커플은 그 둘뿐이다.

"우리가 역겨워?" 어느 날 아침, 메리 설리번이 특유의 무뚝뚝한 말투로 나에게 물었다.

그날은 일어나라는 지시가 평소보다 늦게 내려왔기 때문에 우리는 어슴푸레한 새벽빛 속에서 서로를 말끄러미 바라볼 뿐이었다. 아직 깨지 않은 앨리 곁에 앉아 있는 메리의 모습이 내 눈에 들어왔다.

나는 놀라서 메리를 바라봤다. 메리는 키가 큰 여성이었다. 거의 나만큼이나 컸다. 몸은 깡말라서 뼈의 윤곽이 다 보일 지경이었지만, 남들의 이목을 끄는 생김새에 표정도 풍부했다. 언뜻 보면 늘 고된 육체노동에 시달려온 사람, 그러면서도 늘 배불리 먹지는 못한 사람 같았다.

"내 친구를 사랑하나요?" 나는 메리에게 그렇게 물었다.

그 말에 메리는 눈을 깜박거리다가 몸을 뒤로 젖혔는데, 그 모습이 꼭 남의 일에 참견하는 짓을 그만두지 않으면 호된 꼴을 당할 줄 알라고 쏘아붙일 것처럼 보였다.

하지만 잠시 후, 메리는 갈라진 목소리로 말했다. "당연히 사랑하지!"

나는 가까스로 빙그레 웃었지만, 웃는 얼굴이 메리에게 보일지 어떨지는 알 수 없었다. 뒤이어 나는 고개를 끄덕이며 말했다. "그럼 서로에게 잘해주세요. 그리고 혹시 무슨 문제가 생기면, 당신과 당신 자매들은 우리와 한편이에요. 우리 지구종과." 우리는 이곳의 수감자들 가운데 단일 집단으로는 가장 힘이 세다. 드러내놓고 말한 적은 없지만, 어차피 설리번 가족과 가마 가족은 자발적으로 우리와 함께 어울리는 편이었다. 하긴, 이제는 내가 뭔가 말한 셈이었다. 적어도 메리 설리번에게는.

잠시 후, 메리가 고개를 끄덕였다. 표정에 웃음기가 없었다. 메리는 툭하면 웃는 부류의 여성이 아니었다.

나는 혹시라도 동료들을 저버리고 앨리와 메리 사이를 밀고하는 사람이 있을까 봐 불안하다. 하지만 아직은, 비록 '스승'들이 우리에게 서로의 죄를 밀고하라고 구슬리기는 하지만, 아무도 아무것도 밀고하지 않았다. 이따금 말썽이 생기기는 했다. 무허가 빈민촌에서 온 여성들이 음식이나 물건을 놓고 싸움을 벌이곤 했고, 다른 사람들은 너무 시끄러워지기 전에 그런 싸움을 말리곤 했다. 그러니까 '스승'이 와서 무슨 일이 벌어졌고 누구 책임인지 말하라고 요구하기 전에 말이다.

그리고 크리스털 블레어라는 빈민촌 출신 젊은 여성이 있는데, 아무래도 타고난 악바리 같다. 크리스털은 사람들을 때리고 밀치고, 음식이나 조그만 소지품을 훔친다. 거짓말을 해서 남들을 싸움 붙이고 자기 혼자 즐거워하기도 한다. ("그 여자가 네 흉을 보면서 뭐라고 한 줄 알아? 내가 다 들었어! 뭐랬느냐면…….") 사람들의 물건을 가져가면서 가끔은 자기가 하는 짓을 감출 생각조차 않는다. 크리스털이 원하는 건 그 초라한 물건들이 아니다. 때로는 가져간 물건을 남들 앞에서 부숴버리기도 하니까. 크리스털은 그저 자신은 뭐든 마음 내키는 대로 할 수 있고, 그런 자신을 아무도 막지 못한다는 것을 다른 여성들에게 보여주고 싶을 뿐이다. 자신에게는 그럴 힘이 있지만, 남들은 그렇지 않다는 것을.

우리는 크리스털에게 지구종 여자들과 우리 소지품을 건드리면 안 된다는 것을 가르쳐줬다. 다 함께 힘을 합쳐서, 우리는 네 삶을 지금보다 더 비참하게 만들어줄 용의가 있다고 크리스털에게 일깨워준 것이다. 알고 보니 꼼짝 못 하게 묶어 놓고 목줄을 세게 당기기만 하면 그만이었다. 그러면 목줄이 크리스털에게 전기 충격을 줬다. 나를 비롯한 초공감자들 또한 크리스털이 괴로워하는 광경을 멍청하게 빤히 구경했다가는 똑같은 충격에 고통스러워했지만, 그래도 그 고통은 흔적을 남기지 않았다. 크리스털 본인의 옷으로 손발을 묶고 재갈을 물려놓으면 틈틈이 목줄을 당기는 것만으로 지옥 같은 밤을 선사할 수 있었다. 그런 밤을 딱 한 번 보내고 나서, 크리스털은 더 이상 우리를 건드리지 않았다. 그 대신 다른 여성들을 괴롭혔다. 남들을 괴롭히는 일이 크리스털에게는 각별한 위안거리였다.

우리는 크리스털이 걱정됐다. 우리 가운데 가장 심하게 제정신이 아닌 편이었고 말썽꾸러기이기도 했지만, 한편으로 크리스털은 '스승'들을 우리보다 훨씬 더 미워했다. 그러니 그자들에게 도움을 청하러 가지는 않을 것이다. 다만 크리스털에게 당한 피해자 중에 그렇게 할 사람이 조만간 나올 것이다. 우리는 크리스털을 지켜보는 중이다. 그래서 선을 넘는 일이 없도록 막아볼 작정이다.

2033년 12월 11일 일요일

새로 끌려오는 사람들이 점점 더 늘었다. 깡마른 몸에 누더기를 걸친 이들이었고, 아는 얼굴은 하나도 없었다. 이번 주에는 날마다 구더기 한 대가 와서 그런 신입을 세 명, 네 명, 다섯 명씩 내려놓고 갔다. 우리는 '스승'들이 트럭에 싣고 온 통나무로 창고 비슷한 건물을 증축해 학교까지 기다랗게 연결하는 작업을 다 끝마쳤다. 증축한 건물은 선반식 침대만 갖춘 휑뎅그렁한 방이 네 칸 있는데, 한 방에 서른 명이 들어간다. 방을 보면 벽마다 선반 세 줄과 그 선반으로 오르락내리락할 때 쓰는 사다리가 한두 개씩 붙어 있다. 각각의 선반이 길고 좁다란 이인용 침대가 되는 것이다. 거기 누운 두 사람은 보통 발과 발, 아니면 머리와 머리를 맞대고 잔다. 신입들은 저마다 우리가 가진 것을 지급받는다. 담요 한 장, 플라스틱 대접 하나, 성서, 그리고 누워서 자는 침대 겸 소지품 보관 장소로 쓰는 선반. 우리는 지금도 우리 감방의 맨바닥에 누워서 자지만, 그것만 빼면 나머지는 다 똑같다.

우리와 마찬가지로 신입들도 양동이를 공동 화장실로 사용한다. 우리 가운데 일부는 오물 구덩이를 파는 노역에 참여하는 중이다. 나는 오물 구덩이를 어울리지 않는 곳에 판다고 지적했다가 몇 번인가 전기 충격을 당했다. 그대로 팠다가는 우리가 쓰는 우물로 흘러드는 지하수가 오염될지도 모르기 때문이었다. 자칫하면 모두가 병에 걸릴 수도 있었다. 우리 '스승'

들까지 포함해서.

그러나 우리 '스승'들은 모르는 것이 없다. 그들은 여자한테서, 심지어 이교도 여자한테서 조언을 들을 필요가 없다. 며칠 후에 우물에서 멀찍이 떨어진 언덕 밑에다 오물 구덩이를 다시 파도록 한 것은 순전히 그들 스스로 판단해서 내린 결정이라고 했다.

벌목 도로의 입구에 누군가 이런 팻말을 걸어놓았다. '캠프 크리스천 재교육 수용소.' 십자군이 이곳 주위에 칼날 철사가 달린 울타리를 세웠기 때문에, 안전하게 드나들 곳은 오로지 그 도로 입구의 문밖에 없다. 칼날 철사는 잘 보이지도 않을 만큼 가느다란 철사 여러 가닥으로 이루어져 있다. 실수로 건드린 들짐승은 살을 깊숙이 베이고 만다.

나는 신입 수감자 몇 명에게 바깥세상이 어떻게 돌아가는지 물어봤다. 사람들은 재교육 수용소의 실체를 알까? 여기 말고 다른 수용소도 있을까? 저항하는 세력은 없나? 재럿 대통령의 꿍꿍이는? 도대체 무슨 일이 벌어지는 중일까?

신입 수감자들은 대부분 내 질문에 대답하려 하지 않았다. 그들은 지치고, 겁먹고, 패배한 사람들이었다. 기꺼이 입을 여는 이들 역시 아는 거라곤 그저 자신이 불법점거자나 떠돌이, 잔챙이 범죄자 따위로 살다가 난데없이 체포되거나 납치되었다는 것뿐이었다.

신입들 중에 초공감자가 몇 명 있다. "나쁜 씨앗이란 게 있다면 바로 저것들이지." 우리 '스승'들은 그렇게 말한다. "마약 중독자가 낳은 이교도 자식이라니." 그자들은 이미 정체가 드러난 초공감자를 의심과 경멸과 징그러운 장난의 표적으로 삼는다. 괴롭히기가 너무나 쉽기 때문이다. 어떠한 걸림돌도 없으니까.

우리는, 지구종의 초공감자들은, 그래도 아직은 본모습을 들키지 않았다. 우리가 필사적으로 정체를 숨겼기 때문이다. 그리고 솔직히, 운이 좋았다. 우리 가운데 누구도 '스승'들이 눈치챌 만한 상황에서 못 버티고 정체를 드러낼 만큼 심하게 압박당한 적은 없으니까. 다들 오랫동안 태연한 얼굴로 정체를 숨기고 산 경험이 큰 도움이 되었다. 고작 열네 살, 열다섯 살인 모라 자매조차도 용케 자신들의 정체를 감췄다.

나는 바깥 사정을 조금이라도 이야기해줄 사람을 계속 찾아다녔다. 그랬는데도 끝내 가르쳐줄 사람을 찾지 못했다. 오히려 그 사람이 나를 찾았다. 그 사람은 젊은 흑인 남자였고, 깡마른 몸에 상처가 난 데다 태도 또한 조심스러웠지만, 기가 꺾인 상태는 아니었다. 남자의 이름은 데이비드 터너였다.

"난 데이야."

나중에 포기하게 되는 그 망할 놈의 위험한 오물 구덩이를 파느라 나란히 서 있을 때, 그 남자가 내게 말을 걸었다. 이제와 생각해보면 그 남자는 딱히 이유가 있어서가 아니라 그저 우리끼리 말을 주고받는 일이 금지됐기 때문에 일부러 나에게 말을 걸었던 것 같다. 내가 흙을 한 삽 퍼서 구덩이 바깥으로 휙 뿌리며 본 그 남자의 표정은 호기심으로 물들어 있었다.

"데이비드의 애칭이야. 그냥 데이라고 부르면 돼."

"난 올라미나야." 나는 무심코 말했다.

"진짜?"

"응."

"특이한 이름이네."

나는 한숨을 쉬며 그를 흘깃 봤다. 고집 세고 당돌해 보이는 그의 얼굴이 마음에 들어서 덧붙였다. "로런이라고 해."

그는 나를 보며 잽싸게 씩 웃었다. "사람들이 널 '로리'로 부르기도 해?"

"그랬다가는 나한테서 대답을 들을 생각은 하지 않는 게 좋을걸."

그때는 우리가 조금 부주의했던 것 같다. 구덩이 위쪽에 있던 '스승' 한 명이 나에게 강한 전기 충격을 줬고, 나는 부르르 떨다가 쓰러졌다. 목줄을 찬 남자와 여자가 대화를 하다가 들키면 여자가 전기 충격을 당하는 경우가 더 많다는 것을 나는 일찌감치 눈치챘다. 다들 알다시피, 여자는 유혹하는 존재니까. 우리는 무고한 남자들을 곤경으로 끌어들인다. 아담과 하와의 시대부터 여자는 무고한 남자를 곤경에 끌어들였다. 아무튼 나는 전기 충격을 세게 당하기는 했지만 처벌은 딱 한 번으로 끝났다. 그 후로 나는 태도가 더 조심스러워졌다.

강한 전기 충격을 여러 번 당하면 움직일 때 균형을 잡기 힘들고 기억마저 잃기 쉽다. 나중에 데이한테서 들었는데 그 애가 본 어떤 남자는 전기 충격을 하도 여러 번 당한 나머지 자기 이름조차 잊어버렸다고 한다. 나는 그 남자가 정말로 그랬을 거라고 믿는다. 반콜레의 시신을 목격하고 근처에 있던 수염 난 경비병에게 달려들었을 때, 나는 평생 그토록 간절하게 다른 사람을 죽이고 싶던 적이 없었다. 그러다가 강한 충격을 받고 그 자리에 풀썩 쓰러져 몇 차례 더 전기 충격을 받았다. 앨리는 땅바닥에서 부르르 떨며 움찔움찔 움직이는 나를 보고 뼈가 몇 군데 부러진 줄 알았다고 했다. 깨어나 보니 몹시도 욱신거리는 몸 이곳저곳이 멍들고, 삐고, 벗겨지고, 돌에 긁혀 찢어져서 피가 나기도 했지만, 최악은 따로 있었다.

최악은 내가 나중에 느낀 감정이었다. 육체적 고통을 말하는 게 아니다. 이곳은 고통을 가르치는 걸로 치면 종합 대학 같은 곳이니까. 그건 내가 앞서 적은 내용을 보면 알 수 있다. 나는 전기 충격을 받고 나서 며칠 동안 좀비나 다름없는 상태였다. 처음에는 반콜레가 죽은 것조차 기억하지 못했다. 나티비다드와 앨리는 그 사실을 몇 번이나 내게 얘기해줘야 했다. 내가 기억하지 못하는 것은 더 있었다. 에이콘에 무슨 일이 일어났는지, 우리가 왜 우리 학교의 교실 한 곳에 다 함께 갇혀 있는지, 남자들은 어디에 있는지, 아이들은 또 어디에 있는지…….

이제야 이 이야기를 글로 적을 준비가 됐다. 처음 이 사실을 이해했을 때, 나는 무서워서 죽을 것만 같았다. 너무나 무서워서 겁에 질린 세 살배기 아이처럼 구석에 숨어 훌쩍훌쩍 울고 말았다.

로블리도에서 살아남은 후에, 나는 생판 모르는 사람들이 나타나 내가 아끼는 물건과 사람을 모조리 훔치거나 부숴버릴 수도 있다는 사실을 깨달았다. 사람과 물건은 남이 빼앗아 갈 수 있었다. 그런데 어째선지 내가 그때껏 깨닫지 못한 사실 하나는…… 내 '정신의 일부' 또한 빼앗아갈 수 있다는 것이었다. 내가 죽을 수도 있다는 것은 알고 있었다. 그 점에 관해서는 이때껏 어떠한 환상도 품지 않았다. 장애를 입을 수도 있었다. 이 역시 아는 바였다. 하지만 다른 사람이, 단지 조그만 버튼을 누르는 것만으로 나를 그렇게 만들 거라고는, 생각지도 못했다. 그 사람이 그렇게 하고 나서도 빙그레 웃으며 그 버튼을 누르고 또 누를 거라고는…….

그자는, 턱수염을 기른 나의 '스승'은, 정말로 웃고 있었다. 그 모습이 나중에 내 머릿속에 다시 떠올랐다. 그때의 기억이 송두리째 되살아났다. 그 기억이 되돌아왔을 때…… 바로 그 때, 나는 구석으로 물러나 훌쩍훌쩍 울며 신음했다. 그 개 같은 인간은 싱긋 웃으며 마치 나를 겁탈하듯이 버튼을 누르고 또 눌렀고, 내가 신음하며 몸부림치는 동안에도 그 광경을 지켜보며 빙그레 웃었다.

내 동생은 목줄을 차고 살다 보면 죽은 사람이 부러워진다는 말을 한 적이 있다. 그 자체로 끔찍한 말이었지만 그럼에도 그 말이 내게 다 전하지 않은 것은, 내게 다 전하지 못한 것은, 바로 목줄을 차고 살다 보면 인간을 끔찍이도 미워하게 된다는 사실이었다. 목줄은 착용자에게 완전히 새로운 강도의 순수한 증오를 가르쳐준다. 이 물건을 목에 두르기 전까지 나는 증오가 무엇인지 거의 모르고 살다시피 했다. 그런데 지금은, 저들 패거리 한 명을 죽이려고 달려들었다가 에머리처럼 죽는 꼴을 피하려고 화를 꾹 참느라 다른 일은 아무것도 못 할 때가 있을 정도다.

나는 데이 터너와 짬짬이 말을 주고받았다. 기회가 생길 때면 반드시, 서로 곁을 지나갈 때나 공동 구역에서 같은 작업에 투입됐을 때, 우리는 대화를 나눴다. 나는 트래비스와 해리를 비롯한 에이콘 출신 남자들에게도 데이와 얘기해보기를 권했다. 데이가 무슨 얘기를 들려주든 우리에게 도움이 될 거라는 생각이 들어서였다. 그 애가 이때껏 우리에게 들려준 이야기를 요약하면 다음과 같다.

데이는 리노의 전망 없는 저임금 일자리를 끝으로 네바다주를 떠난 후, 걸어서 시에라네바다 산맥을 넘어 캘리포니아주로 건너왔다. 그러고는 하다못해 가난에서 벗어날 기회라도 잡아볼 생각으로 서북쪽을 향해 정처 없이 이동했다. 데이는 가족이 없는 외톨이였지만, 자기 몸을 지킬 생각으로 길동무 두 명과 함께 다녔다. 셋이서 유리카에 도착할 때까지는 아무 문제도 없었다. 유리카에서 그들은 일할 의지가 있는 남자들에게 하룻밤 숙식과 단기 일자리까지 제공하는 교회가 있다는 이야기를 들었다. 그 교회는, 말할 것도 없이 크리스천 아메리칸 교회였다.

그들이 할 일은 교회가 보육원의 일부로 사용하려 하는 낡은 집 두어 채를 수리하고 페인트칠하는 것이었다. 다만 그 현장에 보호자가 없는 아이는 한 명도 없었다. 아니면 데이가 한 명도 보지 못했거나. 그렇지 않았다면 우리 모두 에이콘의 아이들이 걱정된 나머지 데이에게 그곳의 아이들이 어떻게 생겼는지 죽도록 꼬치꼬치 캐물었을 것이다. 이 추잡한 세상에는 이미 진짜 고아들이 적지 않을 것이다. 그런데 제 입으로 교회입네 하는 집단이 구더기와 목줄을 이용해 더 많은 고아를 만드는 짓을 감히 어떻게 저지르고 있는 걸까?

아무튼, 데이 일행은 아이들을 위해 일하는 동시에 푼돈과 잠자리와 식사 몇 끼를 함께 챙길 수 있다는 말에 마음이 끌렸다. 하지만 그들은 운이 없었다. 첫날 밤 그들이 교회의 남자 숙소에서 잠들어 있을 때, 그곳에 묵는 남자들 몇 명이 교회를 약탈하려고 했다. 데이 자신은 그 약탈 사건에 전혀 가담하지 않았다고 했다. 그가 말하길 우리가 믿든 안 믿든 간에 자신은 이때껏 먹을 것이 아니면 그 무엇도 훔쳐본 적이 없으며, 교회에서는 단 한 번도 뭘 훔친 적이 없다고 했다. 자신은 지금은 세상을 떠난 숙부와 숙모 밑에서 자랐는데, 신앙심이 독실했던 두 분을 어릴 적부터 보고 배운 덕분에 결코 범하지 않는 금기가 몇 가지 있다는 얘기였다. 그러나 교회에 든 도둑들은 흑인이었다고 알려졌고 데이와 친구들 또한 흑인이었기 때문에, 결국에는 데이 일행이 범인으로 몰렸다.

나는 어느새 데이의 이야기를 믿었다. 바보 같은 짓인지도 모르지만, 나는 그 애가 마음에 든다. 그리고 내가 보기에 그 애는 거짓말쟁이 같지도, 교회를 터는 파렴치범 같지도 않다.

데이가 말하길 교회 경비원들이 숙소에 들이닥치는 바람에 남자들이 잠에서 깨어 사방으로 달아났다고 한다. 그들 모두 가난한 자유인이었던 것이다. 그런 사람들은 뭔가 문제가 생겼는데 자기 몫의 이익을 제대로 챙길 만한 경우가 아니면, 보통은 두 번 생각할 것도 없이 도망부터 쳤다. 특히 총싸움이 시작되면 더더욱 그랬다.

데이에게는 총이 없었다. 친구 한 명은 총이 있었지만, 이때 셋은 뿔뿔이 흩어진 상태였다. 이윽고 그들 모두 붙잡힌 신세가 됐다.

데이는 다른 남자 열여덟 명 아니면 스무 명과 함께 붙잡혔고, 그 가운데 흑인은 모조리 교도소에 갇혔다. 일부는 폭력 범죄로 기소됐다. 제기된 혐의는 무장 강도 및 폭행이었다. 나머지는 부랑죄로 기소됐는데…… 요즘은 부랑죄가 예전에 비해 훨씬 더 중대한 범죄로 취급받는다. 이 부랑자들은 유죄 판결을 받고 크리스천 아메리카 교회의 계약 노동자가 됐다. 데이의 친구들은 함께 붙잡힌 데다 둘 중 한 명이 총까지 소지한 탓에 전자 쪽 무리에 속했고, 중범죄로 기소됐다. 데이는 부랑자 무리에 포함됐다. 교회와 계약을 맺고 삼십 일 동안 노동하는 것이 그가 받은 처분이었다. 그는 이곳저곳으로 끌려다니며 이미 두 달이 넘게 강제 노역을 했다. 계약 기간이 다 끝났다고 항의하면 돌아오는 답은 전기 충격이었다. 처음에 저들은 데이에게 바깥에 나가서 곧바로 일을 시작할 수 있는 일자리가 있다면 언제든 떠나도 좋다고 말했다. 데이는 이 일대에서는 외지 사람인 데다 일자리를 알아보러 다닐 자유 시간도 없다 보니 당연히 바깥에서 일을 구할 방법이 없었다. 반면에 이 지역 출신 부랑자들은 친척이나 친구가 찾아와 다시는 부랑자가 되지 않도록 일자리를 주겠다거나 숙식을 제공하겠다고 약속하는 식으로 차례차례 빼내갔다.

데이는 공사장 인부나 페인트공, 청소부, 관리인 같은 일을 했다. 철저한 신체검사를 통과하고 나서는 두 번이나 헌혈을 요구받았다. 신장이나 각막을 기증하라는 권유도 받았는데 수술이 끝나고 나서 몸이 다 회복되면 자유의 몸이 된다고 했다. 그때 데이는 겁에 질렸다. 제안 자체는 거절했지만 이로써 분명히 알게 된 사실은, 자신의 장기조차도, 실은 목숨조차도, 언제든 빼앗길 수 있다는 것이었다. 그게 언제일지 누가 알까? 누가 상관이나 할까? 데이는 저들이 자신을 왜 여태 살려두는지가 궁금했다.

나중에 그들은 데이에게 재교육을 받으라며 이곳 캠프 크리스천으로 보냈다. 데이는 자신에게 아직 희망이 있다는 말을 들었다. 마음만 먹으면 하나님과 하나님의 참된 교회를 섬기는 종이자, 세상에서 가장 위대한 나라의 충성스러운 국민이 되는 법을 배울 수 있다는 것이었다. 그는 자신이 이미 크리스천이라고 말했다. 여기에 대한 그들의 응답은 사실상 이러했다. '증명해봐.' 자신들이 보기에 그가 진심으로 뉘우치고 성서의 진리에 감화했다고 판단되면 자신들 속에 받아주겠다고 말한 것이다.

그 말에 데이는 〈출애굽기〉 21장 16절을 인용해 대꾸했다. "사람을 유괴한 자는, 그 사람을 팔았든지 자기가 데리고 있든지, 반드시 사형에 처하여야 한다." 물론 데이는 자신이 고른 성서 구절의 내용 때문에 전기 충격을 당했고, 악마 역시 성서를 인용하곤 한다는 사실은 이미 크리스천 아메리카 교회 사람들에게 잘 알려졌다는 이야기도 함께 들었다.

데이가 말하길 사람들은 보통 재교육 수용소라는 곳이 있다는 것조차 모른다고 한다. 데이가 목줄을 찬 다른 남자들과 얘기하다가 들은 바에 따르면, 캠프 크리스천처럼 작은 수용소는 몇 군데나 있고 큰 곳은 적어도 두 군데가 있다. 그 두 곳은 캠프 크리스천보다 훨씬 더 크다고 한다. 둘 중 한 곳은 북쪽에 있는 델노르테 카운티의 버려진 교도소에 세워졌고, 다른 한 곳은 남쪽의 프레스노 카운티에 있다. 사람들은 가난한 자유인 부랑자들이 어떤 대우를 받는지 알지 못하지만, 데이는 설령 사람들이 안다고 해도 딱히 신경을 쓰지는 않을 것 같다며 걱정스러워했다. 합법적인 주거지의 주민들은 십중팔구 도둑질을 하고, 마약을 복용하고, 마약을 거래하고, 전염병까지 퍼뜨리는 가난한 자유인 노숙자들을 교회가 책임지고 통제하는 광경을 보며 기뻐할 공산이 컸다.

"내가 아직 고향 집에서 살던 시절에 작은어머니하고 작은아버지도 똑같이 느꼈을 거야." 데이는 말했다. "우리 같은 부류는 고속도로를 따라 걸으면서 도둑질을 하고, 폐품을 줍고, 일자리를 구걸하지. 그런데 사람들은 그런 행동 하나하나를 보면서 자칫하면 자기도 우리 같은 꼴이 된다고 생각해. 그래서 경찰을 시켜 우릴 체포하거나 마을에서 쫓아내는 거야. 우리한테 욕을 퍼붓고, 누가 무슨 수를 써서 우릴 사라지게 해주면 좋겠다고 바라기도 해. 그런데 이제 바로 그 일을 해줄 사람이 나타난 거야!"

데이 말이 옳다. 교회가 자비롭고 긴요한 사업을 한다고 여기는 사람들이 잔뜩 있을 것이다. 낙오자들에게 일하는 법과 선한 크리스천이 되는 법을 가르쳐준다고 말이다. 재교육 수용소는 지금보다 훨씬 더 커져서 부랑자나 불법점거자가 아닌 사람도 갇히는 지경이 돼야 비로소 문제로 여겨질 것이다. 우리 지구종 구성원들에게는 이미 일어난 일이지만, 우리가 누군가? 기껏해야 유별난 의식을 치르는 괴짜 사이비 종교 집단에 지나지 않았다. 그러니 우리까지 덩달아 고분고분하게 행동하도록 교육받는 꼴을 보며 기뻐하는 선량한 일반인들이 틀림없이 있을 것이다.

나는 궁금하다. 도대체 얼마나 많은 사람이 재교육이라는 명목으로 짐승처럼 갇혀서 고통받아야 미국의 주류 사회가 관심을 갖기 시작할까? 사람을 그렇게 짐승처럼 가두는 짓이 다른 나라 사람들의 눈에는 어떻게 비칠까? 외국 사람들도 이 사실을 알까? 신경을 쓰기는 할까? 이보다 더 끔찍한 일들이 미국을 비롯한 여러 나라에서 일어난다는 것은 나도 안다. 예컨대 전쟁이라든가.

사실, 우리는 지금 전쟁을 치르는 중이다. 미국은 알래스카와 캐나다를 상대로 전쟁을 치르고 있다. 이른바 '알캐 전쟁'이다. 재럿 대통령이 전쟁을 벌이고 싶어 했고 실제로 전쟁이 일어나도록 애쓴 것은 나도 안다. 하지만 그 전쟁이 벌써 시작됐다는 것은 데이에게서 듣고서야 알았다. 양 진영은 이미 여러 번 미사일 공격을 주고받았고 국경 지대에서는 치열한 전투도 몇 차례 벌어졌다. 나중에 앨리에게 그 이야기를 들려줬더니 앨리는 잠시 생각에 잠긴 눈치였다.

"어느 쪽이 이기고 있대요?" 앨리가 내게 물었다.

나는 고개를 가로저었다. “데이가 그 얘기는 안 해줬어요. 뭐, 나도 안 물어봤고요.”

앨리는 대수롭잖다는 듯이 어깨를 으쓱했다. “하긴. 우리한테는 별로 중요한 일도 아니니까요. 안 그래요?”

“글쎄요.” 내가 말했다.

이곳의 수감자는 어림잡아 이백오십 명, 그리고 교도관은, 내가 가장 최근에 세어본 바로는, 스무 명이다. 한번 곰곰이 상상해보자. 만약 우리가 동시에 다 함께 움직인다면, 교도관 한 명당 열 명이나 열두 명씩 달려든다면, 우리는 어쩌면…… 잘하면…….

잘하면 테리사처럼 죽을지도 모른다. 고작 ‘스승’ 한 명이 손가락 하나만 까딱해도, 우리 모두 땅바닥을 구르며 움찔거리는 신세가 되기 십상이다. 우리는 목숨을 잃을지도 모른다. 한 명도 빠짐없이. 기껏해야 교도관을 놀라게 한 죄로.

2033년 12월 18일 일요일

이제 나는 강간당한 몸이다.

두 번 당했다. 한 번은 월요일, 또 한 번은 어제. 크리스천 아메리카가 나에게 준 크리스마스 선물이다.

2033년 12월 25일 일요일

이때껏 내가 겪은 일을 글로 써야 한다. 쓰고 싶지 않지만, 그래도 써야 한다.

초공감자로 산다는 것은 곧 타인의 쾌락과 고통을 나도 함께 느낀다는 뜻이다. 눈에 보이는 쾌락과 눈에 보이는 고통을 말이다. 나는 '스승' 한 명이 누구에게 전기 충격을 주면서 속으로 느낀 쾌감을 함께 느낀 적이 여러 번 있다. 그 경험을 처음 했을 때…… 아니, 정확히 말하면 무슨 일이 일어나는지 내가 처음 이해했을 때, 나는 그만 토하고 말았다.

누군가 고통에 찬 비명을 지르면 그쪽을 보지 않으려고 조심한다. 아파서 몸을 웅크리는 사람이 어쩌다 눈에 띄면, 지금까지는 벽이나 도구, 친구, 나무에 기대어 몸을 가눌 수 있었다. 그런데 어째선지, '스승'들이 느끼는 쾌감을 함께 느끼지 않도록 대비해야 한다는 생각은 한 번도 해보지 못했다.

그런데 이곳의 몇몇 남자들은, 그러니까 '스승'들은, 우리에게 전기 충격을 가하다가 오르가슴에 이른다. 우리에게서 나오는 비명과 경련과 애원과 흐느낌이 이 남자들에게는 성적 만족의 필요조건인 것이다. 남에게 전기 충격을 줘야 성적 쾌락을 느끼는 것처럼 보이는 남자는 내가 아는 사람만 해도 셋이나 된다. 가장 흔한 경우는 여성에게 전기 충격을 가한 후에 강간하는 것이다. 개중에는 전기 충격만으로 만족하는 경우도 있다. 그런 사실을 이 정도로 자세히 알고 싶지는 않지만, 그래도 어쩔 수 없다. 이 남자들은 우리 고통을 마음껏 즐긴다. 그런 주제에 우리를 가리켜 기생충이라고 한다.

강간을 저지르는 자들이 있다는 것은 공공연한 비밀이다. 애초에 이곳의 남자들은 수용소로 출근해서 일정 시간만 근무한다. 그 기간이 끝나면 그중 적어도 일부는 아내와 아이들이 기다리는 집으로 돌아가야 한다. 조엘 로크 목사와 그의 선임 보좌관 셋은 이곳에서 늘 머물며 일하니까 예외지만, 출퇴근을 하는 다른 남자들은 여전히 바깥의 현실 세계에서 살아간다. 그들은 강간을 하면서 안 하는 척한다. 자기들 말로는 신앙이 투철하다고 하지만, 그들 가운데 가장 선한 이들조차 권력에 취해 망가지고 말았다. 나로서는 인정하기 싫지만 그들 가운데 일부는 특이하게도, 점잖고 평범한 남자들이다. 그러니까 그들은 자신들이 하는 일이 옳다고 믿는다는 말이다. 그들 모두가 사디스트나 사이코패스인 것은 아니다. 어떤 남자들은 잔챙이 범죄자들을 캠프 크리스천 같은 곳에 모아두는 것이 정당할뿐더러, 국익을 위해서도 필요한 일이라고 진심으로 믿는 것처럼 보인다. 그들은 강간과 불필요한 전기 충격은 탐탁잖아 하지만, 수감자인 우리가 국가의 적이라는 믿음만은 어쨌선지 진심이다. 그들이 자기네 윗사람에게서 들은 이야기 속에서 '위대한 미국'은 우리 같은 기생충과 이교도 때문에 무너졌다. 미국은 지구상에서 가장 강한 나라였지만, 우리 같은 사람들은 지조 없이 낯선 종교에 빠져들어 시민으로서 다해야 할 의무를 저버렸다. 여성인 우리는 정조 따위 까맣게 잊어버리고 길거리에서 몸을 팔았고, 마땅히 우리를 통제했어야 할 남자들은 우리 포주가 됐다는 것이다.

그건 우리가 얼마나 악한지, 또 우리가 어째서 목줄을 차야 하는지에 관한 간단한 설명이다. 그 설명의 구도를 뒤집어보면 근면하고 참을성 있는 '스승'들이 우리를 '도우려고' 얼마나 애쓰는지에 관한 이야기가 된다.

호르헤의 동생 크리스티나를 노리던 남자들 중 한 명은 괴상할 정도로 자기 연민이 강한 태도가 특징이었다. 그 남자는 크리스티나에게 자기 아내가 휠체어에 앉아 지낸다느니, 자식들이 버릇이 없다느니, 자기나 동료들 모두 찢어지게 가난하다느니 하는 이야기를 늘어놨다. 그래서 제발 그만 떠들고 좀 가라고 애원하자 그 남자는 크리스티나를 땅에 쓰러뜨리고 겁탈했다. 그 남자는 자기가 성실하고 근면한 크리스천 미국인이라고, 그러니까 살면서 소소한 쾌락 정도는 누릴 자격이 있다고 말했다. 하지만 범행을 다 마치고 나서, 그는 크리스티나에게 자신을 용서해달라고 애걸했다. 미친 짓이다.

나는 몹시 춥고 비가 내리던 날 저녁 무렵에 강간당했다. 그때 나는 조리 당번으로 일하던 참이었다. 그 말은 곧 몸을 깨끗이 씻고 따뜻하고 보송보송한 곳에 머물면서, 적어도 이때만큼은 배불리 먹을 수 있었다는 뜻이다. 그 점에 감사하는 동시에 감사함을 느끼는 나 자신이 부끄러웠다. 나 말고도 나티비다드와 가마 가족의 여성 둘, 카타리나와 조앤이 함께 일했는데, 결국에는 우리 모두 숙소로 끌려가 강간을 당했다.

우리 넷 가운데 초공감자는 나 혼자였다. 우리 넷 가운데, 나 혼자만이 스스로의 고통과 굴욕을 견디는 동시에, 강간범이 느끼는 극도로 강렬한 쾌감을 함께 느꼈다. 그 뒤틀리고 분열적인 추악한 경험은 세상의 어떤 말로도 설명할 길이 없다.

우리에게는 몸을 씻을 기회가 좀처럼 주어지지 않는다. 뜨거운 물은 전혀 나오지 않고 주방에서 일할 때가 아니면 비누 역시 구경하기도 힘들다. 우리가 목욕을 하게 해달라고 요구하면 허영을 떤다는 말을 듣는다. 하지만 만약 몸에서 좋지 않은 냄새를 풍기면, 우리는 혐오와 경멸이 담긴 눈길을 받는다. '죄악 때문에 악취가 난다'는 말과 함께.

그래, 그렇다면.

나는 시체처럼 악취를 풍기며 살 작정이다. 이곳 남자들의 눈길을 계속 끄느니 차라리 불결하게 살다가 병에 걸리는 게 낫다고 결론 내렸기 때문이다. 나는 불결하게 살 것이다. 악취를 풍길 것이다. 머리나 옷에도 신경을 쓰지 않을 것이다.

그렇게 하는 수밖에 없다. 안 그러면 자살하고 말 테니까.

2035년

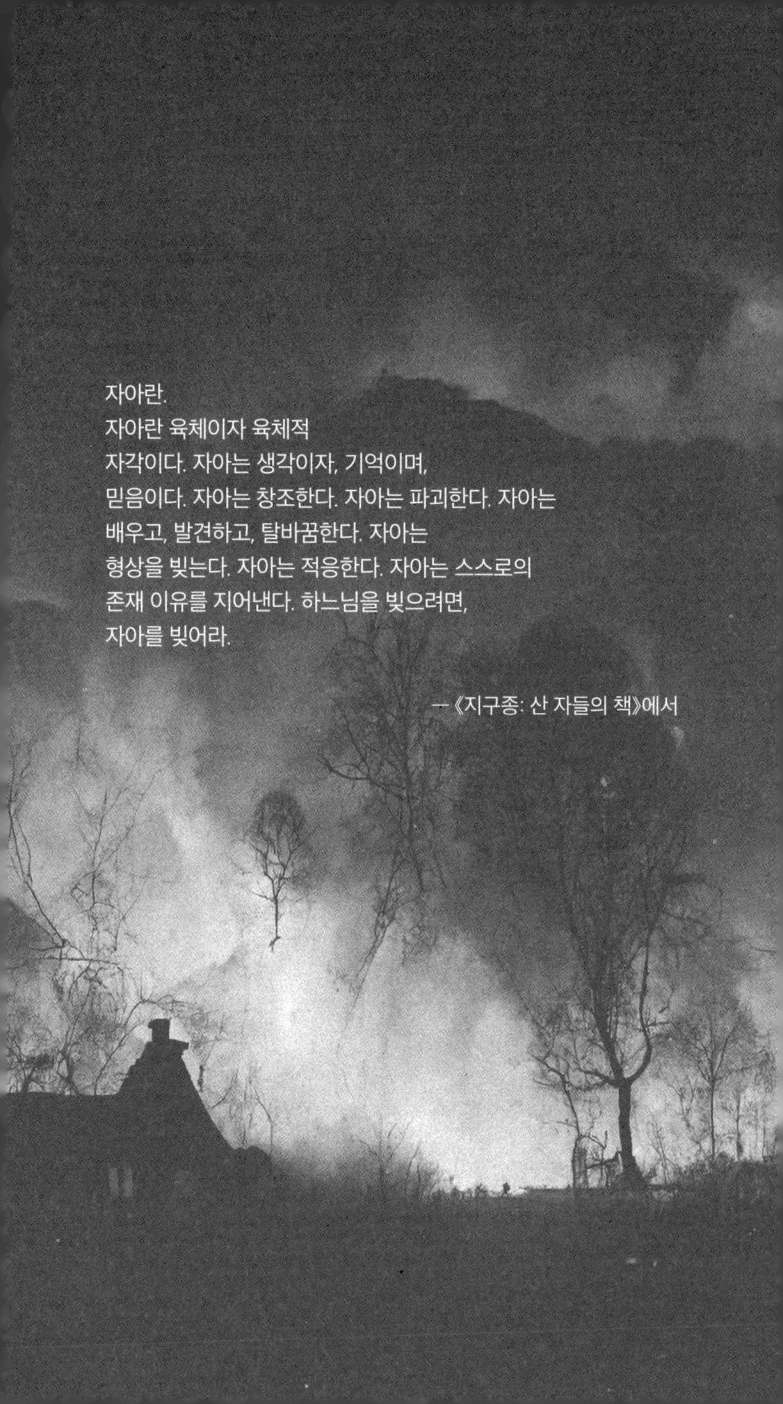

자아란.
자아란 육체이자 육체적
자각이다. 자아는 생각이자, 기억이며,
믿음이다. 자아는 창조한다. 자아는 파괴한다. 자아는
배우고, 발견하고, 탈바꿈한다. 자아는
형상을 빚는다. 자아는 적응한다. 자아는 스스로의
존재 이유를 지어낸다. 하느님을 빚으려면,
자아를 빚어라.

—《지구종: 산 자들의 책》에서

제14장

위안이 되는 것을 찾아라.
숙명으로 나아가는 한 걸음 한 걸음은,
숙명이 이루는 업적 하나하나는,
반드시 새로운 시작을,
새로운 세계를,
지구종의 재생을 의미해야 한다.
혼자일 때,
우리 한 명 한 명은 필멸한다.
그러나 지구종을 통하여,
숙명을 통하여,
우리는 이어진다.
우리는 소명을 띤
영생하는
생명이다!

— 《지구종: 산 자들의 책》에서

어찌된 영문인지, 어머니는 캠프 크리스천의 노예 생활을 무려 일 년 넘게 견뎌냈다. 어떻게 그랬는지, 어떻게 살아남을 수 있었는지는 그저 어머니가 쓴 2033년과 2035년의 일기를 토대로 추측할 따름이다. 2034년의 기록은 유실됐다. 어머니는 2034년에도 분명히 글을 썼다. 그 점은 의심할 여지가 없다. 일 년이나 글을 쓰지 않고 버틸 사람이 아니기 때문이다. 그 시기에 적은 메모에 관해 언급하는 내용이 이따금 눈에 띄곤 했다. 그 무렵의 어머니는 보나 마나 종이 쪼가리가 손에 들어오면 뭐든 가리지 않고 글을 끼적거렸을 것이다.

어머니는 할 수만 있으면 자기 글을 보관하고 싶어 했던 것으로 보이지만, 한편으로는 어째선지 글을 쓸 수만 있으면 위안을 얻었던 것 같다. 그렇게 쓴 글을 보관할 여력이 있든 없든 상관없이 말이다. 글을 쓰는 행위 자체가 일종의 치료법이던 것이다.

유실된 기록 가운데 가장 중요한 부분은, 적어도 한 번은 일어났던 대규모 탈출 시도에 관해 적은 글이다. 에이콘 사람들은 아무도 거기에 가담하지 않았지만, 나중에 돌아온 처벌은 당연히 그들을 포함한 캠프 크리스천의 모든 수감자가 함께 받았다. 탈출에 앞장선 사람은 어머니가 2033년에 만나 호감을 느꼈던 바로 그 데이비드 터너였다. 내가 그 사실을 아는 까닭은 그곳에 있었던 이들과 그 역경 속에서 살아남은 이들, 또 당시의 고통을 기억하는 이들과 이야기를 나눴기 때문이다.

내가 만난 가장 훌륭한 제보자는 코디 스미스라는 솔직한 여성이다. 코디는 2034년 12월에 가버빌에서 부랑죄로 체포된 후에 캠프 크리스천으로 이송됐다. 코디는 봉기에 참가했다가 살아남은 이들 가운데 한 명이기는 하지만, 그 결과 신경이 손상되는 바람에 끝내는 시력을 잃고 말았다. 구타와 발길질뿐 아니라 전기 충격까지 당한 탓이었다. 그때 일에 관해 코디가 나에게 들려준 이야기는 다음과 같다.

"데이 터너의 동료들은 서너 명이서 한 명씩 맡아 달려들면 자기네 힘으로도 교도관을 제압할 수 있다고 확신했어. 목줄 때문에 축 늘어진 신세가 되기 전에 교도관들을 죽일 수 있을 줄 안 거야. 로런 올라미나는 그렇지 않다고 했지. 모든 교도관이 한곳에 모여 있는 것도 아니고, 다 같이 동시에 바깥에 나와 있는 것도 아니라면서. 로런이 말하길 우리가 교도관을 단 한 명만 놓쳐도, 그 한 명이 손가락 하나를 까딱하는 것만으로 우리 모두를 죽일 거라더군. 데이는 로런을 좋아했어. 이유야 모르지. 로런은 남자처럼 덩치가 크고 얼굴도 예쁘지 않았지만, 그래도 데이는 그런 로런을 좋아했어. 단지 로런의 말이 옳을 거라는 생각을 못 했을 뿐이야. 데이는 로런이 겁먹어서 그러는 거라고 짐작했어. 그래도 여자니까 봐준다는 식으로 굴었고. 로런은 바로 그 점 때문에 분개했어. 로런이 계획을 포기하라고 설득하면 할수록 데이의 결심은 점점 더 단단해지기만 했지. 그러다 데이가 로런에게 자기를 밀고할 거냐고 물었을 때,

로런은 정말이지 너무나 조용해진 동시에 너무나 사납게 분노했어. 데이가 움찔하다 못해 실제로 한 걸음 물러설 정도였지. 로런에게는 그렇게 할 힘이 있었어. 화가 머리끝까지 치솟았을 때, 로런은 시끄럽게 굴지 않고 정말로 조용해졌어. 그렇게 사람들을 겁에 질리게 하는 힘이 있었던 거야.

로런은 데이에게 자길 뭘로 아느냐고 물었고, 데이는 자기도 이제 슬슬 잘 모르겠다는 생각이 든다고 대답했어. 그러고 나서부터 둘의 사이가 조금 틀어졌지. 로런은 데이한테 더는 말을 걸지 않고 차츰 같은 지구종 사람들하고만 얘기하더군. 거기선 얘기하는 게 힘들고 위험한 일이었어. 규칙에 어긋나는 짓이었거든. 사람들은 나직이 속삭이기도 하고 중얼거리기도 하고, 얘기하는 상대를 보지 않은 채 입술도 움직이지 않고 말하기도 했어. 걸리면 전기 충격을 당했으니까. 용건이 있으면 이 사람 저 사람을 통해 전달했고. 가끔은 중간에 말이 바뀌거나 뒤죽박죽이 되는 바람에 남들이 무슨 얘기를 하려는 건지 파악할 길이 없었지. 가끔은 누가 교도관에게 고자질도 했고. 그런 짓은 길거리에서 붙잡혀온 신입들이 했어. 자기네하고는 아무 상관도 없는 일을 일러바치는 짓 말이야. 그런 짓을 하고는 보상으로 음식을 조금 더 받거나 따뜻한 셔츠 같은 걸 받거나 하더군. 하지만 그러다가 우리한테 들키면 다시는 그럴 엄두를 못 냈어. 우리가 손을 봐줬으니까. 그래도 그런 신입이 늘 몇 명은 있었어. 보상을 바라고 그러는 사람도 있고, 겁먹어서 그러는 사람도 있고, 진짜로 믿어버리게 돼서 그러는 사람도 있었어. 설교니, 성서 강독이니, 기도 모임이니 하는, 우리가 숨 쉬기도 힘들 만큼 피곤할 때 한참 동안 앉아 있거나 서 있는 채로 참석해야 했던 곳에서 들은 말들을 믿어버린 거야. 내 생각에 잠자리에서 교도관이 더 부드럽게 대해 주기를 바라는 마음에 고자질을 한 여자도 몇몇 있었을 것 같아. 개중에는 때리기를 좋아하는 교도관도 있었거든. 그러니까 우리로서는 설령 교도관의 눈에 띄지 않는다고 해도 얘기를 나누는 게 위험한 일이었던 거야.

아무튼, 누가 데이 터너를 밀고한 것 같진 않아. 로런 올라미나는 자기 동료들에게 일단 봉기가 시작되면 얼굴을 땅바닥에 처박고 엎드려서 양손을 뒤통수에 포개야 한다고 했어. 개중에는 그렇게 안 하겠다는 사람도 있었지. 그 사람들은 데이 말이 옳다고 믿었으니까. 하지만 로런은 그런 사람들을 끈질기게 설득하고, 압박하고, 전기 충격을 당하는 꼴을 이미 보지 않았느냐고 물었어. 교도관 한 명이 손가락 하나만 까딱해도…… 여덟아홉 명이 한꺼번에 전기 충격을 당하는 꼴을 말이야. 로런 스스로도 몇 번이나 전기 충격을 당했어, 말을 걸려고 하다가. 데이 말을 믿는 사람들한테…… 특히 같은 지구종 출신 남자들한테 말이야. 내 생각엔 밤에 남녀가 따로 나뉘어 갇혀 있는 동안에 데이가 그 사람들을 포섭한 것 같아. 알잖아, 남자들이 여자 말을 듣는 남자가 생기는 걸 막으려고 자기네끼리 무슨 헛소리를 주고받는지. 내가 듣기로 로런 올라미나의 남자 동료들을 하나로 규합한 사람은 트래비스 더글러스였어. 덩치는 그리 크지 않아도 위압감이 있는 남자였지. 사람들은 트래비스를 신뢰했고, 그가 하는 말에 귀를 기울였어. 그를 좋아했지. 그리고 무슨 이유에선지 트래비스는 로런을 신뢰했어. 로런이 사람들한테 내리는 지시까지 좋아하진 않았지만, 그래도…… 그러니까 말하자면, 트래비스는 로런이 옳다고 믿었던 거야.

봉기가 시작됐을 때, 지구종 사람들은 다들 로런이 일러둔 대로 움직였어. 그렇게 한 덕분에 나처럼 재빨리 땅바닥에 엎드리지 않은 사람하고는 다르게 총에 맞거나 지독하게 구타당하지 않았던 거야. 데이 패거리가 교도관을 하나둘 붙잡아 제압하는 동안, 에이콘 사람들은 떨어지는 돌멩이처럼 넙죽넙죽 몸을 숙였어. 전기 충격이 시작됐을 땐 이미 다들 땅바닥을 보고 엎드려 있었지. 제프 킹이라는 덩치 큰 금발 미남하고 여자 세 명만 빼고. 여자들 중에 둘은 성이 스콜라리였는데 자매 아니면 친척이었고, 나머지 한 명은 섀너 라이언이었어. 난 섀너 라이언하고는 아는 사이였어. 섀너는 아마 도저히 더 견딜 수가 없었을 거야. 임신한 몸이었거든. 아직 배가 많이 부른 상태는 아니었지만. 섀너는 만약 자기가 죽는다고 해도 교도관 한 명하고 교도관의 아기까지 함께 데리고 간다면, 밑지는 거래는 아니라고 생각했을 거야. 그러니까 남자가 한 명 있었는데…… 일주일에 한 번밖에 안 씻을 것처럼 지저분한, 징그럽게 생긴 놈이었어. 그런데 그놈이 일주일에 두세 번씩 새너를 자기 숙소로 끌고 간 거야. 새너하고 재미를 보려고. 새너는 그놈을 죽이고 싶어 했어. 끝내 못 죽였지만.

데이 패거리는 교도관을 한 명 죽였어. 딱 한 명이었는데, 그것도 여자가 죽였지. 크리스털 블레어라는 못된 계집애가. 자기도 목숨을 잃긴 했지만, 그래도 당당히 죽였어. 크리스털이 교도관들을 왜 그렇게 미워했는지는 나도 몰라. 그자들이 자기를 강간한 것도 아니고, 사실 평소에 별 관심조차 없었으니까. 아마 자유를 빼앗겼다는 이유로 그랬던 것 같아. 크리스털은 살아 있을 땐 못 말리는 골칫거리였지만, 죽고 나서는 사람들한테서 존경을 받다시피 했어. 교도관의 목을 맨 입으로 물어뜯어서 갈기갈기 찢어놨으니까!

데이 패거리는 다른 교도관 둘을 쓰러뜨렸지만, 그 대가로 같은 편을 열다섯 명이나 잃었어. 시작하기가 무섭게 열다섯 명이 죽은 거야. 나중에 전기 충격으로 죽거나 초주검이 된 사람도 몇 명 더 있었어. 몇몇은 전기 충격만 받은 게 아니라 걷어차이고 짓밟히기까지 했고. 나도 크리스털 블레어가 교도관을 죽일 때 곁에 너무 가까이 있었던 탓에 똑같은 꼴을 당했지. 데이도 죽었지만 그건 나중 일이야. 나중에, 그자들이 데이를 교수형에 처했어. 그때쯤엔 데이는 이미 너무 많이 얻어맞아서 뭐가 어떻게 됐는지도 몰랐을걸. 다른 사람들도 다치긴 했지만 데이만큼 심하진 않았어. 걸을 수 있는 사람은 그 이튿날 곧 바로 일을 하러 나가야 했지. 머리가 어지럽든 이가 부러졌든, 심하게 베였든 아니면 군화에 차여 멍이 들었든, 조금도 봐주지 않았으니까. 교도관들은 만약 우리 안에 있는 악마를 두들겨 패서 몰아낼 수 있다면 자기들은 기꺼이 수고를 감수할 거랬어. 걷지 못하는 사람들은 사라졌어. 그 사람들이 어떻게 됐는지는 나도 몰라……. 어쩌면 살해당했을 수도 있고, 어쩌면 다른 데로 옮겨져서 치료를 받았을 수도 있어. 그 후로 다시는 못 봤지만. 그 밖의 수감자들은 모두 열여섯 시간을 꼬박 일했어. 오줌을 누러 가려고 일을 멈추면 교도관이 전기 충격을 가하더군. 그냥 옷을 입은 채로 싸버리고 계속 일하는 수밖에. 그렇게 내리 사흘을 일한 거야. 하루에 열여섯 시간씩. 구멍을 파고. 구멍을 메우고. 나무를 베고. 장작을 패고. 다른 데다 구멍을 또 파고. 그 구멍을 또 메우고. 오두막집에 페인트칠을 하고. 풀을 베고. 구멍을 파고. 그 구멍을 메우고. 비탈의 바위를 질질 끌어서 옮겨놓고. 그 바위를 부숴서 자갈을 만들고. 구멍을 파고. 그 구멍을 메우고.

미쳐버린 사람이 두 명 나왔어. 한 명은 여자였는데 땅바닥에 털썩 쓰러져서 악을 쓰며 울부짖었지. 도무지 그칠 줄을 모르더군. 다른 한 명은 얼굴이 온통 흉터투성이인 덩치 큰 남자였는데, 그 사람은 비명을 지르면서 달리기 시작했어. 어디로도 가질 못하고 그냥 둥그렇게 빙빙 돌면서 달린 거야. 그 사람들도 사라졌어. 사흘이나 그런 식이었어. 먹는 것도 변변치 않았어. 주방 근무를 맡을 때가 아니면 배불리 먹는 건 꿈도 못 꿨으니까. 그자들은 밤마다 우리한테 지옥 불이니 지옥행이니 하는 설교를 늘어놓았고, 적어도 한 시간은 성서 구절을 외우도록 한 다음에야 겨우 자도 좋다고 허락했어. 그러고 나선 눈도 제대로 못 붙이다시피 한 우리를 깨워서 똑같은 하루를 다시 시작하라고 했지. 거긴 지옥이었어. 완전한 지옥. 어떤 악마도 그보다 더한 지옥은 못 만들 거야."

코디 스미스는 나와 만났을 때 이미 노인이었다. 문맹이었고, 가난했고, 흉터투성이였다. 만약 코디가 탈출 시도와 그 결과에 관해 자기 나름대로 들려준 이야기가 사실이라면, 내 어머니가 감금 생활을 하는 동안 그 사건과 관련해 별 기록을 남기지 않은 것도 이상한 일은 아니다. 나는 어머니에게서 그 일에 관한 이야기를 제대로 들은 사람을 한 명도 찾지 못했다.

어머니는 적어도 봉기가 끝날 때까지 동료들 대부분을 이끌고 살아남는 데는 성공했다. 어머니가 잃은 동료는 단 세 명이었고, 본인이 초공감자인 것을 들킨 사람도 두 명뿐이었다. 바로 모라 자매였다. 나는 어째서 모든 초공감자가 정체를 들키지 않았는지 궁금하다. 한편으로는 모두가 악을 질러대는 상황에서 초공감자의 비명이 특히 더 관심을 끌었을 것 같지는 않다. 모라 자매가 어쩌다 정체를 들켰는지는 모르겠지만, 코디 스미스를 비롯한 제보자들의 말에 따르면 그랬다고 한다. 봉기 이후에 모라 자매가 다른 여성들보다 더 자주 강간을 당한 것도 아마 그 이유 때문이었을 것이다. 그들 자매는 또 누가 초공감자인지 끝까지 털어놓지 않았다.

내 어머니의 2034년은 그런 식이었다. 어머니가 그런 시간을 보내지 않았더라면 좋았을 것이다. 어머니만이 아니라 그 누구라도.

그 시절에 내 어머니를 비롯한 여러 수감자가 당한 갖가지 일들은 사실상 모든 면에서 불법이었다. 범죄자가 아닌 사람에게 목줄을 채우는 짓은 단연코 법에 어긋났고, 사람들의 재산을 몰수하거나 남편과 아내를 따로 떼어놓거나 부부 중 한쪽에게 어떤 식으로든 급여를 주지 않고 일을 시키는 것 또한 법에 어긋났다. 그러나 부모에게서 자녀를 떼어놓는 조치는 거의 합법적으로 이루어졌을지도 모른다.

부랑자 규제법이 매우 폭넓게 적용되다 보니, 자녀가 있는 성인 부랑자는 일정 시한 내에 가족이 머물 집을 마련하지 못하면 자녀의 양육권을 빼앗기곤 했다. 어떤 카운티에서는 교회와 지역 사업자가 일자리를 소개해주기도 했는데, 이러한 일자리는 설령 급여는 없을지라도 최소한 구직자 가족의 숙식은 반드시 제공했다. 여성 부랑인의 경우에는 무급 가사 도우미나 형편없는 보수를 받는 대리모가 되는 경우도 적지 않았다. 그 반면에 부랑자를 전혀 도와주지 않는 카운티도 있었다. 이런 곳의 부랑자들은 자녀를 키우기에 적당한 집을 자기 힘으로 마련해야 했는데, 그렇지 못할 경우에 아이는 무능하고 자격 없는 부모에게서 구조되곤 했다.

당연한 얘기지만, 이런 식으로 '구조'된 아이는 그런대로 봐줄 만한 크리스천 부랑자의 자녀보다 이교도로 간주되는 부랑자의 자녀인 경우가 훨씬 더 흔했다. 그리고 가난하지만 진짜 부랑자도, 진짜 노숙인도 아닌 '이교도'는 본인도 모르는 사이에 부랑자로 재분류됐고, 이로써 그 자녀는 선량한 크리스천 아메리카 교회 신도의 가정에 입양되곤 했다. 그러한 조치의 의도는 당연히 사악한 부모에게서 태어난 아이일지라도, 또는 좋게 얘기해 허물 있는 부모에게서 태어난 아이일지라도 선량한 크리스천 아메리카 교회 신도로 키우는 것이었다.

그런 일이 이 땅에서, 21세기 미국에서 일어났다고 하면 믿기 힘들겠지만, 실제로 일어났다. 일어나지 말았어야 하는 일이었다. 그전까지 벌어졌던 혼란이 아무리 지독했다고 해도 말이다. 세상은 점점 아물어가는 중이었다. 내 어머니 같은 사람들은 작은 사업을 시작했고, 소박하게 살다가 점점 형편이 폈다. 노이어 가족과 마크 삼촌이 겪은 것과 같은 슬픈 일도 있었지만 그래도 범죄는 줄어드는 추세였다. 심지어 어머니조차도 세상이 점점 더 나아진다고 말할 정도였다. 그럼에도 앤드루 스틸 재럿은 국민을 겁주고, 분열시키고, 못살게 구는 재주가 있었다. 그래서 먼저 그 재주로 국민을 조종해 자신을 대통령으로 뽑게 한 다음, 오로지 자기 지지자들을 위해 이 나라를 뜯

어고칠 권한을 자신에게 위임하게끔 했다. 재럿은 자신의 포부를 모조리 실현하는 데까지는 이르지 못했다. 사실, 그에게는 파시즘을 훨씬 더 대대적으로 실천할 역량이 있었던 것이다. 이는 그의 가장 열렬한 추종자들 또한 마찬가지였다.

내 어머니 같은 이들에게는 재럿을 열광적으로 추종하는 무리가 더 커다란 위협이었다. 재럿이 대통령으로 취임한 첫해, 그의 추종자들 가운데 가장 질 나쁜 무리가 미친 듯이 날뛰었다. 그 광신자 무리는 도덕적 우월감으로 충만했을 뿐 아니라 오로지 질서와 안정을 바랄 뿐인 겁먹은 다수 서민들 사이에서 인기까지 누렸고, 이에 힘입어 여러 재교육 수용소를 지었다. 한편 재럿 본인은 우스꽝스러울 정도로 황당무계한 알캐 전쟁에 정신이 팔린 상태였다. 만약 재럿의 깡패 무리가 가난한 이들에게 목줄을 채우지 않았다면, 재럿 본인이 그들을 꼬드겨 군복을 입힌 다음 나중에 어리석은 헛수고로 판명된 파괴 행위에 희생양으로 몰아넣었을 것이다. 이미 쇠약했던 이 나라는 거의 무너질 지경이었다. 너무나 많은 미국인이, 크리스천 아메리카 교회의 신도이든 아니든 간에, 캐나다와 알래스카 양쪽 모두에 가족과 친구를 두고 있었다. 소집령이 적어도 한 차례 선포되었지만 사람들은 징병을 피해 외국으로 떠났고, 이로써 미국의 최대 수출 품목은 젊고 건강한 남성이라는 농담이 전쟁 기간 동안 유행했다.

미국과 캐나다 국경 지대에서는 위쪽과 아래쪽 모두에서 대량 살육이 벌어졌고, 알래스카 해안 도시에는 공군 및 해군이 공격을 퍼부었다. 전쟁은 캠프 크리스천에서 벌어진 탈출 시도 봉기를 잔뜩 부풀려놓은 것과 비슷했다. 피는 잔뜩 흘렸지만 성과는 거의 없었다. 그 전쟁은 이 나라가 기나긴 내리막길에 접어든 것처럼 보이던 시점에, 때마침 승승장구하는 것처럼 보이던 나라에 대한 분노와 억울함과 질투에서 시작되었다.

그랬던 전쟁이 나중에는 그냥 흐지부지됐다. 처음에는 전투도 많이 벌어졌고, 파괴 행위도 잦았고, 큰 목소리로 부르짖으며 애국심을 고무하는 선전 활동도 활발했다. 그러다가 서서히, 2034년 한 해에 걸쳐, 미국인들은 끔찍할 정도로 지독한 피로감에 압도된 것처럼 보였다. 가난한 집에서는 아들이 군대에 끌려가 사람들 말마따나 '아무 명분도 없이' 죽임당하는 꼴을 봐야 했다. 제대로 된 먹을거리 또한 전에 없이 사기 힘들었다. 애초에 기후 위기와 혼란한 국제 정세가 지속된 지난 몇 년 동안 미국인들이 소비한 곡물은 대부분 캐나다에서 수입한 것이었다. 결국 2034년이 저물 무렵에 평화 회담이 시작됐다. 그 후 잔뜩 쌓인 악감정과 이따금 벌어진 참극을 빼면, 전쟁은 사실상 끝난 상태였다. 캐나다와 미국 사이의 국경은 원래 위치로 돌아갔고, 알래스카는 독립국으로 남았다. 그곳은 미합중국에서 공식적으로, 완전히, 성공리에 탈퇴한 첫 번째 주였다. 사람들은 재럿의 고향인 텍사스가 두 번째 주가 될 거라고 했다.

고작 일 년도 되지 않는 시간 동안, 재럿은 우리 미국의 구세주이자 어떤 이들의 머릿속에서는 재림 예수나 다름없었던 존재에서 별로 중요하지도 않은 일에 국가의 자원을 낭비하는 무능한 개자식으로 전락했다. 모두가 재럿에 대해 전혀 다른 감정을 품게 됐다는 말은 아니다. 어떤 사람은 결코 변하지 않았다. 내 양부모 역시 마찬가지였다. 재럿 때문에 자신들의 예쁘고 똑똑하고 사랑스러운 딸을 잃었으면서도. 나는 자라면서 그들의 딸 이야기를 귀에 못이 박히도록 들었다. 그 애 이름은 카마리아였고, 흠잡을 데 없이 완벽했다. 내가 그 사실을 아는 건 어린 시절 날마다 적어도 한 번은 어머니한테서 그 애 이야기를 들었기 때문이다. 나는 절대로 카마리아처럼 예뻐질 수 없었고, 그 애만큼 방 청소를 깨끗이 하지 못했으며, 그 애만큼 공부를 잘하지도, 심지어는 화장실 청소를 깨끗이 하지도 못했다. 내 생각에는 그 완벽한 계집애가 생전 화장실 청소는커녕 화장실을 쓰기나 했을지 의심스러웠지만 말이다.

이런 글을 쓸 정도로 깊은 원한이 여태 남아 있을 줄은 몰랐다. 그러지 말아야 하는데. 만난 적도 없는 사람, 내게 해를 입힌 적이 한 번도 없는 사람을 미워하는 건 어리석은 짓이다. 이제 와서 생각해보면 어린 시절의 나는 스스로의 분노를 카마리아에게, 현실에 없는 그 아이에게 안전하게 떠넘긴 것 같다. 덕분에 적어도 사춘기가 오기 전까지는 케이시 알렉산더를 사랑할 수 있었다. 어쨌거나 내가 아는 어머니는 케이시 한 사람뿐이었으니까.

카마리아 알렉산더는 열한 살 때 시애틀에서 미사일 공격에 휘말려 사망했다. 그 후 내 양부모는 딸의 죽음을 슬퍼하며 캐나다인들을 평생 욕하고 미워했다. 그러나 재럿을 욕한 적은 한 번도 없었다. '선한 사람'이나 '훌륭한 사람', 아니면 '하나님의 종'. 케이시가 재럿을 가리킬 때 쓰는 말이었다. 시간이 흘러 케이시가 자기 고향 동네와 자신이 다니던 교회, 파손되기는 했어도 무너지지 않은 그 교회가 있는 시애틀로 돌아왔을 때, 케이시를 맞이한 친구들 또한 재럿을 그렇게 불렀다. 매디슨 알렉산더는 좀처럼 입을 열지 않았다. 그는 케이시가 무슨 얘기를 하든 중얼거리는 소리로 동의했고 걸핏하면 내 몸을 더듬었지만, 그것만 빼면 조용했다. 내게 가장 또렷하게 남아 있는 매디슨의 기억은 내가 너덧 살이었을 무렵 나를 안아 들고 무릎에 앉힌 다음, 내 몸을 더듬는 그의 모습이다. 그때는 그가 하는 짓이 왜 싫었는지 알지 못했다. 그저 되도록 그에게서 멀리 떨어져야 한다는 것을 일찍 깨달았을 뿐이다.

《로런 오야 올라미나의 일기》에서

2035년 2월 25일 일요일

너무 춥고 너무 비참해서, 또 너무 아파서 길게 쓸 수가 없다. 우리는 모두 독감에 걸렸다. 그러거나 말거나 일은 해야 한다. 싸늘한 비가 내린 지난주에 네 사람이 죽었다. 한 명은 임신부였다. 그 여자는 진흙탕에서 혼자 해산했다. 도와줘도 좋다는 허락을 아무도 받지 못한 탓이었다. 엄마와 아기 둘 다 죽었다. 다른 두 사람은 끝까지 일하다가 결국 쓰러졌다. 그 둘이 쓰러지자 '스승'들은 게으른 기생충이라고 욕하며 전기 충격을 가했다. 그날 밤, 두 사람은 숨을 거뒀다. 둘 다 남자였다. 생판 모르는 사이였고, 원래는 고속도로에서 구걸을 하던 이들이었다. 수용소에 억지로 끌려온 '부랑자'였던 것이다. 그들은 도착할 때부터 이미 아프고 굶주려서 반쯤 탈진한 상태였다. 춥고 습한 날씨와 온기 한 점 없는 숙소, 거기에 형편없는 식사까지 더해진 탓에 우리는 고속도로에서 온 병이든 마을에서 온 병이든 간에 전염병이라는 전염병은 모조리 걸렸다. 심지어는 '스승'들조차도 감기와 독감을 앓았다. 그들은 병을 앓을 때면 자기네가 겪는 고통을 우리에게 퍼부었다.

이 모든 일 때문에, 그리고 또 한 가지 다른 일 때문에, 이제는 우리가 탈출할 때가 됐다는 결론이 나왔다. 설령 탈출하려고 시도하다가 죽는 한이 있더라도 말이다.

우리에게는 정보가 있다. 우리 가운데 몇몇은 자신을 강간하는 자에게서 무언가 배워왔고, 나머지는 눈을 크게 뜨고 귀를 쫑긋 세워 이것저것 보고 들었다. 게다가 우리에게는 칼도 스물세 자루나 있다. 그러니까 지구종 사람들과 설리번 가족 사람들, 가마 가족 사람들에게 칼 스물세 자루가 있다는 말이다. 그거면 교도관 한 명에 칼을 한 자루씩 꽂고도 남는다. 어떤 칼은 '스승'들이 우리에게 낭비와 추잡함이 무엇인지 가르쳐주는 장소인 쓰레기 더미에서 주웠다. 나머지 칼은 우연히 발견한 날카로운 금속 조각에다 손이 다치지 않게끔 테이프나 천을 감아놓은 것에 지나지 않는다. 조잡하지만, 그래도 인간의 목 정도는 딸 수 있을 것이다. 우리는 목줄을 벗자마자 칼을 쓸 작정이다. 날쌔게 움직이면, 또 계획한 대로 모두 동시에 움직이면, 교도관 몇 명 정도는 구더기를 작동시켜 진압할 생각을 떠올리기도 전에 우리 기습에 당해 쓰러질 것이다.

그 와중에 우리 편 일부가 죽으리라는 것은 우리도 안다. 어쩌면 우리 모두 죽을지도 모른다. 하지만 일이 돌아가는 꼴을 보면 우린 어차피 죽을 목숨이다. 우리가 언제까지 목줄을 차고 살아야 하는지 아무도 모른다. 이곳에 갇혔다가 풀려난 사람 역시 아무도 없다. 굳이 그럴 필요가 없는데도 '스승'들에게 알랑방귀를 뀌던 자들 또한 여전히 이 안에서 목줄을 찬 채로 살고 있다. 우리 중 아무도 자기 자식이 어떻게 됐는지 알지 못한다. 그리고 우리 중 대다수는 병에 걸렸다. 데이가 봉기를 일으킨 후로 지구종 구성원은 한 명도 목숨을 잃지 않았지만, 그래도 우리는 병자들이다. 그리고 앨리는…… 앨리는 어쩌면 죽을지도 모른다. 아니면 영구적인 뇌 손상을 입거나. 조만간 모두와 함께 위험을 무릅쓰고 탈출하기로 결심한 이유 중에는 앨리 사건도 포함된다.

앨리와 메리 설리번이 연인 사이라는 것은 지난주 일요일에 발각됐다.

아니, 그 말은 바로잡아야 한다. 둘은 발각되지 않았다. 배신당했다. 베스 페어클로스와 제시카 페어클로스에게 배신당했다. 그 점이 가장 끔찍했다. 둘은 우리의 일부에게, 지구종 구성원에게 배신당했다. 배신자는 앨리를 비롯한 지구종 사람들이 굶주림과 예속으로부터 구해준 빈털터리였다. 우리는 그들을 받아들였고, 그들 가족이 수습 기간을 마치고 지구종에 가입할 마음을 먹었을 때 그 가족 또한 환영해줬다.

나는 배신을 지켜봤다. 차마 눈을 돌릴 수가 없었다. 그것 말고 다른 일은 아무것도 할 수가 없었다. 요즘 들어 나는 쓸모없는 존재다. 아무짝에도 쓸모없는 존재.

지난 일요일, 우리는 여느 때처럼 여섯 시간 동안 설교를 들었다. 이번 설교의 주제는 성적인 죄악이 미치는 폐해였다. 우리 수용소의 책임자인 로크 목사가 먼저 설교를 했다. 그다음은 챈들러 벤턴, 즉 유리카에 살면서 이따금 차를 몰고 수용소에 찾아와 우리를 귀찮게 하는 목사가 설교할 차례였다. 벤턴이 수간과 근친상간, 소아 성애증, 남성 간의 동성애, 여성 간의 동성애, 포르노, 자위행위, 매매춘, 간통 따위가 얼마나 사악하고 타락한 악행인지에 관해 늘어놓는 설교는 악의로 충만한 동시에 기이할 정도로 외설스러웠다. 설교는 끝날 줄을 모르고 이어졌다. 최근 시사 뉴스에 관한 이야기부터 성서 속 일화, 돌을 던져 죽이는 처형 방식을 포함해 《구약성서》에 실린

율법과 처형의 기나긴 인용, 소돔과 고모라의 몰락, 이세벨*의 삶과 죽음, 질병, 지옥 불, 그리고 이런저런 것들까지.

하지만 강간에 관해서는 한마디도 하지 않았다. 선량한 목사인 벤턴 본인 또한, 앞서 우리 수용소를 몇 차례 방문했을 때 아델라 오르티스와 크리스티나 조, 그 두 여성을 이용해 자신의 욕망을 채웠기 때문이다. 벤턴은 한때 볼터 가족의 집이었지만 지금은 귀빈 전용 숙소로 바뀐 오두막집에 가서 자기가 고른 여성이 그곳으로 오기를 기다린다.

우리는 그런 설교를 들으며 꾹 참는다. 설교는 비를 피해 실내로 들어갈 기회이기 때문이다. 설교 시간에는 앉아도 좋다는 허락을 받을뿐더러 일도 하지 않는다. '스승'들이 추위에 떨지 않으려 하다 보니 우리도 덩달아 온기를 누린다. 그들은 일주일에 한 번씩 학교 벽난로에 불을 피운다. 그리하여 일요일마다 몇 시간씩, 우리는 맨바닥에 줄지어 앉아 따뜻하고 보송보송한, 거의 아늑하기까지 한 한때를 보낸다. 배가 고프기는 하지만 머잖아 배를 채울 때가 오리라는 것을 안다. 우리는 그렇게 나른하고 고분고분한 상태에 놓인다. 일요일의 휴식 시간이 없었으면 죽는 사람이 몇 명 더 나왔을지도 모른다. 틀림없이 그랬을 것이다. 그럼에도, 우리는 그 나른하고 고분

* 《구약성서》의 〈열왕기〉에 등장하는 이스라엘의 왕비로서, 선지자를 탄압하고 우상숭배를 옹호한 탓에 성서에서는 악녀의 대명사로 여겨진다.

고분한 상태에 놓인 한편으로 설교를 듣는 중이다. 자다가 걸리면 전기 충격을 받는데도 나는 가끔 졸곤 한다. 허리를 펴고 똑바로 앉아 있다가, 벽에 몸을 기대다가, 잠기운을 이기지 못해 꾸벅꾸벅 졸고 만다.

미처 눈치채지 못했지만 페어클로스 자매는 차츰차츰 설교에 귀를 기울인 모양이다. 더욱 끔찍하게도 그들은 설교의 내용을 차츰차츰 믿었고, 차츰차츰 겁에 질렸으며, 차츰차츰 개종하고 말았다. 어쩌면 그런 게 아닌지도 모른다. 어쩌면 그들에게 다른 동기가 있었을지도 모른다.

우리는 신앙을 간증하라는, 즉 하찮은 우리에게 하느님이 보이신 친절과 관용에 대해 사람들 앞에서 감사하라는 지시를 늘 받는다. 그럴 때 우리는 스스로가 하찮다는 것을 고백하고 공개적으로 죄를 회개하며 하느님께 자비를 구해야 한다. 우리는 저마다 그렇게 하라는 요구를 지금껏 여러 차례 받았다. 거기에 승복하면 할수록, 더 많이 승복하라는 요구를 받는다. '스승'들은 우리가 진심으로 원해서가 아니라 고통이 두려워서 행동에 나선다는 것을 안다. 우리는 그저 그들이 시키는 대로만 움직이니까. 그래서 그들은 우리를 미워한다. 그들은 증오와 혐오와 경멸이 빤히 드러나는 눈빛으로 우리를 보면서도 자신들이 느끼는 감정이 사랑이라고 우긴다. 하긴, 그들이 섬기는 하나님은 그들에게 우리를 사랑하라고 요구한다. 그들로 하여금 우리를 빛으로 이끄는 일에 그토록 애쓰게 하는 힘은 오직 사랑뿐이다. 그들 말에 따르면 우리는 스스로의 사악한 고집 때문에 눈이 먼 나머지 그들이 내미는 사랑과 도움의 손길을 거절한다. "매를 아끼면 자식의 버릇을 망친다." 그들은 우리에게 그렇게 말한다. 그러니까 우리는, 도덕의 관점에서 보면, 지금도 그저 어린애일 뿐이다. 그건 사실이다.

아무튼, 벤턴 목사는 설교 중에 신앙 간증 시간을 선포했다. 간증하라는 지시를 미리 받은 사람은 세 명이었다. 나도 그중 하나였다. 어쩌다 내가 거기에 끼었는지는 나도 알 길이 없지만, 실교 시작 전 비쩍 마른 체격에 이가 비뚤배뚤하게 난 '스승'이 내 어깨를 손으로 짚으며 간증을 하라고 했다. 나와 함께 간증하라는 지시를 받은 다른 두 사람 가운데 한 명은 에드 가마였고 나머지 한 명은 빨간 머리에 팔이 한쪽뿐인 여자였는데, 고속도로를 떠돌다가 잡혀온 신입이었다. 이름이 틸인 그 여자는 우리와 함께 머문 지 아직 일주일도 안 된 탓에 자기 그림자만 봐도 흠칫할 만큼 겁을 먹은 상태였다. 에드와 나는 전에도 간증을 해본 적이 있었기에 신입에게 요령을 가르쳐주려고 먼저 하겠다고 나섰다. 보통은 이런 식으로 진행됐다. 먼저 내가 받은 여러 축복에 감사한 다음, 내가 품은 나쁜 생각과 분노, 또 오로지 나를 도울 생각밖에 없는 '스승'들에게 품은 적개심 따위를 고백했다. 사악한 나에 대해 하느님과 그곳에 있는 모든 사람에게 사죄하고 또 거듭 사죄했다. 그런 다음 용서해달라고 애원했고, 하느님의 뜻을 행할 힘과 지혜를 달라고도 애원했다.

간증은 그런 식으로 이루어졌다. 나는 그 짓을 지금껏 일 년이 넘게 해왔다.

내 차례가 다 끝나고 나서, 에드도 나와 거의 똑같은 방식으로 간증을 했다. 그에게는 자기 나름대로 적어놓은 죄악과 사죄의 목록이 있었다. 틸은 영리해서 우리의 시범을 너끈히 따라 할 법도 했지만, 지나치게 겁에 질린 상태였다. 목소리가 흔들리다 못해 거의 소곤거리는 것처럼 들릴 지경이었다.

벤턴 목사가 특유의 우렁우렁하고 불쾌한 목소리로 말했다. "더 크게 말하세요, 자매님. 온 교회에 자매님의 간증이 울려 퍼지도록."

틸은 눈물을 줄줄 흘리면서도 어렵사리 목소리를 높여 죄를 참회하고 '제가 저지른 모든 잘못에 대해' 용서를 구했다. 설교 시간에 들은 우리 이야기 가운데 간증 때 고백해야 할 것들을 '넌지시' 알려준 부분은 까맣게 잊어버린 모양이었다. 뒤이어 틸은 바닥에 무릎을 꿇고 흐느끼며, 걷잡을 수 없이 겁에 질린 채 애원하기 시작했다.

"때리지 마세요. 제발 때리지 마세요. 뭐든지 다 할게요."

만약 내가 틸에게 다가가 일으켜준 다음 부축해서 원래 자리로 데려가려 했다면, 아마 나는 전기 충격을 받았을 것이다. 이곳에서는 인간으로서 품위를 지키는 일이 곧 죄악이기 때문이다. 에드와 나는 서로 마주 볼 뿐, 둘 중 누구도 틸에게 손을 내밀 엄두를 내지 못했다. 나는 '스승'들 가운데 누가 털을 부축해 제자리로 데려다주지 않을까 하는 헛된 희망을 품었다. 설교 시간인 점을 감안하면 전기 충격을 줘서 제자리로 쫓아 보내는 것은 별로 적절한 처사가 아니기 때문이었다.

그런데 그때 누가 끼어들었다. 베스 페어클로스와 제시카 페어클로스 자매가 일어서더니, 혹시라도 누구를 밟을까 봐 조심조심 걸으며 참석자들 사이를 헤치고 나아가 설교단 쪽으로 다가갔던 것이다. 설교단에 도착하자 둘은 무릎을 꿇었다. 이따금 '스승'들의 환심을 사려고 그런 식으로 자원해서 간증을 하는 사람이 있기는 했다. 그런 행동 자체는 해롭지 않았다. 적어도 그때까지는 어떤 해도 끼치지 않았다. 나중에 상으로 빵 한 조각이나 사과 한 알을 받을지도 몰랐다. 사실 페어클로스 자매는 전에도 그런 적이 있었다. 개중에는 그런 짓을 하는 두 사람을 비웃는 부류도 있었지만, 나에게는 그저 별것 아닌 일에 지나지 않았다. 바보 같은 나에게는.

"저희도 죄를 지었습니다." 베스가 울부짖었다. "일부러 그런 건 아닙니다. 어쩌면 좋을지 몰라서 그런 겁니다. 나쁜 짓인 줄은 알았지만, 그래도 두려워서 그랬습니다."

둘은 전기 충격을 받지 않았다. 벤턴 목사가 한 손을 드는 모습이 눈에 띄었다. 자매를 가만두라는 뜻으로 '스승'들에게 보내는 신호였다.

뒤이어 벤턴이 말했다. "얘기하십시오, 자매님들. 죄를 고백하십시오. 하나님은 여러분을 사랑하십니다. 하나님께서 여러분의 죄를 용서하실 것입니다."

페어클로스 자매는 이번에는 정해진 형식을 따르지 않았다. 그러기는커녕 두 사람은 자신들이 겁먹었을 때의 방식으로 얘기했다. 그들 자매가 스스로 생각해도 남들이 싫어하겠다 싶은 짓을 저질렀을 때, 남들에 맞서 둘이 똘똘 뭉칠 때 써먹는 화법이었다. 둘은 쌍둥이가 아니다. 실제로는 언니는 열아홉 살, 동생은 열여덟 살이지만, 압박감이 심한 상황에서는 본래 나이보다 훨씬 더 어리게 행동할뿐더러 쌍둥이처럼 굴기까지 한다. 한쪽이 다른 쪽의 말을 대신 끝맺거나, 입을 모아 한목소리로 말하거나, 서로의 말을 반복하기도 하는 것이다. 자매의 간증도 그런 식이었다.

"저희는 그 사람들이 그 짓을 하는 걸 봤습니다." 베스였다.

"이미 오래전부터 해온 짓입니다." 제시카가 덧붙여 말했다. "저희가 다 봤습니다."

"밤에 그랬습니다." 베스의 말이 이어졌다. "저희는 그게 잘못이란 걸 보자마자 알았습니다."

"그건 불결하고 추잡하고 비정상적인 짓입니다!" 제시카가 말했다.

"그 사람들이 키스하고 신음하는 소리가 다 들렸습니다." 베스는 역겨워하는 감정을 드러내려고 얼굴을 찡그렸다. "변태 같으니!"

"저는 앨리가 그런 사람인 줄은 꿈에도 몰랐지만, 여러분께서 저희를 가르치러 오시기 전부터, 앨리는 다른 여자와 함께 살았습니다." 제시카의 말이었다. "그때는 어린 남자애도 같이 살았기 때문에 괜찮을 거라고 생각했지만, 지금은 그렇지 않다는 걸 저도 압니다."

"앨리는 예전부터 쭉 여자들하고 그 짓을 했을 겁니다." 베스가 거들었다.

"지금은 메리 설리번하고 그 짓을 합니다." 제시카는 목소리가 조금씩 울부짖음으로 변해갔다. "그건 잘못된 짓이지만, 저희는 이때껏 겁이 나서 감히 말하질 못했습니다."

"앨리는 남자처럼 힘이 셉니다, 그리고 성질도 못됐습니다." 베스의 말이었다. "저희는 그런 앨리가 무섭습니다."

그 말을 듣고 나는 생각했다. '아아, 안 돼, 맙소사, 안 돼!' 우리 '스승'들은 날마다 우리를 학대했고, 모욕했고, 잔소리를 늘어놨다. 다만 그 고통은 이미 오랫동안 지속된 것이었다. 설교 역시 오래전부터 계속됐고, 우리는 똘똘 뭉쳐 그 모든 것에 맞섰건만…….

하지만 내가 보기에 이번 사건 같은 일은 조만간 벌어질 수밖에 없었다. 그래도 배신자가 외부에서 온 생판 남이었으면 좋았을 것이다. 이번과 비슷하지만 조금 덜 심각한 사건을 외부인이 일으킨 적은 전에도 있었다. 그때마다 우리는 하루나 이틀쯤 기다렸다가 외부인들에게 다가가 동료 수감자들 사이에서 무슨 일을 목격하든 고자질하면 안 된다고 힘들여 설득했다. 지구종의 구성원 가운데 어떤 식으로든 우리를 배신한 사람은 한 명도 없었다. 적어도 이때까지는.

앨리는 벌을 받으러 설교단 앞으로 끌려 나가면서 베스와 제시카를 향해 악을 썼다. "그래 봤자 저자들은 너흴 강간할 거야, 그래 봤자 너희한테 전기 충격을 줄 거고, 그래 봤자 다 이용해먹고 나면 너흴 죽일 거야!"

뒤이어 나도 그들 자매에게 악을 썼다. "앨리는 너희가 굶주렸을 때 먹을 걸 준 사람이잖아!"

그래서 '스승'들은 나에게도 전기 충격을 가했다.

하지만 그들이 앨리와 메리 설리번에게 내린 벌은 멈추지 않고 계속됐다. 메리 설리번의 아버지인 아서는 교도관들에게 제발 그만하라고 애원했고, 어찌어찌하다가 그만 한 명을 때려눕혔다. 그래서 당연히 아서도 전기 충격을 당했다. 하지만 그렇게까지 하고도 딸을 곤경에서 구하지는 못했다. 메리가 지독한 경련을 일으켰는데도 교도관들이 전기 충격을 멈추지 않은 것이다. 그들은 앨리와 메리가 더는 비명조차 지르지 못할 때까지 둘 모두에게 전기 충격을 가했다. 그리고 우리로 하여금 그 광경을 지켜보도록 했다. 나는 보지 않았다. 살아남으려고, 나는 고개를 숙이고 눈을 살짝 감았다. 전에도 그렇게 했다가 이따금 전기 충격을 당했지만 이날은 그렇지 않았다. 이날은 모두의 관심이 두 '죄인'에게 쏠려 있었으니까.

그들은 메리의 숨이 끊어질 때까지 앨리와 메리에게 전기 충격을 가했다.

그들은 앨리가 자기 머릿속에 갇혀 길을 잃어버릴 때까지 둘 모두에게 전기 충격을 가했다. 이날 전기 충격을 받은 후로 앨리는 완전한 문장을 말하지 못하는 상태가 됐다.

앨리를 편들었다는 이유로, 나에게는 메리의 무덤을 파는 벌이 내려졌다. 메리 아버지보다는 차라리 내가 받는 편이 더 나은 벌이었다. 정신이 온전치 않기는 메리 아버지도 마찬가지니까. 그 사람은 자기 자식이 고문당한 끝에 주는 광경을 억지로 지켜봤다. 요즘은 그저 정처 없이 돌아다니며 사람들을 멍하니 바라보기만 한다. '스승'들이 전기 충격을 가하면 아파서 비명을 지르지만, 처벌이 끝나면 전과 똑같은 상태로 돌아간다. '스승'들은 고문의 힘으로 그의 끔찍한 슬픔과 증오를 잊게 할 수 있다고 여기는 모양이다.

나는 이런 현실을 참을 수가 없다. 도저히. 저들이 나를 죽인다고 해도 상관없다. 이곳에서 탈출하지 않으면 나는 죽고 말 것이다.

페어클로스 자매는 예전에 킹 가족이 살던 집의 방 한 칸을 받았다. 이제 둘은 다른 여자들 서른 명과 함께 지내지 않고 그 방을 단둘이서 쓴다. 목줄은 지금도 차고 살지만, 앞으로는 계속 주방에서만 일할 것이다. 장작을 패거나 밭일을 나가거나 공사장에서 일하거나 덤불을 베거나 우물 또는 무덤을 파거나 하는, 다른 사람들이 해야 하는 어렵고 고되고 지저분한 일은 하지 않아도 된다는 말이다. 그런데 둘은 요리를 할 줄 모른다. 무슨 이유에선지 제대로 된 식사 한 끼를 차리는 법조차 배우지 못한 것이다. 그래서 그들 자매는 '스승'들의 식사를 준비하지 않는다. 오로지 우리가 먹을 음식만 만든다.

물론 페어클로스 자매는 미움을 받는다. 아무도 둘에게 말을 걸지 않는다. 하지만 해코지 또한 아무도 하지 않는다. 둘을 건드리지 말라는 경고를 받았기 때문이다. 게다가 그들은 우리에게 특정한 영향력을 행사할 수 있다. 우리가 먹을 음식에 침이나 흙이나 변을 섞을 기회가 있다는 말이다. 그건 우리도 아는 사실이다. 어쩌면 이미 그러고 있을 수도 있다. 그래서 요즘 음식 맛이 전보다 훨씬 더 고약해졌는지도 모른다. 이곳 음식 맛을 더 고약하게 바꿀 수 있을 줄은, 그런 일이 가능할 줄은 꿈에도 몰랐다. 페어클로스 자매는 쓰레기를 더 끔찍한 것으로 바꾸는 데 성공했다. 설리번 가족의 아들딸들은 기회만 생기면 페어클로스 자매를 죽이려고 할 것이다. 늙은 아서 설리번은 다른 곳으로 이송됐다. 어딘지는 우리도 모른다. 그는 제정신이 아니었는데, 우리 '스승'들은 전기 충격을 가해 사람을 제정신으로 되돌릴 능력이 없었다. 그래서 그를 이곳에서 제거해버린 것이다.

중앙 제어 장치, 그러니까 캠프 크리스천에 있는 모든 목줄의 전원과 작동을 제어하는 장치가 전에 내가 살던 오두막집에 있다는 것은 누구나 아는 사실이었다. 그 조종 장치는 몇 달 동안 구더기 속에 보관되어 있었다. 적어도 우리는 그렇게 들었다. 우리로서는 힌트와 소문, 우연히 들은 말, 잘못 해석하거나 사실이 아닐지도 모르는 어떤 말이라도 주워듣고 추리하는 수밖에 없었다. 하지만 마침내, 나는 우리가 제대로 짚었다고 믿는다.

예전 우리 집에 지금은 로크 목사의 보좌관 둘이 산다. 이따금 우리 가운데 몇몇이 그 집으로 끌려가 밤을 보낸다. 다음번에 사람들이 끌려갈 때, 우리는 탈출을 시도할 것이다.

그 집에 가장 자주 끌려간 여성은 노리코와 크리스티나 조, 모라 자매다.

"그놈들 말이 자기들은 작고 여성스러운 여자가 좋대." 노리코는 지독히도 혐오스러워하는 표정으로 말했다. "그 뚱뚱하고 못생긴 놈들이 말이야. 우리가 좋은 이유는 자기네가 때리기 쉬워서래. 맨손으로 때려서 멍을 남기는 게 좋아서, 그만하라고 자기들한테 애원하는 게 좋아서 그렇다는 거야."

노리코와 크리스티나와 모라 자매 모두, 그런 꼴을 계속 당하고 사느니 차라리 죽음을 무릅쓰고 탈출하겠다고 한다. 그들 가운데 누구든 다음번에 우리 오두막집으로 끌려간 사람은 밤의 어둠을 틈타 강간범의 목을 베어버릴 것이다. 이제 그들은 해낼 수 있다. 몇 달 전이었다면 해내지 못했을 테지만 말이다. 그러고 나면 중앙 제어 장치를 찾아내 망가뜨릴 것이다. 문제는, 장치가 어떻게 생겼는지 우리가 모른다는 것이다. 우리 중 누구도 그 장치를 본 적이 없기 때문이다.

장치에 관해 우리가 아는 것은, 적어도 안다고 생각하는 것은, 기껏해야 전에 목줄을 차본 사람들에게서 들은 이야기가 전부다. 그들이 말하길 일단 중앙 제어 장치만 망가뜨리면 하위 조종 장치들은 작동을 멈춘다고 한다. 내 경우에 그 작동 원리를 이해하는 유일한 방법은 까마득히 오래전 로블리도 남쪽의 볼터네 집에 있던 전화기를 예로 들어 상상하는 것뿐이었다. 그건 무슨 공룡이나 다름없이 커다랗고 케케묵은 '무선' 전화기였다. 사용하려면 우선 본체를 전기 콘센트와 전화선에 연결해야 했다. 그렇게 하면 손에 든 송수화기에 대고 통화를 하며 집 안이나 마당을 돌아다닐 수 있었다. 하지만 본체의 전원 코드와 전화선을 뽑으면 송수화기도 작동을 멈췄다. 내가 듣기로는 목줄의 통신망도 비슷한 방식으로 작동했다.

확실히 아는 건 하나도 없다. 내가 보기에 우리가 스스로 할 수 있다고 자신하는 일을 해내고 살아남을 확률은 절반에 지나지 않는다. 중앙 제어 장치에 손을 대는 여성들은 도중에 살해당할지도 모른다. 어쩌면 우리 모두 몰살당할지도 모른다. 하지만 솔직히 말하면, 어차피 우리는 살날이 오래 남지 않았다. 이제 우리는 평범한 인간에 지나지 않기 때문이다. 우리 가운데 대부분은 그렇다. 나는 믿을 만한 사람들에게 그 이야기를 들려줬다. 나로 하여금 우리가 지닌 파편적인 정보들을 이어 맞추도록 도와준 사람들에게 말이다. 나는 그 사람들 한 명 한 명에게 위험을 무릅쓸 각오가 됐느냐고 물었다.

그들은 각오가 됐다. 우리 모두 마찬가지다.

2035년 2월 28일 수요일

그저께, 폭풍우가 무섭게 불어닥쳤다. 정말이지 무서울 지경이었다. 그런데 한편으로는 멋지기도 했다. 바람과 비와 추위가…… 그리고 산사태가. 한때는 우리 공동체의 묘지였던 산비탈, 지금은 어린나무와 큰 나무가 함께 어우러진 그 산비탈이, 우리 골짜기를 향해 무너져 내린 것이다. '스승'들은 우리에게 나이가 많은 나무를 베어 땔감과 목재와 십자가를 만들라고 지시했다. 그들이 어쩌다가 우리가 나무를 섬긴다고 믿게 되었는지는 끝내 알아내지 못했지만, 어쨌거나 그들은 줄곧 그렇게 믿었다. 우리는 그들에게 그 산비탈을 건드리지 말라고 애원하며 그곳은 우리 묘지라고 설명했지만, 그들은 우리에게 전기 충격으로 응답했다. 우리는 그들의 강요에 못 이겨 나무를 벴고, 이 때문에 산비탈이 무너져 우리 위로 쏟아져 내렸다. 그 산사태에 구더기 한 대와 오두막집 세 채가 파묻혔다. 그중 한 채는 내가 반콜레와 함께 지어서 육 년이라는 짧은 시간 동안 같이 산 집이었다.

그 집에서 얌전히 잠만 자던 남자 두 명도 산사태로 함께 파묻혔다. 유감스럽게도 다른 오두막집 두 채에는 여성이 각각 두 명씩 있었다. 무허가 빈민촌에서 끌려온 여성들이었다. 그 중 한 명은 나티비다드와 친했지만 나는 아무하고도 안면이 없었다. 그런데 그들 모두 죽었다. 산사태에 파묻혀서 죽고 말았다. '스승' 여섯 명과 여성 수용자 네 명이, 그리고 우리 모두의 목줄이, 죽어버렸다. 지난 일요일에 우리는 자유를 얻지 못하면 죽기로 결심했다. 그런데 이제, 우리는 그 결심을 실행하기는커녕 날씨와 어리석은 우리 '스승'들 덕분에 해방됐다.

자초지종은 이렇다.

월요일 오후, 찬비가 거센 바람에 밀려와 퍼부으면서 폭풍우가 불기 시작했지만, 우리는 한동안 그 폭풍우 속에서 계속 일해야 했다. 그러다 결국에는 고통을 스스로 견디기보다 남에게 안겨주기를 더 좋아하는 '스승'들이 우리를 인솔해 수용소로 돌아왔다. 우리는 춥고 어두침침한 감방에 우두커니 앉아 있는 신세였지만, 그들은 따뜻한 난롯불과 환한 불빛과 음식이 기다리는 예전 우리 오두막집으로 향했다.

잠시 후, 직급이 가장 낮은 '스승'의 뒤를 따라 베스 페어클로스와 제시카 페어클로스 자매가 우리 몫의 구역질나는 저녁 식사를 들고 나타났다. 설익은 데다 반쯤 썩기까지 한 양배추와 감자가 잔뜩 있었다.

우리는 페어클로스 자매가 절대 외면할 수 없는 자리, 실내에 들어서면 똑바로 마주하게 되는 자리에 앨리를 데려다 놨다. 앨리는 상태가 전보다 조금 나아졌다. 내가 온 힘을 다해 보살폈기 때문이다. 앨리는 할머니처럼 구부정하게 걷고, 말할 때도 외마디 소리만 내고, 우리가 말을 걸면 가끔 못 알아듣는 것처럼 보일 때도 있다. 지금은 페어클로스 자매가 자기에게 무슨 짓을 했는지조차 잊어버렸을 듯싶지만, 그래도 내가 하는 말은 믿어주는 것 같다. 나는 앨리에게 그 둘을 유심히 봐달라고 부탁했다. 잠시도 눈을 돌리지 말고 지켜보라고.

앨리는 내가 부탁한 대로 했다.

페어클로스 자매는 몸을 벌벌 떨다가 서로 부딪쳐 휘청거리더니, 이내 끔찍한 음식이 담긴 냄비를 바닥에 내려놓고 뒷걸음질했다. 우리는 다 함께 입을 꾹 다문 채 둘을 빤히 봤지만, 두 사람의 눈에는 아마 앨리밖에 보이지 않았을 것이다.

저녁을 먹고 나서 우리는 할 수 있는 한 가장 아늑하게 쉬었다. 지저분한 담요를 몸에 두르고 칠도 안 된 널빤지 바닥에 앉아 추위와 딱딱한 느낌과 축축한 습기를 음미했다는 말이다. 잠든 사람도 몇몇 있었지만, 폭풍우가 아까보다 훨씬 더 사나워진 탓에 건물이 흔들리고 삐걱거리는 소리가 다 날 지경이었다. 비바람이 창문을 때리고 오두막집 지붕을 날려버리고 나뭇가지를 부러뜨렸고, '스승'들이 우리를 시켜 파놓은 오물 구덩이의 쓰레기까지 하늘로 날려 보냈다. 일찍이 이곳에는 오물 구덩이가 없었다. 있는 거라곤 폐품 처리장과 퇴비 더

미뿐이었다. 그 둘 다 쓰레기가 아니었다. 우리에게는 쓰레기를 만들 여유가 없었으니까. '스승'들은 우리 공동체를 통째로 쓰레기로 만들어놨지만.

가끔은 번개와 천둥이 쳤고, 가끔은 폭우만 퍼붓기도 했다. 폭풍우는 밤이 새도록 불어닥치며 바깥세상을 찢어발겼다. 그러다가 오늘 새벽 동이 트기 얼마 전, 가까스로 잠든 지 얼마 안 됐을 무렵에, 나는 엄청나게 큰 소리에 놀라 그만 벌떡 일어났다. 천둥소리 같지는 않았다. 내가 그때껏 들어본 어떤 소리하고도 달랐다. 그저 믿기 힘들 만큼 우르릉거리는, 깨부수듯이 요란한, 쿵쾅거리는 소음이었다.

나는 미처 생각할 겨를도 없이 움직였다. 내 자리는 창문 근처였기 때문에 냉큼 일어서서 바깥으로 눈을 돌렸다. 우선 창문틀에 몸을 기대고 바깥의 어둠을 가만히 바라봤다. 잠시 후, 번개가 번쩍하며 어둠을 밝힌 순간, 예전 우리 집이 있어야 할 곳에 돌덩이와 흙이 보였다. 돌덩이와 흙이.

그 광경이 무엇을 의미하는지 이해하느라 시간이 조금 걸렸다. 뒤이어 나는 내가 창문틀에 몸을 걸치고 있음을, 그러니까 상반신이 창밖으로 나와 있음을 알아차렸다. 그런데도 몸을 부르르 떨다가 바닥으로 떨어지지 않았다. 하나도 아프지 않았다. 우리 모두를 노예로 만든 그 추악한 고통, 몸을 뒤틀게 만드는 그 고통이 하나도 느껴지지 않았다.

나는 내 목줄을 만져봤다. 여전히 제자리에 채워져 있고, 고통을 주는 기능도 그대로였다. 하지만 어찌된 일인지 창문틀에 몸을 기대는데도 아무 반응이 없었다. 나는 캄캄한 실내를 더듬더듬 나아가 나티비다드에게 손을 뻗었다. 내 한쪽 옆은 나티비다드의 잠자리, 반대쪽 옆은 앨리의 잠자리였다. 나티비다드는 나를 신뢰했고 비밀을 지킬 줄도 아는 사람이었다.

"우린 자유예요!" 나는 소곤거리는 목소리로 말했다. "목줄이 작동을 안 해요! 완전히 꺼졌어요!"

나티비다드는 내 뒤를 따라 우리 숙소와 남자들 숙소 사이의 문으로 향했다. 가까스로 문 앞에 도착하기까지 우리 둘은 저마다 자는 사람들을 깨우며 움직였다. 그렇게 깬 사람들에게 미안하다고 소곤거리기는 했지만, 그렇게 더듬더듬 나아가는 동안 우리가 발로 밟은 사람은 한 명도 없었다. 문 앞에 도착한 나티비다드는 문을 살짝 당겨본 다음, 나에게 선두를 양보하고 뒤로 물러났다. 문은 한 번도 잠긴 적이 없었다. 아무도 문에 접근하지 못하게 하는 일 정도는 언제나 목줄만으로도 식은 죽 먹기였으니까. 하지만 이번에는 달랐다.

하나도 아프지 않았다.

우리는 남자들을 깨웠다. 그때까지도 일어나지 않은 남자들이 있었다. 캄캄해서 잘 보이지 않았기 때문에 믿을 만한 남자들만 깨울 수는 없었다. 그래서 모조리 다 깨웠다. 소리를 내지 않고 살며시 깨우기란 불가능했다. 우리는 조용했지만, 잠에서 깬 남자들은 어찌된 영문인지 몰라 허둥댔다. 이미 일어나 있던 남자들은 당황해서 두리번거리다가 나를 붙잡았고, 내가 여자인 것을 알아차렸다. 나는 나를 붙잡고 놔주지 않으려 하던 남자를 때렸다. 그 남자는 나와 아는 사이도 아닌 부랑자였다.

"자유야!" 나는 남자의 얼굴에 대고 소곤소곤 말했다. "목줄이 작동을 멈췄어! 여기서 탈출할 수 있단 말이야!"

남자는 나를 놔주더니, 문을 향해 부리나케 달려갔다. 나는 우리 숙소로 돌아가 여자들을 모았다. 여자들을 데리고 남자 숙소로 돌아가보니 남자들은 이미 건물 바깥으로 우르르 쏟아져 나가는 중이었다. 우리는 그들 뒤를 따라 바깥의 대문을 통과했다. 트래비스와 나티비다드, 마이크와 노리코, 그 밖의 지구종 사람들, 가마 가족 사람들, 설리번네 식구들까지, 다들 용케 서로를 알아봤다. 우리는 다 함께 한 덩어리로 똘똘 뭉쳤다. 한 집안의 남자 식구와 여자 식구가 반갑게 다시 만나 울음을 터뜨리며 서로 끌어안았다. 그토록 오래 갇혀 지내면서 서로 손끝조차 닿지 못했기 때문이었다. 무려 십칠 개월 동안. 영원 같은 시간이었다.

내가 해리를 끌어안은 까닭은 우리 둘 다 살아남은 가족이 한 명도 없기 때문이었다. 뒤이어 우리는 나란히 서서 다른 이들을 지켜봤다. 속으로는 우리 둘 다 안도감과 고통이 섞인 감정을 느낄 듯싶었다. 자라는 죽었다. 반콜레도 죽었다. 그런데 우리 아이들은 다 어디로 갔을까?

하지만 기쁨이나 슬픔에 젖어 있을 때가 아니었다.

"지금 당장 오두막집으로 가야 해요." 나는 사람들을 무슨 양 떼처럼 내 앞에 모으며 그렇게 말했다. "저자들이 목줄을 못 고치게 막아야 해요. 무슨 일이 일어났는지 눈치채기 전에 총도 뺏어야 하고요. 저자들은 우리한테 전기 충격을 주려고 시간을 낭비할 거예요. 적어도 네 명은 넘게 무리를 지어서 오두막집으로 가요. 어서요!"

힘을 합쳐 일하는 법은 우리 모두 잘 안다. 몇 년을 함께 일하며 보낸 사이니까. 우리는 흩어져서 오두막집들이 있는 곳으로 향했다. 나는 트래비스, 나티비다드와 함께 모라 자매를 붙들고 그쪽으로 갔다. 우리가 예전 카도스 가족이 살던 오두막집에 들이닥친 순간, 바깥에서 비명이 들려왔다.

우리 '스승'들 몇몇이 무슨 문제가 생겼는지 보려고 오두막집에서 뛰어나왔다가, 자신들이 그토록 즐거워하며 괴롭혔던 바로 그 사람들의 손에 갈가리 찢기는 중이었다.

수감자 가운데 일부는 기회가 있을 때 탈출하고 싶은 마음이 어찌나 간절했던지 캄캄한 어둠 속의 칼날 철사를 뚫고 나가려 했고, 철사에 뛰어들기가 무섭게 뼈가 다 보일 정도로 깊숙이 살을 베이고 말았다.

지구종 사람들은 그런 치명적인 실수를 저지르지 않았다. 우리는 오두막집으로 들어갔다. 무기를 챙기려고, '스승'들을 제거하려고, 빌어먹을 목줄을 끊으려고.

우리 일행은 그 집에 있던 두 '스승' 앞에 들이닥쳤다. 자다가 일어난 그 둘 가운데 한 명은 바지와 셔츠 차림이었고, 한 명은 내복 바람이었다. 그들은 우리를 총으로 쏠 수도 있었다. 하지만 목줄 조종용 벨트로 스스로를 보호하는 일에 너무나 익숙했던 탓에, 그들이 잡으려고 손을 뻗은 것은 다름 아닌 그 벨트였다.

한 '스승'이 일어서며 물었다. "이게 웬 난리야?"

다른 '스승'은 말 대신 외마디 고함을 지르며 나티비다드와 나를 향해 달려들었다.

우리는 그들과 엎치락뒤치락한 끝에 꼼짝 못 하게 찍어 누른 다음, 그들의 목을 졸랐다. 조금도 어렵지 않았다. 심지어 나에게도 식은 죽 먹기였다. 그들에게 맞을 때 나는 아픔을 느낀다. 내가 그들을 때릴 때도 나는 똑같이 아프다. 그런데 정말로, 그 고통이 아무렇지도 않던 것이다! 한번 그들에게 손을 댄 다음부터는, 나는 눈을 질끈 감고 그저 힘껏 때렸다. 그들이 죽는 순간에는 아무 느낌도 받지 않았다. 난생처음으로 너무도 간절하고 너무도 기꺼이 남을 죽이고 싶었다.

애초에 집 안이 어둡다 보니 눈앞이 잘 보이지 않았는데도, 우리는 그 둘이 죽었는지 살았는지 꼼꼼히 확인했다. 숨이 영영, 아주 영영 끊어지고 나서야 그들의 몸뚱이를 놓아줬다. 임시변통으로 만든 칼은 지금도 숙소 벽 뒤와 바닥 밑에 숨겨져 있지만, 우리는 맨손으로 그 일을 해냈다.

그런데 이제는 총이 생겼다. 우리는 처음에는 의자로, 뒤이어 침대 옆의 조그만 탁자로 총기 보관함의 문을 부쉈다.

더 중요한 사실은, 이제 철조망 절단기가 우리 손에 들어왔다는 것이다.

철조망 절단기는 전에 노리코 카도스가 쓰던 식기장의 서랍에서 토리 모라가 발견했다. 이제 그 서랍은 조그만 공구로 가득했다. 우리는 번갈아가며 서로의 목줄을 잘라줬다. 그 물건을 목에 차고 있는 한, 우리는 끔찍한 위험에 처한 상태였다. 나는 고통스러운 경련이 우리가 맞은 해방에 종지부를 찍을까 봐, 우리를 노린 마지막 고문이 시작될까 봐 불안했던 나머지 일분일초를 두려움 속에 보냈다. '스승'들은 통제권을 되찾으면 우리를 죽일지도 몰랐다. 우리를 아주, 아주 천천히 죽일 터였다. 우리가 목줄을 끊고 비틀어서 벗으려 하는 도중에 무슨 이유에서든 목줄의 전원이 다시 켜진다면, 우리는 목줄 자체의 전기 충격만으로 목숨을 잃을지도 몰랐다. 나는 제대로 작동하는 목줄만큼 벗기 힘든 것도 없다는 사실을 지난 몇 달에 걸쳐 톡톡히 배웠다.

내가 먼저 모라 자매의 목줄을 풀어줬고, 다음으로 토리가 내 목줄을 끊어줬다. 트래비스와 나티비다드도 서로에게 똑같이 해줬다. 이로써 우리는 자유로워졌다. 이제 뭐가 어떻게 되든 간에, 우리는 진정으로 자유로웠다. 우리는 다시금 서로 얼싸안았다. 아직 위험이 남았고 할 일도 남았지만, 그래도 우리는 자유로웠다. 우리는 그 순간의 강렬한 안도감을 마음껏 만끽했다.

그러고 나서 바깥으로 나가 보니, 남은 일은 지구종 동료들과 외부 사람들 몇몇이 다 해치운 후였다. '스승'들은 모두 송장 신세였다. 여태 목줄을 차고 있는 수감자들이 눈에 띄어서 카도스네 집으로 돌아가 철조망 절단기를 챙겨왔다. 사람들이 내가 하는 일이 다름 아닌 목줄 끊기인 것을 알아차리면서 외부 출신자와 지구종 공동체의 구성원들 모두 내 앞에 기다랗게 늘어섰고, 이로써 비뚤배뚤한 줄이 만들어졌다. 이후 몇 분 동안 나는 오로지 목줄만 끊었다. 춥고 바람도 세게 불었지만 그나마 비는 더 내리지 않았다. 아침이 되자 동녘 하늘이 점점 더 밝아왔다. 우리는 자유인이었다. 우리 모두가.

이제 어떡하면 좋을까?

우리는 오두막집에서 챙길 만한 것들을 남김없이 챙겼다. 그렇게 하는 수밖에 없었다. 외부 출신자들은 사방으로 뛰어다니며 온갖 물건을 낚아챘고, 마음에 안 드는 것은 뜯거나 부숴버렸다. 그들은 악을 쓰고 환호성을 지르며 창문의 커튼을 잡아 찢고, 유리창을 부수고, 식량과 술을 챙겼다. '스승'들이 술을 얼마나 많이 마시며 살았는지 놀라울 지경이었다.

우리는 먼저 총부터 챙겼다. 외부 출신자들의 무분별한 파괴 행위를 말리지는 않았지만, 그래도 우리가 모은 총과 탄약,

옷, 신발, 식량 같은 물품은 단단히 지켰다. 외부 출신자들도 우리 행동을 눈감아줬다. 원하는 것을 챙긴 다음 남에게 빼앗기지 않게 지킨다는 점에서는, 우리도 그들과 똑같기 때문이었다. 그들 중 일부도 총을 발견했지만, 그들과 우리 사이에는 존중 어린 경계심이 감돌았다. 술기운에 취해 날뛰는 사람조차도 우리 뒤를 밟지는 않았다.

누군가 총을 쏴서 정문 자물쇠를 날려버렸다. 그러자 사람들이 하나둘 이곳을 떠났다.

몇몇 사람이 유일하게 산사태에 파묻히지 않은 구더기의 문을 열려고 총을 쏴댔지만, 단단히 잠긴 문은 무슨 짓을 하든 꿈쩍도 하지 않았다. 사실, 우리 '스승'들 가운데 단 한 명이라도 그 구더기 안에서 잠든 사람이 있었다면 탈출은 좌절됐을 것이다. 그가 우리 모두를 죽일 수도 있었으니까.

우리 트럭은 이미 오래전에 사라졌다. 한 대는 그레이슨 모라가 마지막으로 노예제에 맞서 '거부' 선언을 했을 때 파괴됐다. 다른 한 대는 저들이 빼앗아서 몰고 가버렸다. 어디로 갔는지는 알 길이 없었다.

날이 밝고 나서 세어보니 칼날 철사에 걸려 죽은 사람은 모두 합쳐 일곱 명이었다. 다들 피를 너무 많이 흘려서 죽었을 거라 생각했지만, 그중 두 사람은 배가 훤히 갈라진 상태였다. 자유를 찾아 무턱대고 달려 나간 탓에 내장까지 깊숙이 잘리고 만 것이다. 칼날 철사를 비 내리는 밤에 눈으로 보고 피하기란 불가능하기 때문에, 하다못해 길거리의 보잘것없는 극빈자들에게도 그 물건이 얼마나 위험한지 반드시 가르쳐줘야 한다. 떠날 채비를 다 마치고 나서 나는 앨리를 데리러 갔다. 앨리는 그때껏 학교 건물 안에 남아 창가에 우두커니 서서 우리를 내다보고 있었다. 앨리의 목줄을 벗겨주고 나니 문득 페어클로스 자매가 생각났다. 그 둘의 목줄을 벗겨준 기억이 없었다. 두 사람은 나를 찾아오지 않았다. 페어클로스 가족의 어린 두 아들은 당연히 지구종의 다른 아이들과 함께 일찌감치 다른 곳으로 끌려갔다. 앨런 페어클로스, 베스와 제시카 자매의 아버지인 그가 딸들을 데리고 남몰래 빠져나갔을지도 모른다. 아니면 설리번 가족이 그들을 발견하고 원수를 갚았든가.

한숨이 나왔다. 그들 자매는 죽었거나, 앨런과 함께 있을 터였다. 그냥 입을 다무는 게 최선이었다. 살인은 이미 할 만큼 했으니까.

나는 남아 있는 지구종 공동체 사람들을 주위로 불러 모았다. 해는 구름에 가려 보이지 않았지만 바람은 잦아들었고, 하늘은 침침한 연회색이었다. 공기가 싸늘했지만, 그래도 당장은 새로 찾은 옷을 걸친 덕분에 충분히 따뜻했다.

"여기 그냥 있을 순 없어요." 나는 동료들에게 말했다. "들고 갈 수 있을 만큼 챙겨서 떠나야 해요. 조만간 교회에서 이리로 사람들을 보낼 테니까요."

"여기가 우리 집이잖아요." 그렇게 말하는 노리코 카도스의 목소리가 왠지 신음과 비슷하게 들렸다.

나는 고개를 끄덕이며 말했다. "나도 알아요. 하지만 우리 집은 이미 사라졌어요. 그것도 이미 오래전에요."

뒤이어 지구종 책의 한 구절이 내 머릿속에 떠올랐다.

스스로의 잿더미에서
날아오르려면
불사조는
반드시
먼저
불타야 한다.

지구종 책에서도 지금의 현실과 잘 어울리는 구절이었지만, 위안이 되는 내용은 아니었다. 지구종의 고질적인 문제는 딱히 위안을 주는 신앙 체계가 아니라는 점이었다.

"마지막으로 집들을 한번 둘러봅시다." 내가 말했다. "그자들이 우리 아이들을 어떻게 했는지 밝히려면 증거가 필요하니까요. 우리가 앞으로 할 일 중에 제일 중요한 게 바로 그거예요. 우리 아이들을 찾는 것."

나는 마이클과 트래비스에게 그곳에 남아 우리가 모은 물자를 지키라고 당부한 다음, 다른 사람들과 함께 몇 명씩 무리를 지어 우리가 살던 집의 잔해를 뒤지러 갔다.

하지만 아이들과 관련된 것은 하나도 찾지 못했다. 오두막집 근처 여기저기에 돈이 묻혀 있었지만, 약탈에 눈이 뒤집힌 수감자들은 그 돈을 보지 못하고 지나쳤다. 얄따란 종교 서적과 성서가 산더미처럼 쌓여 있었고, 가버빌과 유리카, 아카타, 트리니다드를 비롯한 인근 여러 마을에서 붙잡아온 '수감자'들의 명단을 적은 장부도 한 무더기였다. 봄철 씨뿌리기에 관한 책과 함께 재럿 대통령이 쓴 책, 또 대통령의 명의로 대필작가들이 쓴 책도 몇 권 있었다. 개인 신상에 관련된 문서도 몇 건 있었지만 우리 아이들에 관한 것은 하나도 없었고, 찾아갈 주소 역시 전혀 눈에 띄지 않았다. 아무것도 없었다. 아무것도. 일부러 다 지웠다고밖에 생각할 수 없었다. 그자들은 들킬까 봐 두려웠던 것이다. 그들이 두려워한 건 우리였을까, 아니면 다른 누구였을까?

우리는 정오가 다 될 때까지 샅샅이 뒤졌다. 그러다가 우리도 출발해야겠다는 생각이 들었다. 길이 진창이 됐을뿐더러 이날 당장 누가 차를 몰고 들이닥칠 것 같지도 않았지만, 그래도 시작부터 넉넉하게 거리를 벌려둘 필요가 있었다. 게다가 나는 생필품과 더불어 서류 사본과 일기도 함께 숨겨둔 비밀 은닉처에 가고 싶었다. 그런 은닉처 가운데 두 곳에는, 우리 아이들의 손자국과 발자국을 찍어둔 종이도 함께 보관돼 있었다. 반콜레가 자신이 받은 모든 아기의 손발 도장을 종이에 찍어둔 덕분이었다. 그는 그렇게 찍은 종이에 신상 정보를 적어

한 장은 아기 부모에게 주고 한 장은 자신이 보관했다. 나는 그가 보관한 사본들을 우리 은닉처 가운데 두 곳에 나누어 보관했다. 그 두 은닉처의 위치는 지구종 사람들 중에도 고작 몇 명밖에 알지 못했다. 손발 도장 사본이 아이들을 찾는 일에 도움이 될지 어떨지는 나도 모른다. 그 문제에 관해 솔직히 생각해보면, 나는 우리 아이들이 살아 있는지 어떤지조차 알지 못한다는 것을 인정할 수밖에 없다. 나로서는 그저 그 두 은닉처에 가봐야 한다는 것만 알 뿐이다. 그 두 곳은 도로 쪽이 아니라 비디 쪽의 산속 깊숙한 곳에 숨거져 있다. 우리는 그 산골짜기로 몸을 숨기면 된다. 거기에는 앞으로 어떻게 할지 결정할 때까지 비를 피할 만한 장소가 있다. 우리 아이들을 반드시 찾겠다고 다짐하는 것도 중요하지만 어떻게 찾을지, 어디서부터 시작할지 궁리하는 것도 마찬가지로 중요하다.

과연 누구를 믿어야 할까?

우리는 에이콘에 불을 질렀다. 아니다. 아니, 우리는 캠프 크리스천 재교육 수용소에 불을 질렀다. 우리는 캠프 크리스천을 다시는 캠프 크리스천으로 쓰지 못하도록 그곳에 불을 질렀다. 만약 크리스천 아메리카 교회가 우리에게서 훔친 땅을 지금도 탐낸다면, 재건 공사에 상당한 힘을 쏟아야 할 것이다. 우리는 우리 손으로 벤 나무와 우리 손으로 실어 나른 돌과 콘크리트로 지은 오두막집 안에 등유와 디젤 연료를 뿌렸다. 그레이슨 모라가 설계하고 다 함께 땀 흘려 일한 끝에 아름답게 완성한 학교 건물에도 기름을 뿌렸다. 기름은 우리 '스승'들의 주검에도 뿌렸다. 우리가 들고 가지 못하는 물건, 다른 수감자들이 챙겨가거나 부수지 않은 물건에도 모조리 불을 질렀다. 건물은 비에 젖은 탓에 깨끗이 다 타지 않을지도 몰랐지만, 내부만 불타도 위험해서 사람들이 들어가지 않을 듯싶었다. 우리가 만들거나 주워온 가구는 불타 사라질 터였다. 지긋지긋한 몸뚱이들도 함께.

그리하여 다시 한 차례, 우리는 우리가 살던 집이 불타는 광경을 지켜봤다. 우리는 산속으로 들어갔고, 마지막까지 남아 있던 외부 출신 수감자들은 우리와 헤어져 다시 고속도로로 돌아가거나 가고 싶은 다른 곳으로 향했다. 높은 산 위에서, 우리는 잠시 아래를 내려다봤다. 일행들은 대부분 집이 불타는 광경을 전에도 본 적이 있었지만, 불을 지르는 쪽이 되기는 처음이었다. 다만 이번 불은 우리가 기억하는 것과 같은 파괴의 화신이 되기에는 너무 늦게 일어났다. 우리가 창조하고 사랑했던 것들은 일찌감치 파괴됐기 때문이었다. 이번 불은, 단지 청소부에 지나지 않았다.

제15장

우리는 일찍이 살았던 적이 있다.
우리는 다시 살 것이다.
우리는 비단이,
돌이,
정신이,
별이 될 것이다.
우리는 흩어질 것이고,
모일 것이며,
틀에 부어질 것이고,
샅샅이 파헤쳐질 것이다.
우리는 살아가며
생명을 섬길 것이다.
우리는 하느님을 빚을 것이고
하느님은 우리를 빚을 것이다.
다시금,
늘 다시금,

영원토록.

—《지구종: 산 자들의 책》에서

십자군은 형제자매 사이인 지구종 아이들을 의도적으로 떼어놓았는데, 동기간에 함께 살면 이교도의 숨겨진 관습이나 믿음을 통해 서로를 도울지도 모르기 때문이었다. 그러나 아이들을 한 명씩 고립시켜 선한 크리스천 아메리카 교회 신도의 가정에 배정하면, 자라면서 제각각 달라질지도 몰랐다. 양부모에게서 받는 압박과 또래 집단에게서 받는 압박, 거기에 시간까지 더해지면, 선한 크리스천 아메리카 교회 신도로 다시 태어날 법도 했다.

가끔은 그런 일이 정말로 일어나기도 했다. 심지어 머리가 조금 굵어진 에이콘 출신 아이들 중에도 그런 경우가 있었다. 예컨대 페어클로스 형제를 한번 보자. 한 명은 커서 크리스천 아메리카 교회 목사가 됐다. 다른 한 명은 크리스천 아메리카 교회를 단호히 거부했다. 그런 식의 분리는 철저히 파괴적인 성질을 띠곤 했다. 그것 때문에 죽는 사람도 나왔다. 라몬 피게로아 카스트로는 자살했는데, 위탁 가정에서 그와 함께 자란 남자는 이렇게 말했다. "그 애는 새 삶에 적응해서 죄 많은 과거를 잊기에는 고집이 너무 셌어요." 초창기에 크리스천 아메리카 교회는 원래 세워진 의도와 달리 무지하고 옹졸한 사람들의 피난처나 다름없었다. 남을 때리거나 불태우는 짓은 꿈도 못 꿀 사람들조차 하루아침에 고아가 되거나 납치된 아이들에 대해서는 냉담하고 독선적이고 잔인하게 구는 짓을 잘도 해댔다.

"굴복하세요." 어머니는 에이콘의 어른들에게 말했다. "지시받은 대로 따르면서, 자기 생각은 마음속 깊이 감추세요. 적들에게 해칠 핑계를 주지 마세요. 때가 오기를 기다려야 해요. 감금자들을 눈여겨보세요. 그들의 말을 유심히 들으세요. 정보를 모으고, 저장하고, 적들에 맞설 용도로 써먹어야 하니까요." 그러나 어린애였던 우리는 그런 이야기를 한마디도 듣지 못했다. 우리는 납치된 후에 뿔뿔이 흩어져 외톨이가 된 채로, 우리를 무너뜨린 후에 크리스천 아메리카 교회의 이상형에 맞춰 다시 만드는 것이 자기 의무라고 생각하는 자들의 손에 넘겨졌다. 그런데 당연한 얘기지만, 사람을 무너뜨리는 일은 무너진 사람을 다시 멀쩡하게 만드는 일보다 훨씬 더 쉬웠다.

너무나 심한 고통이, 너무나 많은 악행이 하나님의 이름으로 저질러졌다.

그럼에도, 크리스천 아메리카 교회는 원래 사람들을 개종시킬 목적뿐 아니라 도와주고 치유하기 위한 노력의 일환으로 시작된 곳이기도 했다. 재럿이 대통령으로 선출되기 한참 전에 그의 교회는 이미 아이들을 구조하는 일을 시작했다. 초창기에는 오로지 도움이 절실히 필요한 아이들만 구조했다. 2032년 무렵, 재럿이 정치를 시작한 멕시코 만 연안 지대에는 세워진 지 십 년이 넘은 크리스천 아메리카 교회 소속 보육원이 몇 군데 있었다. 이런 보육원은 길거리에 떠도는 고아들을 모아 먹이고 보살펴서 '크리스천 아메리카의 든든한 방벽'으로 키웠다. 광신자들이 교회를 차지하고 '사이비 종교'의 아이들을 잡아다가 끔찍하게 괴롭히기 시작한 것은 나중에야 벌어진 일이었다.

이 책을 쓰려고 준비하는 동안, 나는 'CA(크리스천 아메리카)' 보육원에서 자라거나 CA 보육원에서 CA 신도 가정으로 입양된 사람들 몇 명과 대화를 나눴다. 그들이 들려주는 이야기를 듣다 보니 알렉산더 부부의 집에서 보낸 나 자신의 삶이 떠올랐다. 보육원과 입양 가정이 하나같이 잔인했던 것은 아니다. 보육원에서조차도 머리가 굵어진 아이들에게 벌을 줄 때를 빼면 목줄을 채우는 경우는 없었고, 드물게 채우더라도 먼저 경고와 가벼운 처벌을 적용했다가 아무 효과도 보지 못한 경우에만 가능했다. 보육원은 사디스트나 성도착자가 아니라 자신이 하는 일이 옳다고 마음속 깊이 믿는 사람들이 운영했다. 아니면 적어도 고용주의 환심을 사서 오랫동안 일자리를 지키고 싶어 하는 노동자들이 운영을 맡았다. 신도들은 '자기네' 아이들이 하나님과 재럿에 대해, 또한 모든 종류의 반미反美 사이비 신앙에 기꺼이 맞서 싸우는 크리스천 아메리카 병사의 삶에 대해 절대적인 믿음을 품길 바랐다. 그런 신도들에 비하면 돈이 목적인 직원들은 비위를 맞추기가 더 쉬웠다. 직원들은 자기 근무 시간에 다치거나 죽는 아이가 나오기를 바라지 않았다. 그들은 아이들이 필요한 내용을 배우고, 필요한 시험을 통과하기를 바랄 뿐이었다. 직원들이 원하는 것은 평온이었다.

알렉산더 부부는 신도와 직원을 합쳐놓은 존재 같았다. 그들 부부는 내가 믿음을 갖기를 바랐고, 나를 사랑하지 않았는지는 모르지만 적어도 나를 돌봐주기는 했다. 내가 학교에, 그러니까 당연히 크리스천 아메리카 학교에 갈 나이가 됐을 무렵에, 나는 소리를 내지 않고 그들 부부의 시야에서 벗어나는 방법을 터득한 상태였다. 내가 그 일을 훌륭하게 해내자 케이시와 매디슨은 나를 혼자 내버려둠으로써 내게 상을 줬다. 케이시는 내가 카마리아에 비해 얼마나 뒤처지는지 일깨워주는 일을 잠시 멈췄다. 매디슨은 땀이 흥건한 손을 내 치마 속에 넣으려고 기회를 엿보는 짓을 잠시 그만뒀다. 나는 책을 들고 집 안이나 마당의 조용한 구석에 가서 읽곤 했다. 내가 맨 처음 읽은 책들은 내용이 하나같이 성서 이야기 아니면 에이샤 비어처럼 크리스천 아메리카 신도인 주인공이 신앙을 위해 위대한 업적을 쌓는 이야기였다. 나는 그런 이야기에 감동했다. 감동하는 게 당연하지 않을까? 나는 스스로 위대한 업적을 행하고 싶다는 꿈을 품었다. 케이시가 나를 몹시도 자랑스러워하도록, 카마리아를 사랑하는 것처럼 나를 사랑하도록 만들겠다는 꿈도 품었다. 내 친부모는 둘 다 기골이 장대하고 힘이 센 사람들이었다. 그분들 덕분에 나는 일찍부터 내 또래보다 키가 컸고 힘도 셌다. 이것 역시 나에게는 또 하나의 약점이었다. 카마리아는 '아담하고 앙증맞은' 아이였기 때문이다. 나에게는 위대하고 영웅적인 업적을 쌓겠다는 꿈이 있었지만, 내가 실제로 한 일은 숨고, 사라지고, 자진해서 투명 인간이 되는 것이었다.

나처럼 덩치 큰 아이가 그런 식으로 숨으려면 애를 먹을 법도 하지만, 실제로는 그렇지 않았다. 집안일과 숙제를 다 마치면 나는 사라질 것을 권유받았다. 아니, 정확히는 사라지는 것 말고 다른 것은 전혀 권유받지 않았다. 내가 살던 동네에는 어린애가 몇 명밖에 살지 않았는데 다들 나보다 나이가 많았다. 그 애들에게 나는 눈엣가시 아니면 노리개였다. 아이들은 나를 무시하든가, 아니면 나를 괴롭혔다. 케이시와 친구들은 자기들끼리 나누는 어른스러운 대화에 내가 끼어보려고 하면 철저히 무시했다. 케이시는 심지어 혼자 있을 때조차도 내가 하는 이야기에 별 관심을 보이지 않았다. 케이시는 내가 궁금해하지도 않는 카마리아 이야기를 잔뜩 늘어놓거나, 내가 다른 주제로 질문을 하면 내게 벌을 주거나 할 뿐이었다.

침묵은 선행이었다. 질문은 악행이었다. 어린이는 보이되 들리지는 말아야 했다. 어른이 하는 말을 믿어야 했고, 오로지 그런 말만 머리에 새긴 채 만족하고 살아야 했다. 그들이 나를 키운 방식에 야만적인 구석이 있었다면 바로 그것이었다. 어리석은 믿음은 선이었다. 생각하고 질문하는 것은 악이었다. 나는 그리스도의 양 떼 가운데 한 마리여야 했다. 또는 재럿의 양 떼에 속하든가. 입을 다물고 온순하게 구는 것이 내가 할 일이었다. 그 사실을 깨우치고 나니 내 어린 시절은 적어도 신체적으로는 편안해졌다.

《로런 오야 올라미나의 일기》에서

2035년 3월 4일 일요일

그동안 너무나 많은 일이 일어났는데…….

아니, 그 말은 틀렸다. 그 일들은 저절로 일어나지 않았다. 내가 일으켰다. 나는 다시 돌아가야 한다. 정상으로, 내가 어떤 일을 일으켰을 때 그 사실을 알고 적어도 스스로에게는 그 사실을 인정하는 상태로, 돌아가야 한다. 노예는 자신이 잘못을 범했다는 말을, 악한 짓을 행했다는 말을, 어리석은 실수를 저질렀다는 말을 늘 듣는다. 좋은 일이 일어나면 우리 '스승'들이나 하느님의 업적 덕분이었다. 나쁜 일이 일어나면 우리 탓이었다. 우리가 특정한 잘못을 범했거나, 우리가 전체적으로 너무나 하느님의 마음에 들지 않았기 때문에 수용소 전체가 벌을 받는다는 식이었다.

그런 헛소리를 짧지 않은 기간에 걸쳐 적지 않게 듣다 보면, 차츰 믿게 된다. 세상 모든 고통을 자기 탓으로 여기며 스스로 마음의 짐을 쌓아가는 것이다. 아니면 스스로를 억울한 희생자로 결론짓기도 한다. 잘못한 쪽은 자신의 주인이거나 하느님, 아니면 사탄이라는 식으로 말이다. 그도 아니면 그냥 일이 저절로 그렇게 됐다고 여기거나. 노예는 스스로를 지키려고 그렇게 온갖 방법을 동원한다.

하지만 우리는 더 이상 노예가 아니다.

내가 일으킨 일은 이렇다. 나는 내 동료들을 떠나보냈다. 우리는 노예의 삶을 함께 견디고 살아남았지만, 나로서는 우리가 자유인의 삶도 함께 견디고 살아남을 거라고 믿기가 힘들었다. 나는 지구종 공동체를 부서뜨리고 그 조각들을 온 사방으로 흩뿌렸다. 그렇게 하는 게 옳은 일이었다고 믿지만, 막상 떠올리면 좀처럼 견디기가 힘들다. 일단 이 글을 다 쓰고 나면 마음이 차츰 아물지도 모르겠다. 글쎄. 당장은 내 손으로 내 안에 커다란 구멍을 후벼 팠다는 것만 알 뿐이다. 나는 내게 가장 소중한 이들을 떠나보냈다. 그들은 내게 남은 전부였다. 그들을 다시 만날 일은 아마도 영영 없을 것이다.

화요일에 우리는 캠프 크리스천을 탈출했고, 떠나는 길에 수용소와 교도관들을 불태웠다. 우리는 죽은 동료들의 유골과 첫 번째 지구종 공동체인 에이콘의 꿈을 그곳에 남겨두고 왔다. 설리번 가족과 가마 가족은 자기들끼리 갈 길을 정했다. 어차피 우리가 그들에게 따로 가달라고 요청할 일은 없었을 테지만, 그래도 덕분에 마음이 놓였다. 우리 수중에는 은닉처에 감춰둔 돈과 '스승'들에게서 뺏은 돈밖에 없기 때문이었다. 이제 우리는 집도 일자리도 차도 없는 신세였으니 그 돈으로 여럿이서 오래 버틸 수는 없는 노릇이었다.

나는 친척이나 친구네서 지낼 거라는 그 두 집 식구들 모두에게 우리 아이들에 관해, 수용소의 합법성에 관해, 다른 수용소가 존재하는지에 관해 손이 닿는 정보는 뭐든 다 모아달라고 부탁했다. 우리 모두가 힘닿는 데까지 알아내야 하니까. 나는 그들에게 정보를 찾으면 홀리 가족에게 전언을 남겨달라고 했다. 홀리 가족은 설리번 가족이나 가마 가족보다 사이가 멀기는 해도 우리 이웃이었다. 그들은 설리번네 식구들하고는 친한 사이였고, 노예 신세가 됐다는 소문은 여태 들은 적이 없었다. 그 집 식구들이 곤란해지지 않도록 우리가 신경 써야겠지만 그래도 조심만 하면, 그리고 이따금 혹시 무슨 소식이 있는지 그들을 통해 확인하면, 우리는 다 함께 정보를 주고받을 수 있을 것이다.

문제는, 우리가 캠프 크리스천에 있던 전화기를 소심하게도 단 한 대도 가져오지 못했다는 것이다. 외부 출신자들은 몇 대 챙겨갔지만, 우리는 전화기를 썼다가는 어떻게든 추적당할까 봐 두려웠다. 또다시 목줄을 차는 위험을 감수할 수는 없었다. 우리는 선한 크리스천 아메리카 시민을 죽였으니 평생 노예로 살든가, 아니면 처형당할지도 몰랐다. 반면에 그 시민들이 우리에게서 집과 땅, 자유, 우리 아이들까지 빼앗아간 사실은 그들이 상당한 권력자일 경우에는 깨끗이 무시됐다. 우리는 걱정이 현실이 될지도 모른다고 생각했다. 이미 무슨 일이 일어났는지 보지 않았는가! 우리 모두 겁에 질렸다.

우리끼리는, 여기서 우리란 지구종 사람들만 해당되는데, 메시지 은닉처로 이용할 장소를 이미 합의한 상태였다. 은닉처는 폐허가 된 험볼트 레드우즈 주립공원 근처에 있었다. 우리 가운데 누구든 그곳에 정보를 남기면 다른 사람들은 그 정보를 읽고, 옮겨 적고, 행동 지침으로 삼는다. 위치가 어딘지 우리 모두 알뿐더러 인적마저 드물어서 좋은 곳이다. 그곳은 접근하기조차 쉽지 않다. 우리는 고속도로 근처나 국도변처럼 접근하기 더 편한 곳에서는 만날 엄두가 나지 않았고, 홀리 가족에게 의존하지 않고 우리끼리만 연락할 방법도 필요했다. 나중에 그 집 식구들하고도 만나야겠지만, 그들이 이제 우리를 어떻게 보는지는 아무도 모른다. 우리는 비밀 장소에 메시지를 남겨 우리끼리 연락할 것이고, 어쩌면 그곳에서 모일지도 모른다.

하지만 그 전에 차근차근 적어야 할 이야기가 있다. 우리는 캠프 크리스천을 떠난 후에 다 함께 한동안 시간을 보냈다.

우리는 포장도로를 벗어나 산속으로 더 깊이 걸어 들어갔다. 서남쪽에 있는 가장 큰 은닉처가 추위를 피할 만한 작은 동굴이라는 것을 알기 때문이었다. 그 동굴에서 우리는 휴식을 취하며 캠프 크리스천에서 가져온 식량을 나눠 먹었다. 그러고 나서 묵직한 비닐봉지 여러 개를 파냈다. 우리가 예전에 생필품을 넣은 다음 열을 가하고 밀봉해서 그 동굴에 묻어둔 봉지였다. 그 속에는 온갖 건조식품이, 그러니까 과일과 견과류, 콩, 달걀, 우유가 잔뜩 있었고, 덤으로 담요와 탄약도 들어 있었다. 그중에서도 가장 중요한 것은 이 은닉처에 따로 보관해뒀던 아기 손발 도장 사본이었고, 나는 그것을 그 자리에 있던 부모들에게 나눠줬다. 모라 자매에게도 어린 동생들의 손발 도장 사본을 줬더니 한 장씩 들고 앉아서는, 종이를 가만히 내려다봤다. 그 애들 부모는 둘 다 죽었다. 이제 그 두 아이에게는 곁에 있는 자매 한 명과 어린 남동생들이 전부였다. 동생들을 찾을 수만 있다면.

"그 애들은 우리랑 같이 살아야 해요!" 도 모라가 중얼거렸다. "그 애들을 우리한테서 빼앗아 갈 자격 같은 건 아무한테도 없어요."

아델라 오르티스는 자기 아들의 손발 도장 사본을 접어서 셔츠 속에 넣었다. 그러고는 꼭 아기를 안을 때처럼 가슴 앞에 양팔을 포갰다. 라킨의 손발 도장 사본과 트래비스와 나티비다드네 아이들의 사본은 다른 곳에 있었지만, 나는 해리네 아이들인 타비아와 러셀의 것을 찾아 해리에게 건넸다. 해리는 우두커니 앉아 종이를 가만히 보다가, 찡그린 표정으로 고개를 가로저었다. 그 모습이 마치 이때껏 그 많은 고난을 거쳐온 이유를 종이에 찍힌 손발 자국에서 찾으려 하는 듯했다. 아니면 거기에 자기 아이들의 얼굴이, 자라의 얼굴이 보이는지도 몰랐다. 이미 오래전에 사라진 그 얼굴들이.

우리는 한참 만에 용기를 내서 모닥불을 피우고 그 주위에 둘러앉아 몸을 녹였다. 땔감은 해가 저물기 직전 바깥에 나가서 주워 모았지만, 불은 캄캄해질 때까지 기다렸다가 붙였다. 나무가 젖어서 처음에는 불이 잘 붙지 않았다. 그러다가 조그만 불씨가 생기기는 했지만, 따뜻한 기운보다는 매캐한 연기가 더 강하게 느껴졌다. 구불구불 피어올라 동굴 바깥으로 피어오르는 연기를 부디 아무도 보지 못하기를, 설령 누가 보더라도 산속에 있는 무허가 빈민촌일 거라고 짐작해주기를 바랄 뿐이었다. 겨울이면 이 일대의 산은 춥고 습해서 지내기 불편한 곳, 즉 현대식 편의 시설이 없으면 살기 힘든 곳이지만, 그런 한편으로 분별 있는 사람들은 굳이 접근하지 않는다는 장점도 있다.

나는 해리 곁에 가서 앉았지만, 해리는 손발 도장 사본에서 눈을 떼지 않은 채 계속 고개만 가로저었다. 그러다가 서서히 몸을 앞뒤로 꺼떡거렸다. 모닥불 불빛에 드러난 해리의 표정은 마치 갈라진 것처럼, 부서져 내린 것처럼 보였다. 무슨 까닭에선지 온전히 붙어 있을 수가 없었던 것처럼.

나는 해리를 내 품으로 끌어당겼고, 해리는 내게 안긴 채 꾹꾹 억누른 거친 목소리로, 나직하게 욕을 중얼거리며 흐느껴 울었다. 문득 정신을 차려보니 언제부턴가 나도 덩달아 울고 있었다. 내 생각에 우리 둘 다 속으로는 목청껏 울부짖었지만, 어째선지 겉으로는 그저 소곤거리거나 거칠게 흐느끼는 정도에 그쳤다. 내 목구멍을 비집고 나오려 꿈틀대는 통곡 소리가, 나직하고 너덜너덜한 흐느낌이 되어 흘러나온 해리와 나의 비명이, 나에게는 느껴졌다. 우리가 얼마나 오랫동안 나란히 앉아 서로 끌어안고 속으로 점점 미쳐가면서 죽은 이들과 사라진 이들을 위해 통곡하고 신음했는지, 나는 알지 못했다. 십칠 개월에 걸친 모멸과 고통을 우리는 단 일 분도 더 참을 수 없었다.

우리는 그렇게 내내 울다가 기진맥진한 아이들처럼 잠들었다. 이튿날 나티비다드에게 들었는데 자신과 트래비스도 마찬가지였다고 한다. 다른 사람들은 혼자서 또는 여럿이서 정화淨化의 눈물이나 깊은 잠을 통해, 또는 동굴 안쪽 깊숙한 곳에서 벌어진 은밀하고 격정적인 정사를 통해 제 나름의 위안을 얻었다. 우리는 마침내 함께 모였고, 서로를 위로했다. 그럼에도 나는 우리 한 사람 한 사람이 외톨이라는 생각이 든다. 우리는 서로를 향해 있는 힘껏 손을 뻗고 있지만, 한편으로 우리 안의 어떤 부분은 지금도 불안과 두려움 속에, 캠프 크리스천에서 겪은 고통과 파괴 속에 갇혀 있는 것 같다. 우리는 일종의 해방을 향해, 인간적인 접촉을 향해, 너무나 오랫동안 우리에게 허락되지 않은 정상적이고 인간적인 애도의 방식을 향해 간절히 손을 뻗었다. 나는 우리가 그토록 멀쩡하게 행동한 것이 오히려 감탄스럽다.

이튿날 아침, 루시오 피게로아와 아델라 오르티스는 동굴 안쪽 구석에서 몸을 포갠 채로 눈을 떴다. 서로 마주 보는 동안 둘의 눈빛에 드러난 감정은 처음에는 두려움과 혼란스러움이었고, 다음은 깊은 수치심이었으며, 그다음은 체념이었다. 루시오는 한 팔로 아델라의 어깨를 안은 다음 우리가 은닉처에서 파낸 담요 한 장을 둘러줬고, 아델라는 그의 품에 몸을 기댔다.

호르헤 조와 다이아몬드 스콧 역시 그들과 비슷하게 뒤엉킨 상태로 눈을 떴지만, 이들은 둘 다 놀라지도 당황하지도 않은 기색이었다.

마이클과 노리코는 나란히 잠에서 깬 후에도 서로에게 기댄 채 아무 말도 하지 않고 아무것도 하지 않은 채로, 한참 동안 가만히 누워 있었다. 그들은 마침내 배우자의 품에서 눈을 뜨게 된 것만으로 제각각 만족한 모양이었다.

모라 자매도 나란히 잠에서 깨어났다. 두 아이의 얼굴에는 간밤에 생긴 눈물 자국이 그대로 남아 있었다.

오브리 도브트리와 니나 노이어는 전에는 서로 소 닭 보듯 하는 사이였지만, 웬일인지 지난밤에는 함께 잠들었다. 둘은 눈을 뜨기가 무섭게 불편한 표정을 감출 생각도 안 한 채 멀찍이 떨어졌다.

오직 앨리만 혼자서, 자기 몫의 담요를 덮고 태아처럼 웅송그린 자세로 깨어났다. 나는 앨리를 까맣게 잊고 있었다. 앨리야말로 우리 가운데 누구보다 더 커다란 상실을 겪은 사람이 아니던가?

나는 앨리를 해리와 나 사이에 앉힌 다음, 간밤에 남긴 땔감으로 불을 피워 아침 준비를 시작했다. 아침 식사는 이것저것 긁어모은 식량으로 만들었고, 앨리에게 음식을 먹이는 일은 해리와 내가 맡았다. 나는 다이아몬드 스콧에게 가서 빗을 빌려왔다. 다이아몬드는 몸가짐이 단정한 사람답게 캠프 크리스천을 떠나기 전 용케도 빗을 찾아 챙겼다. 나는 그 빗으로 먼저 앨리의 머리를 빗겨줬고, 뒤이어 내 머리도 빗었다. 어째선지 머리 빗기 같은 일들이 다시금 중요해졌다. 우리 모두 자기 자신을 추슬러 어엿한 인간으로 돌아가려고 애쓰기 시작한 탓이었다. 우리는 너무나 오랫동안 더러운 누더기를 걸친 더러운 노예로 살면서, 강간이나 전기 충격을 피할 생각으로 더럽게 지내는 습관을 몸에 익혔다. 나는 어느새 따뜻하고 깨끗한 물이 가득 담긴 욕조를 간절히 원하는 몸이 됐다. '스승'들 덕분에 더럽고 추악한 상태를 더없이 정상적인 상태로 여기며 살다 보니, 우리는 스스로가 누더기를 걸치고 악취를 풍기는 존재인 것을 가끔 잊어버리곤 했다. 피로와 공포와 고통 속에서 우리가 소중히 여긴 시간은 그저 가만히 누워 모든 것을 잊을 수 있을 때, 아무도 우리를 때리지 않을 때, 뭔가 먹을 것이 있을 때였다. 그런 동물적인 위안만이 우리가 누릴 수 있는 전부였다. 추억을 떠올리는 짓은 안전하지 않았다. 정신이 나갈지도 모르기 때문이었다. 추억을 떠올리다가는.

북반구에 살았던 내 선조들은 법률상 가산家産 노예였다. 미국에서 그들은 이백오십 년 동안 가산 노예였다. 적게 잡아도 열 세대에 걸쳐서. 예전에 나는 그 사실이 무엇을 의미하는지 안다고 생각했다. 이제 나는 선조들이 겪었을 여러 끔찍한 일들에 대해 나로서는 상상할 엄두조차 내기 힘들다는 것을 안다. 선조들은 어떻게 그 모든 일을 겪고도 살아남아 인간성을 유지했을까? 분명한 것은, 그들에게 인간성을 지킬 의도는 전혀 없었다는 점이다. 우리에게 그럴 의도가 없었던 것처럼.

"오늘 아니면 내일, 우리는 갈라설 거예요." 내가 말했다. "수가 적은 집단으로 나뉘어서 여길 떠나야 하니까요."

아침 식사는 끝났고, 우리 모두 조금이나마 덜 흉해 보이도록 몸단장을 한 상태였다. 차츰 서로를 흘끔거리며 이제는 뭘 할 차례인지 궁금해하는 사람들의 모습이 눈에 띄었다. 나는 다음 할 일이 무엇인지 알았다. 설령 우리가 탈출에 성공한다 해도 함께 머물지는 못하리라는 것을, 나는 사실상 목줄이 채워지던 순간부터 이미 알고 있었다.

"지구종은 계속 이어질 거예요." 나는 침묵하는 사람들을 향해 말했다. "하지만 에이콘은 죽었어요. 그리고 우리는 사람 수가 너무 많고요. 이대로는 금세 발각될 테고, 금세 붙잡히거나 살해당할 거예요."

"우리 힘으로 뭘 어쩔 건데요?" 오브리 도브트리가 물었다.

그 말에 해리 볼터가 생기 없는 목소리로 대꾸했다. "갈라져야 해요. 따로따로 이동하면서 우리 아이들을 찾는 거예요."

"싫어요." 니나 노이어는 나직한 목소리로 그렇게 말하고는 뒤이어 목소리를 더 높였다. "싫어요! 저희 가족은 다 죽었어요, 그런데 이제 또 저 혼자 떠나라는 말씀이세요? 싫어요!" 이제 니나는 악을 지르고 있었다.

"그래." 나는 내가 낼 수 있는 가장 부드러운 목소리로 니나에게, 니나에게만 들리도록 말했다. "니나, 넌 나랑 같이 가자. 나도 가족을 다 잃었어. 나랑 같이 가자. 네 동생들하고 내 딸하고 앨리 아들을 우리가 같이 찾아보는 거야."

"난 모두 함께 있는 게 좋단 말이에요." 니나는 조그마한 목소리로 말하고는 울음을 터뜨렸다.

"우리가 다 함께 움직였다간 순식간에 목줄을 차든가 몰살당할 거야." 해리는 그 말을 하고 나서 나를 돌아봤다. "나도 너랑 같이 갈게. 넌 도와줄 사람이 필요하니까. 그리고…… 난 우리 애들을 다시 찾고 싶어. 애들이 잘못됐을까 봐 불안해죽겠어. 지금은 그것 말고는 아무것도 생각나질 않아. 그것 말고는 아무것도 궁금하지 않고."

뒤이어 앨리가 해리의 어깨에 손을 얹었다. 위로를 전하는 손짓이었다.

"아무도 혼자 출발하면 안 돼요." 내가 말했다. "혼자서 움직이면 너무 위험해요. 그렇다고 한 무리에 대여섯 명이 넘게 모이지는 마세요."

"저희는요?" 도 모라가 동생 토리의 손을 잡고 물었다.

그 순간에는 두 아이가 친자매가 아니라는 사실을 떠올리기가 힘들었다. 외롭고 겁먹은 노예 출신 남녀가 만나 서로 반해서 결혼했고, 그들의 딸인 도와 토리는 자매가 됐다. 그랬던 자매가 이제는 부모를 잃고 단둘뿐인 신세가 된 것이다. 나는 그 애들의 끈끈한 사이가 부러우면서도, 그 애들이 걱정된다. 그 애들은 아직 어린데도 캠프 크리스천에서 견디기 힘든 수준의 학대를 당했다. 한눈에 봐도 굶주리고 겁에 질렸다. 나로서는 그 느낌을 정확히 묘사하기가 힘들지만, 어쩐지 그 애들은 나이 들어 보인다. '스승'들은 데이가 봉기를 일으켰을 때 그 애들이 초공감자인 것을 눈치챘고 이 점을 빌미로 더욱 혹독하게 괴롭혔지만, 그 애들은 다른 초공감자들의 정체를 단 한 명도 털어놓지 않았다. 그 정도로 용기 있는 아이들인데도, 결국에는 새 목줄을 목에 차게 될 확률이 십중팔구였다. 아니면 자진해서 매춘에 나서기로 마음먹을지도 몰랐다. 오로지 먹을 것을 구할 목적으로.

"너흰 우리랑 같이 가자." 나티비다드가 말했다. "우린 아이들을 찾을 작정이야. 형편이 되면 너희 남동생들도 같이 찾아볼게."

도는 입술을 깨물며 말했다. "저 임신했어요. 토리는 아닌데요, 전 그렇게 됐어요."

"우리가 죄다 임신하지 않은 게 오히려 놀랍지." 내가 말했다. "우린 노예였어. 하지만 이젠 자유야." 나는 도를 물끄러미 봤다. 키가 크고 날씬해서 가냘파 보이는 그 애는, '도'*라는 이름처럼 눈이 커다랬다. "도, 넌 어떻게 하고 싶니?"

도는 긴장한 듯 침을 꿀꺽 삼켰다. "모르겠어요."

"이 애들은 우리가 챙길게." 트래비스가 나서며 말했다. "어떤 결정을 내리든, 우리가 힘이 되어줄게. 이 애들의 아버지는 좋은 사람이었어. 나하고는 친구였고. 그러니까 우리가 챙길 거야."

나는 안도하며 고개를 끄덕였다. 트래비스와 나티비다드는 내가 아는 한 가장 재주 있고 믿음직한 한 쌍이다. 그 둘은 오래도록 살아남을 테고, 여자애들도 그들과 함께하는 한 살아남을 것이다.

다른 사람들도 하나둘 모여 무리를 지었다. 아델라 오르티스는 원래는 트래비스와 나티비다드, 모라 자매와 함께 가려고 했지만, 마지막에 마음을 고쳐먹고 루시오 피게로아 남매와 함께 가기로 했다. 아델라와 루시오가 어쩌다 간밤에 서로

* 사슴이나 토끼 같은 포유동물의 암컷을 가리키는 영어 단어 'doe'와 철자 및 발음이 같다.

의 품을 파고들었는지는 알 길이 없지만, 이제 와 생각해보면 아델라는 루시오와 오래가는 관계를 꿈꾸는지도 모른다. 루시오는 아델라보다 훨씬 더 연상인데, 아무래도 아델라는 그가 자신을 원하고 자신을 돌봐주기를 바라는 모양이다. 하지만 아델라도 임신한 몸이다. 아직은 배가 많이 부르지 않았지만, 본인 말로는 적어도 이 개월은 된 것 같다고 한다.

게다가 루시오는 아직 테리사 린을 잊지 못했다. 테리사가 죽었기 때문에, 그것도 그런 식으로 죽었다는 사실 때문에 루시오는 말수가 몹시도, 몹시도 적어졌다. 태도는 상냥했지만, 거리감이 느껴졌다. 에이콘에서 지내던 시절에는 그렇지 않았다. 루시오는 우리와 합류하기 전에 아내와 아이들을 잃었다. 그래서 여동생과 조카들을 돌보는 데 온 시간과 힘을 쏟았다. 그러다 테리사가 우리와 합류하고 나서부터 비로소 다시금 사람들과 어울리기 시작했다. 그런데 이제는……. 이제 그는 애초에 누구를 마음에 품었다가 잃어버리는 것 자체가 너무 견디기 힘든 일이라고 결론지었는지도 모른다.

그게 견디기 힘든 건 사실이다. 아주 끔찍할 만큼. 그 정도는 나도 안다. 하지만 그런 한편으로 나는 아델라가 어떤 사람인지도 안다. 아델라는 자신을 필요로 하는 사람이 있어야 버티는 타입이다. 아델라는 원래 스스로가 임신했다는 사실을 혐오했고, 자신을 집단으로 성폭행한 남자들도 증오했다. 하지만 자기 아기는 기쁜 마음으로 돌봤다. 세심하고 자애로운 어머니였고, 그래서 행복했다. 이제 그런 아델라 앞에 무엇이 기다릴지 나로서는 상상이 가질 않는다.

다만 그토록 내 친구들과 동료들이 걱정됐는데도, 갈라져야 하는 공동체를 하나로 붙들고 싶은 마음이 굴뚝같았는데도, 작별의 모든 과정은 내 예상보다 더 쉬웠다. 내가 상상했던 것보다 더 간단했다. 다들 육 년이 넘는 시간 동안 손발이 척척 맞던 사이였고, 노예로 사는 동안 너무나 많은 것을 참고 견뎠기 때문이었다. 이제 우리는 스스로의 의지로 갈라져서 각자의 길을 어떻게 헤쳐 갈지 결정해야 했다. 그 일이 식은 죽 먹기였다는 말은 아니다. 그저 내 예상보다는 간단했다는 말이다. 변화가 곧 하느님이다. 나는 육 년 동안 사람들에게 그렇게 가르쳤다. 그 말은 진실이고, 이제 그 말이 우리 앞에 나아갈 길을 깔아줬다는 생각이 든다. 지구종은 우리가 현실 세계에서 살아가면서 스스로 원하는 세계를 빚도록 준비시킨다. 그러나 그 과정에서 쉬운 일은 정말이지 하나도 없다.

사람들과 함께 다른 은닉처를 돌아다니며 예전에 남겨둔 물자를 파내고 아이들의 손발 도장을 더 모으다 보니 어느새 해 질 녘이었다. 그래서 우리는 하룻밤 더 함께 머물렀다. 은닉처를 모두 다 돌고 나서 깊이가 야트막한 다른 동굴에 들어가 밤을 보냈다. 은닉처 한 곳은 털렸지만, 나머지는 다 멀쩡했다. 그날 밤은 또 비가 내려서 쌀쌀했다. 비 때문에 우리 흔적을 찾기가 사실상 불가능해진 점을 생각하면 다행이었다. 그 마지막 밤, 저녁을 다 먹고 나서, 우리는 곧장 곯아떨어졌다. 종일 산속을 터벅터벅 걸어 다닌 데다 은닉처에서 한 번씩 멈출 때마다 점점 더 짐이 무거워진 탓에 다들 기진맥진한 상태였다. 하지만 이튿날 아침에 헤어지기 전에, 우리는 마지막 집회를 열었다. 그레이스는 모라와 트래비스가 지은 노래에 맞춰 지구종 시를 함께 노래했다. 우리는 죽은 동료들을, 명을 다한 에이콘도 함께, 추모했다. 우리 한 사람 한 사람이 소감을 말하며, 추모했다.

"여러분은 지구종이에요." 나는 마지막에 그들에게 말했다. "언제나 그럴 거예요. 사랑해요. 여러분 모두를."

나는 잠시 입을 다물고 내게 남은 마지막 자제력을 끌어내려 애썼다.

나는 간신히 말을 이었다. "이 나라의 모든 국민이 앤드루 재럿 편에 서지는 않을 거예요. 그건 우리가 이미 아는 사실이에요. 재럿은 사라질 테고, 우리는 그 후에도 여전히 살아 있겠죠. 우린 웬만한 사람들보다 살아남는 기술에 훤해요. 우리가 여태 살아 있는 게 그 증거예요. 우리한텐 남들이 못 가진 도구가 있어요, 그리고 사람들은 그 도구가 필요하죠. 우리가 아는 지식을 나눌 때가 다시 올 거예요." 나는 잠시 말을 멈추고는, 침을 삼켰다. 그런 다음 사람들에게 말했다. "잘들 지내요. 서로서로 돌봐주면서."

우리는 새로 정한 험볼트 레드우즈 메시지 은닉처를 앞으로 일 년 동안 한두 달에 한 번씩 확인해보기로 했다. 적어도 일 년은 해야 할 듯싶었다. 다른 무리의 행선지를 아직은 각각의 무리가 공유하지 않는 게 좋겠다는 의견에 다들 공감했다. 그래야 한 무리가 붙잡혀도 다른 이들을 강제로 배신하는 일이 없을 테니까. 살 곳을 찾을 때 유리카와 아카타 일대를 피하는 게 좋다는 말에도 공감했는데, 교도관들 대다수가 그 일대에 살았기 때문이었다. 죽은 이들과 비번인 덕분에 아직 살아 있는 이들 모두 마찬가지였다. 그 두 도시는 각각 커다란 크리스천 아메리카 교회와 몇몇 산하 조직의 본거지였다. 우리 아이들을 찾으려면 그곳에 가야 할지도 모르지만, 일단 아이들을 찾으면 데리고 나와 다른 곳에 가서 살아야 한다.

"그리고 이름을 바꿔야 해요." 나는 사람들에게 말했다. "되도록 서둘러서 새 신분증을 사세요. 그러고 나면 안심해도 돼요. 여러분은 정직한 사람들이니까요. 혹시 누가 그렇지 않다고 하면, 그렇게 말한 사람을 거짓말쟁이로 몰아 공격하세요. 정체를 숨긴 사이비 종교 신자라고, 마녀, 사탄 숭배자, 도둑이라고 몰아붙이는 거예요. 본인이 생각하기에 신고자를 가장 큰 위험에 빠뜨릴 혐의가 뭐든, 바로 그 혐의를 붙이세요! 스스로를 방어하는 걸로 그쳐선 안 돼요. 공격하세요. 그리고 신고자들이 무서워서 벌벌 떨 때까지 공격을 멈추지 마세요. 그자들을 잘 관찰하세요. 그자들의 몸짓을 눈여겨봐야 해요. 그자들에게 해를 끼치거나 겁을 주기에 가장 좋은 방법이 뭔지는 그자들의 반응을 보면 알 수 있으니까요. 여러분이 그런 경우를 많이 겪을 것 같진 않아요. 혹시라도 캠프 크리스천에서 알고 지내던 사람하고 우연히 맞닥뜨릴 확률은 낮으니까요. 그저 만일의 경우를 생각해 정신적으로 대비해야 한다는 말이에요. 변화가 곧 하느님이에요. 스스로를 돌보세요."

그러고 나서 우리는 각자의 길에 나섰다. 트래비스는 인파 속에 섞일 기회가 있다면 모를까, 그렇지 않다면 고속도로를 따라 걷는 것은 피해야 한다고 했다. 그가 말하길 고속도로에 사람이 적으면 우리는 산속을 따라 걸어야 한다고 했다. 더 힘들지만 더 안전할 거라면서. 나도 그 말에 찬성했다.

우리는 서로서로 안아줬다. 작별하려면 먼저 수많은 동료를 안아야 했다. 언젠가 다른 주에서, 아니면 다른 나라에서, 아니면 재렷이 물러난 후의 미국에서 다시 모일 가능성을 믿어야 했다. 눈물과 두려움과 희망을 가져야 했다. 그날의 마지막 작별은 끔찍했다. 그렇게 하기로 결정하는 일은 내 생각보다 쉬웠다. 그 결정을 실행하기는 훨씬 더 힘들었다. 내가 살면서 했던 가장 힘든 일이었다.

이윽고 나와 앨리, 해리, 니나만 남았다. 우리 넷은 진흙탕을 헤치며 북쪽으로 향했다. 익숙한 산속을 지나 유리카 변두리까지 간 다음, 마침내 조지타운에 도착했다. 다른 무리들과 헤어진 후에 조지타운으로 가자고 제안한 사람은 바로 나였다.

"왜?" 그렇게 묻는 해리의 목소리는 하도 싸늘해서 해리 같지 않았다.

"정보를 수집하기에 좋은 곳이니까. 내가 돌로레스 라모스 조지하고 아는 사이기도 하고. 돌로레스는 우릴 도울 처지가 아닐지도 모르지만, 그래도 우리가 거기 있다는 걸 남들한테 밝히진 않을 거야."

내 말에 해리가 고개를 끄덕였다.

"조지타운이란 데는 어떤 곳이에요?" 니나가 물었다.

"무허가 빈민촌이야." 내가 대답했다. "아주 넓고 지저분하지. 우리가 너희 자매를 찾으러 다닐 때 들른 곳이기도 해. 하도 복잡해서 사람들 속으로 사라지기에도 좋아. 오지랖 넓게 구는 작자도 없고, 돌로레스 부하들도 괜찮은 사람들이야."

"그 사람들은 괜찮아." 앨리가 맞장구를 쳤다. "누굴 밀고하진 않으니까." 전기 충격 고문을 당한 후로 앨리가 남에게 먼저 말을 하기는 처음이었다. 내가 돌아보자 앨리는 같은 말을 되풀이했다. "그 사람들은 괜찮아. 조지타운에서 저스틴을 찾아봐도 괜찮을 거야."

제16장

지구종의 숙명은
별들 사이에 뿌리내리는 것이다.

새로운 대지 위에서
살아가며 번영하는 것이다.

새로운 존재가 되어
새로운 질문을 품는 것이다.

천상계를 향하여 거듭 또 거듭
도약하는 것이다.

광활한 천상계를
탐험하는 것이다.

광활한 우리 내면을

탐험하는 것이다.

—《지구종: 산 자들의 책》에서

내게 선명하게 남아 있는 최초의 기억에는 인형이 나온다. 그때 나는 세 살, 아니면 네 살 정도였다. 그 인형이 어디서 왔는지는 모른다. 그건 지금도 알지 못한다. 그런 인형을 보기는 그때가 처음이었다. 그때껏 나는 인형이 나쁜 것이라거나 금지된 것이라는 말은커녕 인형이라는 게 있다는 말조차 들은 적이 없었다. 이제 와서 생각해보면 누군가 우리 집 담장 너머로 던져놓고 그대로 내버려둔 것 같기도 하다. 집 뒷마당에 커다랗게 자란 소나무의 밑동 근처에서 그 인형을 발견했다.

그 인형은 금발에 눈이 파란 사춘기 여자애의 모습을 본떠 만든 물건이었다. 자세가 아주 꼿꼿하고 몸매가 날씬했던 것이 기억난다. 인형의 옷은 분홍색 천 쪼가리였다. 그 천 쪼가리는 끄트머리 세 군데를 인형의 한쪽 어깨와 허리 양쪽에서 등 뒤로 돌려 매듭을 지었는데, 그 매듭이 손끝에 닿았을 때의 느낌이 지금도 기억난다. 인형의 딱딱한 플라스틱 몸통 위에서 그 매듭은 묘하게도 물렁물렁한 덩어리 같았기 때문에, 나는 손끝이 닿자마자 그 매듭을 조몰락거리기 시작했다. 그러다가 매듭을 입에 물고 우물우물 씹었다. 그다음은 인형의 거칠거칠한 노란색 머리카락을 살펴볼 차례였다. 언뜻 보면 머리카락 같았지만 만져보니 느낌이 달랐다. 다리가 움직이지 않는 점도 거슬렸다. 인형은 양다리가 그저 뻣뻣하게 뻗어 있을 뿐이었고, 양발 역시 까치발 모양으로 고정된 상태였다. 나는 인형을 갖고 노는 법은 알지 못했지만, 인형을 눈으로 감상하고, 손으로 만지고, 입으로 맛보고, 나의 세상에 찾아온 하나의 새롭고 낯선 것으로 기억 속에 정리해두는 법은 알고 있었다.

그때 케이시가 그곳에 나타나 인형을 내 품에서 낚아챘다. 내가 인형을 되찾으려고 손을 뻗었을 때, 케이시가 내 뺨을 갈겼다. 내 등 뒤로 다가왔다가 내가 무엇을 들고 있는지 보고는, 더럭 화가 난 나머지 평정심을 잃었던 것이다. 케이시는 엄격한 원칙주의자였지만 내게 손찌검을 한 적은 거의 없었다. 이 글이 케이시에게 공정한 기록이 되게끔 말해두자면, 내 기억에 케이시가 화를 못 이겨서 그렇게 무심코 내게 손을 휘두른 경우는 그때가 유일했다. 어쩌면 그래서 내가 그 일을 그토록 또렷이 기억하는지도 모른다.

펠리컨 베이의 크리스천 아메리카 보육원에서 자란 남성에게서 들었는데, 보육원장이던 여성이 케이시와 비슷한 방식으로 분노에 휩싸였다가 그만 아이 한 명을 죽였다고 한다.

희생당한 아이는 투렛 증후군을 앓는 일곱 살배기 남자애였다. 제보자는 이렇게 말했다. “우리는 어려서 투렛 증후군이 뭔지 전혀 몰랐지만, 그 애가 큰 소리로 욕을 지껄이고 이상한 소리를 내는 게 스스로를 통제할 수 없어서 하는 짓이란 건 알 수 있었어요. 그 애의 본심이 아니란 걸 말이에요. 개중에는 그 애를 싫어하는 애도 있었어요. 그 애가 미쳤다고 생각하는 애들도 있었고요. 하지만 그 애가 외치는 말이 진심이 아니란 건 우리 모두 알았어요. 스스로도 어쩔 수 없어서 그런다는 걸 우리는 알았단 말이에요. 하지만 원장은 그 애 안에 악마가 있다면서, 언제나 그 애한테 고함을 질러댔어요. 날마다요. 그러다 하루는 그 애를 때려서 식기장 모서리에 부딪히게 했어요. 그런데 하필이면 그 애가 머리를 부딪히는 바람에 그만 죽어버린 거예요. 원장이 유죄 선고를 받고 목줄을 찼을 것 같진 않지만, 그래도 원장 자리에서 잘리기는 했어요. 난 그 여자가 다른 전문직 일자리를 못 구하고 제 발로 부채 노예 신세가 되기만 바랄 뿐이었죠. 그런 인간은 어떤 식으로든 목줄을 차는 신세가 돼야 마땅하니까요."

크리스천 아메리카 교회의 신자 가운데 일부는 맹목적으로 엄격하게 굴었다. 가장 큰 해악을 저지르는 부류가 바로 그들이었다. 그들은 스스로가 옳다고 너무나 확신한 나머지 중세 시대의 이단 심문관처럼 사람의 영혼을 구원하기 위해서라면 그 사람을 죽이는 것도, 심지어는 죽을 때까지 고문하는 것도 서슴지 않았다. 케이시는 그 정도로 악독하지는 않았어도 평범한 지능을 지닌 이들 중에서는 누구보다도 엄격하고 고지식한 정신의 소유자였고, 이는 곧 내 고통의 원천이었다.

아무튼, 케이시는 내게서 인형을 빼앗은 다음 내 뺨을 후려치기 시작했다. 그러는 동안 내내 나에게 악을 썼다. 나는 하도 겁이 나서 덩달아 악을 질렀기 때문에 그때 케이시가 뭐라고 했는지 알아듣지 못했다. 이제 와 돌이켜보면 분명 우상 숭배나 이단 신앙, 아니면 본떠 만든 형상이 어쩌니 하는 말*이었을 것이다. 크리스천 아메리카 교회는 죄악의 범주를 새로 만들어 내는 한편으로 오래된 범주의 폭을 넓히기까지 했다. 사진은 종류를 가리지 않고 소지가 금지됐다. 영화와 텔레비전도 금지됐지만, 어째선지 드리마스크는 그렇지 않았다. 다만 허용되는 마스크는 종교를 주제로 삼은 것들뿐이었다. 나중에 학교에 들어가서 보니 상급생 아이들은 모험과 전쟁, 섹스 같은 이야기를 제공하는 세속적인 마스크를 돌려 보곤 했다. 나는 일부러 엉뚱한 제목을 붙인 드리마스크를 쓰고서 처음으로 성적 쾌감을 경험했다. 그 마스크의 제목은 〈모세 이야기〉였다. 사실, 진짜 내용은 목사든 집사든 가리지 않고 유혹해 격정적인 섹스를 나누는 여자애의 이야기였다. 그 마스크를 발견했을 때 나는 열한 살이었다. 만약 케이시가 그 마스크의 진짜 정체를 알았다면 내 뺨을 때리는 정도로 끝내지는 않았을 것이다. 나는 그 야한 마스크를 단단히 숨겨놓았다.

하지만 세 살이었을 적의 나는 인형을 숨길 생각까지는 미

* 크리스트교의 십계명 가운데 우상 숭배를 금하는 둘째 계명을 가리킨다.

처 하지 못했다. 그저 케이시의 반응을 보고 그것이 얼마나 고약한 물건인지 알았을 뿐이다. 케이시는 집 뒷마당에 구멍을 파고 그 속에 인형을 집어넣은 다음 폐지로 덮고 식용유를 뿌려 불을 붙였고, 그러는 동안 나로 하여금 그 과정을 지켜보도록 했다. 그러면서 말하기를, 내가 계속 하나님을 거역하고 사탄의 뜻을 따르면 바로 그런 꼴을 당하게 될 거라고 했다. 나는 지옥에 떨어질 테고, 자신이 인형에게 한 짓을 악마가 나에게 할 거라는 말도 했다. 형체를 알아볼 수 없는 시커먼 플라스틱 덩어리가 되어버린 그 인형을 억지로 봤던 것이 기억난다. 케이시가 내게 그 덩어리를 손으로 들라고 시킨 탓에 나는 울음이 터졌다. 그 덩어리가 아직 뜨거웠기 때문에, 그래서 손을 데었기 때문에.

"고작 이 정도로 괴롭다는 생각이 들면." 케이시가 말했다. "나중에 지옥에 가서 거긴 어떤지 한번 봐."

세월이 흘러 내가 성인이 되고 난 후에 친구의 어린 딸이 내게 자기 인형을 보여준 적이 있다. 그때 나는 용케도 벌떡 일어서서 그 집을 나섰다. 비명을 지르거나 인형을 빼앗아 던져버리지는 않았다. 그저 달아났을 뿐이다. 그 어린 여자애의 인형을 보고 공황 상태에 빠졌던 것이다. 진짜 공황 상태에. 그때 나는 한참 동안이나 생각하고 기억을 더듬은 끝에 겨우 그렇게 된 이유를 알아차렸다.

크리스천 아메리카 교회의 사명은 미국을 처음부터 예정되어 있던 위대한 크리스트교 국가로 만드는 것, 미국으로 하여금 장차 힘과 안정과 세계를 이끌 리더십을 겸비한 나라가 되도록 준비시키는 것, 미국 국민들에게 천국에서 영생을 누릴 준비를 시키는 것이었다. 하지만 요즘 들어 가끔 크리스천 아메리카 교회와 그 교회가 수많은 사람들의 생사를 좌우하던 시절에 저지른 여러 가지 행각을 생각할 때, 내 머릿속에 떠오르는 것은 질서도 안정도 위대함도 아니고, 심지어는 캠프 크리스천이나 펠리컨 베이 같은 곳도 아니다. 나는 다른 격정을, 크리스천 아메리카 교회 신자의 삶을 거의 잠식하다시피 한 갖가지 사소하고, 서글프고, 어리석은 격정들을 떠올린다. 어린 여자애의 인형을 떠올리고, 그런 인형을 보면 지금도 어쩔 수 없이 느끼고 마는 공황 상태의 그늘에서 벗어나려고 안간힘을 쓰는 것이다.

《로런 오야 올라미나의 일기》에서

2035년 3월 28일 수요일

우리는 저스틴 길크리스트를 찾았다. 아니, 그보다는 저스틴이 우리를 찾은 셈이다. 조지타운에 머문 몇 주 동안 우리에게 일어난 가장 좋은 일이다.

우리는 숙식을 제공받는 대가로 조지 가족 밑에서 일했다. 그러는 동안 허약해진 몸을 추슬렀고, 우리 아이들이 어디 있는지 힘닿는 데까지 수소문했으며, 한편으로는 새 소식을 이것저것 챙겨 들으면서 변해버린 세상에 적응할 방법을 궁리했다. 생활비는 우리가 일해서 벌었기 때문에 도착할 때 지녔던 돈은 거의 고스란히 남아 있었다. 나는 사람들을 대신해 글을 읽고 써주는 일로 부수입도 조금 올렸다. 조지타운 사람들은 대부분 까막눈이기 때문이었다. 나는 글을 배우고 싶어 하는 몇 안 되는 이들에게 읽기와 쓰기를 가르치기 시작했다. 그 일로도 경화를 조금 벌고 있다. 그리고 연필로 남의 집 아이나 다른 식구들의 초상화 스케치를 그려 팔기도 한다. 그중 마지막 일은 신중하게 해야 한다. 크리스천 아메리카 교회의 광신도 중에서도 한층 더 광적인 부류 중에는 아이의 초상화마저 '본떠 만든 형상'으로 결론지은 자들이 있는 것 같기 때문이다. 그런 견해는 너무 극단적이라서, 주민 대다수가 재럿을 지지하는 조지타운에서도 거의 공감을 얻지 못하는 듯하다. 이곳 주민들 중에는 아들이나 형제, 남편, 그 밖의 다른 남자 친척이 알래 전쟁에서 다치거나 죽은 사람이 많지만, 그런데도 여전히 재럿을 지지한다.

사실, 조지타운에서 재럿은 지지와 경멸을 동시에 받는다. 신앙이 두터운 빈민이 무지하고 겁먹은 상태에서 스스로의 처지를 간절히 개선하고 싶어 할 경우, 대통령 자리에 '하나님의 종'이 앉아 있다면 보기에 흐뭇할 수밖에 없다. 그리고 그런 이들에게는 재럿이 그렇게 보인다. 하나님의 종으로.

신앙이 덜 두터운 이들 중에서도 일부는 재럿을 지지한다. 그들은 이 나라가 질서와 좋은 일자리와 양심적인 경찰과 무상 공교육을 다시 되찾으려면 강력한 집권자가 있어야 한다고 말한다. 또한 그 집권자에게 충분한 시간과 재량을 줘야 나라를 바로잡을 수 있다는 말도 한다.

하지만 다른 종교를 믿는 이들과 종교를 아예 믿지 않는 이들은, 재럿을 가리켜 위선자라며 비웃는다. 그들은 재럿을 비웃고 미워하지만, 한편으로는 두려워한다. 재럿의 본모습이 독재자인 것을 간파하기 때문이다. 그리고 악당들은 재럿을 자기네와 같은 부류로 여긴다. 그래서 부러워한다. 재럿은 더 대담하고 더 성공한 도둑이자 살인자이며, 노예 상인이다.

재럿을 지지하는 빈곤층 노동자들은 자진해서 속고 싶어 하고, 속지 않고는 버티지 못한다. 그들은 위험하고 지저분한 일자리에서 오랜 시간 고되게 일하며 근근이 살아간다. 그래서 그들에게는 구세주가 필요하다. 특히 빈곤층 여성은 신앙이 독실해서 재럿을 재림 예수로 간절히 믿고 싶어 하는 경향이 있다. 그들이 가진 거라곤 신앙뿐이다. 고용주와 남편은 그들을 학대한다. 그들은 아이를 부양하지도 못할 만큼 많이 낳는다. 모두가 그들을 멸시한다.

그럼에도, 극단적인 재럿 지지자들이 죄악이라고 떠들든 말든 간에, 그런 여성들은 자기 자녀의 초상화를 갖고 싶어 한다. 그리고 나는 이곳 사진사들보다 수고비를 더 적게 받는다.

또한 사진사들보다 더 친절하다. 나는 어린아이에게 묻은 흙이나 아이의 상처, 너덜너덜한 옷 따위는 그린 적이 없다. 그런 것까지 그릴 필요는 없다. 애인이나 부모가 좋아하도록, 머리가 조금 굵은 아이들 중에 평범한 남자애는 잘생기게 그려줬고 평범한 여자애는 예쁘게 그려줬다. 친척이나 친구의 따스한 추억을 참고삼아 몇 번이나 시도한 끝에 죽은 이의 초상화를 그린 적도 있다. 물론 그렇게 그린 그림이 얼마나 정확한지는 알 길이 없지만, 사람들은 그런 그림을 보며 기뻐한다.

내 생각에 무허가 빈민촌이나 마을의 저소득층 주거 구역에 눌러사는 동안에는 초상화를 그리고 글을 가르치고 대필업자로 일하며 생계를 이어갈 수 있을 듯싶었다. 그리고 그런 곳의 주민들과 안면을 트면 여분의 소득이 생기기도 했다. 무허가 빈민촌의 주민들 중에는 마을과 도시에 있는 조금은 잘사는 집의 마당과 집 안에서 일하는 이가 많았다. 정원 손질과 집 청소, 페인트칠, 목공 작업, 육아, 심지어 일부 배관 작업과 전기 공사까지 빈민촌 사람들이 도맡았던 것이다. 그들의 고용주는 단독주택이나 공동주택은 소유했어도 더부살이하는 하인까지 무급으로 고용할 여유는 없는 계층이었다. 그런 이들은 남에게 푼돈을 지불하거나 식량 또는 옷을 주고 자기네가 할 일을 대신 시켰다. 그런 일을 하는 빈민촌 사람들은 어떤 종류의 것이든 쓸 만한 정보를 보고 들을 기회가 있었다. 예컨대 고용주 집이나 그 이웃집에 못 보던 아이들이 나타나면, 늘 들르는 일용직 노동자들은 그 사실을 알아차리게 마련이다. 그리고 적당한 대가를 지불하면 그들은 자기가 아는 사실을 들려준다. 이곳에서는 다른 모든 것과 마찬가지로 정보도 사고파는 대상이다.

다만 내가 기울인 노력이 무색하게도, 우리가 저스틴을 찾은 것은 돈을 주고 산 정보 덕분이 아니었다. 저스틴이 새로 입양된 집에서 탈출해 우리를 찾아왔기 때문이었다. 저스틴은 이제 열한 살이다. 무엇이 진실이고 무엇이 거짓인지 스스로 판단할 수 있는 나이이자, 십일 년이라는 생애에서 무려 팔 년 동안 엄마로 부른 여성이 악마를 숭배하는 악인이었다는 말을 곧이곧대로 듣기에는 너무 많은 나이인 것이다.

그때 나는 펜과 잉크로 스케치한 어머니와 어린 두 자녀의 초상화를 막 완성한 참이었다. 그림 속의 세 사람은 판자와 플라스틱으로 지은 판잣집 바깥에 앉아 있었다. 나는 내가 머무는 호텔 방으로 돌아가는 중이었다. 조지타운의 길거리는 모두 흙길 아니면 쓰레기가 가득한 도랑, 즉 복개 공사가 안 된 하수도라서 걷다 보면 발치에 뭐가 부딪힐지 알 수가 없다. 조지 가족은 현명한 사람들이라 가장 지저분한 곳을 피해 언덕 위쪽에다 사업장을 옹기종기 지었지만, 나로서는 주민 대부분이 거주하는 이곳까지 내려오지 않고는 일을 할 방법이 없다. 나는 이곳에 오고 나서 물건을 별로 사지 않았지만, 공들여 만든 방수 장화 한 켤레는 제값을 주고 구입했다.

나는 걸으면서 방금 전에 내가 그렸던 여성을, 또 삼 개월 된 아기와 십팔 개월 된 아기를 머릿속에 떠올렸다. 아기들 어머니는 아직 서른 살도 안 됐건만 겉보기에는 쉰 살 같았다. 자녀가 아홉 명인 그 여성은 성긴 머리카락이 희끗희끗했고, 이는 거의 다 빠지다시피 했다. 시간을 거슬러 과거로 돌아간 기분이 들었다. 그러니까, 먼 옛날로. 에이콘에서 우리는 19세기 사람들처럼 살았다. 나는 궁금해졌다. 여긴 지금 어느 시대지? 18세기? 하지만 어째선지, 얄궂게도, 내 마음은 어느새 그 여성에 대한 부러움으로 점점 차올랐다.

가끔 나는 그 가난하고 애처로운 여성들을 보면서 부럽다 못해 거의 몸서리가 날 지경이다. '그래도 저 여자들은 아이가 있잖아.' 설령 다른 것은 하나도 갖지 못했다 해도, 그 여자들에게는 아이가 있다. 그런 아이들을 보고 또 그리다 보면, 나는 금방이라도 마음이 무너질 것만 같다.

조지 가족의 호텔에 있는 내 방으로 돌아가려고 언덕을 터벅터벅 올라가다 보니, 길가에 웬 어린 남자애가 두 손으로 머리를 감싼 채 쭈그려 앉아 있었다. 흔히 보이는 누더기 차림의 빼빼 마른 아이였다. 나는 그 아이가 코피를 흘리는지도 모른다고 생각한 나머지 서둘러 아이 앞을 지나가려 했다. 그렇게 초공감 능력 때문에 가끔 겁쟁이가 되는 것이다. 하지만 한편으로는 그 능력 덕분에 겁쟁이가 되기를 거부하기도 한다.

나는 걸음을 멈추고 아이에게 물었다. "얘, 너 괜찮니?"

아이는 내 목소리를 듣고 움찔하더니, 나를 올려다봤다. 피는 흘리지 않았지만 입술이 찢어지고 부어 있었고 뺨에는 베인 지 오래된 상처가 있었으며, 이마 왼쪽은 큼지막하게 부어올라 검푸른 멍이 든 상태였다. 나는 일찍이 뜻밖의 고통과 마주했을 때 배워둔 익숙한 방식대로 몸이 마비됐고, 그러는 사이에 아이가 뭐라고 중얼거렸지만 입이 너무 심하게 부은 탓에 무슨 말인지 알아듣지 못했다. 뒤이어 아이가 무턱대고 내게 몸을 던졌다.

처음에는 나를 공격하려고 그러는 줄 알았다. 나는 아이가 단검이나 구식 면도칼, 아니면 피부에 붙이는 패치 방식의 독약이나 마약 같은 것을 들고 있겠거니 하고 생각했다. 도둑질이나 살인을 저지르는 어린애가 있다는 건 새로운 소식 축에도 끼지 못했다. 조지타운처럼 커다란 무허가 빈민촌에는 그런 아이들이 꽤 여럿 있었지만, 보통은 체격이 작거나 약한 사람, 아니면 아픈 사람을 노리게 마련이었다. 그리고 그런 아이들은 대개 무리 지어 돌아다녔다. 그런데 어찌된 영문인지, 아이의 몸이 내게 닿기도 전에, 나는 그 아이가 누군지 알아차렸다. 그 아이가 내게 주는 고통을 느끼는 와중에도 아이의 다치고 일그러진 얼굴을 알아봤다.

저스틴이었다! 저스틴은 구타당하고 칼에 베이기까지 했지만, 그래도 살아 있었다. 나는 저스틴을 부축했다. 주위에서 우리를 빤히 보거나 뭐라고 중얼거리는 사람들이 있었지만 무시했다. 저스틴은 자그맣고 깡말랐다. 내가 보기에는 앞으로도 한참 더 클 여지가 있는 애다. 그 애는 백인이고, 빨간 머리에, 얼굴에는 주근깨가 있다. 한마디로, 나와 끌어안고 있을 아이로는 보이지 않는다는 말이다. 하지만 조지타운 사람들은 빤히 보기는 할지언정 참견은 하지 않는다. 이곳 사람들은 자기 일에만 관심을 둔다. 남이 겪는 곤경은 알 바가 아니다.

나는 저스틴을 내게서 떼어놓고 이리저리 살펴봤다. 꾀죄죄한 데다 피투성이였고, 최근 들어 제대로 먹지 못한 것처럼 보였다. 다친 곳은 베인 얼굴과 찢어진 입과 멍든 이마 말고도 더 있었다. 움직이는 모습으로 보아 다른 곳도 다친 듯싶었다.

"우리 엄마도 여기 있어요?" 저스틴이 물었다.

"여기 있어."

"어디에요?"

"내가 엄마한테 데려다줄게."

우리는 조지 가족의 사업장이 모여 있는 건물을 향해 나란히 걷기 시작했다.

"거기 의사 선생님도 같이 계세요?"

나는 우뚝 멈춰 서서 그 건물을 바라보다가 고개를 숙이고는, 떨리는 목소리가 진정될 때까지 가만히 기다렸다.

"아니야, 저스틴. 선생님은 안 계셔."

캠프 크리스천에 갇히기 전까지 내가 알았던 저스틴이라면 그 말을 곧이곧대로 받아들였을 것이다. 어쩌면 반콜레가 어디에 있느냐고 물었을지도 모르지만, 그렇다고 해도 그 시절의 저스틴이라면 이날 내 눈앞에 있던 훨씬 더 성숙하고 상처입은, 훨씬 더 영리해진 저스틴이 한 말을 똑같이 하지는 않았을 것이다.

"형성자님?"

내가 오랫동안 듣지 못한 직함이었다. 사실, 나는 내 이름도 오랫동안 들어보지 못했다. 조지타운에서 나는 코리 두란이라는 이름으로 행세했다. 내 새어머니의 처녀 적 이름인데, 혹시라도 내 동생 마커스가 근처에 있으면 알아보지 않을까 싶어 사용한 것이다. 이곳에서 그 가명이 통하는 까닭은 비록 에이콘이 무너지기 전에 내가 조지타운에 몇 차례 들른 적이 있기는 해도, 이곳에 눌러사는 이들 가운데 내 본명을 아는 사람은 돌로레스 조지와 돌로레스의 남편뿐이기 때문이다. 그리고 조지 가족 사람들은 입이 무겁다.

그 직함에 관해 말하자면, 에이콘에 살던 시절 아이들은 모두 나를 '형성자'로 불렀다. 지구종을 가르치는 사람에게 어울리는 느낌이 드는 직함이었다. 트래비스도 형성자로 불렸다. 나티비다드도.

"형성자님?"

"그래, 저스틴."

"의사 선생님은 돌아가셨나요?"

"그래. 죽었어."

"아아." 저스틴은 울음을 터뜨렸다.

자기 몸에 그 많은 상처를 입고도 울지 않던 아이가, 나의 반콜레를 위해 울음을 터뜨린 것이다. 나는 아이의 손을 잡고 조지 가족의 소굴을 향해 비탈길을 올라갔다.

다른 일행들과 마찬가지로 앨리 역시 돌로레스 조지 밑에서 일하는 처지였다. 나는 나 스스로 앞가림을 못할까 봐 걱정한 적은 한 번도 없었다. 해리는 우울증이 걱정되기는 했어도 능력 자체는 걱정되지 않았다. 해리는 딱히 문제를 일으키지 않을 듯싶었다. 니나 노이어는 나에게 걱정할 겨를조차 주지 않았다. 조지타운에 도착하기가 무섭게 조지 가족의 어린 남자애와 사랑에 빠졌기 때문이다. 자매 둘과 생이별을 했는데도, 돌로레스 조지가 반대하는데도, 니나와 그 남자애는 너무나 격렬하게 서로에게 빠져들고 말았다. 이제 돌로레스는 반대해봤자 아들과 사이만 멀어질 뿐이라는 것을 잘 안다. 그래서 갑작스레 불붙은 열정이 저절로 사그라지기를 바랄 뿐이다. 나로서는 어떻게 될지 잘 모르겠다.

하지만 앨리는 걱정이 된다. 앨리는 점점 나아지는 중이다. 지금은 말도 거의 전처럼 한다. 그러니까, 말수가 많지는 않다. 생각도 하고 판단도 한다. 하지만 기억이 전부 돌아오지는 않았다. 그래서 나는 돌로레스에게 앨리의 사연을 조금 들려준

다음, 앨리에게 안정된 일자리를 좀 알아봐주면 좋겠다고 대놓고 부탁했다. 돌로레스는 처음에는 앨리에게 바닥 쓸기나 계단 손보기, 난간 칠하기처럼 자잘한 일을 맡기다가…… 앨리가 맡은 일을 말썽 없이 야무지게 해치우는 것을 보더니 이곳에 원하는 만큼 오랫동안 머물러도 좋다고 했다. 급여는 없고 숙식만 제공하는 조건으로.

나는 비탈길 허리쯤에 있는 나무 그루터기 앞에 멈춰 그곳에 앉은 다음, 저스틴의 양손을 내 두 손으로 감싸 쥐었다. 저스틴의 얼굴은 엉망으로 상해서 차마 보기도 힘들 지경이었지만, 그래도 나는 꿋꿋이 그 애 얼굴을 봤다.

"저스틴, 사람들이 네 엄마를 다치게 했어."

저스틴의 표정에 두려워하는 빛이 점점 번져갔다. "다치게 하다니요, 어떻게요?"

"목줄을 채웠어. 우리 모두에게 목줄을 채웠어. 그러고는 목줄을 이용해 네 엄마를 다치게 했어. 너도 본 적이 있는지 모르겠지만……."

"있어요. 고속도로하고 유리카에서 목줄을 찬 사람들이 일하는 걸 봤어요. 도로에 팬 구멍을 메우고, 잡초를 뽑고, 뭐 그런 일을요. 그때 목줄로 사람을 어떻게 괴롭히는지, 어떻게 쓰러뜨려서 부들부들 떨며 비명을 지르게 하는지 다 봤어요."

나는 고개를 끄덕였다. "목줄을 이용하면 그보다 더한 짓도 할 수 있어. 어떤 사람이 네 엄마 때문에 굉장히 화가 나서, 목줄을 이용해 네 엄마한테 심한 부상을 입혔어. 지금은 거의 괜찮아졌지만 아직 기억이 다 돌아오지 않아서 조금 고생하는 중이야."

"기억 상실증인가요?"

"그래. 잃어버린 건 다치기 직전의 몇 달 동안 쌓은 기억들이야. 그때는 우리 모두에게 괴로운 시간이었으니까, 어쩌면 앨리가 기억을 잃어버린 건 축복인지도 몰라. 그래도 혹시 네가 뭘 물어봤는데 앨리가 기억을 못 하면, 너무 당황하지 마렴. 본인도 어쩔 수 없어서 그러는 거니까."

저스틴은 내가 한 말을 잠시 곱씹다가, 거의 속삭이듯 나직이 물었다. "엄마가 저는 기억할까요?"

"기억하고말고. 우린 너랑 다른 아이들이 있는 곳을 찾으려고 이때껏 온갖 부류의 사람들을 만났어." 이제 나는 더 참을 수가 없었다. 내 몫의 질문 몇 개를 하는 수밖에 없었다. "저스틴, 너 혹시 다른 애들하고 같이 있진 않았니? 라킨하고 같이 있지 않았어?"

저스틴은 고개를 가로저었다. "저희는 다 함께 아카타에 있는 교회로 끌려갔어요. 그리고 거기서 뿔뿔이 흩어졌어요. 그 사람들이 우리한테 크리스천 아메리카 교회 신도의 가정에 새로 들어가게 될 거랬어요. 그리고…… 그리고 에이콘 사람들은 다 죽었댔어요. 처음에는 저도 그 말을 믿었기 때문에 어쩔 줄을 몰랐어요. 하지만 나중에 알고 보니 그 사람들은 내킬 때면 언제든 거짓말을 지껄였어요. 우리에 관해서나 에이콘에 관해서나 새빨간 거짓말을 늘어놓곤 했죠. 그때부턴 뭘 믿어야 할지 알 수가 없었어요."

"너 그자들이 라킨을 어디로 보냈는지 아니? 아니면 다른 아이 누구라도, 어디로 갔는지 혹시 알아?"

저스틴은 이번에도 고개를 가로저었다. "저는 여자애랑 남자애가 이미 한 명씩 있는 가족을 따라가야 했어요. 거의 첫 번째로 교회를 떠날 처지였고요. 그래서 다른 애들을 누가 데려갔는지는 못 봤어요. 아마 다른 신도 가족들을 따라갔을 거예요. 저를 데려간 가족의 아버지는 집사였어요. 저를 데려가는 게 자기 의무랬어요. 아마 절 때리는 것도 그 남자의 의무였을 거예요!"

"그 사람이 네 얼굴을 이렇게 만들었니?"

저스틴은 고개를 끄덕였다. "그 남자하고 그 남자 아들…… 칼이라는 애가 한 짓이에요. 칼은 우리 엄마가 악마를 숭배하는 마녀라고 했어요. 그 말을 입에 달고 살았어요. 고작 열두 살인 주제에 만물박사 행세를 하는 애예요. 그러다가 며칠 전에는, 칼이 우리 엄마더러…… 매춘부라고 했어요. 그래서 제가 때려줬어요. 그러다 둘이서 대판 싸웠는데 그 애 아빠가 나와서 보더니, 저더러 은혜도 모르는 빌어먹을 악마 숭배자 꼬맹이라고 욕했어요. 그러고는 둘이 합세해서 저를 흠씬 두들겨 팬 거예요. 전 제 방에 갇혀 있다가 창문으로 탈출했어요.

그다음엔 어디로 가야 할지 몰라서 그냥 남쪽으로 향했어요. 마을을 벗어나서 에이콘 쪽으로요. 그 집사는 이제 에이콘이라는 곳은 세상에 없다고 했지만, 전 제 눈으로 확인하고 싶었거든요. 그러다 길에서 어떤 여자분이 저를 발견하고 이리로 데려왔어요. 그분은 저한테 먹을 걸 주고 제 얼굴에 약도 발라줬어요. 그분 집에는 애들이 아주 많았지만, 그분은 이틀 동안 저를 자기 집에서 재워줬어요. 아마 저를 데리고 같이 살려고 했던 것 같아요. 그렇지만 전 집에 가고 싶었어요."

저스틴의 이야기를 다 듣고 나니 한숨이 나왔다. "에이콘이 없어진 건 사실이야. 우리가 간신히 그곳을 탈출했을 때, 그나마 남아 있던 건물까지 다 불태워버렸으니까."

"우리 손으로 불태웠다고요?"

"그래. 우린 그곳에 더 머물 수가 없었어. 붙잡혀서 다시 목줄을 차든가, 살해당할 테니까. 그래서 챙길 수 있는 건 다 챙기고 나머지는 불태웠어. 그자들이 훔쳐서 써먹게 놔둘 이유가 없잖아? 그래서 태워버렸어!"

저스틴은 흠칫하며 나에게서 물러섰고, 나는 나 때문에 아이가 겁을 먹었나 싶어 걱정이 됐다. 저스틴은 심지가 굳은 아이였지만 그동안 겪은 고생이 너무나 많았다. 나는 감정을 자제하지 못하고 너무 많이 드러낸 자신이 부끄러웠다.

이윽고 저스틴이 내게 가까이 다가와 나직이 물었다. "형성자님이 그자들을 죽였나요?"

그러니까 저스틴은 나 때문에 겁을 먹었던 것이 아니다. 상처투성이가 된 저스틴의 야윈 얼굴에는 긴장과 분노와 어린애의 얼굴에 보일 법한 정도를 까마득히 넘어선 증오가 가득했다.

나는 말없이 고개만 끄덕였다.

"엄마를 다치게 한 자들…… 그자들도 죽였어요?"

"그래."

"잘했어요!"

우리는 함께 일어섰고, 나는 저스틴을 앨리에게 데려다줬다. 그러고는 모자가 상봉하는 광경을 지켜보며 앨리의 기쁨에 찬 눈물을 봤고, 앨리의 울음소리를 들었다. 나로서는 버티기 힘든 감정이었지만, 그래도 가만히 지켜봤다.

얼마 후에 해리가 자기 아이들이 있을지도 모르는 곳의 단서를 찾았다. 해리는 조지 가족이 소유한 트럭 한 대의 운전사로 취직해 직접 차를 몰거나 조수석에 동승했다. 에이콘에 살 적에 이미 풍부한 경험을 쌓은 일이었다. 해리는 심지어 배타적인 조지 가족의 남자 식구들과 친해지는 재주까지 보여줬다. 가족의 일원으로 받아들일 일은 결코 없을 테지만 그래도 그들은 해리를 좋아했고, 해리가 도둑들의 트럭 탈취 계획을 미리 눈치채고 함께 저지함으로써 자기 능력을 입증한 다음부터는 해리를 신뢰하게 됐다. 그 덕분에 해리는 주 경계 안 이곳저곳을 그냥 걸어서 돌아다니는 것보다 훨씬 더 속속들이 돌아볼 수 있었다. 하지만 이는 곧 일을 손에서 놓지 못하고 대부분의 시간을 트럭에서 보내야 한다는 뜻이기도 했다. 해리는 직접 자기 아이들을 찾아 나설 수가 없었다. 걸어서 작은 마을을 여기저기 돌아다닐 수도, 일하거나 노는 아이들을 눈으로 직접 확인할 수도 없었다. 그렇게 한다 해도 어차피 남의 눈에 띄면 곤란해질 터였다.

저스틴은 우리에게 가슴 아픈 동시에 쓸모 있는 정보 두 가지를 줬다. 첫째로, 우리 아이들은 모두 이름이 바뀌었다. 저스틴의 이름은 매슈 랜디스, 랜디스 집사의 아들들 가운데 한 명일 뿐이었다. 저스틴처럼 웬만큼 자란 아이들은 자기 본명이 뭐고 부모가 누군지 기억할 테지만, 더 어린 아이들은, 아기들은, 우리 라킨은…….

그다음 정보는 형제자매 사이인 아이들이 예외 없이 따로 분리됐다는 것이었다. 아무리 크리스천 아메리카 교회라고 해도 그건 도가 지나치게 가학적인 짓 같았다. 저스틴은 그런 짓을 하는 이유를 알지 못했고 실제로 목격하지도 못했지만, 랜디스 집사가 다른 남자와 나누는 이야기는 들은 적이 있었다. 그러니까 이미 집과 부모 또는 보호자를 잃어버린 아이들이, 나중에는 형제자매와 자기 본명까지 빼앗긴 것이다.

이렇게 된 판국에, 어떻게 해야 라킨을 찾을 수 있을까?

도대체 무슨 수로 내 아기를 찾는단 말인가? 나는 안면이 있는 모든 일용직 노동자에게 부탁했다. 임신부가 없던 집에, 흑인 가정이 아닐 수도 있고 위탁 가정일 수도 있는 집에 어느 날 갑자기 흑인 여자 아기가, 피부가 까맣고 아직 두 살이 안 됐지만 또래보다 몸무게가 더 나갈지도 모르는 아기가 나타나지 않았는지 알아봐달라고. 비슷하다고 제보된 아기 둘을 내 눈으로 확인하느라 일용직 노동자인 것처럼 행세하면서 청소부 여성 두 명의 일을 대신 해준 적도 있었다. 두 아기 모두 라킨과 조금도 비슷하지 않았다.

하지만 지금의 라킨과 내가 기억하는 라킨 사이에 닮은 구석이 있기는 할까? 어떻게 그럴 수가 있을까? 아기는 하루가 다르게 자라고 변하게 마련인데. 그자들에게 납치당했을 때 라킨은 고작 생후 이 개월이었다. 이제 그 애를 알아보지도 못할까 봐 두렵다. 하지만 나에게는 지금도 라킨의 손발 도장이 있다. 늘 지니고 다닐 수 있록 사본을 여러 장 만들어뒀다. 나는 심지어 경찰에도 찾아가봤다. 험볼트 카운티 보안관 사무소에 찾아가 가명을 대고서, 고속도로를 따라 걷던 도중에 딸이 납치당했다는 거짓 사연을 그곳 직원들에게 들려줬다. 나는 그들에게 라킨의 손발 도장 사본을 건넨 다음, 당면한 긴급 상황이 아닌 경우에 무조건 내야 하는 '경찰 서비스 이용 요금'을 지불했다. 그렇게 하는 게 현명한지 아니면 도움이 되는지는 알 수 없지만, 그래도 했다. 나는 요즘 생각이 닿는 일은 뭐든 다 한다.

그래서 해리가 무슨 짓을 했는지 알면서도 비난하지 않는 것이다. 그러지 않았으면 좋았을 거라는 마음은 간절하지만, 그래도 나는 해리를 비난하지 않는다. 절박한 사람은 절박한 행동을 하게 마련이니까.

해리는 이틀 전에 나를 찾아왔다.

트럭을 타고 오리건 주까지 올라간 다음 타호 호수에 들렀다가 귀환하는 사흘짜리 출장을 막 끝낸 참이었다. 그런 출장을 마치고 나면 해리는 으레 요기를 하고 잠자리에 들었다. 그런데 이번에는 그렇게 하지 않고 나를 보러 내 방까지 찾아왔다. 그때 나는 일전에 얻어온 조그맣고 휘청거리는 탁자를 붙들고 낑낑대는 중이었다. 어머니와 세 아이의 초상화를 그려주고 수고비 대신 받은 물건이었다. 벽장처럼 조그만 내 방에 딸린 것이라곤 창문 하나와 그 창문을 열 때 받치거나 빗장처럼 가로질러 잠글 때 쓰는 나무토막 한 개, 좁다란 선반식 침대, 구름처럼 잔뜩 낀 먼지, 벌레 몇 마리가 전부였다. 나는 간단히 세수할 때 쓸 물 주전자와 대야, 비누 몇 개, 일할 때 쓸 의자와 탁자, 구할 수 있는 것 가운데 가장 좋은 정수기가 딸린 식수용 물병을 샀다. 그리고 살충제 스프레이도.

"멋지군." 돌로레스가 내 방을 보러 왔다가 꺼낸 말이었다. "돈을 내고 좀 제대로 된 방으로 옮기면 어디 덧나나? 그 정도 여유는 있잖아."

"딸을 찾고 나면, 어쩌면 그럴 마음이 생길지도 모르죠. 그 애를 찾는 데만도 돈이 얼마나 들지 모르는데, 막상 찾으면 또 돈을 주고 사 와야 할 수도 있어요. 그땐 어떻게 해야 할지 모르겠어요."

그래서 어쩌면, 소리 내어 말하지는 않았지만, 어쩌면 그 애를 찾으면 낚아채서 냅다 달아나야 할지도 몰랐다. 어쩌면 조지 가족에게 돈을 주고 차편을 마련해 주 경계선을 하나 아니면 둘쯤 넘어야 할지도 몰랐다. 아니면 뭐든 다른 수를 내든가. 그러니 나에게 허투루 쓸 돈 따위는 없었다.

"하긴." 돌로레스가 말했다. "내 귀에 새로 들어온 소식은 없지만, 그래도 우리 편 사람들이 귀를 쫑긋 세우고 있어."

그들은 지금도 소문에 귀를 쫑긋 세우고 있다. 내가 선금은 조금 주고 사례는 듬뿍 하겠다고 약속한 프리랜서들도 마찬가지다. 안타깝지만, 쿠거 같은 일을 하는 사람들 말이다. 다만 내가 사례를 약속한 자들은 쿠거보다 훨씬 더 어린 아이들을 거래한다. 어쩔 수 없이 그런 부류를 만나 대화할 때마다 나는 더럽혀진 기분이 든다. 만약 목에 목줄을 차고 강제 노역을 해야 마땅한 사람이 있다면 바로 그들인데도, 크리스천 아메리카 교회가 그들을 소탕한 구체적인 사례는 이때껏 단 한 번도 없었다.

가만 보면 재럿이 지배하는 미국에서 우리는 심각한 위험을 상징하는 것 같다. 그래도 우리가 당한 일들은 불법이었다. 우리도 이제 그 정도는 안다. 그 일들 가운데 새로 정해진 법에 따라 허용된다거나 하는 것은 단 하나도 없었다. 하지만 오래 전에 데이 터너가 말했듯이, 가난한 사람과 특이한 사람을 때려잡는 것을 좋은 정책으로 확신하는 사람은 매우 많다. 이제는 소송 사건도 몇 건 진행 중이다. 힌두교도, 유대교도, 이슬람교도, 그 밖에 십자군이 급습했을 때 붙잡히지 않고 간신히 피한 사람들이 그 대상이다. 하지만 그런 이들 중에서도 어린 아이는 끌려가서 다시 돌아오지 못하는 경우가 많다. 아이의 부모나 보호자가 방임 및 학대 혐의로 연거푸 기소되기 때문이다. 사실, 그런 부모나 보호자는 자기 아이에게 지독한 짓을 저질렀다는 혐의 때문에 합법적으로 목줄이 채워지기도 한다. 가끔은 세뇌당하거나 겁에 질린 아이가 몇 달 또는 몇 년이나 만나지 못한 친부모를 상대로 불리한 증언을 하는 경우도 있다. 나는 마지막 경우를 어떻게 받아들여야 할지 알 수가 없었다. 저스틴은 앨리에 관해 어떤 이야기를 들었어도 앨리에게 등을 돌리지 않았다. 대체 어떤 식으로 세뇌하기에 자기 부모에게 등을 돌리는 아이가 나올까?

그러니까 법적 절차를 따라가봤자 납치당한 아이들이 돌아오는 결말로 이어질 것 같지는 않다. 적어도 아직까지는, 그렇지 않았다. 그러기는커녕 강제 수용소가 폐쇄되는 결말로 이어지지도 않았다. 인터넷과 뉴스디스크에서 언급하는 강제 수용소는 전적으로 경범죄자 갱생 및 재교육에만 이용되는 곳이다. 부랑자, 절도범, 약물 중독자, 매춘부 같은 사람들 말이다.

그게 다다. 아무 문제도 없다.

우리는, 늘 그랬듯이, 편들어주는 사람이 한 명도 없다.

"나 오늘 일 그만뒀어." 해리가 내게 한 말이었다. 내 침대에 앉아 탁자 쪽으로 몸을 숙이고서, 불안할 정도로 긴장한 표정으로 나를 건너다보며 말했다. "여길 떠나려고."

나는 내가 가르치는 학생에게 주려고 만들던 교재를 한쪽으로 치웠다. 그 학생은 나중에 자기 아이들을 직접 가르치려고 글 읽기를 배우고 싶어 하는 여성이었다. 내 학생들은 어떤 책도 살 형편이 안 되거나 살 의향이 없다. 학생들이 조지 가족의 가게에서 종이 몇 장을 사서 가져오면 내가 거기에 수업 내용을 적어준다. 나는 학생들에게 흙이 깔린 평평한 땅바닥에다 먼저 글자를, 다음으로 단어를 적어 연습하도록 가르쳤다. 학생들은 글자와 단어의 모양을 느끼고 익히려고 집게손가락으로 흙에다 글자를 적었다. 그다음에는 연필이나 펜을 쓰는 감각에 익숙해지게끔 끝이 뾰족하고 가느다란 막대기로 글자를 적도록 시켰다.

그러고 보면 나는 늘 남들을 가르쳤던 것 같다. 남동생 넷을 돌본 경험이 있다 보니, 어쩌면 내가 스승이 될 자질을 타고난 것은 아닐까 하는 생각도 든다. 나는 가르치는 일이 즐겁다. 단지 내가 그 일을 해서 남들에게 얼마나 도움이 되는지 잘 모를 뿐이다. 지금 같은 시대에 도움이 되는 일 같은 게 있기는 할까?

"뭐 새로 들은 소식 없어?" 나는 해리에게 물었다.

해리는 시선을 한쪽으로 돌렸다. 창밖으로.

나는 탁자 위로 손을 뻗어 해리의 손을 잡았다. "말 좀 해봐, 해리."

해리는 나를 돌아봤고, 내 생각에는 살짝 웃으려고 하는 것 같았다. "크리스천 아메리카 교회가 운영하는 대형 보육원이 마린 카운티에 있다는 소문을 들었어. 벤투라 카운티에도 한 군데 있다고 하고. 주소는 모르지만, 가서 찾아볼 생각이야. 사실, 소문으로는 크리스천 아메리카가 운영하는 보육원이 아주 많대. 하지만 캘리포니아 주 안에서 내가 아는 곳은 그 두 군데뿐이야." 해리는 잠시 입을 다물고 다시 창밖으로 눈길을 돌렸다. "그자들이 우리 애들을 그런 곳으로 보냈는지 안 보냈는지는 나도 모르겠어. 저스틴은 보육원이나 고아 보호 시설에 관해서는 하나도 들은 게 없대. 자기랑 다른 애들이 새 가정으로 보내진 다음, 애국심이 투철한 크리스천 아메리카 교회 신도가 되도록 올바른 방식으로 양육될 거라는 얘기밖에 못 들었다는 거야."

"그런데도 넌 벤투라 카운티하고 마린 카운티까지 가서 소문이 사실인지 직접 확인하겠다는 거야?"

"그렇게 하는 수밖에 없어."

나는 그 말을 곰곰이 생각하다가 고개를 가로저었다. "너희 애들하고 우리 딸같이 어린 아이들을 거기까지 보냈을 것 같진 않아. 이 일대 어디에서 입양시키거나 위탁 가정에 맡겼을 거야. 최악의 경우에는 이 일대의 조그만 수용 시설에 있을 테고. 벤투라 보육원에는 캘리포니아 주 남부의 모든 지역에서 아이들이 몰려들 거야. 마린 보육원은 베이 에어리어 지역하고 새크라멘토 지역에서 온 아이들로 만원일 테고."

"그럼 넌 여기서 계속 찾아봐." 해리가 말했다. "부탁할게. 네가 우리 애들을 찾으면 내가 직접 찾는 것만큼이나 다행이니까. 애들이 미친 인간들의 손에 들어가진 않을 거 아냐. 자기네 엄마를 죽인 인간들의 손에."

"논리적으로 따지자면 애들은 여기서 찾아야 해! 만약 크리스천 아메리카 교회가 정말로 아이들을 이리저리 이동시킨다면, 아마도 남쪽에서 북쪽으로 보낼 거야. 남쪽은 지금도 사람이 너무 많잖아. 라틴 아메리카에서 온 이주자들에다 애리조나 주하고 네바다 주에서 건너온 사람들, 거기다 원래부터 살던 사람들까지 있으니까."

"이제 가야겠어." 해리가 말했다. "네 말이 옳다는 건 나도 알지만, 그래도 상관없어. 여기선 어딜 뒤져야 할지 알 수가 없으니까. 입양 기관이나 위탁 가정, 심지어는 소규모 수용 시설조차도 웬만해선 사람들 눈에 띄지 않으려고 하거든. 우린 지금껏 그런 곳들을 한 군데씩 확인했어. 그런 식으론 몇 년을 더 해야 할지 알 수가 없어. 하지만 만약 우리 애들이 남쪽에 있다면, 내가 그 대형 보육원 두 곳에 차례로 취직해서 애들을 찾아볼 수 있을지도 몰라."

나는 몸을 뒤로 기대고 앉아 곰곰이 생각했다. "내가 보기엔 네가 잘못 짚은 것 같아. 그래도 정 가야겠다면……."

"갈 거야."

"혼자 가면 안 돼. 네 뒤를 지켜줄 사람이 있어야 해."

"네가 같이 가는 건 바라지 않아. 넌 여기 남아서 애들을 찾아줘." 해리는 크기가 손바닥만 한 요금 충전식 휴대전화 두 대를 재킷 주머니에서 꺼내더니 한 대를 나에게 내밀었다. 그 전화기는 우리가 에이콘에서 사용하던 요금 충전식 선불 위성 전화기를 더 저렴하게 만든 물건이었다. "어제 산 거야. 국내 통화 요금을 다섯 시간어치 충전해뒀어. 싸고, 간단하고, 신원도 안 드러나. 사용할 수 있는 기능은 전화 걸기하고 전화 받기뿐이고, 음성 통화만 가능해. 화면도 없고, 인터넷 접속도 안 되고, 문자 메시지를 저장할 수도 없어. 그래도 서로 통화는 할 수 있을 거야."

"하지만 너 혼자 길을 나섰다간 살아남을 확률이……."

해리는 일어서서 방문 쪽으로 걸어갔다.

"해리!" 나도 따라 일어서며 외쳤다.

"나 피곤해." 해리가 말했다. "가서 좀 자야겠어. 아주 반송장이 된 기분이야."

나는 해리를 보내줬다. 해리의 우울증은 이미 심각한 상태였다. 우울증에 피로까지 더해지면 버티기가 너무 힘들었다.

자라가 죽고 나서 해리는 원래의 해리로 돌아가지 못했다. 나는 우선 해리가 쉬도록 놔둔 후에 사리 판단을 제대로 하도록 다시 설득할 생각이었다. 해리를 이곳에 붙잡아둘 생각은 없었지만, 혼자서 떠나는 건 자살 행위였다. 그건 해리도 아는 바였다. 우선 휴식을 좀 취하고 나면 그 점을 인정할 터였다.

하지만 그 이튿날, 그러니까 오늘, 해리가 보이지 않았다.

해리는 오늘 아침 일찍 조지네 건물을 나선 다음, 트럭 운전사에게 돈을 주고 샌타바버라행 트럭에 올라탔다. 나는 아침에 돌로레스를 만나고 나서야 그 사실을 알았다. 해리가 맡기고 간 쪽지를 돌로레스에게서 건네받고 나서야.

'로런, 난 가야 해.' 쪽지의 내용은 그렇게 시작했다. '여기 꽉 눌러 있으면서 휴대전화 항상 갖고 다녀. 나 다시 돌아올 거야. 남쪽에서 애들을 못 찾으면, 이리 돌아와서 너랑 같이 계속 찾아볼게. 내 걱정은 안 해도 되니까, 너도 몸조심해.'

평생 동안, 해리는 재미있고 상냥하고 쾌활하면서도 마음 깊은 곳은 시종 진지한 사람이었다. 우리는 어릴 적부터 평생을 알고 지내서 서로 남매처럼 편한 사이였다. 해리와 자라가 내 가장 절친한 친구였다. 우리가 서로의 목숨을 구해준 횟수는 세다가 잊어버렸을 만큼 많다.

그랬던 우리 사이도 이제 끝났다. 정말로 끝나버렸다. 자라는 죽었다. 해리는 떠났다. 모두 다 사라졌다. 앨리는 저스틴과 함께 조지타운에서 살 작정이다. 앨리는 자신이 아끼는 유일한 것을 가졌다. 바로 자기 아들을. 그리고 니나 노이어는 결혼을 해서 자신을 돌봐주고 지켜줄 사람들과 정착하고 싶다는 생각뿐이다. 나는 니나를 원망하지는 않아도 어느새 적잖이 마음이 멀어졌다. 니나의 동생들은 지금쯤 목줄을 찬 채로 지내거나 신의 이름으로 자신들을 학대하고 위협하는 자들과 함께 사는지도 모른다. 아니면 널따란 창고를 개조해 만든 보육원에서 수많은 아이들 틈에 섞여 아무에게도 발견되지 않고 살아가는지도 모르지만, 저스틴의 말이 옳다면 자신들끼리도 뿔뿔이 헤어진 상태일 것이다. 그렇다면 그 애들은 자신을 사랑해준 모든 사람들과 헤어진 셈이다.

니나가 동생들 생각을 안 하는 것은 아니다. 그저 자기 힘으로 동생들을 구할 방법이 있으리라는 생각을 안 할 뿐이다.

"저는 댄 오빠하고는 달라요." 니나는 몇 번인가 내게 말했다. "제가 약하다는 뜻일 수도 있지만, 그래도 어쩔 수 없어요. 전 오빠가 한 것처럼은 못 해요. 못 한다고요! 저한테 그런 걸 기대하는 건 불공평해요. 오빠는 남자애였어요…… 다 큰 성인이나 다름없었어요! 난 그냥 결혼해서 행복해지고 싶을 뿐이에요!"

니나는 열여섯 살이다. 그 애 오빠였던 댄은 동생 니나를 구출해 우리에게 데려왔을 때 열다섯 살이었다. 하지만 본인 말마따나, 니나는 댄과 다르다.

제17장

모든 기도는 자신을 향하며
또한, 어떤 식으로든,
모든 기도는 응답을 받는다.
기도하되,
조심하라.
그대의 욕망은,
그대가 이루든 이루지 못하든
그대가 어떤 사람이 될지 결정할 것이다.

—《지구종: 산 자들의 책》에서

만약 어머니가 나를 찾아냈다면 내 인생이 어떻게 펼쳐졌을지 궁금하다. 그랬다면 어머니는 틀림없이 알렉산더 부부의 집에서 나를 빼냈을 것이다. 빼내려다가 죽는 한이 있어도 그렇게 했을 것이다. 하지만 빼낸 다음에는? 어머니가 나를 제쳐놓고 또 하나의 자식이나 마찬가지인 지구종에 몰두하기까지 얼마나 걸렸을까? 지구종이 어머니의 머릿속에서 자리를 비운 시간은 결코 길지 않았다. 지구종은 어머니가 수용소에 갇혀 지내는 동안 위안이 되지는 않았을지 몰라도, 어머니를 지탱해주기는 했다. 내가 보기에는 그때도 위안이 됐을 것 같다. 어머니는 지구종 덕분에 삶을 포기하거나 자신을 감금한 자들에게 진심으로 굴복하지 않고도 살아남았다. 내게는 어머니를 도울 힘이 없었다. 나는 어머니의 약점이었으니까. 지구종이 어머니의 힘이었다. 그러니 어머니가 가장 아끼는 자식인 것도 당연했다.

《로런 오야 올라미나의 일기》에서

2035년 4월 8일 일요일

나는 혼자다.

나는 조지타운을 떠났고, 내가 가르치던 노인과 아이들과 헤어졌으며, 쓰레기로 꾸민 내 호텔 방에서도 나왔다. 수중에 있는 돈 가운데 일부와 총 한 정은 혹시라도 강도를 당할 경우에 의지처로 삼으려고 앨리에게 맡겼다. 그러고는 먼저 꼬박 이틀을 걸어서 메시지 은닉처에 들러 혹시 무슨 소식이 있는지 확인했다. 지금 있는 곳이 바로 거기다. 아직 살아 있는 미국삼나무에 오랜 세월 동안 부식 작용이 일어난 결과 사람 셋은 들어갈 만큼 커다란 구멍이 만들어져 있어서, 그곳을 잠자리로 삼을 작정이다. 은닉처에서는 서명이 안 된 메시지를 발견했는데 트래비스와 나티비다드가 보낸 것도 있고, 마이클과 노리코가 보낸 것도 있었다. 두 부부 모두 공동체 사람이라면 누구나 알지만 외부인에게는 아무 의미도 없는 사건을 언급함으로써 자신들의 정체를 암시했다. 나도 같은 방법을 사용해 메시지를 남겼다.

두 부부 가운데 어느 쪽도 아이를 찾지 못했다. 전화번호는 양쪽 모두 남겼다. 새 전화기를 구입했기 때문이었다. 해리와 내가 가진 것과 비슷하게 통화만 할 수 있는 싸구려 휴대전화였다. 나는 메시지에 전화번호 세 개를 적었다. 내 번호와 해리 번호, 앨리와 통화할 수 있는 번호였다. 그런 다음 나중에 올 사람을 위한 메모를 적었다.

"저스틴은 우리하고 다시 만났어요! 그 애는 무사해요. 희망은 있답니다. 변화가 곧 하느님이에요!"

변화가 곧 하느님이다. 나는 그 말을 적고 나서 가만히 앉아 생각해봤다. 그러고 보니 지난 몇 달 동안 지구종 생각을 별로 하지 않았다. 나는 지구종의 가르침 덕분에 나와 우리 모두가 캠프 크리스천에서 살아남았다고 믿는다. 변화가 곧 하느님이다. 나는 나의 믿음을 조금도 잊어버리지 않았다. 내가 오래전에, 그러니까 이 년 전에 반콜레에게 들려준 말들은 지금도 고스란히 진실이다.

너무나 많은 것들이 파괴됐지만, 그래도 여전히 진실이다. 지구종은 진리다. 숙명은 예전이나 지금이나 똑같이 중요한 인류의 소명이다. 단지 에이콘만 사라졌다. 에이콘은 소중하기는 했어도 본질은 아니었다.

지금 나는 이곳에 앉아 생각을 하려고, 계획을 세우려고 애쓰는 중이다. 나는 내 딸을 찾아야 하고, 지구종을 가르쳐야 한다. 지구종을 최대한 많은 사람들에게 실제로 입증하고, 그 사람들을 보내서 다른 사람들을 가르치도록 해야 한다.

사실, 나는 읽기를 가르치면서 지구종 시편의 간단한 구절 몇 개를 써먹은 적이 있다. 에이콘에서 그렇게 했기 때문에 조지타운에서도 무심코 똑같이 했다. 신기하게도 반대하는 사람이 한 명도 없었다. 간혹 어리둥절한 표정을 짓는 사람이 있었고 개중에는 진지하게 반대하는 사람이나 동의하는 사람도 있었지만, 불평은 아무도 하지 않았다. 심지어 어떤 사람은 내가 성서 구절을 읽는 줄 아는 모양이었다. 나는 차마 그렇게 생각하도록 내버려둘 수는 없었다.

"아니에요." 나는 그런 사람들에게 일러줬다. "이건 성서가 아니라 《지구종: 산 자들의 책》에서 따온 말이에요." 그런 다음 몇 부 안 남은 책 가운데 한 부를 그들에게 보여줬다. 은닉처에서 찾은 책이었다. 나는 줄곧 코리 두란이라는 가명으로 행세했기 때문에 로런 오야 올라미나라는 이상한 이름을 지닌 그 책의 저자와 나를 연관 지을 생각은 아무도 하지 않았다.

익숙한 문장들, 예컨대 이런 구절들이었다.

"그대가 손대는 모든 것을
그대는 변화시킨다."

그리고

"하느님과 잘 지내려면
그대가 한 행동의 결과가 어떠할지 생각하라."

그리고

"믿음은
행동을 촉발하고 인도한다.
그러지 않는 믿음은 아무것도 아니다."

그리고

"상냥함이 깃들면 변화가 수월해진다."

사람들은 짤막한 시구가 아니면 아예 운율이 있는 시 전체를 좋아하는 것처럼 보였는데, 왜냐면 운율이 있는 시가 외우기 편하기 때문이었다. 그리고 시를 외우다 보면 개별 단어를 눈으로 포착하기가 쉬워지고 단어를 글의 형태로 인식하는 법도 익히게 된다. 그런 방법을 통해, 어쩌면 나는 지구종을 가르치는 일을 결코 멈추지 않았던 것 같다. 하지만 숙명을 알지 못하는 이상, 신앙 체계를 더 온전히 이해하지 못하는 이상, 내가 가르친 것은 단지 파편적인 시구와 경구 몇 줄에 지나지 않았다. 그 내용을 하나로 묶을 수단은 아무것도 없었다.

나는 기꺼이 더 배우려 하는 사람, 자신이 배운 것을 남에게 기꺼이 가르칠 사람을 적어도 몇 명은 찾아야 했다. 그리고 이번에 세워야 할 것은…… 형체를 지닌 공동체가 아니었다. 그런 공동체를 무너뜨리기가 얼마나 쉬운지 이제는 알 만큼 안 것 같다. 나는 멀리까지 아우르면서도 없애기는 더 힘든 것을 만들어야 한다. 스승들을 길러내야 하는 이유가 바로 그것이다. 나는 헌신적인 추종자들로 이루어진 작은 무리가 아니라, 내가 한때 상상했던 공동체들의 집합체가 아니라, 하나의 운동을 창시해야 했다. 신앙의 영역에 새 유행을 창조해야 했다. 그 유행이 진화하면 새 종교가, 새롭게 이끄는 힘이 될 수도 있다. 인류가 스스로 지닌 거대한 에너지와 경쟁력과 창의력을 발휘해 숙명의 실행이라는 진정으로 장엄한 과업에 나서도록 도울 수도 있다.

하지만 우선은, 어떻게든, 내 딸을 찾아야 한다.

나는 혼자다. 혼자인 게 어리석은 줄은 나도 안다. 혼자 길을 나서면 필요 이상으로 위태로워지기 때문이다. 해리를 설득해 함께 움직였으면 좋았을 텐데. 해리는 제 발로 위험에 뛰어들어 캘리포니아 주 남부와 베이 에어리어 지역 일대를 돌아다니며 시간을 낭비하고 있다. 내가 보기에 우리 아이들이 그곳까지 실려 갔을 가능성은 전혀 없다. 아이들은 이 일대에 있다. 그리고 해리네 아이들과 내 딸은 너무 어리기 때문에 분명 입양됐을 것이다. 내 딸 라킨은 자신을 납치한 범인을 친부모로 알고 자랄지도 모른다. 해리네 아이들 역시 잡혀갔을 때 각각 네 살, 두 살이었기 때문에 라킨과 같은 처지가 될지도 모른다. 그렇게 되도록 우리가 내버려둔다면.

내일, 나는 유리카를 향해 걸어서 출발할 것이다. 나에게는 무기가 있다. 일찍이 로블리도에서 북쪽을 향해 여행하는 동안 내내 함께했던 45구경 반자동 권총이. 다시는 필요할 일이 없을 줄 알고 은닉처 한 곳에 숨겨둔 권총이다. 그리고 나는 남들 눈에 가난한 남자처럼 비치도록 그럴싸해 보이는 변장은 모두 다 한 상태다. 나는 덩치가 크고 생김새도 평범하다. 적어도 그것 하나는 훌륭한 위장이다. 실제 방어 수단은 아니지만, 그래도 내가 가진 것 중에는 최고다. 혹시라도 누가 총을 쏘면 지원해줄 사람이 없는 나는 십중팔구 죽은 목숨일 것이다. 하지만 도로를 혼자 걷는 사람은 나 말고도 여럿일 테니까, 강도나 미치광이 무리는 덜 까다로운 표적을 찾아 덩치가 작은 이들을 노릴 것이다. 그리고 강도와 미치광이도 전보다는 수가 줄었다. 아니면 더 늘었거나. 조지타운에서 이곳까지 오는 동안에는 군복을 입은 남자들이 점점 더 많이 눈에 띄었다. 개중에는 옷차림의 일부만 군복인 남자도 있었다. 재럿이 벌인 어리석은 알캐 전쟁에서 싸운 남자들이었다. 이제 그들 가운데 수많은 이들이 생계조차 잇기 힘들어했다. 그리고 그런 남자들 중에는 무장을 잘 갖춘 사람이 많았다.

재럿의 십자군 병사들이 쿠거 같은 부류와 합세해 사람들 목에 목줄을 채우고 아이들을 납치하는 사업에 뛰어들면서, 이제는 노예 상인이 전보다 훨씬 더 많아졌다. 부디 그들 눈에 띄지 않았으면 한다. 조용히 움직이면서 할 일을 할 수 있도록, 남들이 나를 건드리지 않도록, 적잖이 미친 사람처럼 보이고 싶다. 하지만 남자 행세를 하는 이상, 얼마 안 되는 단서를 토대로 임신부가 한 명도 없던 집에 어느 날 갑자기 나타난 흑인 아기가 있는지 조사하고 다니려면 상당히 조심해야 한다. 정체를 숨긴 아동 성추행범이나 납치범으로 오해받고 싶지는 않으니까.

유리카와 아카타에서 일을 해 식비를 마련할 수 있으면 좋겠다. 간단한 조경 작업, 페인트칠, 소소한 목공 일, 장작 패기 같은 일을……. 부자 동네에만 가지 않으면 괜찮을 것이다. 부자들은 어차피 나를 고용할 일이 없을 테니까. 그런 사람들은 하인이 몇 명씩 있을 것이다. 잠자리와 끼니 때문에 일하는 사람들 말이다. 나는 얼마 안 남은 중산층 가정에서 일하게 될 것 같다. 그저 다음 끼니를 위해 일하는 한 명의 날품팔이 노동자로서.

남쪽의 베이 에어리어 지역에서는 노동자로 살기가 더 힘들 것이다. 그곳 사람들은 의심이 하도 많아서 벽을 쌓을 여유가 있으면 서로 간에 빈틈없이 벽을 쌓고 산다. 하지만 남장을 하고 이 일대에 머물면 일자리를 얻을 수 있고, 그렇게 되면 적어도 식사는 넉넉하게 제공받는다. 잘하면 헛간이나 차고, 창고에서 자도 좋다는 허락까지 받는다. 그러면 주인집 아이들을 볼 일이 생길지도 모르고, 실제로 보는 경우도 적지 않다. 나중에 쓸모 있는 것으로 밝혀지는 대화를 주워들을지도 모르고, 실제로도 적잖게 듣는다. 대다수 노동자에게 '쓸모 있는' 정보란 다른 일자리로 옮기게 해주거나 곤경을 모면하게 해주거나 남들이 귀중품을 보관하는 곳이 어딘지 알려주는 정보를 말한다. 나에게 '쓸모 있는' 정보는 입양 기관과 위탁 가정, 보육원에 관한 소문이다.

나는 유리카-아카타 통합 구역과 그 일대 마을들을 힘닿는 데까지 오랫동안 돌아볼 작정이다. 앨리는 나를 위해 정보를 계속 모아주겠다고 했고, 제대로 된 침대에서 자면서 쉬고 싶을 때는 조지타운에 있는 자기 방에 와서 묵으라는 말도 해줬다. 게다가 혹시라도 내가 붙잡혀서 목줄을 차게 되면 돌로레스가 신원을 보증해주기로 했다. 수고비는 당연히 받는 조건으로. 돌로레스는 내가 무슨 일을 하는 중인지 안다. 내가 성공할 가망은 눈곱만큼도 없다고 생각하지만, 본인도 자식과 손자가 있기 때문에 내가 이렇게 해야 한다는 걸 안다.

"나라도 똑같이 했을 거야." 내가 떠난다는 말을 꺼냈을 때 돌로레스가 말했다. "내가 할 수 있는 일은 다 했을 거야. 독실한 신앙인입네 하는 것들은 지옥에나 가라고 해. 그저 도둑놈들이고 살인자들이야…… 그게 다라고. 그것들이야말로 목줄을 차야 해. 지옥 불에 지글지글 구워 죽여야 해!"

가끔은 나도 지옥이 있다고 믿고 싶다. 그러니까, 우리가 서로에게 만들어주는 것 말고 다른 지옥이.

2035년 4월 15일 일요일

처음 한 주는 남의 허드렛일을 하며 보냈다. 이상하게도 모든 일이 꽤 익숙하다. 채소밭이나 꽃밭에 씨 뿌리는 일을 거들기, 풀베기, 덤불과 작은 나무 가지치기하기, 겨우내 쌓인 쓰레기 깨끗이 치우기, 울타리 고치기, 그 밖의 비슷한 일들 말이다. 누구나 모든 일을 할 줄 알아야 했던 에이콘에서 내가 다 해본 일이다. 사람들은 내가 일을 멋지게 해치우는 걸 보고 좋아하는 한편으로 조금 놀라는 눈치다. 나는 품삯을 주면 다른 일도 같이 해주겠다고 제안해서 돈도 조금 벌었다. 고용주들은 보통 자기 아이에게 내 곁에 가까이 가지 말라고 일러두지만, 나는 기회를 놓치지 않고 아이들을 살펴본다. 엄마 품에 안긴 아기부터 걸음마 하는 아기, 그보다 더 큰 아이들과 열

집 아이들까지. 아직은 눈에 익은 얼굴과 마주치지 않았지만, 그야 당연하다. 이제 막 시작한 참이니까. 나는 흑인 가정이나 인종 간 결혼을 한 가정을 최대한 많이 찾아다녔다. 어떤 부류의 사람들을 확인해야 할지 잘 모르겠지만, 그래도 우선은 그런 사람들부터 시작하는 게 최선인 듯싶었다. 고용주가 조금이라도 상냥한 경우에는 혹시 나를 고용해줄 친구가 있는지 물어봤다. 그런 식으로 이때껏 일자리 두 개를 구했다.

알고 보니 나에게는 잠자리를 구하는 일이 문제였다. 첫째 날 밤에는 어떤 남자가 나에게 자기 집 차고에서 재워줄 테니 입으로 봉사해주지 않겠느냐고 제안했다.

그 남자가 나를 남자로 여겼는지, 아니면 내가 여자인 것을 눈치챘는지 나로서는 알 길이 없고, 관심도 없다. 그날 밤 나는 미국삼나무가 아직 몇 그루 살아 있는 허름한 공원에서 잤다. 그곳에서 다른 노숙인 몇 명 사이에 섞여 안전하게 자다가, 아침 일찍 일어나 경찰 단속을 피했다. 조지타운 사람들 말에 따르면 경찰이 밥값을 한다는 증거로 체포 실적을 보여줘야 할 때 잘하는 짓이 바로 부랑자에게 목줄 채우기였다.

날씨가 추웠지만 나에게는 따뜻하고 가벼운 옷과 일찍이 로블리도를 떠날 때부터 사용한 낡고 허름하지만 편안한 침낭이 있었다. 땅바닥이 울퉁불퉁해서 자고 일어나면 몸이 조금 욱신거리기는 했어도 그것만 빼면 다 괜찮았다. 몸을 씻어야 했지만, 그래도 캠프 크리스천에서 살 무렵의 때 낀 몰골에 비하면 거의 말쑥한 수준이었다. 나는 씻을 수 있을 때 씻고 지붕 있는 잠자리를 못 구하면 그냥 노숙하기로 일찌감치 마음먹었다. 그런 것들로 고민할 여유가 없기 때문이다.

화요일에는 연장을 보관하는 광에서 자도 좋다는 허락을 받아 다행이었다. 그날은 비가 많이 왔으니까.

수요일에는 공원으로 다시 돌아갔는데, 나를 고용한 여자는 내게 4번가에 있는 크리스천 아메리카 센터의 노숙인 쉼터로 가라고 했다.

끔찍한 생각이다. 나는 그런 곳이 있다는 걸 몇 주 전에 이미 알았고, 그래서 그곳으로부터 멀찍이 거리를 유지했다. 조지타운의 노동자들은 그곳을 피한다고 했다. 그곳에서 사라졌다고 알려진 사람들이 있기 때문이다. 다만 나는 아쉽게도 언젠가 그곳에 가봐야 한다. 크리스천 아메리카 패거리가 고아들을 어떻게 하는지에 관한 소문을 더 수집해야 하기 때문이다. 문제는 그곳에서 화를 참을 자신이 없다는 것이다. 나는 그 망할 인간들이 너무나 밉다. 할 수만 있으면 다 죽여버리고 싶을 때가 가끔 있다. 나는 그자들이 밉다.

한편으로 나는 그자들이 무섭다. 누가 날 알아보면 어떡해야 할까? 그럴 것 같지는 않지만, 그래도 만에 하나 알아본다면? 아직은 크리스천 아메리카 센터에 가면 안 된다. 조만간 용기를 내 가볼 작정이지만, 그래도 아직은 아니다. 다시 목줄을 차느니 차라리 내 손으로 머리에 총을 쏘는 게 낫다.

목요일에도 공원에서 잤지만, 금요일과 토요일은 어떤 할머니의 집 차고에서 잤다. 집주인인 할머니는 내게 울타리를 수리하고 페인트칠하는 일과 창틀을 사포질하고 페인트칠하는 일을 맡겼다. 할머니의 이웃은 걸핏하면 '담소'를 나누러 그 집을 찾아왔다. 나는 그 이웃이 내가 혹시라도 할머니를 살해할까 봐 불안해서 그러는 것을 잘 알았고, 그래서 아랑곳하지 않았다. 결국에는 다 잘 마무리됐다. 끝내는 이웃인 그 여성도 나를 고용해 자기 집의 풀을 베고, 흙을 고르고, 채소밭과 꽃밭에 씨 뿌리는 일을 맡겼으니까. 그 일이 행운인 까닭은 내가 집일을 핑계로 삼아 이 도시에서 그 집주인이 속한 영역에 들어갈 수 있기 때문이었다. 그 여성은 금발의 백인이었고 남편 역시 금발이었지만, 내가 조지타운에 있는 지인들을 통해 듣기로는 그 집에 걸음마 할 나이의 예쁘게 생긴 아기가 둘 있는데 머리가 검고 피부도 검은색이라고 했다.

알고 보니 그 여성은 살림이 전혀 넉넉하지 않았다. 그런데도 일을 해준 대가로 맛있는 식사 두 끼에 품삯 몇 달러까지 얹어줬다. 나는 그 여성이 마음에 들었고, 그래서 그 집의 두 입양아가 모르는 아이들인 것을 알았을 때 다행이라는 생각이 들었다. 나는 지금 전깃불과 간이침대가 있는 그 집 차고에서 이 글을 쓴다. 공기는 싸늘하지만 몸을 꽁꽁 싸맨 덕분에 손만 빼면 충분히 따뜻하다. 지금은 말벗이 돼줄 사람이 아무도 없으니 글을 쓰고 싶은 마음이 어느 때보다 더 굴뚝같지만, 이런 밤에 글을 쓰려면 추위를 무릅써야 한다.

2035년 5월 13일 일요일

크리스천 아메리카 센터에 갔다 왔다. 마침내 가볼 엄두가 났다. 거대한 방울뱀이 사는 굴에 내 발로 들어서는 기분이었지만, 그래도 해냈다. 거기서 잠까지 자지는 못했다. 데이 터너의 경험담을 참고할 것도 없이, 나는 방울뱀 소굴에서는 차마 잠들 수 없었다. 하지만 식사는 이때껏 세 번이나 거기서 해결했고, 그러는 동안 혹시 쓸 만한 정보가 있을까 싶어 귀를 쫑긋 세웠다. 전에 데이 터너에게서 크리스천 아메리카 산하 고아 보호 시설의 부속 건물 두 채를 페인트칠하고 수리한 대가로 숙식을 제공받고 품삯 몇 달러를 받았다는 이야기를 들은 기억이 난다. 데이는 그 시설의 주소까지 알지는 못했다. 안타깝게도, 그 부속 건물이 어디쯤 있는지 대강이나마 가르쳐줄 만큼 유리카 지리를 잘 아는 것도 아니었다. 우리 아이들이 지금은 그 시설에 없을지도 몰랐다. 설령 전에 그곳에 머문 적이 있다고 해도 말이다. 하지만 그곳에 가면 뭔가 알아낼 수 있을지도 모른다. 내가 훔칠 만한 서류가 남아 있을지도 모르고, 소문이나 사람들의 기억이나 이야기를 주워들을 수 있을지도 모른다. 그리고 만약 아이들 몇 명이 그곳으로 보내졌다면, 어쩌면 지금도 그곳에서 한두 명은 찾을 수 있을지 모른다.

그 마지막 생각 때문에 살짝 겁이 났다. 만약 정말로 우리 아이들을 두세 명 찾는다면, 그 애들을 크리스천 아메리카의 손아귀에 내버려두고 갈 수는 없었다. 무슨 수를 써서라도 그 애들을 탈출시켜 가족과 재회시켜야 했다. 그랬다가는 남들의 이목을 끌 텐데 그렇게 되면 이 지역을 떠나는 수밖에 없다. 아마 내 아기 라킨에게서도 떠나야 할 것이다. 그마저도 떠날 수 있을 때의 가정이었다. 내가 또다시 목줄을 찬 신세가 되지 않았을 때의 가정.

크리스천 아메리카 센터의 음식은 먹을 만했다. 빵 두 쪽과 함께 나온 걸쭉한 감자 스튜는 쇠고기로 맛을 냈다고 했지만, 고기는 종류를 막론하고 전혀 보이지 않았다. 주위 사람들이 고기가 없다고 구시렁거려도 나는 아랑곳하지 않았다. 지난 몇 달 동안 나는 앞에 놓인 음식은 무엇이든 기분 좋게 먹는 법을 배웠다. 목구멍으로 넘길 수 있는 음식이라면, 게다가 배 속이 든든해질 만큼 양이 충분하다면, 그걸로 운이 좋다고 생각했다. 하지만 나는 크리스천 아메리카 센터의 원수들이 바로 지척에 있는데도 내 목구멍으로 음식이 계속 넘어간다는 사실이 놀라웠다.

센터에 처음 갔을 때가 최고로 끔찍했다. 그때의 기억은 좀처럼 또렷하지 않다. 내가 그곳에 갔던 건 알고 있다. 나는 다른 노숙인 남성 수십 명과 함께 자리에 앉아 식사를 했다. 누군가 우리를 상대로 설교를 시작했을 때도 이성을 잃지 않고 가까스로 버텼다. 나는 내가 그 모든 일을 해낸 것을 안다. 그리고 나중에 머리가 다시 제대로 돌아가게 하려고 공원으로 돌아오는 멀고 먼 길을 고스란히 걸어왔던 것도 안다. 걷기는 도움이 된다. 글쓰기가 그렇듯이.

그러는 동안 내내 나는 철저한 공포에 사로잡힌 상태였다. 그 모습이 남들 눈에 어떻게 보였을지는 나도 모른다. 분명 정신병이 너무 깊어서 아예 말을 걸기도 힘들어 보였을 것이다. 남자들 중에는 말을 주고받는 사람들도 있었지만, 나에게는 아무도 말을 걸려 하지 않았다. 나는 사람들 뒤에 줄을 선 다음 그 줄을 따라 자동으로 움직였고, 다른 사람들이 하는 대로 똑같이 했다. 음식을 받아서 자리에 앉은 후에는 나도 모르는 사이에 몸을 숙여 접시를 가린 채로, 꼭 비둘기를 잡은 매처럼 허겁지겁 먹어치웠다. 전에 캠프 크리스천에 있을 때 그렇게 먹는 사람들이 눈에 띄곤 했다. 그곳에서는 가끔 지독한 허기에 시달렸는데, 그럴 때면 머리가 살짝 이상해지게 마련이었다. 다만 이번에는, 음식은 내 관심사가 아니었다. 배는 별로 고프지 않았으니까. 그리고 마음만 먹으면 나는 옷을 갈아입고 근사한 식당에 들어가 제대로 된 음식을 사 먹을 수도 있었다. 그저 어떻게든 음식에 집중해 배 속뿐만 아니라 머릿속까지 음식 생각으로 채워놓으면, 자리에서 일어나 비명을 지르며 바깥으로 달려 나가지 않고 평정을 유지할 수 있었다.

자유의 몸이 되고 나서 그 정도로 겁에 질리기는 처음이었다. 사람들이 내게서 조금씩 멀어졌다. 그러니까 미치광이와 약쟁이, 매춘부, 도둑 같은 부류들이. 그때는 아무 생각도 들지 않았다. 아무 생각도 안 들었다. 지금 와서 그때의 기억이 조금이나마 떠오르는 게 놀라울 지경이다. 나는 아찔한 공포에 휩싸인 동시에 일촉즉발의 살기를 띤 채로 그 기억 속을 통과했으니까.

권총은 여벌로 챙긴 옷에 싸서 배낭 밑바닥에 숨겨뒀다. 스스로가 다짜고짜 총을 꺼내지 못하도록 일부러 한 짓이었다. 나는 총으로 손을 이끄는 유혹을 극복하고 싶었다. 만약 크리스천 아메리카 센터 안에서 총이 필요한 상황이 생기면, 나는 이미 죽은 목숨일 테니까. 총을 아무 데나 버려둘 수는 없었지만 장전을 해제할 수는 있었다. 나는 그날 저녁 일찍 오랜 시간을 들여 총에서 총알을 다 빼낸 다음, 옷으로 감쌌다. 아무리 철저한 공황 상태에 빠지더라도 권총을 꺼낼 수는 없다는 것을 머릿속에 새기기 위해, 나는 옷으로 총과 총알을 둘둘 감싸는 내 양손을 가만히 내려다봤다.

그 방법은 통했다. 꼭 해야 할 조치였고, 효과가 있었다.

오래전 로블리도에 있는 내 고향 동네가 불탔을 때, 우리 식구들 대부분이 불타 죽었을 때, 나는 우리 집으로 다시 돌아가야 했다. 한밤중에 탈출했던 그 집으로, 이튿날 다시 돌아가야 했다. 내 삶에서 끝나버린 그 시절의 잔해를 힘닿는 데까지 수습하고, 그 시절에 작별을 고해야 했다. 꼭 해야 할 일이었다.

그 순간이 오기 전까지, 또 그 이후로 긴 세월이 흐르는 동안에도, 나에게 로블리도의 고향 동네로 돌아간 것보다 힘든 일은 단 하나도 없었다. 그런데 이번 일은 그보다 더 힘들었다.

며칠 후 두 번째로 크리스천 아메리카 센터에 갔을 때는 그럭저럭 괜찮았다. 보고 생각하고 들을 수 있었으니까. 그곳에 처음 갔을 때는 무슨 말을 했는지 하나도 기억나지 않는다. 그때는 들으려고 해봐도 아무 소리도 귀에 들어오지 않았다. 하지만 두 번째로 가서 머무는 동안에는 사람들이 대화하는 소리가 들렸다. 음식에 관해, 보수를 떼어먹는 고용주에 관해, 남자들 자리이다 보니 여자에 관해, 북쪽과 동쪽 또는 일자리가 있는 남쪽의 이곳저곳에 관해, 욱신욱신 쑤시는 관절에 관해, 전쟁에 관해……. 나는 그런 이야기에 귀를 기울이는 한편으로 주위를 둘러보기도 했다. 잠시 후, 나는 나 자신을 발견했다. 웬 남자가 음식 위로 몸을 숙인 채, 섬뜩할 정도로 강렬한 집중력을 발휘해 음식을 퍼서 입에 넣고 있었던 것이다. 그가 고개를 들어 주위를 두리번거릴 때 보인 두 눈은 멍하고 겁에 질려 있었다. 줄을 서 있는 동안 그는 걷는다기보다 어기적어기적 움직이는 쪽에 가까웠다. 누가 가까이 오면 광기와 살기를 띠고 상대를 응시했다. 그의 몰골은 인간이라고 하기조차 힘들었다. 사람들은 그에게 거리를 뒀다. 어쩌면 마약 같은 걸 했는지도 몰랐다. 그 남자는 덩치가 컸다. 위험한 인물일 수도 있었다. 나도 그 남자로부터 거리를 뒀다. 하지만 그 남자는 며칠 전의 나였다. 나는 그 남자가 겪는 문제가 정확히 뭔지 끝내 알아내지 못했지만, 내가 내 문제 때문에 괴로워하는 만큼 그도 자기 문제 때문에 괴로워하리라는 것은 안다.

고아가 된 아이들이나 재럿의 십자군에 관한 이야기는 하나도 듣지 못했다. 남자들 가운데 두어 명은 자기한테 아이가 있다는 말을 꺼냈다. 대개는 말수가 적었지만 몇몇은 입을 다물 줄을 몰랐다. 오랫동안 가지 못한 고향 이야기, 여자 이야기, 돈 이야기, 전쟁 중에 용감한 공적을 세우고 부상당한 이야기…… 쓸모 있는 정보는 하나도 없었다.

그런데도 나는 어제저녁에 세 번째로 센터를 다시 찾아갔다. 식사는 똑같았다. 들어간 채소가 달랐다. 아마 손에 들어온 재료는 아무거나 넣는 모양이다. 스튜에 빠지지 않고 들어가는 유일한 재료는 감자인데, 저녁 메뉴는 언제나 채소 스튜와 빵이다. 그리고 식사가 끝나면 언제나 적어도 한 시간은 설교가 이어진다. 이때는 센터의 문이 잠긴다. 저녁을 먹었으면 설교를 들어야 하는 것이다. 다 들으면 갈 길을 가든가 남아서 빈 침대를 달라고 하면 된다.

첫 번째 설교는 설령 내 목숨이 달린 내용이라고 해도 기억이 나질 않는다. 두 번째 설교는 그리스도가 병자들을 낫게 했으며 부탁만 하면 우리도 기꺼이 낫게 하리라는 내용이었다. 세 번째 설교의 주제는 어제나 오늘이나 영원히 한결같은 예수 그리스도였다.

그 세 번째 설교를 한 평신도 목회자*는 마크였다.

그 애였다. 내 동생 마크였다. 크리스천 아메리카 교회의 평신도 목회자가.

충격과 공포에 휩싸인 나는 고개를 푹 숙이고 혹시 마크가 나를 봤을지 궁금했다. 그날 저녁 남자 식당에는 나 말고 약 이백 명이 있었다. 인종도, 배경도, 정신 건강의 수준도 모두 제각각인 남자들이었다. 나는 식당 뒤쪽 자리에 앉았다. 연단인지 설교단인지 모를 곳에서 보면 왼쪽으로 멀찍이 떨어진 자리였다. 한참 후에, 나는 고개를 숙인 채 눈만 움직여 앞을 봤다. 마크의 몸짓에 나를 알아본 기척은 조금도 드러나지 않았다. 다만 마크는 설교에 차츰 열중해가던 도중에 자신에게 죄에 푹 빠진 누나가 있다는 얘기를 꺼냈다. 그 누나는 주님의 길을 따르며 자랐는데도 그만 스스로 사탄에게 넘어가 타락했다. 마크는 누나가 사탄에게 물든 나머지 동생인 자신에게 크나큰 상처를 입혔지만, 그래도 자신은 이미 누나를 용서했다고 말했다. 누나를 사랑했기 때문이었다. 누나가 죄로부터 멀어지려 하지 않아서 마음이 아팠다고도 했다. 마크는 눈물을 몇 방울 흘리고 고개를 가로저었다. 그러고는 한참 후에 입을 열었다.

* 목사 안수를 받지 않고 교회 내에서 설교를 비롯한 목회 활동에 종사하는 평신도를 가리킨다.

"예수 그리스도는 어제 여러분의 구세주였습니다. 그분은 오늘 여러분의 구세주입니다. 앞으로 영원토록 여러분의 구세주일 것입니다. 누이는 여러분을 버릴지도 모릅니다. 형제는 여러분을 배신할지도 모릅니다. 친구는 여러분을 타락시켜 죄를 범하게 할지도 모릅니다. 그러나 예수님은 늘 여러분 곁에 계실 것입니다. 그러니 주님께 의지하십시오! 매달리십시오! 믿음 속에서 굳게 서십시오. 용기를 내십시오. 강해지십시오. 그리스도의 병사가 되십시오. 그분은 여러분을 돕고 여러분을 지켜주실 것입니다. 그분은 여러분을 일으키실 뿐 절대로, 절대로, 절대로 내리치지 않으실 것입니다!"

설교가 끝나고 나서 나는 인파에 묻혀 살금살금 그곳을 빠져나갔다. 생각할 시간이 필요했다. 크리스천 아메리카 센터 바깥에서 마크에게 연락할 방법을 찾아야 했다. 마지막 순간에, 나는 다시 안으로 돌아가 직원에게 평신도 목회자 앞으로 보내는 쪽지를 남겼다. 쪽지에는 이렇게 적었다. '오늘 저녁에 네 설교 들었어. 네가 여기 있는 줄은 몰랐어. 꼭 만나고 싶어. 내일 저녁, 건물 앞 식사 줄이 서는 곳에서 보자.' 그런 다음 '베넷 오ㅇ'라고 서명했다.

우리 둘에게는 이름이 베넷 올라미나인 어린 동생이 있었기 때문이다. 올라미나는 흔치 않은 성이라서 다 적지 않았다. 어쩌면 크리스천 아메리카 교회 사람이 그 성을 알아보고 캠프 크리스천의 재소자 명부에 있던 성이라는 것을 떠올릴지도 몰랐으니까. 또 내가 쓰던 가명인 '코리 두란'으로 서명하는 것은 잔인한 짓이라는 생각이 들었다. 결국 코리는 마크의 친엄마이지, 내 친엄마는 아니니까. 마크에게 엄마를 잃은 슬픔을 새삼 일깨워주거나 엄마가 살아 있을지도 모른다는 암시를 주고 싶지는 않았다. 그리고 만약 '로런 오'라고 적으면, 마크가 오지 않을지도 몰랐다. 어쨌거나 우리가 화기애애한 분위기에서 작별한 것은 아니었으니까. 어쩌면 우리 형제 중에 가장 어린 두 아이 중 한 아이의 이름을 쪽지에 적어 그 아이가 살아 있을지도 모른다고 암시하는 것 또한 똑같이 잔인한 짓일지도 모른다. 어쩌면 마크가 그 쪽지를 적은 사람이 나라는 것을 알아맞히거나, 나일 거라고 짐작할 수도 있다. 하지만 나로서는 마크의 관심을 끌 만한 이름을 쓰는 수밖에 없었다. 그 애를 반드시 만나야 했으니까. 마크는 설령 다른 부탁은 아무것도 들어주지 않을지라도, 라킨을 찾는 일은 반드시 도와줄 것이다. 마크는 분명 우리가 어떤 일을 당했는지 모른다. 크리스천 아메리카가 도둑과 납치범, 노예 상인, 살인자로 이뤄진 집단인 것을 알았다면 거기에 가담하지 않았을 테니까. 마크는 우두머리, 중요한 사람, 존경받는 사람이 되고 싶어 했지만, 한때는 본인 역시 성노예였다. 나한테 아무리 화가 났을지언정 내가 붙잡혀서 목줄을 차는 신세가 되기를 바라지는 않을 것이다. 적어도 나는 그렇게 믿는다.

솔직히 말하면, 나는 무엇을 믿어야 할지 모르겠다.

오늘 밤에는 어떤 노인에게 허락을 받아 그의 집 차고에서 묵는 중이다. 낮에 이 집 마당의 풀을 베고 쓰레기를 치웠기 때문이다. 이제 나는 더 바랄 것이 없는 상태다. 콘크리트 바닥에 평평한 판자를 몇 장 깔고 판자 위에는 누더기 천을 덮었다. 그 위에 내 침낭을 깔고 누우니 꽤나 편안하다. 차고에는 지저분하고 오래된 수세식 변기와 수돗물이 나오는 세면대도 딸려 있다. 정말이지 호화로운 잠자리다. 나는 몸도 씻었다. 이제 자고 싶지만 내가 할 수 있는 것은, 내 머릿속에 떠오르는 것은, 오로지 '그곳'에 있던 마크, '그자'들과 함께 있던 마크뿐이다. 어쩌면 마크는 내가 처음 센터에 갔을 때도 그곳에 있었을지 모른다. 우리는 서로 마주치고도 못 알아봤을 수도 있다. 나는 궁금하다. 만약 마크가 나를 알아봤다면, 어떻게 했을까?

제18장

주의하라.
걸핏하면
우리 입에서는
남에게서 들은 말이 나온다.
우리 머릿속은
남이 지시한 생각이 차지한다.
우리 눈은
봐도 좋다고 허락된 것을 본다.
그뿐인가!
우리는 보라고 지시받은 것을 본다.
그렇게 하는 주된 원인은 반복과 교만이다.
설령 뻔한 거짓말이라도
다시
그리고 또다시 그리고 또다시
보고 들으면
거의 반사적으로

그대로 말할지도 모르고,
그러면 스스로 그 말을 했다는 이유로
그 말을 옹호하려 하고
그 말을 옹호했다는 이유로
끝내는 그 말을 받아들이게 되고
우리는 인정하지 못했다는 이유로
받아들여 옹호하기에 이른다
뻔한 거짓말을.
이로써 생각하지 않고,
뜻을 세우지 않고,
우리는 그저
스스로의 메아리를
만들 뿐이다.
남에게서 들은 말을
입으로 내뱉을 뿐이다.

—《지구종: 산 자들의 책》에서

마르코스 두란, 《전사》에서

나는 멀고도 심오한 하나님의 힘을 언제나 믿었다. 그러나 더 가깝게는, 대중을 움직이는 커다란 존재로서 종교 자체가 지닌 힘을 믿었다. 침례교 목사의 아들이 그런 믿음을 지니는 게 이상한 일일지 궁금하다. 아버지는 하나님에 대한 신앙만 있으면 충분하다고 진심으로 믿었던 것 같다. 아버지는 그렇게 믿는 것처럼 살았다. 그러나 그 믿음은 아버지를 구해주지 않았다.

나는 어렸을 적에 이미 설교를 시작했다. 병자들을 위해 기도했고, 그들 중 일부가 내 손길 아래에서 낫는 것을 보았다. 자기가 먹을 음식도 부족한 이들이 나에게 십일조라며 돈과 음식을 줬다. 부모님 또래인 어른들이 나를 찾아와 조언과 확신과 위로를 청했다. 나에게는 그들을 도울 능력이 있었다. 내가 성서에 훤했기 때문이다. 아버지의 과묵하고 자상하고 당당한 모습을 내 나름대로 닮았기 때문이기도 했다. 그때는 아직 십대 아이였으면서도, 나는 사람들에게서 흥미를 느꼈다. 사람들을 좋아했고 어떻게 먼저 다가가야 하는지도 잘 알았다. 나는 일찍부터 남을 흉내 내는 재주가 뛰어났고, 내 설교를 듣는 사람들은 대부분 나보다 교육 수준이 낮았기 때문이다. 주일에 로블리도의 빈민가 교회에서 설교하고, 강론하고, 기도하고, 헌금함을 돌리다 보면, 어떤 날은 무려 이백 명이나 되는 사람이 내 말에 귀를 기울였다.

하지만 시 당국이 우리를 집에서 쓸어내야 할 쓰레기 같은 존재에 지나지 않는다고 결론지었을 때, 나의 기도는 그들을 막아낼 힘이 없었다. 시 당국은 우리보다 더 강하고 부유했다. 당국의 총은 우리 것보다 더 강력하고 수도 더 많았다. 그들은 권력과 지식이 있었고, 우리를 파묻어버릴 훈련까지 마친 상태였다.

정부, 그러니까 시 정부, 카운티 정부, 주 정부, 연방 정부, 그리고 여러 부유한 대기업은 돈과 정보와 무기의 공급원이었다. 실질적인 물리적 권력의 원천이었던 것이다. 그러나 역병기 이후의 미국에서는 오로지 대형 교회만이 영향력의 원천이었다. 그런 교회는 사람들에게 안전한 정서적 카타르시스와 공동체 의식을 제공했고, 스스로의 욕망과 희망과 공포를 정리해 하나의 윤리관으로 만드는 방법도 알려줬다. 그런 것들은 중요하고 필요하기는 해도 권력은 아니었다. 이 나라가 다시 예전처럼 위대해지려면 흔해 빠진 조무래기 설교자만으로는 역부족이다.

앤드루 스틸 재럿은 이 점을 간파했다. 크리스천 아메리카를 창립하고 설교단에서 정계로 옮겨갔을 때, 종교와 정치를 한데 묶고 그 둘의 연대를 부유한 사업가에게서 받은 돈으로 단단히 굳혔을 때, 재럿은 이 나라를 재건하기 위해 결코 멈추지 않고 돌아가는 추진 장치를 창조한 셈이다. 이로써 그는 나의 스승이 되었다.

나는 마크 삼촌을 정말로 좋아한다. 마크 삼촌에게 진지하게 반한 적도 몇 번이나 있다. 삼촌은 너무나 잘생겼다. 그리고 아름다운 사람은 남자든 여자든 평범한 사람을 무너뜨릴 만한 언행을 내키는 대로 저지르곤 한다. 마크 삼촌에 대한 내 마음은 돌아선 적이 한 번도 없다. 내 생각에는 나의 어머니도 자기 뜻과 달리 삼촌을 사랑했던 것 같다.

삼촌에게는 노예로 살았던 경험의 흔적이 분명히 남아 있을 테지만, 그 흔적이 얼마나 커다란지는 나도 모른다. 한 남자가 공포에 물들지 않고 자라서 어른이 됐다면 어떤 사람이 됐을지 어떻게 알 수 있을까? 구타당하고, 강탈당하고, 강간당하는 노예로 산 경험은 어머니에게 어떤 영향을 미쳤을까? 어머니는 언제나 강박적인 소명 의식과 몸을 아끼지 않는 크나큰 용기를 지닌 여성이었다. 평생 스스로 옳다고 믿는 일을 위해서라면 남을 기꺼이 희생시키는 사람이기도 했다. 마지막에 언급한 기질을 어머니는 마크 삼촌에게서 간파했지만, 정작 자기 자신에게서는 단 한 번도 명확하게 포착하지 못했을 것이다.

《로런 오야 올라미나의 일기》에서

2035년 5월 14일 월요일

오늘 저녁 일찍 동생을 만났다.

낮에는 가장 최근의 고용주가 시킨 일을 하며 보냈다. 고용주는 사람 좋은 노인인데 자기가 젊은이였던 1970년대의 모험담을 잔뜩 들려준다. 그는 밴드에서 가수 겸 기타 연주자로 활동했다. 그 밴드는 세계 곳곳을 여행하며 시끌벅적한 음악을 연주하고 열렬한 소녀 팬 수백 명, 어쩌면 수천 명과 광란의 섹스를 벌였다. 아마 허풍일 것이다.

우리는 채소밭에 씨를 뿌리고 과일나무의 죽은 가지를 정리했다. 물론 그 일을 '우리 둘'이 했다는 말은 아니다. 그는 "음, 우리 이렇게 해보는 건 어떨까?"라거나 "그걸 우리가 할 수 있을까?"라는 말만 했다. 그래도 도우려고 한 말이니 상관없었다. 그에게는 자신의 황당무계한 이야기를 들어줄 사람이 필요했던 것과 마찬가지로 자신이 쓸모 있는 사람이라는 느낌도 필요했던 것이다. 그는 자기가 여든여덟 살이라고 했다. 두 아들은 먼저 죽었다. 중년이 된 손녀와 어린 증손자 몇 명은 북쪽 멀리 캐나다 앨버타 주의 에드먼턴에 산다. 이따금 와서 들여다보는 이웃집 여성을 빼면 그는 외톨이였다. 그 이웃 여성도 일흔네 살이었다.

노인은 내가 집 안팎의 일을 맡아서 해주면 이 집에 원하는 만큼 오랫동안 머물러도 좋다고 했다. 집 상태는 좋은 편이 아니다. 오래 방치해둔 탓이었다. 물론 모든 수리 작업을 내 힘으로 다 마칠 수는 없었다. 설령 필요한 자재를 구입할 여유가 고용주에게 있다고 해도 말이다. 하지만 며칠 동안 머물면서 할 수 있는 만큼은 해보기로 마음먹었다. 노인이 슬슬 내게 의지할지 모르니 오래 머물 엄두는 안 나지만, 그래도 며칠 정도라면.

그렇게 하면 내 동생과 다시 친해지는 동안 일을 할 기반이 마련되는 셈이라고 생각했다.

마크와 만난 일을 어떻게 이야기하면 좋을지 갈피를 잡기가 힘들다. 오늘 밤 노인의 집까지 걸어서 돌아온 덕분에 조금은 긴장이 풀렸고, 마음도 한결 편해졌다. 하지만 그 정도로는 부족하다.

크리스천 아메리카 센터에 도착해서 보니 마크는 기다란 저녁 식사 줄 근처에서 기다리고 있었다. 깨끗하고 맵시 있는 캐주얼 복장 차림의 마크는 너무나 잘생기고 느긋해 보였다. 전날 저녁에 설교할 때는 감색 슈트 차림이었는데, 이백 명이나 되는 도둑과 주정뱅이 부랑자 앞에서 누나인 내가 얼마나 끔찍한 인간인지 얘기하는 모습조차도 놀랄 만큼 멋져 보였다.

"마크." 내가 말했다.

마크는 화들짝 놀라며 돌아서서 나를 물끄러미 봤다. 그 애는 앞서 내 쪽을 흘긋 봤지만, 분명 내가 말을 걸고 나서야 비로소 나를 알아봤다. 그전까지는 식사 줄에서 내 앞쪽에 서 있던 남자에게 예수 그리스도를 구주로 받아들이고 그리스도의 도움을 받아 음주 문제를 해결하라고 설득하는 중이었다. 센터에 엄격한 금주 프로그램이 있는데 마크가 그 프로그램을 홍보하느라 애쓰는 모양이었다.

"저 길모퉁이 너머까지 걸으면서 얘기 좀 해."

나는 그렇게 말하고는 마크에게 평정을 되찾거나 대답할 틈을 주지 않고 돌아서서 자리를 떴다. 그 애가 따라오리라고 확신했기 때문이었다. 그리고 그 애는 따라왔다. 우리는 식사 줄에서 한참 멀어졌고 그 애가 나를 따라잡을 무렵에는 주위에 엿들을 사람 한 명조차 보이지 않았다.

“로런 누나!” 마크가 말했다. “세상에, 로런 누나, 진짜 누나 맞아? 도대체 여기서 뭐 하는……?”

나는 마크를 데리고 길모퉁이를 돌아 줄 선 사람들의 시선에서 벗어난 다음, 만까지 이어지는 좁고 지저분한 골목으로 들어섰다. 그대로 몇 걸음 더 걸어 골목 안까지 들어갔다가, 걸음을 멈추고 돌아서서 마크를 바라봤다.

마크는 찡그린 표정으로 서서 나를 빤히 마주 봤다. 어쩔 줄 모르는, 당황한, 거의 화난 표정이었다. 부끄러워하거나 변명하려는 기색은 조금도 없었다. 그건 다행이었다. 만약 마크가 캠프 크리스천의 자기 친구들이 나에게 무슨 짓을 했는지 알았다면, 아까 나를 봤을 때 틀림없이 다르게 반응했을 테니까.

“네가 도와줘야 할 일이 생겼어.” 내가 말했다. “내 딸을 찾게 좀 도와줘.”

마크로서는 들어봤자 아무것도 명확해지지 않는 말이었지만 그래도 화가 난다는 생각은 잠시 잊을 수 있었고, 그것이야말로 내가 의도한 바였다.

“뭐라고?” 마크가 말했다.

“너희 패거리가 내 딸을 데리고 있어. 그 애를 납치해갔어. 그 애를…… 죽이진 않았을 거야. 어떻게 했는지 잘은 모르겠지만, 내 생각엔 아마 패거리 중 한 명이 입양했을 것 같아. 그 애를 찾을 수 있게 네가 좀 도와줘."

"누나, 그게 대체 무슨 소리야? 여긴 왜 왔어? 남자처럼 변장한 이유는 뭐야? 나는 또 어떻게 찾았어?"

"어제저녁에 네가 설교하는 거 들었어."

그 말에 마크는 다시 움츠러들어 중얼거렸다. "뭐라고?"

이번에는 조금 부끄러워하는 표정, 조금 걱정스러워하는 표정이었다.

"난 크리스천 아메리카가 아이들을 잡아가서 뭘 하는지 알아낼 수 있을까 해서 여길 여러 번 찾아왔어."

"하지만 이 사람들은 아이들을 잡아가지 않아! 그게, 고아들을 길거리에서 구출하기는 하지만, 그것 말고는……."

"그리고 이교도 아이들도 '구출'하지, 안 그래? 하긴, 내 딸 라킨하고 에이콘의 다른 어린애들도 죄다 '구출'했지! 그자들은 내 남편 반콜레를 죽였어! 자라도! 로블리도 출신인 자라모스 볼터를! 그자들이 자라도 죽였다고! 그자들은 나하고 내 동료들의 목에 목줄을 채웠어. 크리스천 아메리카가 그랬단 말이야! 그리고 그 거룩한 크리스천들이 날마다 우리를 낮에는 노예처럼 부려먹고 밤에는 매춘부처럼 써먹었어! 그게 바로 그자들이 한 짓이야. 그게 바로 그자들의 정체야. 이제 우리 딸을 찾아야겠으니까 네가 좀 도와줘!"

그 많은 말이 순식간에, 표독스럽고 귀에 거슬리는 나직한 목소리를 타고 쏟아져 나왔고, 마크의 얼굴을 코앞에서 마주 보는 동안 내 감정은 폭발하기 직전이었다. 그런 식으로 한꺼번에 쏘아붙일 작정은 아니었다. 나한테는 마크가 필요했으니까. 모두 다 털어놓을 작정이었지만 그런 식으로는 아니었다.

마크는 내가 자기에게 중국어로 떠들기라도 한 것처럼 나를 물끄러미 봤다. 그러다가 한 손으로 내 어깨를 잡았다. "로런 누나, 안으로 들어가자. 뭘 좀 먹고, 씻고, 깨끗한 침대에서 잠도 좀 자. 들어가자. 가서 얘기 좀 해."

나는 그 자리에 가만히 서서 마크가 내 몸을 움직이지 못하도록 버텼다.

"잘 들어." 좀 더 인간적인 목소리로 말했다. "잘 들어, 내가 너무 정신없이 내 사정만 이야기한 거 알아, 마크, 그 점은 미안해." 나는 깊은숨을 들이마시고 말을 이었다. "그냥, 그 얘기를 털어놓을 사람이 세상에 너밖에 없는 것 같아서 그랬어. 네가 날 도와줘야 해. 이렇게 간절히 부탁할게."

"안으로 들어가자."

마크는 나를 제대로 상대하지 않았다. 내 말을 믿지 않는 눈치였지만, 대놓고 그렇게 말하지는 않았다. 내 주의를 딴 데로 돌리려고 했다. 의미 없는 위안으로 나를 유혹하면서.

"마크, 할 수만 있다면 나는 다시는 저 독살스러운 곳에 발을 들이지 않을 거야. 이제 너를 찾았으니까 그럴 필요가 없어졌지만."

"하지만 저 사람들이 도와줄 거야, 로런 누나. 누난 지금 뭔가 실수를 저지르는 중이야. 뭔지는 몰라도, 누나가 하는 짓은 실수야. 우린 가족을 분리하느니 차라리 통째로 수용하는 쪽을 택해. 난 노숙하는 사람들이 들어가 살도록 셋집을 개조하는 일을 한 적이 있어. 그래서 아는데…….” 마크는 그제야 나를 상대하기 시작했다.

“너 혹시 캠프 크리스천이 어떤 데인지 들어본 적 있어?” 나는 다시금 표독스러운 목소리로 물었다.

마크는 잠시 말이 없었지만, 나는 그 애가 입을 열기도 전에 내 질문의 답이 ‘있어’인 것을 눈치챘다.

“나라면 그런 이름을 붙이진 않았을 거야. 거긴 재교육 수용소인데…… 우리가 다루는 사람들 중에 질이 제일 안 좋은 부류가 보내지는 곳이야. 우리가 거두지 않으면 교도소에 들어갈 사람들이지. 대부분 잔챙이 범죄자야. 도둑, 약쟁이, 매춘부, 대강 그런 부류. 우린 그런 사람들한테 다가가서 생업이 될 기술이랑 자기 통제법을 가르치려고 애쓰고 있어. 진짜 교도소로 들어가는 걸 막으려고.”

나는 마크가 하는 말을 들으며 고개를 가로저었다. 마크는 실력이 뛰어난 배우였거나 자기가 하는 말을 진실로 믿었거나, 둘 중 하나였다.

“캠프 크리스천이 진짜 교도소였어. 십칠 개월 동안, 그곳은 교도소였어. 그전에는 에이콘이었고. 내가 동료들과 함께 우리 손으로 직접 세운 에이콘이었어. 그랬는데 크리스천 아메리카가 빼앗은 거야. 우리한테서 빼앗아서 강제 수용소로 바꿔버렸다고."

마크는 그저 우두커니 서 있었다. 무엇을 믿어야 할지, 어떻게 해야 할지 모른다는 듯이 나를 멍하니 바라보면서.

"9월이었어." 나는 목소리를 나직하고 담담하게 유지하며 말했다. "2033년 9월에, 그자들이 구더기 일곱 대를 몰고 쳐들어왔어. 우리 가시덤불 울타리를 망가뜨리고, 우리 경비병들을 쏴 죽이면서. 난 우리가 그런 군대에 맞서 싸울 수 없다는 걸 알았어. 그래서 모두에게 죽을힘을 다해 달아나라고, 뿔뿔이 흩어지라고 신호를 보냈어. 우리가 훈련이 돼 있었다는 건 너도 알 거야. 전투 훈련이랑 산속으로 숨어드는 훈련. 그런 건 아무 소용도 없었어. 그자들이 우리한테 가스 공격을 했거든. 그래도 세 사람은 빠져나갔는지도 모르겠어. 메이라는 농인 여성하고 노이어네 어린 딸 두 명. 확실하진 않아. 아무 소식도 못 들은 게 그 세 사람뿐이라서 그래. 우리 편의 다른 사람들은 붙잡혀서 목줄을 찼고, 강제 노역을 하거나 성노예로 이용당했어. 어린애들은 납치당했고. 어디로 끌려갔는지는 아무도 가르쳐주질 않아. 내 남편 반콜레, 자라 볼터, 테리사 린, 그 밖의 몇몇 사람은 살해당했어. 뭐든 질문을 하면 목줄로 전기 충격을 당했고. 한마디라도 말을 하다가 들키면 우린 처벌당했어. 잠은 학교 교실의 맨바닥이나 선반 위에서 잤어. 너희 성스러운 전사들이 우리 집을 차지하는 바람에. 그리고 그자들은 우리 몸도 차지했어, 자기들 마음이 내킬 때마다. 내 말 들어!"

마크는 이제 나를 보지 않고 내 뒤쪽으로 시선을 옮긴 상태였다. 내 오른쪽 어깨 너머로.

"그자들은 부랑자하고 여행자에 경범죄자, 산에 사는 다른 집 가족들까지 끌고 왔어. 그 사람들한테도 목줄을 채웠고. 마크! 너 내 말 듣고 있어?"

"난 누나 말 못 믿겠어." 마크가 마침내 꺼낸 말이었다. "난 누나가 하는 말 한마디도 못 믿어!"

"가서 에이콘에 뭐가 남았는지 한번 봐. 네 눈으로 직접 보란 말이야. 재교육 캠프입네 하는 곳 중에 한 군데를 골라서 가봐. 장담하는데 그곳도 똑같이 지독할 거야. 확인해봐."

마크는 슬슬 고개를 가로저었다. "그건 사실이 아니야! 난 그 사람들을 알아! 누나가 지금 비난하는 그런 짓을 할 사람들이 아니야."

"어쩌면 일부는 안 그럴지도 모르지. 하지만 일부는 그랬어. 우리가 일군 것들을 모조리 가로챘어."

"난 누나 말 안 믿어." 마크가 말했다. 하지만 실제로는 믿었다. "누나가 뭔가 착각한 거야."

"가서 네 눈으로 직접 봐." 나는 같은 말을 반복했다. "사람들한테 물어볼 땐 조심해야 해. 네가 다치는 건 보고 싶지 않으니까. 그자들은 위험하고, 악독한 인간들이야. 가서 네 눈으로 확인해."

마크는 아무 말도 하지 않았다. 그 애의 찡그린 표정이 마음에 걸렸다. 그리고 또다시 내게서 시선을 돌렸다는 사실도.

마크는 한참 후에 물었다. "누나도 목줄을 찼어?"

"십칠 개월 동안 차고 살았어. 영원 같은 시간 동안."

"어떻게 나왔어? 형기를 다 채운 거야?"

"뭐? 형기라니?"

"그러니까, 거기 사람들이 누나를 풀어준 거 아냐?"

"그자들은 아무도 풀어주지 않아. 우리 중에 그자들 손에 죽은 사람은 여럿 있지만, 풀려난 사람은 한 명도 없어. 난 그자들한테 우릴 어떻게 하겠다는 장기 계획이 있는지, 그런 걸 세우기는 했는지 어떤지는 모르겠지만, 우리한테 한 짓을 감안하면 감히 우릴 풀어줄 생각은 못 했을 거야."

"누난 어떻게 자유의 몸이 된 거야? 한번 목줄을 차면 영영 벗어날 수 없는데. 목줄에서 벗어나는 건 불가능해."

누군가 악마와 거래해서 너에게 자유를 사주지 않는 한, 불가능하겠지. 나는 속으로 생각했다. 하지만 소리 내어 말하지는 않았다.

"산사태가 났어." 거기서부터는 소리 내어 말했다. "산사태가 나서 목줄 조종 장치를 보관하던 오두막집이 무너졌어. 내가 살던 집이. 원리는 잘 모르지만, 그 중앙 제어 장치는 모든 개개인의 목줄 조종용 벨트에 전원을 공급했어. 어쩌면 목줄 자체의 전원까지 공급했을 수도 있어. 나도 잘은 몰라. 아무튼, 그 조종 장치가 부서져서 흙에 파묻히니까 목줄이 작동을 멈췄고, 우린 원래 우리 것이던 오두막집에 들어가 살아남은 교도관들을 죽였어……. 산사태에 파묻혀 죽지 않고 살아남은 사람들을. 그런 다음 그자들의 시체가 들어 있는 오두막집에 불을 질렀어. 우리 손으로 불태운 거야. 우리 집이었는데! 한 채 한 채 우리 손으로 직접 지었는데."

"누나가 사람들을 죽였단 말이야……?"

"그자들의 이름은 쿠거였어, 마크. 한 명 한 명의 이름이 모두 쿠거였다고!"

마크는 돌아섰다. 돌아서려 몸을 비트는 모습이 마치 땅에 뿌리박은 자기 몸을 뽑지 않고서는 움직이지 못하는 사람 같았다. 그러고는 아까 그 길모퉁이를 향해 다시 걷기 시작했다.

"마크!"

그 애는 걸음을 멈추지 않았다.

"마크!" 나는 마크의 팔을 잡은 다음, 뒤로 돌려세워 나를 마주 보도록 했다. "네 마음을 다치게 하려고 한 말은 아니었어. 나 때문에 마음 상한 거 알아, 미안해, 하지만 그 망할 인간들이 내 아이를 빼앗아갔어! 그 애를 찾으려면 네가 도와줘야 해. 부탁이야, 마크."

마크가 나를 때렸다.

나는 전혀 예상하지 못했다. 설마 그럴 거라는 생각은 꿈에도 하지 못했다. 어렸을 적에도 우리 둘은 서로를 때리지 않았으니까.

나는 아프다기보다는 놀라서 비틀비틀 물러섰다. 그리고 마크는 가버렸다. 내가 길모퉁이에 도착했을 즈음에는 이미 크리스천 아메리카 센터 안으로 들어가서 보이지 않았다.

마크의 뒤를 쫓아 그곳에 들어가려니 두려웠다. 당장의 감정 상태를 고려하면, 마크가 나를 신고할지도 몰랐으니까. 그 애를 다시 만나려면 어떻게 해야 할까? 설령 그 애가 나를 도와줄 마음을 먹는다고 해도, 연락은 어떻게 하지? 마크는 일단 시간을 갖고 차분히 생각하면 틀림없이 나를 도와줄 마음을 먹을 것이다. 틀림없이 그럴 것이다.

2035년 6월 3일 일요일

나는 유리카-아카타 지역을 떠났다.

지금은 메시지 은닉처인 나무로 돌아와 하룻밤 묵으려 한다. 손전등을 한 개 챙겨온 덕분에 위험하게 불을 피우지 않아도 원하는 곳에 불빛을 비출 수 있다. 이제 손전등 불빛을 가린 채로 이곳에 남겨진 메시지를 읽는 중이다. 호르헤와 다이아몬드가 전화번호를 남겼는데, 호르헤는 자기 동생 마테오를 찾았다고 한다. 실은 저스틴의 경우와 마찬가지로 마테오가 형을 찾았다. 커다란 미국삼나무 숲이 아직 남아 있는 가버빌

북쪽 변두리에서, 맨땅에서 노숙하던 호르헤 일행이 마테오의 눈에 띈 것이다. 마테오는 몇 달째 형을 찾아다니던 중이었다. 저스틴과 마찬가지로 마테오도 학대당하다가 탈출했지만, 마테오가 당한 학대는 성적인 것이었다. 마테오는 몸도 마음도 괴로웠지만, 그래도 이제는 형이 다시 곁에 있었다.

해리에게서는 아무 소식도 없었다. 아마도 돌아오려면 시간이 더 걸릴 모양이다. 몇 번인가 전화를 걸어봤지만 해리는 한 번도 받지 않았다. 해리가 걱정된다.

나는 쪽지를 한 장 적었다. 다른 이들에게 크리스천 아메리카를 피하라고 경고하는 쪽지였다. 그자들 소굴에서 마크를 봤지만 그 애를 믿으면 안 된다고도 적었다.

마크는 믿으면 안 되는 사람이다.

지난주 수요일에 용기를 내어 크리스천 아메리카 센터를 다시 찾아갔다. 이번에는 꾀죄죄하고 정신이 이상한 남자가 아니라 제정신이지만 행색이 초라한 여자의 모습을 하고 다시 들렀다. 그렇게 할 용기를 내기까지, 걸음을 떼기까지, 너무나 오랜 시간이 걸렸다. 마크가 크리스천 아메리카의 자기 친구들에게 내 이야기를 하며 경고했을까 봐 불안해서였다. 그 애가 그럴 거라고 진심으로 믿지는 않았지만 혹시 모를 일이었다. 내가 꾼 악몽 속에서 나는 센터에 나타나자마자 그자들에게 붙잡히고 말았다. 꿈에서 깨니 온몸에 땀이 흥건했고, 겁이 나서 죽을 것만 같았다.

결국 나는 헌 옷 가게에 가서 낡은 검정색 치마와 파란색 블라우스를 샀다. 작은 할인점에서 화장품 조금과 머리카락을 가릴 스카프도 샀다. 그러고는 옷을 입고 화장을 한 다음, 일부러 매무새를 살짝 흐트러뜨렸다. 꼭 방금까지 누구와 땅바닥에서 뒹굴기라도 한 것처럼.

크리스천 아메리카 센터에 가서는 다른 여성들과 함께 줄을 섰다가, 식당에 따로 벽을 쳐서 만든 좁다란 여성 구역에서 저녁을 먹었다. 내게 관심을 보이는 사람은 없었지만, 주위에 여성들만 있다 보니 키가 큰 탓에 사람들 눈에 훨씬 더 잘 띄었다. 서 있는 내내 나는 몸을 살짝 움츠리고 고개를 숙였다. 그러면서 수상쩍어 보이는 사람보다는 지치고 후줄근한 사람처럼 보이려고 애썼는데, 알고 보니 수상쩍어 보이는 사람도 그리 드물지 않았다. 그곳의 여성들은 남자들이 대개 그렇듯이 대부분 무뚝뚝하고 무관심하고 참을성이 강했다. 하지만 몇몇은 수다스러운 미치광이, 불평꾼, 아니면 조그만 토끼처럼 긴장한 겁쟁이였다. 한쪽 눈이 성치 못한 뚱뚱한 여자도 있었는데, 그 여자는 식당을 돌아다니며 한창 식사 중인 사람의 손에서 빵을 빼앗으려고 했다. 당연히 제정신이 아니었지만, 바로 그 광기 때문에 성미가 고약하고 어쩌면 위험할지도 모르는 사람으로 여겨졌다. 그 여자는 나는 건드리지 않았지만 체격이 작은 여성 몇 명을 괴롭혔다. 그러다 결국 작지만 사나운 여성 한 명이 칼을 뽑아 들었다. 그러자 센터 직원들이 경비원을 불렀고, 식당 안쪽에서 경비원들이 뛰어나와 두 여성을 등 뒤에서 붙잡았다.

그자들이 두 여성을 모두 데려간 점이 나는 몹시 마음에 걸렸다. 뚱뚱하고 정신이 이상한 여자는 대드는 사람이 나오기 전까지 아무 제재도 받지 않고 자기 멋대로 행동했다. 그러다가 피해자와 가해자가 똑같이 유죄로 취급받은 것이다.

두 여성이 센터 바깥으로 쫓겨나지 않은 점은 더더욱 마음에 걸렸다. 둘은 끌려갔다. 어디로? 그러고는 돌아오지 않았다. 사람들에게 물어봤지만 둘이 어떻게 됐는지는 아무도 알지 못했다.

무엇보다도, 경비원 한 명이 내가 아는 얼굴이라서 불안했다. 그 남자는 에이콘에 있었다. 거기서 우리 '스승'들 가운데 한 명이었다. 나는 그자가 아델라 오르티스를 강간하려고 끌고 가는 광경을 본 적이 있다. 눈을 감으면 그자가 자기 숙소로 쓰던 오두막집으로 아델라를 질질 끌고 가던 광경이 떠오른다. 그 같은 남자들이 아직 멀쩡히 살아서 자유롭게 활보하는 것도 당연했다. 그자들은 우리가 자유를 되찾은 날, 그리하여 원수를 갚은 날, 캠프 크리스천에 없었으니까. 하지만 그런 남자를 내 눈으로 보기는 처음이었다.

나는 두려움과 증오가 고스란히 되살아나 숨이 다 막힐 지경이었다. 자제력을 있는 대로 끌어모았지만, 꿈쩍 않고 앉아서 음식을 먹으며 그때껏 하던 대로 짐짓 얼간이 행세를 하는 것이 고작이었다. 데이 터너는 일찍이 자신과 아무 상관도 없는 싸움에 말려들었다가 목줄을 찼다고 했다. 크리스천 아메리카의 실무자들은 판사와 배심원이 할 일을 자기네가 직접 했고, 기분이 내킬 때면 사형 집행인이 되는 것도 마다하지 않았다. 공정을 실현할 기회가 있으면 절대로 놓치지 않는 것이다. 전에 센터에 들렀을 때 전원 남자인 크리스천 아메리카 센터 경비대의 대원들은 퇴직 경관이거나 비번 경관이라는 말을 들은 적이 있다. 만약 그 말이 사실이라면 섬뜩했다. 그 말을 듣고 나서 나와 에이콘이 당한 일의 진실을 경찰에 알리지 않기로 한 결정이 옳았다는 확신이 더욱 강해졌다. 하긴, 나는 심지어 내 동생조차 내 말을 믿도록 설득하지 못했다. 경찰 가운데 일부가 크리스천 아메리카를 위해 일한다면, 내가 그들을 설득할 가능성이 과연 얼마나 될까?

저녁을 먹고 나서, 설교가 끝나고 나서, 나는 간신히 용기를 내어 센터 직원 한 명에게 다가갔다. 이마에 붉은색 흉터가 기다랗게 난 금발의 백인 여성이었다. 그 여성은 그릇에 스튜를 퍼주고 빵을 나눠주는 동안 우리와 웃고 떠드는 몇 안 되는 직원 가운데 한 명이었다. 나는 그 여자에게 평신도 목회자인 마르코스 두란에게 쪽지를 좀 전해달라고 부탁했다. 공교롭게도 그 여자는 마르코스 두란과 아는 사이였다.

"그 사람은 이제 여기 없어. 포틀랜드로 전근을 갔거든."

"오리건 주로 갔다고요?"

나는 그렇게 묻고는 바보가 된 기분이 들었다. 그 여자가 말한 포틀랜드는 당연히 오리건 주 포틀랜드였으니까.

"맞아. 며칠 전에 떠났어. 포틀랜드에 새로 연 센터에서 설교를 더 많이 하게 해주겠다며 오라고 했는데, 그 사람이 전부터 원한 게 바로 그거였거든. 참 괜찮은 사람이었는데. 없어져서 아쉽지 뭐야. 그 사람이 하는 설교 들어본 적 있어?"

"몇 번 있어요. 여길 떠난 거 확실해요?"

"그럼. 송별회도 했어. 그 사람은 언젠가 훌륭한 목사가 될 거야. 훌륭한 목사. 영성이 깊은 사람이거든." 그 여자의 입에서 한숨이 흘러나왔다.

어쩌면 '영성이 깊다'는 그 여자의 친구들 사이에서 끝내주게 잘생겼다는 뜻의 은어인지도 몰랐다. 아무튼 마크는 떠났다. 내가 라킨을 찾도록 도와주기는커녕 나를 다시 만나지도 않은 채로, 이곳을 떠나버렸다.

나는 그 직원에게 고맙다고 인사한 다음, 날이 저문 바깥으로 나와 내가 여태 머물던 여든여덟 살 먹은 노인의 집으로 향했다. 그 집 차고에 내가 두고 온 여분의 옷과 침낭이 있었다. 나는 이번만은 가볍게 여행하는 중이었다. 아예 배낭이 반쯤 비어 있을 정도였다. 걸을 때면 목적지를 생각하지 않고 무의식적으로 걸음을 옮겼다. 나는 마크에게 다시 연락이 닿을 수 있을지 궁금했고, 그렇게 하면 나에게 조금이나마 이득이 있을지도 궁금했다. 내가 포틀랜드에 나타나면 마크는 어떻게 나올까? 그때는 시애틀로 달아날까? 애초에 왜 달아났을까? 내가 자길 해치려고 한 것도 아닌데……. 그 애가 평신도 목회자로 지닌 평판에 해가 될 만한 말이나 행동은 결코 하지 않았을 텐데. 내가 쿠거라는 이름을 언급해서 달아났을까? 어쩌면 우리가, 그리고 에이콘이 무슨 일을 당했는지 가르쳐준 것이 실수였는지도 모른다. 어쩌면 경찰에게 둘러댄 얘기를 그대로 들려줘야 했는지도 모른다. "그게, 전 101번 국도를 따라 북쪽으로 걸어가고 있었습니다. 유리카로 가는 길이었어요. 그런데 그 남자들이……."

마크에게는 크리스천 아메리카에서 중책을 맡는 것이 그토록 중요했을까? 크리스천 아메리카가 어떤 악독한 짓을 하는지 외면할 정도로, 크리스천 아메리카가 유일하게 남은 자기 식구에게 무슨 짓을 했는지조차 외면할 정도로?

이윽고 웬 남자가 내 앞에 나타났다. 덩치가 거대한, 키가 크고 어깨가 떡 벌어진 그 남자는 크리스천 아메리카 센터 경비대 제복을 입고 있었다. 나는 그 남자와 부딪치기 직전에 멈춰 섰다. 그러고는 뒤로 펄쩍 물러섰다. 부리나케 달아나고 싶다는 충동이 들었다. 누구라도 달아나고 싶은 마음이 들 만큼 무서워 보이는 남자였으니까. 하지만 솔직히 말하면, 나는 공포에 사로잡혀 몸이 굳고 말았다. 꼼짝도 할 수 없었다. 그저 그 남자를 올려다보는 것 말고는.

남자는 솥뚜껑만 한 손을 제복 재킷 속으로 집어넣었다. 이

내 권총을 쥐고 바깥으로 나오는 그 손이 내 눈에 언뜻 보였다. 그렇다고 그 남자가 나를 죽이는 데 총까지 필요했다는 말은 아니다. 그는 거인이었으니까.

그런데 남자가 재킷에서 꺼낸 손에 들린 것은 봉투였다. 전에 편지를 담아 부치던 것과 비슷하게 생긴 작고 하얀 종이봉투였다. 오래전 로블리도에 살던 시절에 아버지가 가끔 그런 봉투에 든 종이 우편물을 대학에서 집으로 가져오곤 했다.

"두란 목사님이 누구든 키가 큰 흑인이 와서 목사님 이름을 대면 이걸 주라고 하셨어." 거인이 말했다. 목소리가 부드럽고 나직해서 왠지 외모까지 덜 위협적으로 보이는 듯싶었다. "보아하니 당신 얘기였던 것 같군."

나는 용기를 내서 손을 내밀어 그 봉투를 받았다.

거인은 잠시 나를 빤히 보다가, 이내 이렇게 말했다. "목사님은 당신이 자기 누이라고 하시던데."

나는 고개를 끄덕였다.

"남자 옷을 입고 올지도 모른다고 하시더군."

나는 대꾸하지 않았다. 아직 말을 할 엄두가 나지 않아서.

"목사님이 미안하다고 하셨어. 센터에 당신이 묵을 침대를 마련해뒀으니 필요하면 언제까지든 머물러도 좋다고 전해달라는 말씀도 하셨고. 내가 곁에 있을게. 목사님이랑 나는 친구 사이거든. 당신 뒤는 내가 봐줄 생각이야."

"괜찮아요." 나는 간신히 끌어낸 목소리로 말했다. "그래도 고마워요." 그러고는 몸을 꼿꼿이 세웠다. 겁에 질려 몸이 움츠러든 상태였는데도 까맣게 몰랐던 것이다. 내가 손을 내밀자 거인은 내 손을 잡고 악수했다. "고마워요." 한 번 더 인사하자 거인은 돌아서서 센터 쪽으로 성큼성큼 걸어갔다.

나는 가만히 멈춰 서서 생각하지 않았다. 마크가 남긴 봉투를 블라우스 안에 쑤셔 넣고 계속 걸었다. 그 도시의 그 일대는 어두운 길거리에 서서 뭘 열어보기에 적당한 곳이 아니었다. 이제 나는 귀를 계속 쫑긋 세운 채로 주변을 유심히 살폈다. 거인이 나를 포착하고 내 곁을 지나쳐서 앞에 나타날 때까지, 나는 아무 낌새도 채지 못했다. 그 정도의 부주의는 어리석다는 말로도 부족하다. 그건 자살 행위였다.

하지만 노인의 작은 집까지 고작 세 블록 남은 곳에 이르렀을 무렵, 나는 다시금 긴장이 다 풀리다시피 한 상태였다. 피곤했고 배도 불렀고, 따뜻한 판자 침상에 어서 들어가고 싶었고, 동생이 쓴 편지를 읽고 싶어서 안달이 났기 때문이었다.

그러다가, 내 머릿속의 집착들 사이로 발소리가 들리기 시작했다. 내가 뒤로 휙 돌아섰을 때, 마침 내 뒤쪽에서 살금살금 접근하던 두 남자는 화들짝 놀라서 나와 마주 보는 꼴이 됐다. 내 권총은 배낭 속에 있어서 손이 닿지 않았지만 칼은 주머니 속에 있었다. 나는 두 남자가 정신을 차리고 나를 길바닥에 때려눕히기 전에 그 칼을 꺼내어 날을 펼쳤다. 남자들은 덩치가 크지는 않았지만 그래도 둘이었다. 나는 어느 집의 판자

울타리를 등지고 서서 그자들에게 내 수중에 있을지도 모르는 귀중품을 빼앗고 싶은 마음이 얼마만큼 간절한지 스스로 헤아릴 시간을 줬다. 그때 나는 마커스의 편지 말고도 권총과 그들이 며칠은 흐뭇하게 쓸 만큼 큰 액수의 현금까지 지니고 있었고, 그중 어떤 것도 순순히 내줄 마음이 없었다.

"그냥 그 배낭만 내려놔, 아가씨." 한 남자가 말했다. "배낭을 내려놓고 뒤로 물러서. 그럼 얌전히 보내줄게."

나는 꼼짝도 하지 않았다. 배낭을 벗으려면 먼저 그자들이 내게 달려들지 않으리라 믿고 칼부터 접어야 했으니까. 그건 엄두도 못 낼 일이었다. 나는 그자들에게 대꾸하지 않았다. 대화할 생각은 없었다. 나를 '아가씨'라고 부르는 자의 목소리를 듣기가 싫었으니까. 그건 반콜레가 사랑을 담아서 나를 부를 때 쓰던 말이었다. 그런데 이제 그 말이 다른 사람의 입에서 경멸을 담고 튀어나왔다.

그때 내가 바보같이 행동했는지 어떤지는 잘 모르겠다. 다만 죽도록 겁이 났고 화도 났던 건 분명하다. 나는 내 분노의 불길에 더욱 기름을 뿌리려고 했다.

가만 보니 두 남자 중 한 명도 칼을 들고 있었다. 스테이크를 써는 오래된 식사용 나이프였지만, 그래도 칼은 칼이었다. 고기를 자르는 용도로 만든 칼.

칼을 든 남자가 나에게 달려들었다. 다음 순간, 옆에 있던 남자도 함께 달려들었다. 한 명은 나를 찌르려고, 한 명은 붙잡으려고.

나는 냉큼 몸을 숙이고 칼을 위쪽으로 뻗어 칼 든 남자의 배를 찔렀다. 그 칼을 뽑으면서, 눈으로는 다른 곳을 보아 내가 한 짓을 외면하며, 나는 한패인 남자의 다리가 있는 뒤쪽으로 몸을 굴렸다. 그곳에는 남자의 두 다리가 다 있어야 했지만, 내가 부딪힌 다리는 한쪽뿐이었다. 남자는 그 정도 충격으로도 휘청거리기는 했지만, 쓰러지지 않고 버틸 것처럼 보였다. 그러다가 결국에는 땅바닥에 쓰러졌다. 남자가 나무처럼 나자빠지는 사이에 나는 허둥지둥 일어섰다.

두 남자 모두 널브러져 있었다. 한 명은 부상당한 배를 부여잡고 웅크린 채 신음했고, 다른 한 명은 씩씩대는 숨소리 말고는 아예 아무 소리도 내지 않았다. 내 칼에 찔린 남자의 가슴뼈 바로 밑에 스테이크 나이프의 손잡이가 비죽 튀어나와 있었다.

젠장.

나는 털썩 무릎을 꿇었다. 칼에 찔린 타인의 상처 때문에, 내 몸은 불타는 고통의 덩어리였다. 나는 몸을 틀어 두 남자 곁에서 멀어진 다음, 엉금엉금 기어 그 자리를 벗어났다. 끔찍한, 소름 끼치는 고통에 눈물을 뚝뚝 흘리면서. 억지로 힘을 내어 길모퉁이를 돌아선 다음, 부서진 콘크리트 바닥에 한참 동안 앉아 있었다. 아파서 몸이 덜덜 떨리고 숨까지 헐떡거렸다. 마침내 통증이 서서히 잦아들었다. 나는 통증이 완전히 사라지기도 전에 일어섰다. 그러고는 있는 힘껏 걸음을 재촉해 노인의 집 차고로 갔다. 그곳에 도착해서 보니 통증이 더는 느껴지지 않았고, 분노마저 이미 사라진 지 오래였다. 남은 것은 오로지 공포뿐이었다. 나는 최대한 서둘러 소지품을 챙겨서 배낭에 쑤셔 담고 도시를 벗어났다. 어쩌면 떠날 필요까지는 없었을지도 모른다. 어쩌면 노인의 집 차고에 사는 부랑자와 근처 길거리에서 죽었거나 곧 죽을 두 남자가 연관될 일은 영영 없을지도 모른다. 어쩌면.

하지만 나는 목줄을 찰 위험을 감수하고 싶지 않았다.

그래서 달아났다.

그래서 달아나는 중이다. 포틀랜드로 떠나기 전에 메시지를 확인해야 했기에 이 나무에 들렀고, 이제 곧 조지타운에도 들를 예정이다. 그러고 나면 유리카를 피해 내륙 경로를 따라갈 것이다. 한편 내 동생이 남긴 편지의 내용은 다음과 같다.

"로런 누나, 때려서 미안. 정말 미안해. 많이 다치지 말았어야 할 텐데. 난 모든 걸 잃는 경험을 또다시 하는 게 견딜 수가 없었을 뿐이야. 도무지 견딜 수가 없었어. 나한테는 그런 일이 자꾸 일어나거든. 엄마, 아빠, 두란 부부, 그리고 에이콘마저도. 거기선 머물 수 있을 줄 알았는데. 게다가 크리스천 아메리카랑 관련된 사람이 어떻게 누나가 얘기한 그런 짓을 할 수가 있는지 도저히 이해가 가지 않았어. 누나 입으로 그 얘기를 들으며 서 있는 것조차도 너무나 힘들었고. 나는 누나 말이 틀렸다고 확신했어. 틀려야만 했으니까.

그리고 내 확신이 옳았어. 누나의 이야기 속에 나오는 짓을 저지른 자들은 교회 안의 분파 집단이야. 재럿은 이미 자신과 그자들 사이에 어떤 관계도 없다고 공표했어. 그자들은 재럿의 십자군이라고 자칭하지만, 그건 거짓말이야. 그자들은 성인 이교도를 재교육하고 그들의 어린 자녀는 크리스천 아메리카 신도 가정에 입양시키는 게 미국을 질서 있고 위대한 나라로 되돌리는 유일한 길이라고 믿는 극단주의자 집단이야. 만약 에이콘이 공격당했다면, 공격한 범인은 아마 그자들일 거야. 크리스천 아메리카에 있는 친구들한테 물어봤는데 십자군이 하는 일을 너무 깊이 캐고 들어가면 위험하대. 십자군은 일종의 비밀 단체인데, 기강이 투철해서 인정사정 봐주지 않는 조직이야. 그 사람들은 용감해. 방향은 잘못됐지만, 그래도 용감한 사람들이야. 내가 들은 얘기에 따르면 십자군은 구출한 아이들에게 멋진 입양 가정을 찾아준대. 그 사람들은 그런 식으로 말해. 아이들을 '구출'한다고. 필요한 경우에는 구출한 아이를 자기 집으로 데려가 친자식처럼 키우기도 하고, 아이를 키워줄 다른 가정을 찾기도 해. 문제는 그들이 전국적인 조직이라는 거야. 구출한 아이는 고향이 아닌 다른 곳으로 보내. 아예 다른 주로 보내는 경우가 많아. 그 사람들은 구출한 아이를 선한 크리스천 미국인으로 키우는 일에 진심으로 임해. 그래서 아이가 이교도 부모와 상봉하도록 놔두는 건 하나님에 대한 죄악이자 미국에 대한 범죄라고 믿어.

위에 적은 이야기는 모두 내가 적어도 대여섯 명한테서 한 다리 건너, 또는 두 다리 건너 전해 들은 이야기야. 그중 얼마만큼이 진실인지는 나도 몰라. 라킨이 어디 있는지, 어떻게 해야 찾아낼 수 있는지도 모르고. 라킨 일은 참 안됐어. 반콜레 일도 안됐고, 모든 게 참 안됐어.

로런 누나, 이렇게 말하면 누나는 싫어하겠지만, 만약 누나가 진심으로 딸을 찾고 싶다면 난 누나가 우리에게 합류해야 한다고 생각해. 크리스천 아메리카에 들어오라는 말이야. 누나가 만든 신앙 공동체는 실패했어. 변화라는 신이 누나를 구원하지 못한 거야. 누나가 있어야 할 곳으로 돌아오는 게 어때? 만약 엄마 아빠가 지금도 살아 계시다면, 두 분도 이곳으로 오실 거야. 두 분 다 조국을 다시 일으켜 세우려고 애쓰는 크리스트교 단체에 누나도 힘을 보태기를 바라실 테고. 난 누나가 영리하고 굳세고 자신만의 선을 너무나 고집스레 지키는 사람인 걸 알아. 만약 누나가 우리 사업에 합류할 만큼의 인내심도 함께 갖췄다면, 누나는 딸에 관한 정보를 얻을지도 모르는 유일한 기회를 손에 넣을 거야.

다만 누나가 설교하는 건 우리 운동이 허락하지 않는다는 경고는 미리 해둬야겠어. 그 점에서는 우리와 사도 바울의 의견이 일치하는 셈이지. '여자는 조용히, 언제나 순종하는 가운데 배워야 합니다. 여자가 가르치거나 남자를 지배하는 것을 나는 허락하지 않습니다. 여자는 조용해야 합니다'*라고 했으니까. 하지만 걱정 마. 여자들이 우리 운동에 봉사하기 위해 할 만한 더 적당한 일이 그 밖에도 얼마든지 있으니까.

우리 같은 흑인 중에도 십자군 친척이나 친구를 둔 사람들이 있어. 우리와 합류해서 열심히 일하고, 열심히 보고 듣다 보면, 아마 딸을 찾는 데 요긴한 것들을 배우게 될 거야. 그러다 보면 누나 역시 선하고 품위 있는 크리스천 미국인 여성으로 살기가 더 수월해질 테고. 또 무슨 말을 더 해야 할지 모르겠어. 봉투에 경화 몇 백 달러를 같이 넣었어. 더 줄 여유가 있으면 좋을 텐데. 난 누나를 더 많이 도와주고 싶어. 어떤 선택을 하든, 누나가 잘 지내면 좋겠어. 그리고 다시 한번, 미안해. 마크가."

그것으로 끝이었다. 포틀랜드에 가는 것에 관해서는 한마디도 적지 않았다. 설명도, 작별 인사도 없었다. 주소조차도. 정말로 포틀랜드에 가기는 했을까? 나는 곰곰이 생각한 끝에 갔을 거라고 결론지었다. 적어도 그 애가 포틀랜드에 갔다고 가르쳐준 직원은 정말로 그렇게 믿었다.

그런데 내 동생은 어째서 편지에 자기 행선지를, 심지어는 자기가 떠난다는 사실조차도 언급하지 않았을까? 내가 알아내지 못할 거라고 생각했을까? 아니면 그저 더는 나와 연락하

* 《신약성서》의 〈디모데전서〉 2장 11-12절.

고 싶지 않다는 의사를 일부러 냉정한 방식으로 암시한 것뿐일까? 그 애가 한 말은 사실 이런 뜻일까? "우린 남매니까 누나를 돕는 건 내 의무야. 그래서 여기에 조언과 돈을 좀 담았어. 누나 사정은 참 딱하지만, 내 도움은 여기까지야. 나도 내 앞가림을 해야 하니까."

뭐, 돈은 쓸모가 있었다. 충고에 관해서라면 맨 처음 든 충동은 거기에 욕을 퍼붓는 것이었고, 충고를 건넨 장본인인 내 동생에게도 욕을 퍼붓고 싶었다. 그러고 나서 잠깐, 나는 적에게 투항해 내 아이를 찾을 수 있을지 어떨지 고민했다. 어쩌면 찾을 수 있을지도 몰랐다.

그러다가 센터에서 본 그 남자가 떠올랐다. 그자는 마지막으로 봤을 때 에이콘에서 '스승' 행세를 했던 남자들 중 한 명이었고, 아델라 오르티스를 강간한 자이기도 했다. 어쩌면 아델라가 조만간 낳을 아기의 아버지가 그자인지도 모른다. 마크는 십자군 병사들이 사회에서 낙오한 극단주의자라고 스스로를 용케 속였는지도 모르지만, 나는 속지 않는다. 크리스천 아메리카가 인정할 마음을 먹든 먹지 않든 간에, 그들과 십자군은 서로 구성원을 공유한다. 몇 명이나 될까? 진짜 연결고리는 무엇일까? 재럿은 십자군에 대해 실제로 어떻게 생각할까? 재럿이 그들을 조종할까? 만약 그자들이 하는 짓이 마음에 들지 않는다면, 재럿은 그들을 막을 조치를 취해야 한다. 그들의 광기가 자신의 정치적 이미지를 일부나마 차지하는 것은 원치 않을 테니까.

다른 한편으로, 남들로 하여금 자신을 두려워하게 만드는 한 가지 방법은 무슨 짓이든 서슴지 않을 만큼 광적인 일면을 지니는 것이다. 자신의 한 가지 면모, 또는 자기 휘하의 위험하고 예측할 수 없는 조직을 이용해서.

지금 벌어지는 일이 그런 걸까? 나로서는 알 길이 없고, 내 동생은 알고 싶어 하지 않는다.

제19장

모든 종교는 궁극적으로 화물 숭배*다.
신자들은 필요한 의식을 행하고, 특정한 규칙을
따르며, 이로써 원하는 보상이 초자연적으로
주어지리라 기대한다. 장수,
명예, 지혜, 자녀, 건강, 부,
적에 대한 승리, 죽은 후의 영생
그밖에도 원하는 보상은 무엇이든.
지구종은 고유한 보상을, 즉 공간을 제공한다.
머릿수가 적은 집단들이 새로운 기회와 새로운 부,
새로운 부의 개념, 성장하고 배우고
무엇이 될지 결정할 새로운 도전 등을 통해
새 삶과 새 삶의 방식을 시작할 공간을.
지구종은 인류의

* 조상신이 배나 비행기에 선물을 싣고 오리라 믿는 남태평양 도서 지역 원주민들의 토속 신앙.

동터오는 성인기다. 지구종은 유일한
진짜 영생을 제공한다. 지구종은 지구의
씨앗들이 새 대지에서 생명의 씨앗,
새 공동체의 씨앗이 되게끔 한다. 지구종의
숙명은 별들 사이에 뿌리내리는 것, 그리하여
그곳에서, 다시금, 자라고, 배우고, 날아가는 것이다.

—《지구종: 산 자들의 책》에서

나는 열두 살 때부터 남몰래 드리마스크의 시나리오를 만들었다. 그 무렵 나는 케이시 알렉산더와 매디슨 알렉산더 부부의 소심하고 조심성 많은 딸 행세를 감쪽같이 해냈다. 당시 나는 크리스천 아메리카의 가르침에 충실한 시나리오, 예컨대 오래된 '에이샤 비어' 이야기 같은 시나리오를 재생할 거라면 드리마스크를 이용해도 좋다는 허락을 받았지만, 내가 직접 창작해서 검열도 받지 않은 새 시나리오는 절대 허락받지 못할 것이 뻔했다. 그걸 어떻게 아느냐면, 내가 아홉 살 때 크리스천 아메리카 학교에서 만난 몇 안 되는 친구들과 함께 놀 목적으로 싱거운 내용에 전개도 단순한 드리마스크 시나리오를 만들기 시작했기 때문이다. 그건 재미있는 놀이였다. 친구들은 우리가 곤경에 처하기 전까지는 그 이야기를 좋아했다. 그러다 어떤 교사가 우리 이야기를 엿듣고는 내가 뭘 하는지 눈치챘고, 거짓말을 했다는 이유로 나에게 벌을 줬다. 친구들은 내 거짓말을 신고하지 않았다는 이유로 벌을 받았다. 우리는 《구약성서》의 〈출애굽기〉와 〈시편〉, 〈잠언〉, 〈예레미야〉, 〈에스겔〉의 모든 장을 외워야 했다. 주어진 분량을 다 외워서 검사받기 전까지 자유 시간은 없었다. 쉬는 시간이나 점심시간도 없었다. 우리는 날마다 수업이 끝나고 한 시간씩 더 학교에 남았다. 화장실에 갈 때조차도 또 다른 악행에 탐닉하는 게 아닌지 확인한다는 명분으로 감시를 당해야 했다. 이를테면 '하나님'의 귀한 시간을 일이 분 정도 낭비한다거나.

나는 처음부터 내 이야기는 단지 지어낸 것에 지나지 않는다고 변명했지만, 통하지 않았다. 남에게 그 이야기가 사실이라고 설득하려 하지도 않았건만. 우리가 마음껏 체험해도 좋다고 허락받은 드리마스크 시나리오도 똑같이 상상의 산물이라는 점 또한 중요하지 않았다. 우리 선생님들은 만들 수 있는 이야기는 이미 다 만들어졌고, 그 이상으로 만드는 것은 죄악이라고 믿는 모양이었다. 아니면 적어도 내가 더 만드는 것은 죄악이라고 믿었든가.

하지만 사춘기가 됐을 무렵 어렵사리 찾아낸 포르노를 빼면 나에게 허락된 시나리오는 대개 흔해빠지고 단조롭고 재미없는 것들이었다. 등장인물은 하나같이 각각의 방식으로 잘못을 저지르고, 자신의 죄악 때문에 괴로움을 겪다가, 하나님에게 돌아가는 모습으로 그려졌다. 남자애는 크리스천 아메리카를 위해 싸웠다. 전쟁에 나가 이교도에 맞서 싸우거나 선교사가 돼 위험하고 음험하고 낯선 밀림이나 사막을 찾아갔다. 반면에 여자애는 언제나 요리하고, 청소하고, 바느질하고, 울고, 기도하고, 아기나 노인을 돌보고, 교회에 갔다. 에이샤 비어는 흥미진진한 일을 했기 때문에 비범했다. 사람들을 구한 것이다. 비어는 사람들로 하여금 하나님에게 돌아가게 했다. 사실, 흑인이자 여성으로서 그렇게 하는 인물은 비어가 유일했다.

한번은 나이가 몹시 많은 여성이, 그러니까 크리스천 아메리카가 노년층 신도들을 위해 세운 요양원에 사는 구십대 노인 여성이 에이샤 비어는 내가 속한 세대의 낸시 드루*라는 말을 한 적이 있다. 그로부터 몇 년이 흐른 후에야 나는 낸시 드루가 누군지 알게 됐다.

아무튼 나는 시나리오를 썼다. 공책에 스타일러스 펜으로 쓰는 수밖에 없었는데, 왜냐면 비단 크리스천 아메리카 신도가 아니더라도 어린애한테 시나리오 녹음기를 주며 작업을 맡길 사람은 아무도 없기 때문이었다. 그나마 우리가 쓰는 공책은 메모리 용량이 충분했고 미리 명령 코드를 입력해두면 다른 사람이 시나리오를 열어보려고 할 경우에 저절로 삭제되는 것도 가능했다. 적어도 내가 아는 한은 그랬다.

나는 다른 부모와 함께 사는 시나리오를 썼다. 나를 있는 그

* 미국에서 1930년부터 약 칠십 년에 걸쳐 계속 이어진 소녀 탐정 시리즈의 주인공.

대로 아껴서 내가 다른 사람, 즉 성녀 카마리아가 되기를 항상 염원하지 않는 부모 말이다. 그때는 내가 입양됐다는 걸 알기 전이었다. 그때는 그저 어린애들이 으레 그렇듯이 내가 입양아일지도 모른다고, 또 어떤 사연 때문이든 멋지고 권세 있는 '진짜' 부모님이 어딘가 살고 있어서 언젠가 나를 데리러 올 거라고 짐작하는 정도였다.

나는 형제 네 명, 자매 세 명과 함께 사는 시나리오를 썼다. 여덟 남매라는 소재에 관심이 갔다. 그 정도 대가족이면 외로움을 탈 겨를이 없을 테니까. 나는 형제자매와 함께 휴일과 생일이면 늘 떠들썩한 파티를 열었고, 늘 모험을 즐겼으며, 나에게 정신없이 빠져든 남자친구까지 있어서 학교 여자애들이 모두 나를 질투했다.

우리는 미사일 공격의 상흔 때문에 허름하고 조잡하게 복구된 시애틀의 구시가 지역이 아니라 거대한 기업도시에 살았다. 우리는 중요한 사람이어서 돈이 굉장히 많았다. 빨리 달리는 차를 몰며 속도를 즐기거나, 연구소에서 눈부신 과학적 발견을 하거나, 스파이와 횡령범과 파괴 공작원 같은 부류를 체포하기도 했다. 이런 식의 마스크 시나리오 속에서 나는 형제자매뿐 아니라 부모 가운데 한쪽이 되어 흥미진진하게 살아볼 수도 있었다. 즉, 남자애나 어른으로 사는 '체험'도 할 수 있었다. 하지만 진짜 드리마스크 체험은 아니었기 때문에, 나에게 주어지는 감각 지침은 찾아보고 상상하라는 것이 고작이었다. 나는 남들을 관찰하며 나 스스로 느껴보려고 애썼다. 차를 몰거나 총을 쏘는 느낌이 어떤지, 또는 오빠가 되어 남태평양에서 심해채굴 기술자로 일하거나, 언니가 되어 남극에서 건축가로 일하거나, 아빠가 되어 대기업 최고경영자로 일하거나, 엄마가 되어 분자 생물학자로 일하면 어떤 기분일지를. 아빠는 덩치가 크고 신처럼 위엄 있는 남자였는데 부유하고 영리했으며 집에 있을 때가 드물었다. 아빠 체험을 할 때가 가장 힘들었다. 조사해봐도 별 소용이 없었다. 아빠는 다른 식구들보다 더 껍데기에 가까운 인물이었으니까. 아빠라는 존재의 내면은, 아빠의 생각과 감정은 어떤 식으로 그려야 할까? 알 수가 없었다. 분명 매디슨 같을 리는 없었다. 몇 안 되는 내 친구들의 아빠와 비슷할까? 이따금 친구 아빠를 본 적은 있었지만 잘 아는 사이는 아니었다. 어쩌면 목사님과 비슷할지도 몰랐다. 근엄하고 자신만만한 목사님 주위에는 평소에 공손한 남자들과 생글생글 웃는 여자들이 잔뜩 있었다. 여자들 가운데 일부는 남편이 있는데도 목사님과 같이 자는 사이라는 소문이 돌았고, 목사님도 아내가 있었다. 목사님은 어떤 감정을 느꼈을까? 무엇을 믿었을까? 무엇을 원했을까? 두려워한 것은 뭐였을까?

나는 책을 많이 읽었다. 사람들을 관찰하고 대화를 엿들었다. 부모님에게서 종교와 무관한 마스크와 책을 즐겨도 좋다고 허락받은 아이들이 나에게 많은 영감을 줬다. 그런 것들은 우리 사이에서 '나쁜 책'으로 통했다. 한마디로, 나는 내 친어머니가 싫어하면서도 어쩔 수 없이 해야만 했던 일을 해보려고 애썼다. 사람들이 느끼는 것을 느낌으로써 그들을 알고자 한 것이다. 사람들을 진정으로 알려고 말이다.

물론 전부 다 허튼소리였다. 전혀 해로울 것 없는 허튼소리. 하지만 막상 들통났을 때, 내가 만든 시나리오는 하루아침에 거의 범죄처럼 취급받았다.

크리스천 아메리카 역사 수업 시간에 도난 사건이 일어났다. 교사가 자기 책상에 놔둔 개인 전화기가 사라진 것이다. 우리 모두 몸수색을 당했고 소지품도 압수당해 철저한 조사를 받았다. 누군가 내 공책을 지나치게 꼼꼼히 검사하는 바람에, 자동 삭제 명령을 설정해뒀는데도 시나리오가 발각되고 말았다.

나는 비행청소년이 대상인 특별 종교 수업에 참석했고, 상담도 받아야 했다. 또한 지역 교회 신도들 앞에서 내 죄를 고백해야 했다. 성서도 열 몇 장이나 외워야 했다. 부지런히 벌을 받던 도중에 수군대는 소리가 내 귀에 들려왔다. 들어보니 나는 사실 입양된 아이였고, 내 부모는 부유하고 지체 높고 아름다운 사람들이 아니라 악귀 같은 이교도들 중에서도 가장 지독한 부류였다. 살인자, 도둑, 하나님 말씀을 왜곡하는 자들이던 것이다. 아이들이 먼저 수군대기 시작했다. 입양됐다고 알려진 아이들은 매우 많았기 때문에, 그런 아이들을 놀리고 아이들 친부모가 지독한 악인이라는 거짓말을 지어내는 것은 흔한 일이었다. 게다가 입양아가 아닌 아이도 누군가의 분노의 표적이 되면 입양 여부와 상관없이 이교도 자식으로 불리곤 했다.

처음에는 아이들이 나를 욕하기 시작했고, 나중에는 어른들도 가담했다. 내가 입양아인 것을 아는 몇몇 어른은 이런 말을 꺼내기 시작했다. "뭐, 어쨌거나 그 애 친엄마가 어떤 여자일지 한번 생각해보세요. 그 애도 표가 날 수밖에 없죠." 아니면 이런 식이었다. "나중에 한번 보세요. 그 애는 글러먹었으니까요. 우리 할머니가 입버릇처럼 말씀하셨어요, 피는 못 속인다고!" 이런 말도 했다. "뭘 기대하겠어요? '비어'는 진실이라는 뜻 아네요? 진실은 바로 이거죠, 만약 몹쓸 피라는 게 정말로 있다면 바로 그 애한테 흐르는 피라는 거!"

마지막 사례는 교회에서 웬 못된 노파가 자신만큼이나 나이가 많은 친구에게 주위에 다 들릴 만큼 큰 목소리로 속닥거린 말이었다. 그 말을 한 노파를 상대하려고 뒤쪽을 돌아본 기억이 난다. 그때는 일요일 저녁 예배 시간이었고 노파와 친구는 케이시와 매디슨과 나의 바로 뒷줄 의자에 앉아 있었다. 내가 바라보자 노파는 교회에 쳐들어온 짐승이라도 보는 눈빛으로 나를 빤히 노려봤다.

"하나님은 사랑이세요." 나는 내가 낼 수 있는 가장 다정한 목소리로 노파에게 그 인용구를 들려줬다. 그러고 나서 덧붙였다. "사랑은 법을 잘 지키는 거고요."

나는 그 말이 노파의 추잡한 방백만큼이나 주위에 잘 퍼지도록 또박또박 발음하려고 애썼다. 나쁜 피라니, 세상에. 케이시는 사람들이 무식하다 보니 그런 말을 하는 경우도 있지만, 설령 무식한 사람일지라도 나이가 많으면 공경해야 한다고 했다.

그날 저녁, 케이시는 내가 말을 마치기가 무섭게 팔꿈치로 나를 쿡 찔렀고, 내가 언뜻 본 그 노파는 혐오와 반감으로 표정이 일그러진 채 입을 비죽 내밀고 있었다.

그 일이 일어났을 때 나는 막 열세 살이 된 참이었다. 예배가 끝나고 케이시가 나에게 노인한테 무례하게 굴었다고 야단을 쳤는데 내가 노인이든 누구든 상관없다고 대꾸하는 바람에 대판 싸웠던 기억이 난다. 나는 내가 정말로 입양됐는지, 만약 그렇다면 내 친부모는 누군지 알고 싶다고 말했다.

케이시는 내가 염려해야 할 부모는 자신과 매디슨밖에 없으며, 나는 이미 가진 것에 감사할 줄 모르는 배은망덕한 이교도 꼬맹이라고 했다.

그때는 그걸로 끝이었다.

열다섯 살 때, 학교에서 나와 원수같이 지내던 아이가 나의 친엄마는 그냥 이교도가 아니라 매춘부이자 살인자라고 했다. 나는 어떻게 될지 생각해보지도 않고서 무작정 그 애를 때렸는데, 알고 보니 나는 스스로의 힘이 얼마나 센지 모르는 상태였다. 그 애의 턱뼈가 부러진 것이다. 그 애는 피를 흘리며 비명을 지르고 울부짖었고, 나는 겁에 질렸다. 무서워서 죽을 것만 같았다. 그 일로 학교에서 퇴학당한 나는 하마터면 소년 중범죄자가 되어 목줄을 찰 뻔했다. 가까스로 목줄을 찰 위기에서 벗어날 수 있던 것은 오로지 매디슨과 우리 교회 목사님이 나서서 힘써준 덕분이었다. 그때가 바로 내 사춘기에서 가장 끔찍했던 시절의 시작이었다. 나는 매디슨에게 고마움을 느꼈다. 그 사람이 나를 위해 발 벗고 나설 줄은 몰랐기 때문이었다. 내가 성장하면서 그는 전보다 훨씬 더 집요하게 나를 따라다녔다. 가난한 노동 계층을 위해 오래된 컴퓨터를 수리하는 것이 그의 직업이었다. 그는 나보다 자기 공구에 더 애착을 느끼는 사람처럼 보였다. 내 몸을 더듬을 때만 빼고.

그러다가 어느 토요일, 내가 일으킨 사건의 서류 처리가 끝난 시점에 케이시가 교회에서 열린 여성부 행사에 참석하느라 집을 비운 사이, 매디슨은 내가 자신에게 얼마나 감사해야 마땅한지를 구구절절 늘어놓았다. 내가 목줄을 차지 않은 것은 자기 덕분이라면서. 그는 목줄에 관한 기사를 나에게 읽어줬다. 목줄이 어떤 식으로 고통을 주는지, 어떻게 해서 극도로 난폭한 범죄자조차도 '진정'시키는 한편으로 그런 범죄자가 쓸모 있는 일에 종사하는 상태를 유지케 하는지, 재소자의 경우에는 목줄 조종 장치를 소지한 사람이 어째서 '사실상 꼭두각시 인형 조종자'인지 설명하는 기사였다. 그리고 목줄이 전하는 고통은 강도가 매우 높은데도 아무리 여러 번 가하더라도 흉터나 영구적인 장애를 전혀 남기지 않는다고 했다.

매디슨은 나에게 읽어보라며 다른 기사도 몇 건 건네줬다. 내가 기사를 받아 들자 그는 땀에 젖은 조그만 두 손을 뻗어 내

가슴을 더듬었다.

"고마운 마음을 조금 표시한다고 해서 손해 볼 건 없잖아." 내가 물러서자 매디슨은 그렇게 말했다. "난 정말로 무시무시한 위기에서 너를 구해줬어. 그런데 어떻게 나한테 이래. 넌 참 배은망덕한 애야. 어쩌면 다음번엔 널 구할 여력이 없을지도 모르겠구나." 매디슨은 잠시 뜸을 들였다. "너도 알겠지만, 네 엄마는 네가 목줄을 차게 그냥 놔두고 싶어 했어. 네가 그 여자애를 일부러 다치게 했다고 생각하거든." 또다시 뜸 들이기. "넌 나한테 잘해야 해, 에이샤. 너한텐 나밖에 없어."

매디슨은 나를 졸졸 따라다녔다. 그냥 한번 자주고 그것으로 끝내야겠다고 생각한 적도 많았다. 하지만 그 무렵 나는 이미 복학한 상태여서 거의 종일 집을 벗어나 지낼 수 있었다. 매디슨은 정말이지 지독하게 징징대는 남자였다. 나의 유일한 행운은 매디슨의 덩치가 작다는 것이었는데, 얼마 후에 나는 그가 나를 살짝 무서워한다는 것을 눈치챘다. 그건 충격이었다. 나야말로 거의 모든 사람을 무서워하는 소심한 아이로 자랐기 때문이었다. 나는 남에게 화를 낼 때조차도 남들을 무서워했다. 나에게서 말다툼이 아닌 다른 반응을 이끌어내려면 갑작스럽게 아주 심한 자극을 줘야 했다. 그래서 그 여자애의 턱을 박살 냈을 때 그토록 속이 상한 것이다. 단지 내가 남에게 그토록 심한 부상을 입힐 수 있다는 것을 몰랐기 때문이 아니라, 애초에 나 자신이 남을 다치게 하는 사람이 아니었기 때문에.

하지만 어째선지, 매디슨은 그 사실을 알지 못했다.

매디슨은 나를 가만히 두지 않았지만, 그래도 완력을 사용한 적은 없었다. 그는 축축하고 조그만 손으로 쉬지 않고 내 몸을 더듬으며 똑같은 부탁을 거듭했고, 나를 훑는 시선 또한 거두지 않았다. 어쩌나 뚫어지게 보던지, 나는 케이시가 그의 시선을 눈치채고 나를 탓할까 봐 두려웠다. 화장실에 있는 나를 훔쳐보려고 한 적도 있었다. 나에게 들킨 것만 두 번이었다. 내가 옷을 갈아입을 때 내 방에 들어와 지켜보려고 한 적도 있었다.

열다섯 살 때, 나는 하루빨리 집을 떠나 두 사람 곁을 영원히 벗어나고 싶어서 견디기가 힘들 지경이었다.

《로런 오야 올라미나의 일기》에서

2035년 6월 7일 목요일

조지타운으로 돌아왔다. 여기서 조금 쉬면서 앨리를 만나 소식을 듣고, 목욕도 하고, 앨리에게 맡긴 물건을 찾고, 힘닿는 데까지 정보도 수집해야 한다. 그런 다음 오리건 주로 출발할 것이다. 나는 잠시 이 지역을 벗어나 피신해야 하는 신세인데, 마크가 있는 북쪽으로 가는 것도 좋은 생각 같다. 마크는 나를 보고 싶어 하지 않을 것이다. 그 애는 크리스천 아메리카가 결코 결백하지 않은 것을 알면서도 그들의 일부가 돼야만 하니까. 만약 자신이 어떤 부류의 인간들과 붙어먹었는지 일깨워

주며 자기 곁을 맴도는 내 모습을 보고 싶지 않다면, 그 애는 나를 도와줘야 한다. 내가 아이를 찾기만 하면 두 번 다시 보지 않아도 되니까. 그 애가 보고 싶어 한다면 또 모를까.

이제는 조지타운이 주는 안락함조차 받아들이기가 힘들다. 나는 움직이고, 일하고, 라킨을 찾아다니는 동안에만 스스로를 견딜 수 있는 것 같다. 이곳을 떠나야 한다.

앨리는 내가 다음 주까지는 이곳에 머물러야 한다고 말한다. 내 몰골이 엉망진창이라는 말도 한다. 아마 막 도착했을 때는 그랬을 것이다. 어쨌거나 나는 부랑자 행세를 하고 다녔으니까. 지금은 깨끗이 씻어서 다시 평범한 여자로 돌아왔다. 하지만 깨끗해진 후에도 앨리는 내가 더 늙어 보인다고 했다.

"너무 많이 늙었어." 앨리가 내게 한 말이었다.

"저스틴이 돌아왔던데요."

내가 그렇게 말하자 앨리는 눈길을 돌려 조지타운의 다른 아이들과 농구를 하는 저스틴을 바라봤다. 아이들은 바닥이 그야말로 뻥 뚫린 바구니를 어느 집 벽 높은 곳에 못으로 박아 놨다. 초창기 조지타운의 오두막집은 엇갈리게 쌓은 통나무와 돌, 진흙으로 만들어졌다. 그런 재료들은 무겁고 튼튼했다. 너무나 무거워서 지진으로 집 몇 채가 무너졌을 때 사람들이 깔려 죽기도 했다. 하지만 못을 박아 바구니를 달고 새로 훔쳐온 농구공을 던져 두들기는 정도로는, 집에 아무 손상도 입히지 못했다. 농구공은 유리카에 있는 사무용 건물에서 청소 일을 하는 남자가 그 전날 거리에서 주웠다며 가져온 것이었다.

"저스틴은 어떻게 지내요?" 나는 앨리에게 물었다.

앨리는 호텔 뒤편에 작업장을 마련했다. 거기서 가구를 만들거나 수리했고, 연장을 고치거나 연마했으며, 사람들에게 글을 읽어주고 써주기도 했다. 앨리는 나와 달리 읽기나 쓰기를 가르치지는 않았다. 자기는 그런 걸 가르치기에는 참을성이 부족하다면서. 다만 아이들에게는 목공 일의 요령을 기꺼이 가르쳐줬고, 고장 난 장난감도 공짜로 고쳐줬다. 조지 가족의 여러 사업에 필요한 수선 일도 계속했지만, 청소나 이런저런 잡일은 이제 하지 않았다. 돌로레스 조지에게 일솜씨를 인정받고 나서부터는 좋아하는 일을 하며 자신과 저스틴의 생계를 해결할 수 있게 된 것이다. 앨리가 지금 하는 수선 일은 저스틴에게 옷이나 책을 사줄 여윳돈을 마련하려고 조지 가족이 아닌 다른 사람에게서 받은 것이었다.

"여기 남아서 저스틴을 가르쳐주면 좋을 텐데." 앨리가 나에게 말했다. "저스틴이 일찍부터 남의 집에 들어가 강도질을 하는 애들하고 너무 붙어 다녀서 걱정이지 뭐야. 내가 혹시라도 조지타운을 떠난다면, 그 걱정 때문일 거야."

나는 끄덕이며 속으로는 내 딸 라킨이 무엇을 배우고 있을지 생각했다. 그러자 이따금 떠오르는, 외면하고 싶은 의문이 다시금 나를 찾아왔다. 라킨이 지금도 살아서 뭔가 배우고 있기는 할까? 나는 앨리를 등지고 돌아서서 드넓은 숲에 판잣집과 오두막집, 천막, 헛간 따위가 어지럽게 세워져 만들어진 조지타운을 바라봤다.

"로런?" 앨리의 목소리는 너무나 가녀려서 진짜라고 믿기가 힘들었다.

뒤를 돌아봤지만 앨리는 손에 사포를 쥐고 의자 다리를 다듬는 일에 열중할 뿐, 내 쪽을 보지는 않았다. 나는 잠자코 앨리의 다음 말을 기다렸다.

"당신도 알겠지만…… 난 저스틴을 만나기 전에도 아이가 있었어."

"알아요."

앨리의 아버지는 작은딸 앨리와 큰딸 질에게 매춘을 시켰을 뿐 아니라 술에 취해 날뛰다가 앨리의 아기를 죽이기까지 했다. 앨리와 질 자매가 집을 떠난 이유가 바로 그것이었다. 둘은 아버지가 술에 취해 제풀에 잠들 때까지 기다렸다. 그러고는 아버지가 자고 있던 판잣집에 불을 지르고 달아났다. 거기서도 불은 빠지지 않았다. 어찌나 깨끗하게 치워주는 친구인지. 얼마나 끔찍한 원수인지.

"그 애는 아버지가 누군지조차 몰랐어." 앨리가 말했다. "그래도 난 그 애를 사랑했어. 내 조그만 아들을. 내가 그 애를 얼마나 사랑했는지 절대 모를 거야. 그 애는 나한테서 나온, 나를 엄마로 알아본, 내 아기였으니까." 앨리는 한숨을 쉬며 의자 다리로부터 시선을 들어 나를 올려다봤다. "꼬박 여덟 달 동안, 그 애는 내 아들이었어."

나는 다시 조지타운 쪽을 쳐다봤다. 앨리가 무슨 이야기를 하려는지 짐작이 갔지만, 딱히 듣고 싶지는 않았다. 내가 머릿속으로 상상해서 들은 것만으로도 충분히 고약했으니까.

"우리 아빠가 내 아기를 죽였을 때 같이 죽고 싶었어. 나도 같이 죽여주면 좋겠다고 생각했지." 앨리는 잠시 입을 다물었다. "질 덕분에 버텼어. 캠프 크리스천에 있을 때 당신 덕분에 버틴 것처럼." 그러고는 또다시 입을 다물었다. 이번에는 더 길게. "로런, 어쩌면 영영 그 애를 못 찾을지도 몰라."

나는 입을 열지도, 몸을 움직이지도 않았다.

"그 애는 죽었을지도 몰라."

잠시 후, 나는 돌아서서 앨리를 마주 봤다. 앨리가 물끄러미 나를 보고 있었다. 슬픈 표정으로.

"미안해. 하지만 사실이야. 그리고 만에 하나 살아 있다고 해도, 영영 못 찾을지 몰라."

"당신은 당신 아기가 어떻게 됐는지 알았잖아요." 내가 말했다. "그 애가 죽은 걸 알았잖아요. 어디 다른 데서 고생하는 게 아니라, 자기가 크리스천인 줄 아는 미친 인간들한테 학대당하는 게 아니라, 죽었다는 걸요. 난 아무것도 몰라요. 하지만 저스틴은 돌아왔고, 이제 호르헤 동생 마테오도 돌아왔어요."

"알아, 그런데 그 애들은 경우가 다른 걸 당신도 알잖아. 둘

다 자기가 누군지 알 만큼 나이를 먹었으니까. 그리고 그 애들 나이면…… 학대와 방임도 견딜 수 있고."

나는 그 말을 곱씹었고, 그 말이 무슨 뜻인지 이해했고, 그 말을 받아들이기를 거부했다.

"당신은 아직 앞날이 창창해." 앨리가 말했다.

"그 앨 포기할 순 없어요."

"지금은 그럴 수 없겠지. 하지만 때가 되면……."

나는 아무 대꾸도 하지 않았다. 잠시 후, 내가 유리카에서 일을 시작하기 전에 정보를 얻던 남자가 눈에 띄었다. 나는 그 남자에게 가서 혹시 들은 소식이 있는지 물어봤다. 남자는 아무 소식도 듣지 못했다.

2035년 6월 10일 일요일

아무래도 북쪽으로 가는 길에 동행이 생기려는 모양이다. 이 일을 어떻게 받아들여야 할지 잘 모르겠다. 그 여성은 앨리가 소개해줬다. 원래는 남쪽의 멘도시노 카운티에서 가족과 함께 부유하고 안전하게 살아가야 마땅한 사람이었지만, 본인 말에 따르면 가족이 자신을 원치 않았다고 한다. 남동생만 원했을 뿐, 딸인 그 여성은 결코 원하지 않았다는 것이다. 그 여성은 대리모가 아직 드물던 시절에 돈을 주고 고용한 대리모에게서 태어났는데, 용모가 어머니를 많이 닮고 대리모는 전혀 닮지 않았는데도 친부모는 좀처럼 받아들이려 하지 않았다. 남동생이 전통적인 방식으로 어머니의 몸을 통해 태어난 후에는 더더욱 그랬다. 열여덟 살 때는 몸값을 노린 자들에게 납치당했지만, 범인들은 몸값을 받지 못했다. 그 여성이 아는 한 부모님은 그 정도 돈은 있는 사람들이었는데도 몸값을 내려 하지 않았다. 남동생은 왕자였지만, 그 여성은 결코 공주가 아니었다. 납치범 일당은 성욕을 충족하는 데 써먹을 목적으로 그 여성을 한동안 붙잡아뒀다. 그러자 짐짓 몸이 아픈 척해야겠다는 생각을 떠올렸다. 이를 위해 납치범 일당의 시선이 딴 곳을 향할 때마다 손가락으로 목구멍 깊숙한 곳을 건드렸다. 그러고는 온 사방에 토를 하고 다녔다. 결국 역겨움과 두려움을 이기지 못한 납치범들은 그 여성을 클리어 호수 근처에 버리고 갔다. 그 후 집으로 돌아가려 했지만, 알고 보니 가족은 알캐 전쟁 직전에 고향을 떠나 알래스카로 이주했다. 납치된 때로부터 일 년이 더 지난 지금, 그 여성은 가족을 찾아 알래스카로 향하는 중이었다. 전쟁은 아직 공식적으로 끝나지 않았지만 그런 것에는 아랑곳하지 않았다. 아무것도 없는 빈털터리에 가족 말고는 아무도 없는 외톨이였기에, 북쪽으로 향하는 중이었다. 앨리는 그 여성에게 나와 동행하라고 했다. 하다못해 포틀랜드까지만이라도.

"서로 뒤를 봐주는 거야." 앨리는 우리 둘을 인사시키면서 말했다. "그러면 조금은 더 오래 살 수 있을지도 몰라."

그 여성의 이름은 벨렌 로스였다. 본인은 자기 이름을 베일렌이라고 발음했고, '렌'으로 불러달라고 했다. 그러고는 나를 바라봤다. 내가 걸친 깨끗하지만 싸구려인 남자 옷을, 내 짧은 머리를, 내가 신은 장화를.

"당신은 내가 없어도 될 텐데요." 렌이 말했다.

렌은 키가 훌쭉하고 살빛이 하얗고 코끝이 뾰족했고, 머리는 검은색이었다. 힘이 세 보이지는 않았지만 어쩐지 인상이 강했다. 그 많은 일을 겪고 나서도 렌은 심지가 꺾이지 않았다. 지금도 태도가 당당하기 그지없었다.

"총 쏠 줄 알아요?" 내가 물었다.

렌은 고개를 끄덕였다. "끝내주는 명사수예요."

"그럼 나랑 얘기 좀 해요."

우리 둘은 앨리의 방으로 올라가 앨리가 손수 만든 소나무 탁자 앞에 마주 앉았다. 탁자는 단순하면서도 멋스러웠다.

나는 한 손으로 탁자 상판을 쓰다듬었다. "앨리는 이런 곳에 있을 사람이 아닌데. 일솜씨가 아주 똑 부러지거든요. 어디 다른 도시에 자기 가게를 차려야 할 사람인데."

"이런 곳에 살아도 되는 사람은 아무도 없어요." 렌이 말했다. "이런 데서 자란 애들한테 무슨 기회가 있겠어요?"

"당신한테는 무슨 기회가 있는데요?"

내가 묻자 렌은 눈길을 돌렸다. "지금은 그냥 포틀랜드까지 같이 가는 이야기만 해요."

나는 고개를 끄덕이며 말했다. "앨리 말이 맞아요. 같이 가야 무사할 공산이 더 커요. 혼자 여행하는 사람은 손쉬운 표적이 되기 십상이니까요."

"난 전에도 혼자 여행해본 적이 있어요."

"나도요. 그래서 알게 됐어요, 혼자 여행할 때 맞서 싸워야 하는 이런저런 공격을 여럿이 함께 여행할 땐 당하지 않는다는 걸요. 다 함께 무장했을 때도 마찬가지고요."

렌은 한숨을 쉬며 고개를 끄덕였다. "맞아요. 당신하고는 동행해도 괜찮을 것 같네요. 목적지까지 그렇게 오래 걸리진 않을 거예요."

나도 고개를 끄덕였다. "그래요. 나를 그렇게 오랫동안 참아줄 필요는 없을 거예요."

그 말에 렌은 언짢은 표정으로 나를 봤다. "그 정도면 된 거 아니에요? 우리 둘이 포틀랜드까지만 같이 가는 거고, 그걸로 끝이잖아요. 다시 볼 일도 없을 텐데."

"하지만 지금은 당신이 내 목숨을 마음 놓고 맡겨도 되는 사람인지 알고 싶어요. 난 당신이 어떤 사람인지 알아야 하고, 당신도 내가 어떤 사람인지 알아야 해요."

"앨리한테 들었는데 당신, 남쪽의 폐쇄형 주택 단지 출신이라면서요."

"맞아요, 로블리도 출신이에요."

"어디든 간에요. 당신은 고향 동네가 결딴나서 새 공동체를 만들려고 북쪽으로 왔어요. 그 공동체마저 결딴난 후에는 이곳까지 흘러들었고요."

얘기하는 방식이 꼭 앨리 같았다. 내 인생을 뼈대만 간추려 설명하는 방식이.

"남편은 살해당했고, 딸은 납치당했고, 공동체는 파괴당했어요." 내가 말했다. "난 내 딸을 찾는 중이에요. 그 애 말고도 내가 살던 공동체의 아이라면 누구든지 찾고 있어요. 지금까지 딱 두 명밖에 못 찾았어요. 나이가 제일 많은 아이들 중에 두 명이에요. 내 딸은 아직 아기인데."

"알아요." 렌은 눈길을 돌렸다. "앨리한테서 당신이 딸을 찾는다는 얘길 들었어요. 너무 안됐어요. 꼭 찾길 바랄게요."

슬슬 화가 나려고 할 때쯤, 이 여성이 실은 연기를 하고 있다는 생각이 머릿속에 퍼뜩 떠올랐다. 그 생각이 떠오르기가 무섭게 다른 생각들도 뒤이어 떠올랐다. 렌이 이때껏 보여준 면면은 대부분 거짓이었다. 렌은 입으로 거짓을 말하지는 않았다. 그 태도가 곧 거짓말이었다. 태도에 드러난 단서들이 하나같이 거짓이었다. 렌은 스스로 보여주려 하는 겉모습과 달리 권태에 빠진 무관심한 사람이 아니었다. 그저 남들에게 거리를 두려 하는 것뿐이었다. 모르는 사람은 위험하고, 잔인할지도 모르니까. 처음부터 거리를 두는 것이 상책이었다.

문제는, 이때껏 남들에게서 몹시도 지독한 대우를 받은 여자애인데도, 렌은 쌀쌀맞은 성격이 아니라는 것이었다. 그러한 태도는 렌에게 자연스럽지 않았다. 그렇다 보니 줄곧 불편해하는 기색이 언뜻언뜻 드러났다. 꼭 어디가 가려운 사람처럼. 게다가 몸짓으로 자신이 느끼는 불편함을 내게 전하기까지 했다. 그래서 나는 렌을 관찰하며 뭔가 다른 문제가 있다는 결론을 내렸다.

"우리 같이 여행하는 걸로 할까요?" 내가 물었다. "그런데 난 여행할 때 보통 남장을 해요. 덩치도 웬만큼 크고 생긴 것도 중성적이라, 안 걸리고 잘 넘어가거든요."

"상관없어요."

나는 렌을 물끄러미 보며 다음 반응을 기다렸다.

렌은 별일 아니라는 듯이 어깨를 으쓱했다. "그럼 같이 가는 거네요. 알았어요."

나는 계속 렌을 응시했다.

렌은 딱딱한 의자에서 자세를 고쳐 앉았다. "왜 그래요? 무슨 문제라도 있어요?"

나는 손을 뻗어 움찔할 틈도 주지 않고 렌의 손을 잡고는 말했다. "난 초공감자예요. 당신처럼요."

렌은 내 손을 홱 뿌리치고는 나를 향해 눈을 부라렸다. "미치겠네! 우린 그냥 여행길에 동행하는 사이일 뿐이에요. 그마저도 틀어질 수 있고요. 생사람 잡는 소리 작작 해요!"

"그런 비밀을 숨긴 채 길을 나섰다간 동행이 살해당하는 수가 있어요. 여태 살아 있는 걸 보면 당신은 갑작스레 닥친 뜻밖의 고통을 감당하는 능력이 있는 게 분명해요. 하지만 내 말 믿어요. 초공감자 둘이서 여행길에 나서려면 서로 어떻게 도울지 미리 맞춰둬야 해요."

렌은 일어서서 방을 뛰쳐나갔다.

나는 렌의 뒷모습을 바라보다가 돌아올지 어떨지 궁금해졌다. 돌아오든 말든 상관없었지만, 렌이 그토록 야단스레 반응했다는 사실이 의외였다. 에이콘에서 살 때 우리를 찾아온 사람들은 자신이 초공감자인 것을 들켰을 때 하나같이 당황했다. 하지만 정체가 드러나도 해치는 사람이 없으면, 그들은 평정을 되찾았다. 나는 내 정체를 먼저 밝히지 않는 한 절대로 다른 초공감자의 정체를 캐려 하지 않았다. 그리고 내가 알아본 초공감자들은 우리 같은 부류가 서로 다치게 하지 않고 살아갈 방법을 배워야 한다는 점을 대부분 깨달은 상태였다. 남성 초공감자들은 예민했다. 자신의 과도한 취약성을 들킨 것 때문에 여성들보다 더 분개하는 듯했다. 하지만 남자든 여자든, 다짜고짜 돌아서서 달아난 사람은 렌이 처음이었다.

하긴, 벨렌 로스는 사랑받지 못했을지는 몰라도 부자였다. 로블리도에 살던 시절의 나보다 훨씬 더 안전하게 세상으로부터 보호받으며 자랐을 것이다. 렌은 아버지의 저택이 있는 주택 단지의 담장 안에 사는 이웃들이 모두 같은 부류인 것을, 또 담장 바깥의 사람들이 다른 부류인 것을 배웠다. 그 다른 부류로부터 스스로를 지켜야 한다는 것도 배웠다. 그들에게는 결코 약점을 드러내지 말아야 했다. 어쩌면 그래서 방금처럼 행동했는지도 몰랐다. 만약 그랬다면, 렌은 다시 돌아오지 않을 터였다. 짐을 챙겨 부리나케 이 지역을 벗어날 만도 했다. 자신의 치명적인 비밀을 아는 사람이 있는 곳에는 머물고 싶지 않을 테니까.

앞에 적은 내용은 다 금요일에 일어난 일들이다. 내가 렌을 다시 본 날은 어제, 그러니까 토요일이었다. 나는 전에 요긴한 정보를 제공해준 남자들을 몇 명 만났다. 특히 포틀랜드에 다녀온 적이 있는 사람들을. 그들에게 술을 사주며 아는 것을 들은 다음, 헤어지고 돌아오는 길에 캘리포니아 주 북부와 오리건 주의 지도를 샀다. 말린 과일과 콩, 옥수수 가루, 아몬드, 해바라기 씨, 구급상자용 의약품, 라이플총과 권총에 쓸 탄약도 샀다. 조지 가족 소유의 상점은 유리카의 여느 가게보다 값이 더 비쌌지만, 그래도 나는 이곳에서 물건들을 샀다. 유리카에는 당분간 돌아가고 싶지 않으니까. 나는 5번 주간 고속도로를 향해 한동안 내륙 쪽으로 나아갈 생각이었다. 일단 거기까지 가서 상황을 한번 보고 현명한 판단이다 싶으면 아예 그 도로를 따라 이동할 수도 있었다. 캘리포니아 주 일부 지역에서는 5번 주간 고속도로가 이미 무섭고 위험한 길이었다. 적어도 내가 그 도로를 따라 몇 킬로미터를 걸었던 2027년에는 그랬다. 아무튼 5번 주간 고속도로를 따라가면 곧장 포틀랜드로 이어진다. 만약 해안 쪽으로 다시 빙 돌아온 다음 101번 국도를 따라 북쪽으로 걸어간다면 더 오래 걸어야 했다. 게다가 101번 국도는 더 휑할 듯싶었다. 그쪽에는 마을이 적었고, 그나마 있는 마을도 크기가 작았다.

"큰 마을이 좋아." 오리건 주 세일럼에서 온 남자가 한 말이었다. "거기선 익명으로 머물 수 있거든. 작은 마을 주민들은 외부인이 나타나면 텃세를 부리면서 의심하곤 해. 혹시 강도 사건 같은 게 일어나면 외부인을 범인으로 몰아 목줄을 채우거나 잡아넣거나, 아예 쏴버리기도 하지. 만약 대도시가 보이면 고생문이 열렸구나 하면 돼. 사람을 자근자근 씹어서 토막낸 다음에 뱉어버리는 곳이니까 말이야. 대도시에서 우린 아무것도 아니라서, 시궁창에서 죽어도 청소부 말고는 거들떠보는 사람도 없어. 아예 청소부마저 못 본 척할 수도 있고."

"아직 전쟁 중이라는 걸 명심해야 해." 캘리포니아 주 베이커스필드에서 온 남자의 말이었다. "아무리 평화 회담이 어쩌고저쩌고해도, 하루아침에 다시 불바다가 되는 수가 있어. 전쟁이 더 커지면 고속도로를 따라 걸어가는 사람들한테 무슨 일이 생길지 아무도 몰라. 아마 사람들 사이에 총이 더 많이 풀리겠지. 미친 작자들이나 사람을 죽이는 것 말고는 아무것도 할 줄 모르는 작자들도 더 많아질 테고."

그 남자 말이 옳을 것이다. 본인 말로는 '이십 년이 넘게 여기저기 떠돌아다닌 경험자'이고, 지금도 여전히 떠도는 중이니까. 그 사실 하나만으로도 남자의 의견은 들을 가치가 있었다. 그는 전쟁 중이던 작년에도 포틀랜드까지 오가는 데는 전혀 문제가 없었다고 했는데, 이는 좋은 소식이었다. 2020년대와 비교하면 지금은 도로를 따라 여행하는 사람이 더 적지만, 그래도 전쟁 직전보다는 더 많아졌다. 여행자가 줄어든 것이 곧 세상이 더 나아졌다는 뜻이었으면 하고 바라던 기억이 난다. 일부 사람들은 형편이 점점 더 나아지는 것도 같다.

렌은 마침 내가 조지 가족의 상점에서 준비물을 다 샀을 때 나에게 다가왔다. 말없이 내 준비물 꾸러미를 나눠 들고 앨리의 방으로 함께 돌아온 렌은 방에 들어선 후에도 입을 꾹 다문 채 내가 여행 짐을 싸는 모습을 지켜봤다. 어차피 짐 싸는 일은 딱히 거들 것도 없었다.

"당신 짐은 다 쌌어요?" 나는 렌에게 물었다.

렌은 고개를 가로저었다.

"가서 준비해요."

렌은 내 팔을 잡고 내가 자신을 똑바로 볼 때까지 기다린 후 말했다. "먼저 어떻게 알았는지 가르쳐줘요. 내 정체를 그런 식으로 알아차린 사람은 처음 봤어요."

나는 숨을 길게 한 번 들이쉬었다. "몇 살이죠? 열아홉?"

"맞아요."

"그런데 여태 초공감자를 한 명도 못 알아봤어요?"

렌은 다시 고개를 가로저었다. "나 말고는 한 명도 없다고

막 결론지으려던 참이었어요. 스스로 정체를 밝힌 사람들은 목줄을 차거나 살해당한 줄 알았으니까요. 누가 내 정체를 알아챌까 봐 무서워서 죽는 줄 알았어요. 그랬는데 당신이 알아챈 거예요. 당신을 놔두고 나 혼자 떠날 뻔했다고요."

"그럴지도 모른다는 생각은 했어요. 하지만 당신 화를 더 돋우지 않고 어떻게 설명할지 도무지 떠오르질 않더군요."

"그러니까 정말로…… 진짜로…… 당신한테도 그 능력이 있단 말이죠?"

"그래요, 난 초공감자예요." 나는 렌의 어깨 너머를 잠시 바라봤다. "내 딸은 그렇지 않을 수도 있다는 걸 안 날이 나한테는 거의 인생 최고의 날이었어요. 아기일 경우에는 100퍼센트 확신할 수는 없지만, 그래도 내 딸은 아닌 것 같았으니까요. 내 친구 중에는 무려 자식 넷이 초공감자인 경우도 있었어요. 그 친구도 내 딸은 아닌 것 같다더군요." 그레이슨 모라의 아이들은 지금 어디에 있을까? 그의 사라진 아들들은 어떻게 됐을까? 성인 남자와 다른 남자애들의 손에 똑같이 운명이 좌우되는 어린 남성 초공감자보다 더 약한 존재가 있기는 할까?

"자식 중에 초공감자가 넷이었다고요?" 렌이 따지듯 물었다. "네 명이나요?"

나는 고개를 끄덕였다.

"나는…… 만약에 내 남동생도 평범하고 완벽한 아이가 아니라 초공감자였다면, 내 삶은 지금하고는 완전히 달랐을 거예요. 꼭 나는 나병에 걸리고 그 애는 안 걸린 것 같았거든요. 무슨 말인지 알아요? 옛날 사람들은 나병 환자가 부정한 존재라서 하나님이 별로 좋아하지 않는다고 생각했대요."

나는 고개를 끄덕이며 물었다. "가족 중에 누가 파라세트코 중독자였죠?"

"양쪽 다요…… 부모님 양쪽 다."

"저런, 맙소사. 그럼 당신은 부모가 저지른 비행을 증명하는 동시에 끊임없이 상기시키는 증인이었군요. 아마 그래서 당신을 용서할 수가 없었겠죠."

렌은 그 말을 골똘히 생각했다. "당신 말이 맞아요. 사람들은 자기네가 나한테 한 짓 때문에 나를 비난하니까요. 나를 납치한 범인들은 나를 붙잡느라 죽을 고생을 했는데 몸값도 못 받았다며 나를 비난했어요. 그 핑계로 얼마나 때렸는지 다 기억도 안 날 지경이에요. 모두 내 잘못인 것처럼 말이에요."

"요즘 사람들은 남 탓을 하는 게 거의 예술의 경지에 이르렀죠."

"내 정체를 어떻게 알았는지 아직 안 가르쳐줬는데요."

"몸짓을 보고 알았어요. 그건 당신의 모든 면에서 드러나요. 다른 초공감자들을 만날 기회가 생기면 당신도 차츰 알아볼 거예요. 연습만 하면 돼요."

"어떤 사람들은 초공감이 대단한 힘인 줄 알아요……. 무슨 초능력이라도 되는 것처럼요."

나는 별것 아니라는 듯이 어깨를 으쓱했다. "그게 아니란 건 당신도 나도 알잖아요."

그 말에 렌은 기분이 조금 좋아진 모양이었다. "우리 언제 출발해요?"

"월요일 새벽 해 뜨기 직전에요. 아무한테도 입도 뻥긋하지 마요."

"당연하죠!"

"여행 준비물은 충분해요?"

그 말에 렌은 앞서와 다른 말투로 대답했다. "당연히 부족하죠. 그래도 난 괜찮을 거예요. 내 앞가림은 할 수 있어요."

"우린 거의 한 달이나 같이 여행할 예정이에요. 중요한 건 우리가 자기 자신만이 아니라 동행도 함께 돌봐야 한다는 거고요. 부족한 게 뭐예요?"

우리는 잠깐 말없이 함께 앉아 있었다. 그러는 동안 렌의 내면에서는 자존심과 불같은 성질이 소리 없이 씨름을 벌였다.

"가끔은 마을을 피하는 게 좋을 때가 있어요." 내가 말했다. "여행자를 무서워하고 싫어하는 마을도 있거든요. 그런 데선 여행자를 체포하든가 두들겨 패든가, 그도 아니면 쫓아내버려요. 가끔은 밤이 되기 전 닿을 만한 거리에 마을이 하나도 없을 때가 있어요. 그리고 단식하고 도보 여행은 잘 어울리는 조합도 아니에요. 그러니까 같이 당신 몫의 생필품을 사러 가요. 내 짐작에 지금 수중에 있는 건 훔친 물건이지 싶은데요."

"고마워요. 그럴 거라고 짐작만 해줘서."

나는 웃음을 터뜨리면서도 내 웃음소리에 밴 씁쓸한 느낌을 놓치지 않았다. "살려면 할 수 있는 일은 다 해야죠. 그래도 나랑 같이 다니는 동안에는 훔치지 마요." 나는 목소리에 살짝 힘을 줬다. "나한테서도 훔치면 안 돼요."

"내가 안 훔치겠다고 약속하면 믿어줄 건가요?"

"그러겠다고 약속해줄래요?"

렌은 길고 가느다란 콧대 너머로 나를 지그시 봤다. "사람들한테 이래라저래라 하는 걸 즐기는 타입이군요?"

나는 대수롭잖다는 듯이 어깨를 으쓱했다. "도둑질하다가 죽는 것보다 살아 있는 게 더 좋고, 어디 갇히는 것보다는 자유로운 상태가 더 좋아서 그러는 거예요. 게다가 우리는 서로 신뢰하는 사이여야 하고요." 이제 나는 렌을 주의 깊게 지켜봤다. 겉으로 보이는 힌트는 하나도 놓치지 말아야 했으니까.

"알아요. 난 그냥…… 난 원래는 풍족하게 살았어요. 크리스마스에는 하인들 가족한테 옷이나 신발, 음식 같은 걸 내 손으로 나눠주기도 했고요. 오 년 전쯤에 우리 엄마는 식구들 말고는 아무도 안 만나는 사람이 돼버렸고, 아버지는 집안 하인들을 나한테 맡기는 게 습관이 돼버렸거든요. 이제 난 그때 우리 집에서 일하던 하인들보다 더 가난해요. 그러니까, 맞아요, 지금 내가 가진 건 전부 다 훔친 거예요. 집에서 살 땐 세상을 너무 몰랐어요. 아무것도 훔칠 생각을 안 했죠. 지금은 매춘부가 아니라 도둑이라는 이유로 떳떳할 지경인데 말이에요."

"나랑 함께 있는 동안에는 그 두 가지 다 안 해도 돼요."

"……알았어요."

이로써 나는 긴장이 조금 풀렸다. 렌이 진심인 것처럼 보였으니까. "그럼 나랑 같이 필요한 걸 사러 가요. 어서요."

2035년 6월 13일 수요일

우리는 여행 중이고 아직까진 아무 문제도 없다. 어제저녁에 멈춰서 쉴 때 렌이 뭐 읽을 만한 게 없느냐고 묻기에 아직 남아 있는《지구종: 산 자들의 책 1》두 부 중에 한 부를 줬다. 우리는 서두르지 않을 예정이고 요즘은 해도 길기 때문에, 책을 못 읽을 정도로 캄캄해질 때까지 억지로 걷지 않아도 된다.

우리는 주 고속도로를 따라 내륙 쪽으로 가서 5번 주간 고속도로에 도착하기로 하고, 우선 주 고속도로가 있는 남쪽으로 향했다. 렌은 그 결정에 토를 달지 않았다. 다만 이렇게 묻기는 했다.

"그냥 해안을 따라 북쪽으로 곧장 걷는 게 낫지 않아요?"

"유리카를 피해 가고 싶어서 그래요." 내가 대답했다. "저번에 거기 갔다가 강도를 당하는 바람에."

렌은 어두워진 표정으로 고개를 끄덕였다. "정말이지, 그런 일은 제발 피하고 싶은데 말이에요."

"그런 사태를 피하는 최선의 방법은 미리 대비하는 거예요. 사건이 일어날지도 모른다는 현실을 받아들인 상태에서 눈을 크게 뜨고 귀를 쫑긋 세우는 거죠."

"나도 알아요."

렌은 훌륭한 여행자다. 불평을 하기는 해도 자기 몫의 불침번은 기꺼이 선다. 혼자 여행할 때 무서운 것 중 하나는 잠들어 있는 동안 지켜줄 사람이 없다는 점이다. 그럴 때는 소지품을 베개로 삼아 밑에 깔고 자거나 최소한 침낭 속에 넣고 자야지, 그러지 않으면 누가 슬쩍 가져가버린다. 난폭한 도둑은 가장 노골적이고 즉각적인 위험이지만, 몰래 다니는 도둑도 사람을 해치곤 한다. 무엇보다, 도둑들은 피해자를 자기네와 같은 부류로 만들어버린다. 만약 지니고 있던 돈을 도둑맞거나 도둑맞은 물건의 대체품을 살 여유가 없다면, 살아남기 위해 스스로도 도둑이 되는 수밖에 없기 때문이다. 나는 목줄을 차고 지낸 경험 탓에 도둑질을 몹시 꺼리는 사람이 됐는데, 어차피 처음부터 도둑질에 열심이었던 것도 아니다.

아무튼 렌은 같이 여행하기에 좋은 짝이다. 게다가 활기찬 정신을 지닌 애독가이기도 하다. 렌은 고향 집을 그리워하는 가장 큰 이유 한 가지가 세계의 여러 도서관에 접속할 수 있는 컴퓨터라고 한다. 독서량 또한 풍부하다. 《지구종: 산 자들의 책 1》은 하룻밤 만에 독파했다. 문제는 그 책이 속독을 염두에 두고 쓴 것이 아니라는 사실이다.

"이 책 당신이 쓴 거 알아요." 렌이 책을 다 읽고 나서 한 말이었다. 두 시간 전에. "당신이 지구종인가 하는 책을 썼다고 앨리가 얘기해줬거든요. 이게 진짜 이름이에요? 로런 오야 올라미나?"

나는 고개를 끄덕였다. 렌이 내 본명을 안다고 해도 상관없었다. 우리는 도로에서 벗어나 남의 눈을 조금은 피할 수 있는 언덕 사이에 야영지를 만들었다. 아직은 내가 아는 전원 풍경이 주위에 펼쳐져 있다. 언덕, 드문드문 보이는 목장, 조그만 동네들, 어린나무가 모여 자란 수풀, 그리고 탁 트인 들판. 멋진 풍경이다. 에이콘에 살던 시절, 나와 동료들은 여러 차례 걸어서 이 풍경을 통과했다. 이 일대는 생각보다 사람이 적게 사는데, 2020년대의 가장 혹독했던 몇 년을 지나는 동안 수많은 주민이 불타 죽고, 약탈당하고, 납치당하고, 또는 그냥 살해당했기 때문이다. 작은 마을은 공격에 취약해서 갱단이 메뚜기 떼처럼 쓸고 지나갔다. 살아남은 이들은 범죄가 덜 일어나는 거주지로 떠나는 경우가 많았다. 캐나다나 알래스카, 러시아 같은 곳으로. 그래서 우리 지구종 같은 사람들이 건축 자재나 쓸모 있는 식물, 오래된 연장 따위를 주우러 다니다가 임자 없는 물건을 그토록 많이 찾은 것이다. 하지만 이제는 익숙한 땅을 봐도 위안이 되지 않았다. 그러던 차에 렌이 익숙한 질문을 던졌는데, 어째선지 그 질문이 위안이 됐다.

"왜 이 책을 썼어요?"

"그 책의 내용이 진실이니까요."

나는 그렇게 대답했고, 그때부터 렌이 자려고 누울 때까지 이야기를 나눴다. 지구종과 그것의 의미에 관해, 그것이 지닐 수도 있었던 의미에 관해, 또한 그저 우연히 듣기만 해도 누구나 그것을 받아들일 수 있는 까닭에 관해서도. 렌은 비웃지는 않았지만 이해한 것도 아니었다. 나는 앞으로 렌을 가르친다는 생각에 어느새 가슴이 부풀었다.

2035년 6월 17일 일요일

오늘 하루는 쉬기로 했다. 우리는 지금 레딩에 있다. 실은 레딩에서 서쪽으로 조금 떨어진 곳의 공원이다. 레딩은 꽤 큰 도시다. 이번만큼은 여러 사람이 이용하는 캠핑장에서 야영을 하고, 음식도 시내에서 산 푸짐하고 맛있는 것을 먹기로 했다. 목욕과 빨래를 할 기회도 얻었다. 내 몸에서 나던 냄새가 사라지고 동행의 냄새를 참아야 할 필요도 사라지면 어김없이 기분이 좋아진다. 어째선지 내 몸에서 나는 냄새가 아무리 코를 찔러도 남의 몸 냄새는 어김없이 느껴진다.

우리는 감자를 비롯한 채소와 육포를 넣고 끓인 다음 감칠맛 나는 체다치즈까지 올린 따뜻한 스튜를 먹었다. 알고 보니 렌은 요리를 할 줄 몰랐다. 본인 말로는 자기 어머니는 요리를 할 줄 알았지만 실제로는 한 번도 하지 않았다고 한다. 할 필요가 없기 때문이었다. 요리와 청소, 수선 같은 일은 모두 하인들 몫이었으니까. 어머니는 렌과 남동생을 가르칠 교사들도 고용했다. 주된 업무는 아이들이 컴퓨터를 이용한 원격 학습 과정을 잘 따라가도록 감독하고 숙제를 제대로 하는지 확인하는 것이었다. 남매는 세상에 관해 아는 지식을 대부분 아버지와 인터넷과 자신들보다 나이 많은 하인들에게서 배웠다. 요리와 바느질처럼 일상적인 살림 기술은 전혀 학습 목표에 포함되지 않았다.

“어머니는 무슨 일을 하셨어요?” 내가 물었다.

렌은 별것 아니라는 듯이 어깨를 으쓱했다. “아무 일도 안 했어요, 정말로요. 엄마는 가상 체험실에서 살다시피 했어요. 자신만의 내밀한 환상으로 만든 우주 속에서요. 그 방에 있으면 엄마는 어디든 갈 수 있었어요. 그런데 뭐 하러 굳이 바깥에 나오려고 하겠어요? 엄마는 점점 뚱뚱해져서 몸과 정신의 건강을 다 잃었지만, 끝까지 가상 체험실에만 빠져 살았어요.”

나는 눈살을 찌푸리며 말했다. “그런 이야기는 나도 들은 적이 있어요. 드리마스크나 가상 세계의 환상에 빠져든 사람들 이야기요. 그게 뭔지는 하나도 모르지만요.”

“굳이 알 필요가 있나요? 드리마스크는 아무것도 아닌데. 그건 그냥 애들이 갖고 노는 싸구려 장난감이에요. 용도가 진짜 제한적이거든요. 그런데 그 방에 있으면 엄마는 어디든 갈 수 있고, 누구든 될 수 있고, 누구나 만날 수 있었어요. 그 방은 꼭 상상력을 지닌 자궁 같았어요. 그 속에서 엄마는 14세기 중국이나 오늘날의 아르헨티나, 상상 속 먼 미래의 그린란드, 아니면 켄타우루스자리의 알파성 주위를 도는 행성 가운데 한 곳으로도 갈 수 있었어요. 어디든 말만 하면 비슷한 곳을 만들 수 있었거든요. 아니면 친구를 만나러 갈 수도 있었어요. 현실 친구와 상상 속의 친구, 어느 쪽이든요. 엄마의 현실 친구들도 돈이 많고 게으른 사람들이었어요. 대부분 여자하고 아이였고요. 그 친구들도 엄마만큼이나 가상 체험실에 중독된 상태였죠. 엄마는 현실 친구들이 응석을 받아주는 게 성에 안 차면, 더 고분고분한 버전의 친구들을 만들면 그만이었어요. 내가 납치될 무렵엔 엄마가 실제로 살아 있는 사람들하고 접촉을 하는지 어떤지조차 알 수 없을 지경이었죠. 엄마는 자기 나름의 진짜 자아를 가진 실제 사람을 견디지 못했어요."

나는 그 말을 곱씹었다. 렌 어머니의 사연은 내가 그 특정한 중독에 관해 들어본 이야기 중에 가장 지독했다.

나는 렌에게 물었다. "식사는요? 목욕이나, 화장실에 볼일 보러 가는 건 어땠어요?"

"엄마는 밥시간이 되면 방에서 나오곤 했어요. 화장실은 엄마 전용이 따로 있었고요. 화장실 자체만 따져도 넓이가 내 방만 했어요. 그러다 차츰 매 끼니를 체험실로 가져오게 하더군요. 그 후로는 엄마를 꼬박 몇 달이나 못 본 적도 있어요. 내가 손수 음식을 갖다드렸을 때도 그냥 놔두고 나와야 했어요. 엄마는 체험실 안의 커다란 가상 거품 속에 있었기 때문에 나한테는 보이지도 않았죠. 거품의 표면은 그냥 걸어 들어가면 통과할 수 있었는데, 혹시라도 내가 속에 들어가면 엄마는 나한테 악을 질렀어요. 나는 엄마가 만든 완벽한 환상 속 인생에 포함되지 않았으니까요. 반면에 내 남동생은 거기에 포함됐어요. 그 애는 일주일에 한두 번씩 엄마를 찾아가서 엄마의 환상을 공유했어요. 멋지지 않아요?"

내 입에서 한숨이 흘러나왔다. "당신 아버지는 그걸 보고도 아무렇지 않았어요? 어머니를…… 아니면 당신을 도우려고 하진 않던가요?"

"우리 아빠는 돈을 벌고 하녀들과 하녀들의 아이들을 침대로 끌어들이느라 바빴어요. 그 애들 중 일부는 자기 자식이었는데 말이죠. 아빠는 외부 세계하고 단절된 상태는 아니었지만, 그러면서도 자기만의 환상을 살았어요." 렌은 잠시 망설이다 한마디 덧붙였다. "당신이 보기에 나는 정상인 것 같나요?"

렌이 그 이야기를 꺼내는 의도가 훤히 보였다. "렌, 우리는 생존자예요. 당신도 그렇고, 나도 그래요. 조지타운 사람들 대부분이 그래요. 에이콘의 모든 사람이 그랬어요. 우린 온갖 방식으로 학대당했어요. 모두 상처받은 사람들이죠. 온 힘을 다해 낫는 중이고요. 그러니까, 아니에요. 우린 정상이 아니에요. 정상인 사람들은 우리가 이겨낸 걸 이겨낼 필요가 없었어요. 만약 정상이었다면, 우린 이미 죽었을 거예요."

그 말을 듣고 렌은 울음을 터뜨렸다. 나는 묵묵히 렌을 안아줬다. 틀림없이 최근 몇 년 동안 너무나 많은 감정을 마음속에 꾹꾹 억눌렀을 것이다. 품에 안겨 울어도 된다고 한 사람을 마지막으로 만난 게 언제였을까? 나는 렌을 안아줬다. 잠시 후, 렌이 자리에 눕자 이제 자려나 보다 하고 생각했다. 그러다가 렌이 입을 열었다.

"만약 변화가 곧 하느님이라면…… 그렇다면, 누가 우릴 사랑해줄까요? 누가 우릴 걱정해주죠? 누가 우릴 돌봐주나요?"

"우리끼리 서로 돌보면 돼요." 내가 말했다. "우리가 우리 스스로를 돌보고, 서로를 돌보는 거예요."

그러고는 지구종 시편을 암송했다.

상냥함이 깃들면 변화가 수월해진다.
사랑은 두려움을 가라앉힌다.

그러자 렌은 이런 말로 나를 놀라게 했다. "그래요, 난 그 시가 마음에 들었어요." 그러고는 시의 나머지 부분을 암송했다.

다정하고 강력하며
긍정적인 집착은
고통을 무디게 하고,
분노의 방향을 틀며,

우리 한 사람 한 사람을
가장 거대하고
가장 치열한,
스스로 택한 싸움으로 몰아넣는다.

"하지만 난 긍정적이고 부정적이고 간에 집착하는 게 없어요. 하나도요."

"알래스카는요?" 내가 말했다.

"그냥 그것 말고는 뭘 해야 할지, 어디로 가야 할지 모르는 것뿐이에요."

"만약 알래스카에 무사히 도착하면 뭘 할 거예요? 다시 부모님의 집사 노릇을 할 건가요?"

렌은 나를 힐끗 봤다. "엄마 아빠가 허락할지 모르겠어요. 게다가 전쟁 중이라, 어차피 국경을 못 넘을지도 모르고요. 국경수비대가 날 보면 총으로 쏴버릴걸요."

그 말을 하는 렌의 목소리에서는 두려움도, 열정도, 아예 어떤 감정도 느껴지지 않았다. 렌은 자기가 지금 자살과 비슷한 짓을 저지르는 중이라고 나에게 얘기하고 있었다. 자기 손으로 직접 목숨을 끊으려는 것이 아니라, 남들로 하여금 자신을 죽이게 하려는 꿍꿍이였다. 그것 말고는 할 일을 알지 못했으니까. 왜냐하면 아무도 자신을 사랑하지 않았고, 어떤 목적으로도 필요로 하지 않았으니까. 부모부터 납치범까지, 사람들은 렌을 서슴없이 이용하고 버렸을 뿐, 아무도 소중히 여기지 않았다. 심지어 자기 자신조차도. 그런데도 렌은 지옥을 뚫고 살아남았다. 렌이 살고자 몸부림친 까닭은 단지 습관 때문이었을까? 아니면 마음속 한구석에서는 아직도 자신에게 살 가치가 조금은 있기를 바랐기 때문일까?

렌이 갱단이나 국경 수비대, 아니면 군인의 총에 맞도록 놔둘 수는 없었다. 나는 렌이 그렇게 되도록 내버려둘 수가 없다. 그리고 내 생각에, 렌은 누군가 붙잡아주기를 바란다. 그러면서도 자기 입으로 붙잡아달라고 부탁하지는 않을 것이고, 자신만의 자멸적인 방식으로 싸우려 할 것이다. 사람들은 원래 그렇게 생겨 먹었으니까. 하지만 나는 렌이 죽는 것 말고 뭘 할 수 있는지, 뭘 해야 하는지 궁리해야 한다. 렌이 지구종을 위해 할 수 있는 일이 뭔지, 지구종은 렌을 위해 뭘 할 수 있는지, 나는 궁리해야만 한다.

제20장

그대는 지구종인가?
그대는 믿는가?
믿음은 그대를 구원해주지 않는다.
오로지 행동이,
믿음과 지식이 이끌고 빚어낸
행동만이
그대를 구원하리라.
믿음은
행동을 촉발하고 인도한다.
그러지 않는 믿음은 아무것도 아니다.

—《지구종: 산 자들의 책》에서

열아홉 살이었을 적에, 나는 마크 삼촌을 만났다.

그 무렵 마크 삼촌은 마르코스 두란 목사로 통했다. 중년의 나이에도 여전히 잘생기고 날씬했던 삼촌은 크리스천 아메리카 교회에서 영어권 신자들과 에스파냐어권 신자들 모두에게 가장 유명한 목사였다. 일부에서는 심지어 대통령 후보로 출마할 거라는 소문까지 돌았지만, 본인은 그 소문을 불편하게 여기는 듯했다. 다만 그 무렵의 크리스천 아메리카 교회는 개신교 교단 가운데 한 곳에 지나지 않았다. 앤드루 스틸 재럿은 이미 몇 년 전에 죽었고, 교회는 모르는 사람이 없을 만큼 유명한 곳, 모두가 사랑하거나 또는 두려워하던 곳에서 작고 방어적인 단체로 변질한 후였다. 답해야 할 의문점은 많지만 실제로 내놓은 답은 거의 없는 곳으로.

나는 집에서 독립했다. 결혼하지 않은 몸으로 집을 나온 젊은 여자는 크리스천 아메리카 교회 신도들이 보기에 매춘부나 다름없었지만, 나는 열여덟 살이 되자마자 집에서 독립했다.

"정 갈 거면 다시는 돌아오지 마." 케이시가 말했다. "여긴 하나님을 경외하는 정숙한 가정이야. 네가 쓰레기와 죄악을 갖고 돌아올 곳이 아니야!"

그때 나는 아버지가 사망한 가정의 아이들을 돌보는 보모로 일하는 중이었다. 일부러 다른 남자의 의사에 좌우되지 않는 일자리를 찾았다. 매디슨과 비슷할지도 모르는 남자, 아니면 매디슨보다 더 형편없는 남자를 피하려고. 노동의 대가는 숙식

제공에 눈곱만 한 급료였다. 나는 옷과 책은 충분히 있으니 그 집에서 몇 년은 버틸 수 있을 거라 믿었다. 다른 여성이 농업 대기업의 홍보 담당자로 일하는 동시에 육아까지 해내도록 거들면서 말이다. 미리 만나본 그 집 아이들은 딸 둘에 아들 하나였고 셋 다 마음에 들었다. 나는 내가 그 일을 해낼 수 있고, 일하는 동안 월급을 모으면 그 집을 떠날 때쯤에는 나만의 작은 사업 정도는 충분히 할 수 있을 거라 믿었다. 어쩌면 작은 카페 같은 것을 차리는 식으로. 거창한 꿈은 없었다. 그저 갈수록 더 견디기 힘들어지는 알렉산더 부부에게서 벗어나고 싶을 뿐이었다.

알렉산더 부부의 집에는 사랑이 없었다. 그저 함께 사는 습관, 그리고 지금보다 더 외로워질지도 모른다는 두려움뿐이었다. 그리고 교회도 있었다. 성서 공부 모임, 남성 전도회와 여성 전도회, 자선 행사, 성가대 연습 따위를 위해 교회에 가는 습관도. 나는 매디슨에게서 벗어나려고 청년 성가대에 가입했다. 성가대는 세 가지 면에서 내게 위안을 줬다. 첫째, 나는 내가 노래 부르기를 정말로 좋아한다는 걸 깨달았다. 처음에는 하도 부끄러워서 입도 제대로 떼지 못했지만, 일단 익숙해지자 무아지경에 빠질 만큼 노래에 반하고 말았다. 둘째, 나에게 성가대 연습은 집 바깥에 나가기 위한 또 하나의 핑계였다. 셋째, 성가대에서 노래하면 교회에 있는 동안 매디슨 옆자리에 앉을 필요가 없었다. 그의 추잡하고 축축하고 조그만 손을 피할 방법이었다는 말이다. 그는 교회에서 나를 더듬곤 했다. 실제로 그렇게 했다. 그와 나는 케이시를 사이에 두고 앉곤 했는데 그럴 때면 그는 일어서서 화장실에 갔다가 다시 돌아와서는, 내 옆자리에 앉아 나를 더듬는 손이 남들에게 보이지 않도록 자기 무릎에 코트나 재킷을 올려놨다.

내가 보기에 케이시는 무슨 일이 일어나는지 알아챘을 듯싶다. 독립하기 전에 우리는, 그러니까 케이시와 나는 철천지원수처럼 지냈다. 매디슨의 이름은 우리 둘 중 누구의 입에서도 나오지 않았다. 우리는 그저 서로 미워하느라 긴 시간을 허비했다. 꼭 필요한 대화가 아니면 하지 않았다. 도저히 피할 수 없는 대화는 악을 지르는 싸움으로 변하곤 했다. 나중에는 케이시가 나를 어린 매춘부라고, 배은망덕한 어린 계집애라고, 이교도 마녀라고 부르기 시작했다. 열일곱 살 되던 해에, 나는 케이시와 내가 다시는 대화 비슷한 것도 할 수 없으리라는 예감이 들었다.

아무튼, 나는 성가대에 들어갔다. 그리고 나에게 사람들이 좋아하는 알토 음역의 우렁찬 목소리가 있다는 것을 발견했다. 게다가 옴짝달싹 못 할 자리에 앉지 않으면 교회도 그리 나쁜 곳이 아니라는 것까지 알게 됐다.

그렇게 노래가 좋았기 때문에, 나는 케이시와 매디슨의 집을 나온 후에도 교회에 계속 다니려고 애썼다. 정말로 애썼다. 하지만 소용이 없었다.

온갖 소문이 순식간에 퍼졌다. 내가 몇 명인지 모를 만큼 많은 남자와 성관계를 갖는다느니. 임신했다느니. 중절 수술을 받았다느니. 하나님을 모욕하고 이교도 집단의 친어머니한테 갔다느니. 매디슨에 관한 거짓말을 퍼뜨리고 다닌다느니 하는 소문이……. 어려서부터 알던 사람들, 친구인 줄 알았던 사람들이 나에게 말조차 걸지 않았다. 내가 집에서 살던 시절에는 나를 거들떠보지도 않던 남자들이 어물쩍어물쩍 다가와 나직이 유혹하며 원치 않는 손길을 슬그머니 뻗었고, 자기네가 나한테서 받을 자격이 있다고 여기는 것을 내가 주려 하지 않으면 버럭 화를 내며 비난하기 시작했다.

견딜 수가 없었다. 집에서 독립한 지 몇 달 후에 나는 교회를 떠났다. 내 고용주가 보기에는 대단한 일이 아니었다. 그 여성은 교회에 다니지 않았으니까. 그 여성은 유니테리언파 가정에서 자랐지만 지금은 종교에 전혀 관심이 없는 모양이었다. 일요일이면 아이들과 함께 시간을 보내며 즐거워했으니까. 나에게는 일요일이 쉬는 날이었다. 그날 하루를 어떻게 보낼지는 내가 결정했다.

놀랍게도, 나는 양부모가 그리웠다. 교회가 그리웠다. 자라는 동안 익숙해진 삶이 그리웠다. 모든 것이 그리웠다. 그리고 너무나 외로웠다. 나는 하루하루 힘겹게 버텼다. 가끔은 살고 싶은 마음 자체가 희박할 때도 있었다.

그러던 어느 날, 나는 마르코스 두란 목사가 우리 도시에 와서 시애틀 제일 크리스천 아메리카 교회에서 설교할 거라는 소식을 들었다. 그곳은 대형 교회였다. 내가 다니던 조그만 동네 교회하고는 달랐다. 두란 목사가 온다는 기사를 읽자마자 보러 가야겠다는 생각이 들었다. 두란 목사가 대단한 설교자인 것은 이미 알고 있었다. 내가 가진 뉴스디스크에는 멕시코 만 연안 지역과 워싱턴에 있는 거대한 크리스천 아메리카 교회의 모습과 그곳에 모인 수천 신도 앞에서 설교하는 목사의 모습이 담겨 있었다. 그는 뉴욕에 커다란 자기 교회가 있었다. 젊은 나이에 몹시도 성공한 사람이었기에, 나는 그를 꽤 좋아했다. 정말이지, 그는 미남이었다. 게다가 내가 아는 어떤 목사하고도 다르게 독신이었다. 분명 그 점 때문에 애를 먹었을 것이다. 여자란 여자는 모두 그를 쫓아다녔으니까. 다른 목사들은 그에게 결혼을 해서 성인으로서 져야 할 의무와 가정을 만들어야 할 의무를 다하라고 압박했다. 남자들은 그의 잘생긴 얼굴을 보고 동성애자일 거라고 생각했다. 그랬을까? 이런저런 소문은 나도 들은 적이 있다. 하지만 나는 소문이라는 것의 속성에 관해서는 일가견이 있다.

두란 목사가 설교하는 예배에 꼭 참석하고 싶었던 나머지, 나는 그 대형 교회 바깥에서 밤새 노숙을 하며 줄을 섰다. 토요일 저녁에 근무가 끝나자마자 담요 한 장과 샌드위치 몇 개, 물 한 병을 챙겨 들고 교회 앞에 줄을 서러 간 것이다. 나 혼자만 그랬던 것은 아니다. 예배가 공짜로 방송되는데도, 내가 도착했을 때 교회 앞에는 수십 명이 이미 자리를 잡고 야영하는 중이었다. 그런 사람들이 속속 도착했다. 그날 밤 거기서 노숙한 사람들은 대부분 성인 여성이거나 여자애였다. 다만 잠을 푹 잔 사람은 한 명도 없었다. 남자 몇 명이 여자들에게 접근하려고 하거나, 두란 목사에게 가까이 다가가고 싶어 하는 사람처럼 행세했기 때문이었다. 하지만 노골적인 행동은 전혀 없었다. 우리는 함께 노래하고 얘기하고 소리 내어 웃었다. 정말로 즐거운 시간이었다. 다들 서로 모르는 사이였는데도 신나는 시간을 보냈다. 사람들은 내 목소리가 마음에 든다며 독창을 해보라고 했다. 아직 독창을 하기는 힘들었지만 교회에서 해본 적이 있었기 때문에, 나는 머릿속으로 교회에 돌아간 내 모습을 상상했다. 그러고 나서 노래에 빠져들었다. 표정을 보아하니 사람들도 내 노래에 빠져든 것 같았다.

이윽고 교회 근처의 커다랗고 멋진 집에서 웬 여성이 나오더니 나를 향해 똑바로 걸어왔다. 그 일대 주민들에게 폐를 끼치고 있다는 생각이 퍼뜩 들어 노래를 멈췄다. 그때는 늦은 밤이었다. 그랬건만 우리는 길거리와 교회 계단에서 사실상 파티를 벌이는 중이었다. 우리 때문에 사람들이 잠을 못 잘지도 모른다고는 우리 가운데 누구도 생각지 못한 것이다. 내가 노래를 한창 부르다가 갑자기 멈추자 모두가 나를 봤고, 다음으로 내 쪽을 향해 성큼성큼 걸어오는 여성을 봤다. 피부색이 옅은 그 흑인 여성은 붉은 머리에 주근깨가 있었다. 통통한 체격에 중년이었고, 기다란 초록색 카프탄드레스 차림이었다. 그 여성은 마치 그 자리에 나 말고는 아무도 없다는 듯이 내게 곧장 다가왔다.

"혹시 이름이 에이샤 알렉산더인가요?" 그 여성이 물었다.

나는 고개를 끄덕였다. "예, 맞아요. 저희 때문에 불편하셨다면 죄송합니다."

여성은 내 손에 봉투 하나를 쥐여주며 빙그레 웃었다. "하나도 안 불편했어요. 목소리가 참 아리땁던데요. 안에 든 쪽지를 읽어봐요. 아마 거기 적힌 말에 응답하고 싶어질 거예요."

봉투 속 쪽지에는 이렇게 적혀 있었다. '만약 당신 이름이 에이샤 비어 알렉산더라면, 당신에게 할 말이 있습니다. 나한테 당신 친부모에 관한 정보가 있는 것 같습니다. 마르코스 두란 올림.'

나는 깜짝 놀라서 빨간 머리 여성의 얼굴을 멍하니 봤고, 그 여성은 빙그레 웃었다. "관심이 있으면 나랑 같이 가요." 여성은 그 말을 남기고 돌아서서 자기 집 쪽으로 걷기 시작했다.

나는 따라가도 될지 어쩔지 확신이 서지 않았다.

"무슨 일이야?" 새로 사귄 친구 하나가 내게 물었다.

그 애는 담요를 뒤집어쓰고 교회 계단에 앉아 나와 멀어져가는 그 여성을 번갈아가며 봤다. 그곳에 있던 모두가 나와 그 여성을 번갈아가며 봤다.

"모르겠어. 그냥, 집안 사정이야." 나는 그렇게 둘러대고는 그 여성을 쫓아갔다.

그랬더니 그곳에, 그 커다란 집에, 마르코스 두란이 있었다. 그곳은 제일 크리스천 아메리카 교회 목사의 집이었다. 빨간 머리 여성은 목사의 아내였다. 세상에, 두란 목사는 디스크 속의 모습보다 훨씬 더 미남이었다. 놀랍도록 잘생긴 남자였다.

"너랑 네 친구들을 지켜보면서 네 노래를 들었단다." 두란 목사가 말했다. "네가 누군지 알 것 같더구나. 네 양부모는 케이시 알렉산더와 매디슨 알렉산더지."

그 말은 질문이 아니었다. 목사는 꼭 나를 안다는 듯이, 나를 만나서 진심으로 기쁘다는 듯이 나를 바라봤다.

나는 고개를 끄덕였다.

두란 목사가 빙그레 웃었다. 웃는 얼굴이 어쩐지 슬퍼 보였다. "그래, 우린 어쩌면 친척인지도 모르겠구나. 네가 원한다면 나중에 유전자 검사를 해봐도 좋겠지만, 내 생각에 네 엄마는 내 이복 누나인 것 같아. 내 누나하고 네 친아버지는 이미 돌아가셨어." 목사는 잠시 입을 다문 채 긴가민가하는 묘한 표정으로 나를 봤다. "너한테 그런 이야기를 들려줘야 하다니 안타깝구나. 네 친부모님은 좋은 분들이셨어. 난 네가 원한다면 부모님에 관해 알아야 한다고 생각했단다."

"돌아가신 게 확실해요?" 내가 물었다.

두란 목사는 고개를 끄덕이고 앞서 한 말을 되풀이했다. "안타깝게도."

나는 방금 들은 말을 곰곰이 생각해봤지만, 어떤 기분을 느껴야 옳은지 알 수가 없었다. 내 친부모는 죽었다. 뭐, 친부모에 관해 이런저런 환상을 품기는 했지만, 죽었을지도 모른다는 생각을 안 해본 것은 아니었다. 그런데…… 그런데 난데없이, 나에게 외삼촌이 생겼다. 이 나라에서 가장 유명한 남자 중 한 명이 하루아침에 내 삼촌이 됐다.

"부모님 이야기가 궁금하니?" 삼촌이 내게 물었다.

"예! 들려주세요, 부탁이에요. 전부 다 듣고 싶어요."

그래서 삼촌은 내게 이야기를 들려주기 시작했다. 이제 와서 돌이켜보면 삼촌은 통솔해야 하는 남동생을 넷이나 거느렸던 소녀 시절의 어머니에 관해, 초토화된 로블리도에 관해, 에이콘에 관해 이야기했다. 에이콘 이야기를 할 때가 되자 삼촌은 비로소 거짓말을 시작했다. 삼촌 말에 따르면 에이콘은 산속의 조그만 공동체였다. 무허가 빈민촌이 아니라, 진짜 공동체였다. 하지만 삼촌은 에이콘의 종교였던 지구종에 관해서는 한마디도 하지 않았다. 삼촌은 에이콘이 로블리도처럼 파괴됐다고 이야기를 이어 나갔다. 내 친부모는 그곳에서 만났고, 그곳에서 결혼했고, 그곳에서 살해당했다. 나는 폐허가 된 마을에서 울다가 발견됐다.

삼촌은 두어 해가 흐른 후에야 그간의 사정을 알게 됐지만, 그 무렵에 나는 이미 새 가정과 새 부모를 얻은 후였다. 삼촌은 나를 입양한 가족이 선한 크리스천 아메리카 신도들일 거라 믿었다. 그러고는 이때껏 내내 나의 근황을 파악하며 늘 다짐했다. 내가 더 나이를 먹으면 말을 걸겠노라고, 나에게 내 과거를 들려주겠노라고, 나에게 아직 살아 있는 혈육이 있다는 것을 알려주겠노라고.

"너는 네 엄마를 닮았어. 얼마나 쏙 빼닮았는지, 보면서도 믿기가 힘들 정도야. 목소리도 엄마를 닮았어. 네가 아까 바깥에서 부른 노래를 들었을 때, 나는 저절로 일어서서 누군지 보러 갔단다."

삼촌은 감탄 비슷한 감정이 담긴 눈빛으로 나를 보다가, 돌아서서 눈물을 닦았다.

나는 삼촌을 다독이며 위로해주고 싶었다. 이상한 일이었다. 나는 다른 사람과 몸이 닿는 걸 싫어했으니까. 나는 그때껏 지나치게 외톨이로 살아왔다. 케이시는 남의 몸에 손이 닿는 것을 싫어했다. 적어도 내 몸에 손이 닿는 것은 싫어했다. 그래서 늘 너무 덥다느니, 너무 바쁘다느니 하는 핑계를 댔다. 나를 안아주거나 내게 입을 맞추는 행동이 어째선지 불쾌한 것처럼 굴었다. 물론 매디슨의 조그맣고 축축한 손이 내 몸에 닿는 것은 불쾌한 일이었다. 하지만 이 남자는, 내 삼촌은…… '내 삼촌'은……! 나로 하여금 손을 뻗고 싶은 마음이 들게 했다. 나는 삼촌이 하는 말을 모조리 믿었다. 믿지 못하겠다는 생각은 조금도 떠오르지 않았다. 나는 경외심에 젖었고, 우쭐한 기분을 느꼈고, 혼란스러웠고, 금방이라도 눈물이 터질 것만 같았다.

나는 삼촌에게 부모님 이야기를 더 들려달라고 간청했다. 부모님에 관해 아무것도 몰랐기에 삼촌이 줄 수 있는 정보라면 뭐든 애타게 얻고 싶었던 것이다. 삼촌은 내 곁에 남아 한참 동안 내가 묻는 질문에 답하며 나를 안심시켰다. 제일 교회 목사와 그의 빨간 머리 아내는 내게 아침까지 머물 잠자리를 마련해줬다. 그리하여 하루아침에, 나에게 가족이 생겼다.

내 어머니는 인생 초반의 몇 년 동안 시행착오를 거쳤다. 하고 싶은 일이 무엇인지는 일찌감치 파악했지만, 그것을 어떻게 할지는 알지 못했던 탓에 일단 시작한 후에 그때그때 고쳐 나갔던 것이다. 어머니가 사람들을 모아 에이콘을 세운 까닭은 지구종 공동체를 만들어서 그곳의 아이들이 지구종의 '진리'를 배우며 자라나 그 '진리'에 따라 인류의 미래를 빚어내면, 자신의 사명이 이뤄지리라 믿었기 때문이었다. 이는 어머니의 표현대로 씨앗을 심기 위한 첫 번째 시도였다. 하지만 어머니는 앤드루 스틸 재럿과 거의 동시에 과업을 시작하는 불운을 겪었고, 재럿은 적어도 단기적으로는 어머니보다 훨씬 더 힘이 셌다. 어머니가 누린 유일한 행운은 재럿이 하도 강했던 나머지 어머니라는 존재를 아예 까맣게 몰랐다는 것이다. 재럿의 수족이나 다름없었던 광신적인 십자군이 어머니의 첫 번째 시도를 철저히 짓뭉갰지만, 당시 어머니가 재럿의 이목을 끌었다는 기록은 전혀 남아 있지 않다. 재럿에게 어머니는 그저 우연히 밟고 지나간 개미 한 마리였다.

만약 그 이상이었다면, 어머니는 살아남지 못했을 것이다.

하지만 흥미롭게도, 에이콘 이후의 어머니는 벨렌 로스를 만날 때까지 나아갈 방향을 잃었던 것처럼 보인다. 어머니는 나를 찾고 싶어 하는 심정을 일기에 적고 나서 다시 지구종 만들기를 시작했는데…… 어떻게 시작했을까? 또 하나의 에이콘을 세워서? 훨씬 더 외진 곳에, 훨씬 덜 눈에 띄게 해서?

물론 새 에이콘 역시 첫 번째 시도와 똑같이 취약했을 것이다. 당국이 손만 까딱해도 깨끗이 지워질 정도로. 그럼 어떻게 해야 했을까? 어머니에게는 다른 구상이 필요했는데, 실은 묘책이 하나 있었다. 어머니는 교사를 길러내야 한다는 것을 알았다. 가족 단위로 사람을 모으는 것은 효과가 없었다. 홀몸인 사람, 적어도 가족에게서 독립한 사람을 모아야 했다. 그들은 어머니에게서 배운 다음 뿔뿔이 흩어져서 자신이 배운 것을 설교하고 가르칠 사람, 그러니까 사실상 어머니의 사도들이었다. 하지만 그렇게 하기는커녕, 어머니는 여전히 조그만 단서만 있어도 무조건 나를 찾아 나섰다. 벨렌 로스가 등장했을 무렵에는 기계적으로 찾아다닌 것 말고는 그런 단서조차 별로 남아 있지 않았을 듯싶다. 나는 앨리슨 길크리스트, 그러니까 앨리가 어머니의 사정을 짐작하고 정신을 차리게 할 생각으로 렌을 소개해준 것이 아닌지 궁금했다.

《로런 오야 올라미나의 일기》에서

2035년 6월 19일 화요일

어떻게 보면 이제 우리 일행은 세 명이다. 우리는 흥미진진한 시간을 거친 끝에 셋이 됐는데, 나는 그 과정이 처음부터 끝까지 마음에 들지는 않았다. 내 예상과 딱히 일치하지는 않았지만 그래도 내가 보기에는 재미있었다. 나와 렌은 다시 길을 떠났고, 새로 지어서 번쩍번쩍 광이 나는 호바트빌이라는 기업도시의 북쪽을 지나는 중이었다. 필요한 물품은 호바트빌의 방어벽 바깥에 어김없이 자리 잡은 무허가 빈민촌에서 구입했다. 그런 다음 방어벽을 따라 한 바퀴 돌고 나서 다시 길을 떠났다. 이미 사흘이나 한곳에 머문 참이었으니까.

사흘 전까지만 해도 우리는 지속적으로 접촉하는 사람이 한 명도 없는 채로 계속 걷고 있었다. 나에게는 그런 방식의 여행이 이상하게 느껴졌다. 2027년에 로스앤젤레스를 출발해 험볼트 카운티를 향해 걷는 동안, 나는 사람들을 모아 작은 공동체를 만들었다. 그때는 서로 협력하는 조그만 공동체들을 통해 지구종이 태어날 거라 생각했다. 에이콘을 세우고 나서 나는 외부인들을 받아들여 우리에게 합류시켰다. 하지만 이번에는 렌 말고 다른 사람은 내 곁에 받아들일 수 있을 것 같지 않았다.

어차피 이번에는 내 딸을 찾기 위해, 또 딸을 찾는 데 필요한 도움을 내 동생이 원하든 원치 않든 그 애한테서 받아내기 위해 포틀랜드로 향하는 것뿐이니까.

그건 알래스카까지 걸어가서 가족과 상봉하겠다는 렌의 포부보다 조금이나마 더 현실적인 목표일까? 어쩌면 자살 행위에 덜 가까울 수는 있겠지만, 그래 봤자 허황되기는 마찬가지였다.

그 생각 때문에 불안해서, 혹시 그 생각이 옳을까 봐 두려워서, 나는 사람들에게 다가가지 못했다. 굶주린 아이를 보았을 때는 차마 그냥 지나칠 수가 없어서, 누더기를 걸친 아이 가족에게 음식을 준 적이 몇 차례 있었다. 하지만 큰 도움은 되지 못했다. 기껏해야 한 끼 식사가 아닌가? 에이콘에서는 더 많은 일을 할 수 있었다. 지구종을 통해 더욱 많은 일을 하고자 했다. 더욱더 많은 것을…… 나는 지금도 꿈꾼다. 캠프 크리스천에서 열일곱 달을 보내는 동안에도 나는 지구종을 결코 잊지 않았다. 때로는 내가 살아남아 지구종을 가르치거나 지구종을 통해 우리 미래를 빚어내는 날이 오지 않을지도 모른다고 생각하면서도.

하지만 이번 여행에서 내가 지금껏 할 수 있었던 일은 여기저기서 엄마와 아이에게 음식을 주거나 아빠와 아이에게 음식을 준 다음, 그들을 저마다 갈 길로 보내는 것뿐이었다. 개중에는 알아서 떠나려 하지 않는 이들도 있었다.

"저 사람들이 나중에 숨어서 기다리다가 강도로 돌변하지 않는다는 보장이라도 있나요?"

렌이 그렇게 물었을 때, 우리는 아마도 한참 동안 제대로 된 식사를 못 했을 법한 아버지와 누더기 차림인 조그마한 두 아들에게 먹을 것을 나눠준 다음, 그들을 뒤로하고 5번 주간 고속도로를 따라 터벅터벅 걷고 있었다.

"그야 모르죠. 가능성은 낮지만, 그렇게 될 수도 있죠."

"그럼 왜 굳이 위험을 감수하는 거예요?"

나는 렌을 돌아봤다. 렌은 잠시 내 눈을 똑바로 마주 보다가, 이내 눈길을 돌렸다.

"알았어요." 렌은 들릴락 말락 하는 목소리로 말했다. "하지만 식사 한 끼가 무슨 소용이에요? 그러니까, 어차피 금방 다시 배고파질 거 아니에요."

"맞아요. 재럿도 아이들의 영혼을 걱정하는 척했던 것의 절반만큼이라도 아이들의 몸과 마음을 챙겼다면, 아마 사람들이 더 쉽게 받아들였을 거예요."

"우리 아빠는 재럿한테 투표했어요." 렌이 말했다.

"놀라운 소식은 아니네요."

"아빠는 재럿이 질서와 안정을 가져오고 나라를 다시 일으켜 세울 거랬어요. 그 말이 지금도 기억나요. 아빠는 엄마까지 재럿한테 투표하게 만들었는데, 엄마가 재럿을 좋아해서 그랬던 건 아니에요. 엄마는 아빠가 하라고 하면 달에 사는 사람한테도 투표했을 거예요. 그렇게 해야 아빠가 더 방해하지 않고 사라진다면 말이에요. 2032년 대선 때 난 아직 우리 집에서 살고 있었어요. 방벽 바깥으로는 나가본 적도 없었죠. 아버지가 그렇게 말하는 걸 보면 뭔가 있겠지 싶어서, 그때는 나도 재럿을 지지했어요. 하지만 난 아직 어려서 투표권이 없었으니까 별 상관은 없었죠. 우리 집 하인들 중 성인인 사람은 죄다 재럿을 찍었어요. 집에 한 대뿐인 하인용 전화기 옆에 아빠가 지키고 서 있었거든요. 아빠는 그 사람들이 스캐너에 지문과 망막 혈관을 인식시켜 신분을 증명하는 동안, 거기 서서 감시했어요. 그다음엔 투표하는 것도 다 지켜봤고요."

"아버지가 재럿을 포기하신 이유가 당신이 납치당한 사건 때문인지 궁금하네요."

"우리 아빠가 재럿을 포기했다고요?"

"재럿과 미국을 포기하셨잖아요. 어쨌거나 이 나라를 떠나셨으니까요."

렌은 잠시 뜸을 들이다 고개를 끄덕였다. "그렇군요. 그래도 난 아직 알래스카가 외국이란 걸 받아들이기가 힘들어요. 전쟁도 일어났으니 이제 쉬워질 때도 됐는데 말이에요. 하지만 그런 건 중요하지 않아요. 방금 얘기한 것들은 하나도 중요하지 않아요. 그러니까, 그 사람들…… 당신이 아까 먹을 걸 준 그 남자하고 아이들은 중요해요. 하지만 아무도 그 사람들을 돌보려고 하지 않죠. 만약 그 애들이 굶어 죽지 않는다면 우리 미래가 될 거예요. 그런데 그 애들이 간신히 자라서 어른이 된다면, 과연 어떤 사람이 될까요?"

"그게 바로 지구종의 관심사예요. 난 우리가 스스로 무엇이 될 수 있고 무엇을 할 수 있는지 이해하길 원했어요. 우리 자신에게 중심점을, 집중할 목표를 주고 싶었어요. 우리가 지금까지 한 번도 되지 못한 더 나은 존재로 탈바꿈하기에 충분할 만큼 커다랗고, 복잡하고, 어렵고, 그래서 결과적으로는 급진적인 것을 주고 싶었다는 말이에요. 우린 똑같은 시궁창에 자꾸만 빠지는 신세예요, 알아요? 무슨 말이냐면, 우린 실제 우주와 우리 자신의 몸과 기술에 관해 아는 것이 점점 더 많아지는데도, 어째선지 역사를 통틀어 살펴보면 계속해서 이런저런 형태의 제국을 건설하고, 그러고 나서 다시 이런저런 방식으로 그 제국을 무너뜨린다는 거예요. 어리석은 전쟁을 벌이고 그걸 정당화하느라 열을 올리지만, 그래 봤자 결국엔 엄청나게 많은 사람을 죽이고, 죽지 않은 사람은 장애인으로 만들고, 그보다 더 많은 사람을 빈곤층으로 전락시키고, 질병과 기아를 퍼뜨리고, 그렇게 해서 다음번 전쟁이 벌어질 무대를 마련할 뿐이에요. 그리고 역사 속에 일어난 그 많은 일을 보고도 우린 그저 어깨를 으쓱하면서 이렇게 말하죠. '뭐, 원래 다 그런 거잖아.' 세상은 원래부터 그런 식이었다고 말이에요."

"그렇죠." 렌이 말했다.

"그래요." 나도 따라서 말했다. "우리가 지금의 우리가 된 데에는 아무래도 명확한 생물학적 원인이 있는 것 같아요. 만약 그런 게 없다면 앞서 말한 순환이 계속 되풀이되지는 않을 테니까요. 물론 인류는 동물 가운데 한 종이에요. 하지만 우리에게는 다른 어떤 동물 종도 하지 못하는 일을 할 특권이 있어요. 우리는 선택을 할 수 있거든요. 우리는 스스로를 파괴할 수도 있고, 우리를 부양하는 이 행성의 역량이 바닥날 때까지 짓고 부수기를 계속할 수도 있어요. 아니면 우리 자신을 더 나은 존재로 만들 수도 있고요. 우리는 성장할 수 있어요. 둥우리를 떠날 수도 있어요. 별들 사이에 우리 보금자리를 만들어 숙명을 완수하고, 우리가 되고 싶어 하는 것과 새로운 환경이 우리에게 어디 한번 돼보라고 하는 것을 합친 존재가 될 수도 있어요. 우리 새 행성은 우리가 그곳을 새 터전으로 만드는 것과 마찬가지로 우리를 새 존재로 만들어줄 거예요. 그리고 그 긴 과정에서 태어나는 새 사람들 중에는 새로운 해결책을 만드는 이들도 있겠죠. 그럴 수밖에 없을 거예요. 그러면 오래된 순환의 고리는 깨질 거예요. 기껏해야 새로운, 전과 다른 순환이 시작될 뿐이라고 해도 말이에요. 지구종의 핵심은 숙명을 완수할 준비를 하는 거예요. 작은 공동체에서 서로 힘을 모아 살아가는 법을 배우고, 이와 동시에 우리가 처한 환경과 지속 가능한 동반자 관계를 맺는 거죠. 이때 교육과 적응 능력은 그 자체로서 절대적인 필수 요소로 다뤄져요. 지구종은……."

나는 렌을 힐끗 봤다가 렌의 얼굴에 비친 엷은 웃음이 눈에 밟혀서 말끝을 흐렸다. "지구종의 내용은 이보다 훨씬 더 방대해요. 하지만 핵심은 그거예요."

"설교를 이상하게 하네요."

"나도 알아요."

"하려면 재럿이 하는 것처럼 해야죠."

"그게 무슨 소리예요!" 나는 버럭 따져 물었다. 재럿이 하는 짓은 어떤 것도 따라 하고 싶지 않았으니까.

"사람들이 원하는 것에 집중해서, 당신의 신앙 체계가 그걸 어떻게 얻게 해줄지 설명하라는 말이에요. 말하고자 하는 요점을 눈앞에 그리듯이 보여주는 민담 같은 이야기를 사람들에게 들려주면서, 하늘의 별도 달도 따다 주겠다고 약속해야 해요. 당신 경우에는 말 그대로 우주의 별에 데려다주겠다고 해야겠죠. 그나저나 다른 별에 가고 싶어 할 사람이 있기나 하겠어요? 돈도, 시간도 엄청나게 들 텐데. 그렇게 하려면 완전히 새로운 기술을 개발하는 수밖에 없을 거예요. 그리고 계획이 시작될 때 살아 있었던 사람 중에 계획이 성공하는 걸 살아서 볼 사람이 몇이나 될지도 궁금하네요. 일부 과학자들은 좋아할지도 모르죠. 자기네 숙원 사업을 실현할 기회가 생기는 셈이니까요. 어떤 사람들은 대단한 모험으로 여길지도 모르지만, 거기에 돈을 내려고 할 사람은 한 명도 없을걸요."

이제 나는 웃음이 나왔다. "맞아요. 난 오랜 세월 동안 그런 얘기를 하면서 살아왔어요. 어떤 사람들은 자기 아이들을 위해 다른 별에 가고 싶어 할지도 모르죠. 다시 시작해서 이번에는 제대로 해낼 기회를 자녀한테 주고 싶어서 말이에요. 하지만 그런 생각만으로는 부족해요. 그걸로는 사람이나 돈, 지속성 같은 걸 충분히 끌어들일 수가 없거든요. 숙명을 완수하는 건 장기적으로 큰돈을 들여야 하는 불확실한 계획이에요. 수백 개의 계획이라고 하는 게 더 정확하겠네요. 어쩌면 수천 개일 수도 있고요. 그런데 아무것도 보장해주지 않죠. 그런 반면에 정치인들은 단기적인 사고에 집중하는 기회주의자예요. 개중에는 양심이 있는 사람도 있지만, 그래 봤자 기회주의자죠. 사업가는 장기적이든 단기적이든 이윤에 굶주렸고요. 솔직히, 행성 간 우주여행을 준비해서 이주민으로 가득한 우주선을 발사하는 건 너무나 오래 걸리고, 생색도 안 나고, 비용도 많이 드는 일일 수밖에 없어서, 내가 보기엔 종교만이 할 수 있는 사업이에요. 그 사업으로 돈을 벌 방법을 찾는 사람도 많을 거예요. 어쩌면 그 덕분에 여러 가지 일이 시작될지도 모르죠. 하지만 사람들의 관심을 집중시키고 사업이 지속되게 하려면, 종교처럼 무언가 근본부터 인간적인 동시에 근본부터 비합리적인 것이 있어야 해요. 만약 몇 세대가 걸린다면, 그런 게 몇 세대에 걸쳐 계속 존재해야 해요. 내 짐작엔 그 정도는 걸릴 것 같아요. 봐요, 나도 이런 생각을 안 한 게 아니라고요."

렌은 내 말을 자기 나름대로 한참 생각하더니, 이내 이렇게 말했다. "만약 당신이 그렇게 믿는다면, 사람들한테 하느님이 바라는 거니까 별에 가라고 하지 그래요? 그리고 당신의 하느님은 아무것도 안 바란다는 말은 내 앞에서 굳이 꺼내지 않아도 돼요. 난 다 이해하니까요. 보통은 이해 못 하겠지만요."

"에이콘 사람들은 이해했어요."

"그럼 그 사람들은 지금 어디 있어요?"

그 말은 얼굴에 꽂히는 주먹처럼 아팠다.

"내가 동료들을 얼마나 비참하게 저버렸는지는 누구보다 내가 잘 알아요." 내가 말했다.

렌은 겸연쩍은 표정으로 눈길을 돌렸다. "그런 뜻으로 한 말은 아니에요. 미안해요. 내 말은 그냥, 사람들은 당신이 하는 얘길 이해 못 하고 열광도 안 할 거다, 그거예요. 적어도 당장은요. 에이콘에 합류한 사람들은 지구종 때문에 그렇게 했나요? 아니면 자식들을 먹일 수 있을 거라는 희망 때문이었나요?"

나는 한숨을 쉬며 고개를 끄덕였다. "그 사람들은 자녀를 먹여 살리는 한편으로, 가난하다는 이유로 자신들을 멸시하거나 힘이 없다는 이유로 노예로 삼지 않는 공동체에서 살고 싶었기 때문에 그렇게 했어요. 일부 어른들은 지구종을 받아들이기까지 몇 년이 걸렸죠. 아이들은 곧바로 받아들였지만요. 아이들은 커서 지구종을 선교하는 교사가 됐을 거예요."

"기회가 있었다면 그렇게 됐을지도 모르죠. 하지만 그 방법은 통하지 않았어요. 이제 어떻게 할 작정이에요?"

"재럿의 십자군 병사들이 아직도 버젓이 돌아다니는데 어떻게 할 거냐고요? 나도 모르겠어요." 그 말이 전적으로 사실인 것은 아니었다. 실은 아이디어가 몇 가지 있기는 했지만,

나는 렌이 무슨 의견을 내놓을지 궁금했다. 렌은 이때껏 흥미롭고 사려 깊은 모습을 보여줬으니까.

“당신은 사람들한테 말을 거는 솜씨가 뛰어나요.” 렌이 말했다. “사람들도 당신을 좋아하고요. 그뿐인가요, 아예 당신 말을 신뢰하죠. 그냥 다른 목사들처럼 설교하면 안 돼요? 재럿이 하는 것처럼 설교해봐요. 그 사람이 하는 설교 들은 적 있어요? 대부분 훈계하는 내용이에요. 재럿이 뭔가 하려고 할 때 거기에 반대하는 언론인들이 애를 먹는 이유는 그 사람이 언제나 신의 편에 서기 때문이에요. 그렇다면 신의 편에 맞서는 언론인들은 누구 편이 될까요?”

“그런데 당신은 나도 그렇게 해야 한다고 생각해요?”

“당신이 하는 말을 당신 스스로 믿는다면 당연히 그렇게 해야죠.”

“난 선동가가 아니에요.”

“거참 안됐네요. 그럼 선동가인 사람들이 판을 다 차지하겠군요. 세상의 수많은 재럿들이 말이에요. 재럿 같은 사람들은 언제나 있었어요. 십중팔구 앞으로도 계속 있을 테고요.”

우리는 한동안 말없이 걸었다.

그러다 내가 먼저 입을 열었다. “당신은 어떻게 할 건데요?”

“그게 무슨 말이에요? 내 목적지는 당신도 알잖아요.”

“나랑 같이 있어요. 같이 다른 데로 가요.”

“당신은 동생을 만나서 딸을 찾으려고 오리건 주로 가는 중이잖아요."

"맞아요. 그리고 한편으로는 지구종을 내 원래 의도대로 만들 거예요. 그 길을 통해 우리 인류가 힘들어도 끝내는 성장하게끔요."

"다시 해볼 작정이에요?"

"선택하고 자시고 할 문제가 아니에요. 지구종은 단지 내 믿음만이 아니거든요. 그건 곧 나 자신이에요. 내가 존재하는 이유고요."

"책에서는 우리가 사명이 아니라 가능성을 띠고 태어난다고 했잖아요."

나는 빙그레 웃었다. 렌은 사진 기억력* 또는 그에 버금갈 만큼 정확한 기억력의 소유자였다. 그리고 논쟁에서 이기고 싶을 때면 그 기억력을 심술궂게 써먹는 짓도 서슴지 않았다.

나는 책의 그 구절을 암송했다.

> 우리는 사명이 아니라
> 가능성을 띠고
> 태어난다.

"사명은 우리가 선택하는 거예요." 내가 말했다. "나는 아직

* 순간적으로 포착한 시각 정보를 사진처럼 정확하고 상세하게 기억하는 능력.

철이 없을 때 내 사명을 선택했는데…… 어쩌면 사명이 나를 선택했는지도 모르죠. 사명은 반드시 필요해요. 그게 없으면 표류하게 마련이니까요."

"사명이라." 렌은 자못 뽐내는 느낌으로 암송을 시작했다.

사명은
우리를 통합한다.
그것은 우리 꿈을 집중시키고,
우리 계획을 인도하고,
우리 수고에 힘을 보탠다.
사명은
우리가 누구인지 정의하고,
우리 모습을 빚고,
우리에게 탁월함을
부여한다.

렌이 한숨을 쉬었다. "멋진 말이네요. 하지만 말로만 들으면 많은 것들이 멋지게 느껴지죠. 당신은 어떻게 할 거예요?"

"난 재럿하고는 달라요. 그래도 메시지를 단순하게 만들어서 집중해야 한다는 당신 말은 옳은 것 같아요. 그 일을 당신이 도와주면 돼요."

"내가 왜 그래야 하죠?"

"그 일을 하는 동안에는 계속 살아 있을 테니까요."

렌은 다시 눈길을 돌렸다. 그러고는 한참 동안 입을 다물고 있다가, 몹시도 씁쓸한 목소리로 말했다. "어째서 내가 계속 살고 싶어 할 거라고 생각해요?"

"난 당신이 그러고 싶어 하는 걸 알아요. 하지만 나랑 쭉 같이 있을 거라면, 그 마음을 증명해야 할 거예요."

"뭐라고요?"

"사실, 나랑 같이 있으면 살아남으려고 온갖 일을 다 해야 할 거예요. 지구종에 포함된 이런저런 사상이 당장 인기를 끌지는 못할 테니까요. 혹시라도 재럿이 알면 탐탁잖게 여길 테고요."

"조금이라도 상식이 있는 사람이라면 남의 이목을 끌려고 하진 않을걸요. 지금은 그럴 때가 아니니까요."

"난 사람을 구름같이 모으거나 인터넷에서 유명해질 생각은 없어요. 아무튼, 재럿한테 미움을 사기 전까지는요. 그래도 사람들한테 다시 다가가고 싶긴 해요."

"어떻게요?"

나는 그 방법을 알고 있었다. 렌과 이야기를 나누는 사이에 아이디어를 찾아 이리저리 궁리했으니까. 나는 렌이 들려준 말을 참고해 생각의 초점을 좁혔다. 내가 최근에 했던 경험 또한 참고가 됐다.

"난 집에 있는 사람들한테 접근할 거예요. 예를 들면, 유리카 같은 소도시에서는 집집마다 돌아다니는 방문 전도가 전혀 낯설지 않아요. 로스앤젤레스에서는 그렇지 않은데 말이죠. 어쩌면 포틀랜드에서도 방문 전도는 무리일 거예요. 이제 포틀랜드도 어마어마한 대도시가 됐으니까요. 하지만 거기까지 가는 도중에는, 그리고 포틀랜드 주변의 큰 마을에서는 방문 전도를 할 수 있을지도 몰라요. 목표는 소도시와 큰 마을이에요. 아주 큰 도시와 아주 작은 마을에서는 주민들이 의심을 품고 악의적으로 굴지도 몰라요. 분명 그렇게 나올 거예요."

"자유 도시에서만 해야 되겠죠, 아무래도." 렌이 말했다.

"그럼요. 기업도시는 어찌어찌해서 들어간다고 해도 부랑자로 몰려 목줄을 차는 꼴이 될지도 몰라요. 그러면 종신형을 받는 거나 다름없어요. 노동의 대가로 받는 돈보다 생활비 명목으로 계속 청구되는 돈의 액수가 더 클 텐데, 그렇게 되면 빚의 굴레에서 벗어날 수가 없으니까요."

"그런 얘기는 나도 들었어요. 당신, 그냥 남의 집 문을 두드리고 지구종 얘기를 들어보겠느냐고 물어볼 작정이에요? 여호와의 증인 신자들이 그렇게 전도한다던데. 아니면 예전에 그랬든가요. 지금도 하는지는 모르겠어요."

"세상이 전보다 더 위험해졌으니까요." 내가 말했다. "하지만 전에는 다른 사람들도 방문 전도를 했어요. 모르몬교랑, 비교적 덜 알려진 다른 교파의 신자들도요."

"크리스트교의 교파들이잖아요."

"나도 알아요." 나는 잠시 생각하고 나서 말했다. "내가 사람들을 모으기 시작해서 에이콘을 설립했을 때 열여덟 살이었던 거 알아요? 그때 난 열여덟 살이었어요. 지금의 당신보다 한 살 어렸죠."

"알아요. 앨리한테 들었어요."

"그런데도 사람들은 나를 따랐어요." 나는 멈추지 않고 말을 이었다. "자기들이 원하는 걸 얻게끔 내가 도와줄 거라는 확신이 있어서 그런 것도 아니에요. 그 사람들은 내가 어딘가 목적지를 향해 가는 것처럼 보였기 때문에 나를 따랐어요. 자기들한테는 오로지 살아남는 것 말고는 아무런 사명도 없었으니까요. 일자리를 구하고, 음식을 먹고, 어딘가에 잠잘 방을 얻고, 근근이 살아가는 거 말이에요. 하지만 난 나와 내 동료들이 그 이상의 삶을 누렸으면 했고, 그걸 진심으로 손에 넣으려고 했어요. 그 사람들도 더 누리고 싶어 했지만, 그럴 수 있을 거라는 생각은 못 했죠. 자신들이 정확히 뭘 원하는지조차 몰랐으니까요."

"당신 정말 대단한 사람이었네요." 렌이 중얼거렸다.

"바보 같은 소리 하지 마요. 그 사람들이 열여덟 살짜리 여자애를 기꺼이 따른 건 그 애가 어딘가로 향하는 것처럼 보였기 때문이고, 그 애가 자기 목적지를 아는 것처럼 보였기 때문이기도 해요. 사람들이 재럿을 대통령으로 뽑은 것도 그 사람이 스스로의 목적지를 아는 것처럼 보였기 때문이고요. 당신 아버지 같은 부자들조차 목적지를 알고 나아가는 것처럼 보이는 사람한테 절박하게 매달린단 말이에요."

"아빠는 자기가 투자한 돈을 지켜주고 가난한 사람들을 계속 가난하게 유지시킬 사람을 원했어요."

"그러다 재럿에게 그럴 능력이 없거나 그럴 의사가 없다는 걸 알고는 이 나라를 떠났죠. 다른 사람들도 다른 방식으로 재럿에게 등을 돌릴 거예요. 하지만 그래도 여전히 자기 목적지를 아는 것처럼 보이는 사람을 따르고 싶어 할걸요."

"당신 말인가요?"

렌의 질문에 나는 한숨이 나왔다. "어쩌면요. 하지만 나보다는 내가 가르친 사람들일 가능성이 더 높아요. 그런 사람처럼 보이려면 기술이 필요할 텐데, 나한텐 그런 기술이 없거든요. 게다가 지구종을 삶의 한 가지 방식으로 만들고 숙명을 인류의 대부분이 이루고자 갈망하는 목표로 만들기까지 얼마나 오랜 시간이 걸릴지, 나로서는 알 수가 없어요. 어쩌면 그렇게 하는 데만도 우리 둘의 평생이 걸릴지도 몰라요. 빨리 되진 않을 거예요. 하지만 우린 첫 번째 씨앗을 뿌린 사람들이 될 거예요. 당신하고 내가."

렌은 얼굴을 가린 검은 머리카락을 손으로 쓸어 넘겼다. "난 지구종을 믿지 않아요. 그런 거 하나도 안 믿어요. 그냥 단순한 헛소리만 잔뜩 모은 거잖아요. 당신은 모르는 사람의 집 현관문을 두드리다가 살해당할 테고, 그걸로 다 끝날 거예요."

"그럴 수도 있죠."

"난 그런 데 끼고 싶진 않아요."

"아뇨, 당신도 함께할 거예요. 만약 살아남는다면, 당신은 이때껏 알았던 어떤 사람보다 선하고 중요한 것들을 더 많이 이룰 거예요. 만약 죽는다면, 그 많은 것들을 이루려다가 죽는 셈이고요."

"끼고 싶지 않다고 말했잖아요. 당신 말은 헛소리예요. 불가능하다고요."

"그럼 당신은 그보다 더 중요한 할 일이 있나요?"

침묵이 흘렀다.

우리는 더는 대화하지 않은 채로 걷다가 산으로 접어드는 길에 이르렀다. 나는 방향을 틀어 그 길을 따라갔고, 어디로 가느냐고 묻는 렌은 무시했다. 내가 어디로 가느냐고? 나 스스로도 전혀 알지 못했다. 어쩌면 그저 도로 위쪽에 뭐가 있는지 한번 보고 다시 고속도로로 돌아갈 생각이었는지도 모른다. 아닐지도 모르지만.

산속에, 도로에서 멀찍이 떨어진 깊숙한 곳에, 커다란 2층짜리 통나무 농가 주택이 있었다. 페인트칠이 시급해 보이는 집이었다. 한때는 흰색이었을 듯싶었지만 이제는 회색이었다. 집 옆에서는 웬 여성이 널따란 텃밭의 잡초를 뽑는 중이었다. 나는 뭘 할 생각인지 렌에게 밝히지 않은 채 길에서 벗어난 다음, 그 여성에게 잡초를 대신 뽑아줄 테니 식사를 한 끼 주지 않겠느냐고 물었다.

"잘해드릴게요." 내가 말했다. "마음에 안 드시면 먹을 걸 안 주셔도 돼요."

여성은 겁먹고 미심쩍은 눈빛으로 우리를 물끄러미 봤다. 혼자 있는 듯싶었지만, 아닐지도 몰랐다. 우리는 한눈에 봐도 무장한 상태였지만 실제로 위협을 가하거나 하지는 않았다.

나는 빙그레 웃었다. "샌드위치 몇 개만 주셔도 감지덕지예요. 일은 열심히 할게요."

나는 남자처럼 보이도록 헐렁한 옷을 입고 있었다. 머리는 짧게 잘랐다. 렌이 말하길 내 외모가 보기 싫게 생기지는 않았다고 한다. 겉모습은 우리 둘 다 깨끗한 편이었다.

여성은 무심코 빙긋 웃었다. 망설이는 듯 엷은 미소였다. "잡초하고 채소를 구분할 줄은 알아요?"

여성이 묻자 나는 소리 내어 웃었다. "그럼요, 부인."

꿈속에서도 할 수 있을걸요. 그 말은 속으로만 중얼거렸다. 하지만 렌의 사정은 달랐다. 밭일이라고는 해본 적이 없었으니까. 렌의 아버지는 남에게 돈을 주고 자기네 밭과 과수원에서 일을 시켰다. 렌은 손이 가늘고 부드럽고 못 박인 곳이 없었고, 풀에 관한 지식 또한 전혀 없었다. 나는 렌에게 일단 내가 일하는 모습을 잠시 지켜보라고 했다. 그러고는 당근과 갖가지 잎채소, 허브 따위를 손으로 가리키며 이름을 가르쳐준 다음, 땅바닥에 기어가는 자세로 엎드려 잡초를 뽑도록 했다. 그 자세로 일하면 뭘 뽑을지 가려내기가 더 쉽기 때문이었다.

나는 렌의 기억력과 눈썰미를 믿었다. 혹시 화가 났다면 나중에 나한테 얘기할 터였다. 렌은 남들이 보는 데서 화를 내는 사람이 아니었으니까. 사실, 우리 배낭에는 식량이 잔뜩 들어 있었고 돈도 아직 여유가 있었다. 하지만 나는 당장 사람들에게 다가가고 싶었다. 포틀랜드로 향하는 여정을 하루 늦춰 이 오래된 회색 집에 몇 마디 말을 남기고 가면 안 될 이유라도 있을까? 적어도 연습하기에는 좋은 기회인데.

우리는 열심히 일해서 텃밭을 깨끗이 정리했다. 렌은 뭐라고 구시렁거리며 불평했지만, 진심으로 괴로워하는 인상은 풍기지 않았다. 사실, 렌은 자기가 하는 일에 흥미를 느끼는 것 같았고 그 일을 한다는 사실에 만족한 것처럼 보였다. 비록 날벌레와 기는 벌레에 대해, 잡초의 고약한 냄새에 대해, 축축한 흙에서 풍기는 냄새에 대해, 몸이 흙투성이가 되는 것에 대해 불평하기는 했지만…….

나는 렌이 가족과 하인들과 더불어 살았던 경험과 납치범들과 지낸 경험, 폐품을 줍거나 도둑질을 하며 혼자 산 경험이 어땠는지는 얘기한 반면, 일을 한 경험에 관해서는 한 번도 얘기하지 않았다는 생각이 퍼뜩 떠올랐다. 먹을 것을 구하려고 자잘한 일 몇 가지 정도는 해봤을 테지만, 렌에게는 아직도 노동이 신기한 것으로 보이는 모양이었다. 혹시라도 렌이 혼자만의 길을 가기로 마음먹는다고 해도 스스로를 더 잘 돌보게끔, 미리 더 많은 경험을 쌓도록 신경을 써줘야 할 것 같다.

우리가 잡초를 다 뽑고 나서, 자기 이름이 니아 코르테스라고 밝힌 여성이 우리에게 갖다준 접시에는 세 가지 샌드위치가 담겨 있었다. 달걀 샌드위치, 구운 치즈 샌드위치, 햄 샌드위치였다. 딸기 한 대접과 오렌지 한 대접, 꿀로 단맛을 낸 레모네이드 한 통도 같이 나왔다. 니아는 집 옆쪽 벽의 포치에 우리와 함께 앉았는데, 나는 니아에게서 외롭고 수줍음을 타는 한편으로 아직 우리를 적잖이 두려워한다는 인상을 받았다. 풀이 무성한 산속에 동그마니 서 있는 오래된 집은 정말로 쓸쓸한 곳이었다.

"풍경이 참 멋지네요." 내가 말했다. "제가 그림을 좀 그리거든요. 완만하게 펼쳐진 비탈에 황금빛 풀밭, 파릇파릇한 나무까지, 종일 앉아서 그림으로 그리고 싶을 정도예요."

"그림을 그릴 줄 알아요?" 니아는 살짝 웃으며 물었다.

나는 배낭에서 스케치북을 꺼낸 다음, 완만하게 펼쳐진 비탈이 아니라 니아의 통통하고 상냥해 보이는 얼굴을 그리기 시작했다. 니아는 나이가 마흔 줄 뒤쪽이거나 쉰 줄 앞쪽이었고 암갈색 머리는 곳곳이 희끗했다. 말꼬리처럼 굵다랗게 묶은 머리 타래가 거의 허리까지 닿을 만큼 길었다. 살이 통통해서 주름은 없었고 갈색으로 고르게 그은 피부는 매끈했다. 보기 좋은, 서글서글하게 생긴 얼굴이었다. 눈은 아기처럼 맑았고 색깔은 머리카락 대부분과 비슷한 암갈색이었다. 다른 사람의 초상화를 그리는 일은 그 사람을 자세히 관찰하는 동시에, 그 사람이 느끼는 것처럼 보이는 감정을 나 스스로도 느끼기 위한 좋은 구실이 된다. 결국에는 그런 것이 바로 초공감이고, 내가 원하든 원치 않든 나에게 일어나는 일이다. 나로서는 차라리 그것을 이용하는 것이 더 낫다. 비록 거칠고 전적으로 신뢰하기는 힘든 방식이지만, 나는 다른 사람을 그리는 일을 통해 어렵지 않게 그 사람이 되고, 솔직히 말하면 그 사람을 조종하기도 더 쉬워진다. 가르침은 어디에나 있는 것이다.

외로운 사람이었다, 니아는. 그리고 남장을 한 나에게 거북할 정도로 많은 관심을 보였다. 그 관심을 억제하려고 나는 렌 쪽을 돌아봤다. 렌은 예리한 지성을 발휘해 처음부터 끝까지 흥미롭게 지켜보는 중이었다.

"샌드위치 두 개만 내 몫으로 싸 줄래?" 나는 렌에게 부탁했다. "해가 지기 전에 그림을 다 끝내고 싶어서 그래."

렌은 곁눈으로 나를 흘깃 보고는 샌드위치 두 개를 종이 냅킨으로 쌌다. 한편 니아는 마치 렌이 함께 있는 것을 깜박한 사람처럼 그쪽을 바라봤다. 그러고는 잠시 당황한 기색이다가, 이내 자기 손을 내려다봤다. 그 두 손은 노동의 도구였다. 다시 나에게 눈길을 돌렸을 때, 니아의 표정은 더 차분하고 절제된 것처럼 보였다.

나는 초상화 그리기를 서두르지 않았다. 훨씬 더 일찍 끝낼 수도 있었다. 하지만 세밀한 묘사를 더해 가며 그림을 그리는 시간이 나에게는 곧 전도하는 티를 내지 않고 지구종에 관해 이야기할 기회였다. 나는 평범한 시를 인용하는 것처럼 지구종 시를 인용해 이야기했고, 그러다 마침내 니아가 시 한 편에 관심을 보였다. 흥미로워하는 표정만은 나에게 숨기지 못했던 것이다. 장하게도, 니아가 관심을 보인 시는 바로 이것이었다.

지혜와 예지로써
하느님을 빚으려면,
그대의 세계와
그대의 백성과
그대의 삶을 이롭게 하려면,
행동이 낳을 결과를 생각하고,
피해를 최소화하며,
질문을 던지고
답을 찾고
배우고
가르쳐라.

일찍이 니아는 샌프란시스코의 공립학교에서 교사로 근무했다. 그 학교는 니아가 아이들을 가르치기 시작한 지 십오 년 만에 문을 닫았다. 미국 전역의 수많은 공립학교가 운영할 여력을 잃어 폐교된 2020년대 초반의 일이었다. 국민교육이라는 허울 좋은 명분조차 희미해져 갔다. 정치인들은 고개를 가로저으며 슬픈 표정으로 보편교육은 실패한 실험이라고 말했다. 일부 기업은 자기네 노동자의 자녀를 대상으로 적어도 다음 세대의 노동자가 되기에는 충분한 수준의 교육을 시키기 시작했다. 이로써 기업도시가 다시금 유행했다. 이런 도시에서는 안전과 고용, 교육을 누릴 수 있었다. 모두 아주 큰 장점이었지만, 회사가 제공한 교육을 받은 사람은 회사에 진 빚을 다 갚을 때까지 그 회사의 소유였다. 그 사람은 기간 계약 노동자가 됐고, 직접 노동을 시키기 힘든 경우에는 회사 내의 다른 부문으로 넘기는 식으로 거래할 수도 있었다. 아니면 아예 다른 회사에 팔아넘기거나. 교육과 마찬가지로 사람 자체가 사고파는 상품이 된 것이다.

이 나라에는 힘겹게 버티면서도 최선을 다해 공립학교를 운영하는 지역이 아직 몇 군데 있지만, 그런 곳의 학교는 가장 보잘것없는 사립학교나 종교 학교나 기업 학교와 비교해도 오히려 구치소와 더 비슷했다. 어떻게든 자녀를 교육시키는 것은 책임감 있는 부모의 몫이었다. 그렇게 하지 않으면 나쁜 부모였다. 사람들은 나쁜 부모도 자녀에게 의무를 다하도록 조만간 사회와 법 제도와 종교가 압박하기를 기대했다.

니아가 말했다. "그래서 가난한 사람들과 반쯤, 또는 아예 까막눈인 사람들이 자녀의 초등교육에 필요한 비용을 부담하게 됐어요. 알코올이나 마약에 의존하는 사람이거나 매춘을 하는 사람, 또는 아이들을 굶기지 않고 허름하나마 지붕 아래서 재우는 게 가진 능력의 전부인 사람에게는, 참 딱한 일이었죠! 그런데 그토록 어리석은 결정을 내림으로써 우리가 어떤 사회를 만들어가는지에 대해서는 아무도 생각하지 않았어요. 자녀를 사립학교에 보낼 여력이 있는 사람들은 정부가 세금을 낭비해가며 남의 아이들을 가르치는 짓을 드디어 그만둔다면서 기뻐했고요. 그 사람들은 자기네가 딴 세상에 사는 줄 알았나 봐요. 가난하고 못 배우고 일자리도 없는 사람들이 가득한 나라가 어떤 이유에서든 자기네한테는 해를 끼치지 않을 거라고 상상했으니 말이에요!"

렌은 한숨을 쉬었다. "우리 아빠 머릿속을 들여다본 것 같은 얘기네요. 그래서 벌로 나 같은 딸을 얻었나 봐요. 그렇다고 아빠가 그렇게 신경 쓰는 것 같진 않지만요!"

니아는 싸늘하면서도 흥미를 띤 표정으로 렌을 흘깃 돌아봤다. "네? 아버지라뇨?"

렌은 자기 사연을 설명했고, 그러는 동안 나는 니아의 싸늘한 마음이 사실상 자기 의지와 반대로 스르르 녹아내리는 광경을 지켜봤다.

"그랬군요." 니아는 한숨을 쉬었다. "나도 하마터면 노숙하는 신세가 될 뻔했는데, 이 집하고 주변 농지가 죄다 이모 부부 소유였어요. 여기가 원래 우리 외갓집이라서요. 나는 일자리가 사라진 후에 이곳에 와서 살면서 이모 부부를 보살폈어요. 연세가 많은 탓에 건강이 별로 안 좋으셨거든요. 그때도 농지는 근처에 사는 농부들한테 빌려주셨어요. 돌아가시면서

이 집하고 땅, 나머지 재산을 죄다 저한테 물려주셨죠. 난 텃밭을 가꾸면서 닭이랑 염소, 토끼도 조금 키워요. 농지도 임대하고요. 그렇게 살아가고 있어요."

나는 날카롭게 파고드는 질투와 향수를 애써 무시했다.

"텃밭이 마음에 들어요." 렌은 기다란 이랑을 따라 가지런히 심어진 채소와 과일과 허브를 바라보며 말했다.

"그래요?" 니아가 물었다. "아까 저기서 불평하는 소리가 들리던데."

렌은 얼굴이 붉어지더니 자기 손을 내려다봤다. "그런 일을 여태 한 번도 안 해봐서요. 텃밭은 좋지만, 일은 힘들었어요."

나는 빙그레 웃었다. "그래도 해보겠다는 마음은 넘치잖아요. 난 이런 일을 평생 해왔어요."

"정원사였어요?" 니아가 물었다.

"아뇨, 그냥 밥줄이 걸렸으니까 한 거예요. 난 이때껏 이런 저런 일들을 했어요. 그중엔 교사도 있었지만…… 학위가 있어서 한 일은 아니에요. 그래도 글을 읽고 쓸 줄은 알아요. 그런데도 아이들을 까막눈으로 내버려두는 건 범죄죠."

니아가 자기 생각과 일치하는 내 말을 듣고 웃고 있을 때, 나는 그림을 건넸다. 오른쪽 아래에는 지구종 시의 첫 구절 '그대가 손대는 모든 것을 그대는 변화시킨다'를 적었다. 반대쪽에는 니아가 좋아했던 시 〈하느님을 빚으려면〉을 적었다.

니아는 시 구절을 읽고 나서 자기 초상화를 오랫동안, 아주 오랫동안 들여다봤다. 단순한 스케치가 아니라 세밀하게 그린 그림이어서 나도 흡족한 기분이 들었다.

이윽고 니아는 나를 돌아보며 너무 나지막해서 들릴락 말락 하는 목소리로 말했다. "고마워요."

니아는 우리에게 하룻밤 묵고 가라면서도 자기 집 창고에서 자라고 했고, 이로써 우리에 대한 두려움을 완전히 거두지는 않았다는 것을 드러냈다. 우리는 창고에서 하룻밤을 묵었고, 이튿날 니아를 대신해 그 집 안팎의 이곳저곳을 수리했다. 마음만 먹으면 그 집을 탈탈 털 수도 있었지만 내가 니아에게서 얻기로 결심한 것은 훔칠 수 있는 물건 따위가 아니었다. 니아가 자진해서 내게 줘야 했다.

그날 저녁 나는 니아에게 내가 여자라는 사실을 밝혔다. 다만 그 전에 먼저 라킨 이야기부터 들려줬다. 그때 우리는 주방에 함께 있었다. 니아는 저녁을 만드는 중이었고 요리를 시작하기에 앞서 나에게 곁에 앉아 이야기를 들려달라고 했다. 니아는 내가 열심히 일했다고 했다. 그러니 쉴 자격이 있다고.

나는 이야기를 들려주는 동안 니아에게서 잠시도 눈을 떼지 않았다. 니아가 진실을 알았을 때 바보 취급을 당했다고 느끼거나, 겁을 먹거나, 화를 내지 않는 것이 중요하기 때문이었다. 조금 혼란스러워하거나 살짝 당황하는 정도는 어쩔 수 없었지만, 그 이상은 곤란했다.

니아는 내 딸 라킨의 사연을 듣고 나서 울음을 터뜨릴 것 같은 표정이었다. 괜찮은 반응이었다. 렌은 거실에서 종이로 된 진짜 책을 읽으며 즐거워하는 중이었다. 니아가 눈물을 흘린다고 해도, 만에 하나 니아가 그런 모습을 보이는 것에 예민하다고 해도, 렌의 눈에 띌 염려는 전혀 없었다. 다른 사람이 무엇을 모욕이나 사생활 침해로 여길지는 결코 장담할 수 없는 문제였다.

"그 애 엄마는…… 어떻게 됐나요?" 니아가 물었다.

나는 니아가 고개를 돌려 나를 볼 때까지 기다렸다가 대답했다. "도로는 위험해요. 당신도 알죠. 도로에선 사람들이 사라지기도 한다는 걸요. 난 2027년에 로스앤젤레스 지역에서 험볼트 카운티까지 걸어서 여행했어요, 그래서 알아요. 아주 뼈저리게 잘 알죠."

"그 애 엄마도 길에서 사라졌어요? 죽었나요?"

"그 애 엄마는 죽지 않으려고 도로에서 사라졌어요." 나는 잠시 뜸을 들이다 말을 이었다. "내가 그 애 엄마예요, 니아."

침묵. 혼란. "하지만……."

"당신은 우릴 믿어줬어요. 이제 내가 당신을 믿을 차례예요. 난 길을 떠날 땐 남장을 해요. 그럴 수밖에 없어요. 여자 둘이서 여행을 하면 모두의 표적이 되니까요."

그랬다. 나는 니아가 내 정체를 못 알아봤다고 지적하지 않았고, 내가 이때껏 한 일이 농담인 양 싱글싱글 웃지도 않았다. 니아에게 나의 약점을 드러내면서 내 사정을 이해하고 비밀을 지켜달라고 부탁했다. 부디 잘되기를. 나는 속으로 바랐다. 나에게는 그게 옳은 선택처럼 느껴졌다.

니아는 멍하니 눈을 깜박거리다가 나를 빤히 바라봤다. 이윽고 냄비를 불 위에 놔둔 채 나를 더 자세히 보려고 다가왔다.

"좀처럼 믿기가 힘드네요." 니아가 조그맣게 중얼거렸다.

그 말에 나는 빙그레 웃었다. "하지만 믿잖아요. 난 당신이 알아줬으면 했어요." 그러고는 숨을 깊이 들이쉬고 말을 이었다. "남자라고 해서 도로를 따라 여행하기가 안전한 건 아니에요. 내 딸을 데려간 일당은 내 남편을 죽이고 내가 살던 공동체를 전멸시켰어요. 물론 그 모든 게 신의 이름을 대고 저지른 짓이었죠."

니아는 식탁 앞에 앉아 있던 나의 옆자리에 앉았다. "십자군 말이군요. 소문은 나도 당연히 들었어요. 집 없는 고아에게 머물 곳을 찾아주고…… 마녀를 불태운다더군요, 세상에. 하지만 십자군이 사람들을 마구 죽이고…… 아이들을 납치한다니…… 그런 얘긴 처음 들어요." 하지만 보아하니 니아는 내가 한 짓이 너무나 인상 깊어서 십자군이 한 짓에는 신경 쓸 틈이 없는 모양이었다. "하지만 당신은…… 난 극복이 안 돼요. 지금도…… 지금도 당신이 남자처럼 느껴져요. 무슨 말이냐면……."

"괜찮아요."

니아는 한숨을 쉬더니, 고개를 뒤로 젖히고 슬픈 미소를 띤 채 나를 바라봤다. "아뇨, 안 괜찮아요."

그랬다, 괜찮지 않았다. 그런데도 나는 니아에게 다가가 품에 안고 한참 동안 가만히 있었다. 렌이 그랬듯이 니아 또한 다른 이에게 안겨 있는 시간이, 누군가의 품에서 우는 시간이 필요했다. 너무나 오랫동안 외톨이였으니까. 나 스스로도 놀란 점은, 만약 다른 상황에서 그렇게 됐다면 니아를 데리고 침대로 향했을지도 모른다는 생각이 내 머릿속에 떠올랐다는 것이다. 나는 캠프 크리스천에서 버틴 십칠 개월 동안 아무하고도 몸을 맞대고 싶지 않았다. 반콜레가 그리웠다. 너무나 그리워서 가끔은 거의 몸이 아플 지경이었다. 그리고 여성과 사랑을 나눈다는 생각에 끌려본 적도 없었다. 그런데 이제, 나도 모르는 사이에 그러고 싶은 마음이 싹트기 직전이었다. 니아 역시 내가 그렇게 해주기를 바라다시피 했다. 하지만 내게 필요한 우리 둘의 관계는 그런 것이 아니었다.

나는 니아를 다시 만나고 싶다. 넓고 휑뎅그렁하고 낡은 집에 사는, 이 친절하고 외로운 여성을. 나에게는 니아 같은 사람들이 필요하다. 나는 니아를 만나고 나서야 비로소 나에게 니아 같은 사람들이 얼마나 필요한지 깨달았다. 렌은 내가 해야 하는 일이 뭔지는 잘 알았지만, 그 일을 어떻게 해야 하는지에 대해서는 나만큼이나 아는 것이 없었다. 나는 지금도 어떻게 해야 할지 충분히 알지 못한다. 하지만 이런 일에는 교범 같은 것이 존재하지 않는다. 나는 아마도 죽는 날까지 무엇을 해야 하고 그것을 어떻게 해야 할지 배워가야 할 것이다.

우리는 셋이서 저녁을 먹으며 다시 지구종 이야기를 나눴다. 대개는 교육의 관점에서 이야기했다. 밤이 깊어서 자리를 정리할 무렵, 나는 니아가 시달림당하거나 개종을 강요당하는 느낌을 받을까 봐 걱정하지 않고 지구종이라는 이름을 꺼내기에 이르렀다. 그 집에 하루 더 머무는 동안 나는 니아에게 에이콘과 에이콘의 아이들 이야기를 더 많이 들려줬다. 니아가 울음을 터뜨렸을 때 나는 다시 안아줬다. 니아의 쓸쓸한 입술에 입을 맞추고는, 내 품에서 내보냈다.

나는 스케치를 두 장 더 그리고 각각의 그림에 시를 적었고, 니아로 하여금 에이콘의 아이들을 찾으면 부모와 연락이 닿을 때까지 돌봐주겠다고 우리에게 제안하도록 했다. 나는 내 입으로 제안하지 않고 니아가 알아서 제안하게끔 갖은 애를 썼다. 니아는 거리의 아이들이 손버릇이 나쁘고 폭력적인 경우가 많다며 겁을 냈다. 하지만 에이콘의 아이들은, 적어도 상상만 하는 지금은, 무서워하지 않았다. 나와 인연이 있는 아이들이었는데, 니아가 나와 사흘을 함께 보내고 나서 나에 대한 두려움이 싹 사라졌기 때문이었다. 그토록 완전한 수용과 신뢰가 나에게는 왠지 무척 강렬하게 느껴졌다. 그래서 니아를 두고 떠나기가 힘들었다.

우리가 마침내 그 집을 떠날 무렵, 니아는 렌만큼이나 나와 함께하는 사이가 돼 있었다. 니아는 지구종 시와 그림과 추억에 힘입어 한동안 내가 곁에 있는 것처럼 느낄 것이다. 조만간, 어쩌면 올해가 가기 전에, 니아를 다시 찾아와 안아줘야겠다. 나는 진심으로 그럴 작정이다. 에이콘 출신 아이든 아니든 간에, 집에서 보호하며 가르칠 아이를 니아에게 너무 늦지 않게 한두 명 데려다주고 싶다. 니아는 사명을 맡겨야 하는 나만큼이나 간절하게 스스로도 사명을 갖고 싶어 하니까.

"정말 멋지던데요." 오늘 아침 우리가 다시 길을 나선 후에 렌이 내게 한 말이었다. "당신이 펴는 작전, 재미있게 잘 구경했어요."

나는 렌을 흘깃 봤다. "같이 장단 맞춰줘서 고마워요."

렌은 빙그레 웃다가 문득 표정이 굳었다. "당신은 남들을 유혹해요. 정말이지, 항상 그런 식이죠. 안 그래요?"

"사람들이 내 마음을 사로잡는 거예요. 나는 그런 사람들을 다독여주고요. 그러지 않았다면 지구종은 나한테 아무 의미도 없었을 거예요."

"정말로 그 딱한 여자한테 아이들을 데려다주고 돌보라고 할 거예요?"

"그렇게 할 수 있으면 좋겠어요."

"자기 앞가림도 겨우겨우 하던데요. 집은 태풍이 한 번만 더 불면 무너질 것처럼 생겼고요."

"맞아요. 그것도 손쓸 방법이 있을지 찾아봐야겠어요."

"그럴 만한 돈은 있고요?"

"아뇨, 당연히 없죠. 하지만 누군가 여유 있는 사람이 있을 거예요. 렌, 어떻게 해야 할지는 나도 아직 모르지만, 세상은 아쉬운 사람들로 가득해요. 모두 같은 것을 원하진 않지만, 사명을 원하는 건 누구나 똑같아요. 심지어는 재산이 산더미같이 많은 사람 중에도 사명을 갖고 싶어 하는 사람은 있어요."

"라킨은 어떡하고요?"

"찾을 거예요. 살아만 있으면, 내가 찾을 거예요. 이미 그러겠다고 다짐했어요."

우리는 한동안 말없이 걸었다. 다른 도보 여행자들 몇 무리가 우리 곁을 지나가거나 멀찍이 앞에서, 또는 뒤에서 걷고 있었다. 널따란 고속도로가 부서지고 낡은 모습으로 우리 앞에 기다랗게 펼쳐져 있었지만, 어째선지 위협적이지 않았다. 이제는 그렇지 않았다.

잠시 후, 렌이 팔을 잡기에 그쪽으로 고개를 돌렸다. 함께 걷는 길동무가 있어서 다행이었다. 눈 한 쌍과 손 한 쌍이 더 있어서 다행이었다. 내 이름을 부르는 다른 사람의 목소리가 있어서, 내게 질문하고 요구하고 심지어는 나를 비웃기까지 하는 다른 사람의 뇌가 있어서.

"나한테서 바라는 게 뭐예요?" 렌이 물었다. "내가 어떻게 하면 좋겠어요? 그거 하나는 가르쳐줘요."

"내가 사람들에게 다가가게끔 도와줘요. 나랑 같이 일하면서 도와주는 거예요. 할 일이 아주 많아요."

2035년 6월 21일 목요일

우리 아버지는 낡은 《킹제임스성서》에서 이 구절을 인용하곤 했다. "멸망에 앞서 교만이 나서며 넘어짐에 앞서 거만한 영이 있느니라."* 아버지는 성서 구절을 정확하게 인용하기를 좋아했다.

나는 교만한 탓에 멍이 들고 상처를 입었지만, 그래도 멸망하지는 않았다.

어제 나는 니아를 상대로 한 실험이 성공했으니 포틀랜드까지 걸어서 이동하는 동안 사람들을 계속 모아야겠다고 마음먹었다. 주민들이 낯선 사람을 봐도 놀라지 않을 만큼 적당히 커다란 마을을 걸어서 지나던 도중에, 나는 어느 집 앞에 멈춰서서 빗자루로 포치를 쓸던 여성에게 정원 일을 해줄 테니 식사를 한 끼 내주지 않겠느냐고 물었다. 그 여성은 경고 한마디 없이 현관문을 열고 커다란 개 두 마리를 불러내더니, 우리를 공격하라고 명령했다. 우리는 개에게 물리기 직전에 간신히 그 집 마당을 빠져나왔다. 우리 둘 다 총을 뽑아 들거나 악을 쓰지 않았다는 사실이 흥미로웠다. 알고 보니 렌도 나 못지않게 개를 무서워했으니까. 어젯밤, 렌은 자신의 예전 소유주들이 개를 너무 가까이 풀어놓은 탓에 생긴 흉터 몇 군데를 나에게 보여줬다.

* 《구약성서》의 〈잠언〉 16장 18절.

아무튼, 개 두 마리를 거느린 그 여성은 우리에게 '도둑, 살인자, 이교도, 마녀'라는 욕을 퍼부었다. 우리를 경찰에 신고하겠다고 을러대기도 했다.

"고작 일거리를 달라고 부탁했다는 이유로 말이죠. 그 여자 앞에서 지구종 이야기를 안 꺼낸 게 천만다행이네요!" 렌은 팔에 기다랗고 깊숙이 팬 상처를 닦으며 말했다.

그 여성의 집 나무 대문에 튀어나온 못에 걸리는 바람에 생긴 상처였다. 나는 개들을 보자마자 렌을 대문 바깥으로 밀치고 나도 뒤따라 뛰어나온 다음, 문 아래쪽 판자를 붙잡고 힘껏 당겨 쾅 하고 닫았다. 그저 길고 날카로운 이빨 수십 개가 무서워 간발의 차로 문을 닫았을 뿐, 나를 물지 못해 좌절한 개들이 집 울타리의 나무판자를 물어뜯든 말든 내 알 바 아니었다. 나는 손의 살갗이 벗겨지고 엉덩이에 멍이 들었다. 렌은 긁힌 상처가 심하게 아프고 피도 많이 나서 더럭 겁이 날 정도였다. 나중에 나는 우리 둘이 함께 먹을 파상풍 치료용 알약을 샀다. 바가지를 쓰고 산 약이었지만, 우리 둘 다 최신 예방 접종을 하지 않은 상태였다. 불필요한 위험은 피하는 것이 최선이었다.

"대체 무슨 일을 겪었기에 저런 짓까지 서슴없이 하는지 궁금하네요." 오늘 오전에 걸으면서 내가 렌에게 한 말이었다.

"그 여잔 제정신이 아니었어요. 그게 다예요."

"그게 다일 리는 없죠." 내가 말했다.

그리고 오늘 낮에는 어느 농장의 여성이 라이플총을 들고 우리를 쫓아냈다. 나는 하루나 이틀쯤 전도를 쉬기로 마음먹었다. 가게 주인 한 명은 우리에게 그 일대에서 재럿의 십자군이 활개를 친다고 얘기해줬다. 십자군은 부랑자를 잡아들이고, 마녀와 이교도를 색출하고, 도로를 따라 떠도는 이방인이 얼마나 위험하고 사악한지 경고함으로써 그 일대 주민들을 전반적으로 공포에 빠뜨렸다.

가게 주인이 분통을 터뜨리는 광경은 보는 재미가 쏠쏠했다. 그는 십자군이 장사를 망친다고 했다. 십자군이 고속도로에서 온 고객들을 붙잡아 목줄을 채우거나 겁을 줘서 쫓아 보내고 동네 고객들은 겁을 주는 바람에, 단골을 잔뜩 잃었다는 말이었다. 주로 가게에서 멀리 떨어진 곳에 사는 주민들이었다. 그들은 상품의 품질이나 가격은 아랑곳하지 않고 되도록 집에서 가까운 가게에서 사야 한다는 교훈을 얻었다.

"재럿은 자기 부하인 십자군을 자신조차 통제할 수 없다고 얘기하더군." 주인 남자가 말했다. "다음 선거에서는 그 망할 놈들을 진작 들어갔어야 할 교도소에 처넣는 후보한테 투표할 거야!"

제21장

살아남으려면,
과거에서
배워야 한다.
과거의 관습에서,
투쟁에서,
지도자와 사상가에게서.
그러한 과거에서
도움을 구하라.
그들에게서 영감을,
경고를,
힘을 얻어라.
그러나 명심하라,
변화가 곧 하느님이다.
과거는 과거다.
전에 있었던 것은
다시 오지 못한다.

살아남으려면,
과거를 알아야 한다.
과거와 손잡아라.
그런 다음
과거를
놓아줘라.

—《지구종: 산 자들의 책》에서

나에게 어머니에 관해 사실대로 얘기해줄 마음이 마크 삼촌에게 과연 있었을지 모르겠다. 삼촌이 그러려고 했을 것 같지는 않다. 삼촌은 내 어머니가 죽었다는 얘기를 번복한 적이 한 번도 없고, 나는 삼촌이 거짓말을 한다고 의심한 적이 한 번도 없으니까. 나는 삼촌을 사랑했고 믿었고 완전히 신뢰했다. 내가 어떻게 지내는지 알고 나서 삼촌은 나에게 자기와 함께 살면서 교육을 더 받으라고 했다. "넌 영리한 아이야. 그리고 내 가족이고. 내 하나뿐인 가족. 난 네 엄마를 돕지 못했어. 너는 돕게 해주렴."

나는 그러겠다고 대답했다. 고민하고 말고 할 것도 없었다. 나는 일을 그만두고 뉴욕에 있는 삼촌의 여러 집들 중 한 채에 가서 살았다. 삼촌은 가사 도우미와 가정교사를 고용해줬고, 케이시와 매디슨은 여력이 있어도 허락하지 않았을 대학 교육을 받을 수 있게끔 원격 컴퓨터 학습 과정에도 등록시켜줬다. 케이시는 내게 이렇게 말하곤 했다. "넌 여자애잖아! 집을 깨끗하고 단정하게 유지하는 법하고 하나님을 섬기는 법만 알면 충분해!"

마크 삼촌 때문에 교회에도 다시 나갔다. 적어도 내 몸은, 크리스천 아메리카 교회로 돌아갔다. 나는 뉴욕 주 북부에 있는 삼촌의 별장에 살면서 일요일이면 교회에 출석했다. 왜냐하면 삼촌이 내게 바라는 일이었고, 나 또한 교회 출석이 더없이 익숙했기 때문이었다. 나는 교회에 가는 게 편했다. 다시 성가대에서 노래했고 자선 활동에도 정기적으로 참여했다. 교회 부속 요양원에 가서 노인들을 돌보는 일이었다. 그런 일을 다시 하다 보니 오래 신어서 편해진 신발에 다시 발을 넣는 것처럼 마음이 편했다.

하지만 솔직히 말하면, 내가 일찍이 지녔던 믿음은 이미 송두리째 사라진 후였다. 내가 믿으며 자란 교회는 양부모에게서 독립했다는 이유만으로 내게 등을 돌렸는데, 그들은 어째선지 나를 좋아하는 법조차 배우려 하지 않은 사람들이었다. 사랑은 고사하고 말이다. 강하고 단결된 나라를 만들려는 선량한 크리스천 아메리카 신도 부부에게 걸맞은 훌륭한 행동이었다.

많이 생각하고 역사에 관한 책도 많이 읽은 끝에, 나는 차라리 남부럽잖게 살아가면서 남들을 친절하게 대하는 사람이 되기로 마음먹었다. 크리스천 아메리카 교회나 가톨릭교회, 루터 교회 같은 것은 신경 쓰지 않는 편이 차라리 나았다. 각각의 교파는 자기네 믿음이 진리이고 그것만이 유일한 진리이며 자기네 신자들은 천국에서 복을 누리는 반면에, 다른 이들은 모조리 지옥에 떨어져 영원한 고통에 시달린다고 생각하는 듯했다.

하지만 교회는 단순히 종교에만 머물지 않았다. 교회는 공동체였다. 그것도 내가 속한 공동체. 나는 거기서 벗어나고 싶지 않았다. 벗어났다가는 어마어마하게 외로울 것 같았고, 실제로 그랬다. 사람은 누구나 무언가의 일부로 살아야 하니까.

역사학 석사 학위를 받을 무렵, 나는 어차피 문자 그대로의 천국이나 지옥은 눈곱만큼도 믿지 못했다. 우리 힘으로는 기껏해야 서로 돌봐주고 우리 스스로 이 지상에 만들어놓은 갖가지 지옥을 깨끗이 치우는 정도가 고작인 듯싶었다. 이는 내가 보기에 그 어떤 개인이나 집단에게도 상당한 큰일 같았고, 크리스천 아메리카 교회가 열중하는 한 가지 좋은 일이기도 했다.

나는 뉴욕 주 북부에 있는 마크 삼촌의 집에서 계속 살았다. 석사 학위를 딴 후에는 박사 학위 과정을 시작했다. 그리고 드리마스크 시나리오도 쓰기 시작했다. 드리마스크 인터내셔널이 내가 혹시나 하는 마음에 써서 보낸 시나리오 몇 편에서 가능성을 보고 나에게 일을 맡긴 것이다.

이제 나는 마크 삼촌 덕분에 어릴 적에 간절히 탐냈던 드리마스크 시나리오 녹음기를 갖게 됐다. 이로써 원하는 것이 있으면 사실상 뭐든 자유롭게 만들 수 있었다. 나는 작업할 때 에이샤 비어라는 필명을 사용했다. 알렉산더 부부하고는 어떠한 관계도 맺고 싶지 않았지만, 그렇다고 마크 삼촌과 혈연이라는 이유로 두란이라는 성을 쓰려니 마음이 불편했기 때문이다. 당시에 나는 두란이 내 외가 쪽 성인 줄 알았다. 친가 쪽 성인 '반콜레'는 내게 아무 의미도 지니지 못했는데, 왜냐면 마크 삼촌이 내 아버지 테일러 프랭클린 반콜레에 관해 별로 가르쳐주지 않았기 때문이다. 나는 아버지가 의사였고 내가 태어났을 때 이미 나이가 아주 많았다는 얘기밖에 듣지 못했다. 나에게 이름은 에이샤 비어로 충분했다. 그 이름은 곧 내가 특정한 초기 마스크가 인기 있던 시절에 태어났다는 시간적 단서였지만, 그래도 상관없었다. 드리마스크 사용자들도 그 이름을 좋아하는 편이었으니까.

나는 집에서 마스크 창작과 박사 학위 공부를 병행했는데, 얼마나 태평스럽게 공부했던지 서른두 살이 돼서도 학위 과정을 마치지 못했다. 일은 즐거웠고, 마크 삼촌이 신도들에게서 벗어나 가족이 주는 소속감을 만끽하러 나를 찾아왔을 때 함께 시간을 보내는 것도 즐거웠다. 나는 행복했다. 결혼하고 싶은 사람을 만난 적은 한 번도 없다. 사실, 나는 닮고 싶다는 생각이 드는 부부를 본 적이 한 번도 없었다. 세상 어딘가에는 행복하게 사는 부부도 있을 테지만, 내가 아는 부부들에게서는 혼자가 되는 것이 두렵기 때문에, 아니면 한쪽이 다른 쪽의 고치기 힘든 습관이기 때문에 서로 참고 견디는 사람들이라는 느낌이 났다. 모든 부부가 케이시와 매디슨처럼 무미건조하고 추악한 사이로 살지 않는다는 것은 나도 알고 있었다. 그 사실을 머리로는 알았지만, 마음속으로는 케이시의 차갑고 모진 불만과 매디슨의 축축하고 조그만 손에서 벗어나지 못할 것만 같았다.

반면에 마크 삼촌은 남자를 선호하는 자신의 성적 지향을 공개적으로 밝힌 적이 없을 뿐 이미 드러낸 셈이었지만, 교회가 동성애는 죄라고 가르쳤기 때문에 그 교리에 따라 사는 길을 택했다. 그래서 삼촌 곁에는 아무도 없었다. 적어도 내가 알기로는, 아무도 없었다. 겉만 보면 암울하지만, 우리가 저마다 선택한 삶이었다. 그리고 우리에게는 서로가 있었다. 우리는 가족이었다. 그 정도면 충분해 보였다.

그러는 동안 어머니는 나보다 먼저 낳아서 가장 많은 사랑을 쏟은 첫째 아이, 즉 지구종에게 정신이 팔려 있었다.

어찌된 일인지 우리 가족은, 아니면 적어도 나는 점점 세를 넓히는 지구종 운동에 별 관심을 갖지 않았다. 그들은 분명히 존재했다. 크리스천 아메리카와 다른 교파들이 아무리 애써봤자 이단은 늘 존재했다. 하긴, 지구종은 특이한 집단이기는 했다. 그들은 과학 탐구 및 연구 활동에, 또 창의적 기술 개발에 자금을 댔다. 처음에는 초등학교를 세우더니 나중에는 대학까지 세우고 가난하지만 재능 있는 학생에게 전액 장학금을 지원했다. 장학생들은 이후 칠 년 동안 교사로 일하든가, 의사로 일하든가, 아니면 저마다 지닌 그 밖의 기술을 발휘해 여러 지구종 공동체의 생활을 개선하겠다고 약속해야 했다. 궁극적으로는 공동체가 별을 향해 출발하게끔, 또 그 별들 주위를 도는 머나먼 행성에서 살아가게끔 돕는 것이 그들의 목표였다.

"어떤 사람들인지 좀 아세요?" 나는 지구종에 관한 뉴스와 기사를 몇 건 읽거나 듣고 나서 마크 삼촌에게 물었다. "진심일까요? 다른 행성으로 이주하겠다는 게? 세상에, 그렇게 불편하게 살고 싶으면 그냥 남극으로 가는 게 낫지 않을까요?"

그러자 삼촌은 놀랍게도 입을 꾹 다물고 시선을 돌렸다. 삼촌이 웃음을 터뜨릴 줄 알았는데.

"그 사람들은 진심이야." 삼촌이 말했다. "켄타우루스자리 알파성으로 날아가기만 하면 인류의 모든 문제가 해결될 거라고 믿는 애잔하고 터무니없고 현혹된 사람들이지."

그 말에 나는 웃음을 터뜨렸다. "자기들을 태워갈 비행접시라도 날아올 건가 보죠?"

삼촌은 알 바 아니라는 듯이 어깨를 으쓱했다. "그 사람들은 구제 불능이야. 신경 쓸 것 없어."

당연히 삼촌 말대로 하지는 않았다. 나는 평소에 시간을 보내던 인터넷 사이트들은 내버려두고 지구종에 관해 조사하기 시작했다. 진지하게 한 일은 아니었다. 내가 알아낸 것들로 뭔가 할 작정은 아니었지만, 그래도 궁금했다. 게다가 잘하면 마스크 시나리오에 쓸 아이디어가 생길지도 몰랐다. 내가 알아낸 바에 따르면 지구종은 누구나 환영하고 모두를 기꺼이 활용하는 부유한 종교 집단이었다. 토지와 학교, 농장, 공장, 상점, 은행을 보유했을 뿐 아니라 마을 몇 군데는 아예 통째로 소유했다. 게다가 유명한 사람도 많이 소속된 모양이었다. 변호사, 의사, 언론인, 과학자, 정치인, 심지어 국회의원도 있었다.

그런데 그들 모두가 켄타우루스자리 알파성으로 날아가고 싶어 했을까?

물론 그렇게 간단한 문제는 아니었다. 하지만 솔직히, 나는 지구종에 관한 자료를 읽으면 읽을수록 그들을 더 경멸하게 됐다. 이 지구에는 해결할 문제가 산더미 같았다. 아픈 사람이 그렇게 많고 굶주리는 사람과 가난한 사람도 그렇게나 많은데, 세상은 그토록 괴로운데도, 터무니없는 일에 어마어마한 돈과 시간과 노력을 허비하는 부유한 단체가 있었다. 정말이지 터무니없게도!

그러던 중에 나는《지구종: 산 자들의 책》을 발견했고, 로런 오야 올라미나의 이미지와 정보를 접했다.

어머니에 관한 글을 읽고 어머니의 모습을 보고 나서도, 나는 아무것도 눈치채지 못했다. 어머니의 모습을 보고 '와, 나랑 비슷하게 생겼네'라고 생각한 적이 한 번도 없었다. 어머니가 실제로 나를 닮은 얼굴을 하고 있었는데도. 아니, 정확히는 내가 어머니를 닮은 얼굴을 하고 있었다. 내 눈에 보이는 거라곤 시선을 사로잡는 눈빛에 멋진 미소를 지닌, 키가 큰 중년 흑인 여성이 다였다. 왠지 내가 마음이 끌려서 좋아하고 신뢰할 타

입의 사람으로 보였고…… 그래서 두려웠다. 그래서 대번에 싫어하고 불신하게 됐다. 기껏해야 사이비 종교의 교주일 뿐이었다. 당연히 매혹적으로 보일 만도 했다. 하지만 나를 매혹시킬 일은 없었다.

그리고 그건 다 어머니의 이미지에 대한 나의 반응일 뿐이었다. 그녀가 그토록 부자인 것도, 그토록 황당무계한 종교에 추종자들을 끌어들인 것도 당연했다. 그녀는 위험한 사람이었다.

《로런 오야 올라미나의 일기》에서

2035년 7월 29일, 일요일

여기는 포틀랜드다.

나는 사람을 몇 명 더 모았다. 그들은 나와 함께 여행할 만한 부류도, 약탈의 표적이 되기 쉬운 마을에서 나와 함께 살 만한 부류도 아니다. 안정된 가정이 있는 사람들이다. 또는, 그런 가정이 필요한 사람들이다.

예컨대 아이시스 두아르테 노먼은 불타서 무너진 옛 호텔 자리와 강변 사이에 있는 공원에 산다. 그곳에 아이시스의 판잣집이 있다. 지붕은 비닐 시트로 덮었다. 저녁에 공원에 들르면 어김없이 아이시스가 눈에 띈다. 낮에는 다른 여성들의 집을 청소하는 일을 한다. 그 일을 해서 번 돈으로 끼니를 때우고 자기 몸과 중고로 산 옷을 깨끗이 유지한다. 고단한 삶이지만, 아이시스에게는 할 수 있는 한 가장 남부끄럽지 않은 삶이다. 아이시스는 마흔세 살이다. 스물세 살 때 결혼했던 남자는 육 년 전 아내를 버리고 열네 살짜리 여자애에게 갔다. 그 집 하인의 딸이었다.

"그 애는 정말로 예뻤어요." 아이시스가 말했다. "남편이 안 건드리고는 못 배길 게 뻔했죠. 난 스스로를 지킬 힘이 없었던 것처럼 그 애를 지키는 것도 역부족이었지만, 그래도 남편이 그 애를 택하고 나를 내쫓을 거라고는 상상도 못 했어요."

그는 그렇게 했다. 그리고 아이시스는 육 년 동안 노숙을 하며 거의 절망 속에서 살았다. 스스로 목숨을 끊을 생각도 해본 적이 있다고 했다. 단념한 까닭은 오로지 두려움 때문이었다. 제대로 죽지 못할 수도 있다는, 장애를 입고 고통과 굶주림 속에 천천히, 지겹도록 느리게 죽어갈지도 모른다는 두려움이었다. 어쩌면 그렇게 될 수도 있었다. 포틀랜드는 드넓고 북적이는 도시다. 로스앤젤레스나 베이 에어리어 지역만큼은 아니지만, 그래도 거대하다. 사람들은 자기 방어 차원에서 서로 못 본 척한다. 알고 보니 이 점은 유용하기도 하고 섬뜩하기도 했다. 우리가 만난 건 아이시스가 일하는 집에 내가 들렀기 때문이었다. 그러지 않았다면 아이시스는 나에게 말을 걸 엄두조차 내지 못했을 것이다. 그때는 사정상 내가 뒷마당 청소를 다 마치면 아이시스가 식사를 차려서 나에게 가져다줘야 했다.

아이시스는 경계하는 기색을 띤 채 음식을 내왔다. 그러다가 뒷마당을 보고는 일을 잘했다며 나를 칭찬했다. 우리는 잠시 얘기를 나눴다. 나중에 내가 집까지 바래다줬는데, 이 때문에 아이시스는 긴장했다. 그때 나는 다시 남자로 행세하는 중이었으니까. 알고 보니 여성 노숙인으로 길거리에서 살아가기란 불편하고 위험한 일이었다. 다른 사람들은 잘 버텨나갔다. 어째선지 나는 그러지 못했다.

나는 아이시스의 판잣집 안을 보지 않고 그냥 돌아왔다. 사람들에게 너무 부담을 주지 않는 것이 좋기 때문이었다. 렌의 말마따나 사람들을 매혹하는 것이 최선이었다. 그날 이후로 나는 아이시스를 몇 차례 만났다. 대화를 나누고 시를 읽어주면서 관심을 끌었다. 아이시스에게는 할머니 밑에서 자라는 아직 십대인 두 아이가 있기 때문에, 자기 뜻과 무관하게 미래가 어떻게 될지에 신경을 쓸 수밖에 없다. 나는 아이시스에게 입주 보모 일자리를 소개해서 제대로 된 집에 살게 해줄 생각이다. 시간은 좀 걸리겠지만, 그렇게 할 작정이다.

한편 조엘 엘퍼드와 어마 엘퍼드는 내가 직접 만나 포섭한 사람들이다. 그들 부부는 포틀랜드에 막 도착한 나를 고용해 차고와 울타리를 페인트칠하고 정원도 조금 손보도록 했다. 나는 렌과 함께 먼저 풀을 베고 줄지어 자란 밭작물을 수확한 다음, 잡풀이 이미 들판처럼 무성하게 자라기 시작한 집 뒷마당을 깨끗이 정리했다. 그러고는 먼지가 다 가라앉을 때까지 기다렸다가 차고를 페인트칠했다. 울타리는 이튿날 손볼 예정이었다. 그 일로 현금이 생길 거라는 생각에 우리는 기분이 좋아졌다. 렌은 마음에 드는 동료다. 일을 빨리 배우고, 끝없이 불평하고, 아무리 오래 걸리는 일도 멋지게 해내기 때문이다. 대부분의 경우에는 즐겁게 일한다. 불평은 그저 렌의 단점 가운데 하나일 뿐이다.

그러던 중에 조엘과 어마가 자신들과 함께 식사하자며 우리를 초대했다. 나는 어마의 초상화를 재빨리 스케치해 주의를 끈 다음, 초상화에 시를 함께 적어 넣었다. 앞서 어마가 관심을 드러냈던 환경 문제를 통해 접근할 생각으로 쓴 시였다.

자연에는
이질적인 것이 하나도 없다.
자연은
존재하는 모든 것이다.
지구와
그 위에 사는 모든 것이다.
우주와
그 속에 있는 모든 것이다.
결코 쉬지 않는
하느님이다.
흐름을 거슬러 오르려 분투하거나
흐름을 따라 떠내려가는
당신이고,

나이며,
우리이자,
저들이다.

재작년에 어머니를 여읜 탓인지, 어마는 장례식 추도사에 포함된 다음의 구절에도 감동한 것처럼 보였다.

우리는 죽은 자들을
과수원과
밭에 묻는다.
우리는 죽은 자들을
생명에게 내준다.

우리는 뜻밖의 구경거리였고, 엘퍼드 부부는 그런 우리를 신기하게 여겼다. 그래서 우리가 집 뒤편 화장실에서 몸을 씻고 배낭에서 더 깨끗한 옷을 꺼내어 갈아입도록 허락해줬다. 그러고는 우리를 식탁 앞에 앉히고 푸짐한 식사를 대접한 다음, 이것저것 묻기 시작했다. 어디로 가는 중인지? 집은 있는지? 가족은? 없다고? 그럼 언제부터 노숙인으로 살았는지? 날씨가 매서워지면 어떻게 묵을 곳을 구하는지? '바깥'에서 살면 무섭지 않은지?

렌이 대화를 꺼리는 것처럼 보였기 때문에 처음에는 내가 우리 둘 몫의 질문에 모두 대답했고, 그러면서 평범한 답변 사이사이에 지구종 시를 거의 비슷한 빈도로 끼워 넣었다. 어마가 이렇게 묻기까지는 오랜 시간이 걸리지 않았다. "무슨 책에서 인용하는 거예요?" 뒤이어 이렇게 물었다. "무슨 책인지 좀 보여줄래요? 처음 듣는 내용이라서 그래요." 그리고 이렇게도. "이 책은 불교 경전인가요? 아냐, 불교는 아니에요. 난 지금보다 좀 더 어렸을 때 불교 신자가 되기 직전까지 갔었거든요." 어마는 서른일곱 살이다. "아주 단순하고 짤막한 시네요. 되게 직설적이고요. 그치만 어떤 구절은 아름답기도 해요."

"이해해주길 바라거든요." 내가 말했다. "저는 사람들이 쉽게 이해하도록 돕고 싶어요. 언제나 잘되는 건 아니지만, 그래도 저는 진심으로 노력했어요."

어마는 내가 바라던 그대로의 반응을 보여줬다. "직접 쓴 거예요? 당신이요? 정말요? 그럼 이것 좀 가르쳐주세요, 여기 47쪽을 보면……."

엘퍼드 부부는 말수가 적고 아이가 없는 중년으로, 방어벽으로 둘러싸인 전용 거주지를 마련할 여유가 있는데도 일부러 소박한 중산층 동네를 택해 살고 있다. 두 사람은 자신들을 둘러싼 세상에 관심을 갖고 나라의 앞날을 걱정했다. 집 안 이곳저곳에 있는 아름답고 값비싼 소품들을 보면 그들이 얼마나 부유한지가 드러난다. 은과 크리스털로 만든 골동품 식기 세트, 가죽 표지로 장정한 오래된 책, 그림 등이 있었고, 신식 기술을 가미한 것으로는 전 지구적 전화망 시스템이 있었다. 렌의 말에 따르면 그 시스템에는 최신형 가상 체험실도 딸려 있었다. 그들은 자기네 집에 머문 채로 시각을 비롯한 모든 감각을 이용해 지구상의 어느 곳이든, 또는 프로그래밍된 상상의 장소 가운데 어느 곳이든 직접 간 것과 똑같이 체험할 수 있었다. 그런데도 우리에게 관심을 갖고 대화를 나눴다.

하지만 조심해야 했다. 엘퍼드 부부는 사는 것이 지루해서 별난 구경거리와 사명, 둘 다에 목마른 상태인지도 몰랐지만, 그렇다고 해도 바보는 아니었다. 그들 앞에서는 아이시스 같은 사람을 대할 때보다 더 솔직해져야 했다. 나는 그들에게 내 사연을 거의 다 들려줬고, 내가 무엇을 하고자 하는지도 가르쳐줬다. 두 사람은 내가 용감하고, 순진하고, 황당무계하면서도…… 재미있다고 했다. 동정심과 호기심을 느낀 그들 부부는 우리에게 집 뒤편에 있는 손님용 별채에 머물러도 좋다고 했다.

이튿날, 우리가 울타리 페인트칠을 다 마치자 엘퍼드 부부는 우리가 할 만한 자잘한 일을 더 찾아냈고, 우리가 그 일을 하는 동안 이따금 말을 걸었다. 그리고 우리 쪽에서 말을 걸어도 상대해줬다. 둘은 좀처럼 우리에게 흥미를 잃지 않았다.

"저 사람들한테 뭘 부탁할 거예요?" 그날 밤, 다시 별채로 돌아와 쉴 준비를 할 때 렌이 물었다. "알잖아요, 저 사람들은 이미 당신한테 넘어왔어요. 본인들은 아직 못 알아차렸지만."

나는 고개를 끄덕였다. "저 사람들은 할 일이 간절히 필요해요. 어떤 진정한 사명에 목마른 상태인 거죠. 아마 자기들이 알아서 뭔가 하겠다고 제안할 거예요. 본인들이 먼저 제안하면 기분도 더 좋겠죠. 통제권이 자기들한테 있다고 느낄 테니까. 나중에 저 사람들이 앨리를 받아주면 좋겠어요. 이 손님용 별채가 앨리하고 저스틴이 살기에 딱이니까요. 앨리가 나무토막 몇 개하고 간단한 연장 몇 개로 뭘 만드는지 보면, 저 사람들도 기꺼이 받아들일 거예요. 그리고 아이시스한테 앨리를 소개해줘야겠어요. 둘이 잘 어울릴 거라는 예감이 들거든요."

"저 부부는 당신을 위해 자발적으로 유혹당한 셈이군요."

렌의 말에 나는 고개를 끄덕였다. "우리를 만나서 골칫거리만 떠안겼던 수많은 다른 사람들을 생각해봐요. 간절하고 열의 있는 사람을 가끔이나마 만나니 다행이죠."

그리고 물론, 나는 내 동생을 다시 찾았다. 그러고 보니 그 얘기는 하고 싶지 않았던 것 같다.

마크는 포틀랜드의 대형 노숙자 쉼터 중 한 곳에서 설교를 하며 쉼터 운영을 거드는 한편으로, 크리스천 아카데미의 신학교에도 다니고 있었다. 정식으로 안수를 받은 목사가 되려고 하는 것이다. 그 애는 나를 보고도 기뻐하지 않았다. 나는 몇 번이나 그 애의 설교를 들으러 가서 만나고 싶다는 쪽지를 남기고 왔다. 그 애가 고집을 꺾기까지 이 주가 걸렸다.

"내가 동북부 끄트머리의 미시간 주까지 달아나도 누나는 끝끝내 따라오겠지." 마크가 인사말 삼아 건넨 말이었다.

우리는 마크가 사는 아파트 건물에서 만났다. 아파트보다는 커다란 기숙사에 더 가까운 건물이었다. 마크는 방에 외부인을 들이는 것이 금지됐기 때문에 로비 바로 옆의 널따란 식당에서 나와 만났다. 깨끗하고 어둑하고 장식 없이 수수한 식당은 짝이 맞지 않는 나무 테이블과 의자만 잔뜩 있을 뿐, 다른 것은 하나도 없었다. 벽은 어두운 회녹색이었고 회색 타일 바닥은 여기저기 닳아서 나무 바닥이 드러나 있었다. 우리는 그 식당에 단둘이 앉아서, 따뜻한 계피 사과 차라는 음료를 마셨다. 자판기에 돈을 넣고 컵을 꺼내어 맛을 보니 단맛이 살짝 나는 미지근한 물이었다. 실내의 조명은 수가 적은 데다 밝기도 약하고 띄엄띄엄 달려 있어서, 식당에는 그 이상은 불가능할 정도로 음산하고 축 처진 분위기가 감돌았다.

"중요한 건 하나님을 섬기는 일이야." 내 동생이 말했고, 나는 그제야 내가 주위를 둘러보며 소리 없는 품평을 너무 노골적으로 했다는 것을 알아차렸다.

"미안. 네가 여기 있고 싶으면, 있어야지. 다만 난…… 난 네가 조카 생각을 조금만 해줬으면 좋겠어."

"그렇게 겸손한 척하지 마! 그 앨 찾고 싶으면 어떻게 해야 하는지는 내가 이미 가르쳐줬잖아!"

크리스천 아메리카에 가담하라는 말이었다. 나는 부르르 몸서리가 쳐졌다. "못 해. 난 그렇게는 못 해. 만약 쿠거가 지금 여기 있다면, 넌 그자 밑으로 다시 들어갈 수 있겠어? 그냥 직업일 뿐이라는 이유로? 그자의 부하가 될 수 있어?"

"이거랑 그건 다른 문제야!"

"나한테는 똑같아. 쿠거가 너한테 한 짓을 크리스천 아메리카의 십자군이 나한테 했으니까. 다른 점이 있다면 내가 더 오래 당했다는 거야. 그리고 십자군이 배교자 집단이라는 말은 내 앞에서 꺼내지도 마. 그렇지 않으니까. 그자들은 노숙인 쉼터와 똑같이 크리스천 아메리카의 한 부분이야. 에이콘에서 우릴 강간하고 우리에게 전기 충격을 줬던 놈을 나중에 다시 목격했어. 그때 그놈은 유리카 쉼터에서 무장 경비대원으로 일하고 있었어."

마크가 벌떡 일어섰다. 나에게서 멀어지고 싶은 마음이 어찌나 다급했던지, 하마터면 의자를 뒤로 넘어뜨릴 뻔했다.

"나한테도 드디어 원하는 걸 가질 기회가 생겼어. 그걸 누나가 망치게 놔두진 않을 거야!"

"난 지금 너 때문에 이러는 게 아니야." 내가 말했다. 자리에 앉은 채로. "마크, 난 너한테도 아이가 있었으면 좋겠어. 그럼 아무것도 모르는 내 심정을 너도 이해할 테니까 말이야. 그 애가 어디 있는지, 잘 지내는지, 그런 건 고사하고 아예…… 아예 살아 있는지 어떤지도 모르는 내 심정을 말이야. 그저 알기라도 하면 좋을 텐데!"

마크는 몹시도 오랫동안 내 앞에 버티고 서서, 내가 밉다고 말하는 듯한 눈빛으로 나를 내려다봤다. "내가 보기에 누나는 아무것도 못 느끼는 것 같아."

나는 놀라서 마크를 멍하니 올려다보며 말했다. "마크, 지금 내 딸이……."

"누나는 마땅히 걱정해야 한다고 생각해서 걱정하는 척하는 거야. 어쩌면 아예 걱정하고 싶어 하는지도 모르지만, 그래도 실제로는 안 해."

마크가 나를 때렸을 때가 차라리 더 나았던 것 같다. 앉아서 그 애를 올려다보는 것 말고는 아무 반응도 할 수가 없었다. 눈에서 눈물이 뚝뚝 떨어졌지만, 그때는 미처 알아차리지 못했다. 그저 얼어붙은 것처럼 가만히 앉아서 멍하니 올려다볼 뿐이었다.

잠시 후, 동생은 돌아서서 걸어가버렸다. 눈물에 젖어 반짝이는 얼굴을 하고서.

그때 나는 그 애를 미워하고 싶었다. 좀처럼 잘되지 않았지만, 그래도 그렇게 하고 싶었다.

"하여튼 남동생이란 것들은!" 렌은 무슨 일이 있었는지 나에게서 듣고 나서 그렇게 중얼거렸다. 엘퍼드 부부네 집 별채에서 내가 돌아오기를 기다린 렌은 내 얘기에 귀를 기울이면서 아마도 자기 경험에 비춰 받아들인 모양이었다.

"그 애한테는 모든 게 내 잘못이어야 해요." 내가 말했다. "크리스천 아메리카가 나한테 한 짓을 아직도 차마 인정하질 못하거든요. 만약 그자들이 정말로 그런 짓을 저질렀다면 자기가 그곳에 함께 머물 수 없으니까, 그자들은 결백하고 어떤 식으로든 다 내 잘못이라고 결론지은 거죠."

"왜 그 사람을 두둔해요?" 렌이 따지듯 물었다.

"두둔하는 게 아니에요. 난 그 애가 실제로 그렇게 느낀다고 생각해요. 그 애는 나를 두고 가면서 울었어요. 나한테 눈물을 들키지 않으려고 했지만, 난 봤어요. 그 애는 나를 쫓아버리지 않으면 꿈을 이루지 못해요. 그 애가 유일하게 원하던 꿈을 이루는 방법을 크리스천 아메리카가 가르쳐주고 있으니까요……. 목사가 되는 거 말이에요. 우리 아버지처럼."

렌은 한숨을 쉬며 고개를 가로저었다. "그래서 어떻게 할 건데요?"

"글쎄요……. 어쩌면 엘퍼드 부부가 뭔가 제안해줄지도 모르죠."

"맞아요, 그 사람들…… 당신이 나간 사이에 어마가 와서 자기 친구들하고 얘기해볼 생각 없느냐고 물어봤어요. 파티를 열 거라는데, 아마 당신 같은 사람이 자기 집에 있는 걸 자랑할 생각인가 봐요."

"무슨 그런 농담을!"

"당신이 할 거라고 이미 얘기해뒀어요."

나는 일어서서 창가로 걸어가 밤하늘을 배경으로 시커멓게 보이는 배나무를 바라봤다. "난 말이죠, 내 딸만 찾으면요, 내 인생도 아주 멋지게 펼쳐진다고 생각할 거예요."

2035년 9월 16일 일요일

갖은 애를 쓴 끝에 마침내 마크를 다시 만났다.

나에게 마크는 지구상에 유일하게 남은 혈육인지도 모른다. 그런 그 애를 적으로 삼고 싶지는 않다.

"약속해줘, 혹시라도 라킨을 찾으면 보살펴주겠다고." 내가 말했다.

"어떻게 그 정도도 안 해주겠어?" 마크는 여전히 어느 정도는 쌀쌀맞은 표정으로 물었다.

"잘 지내길 바랄게, 마크. 난 언제나 그랬어. 넌 내 동생이고, 난 널 사랑하니까. 그동안 많은 일이 있었지만 그래도 난 널 사랑할 수밖에 없어."

마크는 한숨을 쉬었다. 우리는 그 애가 사는 건물의 널따랗고 우중충한 식당에 다시 앉아 있었다. 이번에는 다른 사람들도 뜨문뜨문 앉아서 늦은 점심이나 이른 저녁을 먹고 있었다. 대부분 남자였고 젊은 사람과 늙은 사람, 혼자 온 사람과 단체 손님들이 섞여 있었다. 개중에는 못마땅해 보이는 표정으로 나를 보는 남자도 있었다.

"크리스천 아메리카가 나한테 어떤 의미인지 누나는 죽어도 모를 거야." 마크의 목소리는 앞서보다 더 부드러웠다. 이제 그 애가 덜 멀게 느껴졌다.

"나도 당연히 알지. 내가 여기에 온 것도 널 이해하기 때문이야. 넌 크리스천 아메리카 교회의 목사가 될 테고, 난 네 이교도 누나가 되겠지. 그건 견딜 수 있어. 내가 견디기 힘든 건 너의 적이 되는 거야. 그렇게 되는 건 결코 바라지 않아."

잠시 후에, 마크가 말했다. "우린 적이 아니야. 누나는 내 누나야. 그러니까 나도 누나를 사랑해."

우리는 악수를 나눴다. 전에 마크와 악수한 적이 있었던 것 같지는 않았지만, 왠지 그 애가 기꺼이 감당할 만한 접촉은 그 정도인 듯싶었다. 적어도 당장은.

앨리와 저스틴은 눌러살 예정으로 포틀랜드에 왔다. 나는 앨리에게 전화해 내가 남긴 돈을 조금 헐어서 조지 가족에게 주고 이곳까지 올 차편을 부탁하도록 했다. 엘퍼드 부부는 두 사람이 별채에 살아도 좋다고 허락했다. 렌과 나는 다른 후원자의 집 차고 위에 있는 방으로 옮겨서 지냈다. 그 후원자는 엘퍼드 부부의 친구다.

나는 그 사람들을 그렇게 여기기로 했다. 후원자. 우리는 그들의 집에서 여러 무리를 상대로 강연을 한다. 토론을 이끌며 지구종의 진리를 가르치기도 한다. 내가 '우리'라고 하는 까닭은 렌이 차츰 더 적극적으로 참여하기 때문이다. 렌은 언젠가는 혼자서 가르칠 테고, 어쩌면 누군가 훈련시켜 조수로 삼을

지도 모른다. 이 글을 적고 있으려니 렌이 이미 혼자만의 길을 떠나기라도 한 것처럼 그립다. 내가 새로 훈련시켜야 할 또 한 명의 어린 회의주의자가 이미 내 곁에 있기라도 한 것처럼.

엘퍼드 부부와 그 친구들, 그리고 그 친구들의 친구들을 통해 우리는 동네 곳곳의 가정집과 작은 강당에 와서 강연해달라는 요청을 받았다. 나는 진지한 사람, 그리고 지구종의 가르침을 들으며 자신이 받아들일 수 있는 것과 원하는 것, 자신에게 필요한 것 등을 감지해내는 사람이 무리마다 한 명, 어쩌면 두 명씩은 꼭 있다는 것을 발견했다. 이들이야말로 우리가 세울 첫 번째 학교의 주춧돌이다.

에이콘에서 교회와 학교가 같은 곳이었던 것은 우연이 아니다. 그 둘은 단지 건물만 같이 썼던 것이 아니다. 같은 기관이었다. 지구종의 숙명이 아득히 먼 신화 속 낙원 이상의 의미를 지니려면, 지구종은 단순한 신앙 체계를 넘어 삶의 방식이 돼야 한다. 아이들은 그 방식을 따르며 자라야 한다. 어른들에게는 지구종을 자주 상기시키고, 지구종에 다시금 집중케 하고, 지구종을 향해 나아가도록 권고해야 한다. 양쪽 모두 현재 자신의 행동이 숙명을 완수하는 데 어떻게 기여하는지, 또는 어떻게 기여하지 않는지 이해해야 한다. 우리가 지구종 아이들을 대학에 보낼 시기가 오면, 그 아이들은 단순히 전공 공부가 아니라 숙명을 완수하는 데도 헌신해야 한다. 만약 그렇게 한다면, 아이들이 택하는 전공은 어떤 것이든 숙명 완수의 도구가 될 것이다.

2035년 9월 30일 일요일

트래비스와 나티비다드가 살 집을 찾았다. 나는 그들 부부에게 몇 번이나 전화를 걸었지만, 아무도 받지 않았다. 내내 마음에 걸렸던 두 사람과 마침내 어젯밤에 연락이 닿았다. 그들은 새크라멘토에서 몇 킬로미터 떨어진 곳의 무허가 빈민촌에 살았다. 원래는 에이콘 아이들 가운데 일부가 목격됐다는 소문을 듣고 찾아간 곳이었다. 소문은 사실이 아니었지만, 두 사람은 돈이 바닥나고 말았다. 그곳에 머물며 농사일을 하는 수밖에 없었다. 작고 형편없는 판잣집과 식사를 제공하는 것 외에는 보수가 거의 없는 일자리라서 버티기가 힘들었다.

그들은 모라 자매와 새로 태어난 그들 자매의 아기를 데리고 이곳으로 올 것이다. 나는 그 부부에게 아이들을 되찾아주지는 못하지만, 생계를 유지할 만한 일자리와 남부끄럽잖게 살 집을 마련해줄 수는 있다. 그들은 우리의 첫 번째 학교가 될 커다란 집에서 살 것이다. 그 집의 소유주는 내 후원자 중 한 명이다. 그 사람이 나에게 들려준 마법의 주문은 바로 이것이었다. "내가 뭘 해주면 될까요? 뭐가 필요해요?"

우리에게 뭐는 필요하지 않을까!

그 집은 더글러스 부부와 모라 가족이 열심히 손봐야 할 커다랗고 텅 빈 껍데기다. 페인트칠, 수리, 조경, 울타리 치기, 전부 다. 하지만 2층에는 대가족이 살기에 충분한 거주 공간이 있고 1층에는 강의 및 작업에 사용할 공간이 있다. 집은 여러 면에서 새로운 출발점이 될 것이다. 그리고 집주인들은 시 당국과 주 정부 양쪽에 친척이 있다. 재럿의 십자군조차 그들을 건드리지 않는 편이 낫다는 것을 배웠을 정도다.

그리고 다음 달부터 렌과 나는 시애틀 지역의 몇몇 가정에 초대받아 강의할 예정이다.

2035년 11월 13일 화요일

드디어 해리가 내 설득을 못 이기고 북쪽으로 오기로 했다. 도중에 우연히 만난 피게로아 가족도 함께 온다고 한다. 해리는 안타깝게도 친자식인 타비아나 러셀은 찾지 못했지만, 그 대신 고아 셋을 거뒀다. 그 아이들을 발견한 곳은 산루이스오비스포 바로 북쪽의 도로였다. 아이들 엄마는 트럭에 치여 숨졌다. 그 광경을 본 해리는 곧바로 아이들에게 갔다. 요즘 들어 낮 시간의 도로에 차가 점점 더 많아진다. 걸어 다니는 일 또한 점점 더 위험해진다.

뺑소니 사고는 끔찍했지만, 내가 보기에 해리는 그 사고를 계기로 자신에게 필요한 것을 얻은 듯싶다. 해리가 지켜줄 아이들, 해리를 필요로 하는 아이들, 겁먹었을 때면 달려와 해리의 손을 잡을 아이들 말이다. 해리와 자라는 대가족을 만들고 싶다고 입버릇처럼 말했다. 해리는 정말로 좋은 아빠다. 그 애를 위해 시애틀에 교사 일자리를 찾아뒀다. 마음만 먹으면 그 일도 잘 해낼 것이다.

호르헤 조가 식구들을 데리고 이곳으로 오는 중이다. 호르헤와 다이아몬드의 일자리도 이미 포틀랜드에 마련해뒀다.

이제 피게로아 가족이 일할 곳을 찾아봐야 한다.

나는 내가 드디어 해냈다고 믿는다. 내 삶에서 배울 만큼 배웠으니, 마침내 지구종이라는 씨앗을 뿌리는 일에 본격적으로 착수해도 좋다고 믿는다. 어쩌면 이런 말을 하기에는 아직 이른지도 모르지만, 그래도 진짜라는 느낌이 든다. 나는 그 느낌이 진짜라고 믿는다.

나는 엘퍼드 부부에게 《지구종: 산 자들의 책》을 인터넷에 무료로 공개해도 좋다고 허락했다. 그 책으로 돈을 벌 생각은 애초에 하지도 않았다. 그저 누가 그 책을 가져다 내용을 바꿔 다른 신을 섬기는 도구로 삼거나, 새로운 유형의 선동에 써먹을까 봐 두려웠다. 조엘 엘퍼드는 그런 사태를 피하는 가장 좋은 방법은 접속 가능한 모든 네트워크에 내 이름을 걸고 책을 공개하는 것이라고 했다. 물론 저작권은 누가 그 책을 심각하게 오용하려 하는 경우의 법적 대비책으로 마련해뒀을 뿐이다.

"당신은 스스로가 가진 게 뭔지 잘 모르는 것 같군요." 조엘이 내게 한 말이다.

나는 놀라서 조엘을 보다가 그가 진심으로 그렇게 말했다는 것을 깨달았다.

“그리고 아주 많은 사람이 이 책을 원하리라는 것도 모르고요.” 조엘의 말이 이어졌다. “난 이 책을 미국의 여러 대학교와 소규모 자유 도시에서 운영하는 네트워크에 집중적으로 알렸어요. 그런 도시 중에는 대학교가 자리 잡은 곳이 많거든요. 이 책은 전 세계로 퍼져 나갈 텐데, 그래도 내가 말한 그런 곳에서 특히 관심을 더 많이 받을 거예요.”

나는 빙긋 웃는 조엘을 보고 물었다. “어떤 결과가 나올 것 같아요?”

“사람들의 이야기가 들리기 시작할 거예요. 감당하기 힘들 만큼 많은 관심이 당신한테 쏟아지겠죠.” 조엘의 표정이 냉정해졌다. 그러곤 이어서 말했다. “그걸로 당신이 뭘 하느냐가 중요해요. 조심하도록 해요.”

어마는 조엘보다는 더 나를 믿어줬다. 조엘은 계속 나를 지켜봤다. 몹시도 흥미로운 눈빛으로 지켜봤다. 그는 마치 탄생의 순간을 지켜보는 것 같다고 했다.

2035년 12월 30일 일요일

이때껏 여행을 했다.

나에게는 새로울 것 없는 일이지만, 이번 여행은 다르다. 이번에는 그 책 덕분에 대학 내 모임 및 다른 단체의 초청을 받아 여행했고, 그래서 여행 경비와 강연료도 지급받았다. 당연히 할 일을 하는 것뿐인데 돈까지 주다니, 얼음에게 차갑다는 이유로 돈을 주는 것과 조금 비슷한 느낌이 든다.

그리고 비행기를 타고 다녔다. 비행기라니! 나는 걸어서 미국 서부 해안 지대를 거의 다 돌아다녔는데, 이제는 비행기를 타고 내륙 지역과 동부 해안 지대 대부분을 돌아다닌다. 이제껏 델라웨어 주 뉴어크와 펜실베이니아 주 클래리언, 뉴욕 주 시러큐스까지 비행기를 타고 가봤다. 다음 행선지는 오하이오 주 털리도와 미시간 주 앤아버, 위스콘신 주 매디슨, 아이오와 주 아이오와시티다.

"첫 순회강연치고는 괜찮네요." 출발 전에 조엘이 내게 해준 말이었다. "당신이 관심을 모으리란 걸 알았어요. 사람들은 새롭고 희망찬 것에 목말라 있으니까요."

나는 겁이 나서 죽을 것만 같았다. 비행기를 타기가 무서웠고, 수많은 낯선 사람 앞에서 말하는 것도 무서웠다. 엉뚱한 쪽의 관심을 끌면 어떡하지? 렌은 이 경험을 어떻게 받아들일까? 나는 렌도 걱정됐다. 렌은 나보다 더 겁을 먹은 것 같았는데, 특히 비행기 타는 것을 두려워했다. 나는 쓰지 않아도 될 돈을 써가며 우리 둘이 입을 말쑥한 옷을 샀다.

그러고 나서 조엘과 어마의 커다란 차를 타고 공항까지 갔다. 그들 부부가 즐기는 사치 한 가지는 신형 방탄 무장 차량을 모는 것이었다. 정말이지, 그 차는 민간용 구더기였다. 좋은 동네에 있는 멋진 집 한 채와 맞먹을 만큼 비싼 데다 어찌나 무시무시하게 생겼는지, 아까운 시간을 차량 탈취에 허비하는 어리석은 사람들은 충분히 겁을 먹을 만했다.

"총은 한 번도 쏜 적이 없어요." 어마는 자기 총을 보여주며 말했다. "난 총을 안 좋아하거든요. 무서워서요. 하지만 총 없이 살면 더 무서워요."

그리하여 렌과 나는 지금 강연을 하며 지구종 워크숍을 운영하고 있다. 우리는 수고비를 경화로 지불받고, 식사도 잘 대접받고, 안전한 고급 호텔에 머문다. 게다가 사람들은 우리를 환영하고, 우리 이야기에 귀를 기울인다. 심지어는 뭔가 믿음의 대상이 될 만한 것에 굶주린 사람들, 힘들지만 스스로 뛰어들어 추진할 만큼 보람 있는 목표에 굶주린 사람들도 우리를 진지하게 받아들인다.

한편으로는 비웃음을 사기도 했고, 논쟁에도 휘말렸고, 야유를 받는가 하면, 지옥 불에 타죽을 거라는 위협도 받았다. 아니면 총을 맞고 죽거나. 하지만 재럿이 표방하는 유형의 신앙과 재럿이라는 사람 자체가 요즘은 점점 더 인기를 잃어간다. 언뜻 보면 양쪽 모두 돈벌이에 좋지 않고, 미국 헌법에도 좋지 않고, 국민 대부분에게도 좋지 않다. 원래부터 그랬지만 이제는 공개적으로 거리낌 없이 그렇게 말하는 사람이 점점 더 늘어간다. 십자군은 일부 사람들에게 겁을 줘서 입을 다물게 했지만, 그 밖의 사람들에게는 화만 잔뜩 나게 했다.

그리고 이제, 나는 이 나라가 전부터 겪고 있는 지독한 하락세에 관해 걱정할 만큼 삶에 여유가 생긴 사람이 점점 많아진다고 느낀다. 2020년대에는 사람들이 아팠거나, 굶주렸거나, 따뜻한 보금자리를 지키느라 정신이 없거나 했기 때문에 자신만의 절박한 사정 이상을 고민할 시간도 여력도 갖지 못했다. 하지만 이제는 당장의 의식주를 해결할 만큼은 여력이 생긴 덕분에 사람들은 차츰 주위를 둘러보며 현실이 더디게 변화하는 것에, 또한 전쟁을 벌이고 십자군을 만드느라 변화의 속도를 더욱 늦추는 재럿에게 불만을 품는다. 만약 우리가 전쟁에서 이겼다면 상황이 달라졌을지도 모르겠다.

아무튼, 그렇게 불만을 품은 이들 가운데 일부는 자기네가 원하고 필요로 하는 것을 지구종에서 찾는다. 그들이 바로 내게 다가와 이렇게 묻는 사람들이다. "제가 뭘 하면 되죠? 전 믿어요. 이제 뭘 도와드리면 될까요?"

그렇게 나는 사람들에게 다가가기 시작했다. 유리카에서 시애틀을 거쳐 시러큐스까지 이르는 동안 어찌나 많은 이들에게 다가갔던지, 설령 내가 내일 당장 살해당한다고 해도 그들 가운데 일부는 숙명을 배우고 가르치며 계속 추구해갈 것이다. 지구종은 계속 이어질 것이다. 더 자라날 것이다. 우리를 강하고, 결단력 있고, 적응력 있는 사람으로 충분히 성장시킨 다음,

이로써 숙명을 완수케 할 것이다.

가끔은 일이 틀어질 때도 있다는 것을 나는 안다. 인간이 만든 다른 제도가 다 그렇듯이, 종교도 완벽하지는 않으니까. 하지만 지구종은 본질인 사명을 완수할 것이다. 지구종은 우리를 우리 힘만으로 됐을지도 모르는 가장 나은 존재보다 더 나은 존재로 거듭나게 할 것이다. 그리고 그 일에 성공하면, 지구종은 우리에게 종種 차원의 생명보험 같은 것을 제공할 것이다. 내가 살아서 그 성공을 볼 수 있으면 좋겠다. 별들 사이에 뿌리내리러 가는 이들 중에 나도 포함되면 좋겠다. 나로서는 내 딸 라킨이 가기를 바라는 수밖에 없다. 아니면 그 애의 아이가, 아니면 마크의 아이라도.

앞날이 어떻게 되든 간에, 목숨이 붙어 있는 한, 나는 쉬지 않고 일하고, 설교하고, 사람들을 숙명으로 인도할 것이다. 지구종을 공유하는 것이야말로 나의 유일하고 진실한 사명임을 오래전부터 알았으니까.

에필로그

지구종은 성인기다.
우리 힘으로 날갯짓을 시도하여,
어머니 곁을 떠나,
성인으로 거듭나는 것이다.

이제껏 우리는 아이로 살며,
젖이 가득한 가슴과,
아늑한 품과,
부드러운 무릎을 차지하려 다투었다.
그것은 아이들이 하는 행위이다.
그러나 지구종은 성인기다.

성인기는 즐겁기도 하고 슬프기도 하다.
그 시간은 두렵다.
그 시간은 힘을 준다.
이제 우리는 성인으로 거듭났다.

우리는 지구종이다.
그리고 지구종의 숙명은
별들 사이에 뿌리내리는 것이다.

—《지구종: 산 자들의 책》에서

결국에는 마크 삼촌이 내 유일한 가족이었다.

나는 케이시와 매디슨을 두 번 다시 만나지 않았다. 그들이 늙어서 형편이 어려워졌을 때는 돈을 부쳐주고 돌볼 사람도 고용해줬지만, 다시는 그들을 찾아가지 않았다. 그들은 나에게 의무를 다했고 나는 그들에게 의무를 다했을 뿐이다.

마침내 나와 상봉했을 때, 내 어머니는 여전히 떠돌이로 살았다. 어머니는 어마어마한 부자였다. 적어도 지구종은 어마어마한 부를 축적했다. 하지만 어머니는 자기 집이 없었다. 임대 아파트 한 칸조차 없었다. 어머니는 여러 친구들과 지원자들의 집, 또 미국과 캐나다, 알래스카, 멕시코, 브라질 등지에 직접 세우거나 세우도록 장려한 지구종 공동체를 이곳저곳 돌아다니며 살았다. 그러면서 계속 가르치고, 설교하고, 자금을 모으고, 자신의 정치적 영향력을 넓혔다.

나와 만났을 때, 어머니는 애디론댁 산맥에 위치한 뉴욕 지구종 공동체를 방문한 참이었다. 그곳의 이름은 '적가문비나무'라는 뜻의 '레드스프루스Red Spruce'였다.

사실, 어머니는 휴양을 하러 레드스프루스에 갔다. 몇 달 동안 쉬지 않고 여행하며 강연했기 때문에 조용히 사색에 잠길 장소가 필요했던 것이다. 내가 그 사실을 아는 까닭은 어머니를 만나려 했을 때 사람들이 내게 거듭 얘기해줬기 때문이다. 공동체가 어머니의 사생활을 어찌나 철통같이 보호했던지, 나는 한동안 어머니를 영영 못 만날지도 모른다는 두려움을 느끼기도 했다. 내가 읽은 기사에 따르면 어머니는 보통 수행원 한둘과 함께 여행했고 가끔은 경호원을 대동할 때도 있었지만, 그때는 공동체의 모든 구성원이 어머니를 경호하기로 작정한 것 같았다.

그때 나는 서른네 살이었고, 어머니를 간절히 만나고 싶었다. 친구들과 마크 삼촌네 집의 가사 도우미는 그 카리스마 있고 위험한 사이비 종교 교주가 나와 꼭 닮았다고 얘기했다. 나는 그런 말을 그저 한 귀로 흘려듣곤 했는데, 그러다가 로런 올라미나의 삶을 조사하던 중에 그녀에게 아이가, 그것도 딸이 하나 있었고, 그 딸이 에이콘이라는 초기 지구종 공동체에서 납치됐다는 사실을 알게 됐다.

올라미나가 공인한 그녀의 전기에 따르면 그 에이콘이라는 공동체는 2030년대에 재럿의 십자군에게 파괴당했다. 그곳 주민들은 일 년이 넘게 십자군 아래서 노예로 살았고, 아직 사춘기를 맞지 않은 아이들은 모조리 납치당했다. 그 아이들 대부분은 두 번 다시 사람들의 눈에 띄지 않았다.

크리스천 아메리카 교회는 올라미나가 제기한 비난을 처음 인지했던 2040년대에 이런 내용을 부인하고 올라미나와 지구종을 고소했다. 당시는 재럿이 이미 사망한 후였지만, 그럼에도 그 교회는 여전히 권세를 누렸다. 소문에 따르면 재럿은 대통령 임기를 한 번 마치고 나서 과음으로 사망했다고 한다. 분노한 사업가 집단과 알캐 전쟁에 반대하는 시위대, 표현의 자유를 보장하는 수정헌법 1조의 옹호자 등이 연합해 2036년 대선에서 재럿의 재선을 막으려고 분투했다. 그들은 크리스천 아메리카 교회가 저지른 초창기의 마녀 화형 사건 가운데 몇몇 건을 폭로함으로써 그 싸움에서 승리했다. 재럿은 2015년부터 2019년 사이에 사람들을 색출해 산 채로 불태워 죽이는 일에 직접 가담했던 것으로 보인다. 당시에 기승을 부리던 '역병'은 그러한 행위의 구실이자 위장 수단이었다. 재럿 패거리는 매춘부나 마약 거래상, 마약 중독자 등의 혐의를 받는 사람들을 불태워 죽였다. 게다가 지나치게 열의가 넘쳤던 나머지 일부 죄 없는 사람들까지 덩달아 불태웠다. 그렇게 죽은 이들은 성매매나 마약과 아무런 관계도 없었다. 그런 일이 일어났을 때 재럿의 부하들은 부인하거나, 협박하거나, 테러 행위를 더 많이 저지르거나, 때로는 희생자 유족에게 돈을 쥐여주는 식으로 자기네가 저지른 '실수'를 덮었다. 마크 삼촌은 몇 년 전에 그 사건을 직접 조사했고, 그것이 사실이라고 말했다. 사실이고 슬프고 그릇된 일이자, 결국에는 지엽적인 일이라고 했다. 삼촌은 재럿이라는 사람 자체는 잘못을 범했을지언정 그의 가르침은 옳았다고 말한다.

아무튼 크리스천 아메리카 교회는 '거짓' 비난을 퍼부었다는 이유로 올라미나를 고소했다. 올라미나도 교회를 맞고소했다. 그러다가 갑자기, 아무런 설명도 없이, 크리스천 아메리카 교회가 소송을 취하하고 올라미나와 합의했고, 보도되지는 않았지만 소문에 따르면 엄청난 거액을 합의금으로 지급했다. 그 많은 일이 일어났을 때 나는 아직 알렉산더 부부의 보호 아래 자라던 어린애였고, 그래서 당시에는 아무 소식도 듣지 못했다. 세월이 흐른 후에 지구종과 올라미나에 관해 조사하기 시작했을 때, 나는 내가 찾은 사실을 어떻게 받아들여야 할지 알 수가 없었다.

그래서 마크 삼촌에게 전화했고, 대놓고 물어봤다. 그 여자가 내 어머니일 가능성이 조금이라도 있는지를.

전화기의 조그만 모니터에 비친 마크 삼촌의 얼굴은 얼어붙은 듯 딱딱하게 굳더니, 이내 축 처지는 것처럼 보였다. 문득 삼촌이 쉰다섯 살인 실제 나이보다 훨씬 더 늙어 보였다. "그 질문의 답은 집에 가서 들려주마." 삼촌은 그렇게 말하고 전화를 끊었다. 그러고 나서는 내 전화를 받지 않았다. 전에는 내가 거는 전화를 피한 적이 한 번도 없었는데. 단 한 번도.

이제 어떻게 해야 할지, 또 누구에게 물어봐야 할지 알 수 없었기에, 나는 인터넷에 접속해 로런 올라미나가 강연을 하거나 모임을 열 만한 곳이 어디인지 찾아봤다. 놀랍게도, 나는 그녀가 내가 살던 곳에서 100킬로미터도 떨어지지 않은 레드스프루스에서 '휴양' 중이라는 사실을 알게 됐다.

그러자 갑자기, 그녀를 만나지 않고는 배길 수가 없었다.

나는 로런 올라미나에게 전화를 걸어보지 않았고, 마크 삼촌의 명성에 기대거나 몇몇 인기 있는 마스크의 제작자인 나의 이름을 대고 접촉해보지도 않았다. 무작정 레드스프루스를 찾아가 그곳 숙소에 방을 빌린 다음, 그녀를 찾기 시작했다. 지구종은 격식에 지나치게 얽매이지 않는다. 누구나 그들의 공동체를 방문할 수 있고 숙소에 방을 빌릴 수도 있다. 방문객은 공동체 구성원인 친척을 만나러 오거나, 집회를 비롯한 행사에 참석하러 오거나, 아예 지구종에 가입하러 와서 처음 일 년을 수습 기간으로 삼고 머물기도 한다.

나는 숙소 관리자에게 내가 올라미나의 가족인지도 모르는데 혹시 그녀와 만날 약속을 잡으려면 어떻게 해야 하는지 아느냐고 물었다. 숙소 관리자에게 물어본 까닭은 사람들이 그를 '형성자'라고 부르는 걸 들었는데, 전에 읽은 자료에 그 호칭이 '목사'나 '사제'와 비슷한 경칭이라고 나와 있었기 때문이다. 만약 그가 공동체의 목사라면 나를 올라미나에게 직접 소개해줄지도 몰랐다.

어쩌면 가능할지도 몰랐지만, 그는 거절했다. 그는 내게 올라미나 형성자는 매우 지친 상태이기 때문에 방해하면 안 된다고 했다. 정 만나고 싶거든 그녀가 주관하는 집회에 참석하든가, 캘리포니아 주 유리카의 본부에 전화해 약속을 잡으라고 했다.

나는 사흘이나 그 공동체에서 서성거린 끝에 올라미나에게 내 메시지를 전해줄 용의가 있는 사람을 만났다. 올라미나를 보지는 못했다. 그녀가 공동체 안의 어느 곳에 머무는지조차 누구 한 사람 가르쳐주려 하지 않았다. 그들은 정중하고 단호하게 올라미나를 나에게서 보호했다. 그러다가 느닷없이 그녀를 둘러싼 벽이 무너졌다. 어떤 수행원을 만났는데, 그가 내 메시지를 전해준 것이다.

나를 도와준 전달자는 야윈 체격에 머리가 갈색인 젊은 남성으로, 이름이 에디슨 볼터라고 했다. 나는 어느 날 아침 숙소 식당에서 그를 처음 만났다. 그때 우리는 각자 다른 테이블에 혼자 앉아서 베이글을 먹고 사과 사이다를 마셨다. 나는 아직 귀찮게 군 적이 없는 사람이라는 이유로 그에게 대뜸 말을 걸었다. 그때는 볼터라는 성이 내 어머니에게 어떤 의미인지 알지 못했고, 그 남자의 양아버지가 어머니의 가장 친한 친구인 것도 알지 못했다. 그저 다른 사람들과 달리 나를 무시하지 않고 내 말에 귀를 기울이는 사람이 있어서 안도했을 뿐이다.

"이번 여행에선 제가 그분의 수행원이에요." 에디슨이 내게 말했다. "그분께선 저도 이제 혼자 여행을 할 준비가 다 됐다고 하시지만, 전 상상만 해도 겁이 나서 죽겠어요. 성함은 누구시라고 전해드릴까요?"

"에이샤 비어예요."

"예? 혹시 드리마스크를 만드시는 에이샤 비어 씨세요?"

나는 고개를 끄덕였다.

"작품 멋지던데요. 제가 전해드릴게요. 마스크에 그분을 넣고 싶으세요? 그런데 그분하고 정말 많이 닮으셨어요. 생김새가 더 부드러워진 그분 같아요."

그 말을 남기고 에디슨은 사라졌다. 그는 말도 빠르고 행동도 빨랐지만 어째선지 서두르는 것처럼 보이지는 않았다. 그와 올라미나는 전혀 닮지 않았는데도 비슷한 구석이 있었다. 생각해보니 그가 대번에 마음에 들었다. 올라미나를 처음 봤을 때 나도 모르게 느꼈던 것과 똑같은 호감이었다. 호감 가는 사이비 종교 신자가 또 한 명 나타나다니. 깨끗하고 풍광 좋은 산속 마을 레드스프루스가 실은 요사스러운 색을 띤 뱀 떼의 소굴이라는 느낌이 들었다. 그곳은 유독한 장소였다.

이윽고 에디슨 볼터가 돌아와 나를 올라미나에게 데려다주겠다고 했다. 올라미나는 나이가 쉰 줄이었다. 내가 자료에서 읽고 기억하는 바로는 쉰여덟 살이었다. 무려 역병기 이전인 2009년에 태어났다. 세상에. 그녀는 늙었다. 하지만 머리가 희끗희끗한데도, 늙어 보이지는 않았다. 커다랗고 억센 사람으로 보였고, 비록 표정은 푸근하고 친근할지언정 아주 살짝 무서운 사람으로 보이기도 했다. 키는 나보다 조금 더 컸고 조금 더 야윈 것도 같았다. 생김새는…… 엄격해 보이지는 않았지만, 표정을 조금만 바꿔도 엄격해 보일 듯싶었다. 적으로 삼고 싶은 사람으로 보이지 않았다. 그리고 물론, 나 역시 알아볼 수 있었다. 올라미나의 생김새는 나와 비슷했다.

올라미나와 나는 오랫동안, 아주 오랫동안 가만히 서서 서로 마주 봤다. 한참 후에 그녀가 내게 다가와 내 왼손을 잡더니, 손을 돌려 주먹 관절 바로 아래에 있는 점 두 개를 확인했다. 그 손을 뿌리치고 싶은 충동이 일었지만 가까스로 참았다.

올라미나는 한참 동안 점을 보다가 말했다. "이것 말고 점이 또 있을 거예요……. 바로 여기, 가장자리가 비죽비죽한 검은색 반점이 있죠?"

그녀는 블라우스에 가려진 내 왼쪽 어깨의 목 근처 자리에 손을 댔다.

이번에는 뒤로 물러나 그 손길에서 벗어났다. 그럴 마음은 없었지만, 몸에 남의 손이 닿는 것이 싫었다. 비록 내 어머니일지 모르는 낯선 사람의 손이라고 해도.

"맞아요, 그렇게 생긴 반점이 있어요."

"그렇군요." 올라미나는 나직이 말했고, 그러면서도 나에게서 눈을 떼지 않았다. 잠시 후에 그녀가 말했다. "앉자. 나랑 같이 여기 앉아. 넌 내 아이야, 내 딸이야. 난 알아."

나는 그녀와 소파에 나란히 앉지 않고 다른 의자에 따로 앉았다. 올라미나는 마음을 열고 따뜻하게 맞아줬지만, 나는 왠지 그래서 더욱 뒤로 물러나고 싶었다.

"이제 막 알게 된 거니?" 그녀가 물었다.

나는 고개를 끄덕이고 대답하려 했지만, 나도 모르게 자꾸만 말을 더듬고 버벅거렸다. "제가 여기 온 이유는…… 어쩌면…… 당신에 관한 정보를 찾아봤는데요, 호기심이 생겼어요. 그러니까, 지구종에 관한 자료를 읽었는데, 사람들이 제가 당신을 닮았다고 해서, 그래서…… 그게, 전 입양됐거든요, 그래서 궁금했어요."

"양부모님이 계셨구나. 그분들이 잘 보살펴주셨니? 이때껏 어떻게 살았어? 무슨 일을……." 올라미나는 말을 멈추고 숨을 길게 들이쉰 다음, 잠시 양손으로 얼굴을 가린 채 고개를 가로젓더니 이내 짧은 웃음을 터뜨렸다. "전부 다 알고 싶어! 네가 정말로 나타나다니 믿을 수가 없구나. 난……."

그녀의 널따랗고 검은 뺨에 눈물이 주르륵 흘러내렸다. 그녀가 내 쪽으로 몸을 숙였다. 나는 그녀가 나를 안고 싶어 하는 것을 알아차렸다. 올라미나는 사람들을 자주 안아줬다. 사람들의 몸을 만지기도 했다. 그녀가 케이시 알렉산더와 매디슨 알렉산더의 아이로 자라지 않았기 때문이었다.

나는 그녀의 시선을 피해 눈을 돌리고 편안한 자세를 찾아 몸을 꿈지럭거렸다. 내가 앉은 의자에서, 내 피부 속에서, 내가 새로 얻은 정체성 속에서.

"유전자 지문 분석을 해볼 수 있을까요?" 내가 물었다.

"그래. 오늘 하자. 당장." 그녀는 주머니에서 휴대전화를 꺼내어 어딘가로 전화를 걸었다. 일 분도 지나지 않아 온통 파란색 옷만 입은 여성이 조그만 플라스틱 가방을 들고 나타났다. 그 여성은 우리의 피를 각각 조금씩 뽑은 다음, 가방에서 꺼낸 휴대형 진단기에 넣고 분석했다. 그 장치는 올라미나의 전화기와 비슷할 정도로 크기가 작았다. 하지만 장치에서 유전자 지문 두 점이 튀어나오기까지는 채 일 분도 걸리지 않았다. 대략적이고 불완전한 지문이었지만, 둘 사이의 여러 차이점과 명백하게 일치하는 지점들은 내 눈에도 훤히 보였다.

"두 분은 서로 가까운 친족이에요." 그 여성이 말했다. "딱 봐도 누구나 짐작할 테지만, 이제 확실한 사실이 됐네요."

"우린 모녀 사이예요." 올라미나가 말했다.

"그랬군요." 파란 옷을 입은 여성이 맞장구쳤다. 그녀는 나이가 어머니 또래이거나 손위로 보였다. 억양으로 보아 푸에르토리코 출신 같았다. 검은 머리에는 새치 한 올 보이지 않았지만, 얼굴은 주름이 져서 늙어 보였다. "저도 들었어요, 형성자님. 잃어버린 따님이 계시다고요. 그런데 이제 찾으셨군요."

"이 아이가 저를 찾은 거예요." 내 어머니가 말했다.

"변화가 곧 하느님이죠." 여성은 그렇게 말하고는 자기 장비를 챙겼다. 그런 다음 우리를 두고 가기 전에 어머니와 포옹했다. 내 쪽을 돌아보기는 했지만 나하고는 포옹하지 않았다. "잘

왔어요." 그 여성은 부드러운 목소리에 에스파냐어를 실어 그렇게 말한 다음, 앞서 한 말을 되풀이했다. "변화가 곧 하느님이에요." 그러고 나서 자리를 떴다.

"하느님을 빚으세요." 어머니가 응답 삼아 속삭인 그 말은 반사적인 반응 같으면서도 종교적으로 들렸다.

뒤이어 우리 둘의 대화가 시작됐다.

"부모가 있었어요." 내가 말했다. "케이시 알렉산더와 매디슨 알렉산더 부부였죠. 저는…… 우리는, 잘 지내질 못했어요. 열여덟 살이 되고 나서는 만난 적도 없을 정도로요. 그 사람들이 그러더군요. '결혼도 안 한 몸으로 집을 나갈 거면 다시는 돌아오지 마!' 그래서 안 돌아갔어요. 그러고 나서 마크 삼촌을 만났고, 결국에는……."

어머니는 자리에서 일어서더니, 몹시도 꽉 막힌 사람처럼 딱딱한 표정으로 나를 내려다봤다. 그 표정은 마치 내가 자기 안으로 들어오지 못하게 차단하는 듯했고, 나는 그 표정이 혹시 어머니의 본모습인지 궁금했다. 어머니는 오로지 대중을 속일 목적으로 다정하고 개방적인 사람인 척했던 걸까?

"언제?" 어머니는 표정만큼이나 차가운 말투로 내게 따지듯 물었다. "마크를 언제 만났어? 그 애가 네 삼촌인 건 언제 알았는데? 어떻게 찾은 거야? 얘기해봐!"

나는 어머니를 물끄러미 올려다봤다. 어머니는 잠시 나를 마주 보다가, 이내 다른 곳으로 걸음을 옮겼다. 그렇게 창문 쪽으로 가더니 잠깐 동안 바깥의 산을 바라봤다. 그러고는 다시 돌아와 아무리 봐도 아까보다는 더 차분해진 눈빛으로 나를 내려다봤다.

"네가 어떻게 살았는지 얘기해주렴." 어머니가 말했다. "내가 어떻게 살았는지는 기사에 많이 나왔으니까 너도 조금은 알 거야. 하지만 난 네 삶에 관해 아무것도 몰라. 얘기해주렴."

정신이 나간 것처럼, 나는 그렇게 하고 싶지 않았다. 나는 어머니 앞에서 도망치고 싶었다. 어머니는 상대를 빨아들이는 사람, 제대로 알 기회도 주지 않고 상대를 자기처럼 만들어버리는 사람, 그러고 나서야 비로소 자신의 본모습이 어떤지 보여주는 부류의 사람이었다. 어머니는 수백만 명이나 되는 사람에게 우주로 날아갈 거라는 확신을 심어줬다. 그 사람들은 켄타우루스자리 알파성으로 떠날 우주선을 기다리며 어머니에게 얼마나 많은 돈을 바쳤을까? 정말이지, 나는 어머니를 좋아하고 싶지 않았다. 아까 언뜻 본 추악한 인격이 어머니의 본모습이기를 바랐다. 어머니를 경멸하고 싶었다.

그러기는커녕, 나는 어머니에게 내가 어떻게 살아왔는지 얘기해줬다.

그러고 나서 우리는 함께 저녁을 먹었다. 어머니와 나, 단둘이서. 하인이나 경호원, 아니면 그 집의 안주인일 수도 있는 여성이 우리가 먹을 음식을 쟁반에 담아 들고 왔다.

뒤이어 어머니는 내가 태어났을 때의 이야기와 아버지 이야기, 내가 납치당했을 때의 이야기를 들려줬다. 그 이야기를 어머니에게서 듣고 있으려니 인간미 없는 문자 기록물로 읽을 때와 다른 느낌이 들었다. 나는 귀 기울여 듣다가 그만 울음을 터뜨리고 말았다. 도저히 참을 수가 없었다.

"마크가 너한테 뭐라고 하던?" 어머니가 물었다.

나는 어떻게 대답해야 좋을지 몰라 망설였다. 그러다 결국, 그럴싸한 거짓말이 생각나지 않아 사실대로 얘기했다.

"삼촌은 엄마가 죽었다고 했어요……. 엄마와 아빠 둘 다 돌아가셨다고요."

어머니의 입에서 신음이 흘러나왔다.

"삼촌은…… 삼촌은 저를 돌봐줬어요. 제가 대학에 가도록, 또 좋은 집에서 살도록 보살펴줬어요. 삼촌하고 저는…… 그러니까, 우린 가족이에요. 서로를 찾기 전까지 우리한텐 아무도 없었어요."

어머니는 물끄러미 나를 바라볼 뿐이었다.

"삼촌이 왜 나한테 엄마가 죽었다고 했는지 모르겠어요. 어쩌면 삼촌은 그냥…… 외로웠나 봐요. 모르겠어요. 삼촌하고 저는, 친하게 잘 지냈어요. 처음 만났을 때부터요. 전 지금도 삼촌의 별장에 살아요. 이제는 제가 살 곳을 마련할 여유 정도는 있지만, 아까 얘기했잖아요. 우린 가족이라고요."

나는 잠시 입을 다물었다가, 그때껏 내가 한 번도 인정하지 않았던 것을 내 입으로 얘기했다. "있잖아요, 전 삼촌을 만나기 전까진 누가 저를 사랑한다고 느껴본 적이 없어요. 그리고 삼촌이 저를 사랑해주기 전까진 저도 누굴 사랑해본 적이 없었던 것 같아요. 삼촌은…… 사랑을 돌려줘도 안전하다는 걸 저한테 가르쳐줬어요."

"네 아빠랑 나는 둘 다 너를 사랑했어." 어머니가 말했다. "우린 아기를 가지려고 이 년 동안 애썼단다. 네 아빠가 나이가 많아서 걱정이었어. 세상이 그 모양인 것도 걱정이었고…… 하도 혼란스러워서. 하지만 네 아빠와 나는 네가 생기기를 정말 간절히 원했어. 그러다가 네가 태어났을 때, 우리가 널 얼마나 사랑했는지 넌 상상도 못 할 거야. 네가 납치당했을 때, 그리고 네 아빠가 살해당했을 때…… 난 한동안 나까지 덩달아 죽은 것 같은 기분이었어. 널 찾으려고 너무나 오랫동안 죽을힘을 다했단다."

그 말에 뭐라고 대꾸해야 좋을지 알 수가 없었다. 나는 언짢은 표정으로 어깨만 으쓱했다. 어머니는 나를 찾지 못했으니까. 그런데 마크 삼촌은 찾았으니까. 나는 그저 어머니가 실제로 나를 얼마나 열심히 찾았을지가 궁금했다.

"네가 살았는지 죽었는지조차 몰랐어. 살아 있다고 믿고 싶었지만, 그야 모를 일이었으니까. 2040년대에 크리스천 아메리카가 제기한 소송에 휘말렸을 때, 난 그자들을 압박해서 네가 어떻게 됐는지 털어놓으라고 했어. 그자들은 너에 관한 정보가 있을지도 모르는 서류는 오래전 펠리컨 베이 보육원에 화재가 일어났을 때 다 타버렸다고 주장하더구나."

그 사람들이 그렇게 말했을까? 어쩌면 그랬을지도 모른다. 자기들이 저지른 납치 행위의 증거를 넘기지 않으려고 무슨 말이든 지껄이려 했을 것이다. 또한 크리스천 아메리카 신도 가정의 아이를 이교도 집단 우두머리에게 돌려보내지 않기 위해서라도. 하지만 그렇다 하더라도.

"마크 삼촌은 제가 두세 살 정도였을 때 저를 찾았다고 했어요. 하지만 제 부모가 선량한 크리스천 아메리카 신도인 걸 알고는, 저를 그 집에 그냥 맡겨두는 게 제일 좋겠다고 생각했대요. 괜히 방해할 게 아니라."

그 말은 하지 말았어야 했다. 왜 그런 말을 했는지 나도 잘 모르겠다.

어머니는 자리에서 일어나 다시 걷기 시작했다. 빠른, 성난 걸음으로 실내를 서성거렸다.

"마크가 나한테 그럴 거라곤 생각도 못 했는데." 어머니가 말했다. "그 애가 그런 짓을 할 정도로 날 미워할 거라곤 생각도 못 했어. 상대가 누구든 그렇게까지 미워할 줄은 꿈에도 몰랐어. 난 그 앨 노예 신세에서 구해줬는데! 내가 그 애의 보잘것없는 목숨을 구해줬단 말이야, 제기랄!"

"삼촌은 엄마를 미워하지 않아요. 그건 분명해요. 난 삼촌이 누굴 미워하는 걸 본 적이 없는걸요. 삼촌은 자기가 하는 일이 옳다고 생각했던 거예요."

"그 애를 편들지는 마." 엄마가 나직이 말했다. "네가 그 애를 사랑하는 건 알지만, 내 앞에서 그 애를 편들지는 마. 나도 그 애를 사랑했단다. 그런데 그 애가 나한테 어떻게 했는지 보렴. 그리고 너한테 어떻게 했는지도."

"엄마는 사이비 종교 지도자잖아요. 삼촌은 크리스천 아메리카 교회 목사고요. 아마 삼촌은……."

"그런 건 상관없어! 그 애는 널 찾고 나서도 나하고 수백 번은 얘길 나눴어, 그런데도 네 얘기는 한마디도 안 한 거야. 한마디도!"

"마크 삼촌한테는 아이가 없잖아요." 내가 말했다. "앞으로도 영영 없을 것 같고요. 그런데 전 삼촌한테 딸이나 다름없었어요. 삼촌은 저한테 아빠나 다름없었고요."

어머니는 걸음을 멈추고 가만히 서서 거의 무서울 정도로 강렬한 눈빛을 띠고 나를 내려다봤다. 마치 나를 미워하는 것처럼 빤히 봤다.

나는 일어서서 내 재킷을 찾아 두리번거리다가, 재킷을 찾아서 걸쳤다.

"안 돼!" 어머니가 말했다. "안 돼, 가면 안 돼." 경직된 느낌과 분노는 이미 흔적 없이 사라진 후였다. "제발 가지 마. 아직은 안 돼."

하지만 나는 가야 했다. 어머니는 너무나 위압적인 사람이었고, 나는 그런 어머니에게서 벗어나야 했다.

"그래." 내가 문 쪽으로 움직이자 어머니가 말했다. "하지만 언제든 나한테 돌아와도 돼. 내일 다시 오렴. 네가 원할 때 언제든 다시 와. 우린 같이 채워야 할 시간이 너무 길잖니. 내 문은 너한테 열려 있단다, 라킨. 언제든지."

나는 멈춰 서서 어머니를 돌아봤다. 어머니가 몹시도 오래전에 아기였던 자신의 딸에게 준 이름으로 나를 불렀다는 생각이 퍼뜩 들어서였다.

"에이샤예요." 나는 어머니를 돌아보며 말했다. "제 이름은 에이샤 비어예요."

어머니는 어쩔 줄 모르는 표정이었다. 그러다 이내 내가 마크 삼촌에게 어머니 이야기를 물어보러 전화했을 때 삼촌이 그랬던 것처럼, 얼굴이 축 처지는 듯한 표정으로 바뀌었다. 어찌나 마음 아파 보이고 슬퍼 보였던지, 어머니에게 미안하다는 생각을 떨칠 수가 없었다.

"에이샤." 어머니가 나직이 말했다. "내 문은 너한테 언제나 열려 있어, 에이샤. 언제나."

이튿날 그곳에 도착한 마크 삼촌은 표정이 두려움과 절망으로 가득했다.

"미안하구나." 삼촌은 나를 보자마자 말했다. "양부모 집에서 독립한 너를 발견했을 때 난 정말로 행복했단다. 네가 계속 공부할 수 있게 도와줄 수 있어서 너무 기뻤고. 난 아마…… 너무 오랫동안 외톨이로 지내서, 너를 차마 다른 사람과 공유할 수가 없었나 봐."

어머니는 마크 삼촌을 만나려 하지 않았다. 삼촌은 어머니를 만나려고 했지만 어머니가 거절했다며 당장이라도 울 것 같은 표정으로 나를 찾아왔다. 삼촌은 몇 차례 더 어머니를 만나려 했고, 어머니는 그때마다 번번이 사람들을 보내 삼촌에게 돌아가라는 말을 전했다.

나는 마크 삼촌과 함께 집으로 돌아왔다. 삼촌에게 화가 났지만, 어째선지 어머니에게 더 화가 났다. 나는 삼촌이 무슨 짓을 했든 상관없이 세상 누구보다 더 삼촌을 사랑했는데, 그런 삼촌에게 어머니가 상처를 줬기 때문이었다. 어머니를 다시 만나고 싶어질지 알 수 없었다. 꼭 만나야 한다는 확신도 없었다. 내가 그러고 싶은지 어떤지조차도 알지 못했다.

어머니는 여든한 살까지 살았다.

어머니는 자신이 한 약속을 지켰다. 가르치는 일을 끝까지 멈추지 않은 것이다. 어머니는 지구종을 위해 몸을 아끼지 않고 강연했고, 사람들을 훈련시켰고, 지도했고, 글을 썼고, 고아뿐 아니라 부모와 가족이 있는 학생들까지 수용하는 기숙학교를 세웠다. 자금원을 찾아낸 다음, 지구종의 숙명이 완수되는 날을 더 앞당길 분야의 연구를 지원하기도 했다. 장래가 촉망되는 어린 학생들은 저마다 잠재력을 펼칠 기회를 얻도록 대학에 진학시켰다.

그 모든 일을, 어머니는 지구종을 위해서 했다. 나는 이따금 어머니를 다시 만나곤 했지만, 어머니에게 지구종은 첫째 '아이'이자, 어떤 의미에서는 유일한 '아이'였다.

여든한 번째 생일이 지나고 나서 얼마 안 돼 심장이 멈췄을 때, 어머니는 순회강연을 계획하던 중이었다. 일부는 달 표면에서 조립하고 일부는 달 궤도에서 조립한 첫 번째 우주선을 향해 첫 번째 우주 왕복선 무리가 출발하는 광경은, 어머니도 지켜봤다. 물론 나는 그 선단의 어느 배에도 타지 않았다. 우주선에 타지 않기는 마크 삼촌도 마찬가지였고, 거기 태울 아이가 없는 것 또한 우리 둘 다 마찬가지였다.

하지만 저스틴 길크리스트는 그 우주선에 탔다. 나이를 생각하면 당연히 우주선에 타지 말아야 했지만, 그래도 그는 탔다. 그리고 아이러니하게도 제시카 페어클로스의 아들도 우주선에 탔다. 그는 생물학자다. 모라 자매와 그들의 아이들, 그리고 더글러스 가족의 살아남은 모든 식구도 함께 갔다. 바로 그들이 어머니의 가족이었다. 지구종 사람 모두가 어머니의 가족이었다. 우리는, 마크 삼촌과 나는, 실은 그렇지 않았다. 어머니에게는 사실 우리가 필요하지 않았고, 그래서 우리도 어머니를 아쉬워하지 않으려 했다. 어머니의 길고 좁다란 인생 역정을 잘 보여주는 듯한 마지막 일기의 내용은 다음과 같다.

《로런 오야 올라미나의 일기》에서

2090년 7월 20일 목요일

나는 내가 한 일이 무엇인지 안다.

그들에게 천국을 주지는 않았지만, 그들이 스스로 천국을 얻도록 도왔다. 나는 그들 개개인에게 영생을 주지는 못하지만, 그들이 우리 인류에게 하나뿐인 영생의 기회를 주도록 거들었다. 나는 그들이 다음 단계로 성장하도록 거들었다. 그들은 이제 막 성인기의 문턱을 넘어 둥우리를 떠나려 한다. 바깥세상은 그들을 거칠게 대할 것이다. 어미의 보호에서 벗어난 새끼에게 세상은 언제나 거친 곳이니까. 아마도 대가를 치를 것이다. 어쩌면 큰 대가를. 그 생각은 하고 싶지 않지만, 나는 그게 진리라는 걸 안다. 다만 저 바깥에서, 생명체가 산다는 사실이 이미 알려진 항성계의 별들과 우리가 아직 꿈에도 보지 못한 다른 항성계의 별에서, 누군가는 살아남아 변화하고 번성할 것이고, 누군가는 고통받다가 죽어갈 것이다.

지구종은 언제나 진리였다. 나는 그것을 현실에 구현했고, 실체를 부여했다. 그 문제에 관해 나에게 선택의 여지가 있었던 것은 아니다. 만약 당신이 뭔가 갖고 싶어 한다면, 그것을 진심으로 원한다면, 너무나 간절히 원해서 숨 쉴 때 공기가 필요하듯이 그것이 반드시 필요하다면, 그래서 그것이 없어서 죽을 정도라면, 당신은 그것을 가질 것이다. 왜 아니겠는가? 그것은 당신을 가졌는데. 벗어날 길은 없다. 만약 벗어날 수 있다면, 참으로 잔인하고 소름 끼치는 방식의 탈출일 것이다.

우주 왕복선은 뚱뚱하고, 납작하고, 못생긴, 구닥다리 스타일 우주 트럭이다. 백 년은 족히 묵은 것처럼 보인다. 물론 껍데기 속의 내용물은 초기의 우주 왕복선과 완전히 딴판이다. 껍데기 자체의 재질도 상당히 달라졌다. 하지만 크기가 더 커진 것을 제외하면 오늘의 우주 왕복선은 백 년 전의 기체와 크게 달라 보이지 않는다. 예전 우주 왕복선의 사진을 본 적이 있어서 안다.

오늘 발사되는 우주 왕복선은 사람을 가득 실어 나르는데, 그들은 이미 휴면기에 들어가 깊은 잠에 빠져 있다. 생활 기능이 정지된 이 상태가 바로 왕복선에서 가장 볼 만한 구경거리다. 그 사람들과 더불어 인간 및 동물의 냉동 배아와 식물 씨앗, 연장, 장비, 기억, 꿈, 희망이 함께 여행에 나선다. 커다랄 뿐 아니라 우주를 항해할 만큼 튼튼하기까지 한 왕복선조차도 그런 짐을 다 싣고 이륙하려면 짐칸이 지표면까지 처질 수밖에 없다. 기억의 무게만으로도 적재량을 초과할 것이다. 지구의 도서관들도 함께 가기 때문이다. 왕복선이 싣고 간 그 모든 짐을 내리는 곳은 바로 지구 최초의 우주선, '크리스토퍼 콜럼버스'호다.

나는 그 이름에 반대한다. 이 우주선은 막대한 부富와 강대한 제국으로 가는 지름길이 아니다. 노예와 금을 강탈해 유럽의 군주에게 바치기 위한 수단이 아니다. 하지만 모든 전투에서 다 이길 수는 없는 법이다. 사람은 꼭 싸워야 할 전투를 고를 줄 알아야 한다. 이름은 아무것도 아니다.

이 첫 번째 출항을 스크린이나 가상 체험실이나 개인 맞춤형 드리마스크 같은 것으로 볼 수는 없는 노릇이었다. 만약 걸어서 세상을 가로질러 가는 방법밖에 없다면 그렇게 해서라도 출항 광경을 보러 갔을 것이다. 그 못생기고 커다란 트럭에 실려 날아가는 것은 다름 아닌 내 삶이었다. 나의 영생이었다. 나는 그 광경을 보고, 그 굉음을 듣고, 그 냄새를 맡을 자격이 있었다.

나는 내가 죽은 후에 처음으로 떠나는 배에 실려 함께 떠날 것이다. 만약 내가 짐이 아니라 다른 존재로 살아남을 자신이 있었다면, 바로 저 배를 타고 떠났을 것이다. 살아 있는 채로. 그래도 괜찮다. 저들이 언젠가 나의 재를 비료로 써주면 좋겠다. 저들이 써주기를 바란다. 이미 그렇게 정해졌다. 나는 출발할 테고, 그들은 나를 자신들의 과수원과 밭에 뿌릴 것이다.

이제 나는 친구들과 친구들의 아이들과 함께 지켜본다. 레이시 피게로아, 마이라 조, 에디슨 볼터와 그의 딸 잰, 그리고 해리 볼터, 허리가 구부정하고 머리는 하얗게 센, 빙그레 웃고 있는 그 친구와 함께. 해리는 자라와 아이들을 잃고 나서 다시 웃는 법을 배우기까지 참으로 오랜 시간이 걸렸다. 원래는 웃는 얼굴이 잘 어울리는 남자인데. 그는 한 팔로 손녀의 어깨를 감싸고 다른 팔로 내 어깨를 감싼 채 서 있다. 그와 나는 동갑이다. 여든한 살. 말도 안 된다. 여든한 살이라니! 변화가 곧 하느님이다.

나의 라킨은 오려 하지 않았다. 내가 간청했지만, 그 애는 거절했다. 마크를 돌보느라. 마크는 심장 이식 수술을 또 받고서 이제 막 회복하는 중이다. 내 딸을 그토록 완전히, 그토록 철저히 빼앗아가다니. 나는 마크를 용서할 생각조차 해본 적이 없다.

이제 내가 지켜보는 가운데, 우주 왕복선이 지구의 화물을 하나씩 차례로 들어 올린다. 나는 생각에 잠겨 쓸쓸해하다가, 친구들 한 명 한 명에게 다가가 안아주며 황홀해하는 그들의 표정을 가만히 살펴본다. 이 친구는 엄숙한 표정이고 저 친구는 즐거워하는 표정이지만, 눈물에 젖어 있기는 모두 마찬가지다. 해리만 빼고 그들 모두 이제 곧 같은 왕복선을 타고 떠날 것이다. 어쩌면 해리의 재와 나의 재는 언젠가 함께할지도 모른다. 결국 지구종의 숙명은 별들 사이에 뿌리내리는 것이지, 요즘 다시 유행하는 것처럼 유독한 방부제로 몸을 가득 채운 다음 큰돈을 주고 산 관에 누워 쓸데없이 어느 공동묘지에 묻히는 것이 아니니까.

나는 내가 한 일이 무엇인지 안다.

또 하늘나라는 이런 사정과 같다. 어떤 사람이 여행을 떠나면서, 자기 종들을 불러서, 자기의 재산을 그들에게 맡겼다. 그는 각 사람의 능력을 따라, 한 사람에게는 다섯 달란트를 주고, 또 한 사람에게는 두 달란트를 주고, 또 다른 한 사람에게는 한 달란트를 주고 떠났다.
다섯 달란트를 받은 사람은 곧 가서, 그것으로 장사를 하여, 다섯 달란트를 더 벌었다. 두 달란트를 받은 사람도 그와 같이 하여, 두 달란트를 더 벌었다. 그러나 한 달란트 받은 사람은 가서, 땅을 파고, 주인의 돈을 숨겼다.
오랜 뒤에, 그 종들의 주인이 돌아와서, 그들과 셈을 하게 되었다. 다섯 달란트를 받은 사람은 다섯 달란트를 더 가지고 와서 말하기를 '주인님, 주인께서 다섯 달란트를 내게 맡기셨는데, 보십시오, 다섯 달란트를 더 벌었습니다' 하였다.
그의 주인이 그에게 말하였다. '잘했다! 착하고 신실한 종아. 네가 적은 일에 신실하였으니, 이제 내가 많은 일을 네게 맡기겠다. 와서, 주인과 함께 기쁨을 누려라.'
두 달란트를 받은 사람도 다가와서 '주인님, 주인님께서 두 달란트를 내게 맡기셨는데, 보십시오, 두 달란트를 더 벌었습니다' 하고 말하였다.
그의 주인이 그에게 말하였다. '잘했다, 착하고 신실한 종아! 네가 적은 일에 신실하였으니, 이제 내가 많은 일을 네게 맡기겠다. 와서, 주인과 함께 기쁨을 누려라.'
그러나 한 달란트를 받은 사람은 다가와서 말하였다. '주인님, 나는, 주인이 굳은 분이시라, 심지 않은 데서 거두시고, 뿌리지 않은 데서 모으시는 줄로 알고, 무서워하여 물러가서, 그 달란트를 땅에 숨겨두었습니다. 보십시오, 여기에 그 돈이 있으니, 받으십시오.'

그러자 그의 주인이 그에게 말하였다. '악하고 게으른 종아, 너는 내가 심지 않은 데서 거두고, 뿌리지 않은 데서 모으는 줄 알았다. 그렇다면, 너는 내 돈을 돈놀이하는 사람에게 맡겼어야 했다. 그랬더라면, 내가 와서, 내 돈에 이자를 붙여 받았을 것이다. 그에게서 그 한 달란트를 빼앗아서, 열 달란트 가진 사람에게 주어라. 가진 사람에게는 더 주어서 넘치게 하고, 갖지 못한 사람에게서는 있는 것마저 빼앗을 것이다.'

— 〈마태복음〉 25장 14-29절

이대로 계속 가다가는

미국 캘리포니아 주 샌마리노의 헌팅턴 도서관에는 옥타비아 버틀러의 개인 기록물을 모아놓은 컬렉션이 있다. 그중 버틀러가 1988년에 남긴 메모의 내용은 아래와 같다.

> 나는 베스트셀러 작가가 될 것이다.
> 내가 쓴 소설은 모두 출간되자마자 주요 일간지의 베스트셀러 목록에 올라 오랫동안 (최소한 두 달) 1위를 차지할 것이다. (…)
> 나는 멋진 동네에 아름다운 집을 마련할 것이다.
> 가난한 흑인 아이들을 글쓰기 워크숍에 보낼 것이다.
> 가난한 흑인 아이들이 견문을 넓히도록 도울 것이다.
> 가난한 흑인 아이들이 대학에 진학하게 도울 것이다.
> (…) 수백만 명이 내 책을 읽을 것이다!
> 그렇게 될 것이다! 되게 할 것이다!

《킨》으로 널리 이름을 알리고 10년이 지난 시점에 연습장 뒤표지에 이런 메모를 남겼으니, 작가로서 품었던 꿈이 그때껏 이루어지지 않은 모양이다. 멋진 동네에 아름다운 집을 마련하겠노라는 포부를 보면 애잔한 느낌이 들기도 한다. 그런데 이로부터 4년 후인 1992년에 시작된《씨앗을 뿌리는 사람의 우화》와《은총을 받은 사람의 우화》(이하 '우화 시리즈')의 주인공 로런 오야 올라미나의 이야기는, 버틀러가 품었던 바로 그 꿈이 산산이 무너지는 지점에서 출발한다. 기후 위기와 전쟁, 빈부 격차 등으로 암울해진(오늘날의 독자들에게는 어느새 과거가 된) 미래의 미국. 안전하고 '멋진' 폐쇄형 주택 단지의 '아름다운 집'에서 안전하게 살아가던 여자애 로런의 삶은 어느 날 폭도들에게 동네와 집이 송두리째 불타면서 악몽으로 바뀌고 만다. 가족을 모두 잃고 외톨이가 된 로런이 막연한 희망을 품고 북쪽으로 향하며 목격한 미래의 미국은 '가난한 흑인 아이들'이 가장 고통받는 지옥도의 한복판이다. 버틀러는 어째서, 무엇을 위해 자신의 꿈을 뒤집어 만든 섬뜩한 이야기를 무려 1300쪽이 넘는 분량으로 적어 내려갔을까?

버틀러는 1994년의 인터뷰에서 이렇게 말했다. "솔직히, 우리가 살던 대로 계속 살아간다고 가정할 때 일어나지 않을 일은 그 책에 단 하나도 들어 있지 않습니다. 생각해보면 꽤 섬뜩하죠. 무서운 건 그중 일부가 이미 일어나는 중이라는 겁니다. 심지어 우리가 좀처럼 미국식 삶의 일부로 인정하지 않는 것들도요."*

* 콘셀라 프랜시스 엮음,《옥타비아 버틀러와의 대화Conversations with Octavia Butler》(미시시피 대학교 출판부, 2010), 44쪽.

그러니까 우화 시리즈는 버틀러가 현실에 없는 것을 상상해서 지어낸 '공상' 소설이 아니라, '사람들이 무슨 수를 내지 않고 이대로 계속 가다가는 현실이 되어버릴' 이야기였던 것이다. 그런데 우화 시리즈가 등장하고 나서 20년 후, 책 속의 크리스트교 근본주의자 앤드루 재럿이 외친 대선 구호 '미국을 다시 위대하게'를 도널드 트럼프가 똑같이 외치며 등장해서 결국 대통령에 당선됐을 때, 우화 시리즈를 읽고 그 광경을 지켜본 이들의 심정은 어땠을까? 바로 그 소름 끼치는 유사성 때문에 우화 시리즈가 뒤늦게 주요 일간지의 베스트셀러 목록을 모조리 차지하고 수백만 부가 팔린 광경을, 그러니까 자신의 꿈이 가장 기괴한 방식으로 뒤늦게 이루어진 광경을 만약 버틀러가 살아서 목격했다면, 과연 어떤 심정이었을까? 나로서는 상상조차 하기 힘들다.

우화 시리즈 같은 소설의 장르를 흔히 '디스토피아'로 일컫지만, 사실 그 장르에 더 정확히 어울리는 이름은 버틀러가 위의 인터뷰에서 말한 '이대로 계속 가다가는If this goes on'이다. 재럿과 트럼프의 유사성이라는 결과에 주목하기보다는 버틀러가 우화 시리즈에서 이미 보여준 미래가 어째서 현실이 되었는지, 그렇게 되기까지 사람들은 무엇을 했는지, 그 미래가 반복되지 않으려면 어떻게 해야 할지에 주목하는 것이야말로 '이대로 계속 가다가는' 장르를 더 깊이 음미하는 방법일 것이다. 그 과정에서 아무쪼록 버틀러가 우화의 형식을 빌려 전하고자 한 메시지가 한국 독자들에게까지 닿기를 바라 마지않는다.

장성주

옮긴이 장성주

출판 편집자를 거쳐 번역자 및 기획자로 일하고 있다. 우리말로 옮긴 책에 옥타비아 버틀러의 《씨앗을 뿌리는 사람의 우화》, 토머스 새비지의 《파워 오브 도그》, 스티븐 킹의 《별도 없는 한밤에》《언더 더 돔》, '다크 타워' 시리즈, 켄 리우의 《종이 동물원》《제왕의 위엄》《어딘가 상상도 못 할 곳에, 수많은 순록 떼가》, 윌리엄 깁슨의 《모나 리자 오버드라이브》, 레이 브래드버리의 《일러스트레이티드 맨》, 데즈카 오사무의 《아돌프에게 고한다》, 우메즈 가즈오의 《표류 교실》 등이 있다. 2019년 《종이 동물원》으로 제13회 유영번역상을 수상했다.

Modern&Classic

은총을 받은 사람의 우화

1판 1쇄 인쇄 2023년 5월 17일 **1판 1쇄 발행** 2023년 5월 24일
지은이 옥타비아 버틀러 **옮긴이** 장성주
펴낸이 고세규
편집 백경현 정혜경 **디자인** 박주희 **마케팅** 이헌영 **홍보** 반재서 이태린

발행처 김영사
주소 경기도 파주시 문발로 197(문발동) 우편번호 10881
등록 1979년 5월 17일(제406-2003-036호)
구입 문의 전화 031)955-3100 **팩스** 031)955-3111
편집부 전화 02)3668-3289 **팩스** 02)745-4827 **전자우편** literature@gimmyoung.com
비채 블로그 blog.naver.com/viche_books
인스타그램 @drviche **트위터** @vichebook
ISBN 978-89-349-6198-7 04800 책값은 뒤표지에 있습니다.

비채는 김영사의 문학 브랜드입니다.